KB261116

독일문학의 장면들

Szenen aus der deutschen Literatur

Frauen in Literatur, Film und Musik

독일 문학의 장면들

이병애 엮음

문학동네

서문

　이화여대 캠퍼스에서 젊은 학생들과 독문학을 이야기하면서 살아온 세월이 어언 38년이 되었다. 1955년에 대학에 입학해 1959년에 졸업을 한 세대이니 당시 사회적 경제적 여건은 지금보다 더 어려웠고, 그간의 개인적인 삶에도 여러 가지 힘든 과정과 시련이 많았다고 기억된다. 그러나 자신의 전공에 맞는 직업을 얻거나 대학에 자리를 잡는다는 것이 지금처럼 별 따기, 해 따기만큼이나 어려운 일은 아니었던 시절이어서 교직에 몸을 담을 수 있었고, 그 긴 세월을 학교에 남아 있을 수 있었던 것 또한 진실로 행운이었으므로 이에 감사하는 마음은 한없이 크다. 독문학과 계속 인연을 맺어온 제자들이 내 정년 기념 논문집을 출판하여 증정하겠다는 계획을 알렸을 때, 나는 한사코 사양했다. 이유는 사실 두 가지였다. 첫째는 나의 사회적 또는 학문적 업적이 제자들의 이런 성의와 존경심에 상응하지 못한다는 자책과 반성에서였고, 또다른 이유는, 요즈음처럼 구미에 당기고 재미있는 읽을거리가 많이 출판되는 시기에 이런 딱딱한 논문집을 읽을 독자가 과연 몇이나 될까 하는 우려에서였는

데, 독자가 없다면 논문 쓰는 수고와 출판을 위한 이 모든 노고가 아깝다는 생각이 들었기 때문이었다. 분명 아무도 읽지 않을 지극히 형식적인 작업이라면, 그래서 필시 어느 서가 맨 밑에 끼어 있다가 먼지가 쌓인 채 버려질 종이 공해에 불과한 것이라면 논문집 출간이란 너무도 무의미한 것이 아닐까 하는 두려움이 없지 않았기 때문이다.

그러나 제자들의 설유로 마침내는 논문집 발간에 동의를 하게 되었고, 나 자신의 논문도 한 편 게재하게 되어 정년 직전에 마지막으로 정열을 다해 이 논문을 완성했다. 물론 논문을 쓰는 과정에서 이 일이 얼마나 힘든 작업인가를 새롭게 실감한 것도 사실이지만, 그 기쁨과 보람이 이렇게 클 줄 미처 몰랐다. 충남대학교의 박광자 선생님, 충북대학교의 오청자 선생님, 숙명여자대학교의 김미란 선생님 세 분이 나와의 오랜 우의에서 옥고들을 주셨고, 내 원고를 제외한 나머지 열한 편의 논문들은 모두가 나의 자랑스런 제자들의 것이다. 논문 하나하나가 자신들이 오랫동안 관심을 가졌던 분야에 대한 연구의 결과인 만큼 성의를 다하여 씌어졌으며, 이 분야에 관심과 정보가 필요한 사람들에게 분명히 유익하고 흥미로운 읽을거리를 마련하고 있다는 확신이 들었다. 그러므로 이제는 '읽히지 않은 채 사장되어버리지나 않을까' 하는 애초의 두려움은 접어두기로 하였다. 이 책에 실린 각각의 논문들이 '여성의 시각에서 독문학, 음악, 영화의 세계를 고찰하자' 는 원칙에 집필의 초점을 맞춘 것은 그 동안 나름대로 독일 여성문학과 페미니즘 문학에 관심을 가져왔던 옛 은사를 생각하는 제자들의 따뜻한 마음에서라고 생각하며 이 자리를 빌려 제자들에게 다시 한번 진심으로 감사한다.

괴테의 『젊은 베르터의 고뇌』를 애정소설로 풀어낸 박광자 선생님의 참신한 아이디어는 독자의 흥미를 돋우기에 충분하며, 오청자 선생님의 노동현장 르포 문학에 대한 논문은 문학과 작가의 현실 참여 간의 불가분의 관계를 충분히 조명해주었고, 우리에게 거의 알려지지 않았던 계몽주의 시대의 프리데리케 카롤리네 노이버를 소개한 김미란 선생님의 논문은 당시 독일 연극의 발전을 위해 일생을 바친 한 여성의 업적을 평가함으로써 새로운 정보를 제공하였다. 서용좌는 하인리히 뵐의 『강 풍경을 마주한 여인들』에서 적응하고 순응할 가치가 없는 사회에 대항하여 적응을 포기하고 부적응으로 대처하며, 때로는 생명의 포기로 불의에 항거하는 여성들의 모습을 조명하였다. 윤시향은 「억척어멈과 그 자식들」 「카라 부인의 총」 「어머니」 「코카서스의 백묵원」 등의 브레히트 작품들 속에서 부정적인 어머니상이 진정한 모성을 지닌 사회적인 어머니상으로 변천되어가는 과정을 단계적으로 분석하고 있다. 권진숙은 귄터 그라스의 『넙치』를 분석하면서 모계사회의 신화가 전하는 여성의 우월성을 규명하며 이 작품은 남성 우위의 가부장적 사고에 기초한 남성 신화에 대한 하나의 도전으로 읽혀야 한다는 페미니즘적 메시지를 전하고 있다.

김숙희는 크리스타 볼프의 『크리스타 T에 대한 추념』을 여성 발전 소설로 읽으면서, 구동독 사회의 독재적이고 가부장적인 체제하에서 자신에게로 이르는 길을 모색하는 데 실패하고 결국 백혈병으로 죽는 한 여성의 좌절된 삶의 과정을 추적하고 있다. 최민숙은 슈니츨러의 『꿈의 노벨레』와 이 작품을 영화화한 스탠리 큐브릭의 〈아이즈 와이드 셧〉을 문학과 영화라는 두 개의 서로 다른 미디어의 선상에서 비교 분석하고 있는데, 문학과 영화를 접맥시키는 시도는 영화에 대한 관심이 높아지는 이즈음에 흥미 있는 내용이다. 이영희는 드로스테 휠스호프의 미완성 드라마인 「베르타」를 통해 여성의 창소성이 묵살냉했던 낭시의 상황 속에서 작가가 겪었던 사회석 뎝박을 소냉하며, 이 삭품을 '여성으로의 글쓰기가 실패한 예'로 규정하고 있다.

이병진은 70년대 후반 독일 페미니즘이 심리학적, 미적 인식에 대한 관심으로 기울어진 시기에 페미니즘 문학 분석에서 사용되는 중요한 미적 이론적 범주들을 제공한 질비아 보벤셴의 「여성미학은 존재하는가?」를 분석하면서 새로운 여성 문화 수립과 여성들의 의식의 전환을 환기시키고 있다. 이온화는 크리스토프 하인의 『낯선 친구/용의 피』에서 자신과 삶을 사랑하는 방법과 인간과의 소통 능력을 상실한 냉혈동물인 한 여주인공의 죽어 있는 삶의 모습을 유추하며, 상징적인 용의 피를 뒤집어쓰고 냉담으로 가장한 이 주인공의 유형을 현대 인간들에게서 찾아내고 있다. 윤현자는 바흐만의 단편집 『동시에』의 자신을 기만하는 도피적인 여주인공들을 비판하면서, 가해자-희생자 도식의 페미니즘적 해석 방법에서 벗어나, 튀르머 로르가 제시한 여성공범론을 적용해 가부장적 남성 체제 옹호에 여성이 가담하고 있음을 환기시킨다. 이용숙은 '푸른 수염' 모티프를 소재로 한 뒤카, 바르토크, 오펜바흐 등의 세 편의 오페라들에 담긴 시대의 사회적 이데올로기를 읽어내려 하였고, '페미니즘 오페라'로 공인된 뒤카의 오페라를 중점적으로 분석함으로써 음악과 문학을 접목시키는 흥미로운 주제를 시도하였다. 송소민은 전통적인 사회적 인습에 시달리는 직업여성의 삶을 노출시킨 슈니츨러의 소설 『테레제, 한 여인의 일대기』를 분석하면서, 여성 권리의 개척자이며 옹호자로서의 남성 작가 슈니츨러의 작가적 면모를 조명하고 있다. 마지막으로 필자는 현존하는 오스트리아 여성 작가인 마를레네 슈트레루비츠의 소설 『유혹』과 『리자의 사랑』의 소재와 형식이 보이는 통속성을 비판하고 이를 작가의 시학 및 언어 전략과 접맥시키면서 작가의 페미니즘적 이슈를 조명하고 있다.

이상으로 이 책에 수록된 논문 하나하나에 대한 간단한 언급을 마친다. 각 논문에서 해당 필자들이 자신의 관심 분야에 투여한 애정과 정열을 읽어낼 수 있었으며 오랫동안 연구해온 주제들이어서 그 전문성도 인정되고 있는 만큼, 이 책을 엮는 사람으로서 자못 뿌듯함과 자랑스러움을 감출 수가 없다. 세 분의 타교 선생님들을 제외하고는 이화여대 여성독문학자들만이 기고한 이 논문집은 여성들의 목소리와 여성들의 발자취를 추적해간 학문적 결실들로서 앞으로의 페미니즘 문학 연구의 폭을 넓히는 데 일익을 담당하리라고 확신한다. 이 책에 수록된 논문 하나하나가 관심 있는 젊은 후학들의 연구 작업에 얼마간의 도움을 줄 수 있다면 여기 투고한 우리 모두의 영예이고 기쁨이 될 것이다.

인문학, 특히 독문학의 위기에 대한 언급은 이제는 식상할 만큼 지루하고 암담한 주제가 된데다 그 상황이 개선되리라는 전망도 막연한 지금의 현실에서, 혹여 여기 실린 논문들이 제공하는 문학, 음악, 영화의 세계가 피로한 어느 독문학자들의 심성을 잠시 달래주는 조그만 청량제가 될 수 있다면 얼마나 큰 성취일 것인가 하는 꿈같은 상상을 해본다. 마음 속의 분노를 다스려 승화시키거나 평화로 바꾸는 데 실패한 한 사람의 무분별한 행동으로 무고한 수많은 목숨을 앗아간 어처구니없는 대구 지하철 방화 사건을 접하면서, 우리가 만나 아끼고 사랑하게 된 문학과 예술의 세계가 혹시라도 인간의 마음속에 자리잡은 증오와 원한을 사랑과 평화로 바꾸는 데 다소나마 기여할 수는 없을까 하는 안타까운 희망도 함께 걸어본다.

끝으로 이 논문집의 출판을 위하여 애쓴 모든 분들에게 마음으로부터 깊은 감사의 뜻을 전하고 싶다. 논문집에 옥고를 보내주신 박광자 김미란 오청자 교수님과, 그 외 이화 독문인이며 나의 귀한 제자들인 열한 명의 논문 집필자들에게는 물론, 이화 독문인으로의 긍지와 은퇴하는 스승에 대한 깊은 애정과 성의로 끝까지 세심한 노력을 아끼지 않은 논문출판 간행위장 서용좌 교수 및 간행위원회의 윤시향 김숙희 최민숙 교수, 이용숙 선생, '문정연' 회장 이온화 선생, 총무 윤현자 선생에게 진심으로 고마움을 전한다. 그리고 이 논문집의 출판을 위해 수고해주신 윤시향 교수 문학동네 여러분들에게 진심으로 감사드린다.

2003년 봄
이병애

차 례

계몽주의 시대
연극을 개혁한 여성

―프리데리케 C. 노이버

김미란 서울대 독문과와 동대학원을 졸업하고 독일 뮌헨 대학에서 수학했다. 현재 숙명여대 독문과 교수로 재직중이다. 저서 『독일어권의 여성작가』(공저), 역서 『현대독일드라마』 외에 독일 희곡과 여성문학에 관한 다수의 논문이 있다.

"어릿광대극으로 사람들을 속이지 말라고요."
—F. C. 노이버

머리말

'노이버린Neuberin' 이라고 불리던 프리데리케 카롤리네 노이버 Friederike Caroline Neuber(1697~1760)는 독일 계몽주의 시대에 인정받던 최고의 배우인 동시에 시인이며 극작가였으며 또한 극단을 경영하는 극단 대표로 활약했던 여성이었다. '노이버 극단Neuber Theater-truppe' 의 내표로서 노이버린은 그 시대의 징신과 님성들 세계에 대항하면서 독일 연극의 개혁이라는 자신의 목표를 위해 노력하였다. 독일 연극의 수준을 올려서 시민 관객의 교양을 높이기 위하여 당시 민중의 연극을 지배하던 저속한 어릿광대들의 즉흥극을 지양하고 연극을 문학적으로 만드는 것은 그녀의 평생 목표였다. 그 시대의 사회적 상황이 노이버린으로 하여금 비록 생전에 자신의 목표가 달성되는 것을 볼 수는 없게 하였으나, 그 자신 이미 생전에 독일 계몽주의 연극의 선구자요 개혁자로서 명성을 얻었고 독일 연극사에서 전설적인 존재가 되었다.

노이버린은 생전에도 유명하였고 그 이후에도 독일 연극사와 여성문학의 연구 대상이 되어왔지만, 최근까지도 그녀의 작품 발굴과 업적을 기리는 일은 여전히 계속되고 있다. 1993년에는 노이버린의 전기가 페트라 욀커 Petra Oelker에 의해 출간되었으며, 소설가 앙겔리카 메히텔 Angelika Mechtel은 소설 『극단 여대표 *Die Prinzipalin*』에서 노이버린을 모델로 불안정한 시대를 살았던 한 여성 예술가의 삶과 남성 경쟁자들과의 투쟁을 그렸다. 또 노이버린의 탄생 300주년이 되는 1997년에는 그녀의 출생지인 라이헨바흐 임 포크틀란트 Reichenbach im Vogtland 시에서 그녀가 태어났던 법원 건물을 개조하여 '노이버린 박물관'으로 개관하는 한편 노이버린의 탄생을 기념하는 대규모 학술대회를 개최하기도 하고, 그녀가 쓴 시와 편지 및 극작품들을 모아 출판하기도 하였다.(1부는 1997년에, 2부는 2002년에 발간되었음)

이렇듯 노이버린이 독일 계몽주의 연극 개혁에서 매우 중요한 역할을 한 인물임에 틀림없음에도 불구하고 아직까지 독문학사나 독일 희곡사에서 간혹 그 이름만 언급될 뿐 국내에 알려진 것은 극히 미미한 상태이다. 오직 노이버 극단의 대표로서 계몽주의 드라마의 개혁자 고트셰트와 함께 작업하였다는 정도로만 소개되곤 하였다. 그러나 노이버린은 자신의 극단을 이끌었을 뿐만 아니라 직접 시와 희곡을 쓰기도 한 시인이요 극작가로서 아름다운 독일어 보급에도 앞장선 여성이었다. 이 글에서는 세기의 전환기에 태어나 계몽주의 시대에 개혁적인 삶을 살며 활동하였던 프리데리케 카롤리네 노이버의 삶과 업적을 추적하면서 독일 계몽주의 시대의 연극적 상황과, 개혁 노력과 함께 이 시대 독일 연극의 발전 과정에서 그녀가 맡았던 역할과 그 업적의 중요성을 조명해 보고자 한다.

1. 계몽주의 시대의 연극 개혁운동

18세기 전반기 독일 연극의 상황에 대하여 고트홀트 에프라임 레싱은 1760년 한 문학 서한에서 다음과 같이 쓰고 있다.

우리에게는 극장이 없다. 배우도 없다. 관객도 없다. (……) 프랑스인에게는 적어도 극장은 있다. 독일인에게는 가설 극장도 없는데 말이다. 프랑스인들의 극장은 적어도 대도시 전체의 오락이지만, 독일인들의 대도시에서 가설 무대는 민중들의 조소거리이다. 프랑스인들은 자신들의 군주들이나 화려한 궁정, 국가의 위대한 인물들을 자랑하면서 고상한 세계를 즐겁게 해줄 수 있지만, 독일인은 몇십 명 정도의 개인 청중들이 구경하고 가설 극장이 끝난 후 계면쩍어하면서 숨어버리는 것으로 만족해야만 한다.

이 당시 독일에서는 아직도 그 이전 1백 년 동안처럼 유랑극단의 '연극배우들 패'가 수레를 타고 전국을 돌며, 동쪽으로는 러시아의 상트 페테르부르크까지, 서쪽으로는 슈트라스부르크, 남쪽으로는 스위스의 베른이나 루체른까지도 다니며 공연을 하였다. 이들 유랑극단들은 간혹 궁정과 고정 계약을 맺고 궁정에 소속되기도 하였으나, 그런 행운이 모두에게 주어지는 것은 아니었다. 이때의 유명한 유랑극난들로는 노이버 극단(1727-1750), 프란츠 슈흐 Franz Schuch 극단(1740~1770) , 쇠네만 Schönemann 극단(1740~1757), 코흐 Koch 극단(1750~1775), 아커만 Ackermann 극단(1753~1767) 그리고 되벨린 Doebbelin 극단(1756~1789) 등이 있었다.

독일 궁정들에서도 17세기 중엽부터는 이탈리아의 건축가들을 불러 규모가 큰 오페라하우스를 세우거나 프랑스의 궁정 극장을 모방한 극장들을 갖추고 있었다. 이러한 극장들은 무대 배경도와 근대적인 기계 장치를 갖추고 있었으나, 주로 이탈리아 오페라를 공연하였으며 때때로 프랑스 극단만이 초청받아 공연할 수 있었다. 독일 극단이나 시민 관객들에게는 입장이 허용되지 않는 곳이었다. 독일 극단들이 공연할 수 있었던 곳은 보통 시청 건물 내의 커다란 홀이나 무도장이었다. 또 어떤 도시에서는 큰 광장에 가설 무대를 세우고 박람회나 축제 기간 동안에만 제한된 공연을 할 수 있었다. 유랑극단들은 이러한 박람회 도시를 찾아가 허가를 얻어 일정 기간 공연을 하는 것이 보통이었다.

이러한 유랑극단의 공연 목록의 범위는 그리 넓지 않았다. 한 도시에서 목록에 있는 공연을 모두 끝내면 새로운 관객을 찾아 다음 도시로 떠났다. 특별히 애호되던 레퍼토리는 역사적 대사건을 다룬 정치 활극, 순교자나 독재자들에 대한 과장된 드라마였다. 그런 이야기에 연애 이야기는 필수적으로 들어갔고, 희극적 요소로는 어릿광대들이 끼어들어갔다. 그리고 막후극으로 발레가 따랐다. 또한 즉흥극을 많이 공연하였다. 이러한 즉흥극에서는 어릿광대나 그 연인 같은 배역들과 대강의 줄거리는 이미 정해져 있으나 대사나 동작 등 세부적인 연극의 진행은 고정된 대본이 없이 즉흥적으로 이루어졌고, 외설적인 농담은 필수적인 양념이었다. 이와 같은 유랑극단의 공연들은 민중 오락의 하나로서 특히 박람회 기간에 사람들을 끌어모으게 하는 것이었다. 그러므로 점잖은 교양 시민 계급은 당시만 해도 유랑극단이 공연하는 연극을 평상시의 오락거리로는 거의 생각하지 않고 있었다.

그런데 1730년대에 와서 독일 시민을 계몽하기 위하여 이러한 유랑극단의 레퍼토리를 개혁하여 수준 높은 연극을 만들려고 하는 시도들이 있었다. 당시 라이프치히 대학 문학 교수였던 계몽주의자 요한 크리스토프 고트세트 Johann Christoph Gottsched가 그러한 연극 개혁의 선구자였다. 그는 『비평문학 시론 *Versuch einer Critischen Dichtkunst*』(1730)에서, 예술가가 따라야 할 "예술의 규칙들은 이성과 자연에서 이끌어낸 것"이라고 설명하고, 따라서 예술작품에서는 모든 모순과 개연성이 없는 것은 배제되어야 한다고 하였다. 그리고 그때, 자연이나 사회생활을 지배하는 규칙에 위배되는 모든 것은 "이성적인 시민"에게는 개연성이 없는 것으로 여겨진다고 전제하였다. 고트세트는 이런 의미에서 오페라나 궁정 연극을 자연스럽지 못한 것이라고 부정적 태도를 보였고 유랑극단이 공연하는 국가적 사건을 다룬 정치 활극들도 비판하였다. 그 대신 고트세트는 독일 시민 연극의 본보기로서 프랑스의 코르네유, 라신, 볼테르 등의 "규칙적인" 비극을 제안하면서 그러한 작품들을 공연 목록에 넣도록 하였다. 그 자신도 프랑스 비극을 모범으로 한 이러한 새로운 장르의 첫번째 "본보기가 되는 작품"「죽어가는 카토Sterbender Cato」(1731)를 직접 집필하여 무대에 올리게 하였다. 이와 같이 '3통일 법칙'을 강조하면서 프랑스 고전 비극을 모범으로 삼은 고트세트의 공연 목록 개혁 계획은 프리데리케 카롤리네 노이버와 그녀의 극단을 만남으로써 실현의 기회를 얻을 수 있게 되었다. 노이버 극단은 고트세트의 공연 레퍼토리 개혁 계획에 따라 코르네유의 「시드」와 「시나」 그리고 라신의 「이피게니에」를 공연하고, 또 고트세트가 쓴 「죽어가는 카토」를 라이프치히에서 공연하여 많은 호응을 받음으로써, 독일 무대에 문학적 연극을 도입하는 데 성공하였다. 역사적 정치 활극들은 공연 목록에서 제외되었다. 고트세트의 이념에 따라 노이버 극단은 1737년 어릿광대를 무대 위에서 추방하는 상징적인 연극을 보여주기도 하였다. 그런데 규칙적 고전 비극은 보통 시민 관객이 쉽게 이해하기에는 어려운 점이 있었으므로, 비극 뒤에는 이어서 아나크레온 풍의 선원극(田園劇)을 마후극으로 공연하도록 목록에 포함하였다.

새로운 공연 목록은 라이프치히의 초창기 공연에서는 성공을 거두었다. 그러나 관객의 관심은 금방 식어갔다. 틀에 박힌 알렉산드리너 시행의 운문으로 된 긴 대사가 독일 관객들에게는 단조롭고 지루하게 여겨졌고, 그러한 연극을 이해할 만한 관객은 소수에 지나지 않았으며, 궁정 극장에서는 프랑스 극단을 직접 초청하여 공연케 하였기 때문이었다. 따라서 고트셰트의 개혁 이념에 따른 고전극 공연은 노이버린의 극장으로 하여금 차츰 관객을 잃게 하고 그로 인하여 경제적인 어려움을 가져왔다. 그럼에도 불구하고 노이버린은 한동안 고트셰트가 제안한 공연 목록을 계속 유지하였다. 그러면서도 다른 한편으로는, 작센 지방의 젊은 희곡 작가들의 작품을 발굴하여 공연 목록의 범위를 넓혀갔다. 요한 엘리아스 슐레겔J. E. Schlegel, 크뤼거Krüger, 마르티니Martini, 울리히Uhlich 같은 젊은 작가들의 작품들이 노이버 극단에서 공연되었다. 특히 기록할 만한 일은 1748년 1월 노이버린이 당시 신학대 학생이었던 19세의 작가 지망생 고트홀트 에프라임 레싱Gotthold Ephraim Lessing의 첫 작품 「젊은 학자Der junge Gelehrte」를 초연하여 계몽주의 독일 연극의 대표적 희곡 작가를 배출하였다는 점이다.

고트셰트가 주도한 공연 목록 개혁에 의하여 유랑극단은 새로운 교양 시민계층의 관객을 공연으로 이끌어들이는 데는 성공하였으나, 시민을 위한 상설 극장을 건설하기에는 아직 역부족이었다. 고트셰트에 이어 역시 계몽주의 연극을 개혁하려던 레싱은, 독일 연극 부진의 원인이 스승인 고트셰트가 독일 연극의 미래를 영국 연극에서 그 본보기를 찾지 않고 프랑스 연극을 모방한 데 있다고 보았다. 레싱은 "우아하고, 사랑스러운" 프랑스 연극보다는 "거창하고, 무시무시하며, 우수에 찬" 영국 연극이 독일인의 취향에 맞는다고 생각하고 있었다. 그리고 독일 연극이 고전 비극의 규칙을 따르지 않고도 비극성에 도달할 수 있는 셰익스피어의 연극을 모범으로 삼아야 한다고 주장하였다. 레싱이 마련하고자 하였던 시민 극장의 관객은 고트셰트가 생각하던 이성적인 시민하고는 거리가 있었던 것에 틀림없다. 고트셰트의 시학과 연극 개혁 노력은 초기 계몽주의 시대 연극에 막강한 영향력을 발휘하였으나 엄격한 교조주의와 현학성 때문에 계속 이어지지 못하였고, 개혁의 완성은 요한 엘리아스 슐레겔과 겔러트의 비판과 수정을 거쳐 레싱에 와서 비로소 이루어졌다.

2. 프리데리케 카롤리네 노이버의 삶

18세기의 다른 여성들과 비교할 때 프리데리케 노이버는 남다른 성장 과정을 거쳤다. 라이헨바흐 Reichenbach의 검찰관(후에는 공증인이 되었음)이었던 다니엘 바이센보른 Daniel Weißenborn의 외동딸로 태어난 노이버는 시민계급의 딸이 제대로 된 교육을 받기 어려웠던 시대에 유식하였던 어머니로부터 읽기와 쓰기, 산수 등 기초과목을 배웠고 후에는 라틴어와 불어 등 외국어도 배울 수 있었다. 그러나 그녀의 어린 시절은 매우 불행하였다. 여덟 살 되는 해에 갑자기 어머니를 잃고 아버지와 단둘이 살았으나 아버지의 학대가 심하였다. 열다섯 살의 프리데리케는 아버지의 계속되는 학대를 견디지 못하여 한때 아버지의 조수였고 법대 학생이었던 24세의 고트프리트 초른 Gottfried Zorn과 함께 가출한다. 그러나 곧 체포되어 13개월 동안 감금생활을 하고 다시 집으로 돌아온다. 그후 프리데리케는 19세 때 츠비카우 Zwickau의 김나지움 학생이었던 요한 노이버 Johann Neuber를 만나 그와 함께 영영 집을 떠나 달아났다. 두 사람은 그 전해 츠비카우에 와서 초청 공연을 했던 유명한 극단 중 하나였던 크리스티안 슈피겔베르크 Christian Spiegelberg 극단에 입단하여 배우가 되었다. 배우가 되면서 그들은 시민계급과는 결별한다. 배우로서 명성을 얻기 시작한 그들은 1718년 브라운슈바이크 대성당에서 결혼식을 올렸다. 노이버린이 배우로서 인기가 상승하기 시작한 것은 그들이 하크 호프만 극단 Haack-Hoffmannsche Theatertruppe으로 옮기고부터였다. 극단은 영국식 스타일로 공연을 하였으며 이 지역에서 가장 훌륭한 극단으로 꼽히고 있었다. 노이버 부부는 처음에 이 극단에서 연기하면서 배우로서의 명성을 얻게 되었다. 후에 이 극단의 여대표가 사망하자, 노이버 부부가 극단을 인수하여 직접 경영을 시작하였다. 이 시기에 노이버린은 라이프치히에서 요한 크리스토프 고트셰트를 알게 되었다. 신학과 철학을 전공하였던 젊은 독문학자 고트셰트는 "근엄하고 유머 감각이 좀 부족한" 사람이었다고 하나, 여성 교육에도 큰 관심을 보인 사람이었다. 그는 노이버 극단이 공연하는 프랑스 고전 연극을 보고 노이버린의 교양 있는 언어와 태도, 그리고 그녀의 천부적인 연기에 대단히 감동하였다. 독일 연극 무대에 여배우가 등장하기 시작한 지 얼마 되지 않은 때인 만큼 노이버린의 인기가 대단하던 때였다. 라이프치히 대학 문학 교수가 되어 자신의 최고 목표를 독일어와 독일 연극의 개선에 두고 있던 고트셰트는 그 극단에서 독일 연극 개혁의 가능성을 발견하였으며, 1727년부터는 본격적으로 노이버 극단과 함께 작업하기 시작하였다.

이해에 노이버 부부는 소속되었던 극단을 인수하여 극단 대표가 되고 '독일 궁정 배우Deutsche Hof-Komödianten'[1]라는 칭호와 특권을 함께 획득하였다. 이 극단은 계속 인기를 누렸으며 또 고트셰트 같은 학자와의 공동작업으로 연극의 수준을 올려 교양 시민을 연극으로 끌어들이는 데 성공하였다. 프리데리케 노이버에게 중요했던 것은, 계몽주의자인 고트셰트와 마찬가지로 "도덕적인 독일 연극"이었고, 연극의 궁극적 목적은 관객을 웃음으로 자극할 뿐만 아니라 관객을 이성적으로 교화해야 한다는 것이었다.

노이버린과 고트셰트의 연극 개혁의 출발지는 상업 도시이자 박람회 도시였던 라이프치히였다. 라이프치히는 이 시기에 독일의 중심 도시요, 학자들과 지식인들 그리고 부유한 상인들이 모여드는 장소로서 노이버린에게는 고향 같은 곳이었으며 또 그녀 극단의 중요한 공연장이 된 곳이었다. 이곳에서 노이버 극단은 주로 프랑스 고전 비극을 공연하면서 어릿광대극이나 즉흥극을 공연 목록에서 제외하였다.

노이버 극단은 여러 해 동안 독일 각지에서 명성을 누렸다. 그 극단은

---

1) '독일 궁정 배우'라는 명칭은 궁정에 소속된 배우를 의미하는 것이 아니라 궁정의 허가를 받아 일정한 장소에서 공연할 자격을 갖는 배우를 의미하였음.

라이프치히에서뿐만 아니라 브라운슈바이크 궁정으로부터도 공연 허가('브라운슈바이크-뤼네부르크-볼펜뷔텔-궁정 배우 특권Hochfrürstlich Braunschweig-Lüneburg-Wolfenbüttel'sche Hof-Komödianten-Privileg')를 얻어 이 지역에서도 공연을 하였다.

그러나 1734년 작센의 선제후이며 폴란드의 왕이었던 아우구스트 데어 슈타르케August der Starke가 죽은 후 노이버 극단이 가지고 있던 작센 폴란드 궁정 공연권은 말소되고, 공연권은 어릿광대극 배우이며 극단 대표인 뮐러Müller에게 돌아가고 말았다. 노이버 극단은 공연권뿐만 아니라 라이프치히에서 이제까지 공연해오던 공연 장소도 빼앗기게 되었다. 노이버 부부는 공연권과 공연 장소를 되찾기 위한 탄원과 투쟁을 끊임없이 계속하였으나, 극단은 결국 라이프치히를 떠나지 않으면 안 되었다. 그러나 노이버 극단은 프랑크푸르트와 슈트라스부르크 등 여러 곳에서 성공을 거둔 후 다시 라이프치히로 돌아와 공연할 기회가 있었다. 노이버린은 1737년 10월 라이프치히의 그리마이셰 토어 Das grimmaische Tor 밖 목조 극장에서 「독일의 막전극 Das Deutsche Vorspiel」이라는 비유적인 연극 한 편을 통하여 거칠게 농지거리를 하는 어릿광대를 독일 무대에서 상징적으로 추방하였다. 번역이 아니라 독일어를 강조한 이 연극에서 노이버린은 뮐러 극단과의 싸움과, 어릿광대극과 규칙적인 고전극 사이의 대결을 보여주고 있다.

노이비 극단은 라이프치히뿐만 아니라 브라운슈바이크, 드레스덴, 프랑크푸르트 암 마인, 킬, 뤼베크, 슈트라스부르크, 그리고 함부르크 능지에서 활약하였다. 함부르크에서 노이버린은 1738년 "함부르크 시의 이익을 위하여……" 처음으로 12년 동안 공연을 할 수 있는 "시설이 잘된 극장"을 건축하도록 자극을 주기도 하였다. 언어극을 위한 고정 극장을 건립함으로써 레퍼토리를 형성하고 단원들의 능력을 발전시키고 확고하게 하여 연극의 질적인 수준을 높이고자 한 것이었다. 또한 함부르크에서는 음악가 요한 아돌프 샤이베Johann Adolph Scheibe가 노이버린 극단을 위하여 연극작품의 내용과 분위기에 맞추어 처음으로 극음악을 작곡하여 연극과 함께 공연하였다. 이 극장의 상연 목록에는 노이버린 자신이 직접 쓴 막전극과 막후극을 포함하여 라신, 코르네유, 볼테르, 몰리에르 등의 주로 프랑스 의고전주의(擬古典主義) 작품들이 올라 있었다. 노이버 극단은 독일 내에서뿐만 아니라 외국에도 그 이름이 알려져 1740년 봄에는 러시아 여황제 안나 이바노브나의 초청으로 상트 페테르부르크에 가기도 하였다. 이해에 프리데리케 노이버라는 이름은 처음으로 『체들러 백과사전 *Zedlers Universallexikon*』에 '여성 시인 Poetin'으로 오르게 되었다. 러시아 여행 후에 노이버 극단은 라이프치히로 돌아왔으나 이때 고트세트는 이미 쇠네만 극단과 손을 잡고 같이 일하고 있었다. 요한 프리드리히 쇠네만 Johann Friedrich Schönemann은 배우로서 한때 노이버 극단의 단원이었다가 독립하여 자신의 극단을 세우고 프리데리케 노이버에 대적하며 고트세트의 연극 개혁 이념에 따라 극단을 이끌어간 극단 대표였다. 이 일을 계기로 노이버는 고트세트와 결별하게 되고 노이버 극단은 1743년 해체되었다. 그러나 그 다음해 노이버 극단은 다시 모여 라이프치히에서 활동을 재개하였다. 이때부터 1749년까지 라이프치히의 노이버 극장은 문학적 독일 연극의 연습장이 되었다. 노이버린은 겔러트 Gellert, 슐레겔 Schlegel, 바이제 Weise 등 독일의 젊은 극작가들의 작품을 공연하기 시작하였다. 장래가 촉망되는 신진 작가 레싱의 첫 작품도 노이버 극장에서 초연되었다. 후에 레싱은 그때 친구와 함께 노이버 극단을 위해 프랑스 연극과 영국의 연극을 독일어로 번역해주고 있었다. 레싱은 1754년 『함부르크 희곡론』에서, "그 당시 그 극장은 아주 전성기에 있었고, (……) 나는 그 극장에서 극작가가 배워야 할 수백 가지 중요한 것들을 배웠다"라고 회상한다.

그러나 노이버 극단에서 성장하여 명성을 얻게 된 코흐 등 유명한 배우들이 차츰 이 극단을 떠나기 시작하고, 경쟁자가 된 쇠네만은 노이버 극단이 이제까지 공연하던 장소를 차지해버려 노이버는 새 장소를 찾지 않으면 안 되었다. 설상가상으로 그사이에 라이프치히를 떠나 빈으로 갔던 배우 코흐가 돌아와서 독자적으로 궁정 배우 권리를 취득하고는 새로운 경쟁자가 되어 노이버 극단을 라이프치히에서 영영 밀어내었다. 잇달은 단원들의 배신과 죽음, 그리고 운영난으로 인해 결국 1750년 노이버 극단은 해체되지 않으면 안 되었다. 그후 남편과 함께 배우로 순회 공연을 하며 어렵게 생활하던 프리데리케 노이버는 빈으로 초청받으면서 실추되었던 명예를 다시 찾고 구원을 얻게 되었다. 오스트리아의 여황제 마리아 테레지아는 군대와 행정, 학교를 개혁하고 연극도 혁신하려고 하였기 때문에, 사람들이 라이프치히의 연극개혁자인 프리데리케 노이버를 빈으로 불러온 것이다. 빈에서 프리데리케 노이버는 고전작품을 공연하였으나 그 명성에 비해 별로 성공을 거두지는 못하였다. 관객들은 이미 프랑스 고전주의 작품을 거부하고 저속한 희극에만 관심이 있었기 때문이었다. 그러나 그 대신 극작가이기도 하였던 노이버린은 마리아 테레지아 여황제의 명명일을 기념하는 연극으로 직접 5막의 운문으로 된 희극「목동의 축제 혹은 가을의 기쁨Das Schäferfest oder Die Herbstfreude」(1753)을 써서 대단한 성공을 거두었다. 로코코 시대의 목동들의 사랑을 다룬 이 공연으로 빈의 극장은 수입을 올릴 수 있었다.

빈에서 돌아온 후 노이버는 다시 한번 극단 대표로서 소수의 단원을 이끌고 드레스덴을 비롯하여 근처의 작은 도시들을 전전하며 재기의 기회를 꾀하였다. 한편으로 바이마르 궁정의 극장장 자리에도 지원하였으나 거절당하였다. 프로이센과 오스트리아 간에 7년 전쟁이 발발하자 1756년 노이버의 마지막 극단은 또다시 해산하지 않을 수 없었다. 오스트리아 편에서 싸웠던 작센은 프로이센의 침공을 받았고, 이 전쟁으로 인하여 많은 연극인들이 굶주림으로 죽어갔다. 그러나 노이버 부부는 황실 주치의였던 뢰버Löber 박사의 도움으로 드레스덴 그의 집에 거처를 얻을 수 있었다.

프로이센의 침공으로 드레스덴이 폭격을 당하자 프리데리케 노이버는 뢰버 박사의 가족을 따라 근교의 라우베가스트 Laubegast라는 마을로 피난하였고 이곳의 한 농부 집에서 1760년 11월 29일 가난하고 외롭게 죽어갔다. 그녀의 남편은 이미 그 전해에 사망하였다. 시민계급의 권리를 잃고 전쟁 중에는 여배우로서 멸시당하던 노이버린은 교회 묘지에 묻히지 못하고 가난한 사람들이 묻히는 로이벤에 매장되었다고 한다. 그러나 노이버의 예술을 숭배하던 사람들(예술애국자협회 Gesellschaft Patrioten der Künste)은 그녀의 사후 1776년에 그녀를 위한 기념비를 라우베가스트의 엘베 강 언덕에 세워주었다.

3. 노이버린의 업적

3-1. 여배우로서

노이버린의 재능과 업적에 대해서는 1725년 이미 고트셰트가 자신의 도덕적 주간지 『이성적인 여성 비평가들 Die vernünftigen Tadlerinnen』에서 강조한 바 있었다. 이때 그는 라이프치히에서 공연된 「죽은 자들의 왕국에서의 대화」라는 연극에서 성격이 다른 네 명의 남자 대학생 역할을 번갈아가며 묘사해 보이는 노이버린을 보고 평생 잊지 못할 연기라며 그녀의 배우로서의 재능을 칭찬하였다. 또한 고트셰트는 프리데리케 노이버가 "연기술에 있어서 어떤 프랑스 여배우나 영국 여배우에도 뒤떨어지지 않으며, 이제까지의 혼란을 제거하고 프랑스 연극을 발판으로 독일적 연극을 세울 수 있는 의욕과 능력이 있는" 여성이라고 높이 평가하기도 하였다.

레싱도 1754년 배우로서의 노이버린의 전성기가 이미 오래 전에 지나간 때였음에도 불구하고 그녀가 "남성 같은 통찰력을 지녔다"고 하며 그녀가 만든 연극을 훌륭하고 빛나는 것이었다고 높이 평가하였다. 당시의 기록들에 의하면 노이버린의 연기는 생동감과 경쾌함으로 두드러졌고

(바로크 연극에서처럼 뻣뻣하고 의식적인 것이 아니라) 자연스러운 표정 연기와 동작으로 비극과 희극을 연기했다고 한다. 노이버린은 특히 "바지 입은 역할"(희극적인 남자 역할)에서 빛났고, 비극에서는 새로운 운문 대사(알렉산드리너 시행의)를 충분히 이해하고 암송하여 말할 수 있었다. 그녀가 살았던 시대와 상황을 고려해볼 때 그녀는 천재적인 여배우였다. 그도 그럴 것이 독일에서 여성이 연극 무대 위에 올라가기 시작한 것은 비로소 17세기 말부터였고 더욱이 알렉산드리너 대사를 암송할 수 있는 독일 여배우는 매우 희귀했기 때문이었다.

3-2. 극단 대표로서

3-2-1. 레퍼토리 개혁

노이버 극단의 공식적인 극단 대표는 그녀의 남편이었지만 극단의 실제 경영자로서 노이버린은 우선 유랑극단의 개혁에 몰두하였다. 그녀는 오래 전부터 내려오던 민중적 즉흥 희극과 함께 우악스럽고 교양 없는 희극배우 어릿광대를 차츰 무대에서 밀어내고, 그 대신 예술 드라마를 무대에 올렸다. 배우들은 운문 암송을 배워야 했고 그것을 자연스럽게 낭송하듯이 연기해야 했다. 레퍼토리의 개혁과 함께 프리데리케 노이버는 유랑극단의 문학적 수준을 높이고 배우들의 언어 능력과 연기 능력을 높였다. 프리데리케 노이버는 고트세트의 개혁 제안을 받아들이면서 민중의 연극을 문학적 연극에 집근시키려고 시도하였는데, 사실 이러한 시도는 배우 훈련에 시간이 많이 필요했고 따라서 공연 목록을 늘릴 수 없었기 때문에 그녀에게 경제적인 파산을 예견하게 하는 것이었다. 노이버 극단이 대체로 1740년 이후 특히 재정적으로 부진하였던 데는 두 가지 이유가 있었다. 첫째로 고트세트가 조달하기로 약속한 규칙극 대본들은 빈약하였을 뿐만 아니라, 번역이나 번안물도 조달되는 데 시간이 걸렸다. 게다가 그러한 작품들은 호흡이 긴 대사에다 대개는 연극적으로 효과가 적은 것이었다. 줄거리가 빈약한 언어극 낭송극이어서 상황극이나 효과가 풍부한 연극과는 완전히 다른 것이었다. 또 한편으로 문학에 관심을 가진 시민계급은 18세기 초반에 소수의 학자들이었고, 이들은 당시에 보통 극장으로 불리던 '코미디 극장Komödie' 에는 거의 가지 않는 형편이었다. 반면에 입장료를 지불하는 연극 관객은 낭송조의 언어극보다는 계속해서 어릿광대극이나 상황 희극을 선호하였다. 그리고 궁정과 귀족들은 오직 프랑스 연극과 이탈리아 오페라만 오락거리로 인정하였다. 독일의 유랑극단이나 독일 배우들은 저속하고 교양 없는 사람들로 취급을 받아 이들의 공연은 거의 허가받지 못하거나 또는 짧은 기간 동안만 초청 공연을 할 수 있었다. 게다가 세 번에 걸친 슐레지엔Schlesien 전쟁, 특히 7년 전쟁(1756~1763)으로 인하여 노이버 극단은(다른 유랑극단들도) 결국 파산지경에 이르렀다. 전쟁이 끝나고 1770년 이후 소공국의 궁정과 왕성이 있는 도시들에서 독일 연극에 관심을 갖기 시작할 때에야 비로소 독일 극단과 배우들의 상황은 개선되기 시작하였다.

3-2-2. 배우의 훈련과 교육

극단의 대표로서 노이버린은 레퍼토리의 개혁과 더불어 배우들의 훈련과 교양 교육에 힘을 썼다. 알렉산드리너 시행을 암송해야 하는 배우 훈련은 오랜 시간을 필요로 하였다. 이 결과 이 극단이 공연할 수 있는 작품의 수가 제한되고 따라서 경제적으로 불리하게 되었으나 그래도 노이버린은 개혁 레퍼토리를 계속 고수하였다. 노이버린은 또한 여배우들에게 시민계급의 교양과 예절을 가르쳐서 이제까지 천한 신분으로 무시당하던 여배우 신분을 시민계급에 편입되어 그들의 신분이 상승하는 데 도움이 될 수 있도록 하였다.

3-2-3. 연극에 음악 삽입

또한 노이버린은 극의 내용과 분위기에 맞는 새 음악을 연극에 도입하였다. 유랑극단의 공연에는 언제나 노래와 만돌린, 트럼펫, 바이올린 음

악이 따랐다. 음악처럼 영혼을 감동시키는 것이 없기 때문에 대부분의
유랑극단들은 항상 자신들의 연극이 오페라에 조금이라도 가까운 것이
되도록 애썼다. 노이버 극단과 같은 큰 극단은 공연 때마다 오케스트라
전체를 대여하곤 하였다. 그러나 음악가들은 무대 위 사건의 분위기나
의미를 고려하지 않고 자신들의 기분이 내키는 대로 음악을 연주하였고,
이렇게 연극에 어울리지 않는 음악은 노이버린에게 거슬렸기 때문에, 그
녀는 이러한 음악을 바꾸려고 하였다. 함부르크 공연에서 노이버린은 라
이프치히 출신의 작곡가 요한 아돌프 샤이베에게 비극과 희극에 맞는 음
악을 작곡해줄 것을 부탁하였다. 주간 음악지 『크리티셰 무지쿠스 *Der
critische Musicus*』의 발행인이기도 하였던 샤이베는 "비극과 희극이 서
로 다르듯이 거기에 속하는 음악도 달라야 한다"고 연극 음악 이론에 대
하여 쓰기도 한 음악가였다. 그는 노이버린의 요청에 따라 연극 내용에
맞추어 분위기와 속도를 고려한 음악을 써서 독일에서 최초로 연극 음악
을 작곡한 음악가가 되었다. 이렇게 노이버린은 연극에 맞는 음악을 도
입하여 새 공연 모델을 보여주어 관객의 열광적인 환영을 받았다.

3-2-4. 신진 작가 양성

노이버린은 자신의 연극 목표를 위해 평생 투쟁하다가 자기 생전에는
그 목표를 이루지 못하고 외롭게 죽어갔으나, 바로 다음 세대에 그녀가
꿈꾸었고 그 기초를 닦아놓았던 것늘이 달성되었다. 즉 프리데리케 노이
비가 배출하였고 그녀의 극상에서 연극적 경험을 쌓았던 계몽주의 대표
적 극작가 레싱이 이제까지 적대관계에 있던 문학과 연극을 통일하는 데
결국 성공하였던 것이다. 노이버린은 관객에게 저질의 어릿광대극이 아
니라 이성적이고 문학적인 연극을 보여주어 시민 관객의 도덕의식을 깨
우치면서 계몽하려고 하였고, 이것을 위하여 우선 세련된 언어로 씌어진
프랑스 고전극을 번역하여 공연하면서, 대본 없이 공연하는 즉흥극을 무
대에서 몰아내었다. 고트셰트와 함께 작업하면서 프랑스 고전극의 대본

은 고트세트와 그의 부인 루이제 아델군데 빅토리아의 번역을 사용하였으며, 자신이 직접 프랑스 고전을 번역하기도 하였다. 그녀는 공연을 위하여 잘된 독일어 번역을 찾았을 뿐만 아니라, 독일어로 씌어진 창작극을 무대 위에 올리려고 노력하였다. 그 결과 고트세트의 비극 「죽어가는 카토」를 공연하여 성공을 거두었을 뿐만 아니라 그녀 자신이 직접 쓴 막전극도 좋은 반응을 얻으며 공연되었다.

엄격한 이론가이고 현학적인 학자였던 고트세트는 몰리에르의 희극조차도 가볍고 민중적이라고 보았기 때문에, 경박한 재치 같은 것은 연극에서 추방하려고 하였다. 그에게는 프랑스 고전주의 원칙을 엄격하게 지켜서 씌어진 규칙극만이 가치 있는 것이었다. 그런데 프랑스의 고전주의자들이 우아하고 경쾌하게 다룬 것을 고트세트는 프로이센의 엄격성과 함께 건조한 희곡론에 따라 경직된 운문과 규칙에 맞는 동작만을 고집하였다. 고트세트가 연극에서의 즐거움은 운문시와 이성적인 대사에서만 나와야 한다고 생각한 반면에, 현장 배우로서 경험이 많은 프리데리케 노이버는 사람들에게는 익살꾼이 더 사랑을 받는다는 것을 알고 있었다. 본래 노이버는 "해학적인 인물" 자체를 무대에서 몰아내려고 한 것이 아니라, 야비하게 소란을 떨고 인상을 쓰며 음담패설을 일삼는 어릿광대를 연극에서 추방하려 한 것이다. 웃음과 춤, 재치 있는 조소와 대담한 풍자는 그녀의 연극에서 의상과 장식품과 마찬가지로 소중한 것이었다. 그녀는 인간을 교화하고 개선하기 위하여 고전주의 드라마와 오락을 제공하는 즐거운 연극, 이 두 가지를 다 원하였다.

고트세트가 노이버린에게 막전극에서 어릿광대의 상징적 추방을 공연하도록 지시하였다는 말도 있으나 이것은 개연성이 적어 보인다. 왜냐하면 그러한 오락거리는 노이버린 자신이 제작하였기 때문이었다. 그녀는 이미 작가로서도 이름을 얻고 있었고, 막전극을 쓰는 것은 그녀의 특기였다. 노이버린은 고트세트와 같은 중요한 인물을 존경하고 그의 이론을 존중하기는 하였으나, 그의 작품들은 명랑한 막전극이나 막후극으로 양

넘을 하지 않으면 너무 이론적이고 지루해진다는 것을 깨달았다.

노이버린은 자신도 막전극과 막후극을 썼을 뿐 아니라 좋은 독일 희곡 작품을 얻기 위해 레싱과 같은 젊은 극작가들에게 작품을 쓰게 하고 또 공연의 기회를 주면서 작가를 양성하였다. 고트세트가 노이버 극단의 경쟁자인 쇠네만 극단과 손을 잡고 그 극단을 지원함으로써 이제 그와 결별하게 된 노이버 극단은 말년에 라이프치히에서 극심한 경제적 곤란을 겪었다. 그러나 여러 가지 어려운 상황에도 불구하고 라이프치히에서 노이버린의 명성은 여전하였으므로 그녀의 극장에는 항상 젊은 대학생들 관객이 끊이지 않았다. 그중 한 젊은이가 바로 카멘츠에서 온 목사의 아들 고트홀트 에프라임 레싱이었다. 레싱에게 노이버 극장에서의 연극 관람은 커다란 즐거움이었다. 또 항상 새로운 극작품을 찾고 있던 노이버린은 레싱에게 프랑스와 영국 연극의 독일어 번역을 맡겼고 그 대가로 레싱은 이 극장에서 무료 관람권과 극작가가 되기 위한 수업 기회를 얻게 된 것이었다.

레싱의 첫 희극 「젊은 학자」는 인생과 사랑보다 책과 이론만을 더 중시하는 것이 얼마나 해로운가를 보여준 작품이다. 이 작품은 훗날 그의 대표작들과는 달리 18세기 초반에 유행하던 몰리에르의 희극을 본받아 이와 유사하게 씌어진 것이다. 신예 작가의 희곡이 공연되기가 쉽지 않았던 때, 노이버린은 이 작품을 공연하여 작가에게 첫 성공을 안겨주었다. 노련하고 경험 많은 연극감독으로서 노이버린은 대학생 레싱에게서 이미 희곡적 재능과 독일 연극의 미래를 예견할 수 있었던 것이다.

레싱뿐만 아니라 요한 엘리아스 슐레겔과 크리스티안 퓌르히테고트 겔러트, 크리스티안 펠릭스 바이제 등 당시의 다른 젊은 작가들의 작품들도 노이버린은 자신의 극장에서 처음으로 소개하였다.

3-3. 극작가로서

노이버린의 작가로서의 재능은, 이미 그녀 생전에 고트세트도 인정한 바 있지만, 무엇보다도 그녀의 활동에 대해서 가장 잘 말해주는 것은 그녀 자신이 쓴 글이라고 하겠다. 그녀가 쓴 글은 거의 모두 실용문학의 범주에 들어갈 수 있는 것으로 수많은 편지들과 더불어 관청에 보낸 길고 상세한 청원서들, 특정한 기회에 쓴 시들(군주들의 기념일을 위한 축시, 책의 헌사, 청원하는 시, 우정의 확인, 감사의 시)과 막전극들이 보존되어 있다. 그녀는 많은 막전극을 썼으나 매번 인쇄하여 발표하지는 않았으므로 오늘날에는 세 편만 전해지고 있다.(「독일의 막전극 Ein Deutsches Vorspiel」(1734), 「무지에 대항하여 지혜로 보호하는 연극예술 Die von der Weisheit wider die Unwissenheit beschützte Schauspiel-Kunst」(1736), 「개선된 독일 연극으로 보여드리는 폴콤멘하이트의 존경 Die Verehrung der Vollkommenheit durch die gebesserten teutschen Schauspiele」(1737)) 나머지 대부분에 대해서는 연극 포스터, 축제 프로그램 또는 동시대인들의 기록에서 알 수 있을 뿐이다.

그녀의 편지와 청원서들은 능숙한 산문체로 씌어 있음을 볼 수 있다. 노이버린은 프랑스어와 라틴어를 쓸 수 있었는데, 적어도 법률에 관한 라틴어를 청원서에서 당시의 법적 관행에 맞는 문체로 효과적으로 응용할 수 있을 정도로 쓸 수 있었다.

막전극들에서 노이버린은 특히 그 서문에서 자신의 연극 개혁의 의도를 밝혔다. '라이프치히 막전극'이라고도 불리는 「독일의 막전극」은 그녀의 예술적 입장에 대해 선언한 것이라고 할 수 있다. 특히 이 극은 라이프치히에서 궁정 배우 특권을 놓고 노이버 극단과 경쟁자 뮐러 극단 사이에 있었던 투쟁을 비유적으로 보여준다. 이 막전극의 서문에서 노이버린은 다음과 같이 독자들에게 자신의 입장을 알린다.

여기 여러분이 읽으실 것이 있습니다. 어떤 위대한 남성 학자의 것이 아닙니다. 표지에서 보신 바와 같이 한 여성의 것입니다. 그녀의 신분은 아주 하찮은 사람들에 속합니다. 그도 그럴 것이 그 여성은 일개 배우에 지나지 않을 뿐이고 태생이 독일 여자이니까요. 그 여자는 오직 자신의 예술에 대하여 해명할 수 있을 뿐입니다. 어떤 예술가가 자신의 예술에 대하여 이야기할 때, 그 예술가를 이해할 수 있을 정도로 그녀가 많이 안다면 말입니다. 여러분은 물으시겠지요, 무엇 때문에 그 여자도 글을 쓰느냐고요. 그러면 그 여자는 보통 여자들처럼 대답할 것입니다, 그것 때문이라고!

이 극은 1734년 부활절 박람회 때 공연되었으며 노이버린의 막전극들 중에서 제일 처음 인쇄된 것으로 그녀의 예술적 입장 선언과 당시 어릿광대 극단과의 투쟁을 반영하는 일종의 '기록극'으로 둘 사이의 비유적인 이중 전략을 성공적으로 묘사하였다. 노이버린은 이 극에서 경제적으로 유리한 고지를 얻기 위한 야비한 싸움에서 비극의 여신 멜포메네(노이버린이 연기하였음)와 희극의 여신 탈리아로 구현되는 체제 전쟁을 가시화하였고 처음으로 무대라는 틀 안에서 연극 개혁에 대한 자신의 견해를 천재성을 발휘하여 선전하였다. 아폴로 신은 이 극에서 멜포메네에게 편들어주고 버릇없는 코미디의 여신 탈리아에게 선언한다, 즉 "멜포메네가 그 동안 그대에게 감사하게 될지 모른다 / 그대로 인하여 유명해질 테니까"라고. 실제로 이 투쟁에서 노이버린은 더 유명하게 되었다. 그녀와 어릿광대극 배우 요제프 페르디난트 뮐러와의 투쟁에서 두 가지 예술 시스템이 대결하였는데, 한쪽은 운문 대사로 이성적 규칙에 따라 형성된 언어 문화였고 다른 한쪽은 우연에 근거한 즉흥성과 이탈리아 가면 희극의 논버빌 non-verbal 극이었다.

노이버린은 그 외에도 많은 막전극을 썼으나 대다수가 분실되었다. 그러나 노이버린을 극작가로서 유명하게 만든 것은 그녀의 1753년 작인 5막 희극 「목동의 축제 혹은 가을의 기쁨」이다. 이 작품은 노이버린이 오스트리아 빈에 초청 공연을 가서 여황제 마리아 테레지아의 명명일을 기념하기 위하여 써서 빈 극장에서 공연하게 한 것으로, 이 공연은 대단한 호응을 얻고 대본은 그 다음해 출판되어 극작가로서의 명성도 얻게 하였다. 이 희극은 전원극으로서 감정의 혼란을 극복한 후 이상적인 사회, "진정한 미덕이 존재하는 고요한 곳, 성실성이 인정받고 보상받는" 사회에 대한 생각이 조화로운 꿈으로 승화되는 것을 그리고 있다. 전원문학의 전통적인 이상향의 목표가 아름다운 전원에서의 단순하고 평화로운 삶이라는 토포스Topos로 실현된다.

이 극에서 목동들은 큰 축제를 준비하고 있다. 이때 젊은이들은 서로의 짝도 발견할 수 있다. 흔히 사용되는 희극의 구성 원칙에 맞게 통례적인 오해와 갈등이 있은 후에 배필들을 만나는 것이 성공한다. 도덕적인 교훈과, 당시의 미덕과 악덕의 목록이 긴밀하게 연결되면서 혼동과 장애물들이 등장한다. 그리고 이성적 낙관주의를 대변하며 경험과 이해심과 사랑이 많은 부유한 아버지도 내세워진다.

희곡의 3일치법을 철저하게 지킨 이 극은 노이버린의 의도, 즉 "극장이 미덕과 미풍양속이 머무는 곳"이 되게 하려는 의도와 맞는 것이다. 또한 그녀의 교육 목표, "미덕과 악덕의 차이를 보여주고 그 두 가지의 필연적 결과를 밝히려는" 목표에 일치하는 것이다. 그리고 "청년들의 일탈"뿐만 아니라 근본적으로 "이성간의 오류들"을 보여주어 개선하려는 목표도 나타난다.

빈에서 노이버린은 이미 전성기가 지난 나이든 배우로서 연기면에서는 별로 인기를 얻지 못하였으나 이 작품의 극작가로서 그 명성을 다시금 확인하게 되었다.

맺음말

이상에서 살펴본 바와 같이 노이버린은 생전에 독일 연극 개혁의 완성을 경험하지 못하였으나 자신이 발굴하고 키워낸 신진 작가 레싱을 결국 계몽주의 연극 개혁의 완성자가 되도록 밑바탕을 다져놓고 나아가서 괴테와 실러로 이어지는 독일 연극의 길을 닦아놓은 인물이다. 노이버 극장에서 극작법을 배우고 작가가 된 레싱이 후에 노이버린이 죽은 다음 자신의 대표작들, 희극 「민나 폰 바른헬름 Minna von Barnhelm」(1767), 비극 「에밀리아 갈로티 Emilia Galotti」(1772) 그리고 「현자 나탄 Nathan der Weise」(1783) 등의 주옥같은 작품들을 내놓아 독일 계몽주의 연극사에 커다란 획을 긋게 한 것이 그 사실을 입증한다.

노이버린 이후에는 여성으로서 독일에서 극단 대표로 활약하여 중요한 인물이 된 여성을 볼 수 없다. 극단 대표라는 직책은 1750년 이후 오직 남성들의 영역이었기 때문이었다. 극장의 창립자, 감독 또는 행정가들은 모두 남성들이었다. 독일어로 된 극작품을 독일 배우들이 연기한다는 이유로 '민족적' 극장이라고 하였던 '민족극장 Nationaltheater'에서도 마찬가지였다. 이러한 상황에서 여성이 극단 대표로뿐만 아니라 극작가로 인정받기는 매우 어려웠을 것이 틀림없다. 18세기 말과 19세기에도 독일에 드라마를 쓴 여성들이 없지 않았지만 이들의 작품들은 대체로 대중적이고 통속적인 것이라고 폄하되었을 뿐 아니라 그 작품들이 공연의 기회를 얻기는 더더욱 힘들었다. 독일어권에서 여성 작가들이 드라마 작가로 인정받기 위해서는 거의 20세기 후반까지 기다려야 했다.

이러한 독일 계몽주의 연극의 발전과 독일 여성 연극인들이 처했던 여러 가지 열악한 상황을 고려해볼 때 프리데리케 카롤리네 노이버라는 한 여성이 18세기 초반 배우로서, 극단 대표로서, 작가로서 그리고 여성으로서 실천한 연극 개혁과 이루어낸 업적은 한층 더 빛나지 않을 수 없다.

참고문헌

Friederike Caroline Neuber, *Das Lebenswerk der Bühnenreformerin, Poetische Urkunden*, Hrsg. von Bärbel Rudin und Marion Schulz, I. Teil : Reichenbach im Vogtland 1997; 2. Teil : 2002.

Barbara Becker-Cantarino, *Der lange Weg zur Mündigkeit, Frauen und Literatur in Deutschland von 1500 bis 1800*, München, 1989.

Brinker-Gabler Gesela(Hrsg.), *Deutsche Literatur von Frauen. 1. Bd. : Vom Mittelalter bis zum Ende des 18. Jahrhunderts*, München, 1988.

Ruth P. Dawson, Frauen und Theater : Vom Stegreifspiel zum bürgerlichen Rührstück, *In : Brinker-Gabler, Gisela(Hrsg.), Deutsche Literatur von Frauen, 1. Band. Vom Mittelalter bis zum Ende des 18. Jahrhunderts*, München 1988, S. 421~433.

Gundi Ellert, Eine Frau voll männlichen Geistes. Die Theaterleiterin und Schauspielerin Friederike Caroline Neuber. In : Ursula May, *Theaterfrauen. Fünfzehn Porträts*, Frankfurt, a. M., 1998. S. 11~28.

Erika Fischer-Lichte, *Geschichte des Dramas. Band 1 : Von der Antike bis zur deutschen Klassik*, Tübingen, 1990.

Gnüg, Hiltrud/Renate Möhrmann(Hrsg.), *Frauen-Literatur-Geschichte. 2.*, vollst. neu bearb. und erw. Aufl., Stuttgart, 1999.

Susanne Kord, *Ein Blick hinter die Kulissen. Deutschsprachige Dramatikerinnen im 18. und 19. Jahrhundert*, Stuttgart, 1992.

Susanne Kord, Frühe dramatische Entwürfe. Drei Dramatikerinnen im 18. Jahrhundert. In : Hiltrud Gnüg und Renate Möhrmann(Hrsg.), *Frauen Literatur Geschichte. Sreibende Frauen vom Mittelalter bis zur Gegenwart. 2.* Aufl., Stuttgart/Weimar, 1999.

Angelika Mechtel, *Die Prinzpalin. Roman.* Frankfurt a .M., 1997.

Petra Oelker, Nichts als eine Kom diantin, *Die Lebensgeschichte der Friederike Caroline Neuber*, Weinheim und Basel, 1993.

Bärbel Rudin, *Venedig im Norden oder : Harlekin und die Buffonisten*, Reichenbach i. V, 2000.

Vernunft und Sinnlichkeit. Beiträge zur Theaterepoche der Neuberin. Ergebnisse der Fachtagung zum 300. Geburtstag der Friederike Caroline Neuber, 8.-9. März, 1997, Neuberin-Museum Reichenbach i.V. Hrsg. v. Bürbel Rudin und Marion Schulz. Reichenbach i. V, 1999.

김미란, 박광자, 최석희, 홍명순, 『독일어권의 여성 작가』, 충남대출판부, 2000.

이원양, 『독일연극사 — 근세부터 현대까지』, 두레, 2002.

프리데리케 카롤리네 노이버 연보

1697년 3월 9일 검찰관 다니엘 바이센보른과 부인 안나 로지네 빌헬름의 딸로
작센 포크틀란트의 라이헨바흐에서 출생.

1702년 바이센보른 가족 츠비카우로 이사. 그녀의 아버지는 공증인이 됨.

1705년 어머니 안나 로지네 사망.

1712년 프리데리케는 대학생 초른과 함께 가출. 곧 붙잡히고 감금되었다가 13
개월 후 석방됨.

1716년 요한 노이버와 함께 두번째 가출. 두 사람은 슈피엘베르크 극단에 입단.

1718년 요한 노이버와 브라운슈바이크에서 결혼.

1719년 노이버 부부 하크 극단으로 옮김.

1727년 노이버 극단 설립. 작센-폴란드 궁정 배우 특권 취득. 고트세트와 공동
작업 시작.

1732년 고트세트의 「죽어가는 카토」 초연.

1734년 밀러 극단에 극장을 빼앗기고 라이프치히를 떠나게 됨. 「독일의 막전
극」 씀.

1737년 프랑크푸르트와 슈트라스부르크에서 성공을 거두고 라이프치히로 돌아옴.
노이버 극단 막전극에서 어릿광대의 추방을 무대에서 상징적으로 보여줌.

1738년 샤이베, 노이버린의 연극을 위하여 처음으로 연극 음악을 작곡.

1740년 러시아 황비 안나의 초청으로 상트 페테르부르크 여행. 프리데리케 노이
버는 『체들러 백과사전』에 여성 시인으로 수록됨.

1741년 고트세트와 결별.

1748년 노이버 극단 레싱의 최초의 희극 「젊은 학자」를 초연함.

1749년 쇠네만 극단에 라이프치히의 공연장을 빼앗김.

1753년 노이버린, 빈에서 초청 공연. 희극 「목동의 축제 혹은 가을의 기쁨」을 써
서 공연.

1759년 7년 전쟁 중 남편 요한 노이버 사망.

1760년 드레스덴 폭격으로 프리데리케는 라우베가스트로 피난하였으나 11월
29일 사망.

애정 소설로서의
『젊은 베르터의 고뇌』

박광자 서강대 독문과 대학원을 졸업했다. 현재 충남대 독문과 교수로 재직 중이다. 「헤르만 헤세에 있어 자기 구현의 문제」 외에 괴테와 독일어권 여성문학에 관한 논문들이 있다.

1. 18세기의 애정소설

18세기에 들어와 가정의 형태가 하인과 고용인들이 함께 생활하던 대가정에서 식구 중심의 소가정으로 변화하면서 생산과 소비의 공동체였던 가정은 휴식과 사랑의 공간으로 변했고, 밖에서 활동하는 남편과 집안 살림을 맡는 아내의 역할 분담은 더욱 엄격해졌다. 가정 제도의 변화는 가정/애정소설의 붐을 가져왔는데 그 진원지는 영국이었다. 『젊은 베르터의 고뇌 Die Leiden des jungen Werther』(이하 『베르터』로 표기)의 로테 역시 골드스미스 Oliver Goldsmith의 『웨이크필드의 시골 목사 The Vicar of Wakefield』(1766) 같은 영국 소설을 읽고 있고, 무도회장으로 가는 마차 안에서의 대화도 당대의 인기 소설에 관한 것이다.(23)[1] 겔러트Christian Fürchtegott Gellert의 『스웨덴 백작 부인 G의 생애 Leben

---

1) Goethe, Die Leiden des jungen Werther, *Goethe Werke*, in : 14. Bänden. Hrsg. Von E. Trunz. (HA). Bd. VI. 8. Aufl. München, 1973. 본문 괄호 안의 숫자는 이 전집의 쪽수임.

der schwedischen Gräfin von G』(1746)와 라 로슈 Sophie von La Roche 의 『폰 슈테른하임 양의 이야기 *Geschichte des Fräuleins von Sternheim*』(1771) 같은 가정 소설이 당대에 독일의 (여성) 독자들에게서 사랑받고 있던 소설들이었다.

근대가 시작되기 전까지 수세기에 걸쳐 사랑은 결혼과 무관한 것으로, 독일에서는 사랑이 교양 Bildung을 완성시키는 한 과정으로 받아들여지고 있었다. 이룰 수 없는 사랑의 고통을 중시하고 연인을 성스러운 존재로, 사랑을 종교적인 숭배로 고양시키는 일은 드문 일이 아니었다. "비현실적, 시적(詩的), 귀족적이며, 혼외적(婚外的)인"[2] 사랑이 결혼과 결부되기 시작한 것은 18세기에 영국에서 부르주아가 역사의 전면에 등장하면서 시작된 일이다. 그런데 정치적, 경제적 측면에서 결혼을 이해했던 귀족층과는 달리 시민층은 결혼에서 덕성을 손꼽았다. 열정은 일시적, 비정상적 상태로 이해되었고, 참다운 사랑이란 도취 상태가 아니라 영혼의 결합, 우정이었다. 이에 따라 관능성이 배제된, 우정 같은 사랑이 최고의 가치로 자리매김하게 되는데, 예컨대 『베르터』에서 로테와 알베르트가 그런 식으로 결합된다.

18세기의 애정소설은 사랑의 감미로움보다 도덕을 강조하는 계몽적 소설이 대부분이었다. 언급한 『스웨덴 백작 부인 G의 생애』『폰 슈테른하임 양의 이야기』, 레싱의 『미스 사라 샘슨 *Miß Sarah Sampson*』, 루소의 『에밀』 등에서 관능성은 배제되어 있었다. 이런 소설들에서 말하는 사랑은 이른바 "이지적인 사랑 vernünftige Liebe"[3]으로, 신뢰와 인간애, 우정 같은 것이다. 전장에 나간 남편이 사망한 줄 (잘못) 알고 남편의 친구와 재혼해서 행복한 결혼생활을 하던 스웨덴 백작 부인 G는 첫 남편

---

2) Jacqueline Sarsby, 『낭만적 사랑과 사회 *Romantic Love and Society*』, 박찬길 역, 민음사, 1985, 28, 32, 42쪽.

3) Walter Hinderer, Zur Liebesauffassung der Kunstperiode. In : *Codierung von Liebe in der Kunstperiode*, Hrsg, von Walter Hinderer, Würzburg, 1997, S. 13.

이 돌아오자 다시 그에게 돌아가지만 세 사람간의 신뢰와 우정은 변하지 않는다. 『미스 사라 샘슨』에서 애인을 따라 가출해서 같은 여인숙에 머물고 있는 사라와 연인 멜레폰트 사이에도 육체적인 관계는 찾아볼 수 없다. 그렇다고 사라의 사랑이 열렬하지 않은 것은 결코 아니다. 사라는 사랑을 위해 목숨까지 내놓는다. 루소의 『에밀』에서도 에밀과 소피의 사랑은 결코 범위를 넘어서지 않는 것이다. 이 시대의 사랑은 목가적인 것으로, 사람들은 시골에서 목동처럼 살고 싶어했다. 『베르터』에도 편지 주고받기, 시낭송, 종이로 오려 만든 실루엣, 리본 같은 사랑의 징표 나누어 갖기 등의 소박한 사랑의 유희가 등장한다. 괴테는 많은 실루엣을 수집해 가지고 있었으며 샤를로테 부프의 실루엣도 가지고 있었던 것으로 알려져 있다. 자연에 대한 동경, 우정, 시골생활, 독서, 다정한 사람과의 서신 교환, 무도회, 보리수 아래에서의 사랑의 약속, 달빛 속의 산책 등이 유행이었고, 프랑스에선 왕비 마리 앙투아네트가 시골 처녀의 복장을 하고 외양간에서 소의 젖을 짤 정도였다. 이런 전원적 사랑의 대상은 소박하고 명랑한 아가씨이다.

베르터 역시 작고 한적한 시골 마을에서 로테를 만난다. 로테는 마을에서 존경받고 있는 은퇴한 법관의 딸로, 어린 동생들에게는 어머니이고, 상처한 아버지에겐 아내, 마을의 병자와 임종하는 사람들에게는 간호사 같은 여성이다. 애정소설치고는 특이하게도 『베르터』에는 로테가 얼마나 아름다운가 하는 것보다는 그녀가 얼마나 부지런하고 소박한 삶을 살고 있는가를 보여준다. 로테의 외모에 관한 묘사는 "검은 눈동자, 생기 있는 입술, 건강하고 쾌활한 뺨"(23) 정도이다.

부패한 궁정 문화 대신 시민 가정의 도덕성이 칭송되면서 호색적인 귀족사회의 남녀관계가 아니라 시민적인 가정의 행복이 강조되었다. 여성들에게도 미모, 세련미, 사교성보다는 소박함, 진실성, 부지런함 같은 생활인의 면모가 더 큰 역할을 하게 되었는데, 흥미로운 점은 이런 경향이 프랑스보다는 독일에서 더 두드러지게 나타났다는 점이다. 이 문제와 관련하여 루만Niklas Luhmann은 흥미있는 지적을 하고 있는데, 사랑이라는 단어가 프랑스에서는 혼외적 열정을, 영국에서는 가정적인 것 Häuslichkeit을, 독일에서는 교양을 연상시킨다는 것이다.[4] 독일에서는 결혼을 앞둔 여성들에게는 다음과 같은 교훈이 주어졌다.

외적 아름다움이나 화장술로 만들어진 화려함보다는 자연스러움, 정숙함, 현명함, 소박한 쾌활함 같은 것이 더 매혹적이다. 두뇌와 가슴의 교양 부족을 아름다운 외모가 대신할 수는 없다. 여성의 명성은 모든 사람들의 총애를 받는 것, 많은 숭배자를 가지는 것, 모임에서 멋지게 보이는 것이 아니라 교양 있고 박식하여 남편에게는 이해심 많은 친구, 정숙한 아내이자 훌륭한 주부이자 어머니가 되는 것이다.[5]

그러나 『베르터』에는 이런 것과는 다른 종류의 애정, 개인적, 관능적인 베르터의 사랑이 큰 자리를 차지하고 있다. 로테는 쾌활하고 순진한 시골 처녀로 성에 관해서는 무지한 것으로 보인다. 그럼에도 불구하고 그녀와 함께 왈츠를 추고 난 후 베르터는 앞으로 그녀를 다른 사람과 절대로 왈츠를 추지 못하게 해야겠다고 결심할 정도로(25) 성적으로 매료된다. 로테와 손이나 발이 닿으면 베르터는 마치 불에 손을 덴 것처럼 몸을 움츠리고, 모든 감각이 마비되어버릴 정도가 된다.(38) 그는 헤어질 때마다 다시 방문해달라고 하는 로테의 감미로운 태도에 매혹되고, 대화

---

4) Niklas Luhmann, Liebe als Passion, *Zur Codierung von Intimität*, 4. Aufl. Frankfurt am Main, 1982, S. 184.

5) Wolfgang Martens, *Die Botschaft der Tugend : Die Aufklärung im Spiegel der deutschen Moralischen Wochenschriften*. 2. Aufl. Stuttgart, 1971, S. 366f. : Susan L. Cocalis, Der Vormund will Vormund sein : Zur Problematik des weiblichen Unmündigkeit im 18. Jahrhundert, In : *Gestaltet und Gestaltend. Frauen in der deutschen Literatur. Amsterdamer Beiträge zur neueren Germanistik*. Hrsg. von Marianne Burkhard. Bd. 10(1980). S. 39에서 재인용.

를 나눌 때면 그녀의 달콤한 숨결에 넋을 잃는다.(37)

베르터에 의해 발견된 로테의 관능성은 이 소설의 진행과 더불어 점점 더 뚜렷하게 모습을 드러낸다. 일찍이 토마스 만이 이른바 '카나리아 장면'(80 이하)에서 이 소설의 관능적 면모를 지적한 바 있지만[6] 『베르터』에는 당대의 여느 애정소설에서는 볼 수 없는 관능성이 나타나고 있다. 숨겨진 에로틱, 이것이야말로 『베르터』를 18세기의 여느 애정소설과 구별짓게 하는 특성이라고 할 수 있다.

2. 숨겨진 에로틱

『성의 역사 *Histoire de la Sexualität*』에서 푸코 Michel Foucaulat는 청교도주의가 지배하던 17세기는 성에 관한 금기와 억압의 세기이며, 18세기 후반에 오면서 통치를 위한 필요성에 의해—예컨대 국력 신장을 위한 인구 정책 등—의학을 시작으로 성적 욕망에 관한 담론이 활발해졌음을 지적한 바 있다. 그는 어느 인터뷰에서 "우리는 18세기 이래 성욕을 갖고 있고, 19세기 이래 섹스를 갖고 있다. 우리가 그 이전에 가졌던 것은 의심할 나위 없이 신체였다"[7]라고 언급하면서 에로티시즘의 발견을 근대의 사건으로 강조하고 있다.

로테와 베르터의 사랑은 문학에 관한 공통 관심사에서부터 시작된다. 무도회에 가기 위해 마차를 타고 가는 동안 베르터와 로테의 첫번째 대화는 소설에 관한 것이다. 이때 로테는 좋아하는 소설이 자신과 비슷한 환경의 이야기, 재미있고 정다운 가정 소설이라고 말한다.(23) 그녀가

---

6) Thomas Mann, *Gesammelte Werke*, in : 13 Bänden. Bd. IX, 2, Frankfurt a. M., 1974, S. 652.

7) Michel Foucaulat, *Power/Knowledge. Selected Interviews and Other Writings 1972~77*, Edited by C. Gordeon/L. Marschall/J. Mephlam/Kate. Sussex, 1980, p. 211, J. G. 메르키오르, 『푸코』, 이종인 역, 시공사, 1998, 199쪽에서 재인용.

언급한 제목은 도덕적 내용의 영국 감상 소설 sentimental novel로, 독자들을 눈물의 바다에 빠뜨리는 이 소설들은 한결같이 부부간의 사랑과 가족의 애정을 강조하고 있었다. 『웨이크필드의 시골 목사』에 등장하는 자애로움과 관용으로 가득한 프림로즈 일가는 영국뿐 아니라 독일에서도 가정생활의 모범이었으며, 끈질긴 유혹과 협박을 뿌리치고 순결을 지킴으로써 귀족의 아내가 되는 하녀에 관한 리처드슨Samuel Richardson의 『파멜라 *Pamela*』(1740) 역시 여성적 미덕의 승리를 설교하고 있었다. 당대 독일에서 유행하던 도덕지 moralische Wochenschrift의 내용 역시 미혼 여성의 순결, 순진한 여성에게 닥칠 수 있는 유혹과 함정, 고난에 대한 경고였다. 이런 독서물에서 여성은 성적 욕망을 갖지 않은 존재로 묘사되면서도 여성적 생존의 핵심은 성이었다.

순결을 지키는 것이 여성의 일차적 의무라면 결혼은 그에 뒤지지 않는 의무이며, 따라서 결혼에 성공하고자 하는 여성은 성적 매력을 노출시켜 남성의 욕망의 대상이 되어야 하지만 그것이 결코 의도적인 것이 되어서는 안 된다는 어려운 과제가 여성들에게 주어졌다. 그것은 마치 꾸미지 않아도 꾸민 것보다 더 아름답고, 매력에 관해서는 아무것도 모르지만 남보다 더 매력적인 여성이 되어야 한다는 루소의 요구를 상기시킨다. 루소의 『에밀』에 등장하는 소피가 바로 그런 여성이다. 루소의 소피는 남성들을 매혹시킬 정도로 옷을 잘 입지만, 많은 돈을 들여 만든 옷은 아니다. 그녀는 빛깔의 유행을 모르지만 자신에게 알맞은 색깔을 찾아내는 여성이다. 많은 기교가 시선을 끌지만 소피 자신은 기교에 관해 하나도 모르는 여성이다. 에로틱하되 에로틱에 관해서는 전혀 아는 바가 없는 순진무구한 여성이 루소의 소피이다.

로테에 대한 베르터의 사랑은 첫 만남에서 단란한 시민 가정의 중심인 로테에게 호감을 갖게 된 베르터가 그녀와 무도회에서 함께 왈츠를 추고, 비바람 불고 천둥 치는 가운데 실내에서 게임을 하고, 비가 그친 창가에서 서로 같은 시를 연상하면서 손에 입을 맞추는 것으로 시작된다.

뜻하지 않은 만남, 쏟아지는 비, 호감의 확인과 육체적 접근 등은 최근까지 사랑을 얘기하는 영화에서 자주 되풀이되는 공식이다. 두 사람의 관계에서 초기에는 로테가 더 주도적인 역할을 한다. 적어도 친구 빌헬름에게 보내는 베르터의 (6월 16일자) 편지로 볼 때 그런 인상을 준다. 독일식 춤을 출 때의 커플은 끝까지 파트너가 되어야 하는데, 베르터가 자신의 파트너가 되기를 원하는지를 묻는 로테의 질문은 그녀의 호감을 드러내는 것이다. 이런 분위기는 드디어 같이 왈츠를 추자는 로테의 제안으로 더욱 강화된다. 왈츠는 당시 다른 어떤 춤보다도 젊은이들을 자극하는 위험한 춤으로 여겨졌던 까닭이다. 왈츠 도중에 번개가 친다. 험악한 날씨에 일행은 숫자놀이를 시작한다. 이 놀이에서 베르터는 남보다 더 세게 자신에게 따귀를 때리는 로테에게 더욱 끌린다. 소나기가 그치자 두 사람은 비가 개고 더욱 새로워진 창 밖의 풍경을 바라본다. 로테는 감동해서 클롭슈토크라는 시인의 이름을 입에 올리고, 두 사람은 서로가 똑같은 것을 느끼고 있음을 알게 된다.

　집으로 돌아오는 길, 마차 안에는 동행한 사람들이 모두 졸고 있는데 로테와 베르터만이 깨어 있다. 다시 만나기를 허락하는 로테의 즉각적인 승낙은 베르터로 하여금 "그 순간에 태양과 달과 별들이 조용히 계속해서 돌고는 있었겠지만, 그때가 낮인지 밤인지를 가릴 수 없게"(28) 만든다.

　아, 무의식중에 내 손가락이 로테의 손가락에 닿거나 우리늘의 발이 탁자 밑에서 서로 부딪칠 때면 내 혈관은 온통 거꾸로 흐르는 듯하다. 나는 불에라도 덴 것처럼 몸을 움츠리지만 불가사의한 힘은 나를 앞으로 떠민다. 나는 모든 감각이 어지러워진다. 오, 그런데 순진한 그녀, 거리낌없는 그녀의 영혼은 사소한 정감의 표시가 내 마음을 얼마나 괴롭히는지를 모른다.(38 이하)

"사랑에 빠진 사람은 미치광이"[8]라는 말은 베르터를 두고 하는 말이다. 베르터는 로테에게 심부름 다녀온 하인의 외투 깃까지 신성하고 귀중하게 생각하고(40) 그녀가 보낸 편지에 키스한다(41). 베르터는 로테와 육체적으로 가까이하고 싶은 욕망을 억제하려 하지만 로테에 대한 그의 감정은 날이 갈수록 육체적인 동경으로 뒤바뀌고 그의 영혼은 몽롱해지며 동요된다. 베르터는 자기 내부에 끓어오르는 재능을 더이상 사용할 수 없다.

알베르트가 도착하자 베르터는 점점 가련한 열정에 빠져들고 질투심은 그를 출구 없는 길로 몰아간다. 거부된 욕망은 그를 미치광이로 만든다. 그는 생일 선물로 로테의 가슴을 장식했던 분홍빛 리본을 원하고, 로테가 보낸 편지 쪽지와 그녀가 만진 피스톨에 입을 맞추며, 그녀의 시선이 머물렀던 하인을 부러워하게 된다. 로테의 실루엣을 벽에 걸어두고 나가고 들어올 때마다 거기에 인사를 보내고, 자살을 앞두고는 로테의 리본을 주머니에 넣는다. 리본과 함께 땅에 묻히기 위해서이다. 이런 사랑은 시민사회의 인습적 결혼에 대해 비판적인 거리를 두는 반사회적인 것으로, 베르터의 관능적 사랑이 갖는 반사회성은 무엇보다도 그것이 금지된 것이라는 사실에서도 드러난다. 베르터의 관능성은 알베르트의 사회성과 대비되고 있다.

약혼한 것이나 다름없는 로테의 입장은 두 사람간의 애정을 가로막는다. 베르터는 이 애정이 초래할 위험성에 관해 처음부터 예감하고 있다. 그는 로테를 너무 가까이 다가가면 배를 파손시켜 승선자들을 모두 죽게 만드는 자석산에 비견한다.(41) 그러나 세 사람의 "우스꽝스러운"(44) 관계는 계속되고, 불행에 빠진 베르터는 자살에 관한 토론에서 자살자를 옹호한다. 억제할 수 없는 열정은 자연과 베르터의 합일을 해체하고, 베르터의 정체성을 파괴한다. 그의 상황은 병적인 것이 된다.

---

8) Roland Barthes, 『사랑의 단상 *Fragment d'un discours amoureux*』, 김화영 역, 문학과지성사, 2000, 159쪽.

내가 그녀 옆에 두 시간 세 시간 앉아 있을 때가 있다. 그럴 때면 그녀의 자태와 거동, 품위 있는 말투에 도취되어 차츰 내 모든 감각이 긴장하고 눈앞이 캄캄해지고 귀까지 거의 들리지 않게 되어, 마치 암살자에게 목이 졸리는 듯 숨이 막히고, 급기야 심장이 거칠게 뛰며, 답답해지는 가슴을 풀어 숨을 돌리려 하면 할수록 감각은 더 혼란스러워질 뿐이다. 빌헬름, 나는 가끔 내가 이 세상에 살고 있는지, 그렇지 않은지조차 분간을 못 하겠다!(55)

멜랑콜리나 히스테리 같은 증상이 성과 관련되어 연구되었음은 알려진 사실이다. 관능성이 배제된 소위 '참된' 애정과는 달리 오랫동안 관능적 욕망은 도취 상태, 혹은 광증을 일으키는 위험성이 있는 것으로 여겨졌다. 『베르터』에도 억제된 성적 욕망은 정신병(실연한 하인리히)과 살인(머슴), 자살(익사녀)의 동기가 된다. 베르터는 광증, 변덕, 우울증, 자기애와 자기 혐오에 시달린다.

3. 반사회적 문제아

바르트 Roland Barthes는 운명적 사랑의 시작에 깁작스러움의 기호, "하나의 정경 un tableau"[9]이 숨겨져 있음을 지적하면서 그 예로 『베르터』에서 베르터와 로테의 만남의 장면, 즉 동생들에게 둘러싸여 저녁 빵을 나누어주고 있는 로테를 베르터가 처음으로 엿보는 장면을 들고 있다. 단란한 시민 가정의 모습을 보여주는 이 장면은 이후 찻잔이나 접시의 장식 그림에 등장하여 『베르터』를 대표하고 있다. 그런데 베르터의

---

9) Roland Barthes, 앞의 책, 258쪽.

꿈과 좌절을 엿볼 수 있다는 점에서 이 장면은 주목의 대상이 된다.

괴테는 귀족 태생이 아니었으며 그러한 지위에도 불구하고 귀족과의 교류에서 특별한 갈등 없이 현실에서 성공적인 삶을 살았던 특별한 작가에 속한다. 시민 혁명의 폭력성에 등을 돌린 괴테의 보수적 정치관은 급진적 사회 개혁을 바라는 지식인들로부터 오해와 비판을 받아왔다. 괴테의 대안은 계몽된 귀족과 교양 있는 시민들이 주축이 되는 서서한 개혁으로, 이러한 관점은 두 편의 『빌헬름 마이스터 *Wilhelm Meister*』 소설에 잘 드러나고 있다. 시민층에 대해서 괴테는 『헤르만과 도로테아 *Hermann und Dorothea*』(1797)에서 근검과 부지런함, 긍정적 세계관, 신앙심 등 소박한 생활 태도를 미덕으로 꼽았다. 시민이란 학식과 교양, 직업, 경제력을 도구로 사회적 상승을 추구하는 사람들, 활력에 넘치는 사람들로, 교양, 이성, 휴머니즘, 관용, 도덕, 진취적 용단, 능률의식, 부지런함이야말로 시민적 종합 이념의 가장 중요한 요소 중 하나이다.

괴테처럼 베르터는 유복한 시민계층 태생으로, 높은 교육을 받았고, 귀족이나 영주와도 가까운 처지이다. 그리스어를 배웠고(12), 추밀고문관이나 공사 자리까지 바라볼 수 있는 위치이고(71), 하인을 두고 있으며, 말까지 가지고 있다. 하지만 베르터는 시민의 미덕인 활동성을 가지고 있지 않다. 호메로스를 읽으면서 하녀가 물동이 이는 것을 도와주고, 주막집의 아이들에게 용돈을 주고, 사랑에 빠진 어느 청년의 상담자 역할을 하면서 세월을 보내고 있는 그는 딜레탕트이지 삶의 주체가 아니다. 잡다한 일상에서 벗어난 베르터에게는 현실의 삶이 결여되어 있다. 그는 직업을 "멍에"(64), "노예선"(64)으로 부른다. 그는 시민적 생활의 행복을 갈망하지만 그것을 관찰할 뿐 그 속으로 들어가려는 노력은 하지 않는다. 방랑자인 그는 예술가의 세계에 속하는 인물이다.

그런데 그의 삶의 실패의 가장 큰 요인이 되는 베르터의 이러한 반사회성은 애정소설 주인공으로서는 특이한 것이 아니다. 소설의 주인공은 문제적 인물이며, 특히 애정소설의 주인공은 개인적으로는 로맨틱하나

반사회적인 성격을 갖는 경우가 대부분인 까닭이다. 현실에서 성공을 거둔 지루한 남편과 현실로부터 소외되었으나 감성적인 연인, 그 사이에서 방황하는 아름다운 여주인공의 이야기는 폰타네의 『에피 브리스트』에서 톨스토이의 『안나 카레니나』, 그리고 많은 영화에서 아직도 반복되고 있다.

세상 떠난 어머니를 대신해서 여덟 명의 동생들에게 빵을 나누어주고 있는 로테는 시민 가정의 이상적인 신부감으로 보인다. 가정적인 이 광경은 베르터에게 "지금껏 본 적이 없는 매혹적인 광경"(21)으로 각인된다. 베르터와의 만남의 초기에 로테는 활발하고 극히 현실적인 여성으로 등장한다. 그녀는 무도회에서 다른 어떤 여성보다 더 즐겁게 춤을 즐기는가 하면 벌칙으로 따귀를 때리면서 천둥과 번개의 공포를 몰아낼 정도로 적극적인 성격이다. 그런 로테이기에 사회의 부적응자인 베르터의 그녀에 대한 집착은 더욱 끈질길 수밖에 없다.

베르터에게 로테는 사회로 향한 유일한 출구이다. 죽음에 이르기까지 베르터는 로테의 가정 주변을 맴돈다. 로테를 만나기 전부터 그녀의 가정에 관한 소문에 접하며, 로테와의 만남의 자리에는 그녀의 식구들과 함께 어울리고, 자살을 앞두고는 저 세상에서 로테의 어머니를 만나게 될 기쁨을 고백한다. 그리고 잘 알려진 대로 베르터의 유해를 따르는 것은 목사가 아니라 로테의 아버지와 남동생들이다.

전직 관리이자 성공한 대시민 der Großbürger인 로테의 아버지는 교외에서 전원생활을 하고 있다. 가부장직 가정의 가장(家長)인 그는 여느 훌륭한 시민들처럼 도덕적이며 현세적인 사람으로, 떠돌이, 주관적 감정에 침몰한 청년, 복고 취향의 감상주의자인 베르터와는 다른 세계에 속하는 사람이다. 치정 사건(95쪽 이하)에서 범인에게 관대한 처분을 부탁하는 베르터의 간청에 대해 그는 사회의 질서라는 이름으로 엄벌을 주장한다. 도덕성과 긍정적 생활철학으로 무장된 그의 후계자는 감상적 나르시시스트인 베르터가 아니라 성실하고 이성적인 알베르트이다. 로테에게 성공적인 삶을 가져다 줄 수 있는 사람 역시 알베르트로 기대되기 때문에 로테와 알베르트와의 결합은 필연적인 것이 된다.

알베르트는 건실한 사람이며 그 사실은 로테와 베르터 모두가 인정하는 바이다. 어머니의 임종 자리에서 결혼을 약속한 후 알베르트와 로테는 신뢰와 우정을 바탕으로 하는 애정을 쌓아갔다. 이들의 관계야말로 18세기 소설에서 강조하는 이상적 부부관계라고 할 수 있다. 건실하고 신뢰감을 주는 남편에 모성적이며 이웃에 대한 사랑이 넘치는 쾌활한 아내가 알베르트와 로테의 가정이다. 이들의 결혼생활에 에로틱이 빠져 있는 것은 당대의 소설로서는 오히려 정상적인 것이다. 알베르트는 애정을 위해서 다른 모든 것은 포기해야 한다고 생각하는(16) 베르터와는 다른 애정관을 가지고 있다. 장전된 피스톨이 하녀의 손을 다치게 한 사고에 관해 이야기하면서 피해 보상에 관해서만 말할 뿐(45) 자신의 죄책감이나 괴로움 등에 관해서는 아무 말도 하지 않는 알베르트가 간혹 냉정하고 편협한 사람으로, 로테와의 결혼생활이 완벽하게 행복하지 않은 것처럼 묘사된 부분도 있지만 그 점은 이 소설의 편중된 시점, 즉 1인칭 서술자인 베르터와 그를 "우리의 친구"(119)라고 부르는 편집자의, 믿음이 가지 않는 극히 주관적인 서술 시각을 염두에 두고 판단해야 한다.

일자리를 구해 다른 도시로 이주해 로테로부터 벗어나려 했던 시도가 그곳 사교계로부터 모욕과 따돌림으로(1772년 3월 15일자 편지) 좌절되자 베르터의 상황은 악화된다. 그는 로테가 자신과 결혼했더라면 더 행복하리라는 망상에 빠지는가 하면(75) 알베르트의 죽음을 상상하기도 한다(76). 관능적인 욕망과 그것의 억제는 베르터를 악몽에 시달리게 하고 그를 무기력하게 만든다. 로테가 카나리아에게 입을 맞춘 뒤 그에게 새를 넘겨 입맞추게 하자 베르터는 입술을 쪼아대는 카나리아의 감촉에서 애정이 넘쳐흐르는 향락의 숨결을 느끼고 전율한다.

베르터의 격정은 로테마저 "이상한 상황으로"(118) 들어가게 만든다. 현실적이고 활동적이었던 로테마저 내면적이고 감상적인 사람으로 변화시킨다. 로테의 문제는 약혼한 여성으로, 후에는 결혼한 상태에서 베르터의 열정의 회오리에서 단호하게 벗어나지 못했다는 점이다. 우울은 마음이 나태해진 것뿐으로 그럴 때는 피아노로 춤곡을 한번 연주하면 다시 기분이 상쾌해진다던 로테였지만 이제 그녀가 빠져들어간 감정의 혼란은 무엇으로도 바로잡을 수 없는 무서운 것이다. 결국 베르터가 낭독하는 오시안의 시에서 로테는 감정의 소용돌이에서 헤어나지 못하고 베르터와 포옹한다. 그들의 열정적 포옹은 죽음을 불러오는 위험스런 것이다.

4. 도취적 죽음

18세기만큼 문학에 죽음이 자주 등장하는 시대는 찾아보기 힘들다. 베르터가 책상 위에 펴놓은 채 자살을 감행하는 「에밀리아 갈로티 Emilia Galloti」와 「괴츠 Götz von Berlichingen」 「군도 Die Räuber」 「간계와 사랑 Kabale und Liebe」 등에서 죽음은 현실의 질곡에서 벗어나는 열쇠가 된다. 넘치는 생명력과 죽음에까지 이르는 자기 파괴, 사랑의 신 에로스와 죽음의 신 타나노스는 서로 불가분의 관계이다. 사랑과 죽음의 합일은 노발리스의 『밤의 찬가 Hymnen an die Nacht』와 바그너 Richard Wagner의 오페라 〈트리스탄과 이졸데 Tristan und Isolde〉 등에서 절정에 달하고 있다.

많은 독자들에게 『베르디』가 그렇게 큰 반응을 일으키게 된 것은 무엇보다도 베르터의 자살 때문이었다. 이루어질 수 없는 애정 때문에 자신의 이마에 총부리를 겨누고 처참한 종말을 맞이하는 이 소설의 부도덕성과 신성 모독에 대해서 목사 괴체 Goeze를 위시한 계몽주의자들의 비판이 쏟아졌던 것은 잘 알려진 사실이다. 그러나 소설적인 측면에서도 베르터의 자살이 불가피한 것임은 베르터의 자살을 실패로 만들고 알베르트의 양보로 로테와 베르터를 결혼하게 만든 니콜라이 Friedrich Nicolai

의 『젊은 베르터의 기쁨 *Freuden des jungen Werther*』(1775)이 보여주
는 몰취미한 종결 방식으로도 증명이 되는 바이다.

로테의 애정을 확인한 직후에 감행되는 베르터의 자살은 그에게 사랑
의 환희를 영원한 것으로 만들어줄 수 있는 유일한 방법이다.

> 모든 것이 허망합니다. 하지만 어제 내가 당신의 입술에서 맛보고 아직
> 까지도 내 가슴속에서 불타오르고 있는 숨결은 영원한 것입니다. 그녀가
> 나를 사랑한다! 이 팔로 내가 그녀를 포옹했고, 이 입술이 그녀의 입술 위
> 에서 떨렸고, 이 입은 그녀의 입에 속삭였던 것입니다. 그녀는 내 것입니
> 다. 로테, 그렇습니다. 당신은 나의 것입니다, 영원토록.(117)

베르터에게 죽음은 사랑을 이루는 유일한 길이다. 그는 이 세상에서
이루지 못한 사랑을 저 세상에서 이루려 한다. "우리는 존재할 것입니다.
우리는 저 세상에서 다시 만날 것입니다"(117)라고 그는 외친다. 그에게
죽음은 영원한 행복에 들어가는 일이며, 자아의 파괴이자 동시에 자아를
신성화하는 일이 된다. "그대는 이 순간부터 나의 것, 나의 것입니다. 로
테여, 나는 먼저 갑니다. 나의 아버지, 그대의 아버지에게로 갑니다. 그
분께 나는 하소연할 것입니다. 그러면 그대가 올 때까지 그분은 나를 위
로해주시겠지요. 그대가 오면 나는 달려가 당신을 붙잡고 당신 곁을 떠
나지 않은 채 전능한 그분 앞에서 영원히 포옹할 것입니다"(117)라고 그
는 저 세상에서의 행복에 관해 이야기한다. 그의 죽음은 로테와 알베르
트의 행복을 위한 희생적 죽음이 아니라 자기 중심적 사고의 결과일 뿐
이다. 그가 머물게 될 저 세상에서 알베르트의 존재는 찾아볼 수 없다.

베르터에게 죽음을 더욱 감미로운 것으로 만들어주는 것은 로테가 피
스톨을 내주었다는 사실이다. 연인이 인도하는 도취적인 죽음, 죽음의
에로틱은 베르터에게 죽음을 달콤한 것으로 만들어준다. 로테가 내준 피
스톨에 그는 천 번이나 키스를 한다.

자아, 로테, 나는 두려워하지 않고 차갑고 무서운 술잔을 손에 들어 죽음의 도취를 마시려 합니다. 그대가 이 잔을 내게 내주었습니다. 나는 망설이지 않겠습니다. 모든 것, 모든 것, 내 인생의 모든 소원과 희망이 이루어졌습니다. 이렇게 냉정하게, 이렇게 담담하게 죽음의 철문을 두드립니다.(123)

로맨틱한 연인답게 베르터는 밖으로 나가고 들어올 때 수천 번이나 키스했던 로테의 실루엣 그림을 그녀에게 선물로 남긴다. "로테가 손을 댔기에 거룩하고 정결해진"(123) 옷을 입은 채, 주머니에는 첫 만남에서 로테의 가슴에 달려 있던 분홍빛 리본을 주머니에 넣은 채 그는 마지막 편지를 쓴다. 그의 기억은 아이들에게 둘러싸인 로테를 처음 본 순간, 그 시민적 행복의 순간으로 되돌아간다. 12월 24일 자정, 베르터는 자신을 향해 방아쇠를 당긴다. 그런데 이 방아쇠 소리와 함께 우리는 이 소설에서 가장 흥미로운 반전과 만나게 된다. 범죄에 관한 의학적 보고서처럼 냉철하기 그지없는 '편집자' 의 보고가 그것이다.

새벽 여섯시에 하인은 불을 들고 방으로 들어갔다. 그는 방바닥에 쓰러진 주인과 피스톨과 피를 보았다. 그는 소리치며 주인을 일으켰지만 아무 대답도 없었다. 목구멍에서 꼴꼴거리는 소리만 날 뿐이었나. (……) 의사가 도착했을 때 불쌍한 베르터는 목숨을 구할 수 없는 상태었나. 맥박은 뛰고 있었지만 사지는 마비 상태였다. 오른쪽 눈 위에서 머리를 향해 총을 발사해서 뇌수가 흘러나오고 있었다. 쓸데없는 일이지만 팔의 정맥을 째고 방혈을 시켰다. 피가 흘러나왔다. 아직 숨은 쉬고 있었다.(123 이하)

"그렇게 따스한 작품에 (……) 이렇게 짤막하고 냉정한 맺음말이 과연 있어야 했을까?"[10] 라는 레싱의 지적은 이 소설에서 서로 모순되는 두 개의 목소리로 말하고 있는 괴테의 이중적 관점을 놓치고 있는 것이다.

주관적인 1인칭 시점의 이 서간 소설에 괴테는 몇 가지 문학적 장치를 사용하여 주인공의 사고방식에 거리를 두고 있다. 편집자의 역할은 '제2부'에서 더욱 강화되어 있는데, 이러한 점은 1787년의 소위 바이마르 판으로 불리는 수정본에서 지적되는 가장 큰 변화이다. '제1판'에서 12월 17일자 편지 이후에 등장하던 '편집자가 독자에게'를 '제2판'에서는 12월 6일자 편지 뒤로 앞당겨옴으로써 64쪽에 달하는 '제2부'는 정확히 그 반이 편집자의 그늘로 들어가게 되었다.

'서문'에서 이미 편집자는 편지의 수집자인 자신의 존재를 밝히면서 독자들에게 "베르터의 정신과 성품에 감탄과 사랑을, 그의 운명에 눈물을 흘리지 않을 수 없을 것"(7)임을, 다시 말해 주인공이 비극적인 운명을 맞게 될 것을 암시한다. 사건의 전말을 알고 있는 편집자는 이후 베르터의 편지에 대해서 주석을 달거나(14, 22) 정보를 주거나, 때로는 그의 행동을 평가하면서 독자들의 독서의 방향을 지도하려 한다. 그의 지도 방향은 한마디로 괴테가 『베르터』의 1775년판 2쇄에서 '제2부' 앞에 내걸었던 말, 즉 "남자답게 행동하고, 내 뒤를 따르지 말라 Sei ein Mann und folge mir nicht nach"라는 것이다.

편집자는 베르터의 정서적 불안 상태가 심해진 12월 6일 이후에는 마치 위험한 환자를 관찰하는 의사처럼 베르터의 상황을 보고한다. 베르터의 감정의 혼란이 심해질수록 편집자는 더욱 냉정한 보고를 한다. 베르터 사건과 평행으로 진행되면서 그의 파국을 예시하는 머슴의 살인 사건(95)에서의 3인칭 시점의 선택 역시 치정 사건을 조금이라도 객관적으로 바라보게 하기 위한 것이다. 사건 기록자로서 편집자가 가장 냉정한

---

10) Johann Joachim Eschenburg에게 보내는 1774년 10월 26일자 Lessing의 편지, Wolfgang Kaempfer, Das ich und der Tod in Goethes Werther, In : *Goethes Werther. Kritik und Forschung*, Hrsg. von Hans Peter Herrmann, Darmstadt, 1994, Wege der Forschung Bd. 607, S. 283에서 재인용.

서술을 하는 것은 이 소설의 마지막, 베르터의 매장 부분이다. "밤 열한
시경 그(주무관)는 그(베르터)가 말한 장소에 매장을 지시했다. 노인이
시신을 따라갔고 아들들도 갔지만 알베르트는 갈 수 없었다. 로테는 목
숨이 걱정될 정도였다. 일꾼들이 그를 운반했다. 성직자는 한 사람도 따
라가지 않았다"(124)라고 이 화려한 애정소설은 끝난다.

『베르터』는 비극적인 사랑 이야기이지만 거기에는 현실에 진입하지
못한 청년에 관한 거리감이 들어 있다. 이 거리감이야말로 1783년에 괴
테가 케스트너에게 보낸 편지에서[11] 『베르터』를 "몇 단계 더 위로 비틀
어야겠다noch einige Stufen höher zu schrauben"(530)고 말한 것이
아닐까 싶다. 왜냐하면 1787년에 출간된 제2판에서 가장 보강된 것이 바
로 객관적 서술의 태도인 까닭이다. 제2판에는 '편집자 보고'의 위치가
앞으로 당겨지고 '하인의 일화'가 첨가되었다. 특히 '하인의 일화'가 베
르터의 시점이 아니라 3인칭 시점으로 서술된다는 점은 베르터의 자살
에 대한 객관성을 준비하고 있다는 점에서 큰 의미를 갖는다.

5. 맺는 말

도덕성을 강조하던 계몽주의 시대의 여느 애정소설과는 달리 괴테의
『베르터』는 사랑의 관능성을 진솔하게 담아내고 있다. 작가는 편집자 개
입 능을 통해서 설제되시 않은 열정의 위험성을 경고하고 있지만 독지들
이 『베르터』에 매료된 것은 오히려 죽음에까지 이르는 주인공의 파괴적
인 사랑이었다. 『베르터』가 독일 문학으로서는 최초로 범유럽적인 인기
를 누리게 된 데에는 이 소설에 담겨 있는 애정소설적 요소를 부인할 수
없다.

---

11) Johann Kestner에게 보내는 1783년 5월 2일자 편지.

무도회에서 로테와 함께 왈츠를 추면서 베르터의 감각적 사랑은 깨어난다. 이후 로테의 천진난만한 육체적 접촉에 베르터는 알베르트의 등장 이후에도 로테에 대한 열정을 제어하지 못한다. '카나리아 장면'에서 절정에 이른 베르터의 금지된 사랑은 결국 그를 파멸의 나락에 빠져들게 한다. 베르터는 결국 로테가 내준 피스톨로 자살을 감행한다. 연인이 인도하는 감상적인 죽음은 베르터에게 죽음을 달콤한 것으로 만들어준다.

괴테의 『베르터』는 18세기의 시민적 결혼에서 도외시되던 에로틱을 사랑의 중요한 요소로 부각시키고 있다. 베르터는 금지된 욕망의 포로가 되어 자기 파괴의 길을 택하는 반사회적 인물이다. 편집자를 등장시켜 베르터를 비판하려 했던 괴테의 의도와는 어긋나게 이 소설의 전원적 분위기, 로맨틱한 사랑의 유희, 연민을 일으키는 베르터의 편지들, 극적인 자살 사건 등은 『베르터』를 어떤 애정소설 못지않은 대중적 소설로 만들고 있으며, 많은 독자들이 이 소설에 매혹된 이유 역시 상당 부분 그러한 애정소설적 요소에 있음을 부인할 수 없다.

참고문헌

Goethe, Die Leiden des jungen Werther, Goethes Werke in 14 Bänden. Hrsg. von E. Trunz.(HA). Bd. VI. 8. Aufl. München, 1973.

Roland Barthes, 『사랑의 단상 *Fragment d' un discours amoureux*』, 김화영 역, 문학과지성사, 2000.

Susan L. Cocalis, Der Vormund will Vormund sein : Zur Problematik des weiblichen Unmündigkeit im 18. Jahrhundert, In : *Gestaltet und Gestaltend. Frauen in der deutschen Literatur. Amsterdamer Beiträge zur neueren Germanistik,* Hrsg. von Marianne Burkhard. Bd. 10, 1980.

Michel Foucault, 『성의 역사 *Histoire de la Sexualité*』, 이규현 역, 나남출판, 1997.

Walter Hinderer, Zur Liebesauffassung der Kunstperiode. In : *Codierung von Liebe in der Kunstperiode*, Hrsg. von Walter Hinderer, Würzburg, 1997.

Niklas Luhmann, *Liebe als Passion. Zur Codierung von Intimität.* 4. Aufl, Frankfurt am Main, 1982, S. 184.

Thomas Mann, *Gesammelte Werke*, 13. Bänden. Bd. IX, 2, Frankfurt a. M., 1974.

Wolfgang Martens, *Die Botschaft der Tugend : Die Aufklärung im Spiegel der deutschen Moralischen Wochenschriften*, 2. Aufl. Stuttgart, 1971.

J. G. Merquior, 『푸코 *Michel Foucault*』, 이종인 역, 시공사, 1998.

Jacqueline Sarshy, 『낭만적 사랑과 사회 *Romantic Love and Society*』, 박찬길 역, 민음사, 1985.

Hans-Peter Schwander, *Alles um Liebe? Zur Position Goethes in modernen Liebesdiskurs*, Opladen, 1997.

요한 볼프강 폰 괴테 연보

1749년 8월 28일 마인 강변의 프랑크푸르트에서 출생. 아버지 요한 카스파르 괴테(1717~1782)는 황실 고문관이었고, 어머니 엘리자베트(1731~1808)는 프랑크푸르트 시장의 딸이었음.

1750년 누이동생 코르넬리아 탄생. 그후 남동생 둘과 여동생 둘이 태어났으나 곧 사망했음.

1765년 10월에 라이프치히로 가서 대학 입학. 빙켈만의 저술과 레싱의 연극에 감명을 받음.

1771년 8월 고향으로 돌아와 변호사 개업. 희곡 『괴츠 *Götz von Berlichingen*』 집필.

1772년 견습생으로 베츨라의 고등법원으로 감. 샤를로테 부프 Charlotte Buff를 사랑. 이 체험이 『젊은 베르터의 고뇌 *Die Leiden des jungen Werther*』으로 승화됨.

1773년 『괴츠』 출간. 『파우스트 *Faust*』에 착수. '질풍노도' 기의 대표적인 시 「마호메트 Mahomet」 「프로메테우스 Prometheus」.

1775년 은행가의 딸 릴리 쇠네만 Lili Schönemann과 약혼, 파혼. 희곡 「스텔라 Stella」 출간. 아우구스트 Karl August 공의 가정교사로 바이마르로 감.

1776년 바이마르 공국의 정사에 관여. 샤를로테 폰 슈타인 Charlotte von Stein 부인과 교제.

1778년 희곡 「에그몬트 Egmont」 집필.

1779년 대표적인 고전주의 극 「이피게니에 Iphigenie」를 산문으로 완성.

1780년 『타소 Torquato Tasso』 구상. 『파우스트』 원고를 아우구스트 공 앞에서 낭독. 이것이 소위 말하는 '초고 파우스트 Urfaust' 임.

1787년 「에그몬트」 완성.

1788년 바이마르로 귀환. 훗날 아내가 되는 크리스티아네 불피우스 Christiane Vulpius와의 만남.

1789년 불피우스와의 사이에 아우구스트 탄생.

1794년 실러와 잡지 『호렌 *Horen*』 발행.

1808년 『파우스트』 제1부 출간. 소설 『친화력 *Die Wahlverwandtschaften*』 집필
　　　 시작. 어머니 사망.
1810년 『색채론 *Zur Farbenlehre*』 완성.
1815년 바이마르의 재상이 됨.
1816년 아내 사망. 『이탈리아 기행』 제1부 완성.
1819년 『서동 시집』 출간.
1821년 『빌헬름 마이스터의 편력시대』 출간.
1823년 『괴테와의 대화 *Gespräche mit Goethe*』를 출간하게 되는 에커만J. P.
　　　 Eckermann이 괴테의 조수가 됨.
1829년 『이탈리아 기행』 완성.
1830년 아들 아우구스트가 로마에서 사망.
1831년 『시와 진실』과 『파우스트』 제2부 완성.
1832년 3월 22일 세상을 떠남.

좌절된 창작의지
—드로스테 휠스호프의 「베르타」

이영희 이화여대 독문과와 동대학원을 졸업했다. 현재 한남대 독문과 교수로 재직중이다. 「G. 카이저의 희비극 연구」 「W. 칸딘스키의 『Der gelbe Klang』의 구조와 기능」 등의 논문이 있다.

"남성 중심의 독일 문학사에 여성이 인식되었다면 그것은 아네테 폰 드로스테 휠스호프Annette von Droste-Hülshoff였다. 그리고 그녀의 이름이 언급되는 곳에는 언제나 '가장 위대한 여성 작가' 라는 거의 의무적인 통칭을 볼 수 있다"고 엘리자베트 크리머 Elisabeth Krimmer는 말하고 있다.[1] 이름가르트 뢰블링 Irmgard Roebling 역시 드로스테 휠스호프를 모든 독문학사에 유일하게 포함되는 여성이라고 지적하고 있다.[2] 그녀의 작가적 명성은 무엇보다도 자연주의를 선취한 것으로 평가받는 유일한 노벨레 『유내인의 너두밤나무 *Die Judenbuche*』에 의해 확고하게 뿌리내려진 것이다. 최근에 와서 페미니즘 문학비평들은 그녀의

---

1) Elisabeth Krimmer, Dangerous Practices, Annette von Droste-Hülshoff's Bertha oder die Alpen, In : Susan L. Colcalis and Ferrel Rose(ed.), *Thalia's Daughters*, A. Francke, Tübingen und Basel, 1996, S. 115.

2) Irmgard Roebling, Heraldik des Unheimlichen. Annette von Droste-Hülshoff(1797~1848). Auch ein Portrait, In : Giesela Brinker-Gabler(Hrsg.), *Deutsche Literatur von Frauen*, C. H. Beck, München, 1988, S. 41.

초기 작품들, 특히 미완성 드라마인 「베르타 *Bertha*」(1842)와 역시 미완성 노벨레 『레트비나 *Ledwina*』(1817)에 주목한다. 그것은 이 두 작품들이 모두 19세기 여성 작가의 딜레마를 보여주고 있기 때문이다. 드로스테는 여자이자 여성 작가로서 그녀에게 부과된 역할의 한계에 대한 절망적인 갈등을 경험으로 알고 있었다. 특히 「베르타」를 쓰면서 그녀는 자신의 창조적인 추구를 인정받기 위해서 그리고 여성의 창조성을 비정상적이고 병든 것, 심지어 제정신이 아닌 것으로 낙인찍는 사회적 비난을 잠재우기 위해 고투하고 있었다. 본 논문은 희곡 「베르타」를 드로스테가 경험했던 초기 여성 작가로서의 좌절이자 동시에 여성의 글쓰기의 실패의 한 예로 살펴보고자 한다.

1

드로스테 휠스호프는 1797년 1월 10일 클레멘스 아우구스트 휠스호프 남작과 그의 두번째 아내인 테레제 루이제의 둘째 딸로 베스트팔리아 휠스호프에서 태어났다. 미숙아로서 유모의 극진한 보살핌으로 살아남은 그녀는 일생 동안 숱한 병에 시달렸다. 그녀는 라틴어, 그리스어, 음악, 수학, 미술, 프랑스어 등 여성 교양에 필요한 교육을 어머니와 가정교사로부터 받았다. 일곱 살의 나이에 벌써 시를 쓰게 된 드로스테의 글쓰기는 처음에는 어머니에 의해 고무되지만 후에 그것이 모든 것을 소모시키는 열정이 되면서 어머니는 심각한 제한을 가하기 시작한다. 어머니는 딸을 "괴팅엔 시사(詩社) Göttingen Hain"의 멤버였던 안톤 마티아스 슈프리크만 Anton Mathias Sprickmann에게 사사하게 한다. 그의 지도를 받아 초기 작품들인 「베르타」『레트비나』, 그리고 서사소설인 『발터 *Walther*』가 씌어졌다.

드로스테는 사회적 규범이 요구하는 여성적 행동에 쉽게 적응할 수 없었으며, 때문에 친척들과의 관계도 문제가 되었다. 외가인 뵈켄도르프 Böckendorf에서 일어났던 삼각관계로 인해 그녀는 친지들로부터 비난을 받았는데 그 사건은 그녀에게 깊은 상처가 되어 그 고통을 달래기 위해 그녀는 음악 작곡에 전념하게 된다. 「베르타」에서 우리는 음악이 주인공의 창조성으로서 그리고 그녀가 사랑을 경험하는 매개물로서 중심역할을 하는 것을 볼 수 있을 것이다. 이 시기의 정서적 충격으로 말미암아 건강이 악화되어 두통, 구토, 설사, 현기증, 저혈압 등에 시달리면서 그녀의 지적, 예술적 활동은 심각한 영향을 받게 된다.

글을 쓰기 위해서 드로스테는 홀로 있을 수 있는 많은 시간을 필요로 했지만 사회적 지위가 있는 미혼 여성으로 집안의 아이들을 돌보거나 몸이 아픈 친척들을 간호하는 등의 사회적 요청들 역시 거부할 수 없었다. 이런 상황은 1845년 8월 2일에 친구인 엘리제 뤼디거 Elise Rüdiger에게 보낸 편지에서 다음과 같이 묘사되고 있다.

가끔 많은 친척들이 줄줄이 방문하여 시간이 흘러가버리지만 그렇지 않은 날에는 좀더 많은 시간을 가질 수 있어, 물론 종종 오후 한나절이나 아침에 한가한 날도 있고. 그렇지만 그것은 아무런 도움이 안 돼. 나는 완전한 정적과 정신 집중을 필요로 하거든. 그런데 결코 그렇게 되지 않아, 내가 맡게 되는 일은 아주 일정치 않아. 아무런 원칙이 없이 어떤 때는 자주, 또 어떤 때는 드물게, 때로는 몇 초, 또 어떤 때는 몇 시간을 요구하거든. 가끔은 아침나절 내내 부름받기를 기다리며 앉아 있어.

1826년 아버지가 돌아가신 후, 오빠인 베르너가 휠스호프의 영지를 상속받았기 때문에 드로스테와 어머니, 그리고 여동생은 어머니에게 남겨진 뮌스터 근처의 뤼슈하우스 Rüschhaus로 이사하게 된다. 집 안에서 행해야 할 의무에서 여전히 벗어나지 못했지만 여기서 그녀는 글을 쓰기 위하여 "달팽이집 Schneckenhäuschen"이라고 이름 붙인 방에 은둔한다. 여기에서의 생활과 글쓰기와 관련된 일들을 다음과 같이 적고 있다.

사실 나는 중단되는 일에 아주 익숙해져서 시를 쓰는 중간에 방해를 받는 일에 이제 불평하지 않게 되었어. 이 일은 좋은 아이디어들과 방금 찾아낸 운을 잃게 만들어.

라인 강을 따라 본과 쾰른에 있는 친척들을 세 번에 걸쳐 방문하는 동안 드로스테는 몇 명의 여자들과 아주 의미 있는 우정을 쌓게 된다. 또 결혼한 언니 예니Jenny를 처음에는 에피스하우젠 Eppishausen으로(1834~37), 다음에는 메어스부르크Meersburg로(1841~44) 방문했다. 메어스부르크에 처음 머무는 동안 드로스테는 몇 편의 아주 훌륭한 자연시를 썼다. 그녀는 이곳에 집 한 채를 사서 말년을 보내게 된다. 문학사가들은 흔히 이 시들을 친구의 아들로 그녀보다 스무 살이나 아래인 레빈 시킹 Levin Schicking에게서 영감을 얻게 된 것이라고 적고 있다. 그와의 관계가 모성적인 것인지 이성 간의 것인지는 공론의 여지가 남아 있지만, 메어스부르크에서 그들이 함께 보낸 시간 동안 시킹은 그녀에게 작품 쓰는 일에 충고를 아끼지 않았으며 1844년에 발표된 『시집 Gedichte』의 출판에 도움을 주었다. 그들의 관계는 1843년 그가 약혼한 후에 악화되기 시작했고 1846년에 시킹의 소설 『기사로 태어난 사람들 Ritterbürtigen』이 발간된 후 완전히 끝난다. 드로스테의 인생과 작품에서 시킹의 중요성을 평가하는 데 있어서 그녀가 여자들과도 우정을 맺는 일에 신경을 쓰고 있었다는 점이 무시되어서는 안 되며 따라서 그의 영향이 과대평가되어서는 안 될 것이다. 메어스부르크에서 그녀는 미학적 문제들에 대해 아델레 쇼펜하우어Adele Schopenhauer와 서신을 주고받았으며 뮌스터의 "울타리 저술가협회 Heckenschriftstellergesellschaft"의 멤버였던 엘리제 뤼디거와도 강한 정서적 결속을 맺고 있었다. 드로스테는 철학자 크리스토프 베른하르트 슐뤼터 Christoph Bernhard Schlüter가 주도해온 서클의 문학적 문제들을 논의하기 위해 이 협회에 참석했다. 뤼디거와 그녀의 서신 왕래는 유연하고 감응적이며 사려 깊은 것이었다. 비평가인 클레멘스 헤젤하우스Clemens Heselhaus는 뤼디거가 오랫동안 비평가들에 의해 간과되었다는 점을 지적하면서 뤼디거를 메어스부르크의 두번째 뮤즈로 명명하고 있다. 1848년 메어스부르크에서 심장병으로 죽을 때까지 드로스테는 이들과 우정을 나누었다.

2

질비아 보벤셴 Silvia Bovenschen은 『상상된 여성성 *Imaginierte Weiblichkeit*』에서 여성에 의한 드라마 텍스트의 현저한 부족을 성에 기초한 능력의 결여라기보다 문화 섭취의 결핍으로 설명한다. 그녀는 이 문제에 접근하려면 정신적 문화 정치적인 검열psychisch-kulturpolitischen Zensuren의 두 면을 살펴보아야 하며 또 여성이 제도적으로 문학을 생산하는 데 있어 제한을 받았다는 점도 아울러 고려해야만 한다고 주장한다.[3] 또한 크리머는 수잔 코르트Susan Kord의 선구적인 연구를 살펴본 후 페미니스트 비평이나 비페미니스트 비평 모두 근본적으로 여성들이 드라마를 쓰지 않았다는 점에서 문제제기가 시작되고 있다고 지적한다.[4] 따라서 드라마 작가로서의 드로스테의 발전을 이해하기 위해서 보벤셴과 코르트를 모두 살펴보는 것이 좋을 것이다. 이유는 그런 접근 방법이야말로 한편으로는 드로스테의 드라마들이 결코 면밀하게 검증된 적이 없이 열등한 것으로 가정되어온 텍스트의 한 예이며, 또다른 한편으로는

---

3) Vgl. Silvia Bovenschen, *Die imaginierte Weiblichkeit. Exemplarische Untersuchungen zum kulturgeschichtlichen und literarischen Praesentationsformen des Weiblichen*, Suhrkamp, Frankfurt a. M., S. 219.

4) Vgl. E. Krimmer : a.a.O., S. 118.

그 작품들은 미완성의 결과를 낳게 한 정신적 압박의 증거가 될 수 있기 때문이다. 결혼하지 않은 귀족 가문의 여자가 취미로 시를 쓰면서 소일하는 것은 가능했던 반면에 무대와의 관련은 사회적으로 용납될 수 없는 것으로 낙인찍힌다. 드로스테의 경우 아주 사소한 연극 참여도 있을 수 없는 일이 되었다. 프리드리히 레오폴트 폰 슈톨베르크Friedrich Leopold von Stolberg가 그녀의 어머니에게 보낸 매우 호들갑스러운 편지에서 그와 같은 예를 확인할 수 있다.

아네테 양이 사람들 앞에서 희극을 연기한다는 얘기를 들었습니다. 내 마음으로부터의 진심 어린 확신에 의하면 이런 일은 남자들에게나 여자들에게 위험합니다. 어린 사람들에게는 더욱 그렇습니다. 젊은 아가씨에게는 훨씬 더 위험합니다. 아네테 양은 정말 다른 아가씨들보다 더욱 그렇습니다. 제가 원했던 것보다 더 오래, 넓은 세상을 살다 보니 이런 일이 세상에서 벌어지는군요. 그런 일에 해를 입고 괴로워하지 않을 남자나 하물며 어떤 여자를 본 적이 없습니다. 제가 희극에 관해 잘 알지 못하지만 그런 노골적인 공연은 남자들 이상으로 여자들에게, 여자들 이상으로 아가씨들에게, 그리고 무엇보다도 흥분하기 쉬운 신경과 환상의 나래를 펼치는 정서를 지닌 사람들에게 모두 위험할 뿐만 아니라 유해한 것임을 되풀이해서 말씀드리는 바입니다.

연극이 성별에 따라 그 해악의 정도가 다르다는 점을 반복해서 지적할 정도로 그의 경고는 다급하다. 드로스테의 어머니도 이미 아네테의 창작이 그녀의 건강에 이롭지 못할 것이라고 생각했기 때문에 슈톨베르크의 경고는 내심 바라고 있던 효과를 얻었다.

드로스테는 결코 다시 연극 공연에 참가하지 않았지만 그러나 연극에 대한 흥미를 잃어버린 것은 아니었다. 그것은 뮌스터의 레퍼토리 극장과 메어스부르크의 아마추어 극단을 방문한 횟수를 보면 알 수 있다. 연극이 그녀의 생활에 얼마나 중요한 것인지는 언니에게 보낸 편지에 잘 나타나 있다. 편지를 보면 드로스테가 각 도시의 연극 공연물 여하에 따라 여행 계획을 짜고 있음을 볼 수 있다. 마찬가지로 드라마를 쓰려는 계획들 역시 언니에게 보낸 1839년 1월 29일자 편지에 언급되어 있다.

아마도 가장 좋은 것은 내가 완전히 다른 어떤 것을 하는 것이에요. 예를 들면 드라마를 쓴다든지 (……) 때때로 나는 내가 가장 해보고 싶은 것이 바로 그것이라는 것, 그리고 그것을 가장 잘해낼 것이라는 생각을 합니다. 그러나 그것은 역사적이거나 낭만적인 테마는 아니고 역사적인 것이 물론 조금 밑바탕에 깔려 있는 인물화, 혹은 풍속도일 것입니다.

이 드라마 프로젝트들은 대부분 실현되지 않았다.

3

드로스테가 「베르타」에 대해 처음 언급한 것은 1813년 3월 5일이다. 이 작품을 그녀는 5보격의 얌부스 형식의 5막극으로 구상했다. 편지와 언니인 예니의 일기 앞부분을 참조해보면 미완성으로 남겨진 이 작품은 1813년 11월과 12월에 씌이진 것이다. 특히 1년 후에 슈프리크만에게 보낸 편지에 그 자세한 내용이 기술되어 있다.

이 비극을 2주 전까지 계속 쓰고 있었습니다. 지금 다시 쓸 준비를 하려고 합니다. 좀 오래 걸리긴 하지만 봄까지 끝낼 수 있었으면 합니다. 제가 구상했던 그대로 종이에 옮겨졌으면 해요. 왜냐하면 그것이 온전히 생생하게 내 눈앞에 환하게 빛나게 떠오르니까요. 때때로 시구들이 뭉치로 떠오릅니다. 그런데 내가 그것을 정리하여 채 쓰기도 전에 제 열정의 대부분이 모두 연기처럼 사라져버립니다. 옮겨쓰는 일이 제게는 무엇보다도 몹시 싫증나는 일입니다. 그렇지만 이것이 제 글쓰는 방식을 개선시켜줄 것 같은 생각이 드는군요.

「베르타」를 봄까지 끝내려고 했던 계획은 실현되지 않았다. 그녀는 몇 년간 이것을 계속 붙잡고 있었다. 1819년 2월 8일까지 드로스테가 슈프리크만에게 보낸 편지를 보면 3막 이후 진전이 없음을 알리고 있다.

그때 시작했던 비극작품에 대해 말씀드리자면 저는 3막까지는 진전이 있었습니다. 그런 다음 그대로 놓아둔 채 있었습니다. 그리고 아마도 나중까지도 그대로 놓아둔 채로 있게 될 테지요. 사이사이 훌륭한 부분도 있지만 소재를 잘못 선택했습니다. 만약 제가 이 작품을 이런 사실을 알지 못하고 이 아이디어를 좋아하고 열광했던 그 당시에 끝낼 수 있었더라면 아마도 이렇게 기분이 언짢지는 않겠지요. 그럼에도 제가 조금도 좋아하지 않는 소재로 개작한다는 것은 생각만 해도 끔찍해요. 유감스럽습니다.

소재를 잘못 선택한 것으로 보았던 이유는 사랑이 궁중 음모와 이해에 얽혀 있다는 점이다. 아델베르트 뢰벤슈타인 공작 Count Adelbert Löwenstein의 딸 베르타는 여행중인 음악가 에두아르트 펠스베르크 Eduard Felsberg를 사랑한다. 그러나 그는 사회적 신분이 낮기 때문에 그녀와 결혼을 할 수 없다. 게다가 베르타의 아버지는 왕세자를 전복시킨 후 자신의 입지를 확고히 하기 위해 그녀를 라이어스도르퍼 백작 Count Reihersdorfer과 결혼시키려고 한다. 라이어스도르퍼의 연적인 펠스베르크를 제거하기 위한 음모가 진행되는 가운데서 원고가 갑자기 끊어져 있다.

이 미완성 드라마에는 약간의 자서전적인 요소가 드러난다. 예를 들면 베르타 역시 드로스테처럼 건강이 좋지 않다. 그리고 감수성이 예민하며 지적인 것을 추구하는 점 역시 비슷하다. 또 베르타의 유모인 카테리네 Katherine는 드로스테의 유모인 마리아 카타리나 플레텐도르프와 닮았다. 그리고 베르타의 언니인 코르델리아 Cordelia는 예니 폰 드로스테 휠스호프를 모델로 삼고 있다.

「베르타」는 슈프리크만의 영향을 받은, 고전주의를 모방한 훌륭한 작품으로 언급되어왔지만, 당시의 많은 다른 작가들이 사용했던 드라마 관례들도 많이 차용되고 있다. 스승이었던 슈프리크만이 괴테와 실러의 작품을 포함한 18세기 말의 독일 드라마를 그녀에게 소개했기 때문이다. 코르트렌더 Kortländer는 「베르타」의 정치적 음모가 실러의 영향을 받은 것이며 사랑 이야기는 괴테에게서 영향을 받은 것이라고 주장한다. 그러나 크리머는 많은 관점에서 드로스테의 드라마 작품이 당시의 일반적인 연극 관례들을 따른 것으로 분석한다. 예를 들면 실러가 질풍노도 시기에 궁중생활을 통렬하게 비판했을지라도 코르델리아가 궁중을 다음과 같이, 즉 "지옥 같은 이 소름 끼치도록 끔찍한 모습, 부도덕한 향락의 썩은 늪"이라고 표현하는 것은 어떤 한 작가를 딱히 모방했다기보다 단순한 상투어라고 보는 것이다. 또 두 형제간의 싸움을 끌어들인 플롯도 마찬가지의 경우로 생각한다. 즉 드로스테가 베르타의 아버지를 도덕적으로 타락한, 권력에 굶주린 사람으로 묘사하는 반면 궁중의 재상인 베르타의 삼촌을 고결한 사람으로 대조적으로 형상화하고 있는 점, 그리고 민족성을 스테레오 타입으로 관례직으로 서술하고 있다는 점이 그것이나. 예를 들면 프랑스인들은 부도덕하고 빙덩한 위긴들로 묘사되고 있다. 그리고 파리를 죄악의 도시로, 스위스를 조용하고 순결하며 자유가 넘치는 활기찬 도시로 비교하고 있다. 따라서 드로스테가 선배 남성 작가들에게서 차용한 개개의 문구 모두를 열거하는 대신에 일반적으로 "실러적 분위기(어조)" 혹은 "문장 어법상의 애호"라는 정도로 "괴테와 실러의 스타일에 가깝다"고 「베르타」를 평가하는 것이 더욱 의미가 있을 것이라고 말한다. 크리머는 드로스테가 괴테와 취향 면에서 더 가깝다는 근거로 드로스테가 그 때문에 자주 비판을 받게 되는 긴 대화를 선호하는 점, 그리고 플롯을 희생해가면서 관념적인 문구들을 늘어놓는 사실을 예로 든다.

그러나 「베르타」라는 작품에서 선배 작가들과의 유사성보다 더 흥미로운 것은 드로스테가 전통적인 관객들이 드라마에서 기대하는 것과 달리 여성적인(페미니즘적인) 전망을 확연히 드러내고 있다는 점이다. 예를 들자면, 그녀는 아침 공기가 안색에 미치는 영향에 관하여 스카프를 두르는 것과 약을 먹는 것 중의 어떤 것이 이로운가에 대한 여성 등장인물들의 토론에 7쪽을 할애함으로써 극적 긴장도를 떨어뜨리는 것을 허용하고 있다. 또다른 예는 역사적으로 또 전통적으로 남자들의 전유물로 인식되어온 지적인 능력을 여주인공에게 부여하고 있다는 점이다. 여성 인물이 남성 인물과 마찬가지로 질풍노도 시대의 극작가들의 작품 속에서 찬양되어온 남성들의 과대망상을 깎아내리고 있다는 사실 또한 간과될 수 없는 점이다. 예컨대 베르타의 오빠인 페르디난트Ferdinand는 실러의 선동자들의 행동 방식을 선망하고 실행하고 싶어하지만 누이들로부터 호응을 얻지 못한다. 또한 전쟁에 대한 그의 찬양을 재상은 책망한다. 드로스테는 「베르타」에서 재상이라는 인물을 통하여 전쟁터가 성숙한 남자들에게 합당한 출구가 아님을 공표한다. 예를 들면 페르디난트의 맹목적인 열정 "만세, 만세. 올라타 달려나가자 / 독일 남자라면 전쟁터에서 자신의 가치를 증명할 것이다Hurrah Hurrah drauf und dran / In der Feldschlacht bewährt sich der teutsche Mann"라는 말에 재상은 여성의 관점에서 전쟁의 현실을 냉정하게 묘사한다.

이것이 바로 재미를 위해서
뜨거운 피가 그를 끌어낸다는 이유만으로
기뻐하는 한 생명을 죽인다니,
아! 너는 전쟁의 공포를 결코

들은 적도 본 적도 없다.
강하고 생기에 가득 차서 여전히 아침을 맞이했던 젊은 생명을
어떻게 죽음의 꼬르륵 소리가 끝나게 하는지를.
(슬프게) 네가 그것을 보았더라면 너는 소름이 끼쳤을 거다.
그런 다음 그렇게 칭송해 마지않던 행동을 부끄러워할 것이다.
아직 너는 절반도 알지 못하고 있다.
전쟁이 아직 축복받은 땅을 휩쓸게 되는 말할 수 없는 비참함을.
너는 어머니의 창백하고 얼어붙은 얼굴을 보지 못했다.
너는 비통함과 치욕으로 떨고 있는 아내를 보지 못했다.

위 인용문에서 볼 수 있듯이 재상은 영웅심으로만 무장된 인물이라기보다 전쟁의 부정적인 면을 인식하고 그것을 용기 있게 발설하는 인물, 강한 의무감과 보편적인 선을 지향하는 덕망 높은 인물로 그려지고 있다. 이런 성향은 일종의 여성화로 해석되어질 수 있다. 또한 여주인공인 베르타의 성격이 여자들의 속성에 대한 젠더 코드gender code를 넘어선다는 점에서 그리고 사회에서의 여성의 역할을 넘어선다는 점에서 전 시대의 인물들로부터의 일탈의 예가 된다. 이를테면 베르타는 빈곤계층을 위한 사회 복지에 대해 재상이 가지고 있는 사회적 의무감을 공유하고 있다. 이것은 언니인 코르델리아의 여성적 태도와는 다르다. 드로스테는 그들의 상빈되는 꿘점을 베르티를 다르게 취급함으로로써 드러낸다. 즉 베르타가 재상인 숙부의 노력을 찬양하는 반면, 코르델리아는 오직 자신의 가족이 떠안게 될 희생만을 본다. 그녀는 자신의 가족과 관계없는 일에는 전혀 관심을 갖지 않는다.

나는 내 고유의 조그마한 세계를 짓고
내 방에서 바깥에서 사납게 불어대는
폭풍에는 관심을 두지 않는다.

내 왕국이 조용하면

텍스트 곳곳에서 온순하고 선량한 코르델리아의 여성적 미덕을 항상 찬양하고 있음에도 불구하고 드로스테는 당시의 여성의 행동 규범 내에 배태되어 있는 여성들의 자기 중심적인 행동을 비판하고 있다. 베르타는 이 규범에서부터 벗어나고 있으며 그녀를 억압하는 성에 기초한 구속들에 괴로워한다. 왜냐하면 규범에서 벗어난 그녀의 태도들은 연극에 등장하는 다른 여성들에 의해 남성적인 것, 제정신이 아닌 것으로, 그리고 불행한 일로 규정되기 때문이다.

베르타는 지적이고 예술적인 성향 때문에 이와 같은 여성들과 다시 구별된다. 이를테면 그녀는 생기발랄한 상상력을 지니고 있으며 시를 쓰고 하프도 켤 줄 안다. 그러나 가족들은 그녀의 행동들을 불행한 것으로 낙인찍는다. 그 당시의 사회에서는 이와 같은 일탈을 받아들일 수 있는 사회적 공간이 없다. 따라서 그들은 죽음을 투사함으로써 그녀의 '다름'을 베어내려고 한다. 그들은 베르타를 "죽음의 천사 Todes Engel"로 간주하거나 혹은 "흥미있는 해골들 interssante Todtenköpfe"의 하나로 생각한다. 동년배인 여자들 역시 베르타의 남자 같은 정서를 그녀의 육체적 허약함의 원천으로 결정짓는다.

오 너의 하프가 오 그것이 너를 죽이는구나
O deine Harfe O die mordet dich

설정된 공간 내에서 살아남기 위해 여자들은 건강과 화평한 마음만 간직해야 한다. 코르델리아가 그런 인물로서 재현되고 있다. 베르타와의 대화에서 코르델리아는 사회적으로 인정된 성의 역할에서 많이 벗어나면 남자도 여자도 아닌 "잡종 Zwitter"이 될 위험을 감수해야 한다고 경고한다.

네 정신은 남자처럼 높구나. 어떤 여자의 눈도 따르지 못할 만큼
그것이 너의 가슴을 불안하게 죄고
너의 싱싱한 얼굴을 창백하게 만드는구나.
여자들이 자신의 공간을 넘어 높이 오르면
더 좋았던 것으로부터 도망치는 거란다.
그들은 계속 태양을 향해 날아오르고 싶어하지.
그리고 독수리와 함께 향기로운 구름을 뚫고 날아다니지.
그리고선 다만 안개 짙은 계곡에 있게 될 뿐이란다.
만약 여자들이 남자들과 겨루고자 한다면
그들은 잡종인 것이야, 더이상 여자는 아니란다.

크리머는 인간의 관계 기능에 젠더의 규칙 위반을 첨가하여 예술적 상
상력과 죽음을 연결시키고 있다는 점에서 드로스테가 독일 낭만주의의
문학적 관례들과 근접해 있다고 주장한다. 즉 베르타의 어머니는 베르타
의 억누를 수 없는 상상력을 여성답지 못한 남성적인 것이라고 생각하기
때문에 그 남성적 성향이 곧 베르타의 육체를 갉아먹어 소모시키고 죽음
에 이르게 할 것이라고 우려한다.

상상은 우리에게 많은 달콤한 기쁨을 제공한다.
그러나 상상의 딸인 열성은
거친 불꽃에 침식당해 점점
생의 정수를 소모시킨다.
심장을 약동하게 하는 그 부드러운 온기를
강한 정신이 진심으로 보호하지 않는다면
그 힘을 단단한 울타리 속 남자의 손안으로
들게 하고 강제로 보호를 받게 하면

효력을 발생하면서 위대함을 얻는다.
부드러운 여성의 마음은
남자의 지능과 비교할 수 없기에.

따라서 여성에게는 그러한 일탈을 정신이상이라고 취급받을 위협이 항상 존재한다. 여성의 '다름'은 파괴적 망상verbrecherischer Wahn 으로 간주되거나 광증Wahnsinn 으로 간주된다. 베르타의 지적, 정신적 창조의 행로를 따라갈 수 없는 가족 구성원들은 그녀와의 괴리를 "우리들의 즐거움과 고통으로부터 영원히 갈라놓는 얼음벽eisige Wand (……) Auf ewig scheidend unser Freud und Leid"으로 표현한다.

비평가들은 베르타의 '다름'을 "개인적 반항Aufbegehren des Individums" 혹은 "해방된 자의식emanzipiertes Bewußtsein"이라고 해석했다. 이것은 작품 속에서 코르델리아가 이것을 "여성의 한계 weibliche Selbstbeschränkung"라고 한 것과 대조가 된다. 프레데리크젠/샤피Frederiksen/Shafi는 그와 같은 비평가들의 해석에 대해 베르타의 의식을 지나치게 한쪽으로만 해석해서는 안 된다고 충고하면서 그것을 "비판과 반항의 완화 혹은 취소 사이의 이중 구조Doppelstruktur von Kritik und Abschwächung oder gar Zurücknahme des Protestes" 라고 부른다. 따라서 이들(프레데리크젠과 샤피)은 그것을 자의식의 반항이라기보다 베르타의 "자율성에 대한 강박Zwang zur Autonomie"으로 본다. 즉 베르타의 일탈은 분노에 의한 반란의 결과가 아니라 체질적으로 다른 방식으로 행동할 수 없는 데서 온 것이다. 극중에서 베르타는 이러한 점을 코르델리아에게 표현하고자 애쓴다. 그래서 코르델리아는 타고난 천성 그대로의 베르타를 이해할 수도 있게 된다.

오 내 귀여운 동생 네 조용한 생활과
우울한 눈빛으로 경건히 순수하게

조용히 산책하는 모습을 종종 보곤 하지
그리고 기꺼이 함께 하고 싶지만
그러나 아, 나는 결코 그럴 수가 없구나
내 정신은 끊임없이 동요하고 사라져버린다.
마치 큰 물결에 강압적으로 휩쓸려가듯이

베르타의 '다름'은 관습을 벗어난 것이기는 하지만 그녀가 마구잡이로 제멋대로 행동하는 것은 아니다. 예를 들어 그녀는 항상 가족에게 상냥하게 말한다. 그러나 그녀는 자신이 "알 수 없는 갈망 unbekanntes Verlangen"이나 혹은 "이해하기 어려운 동경 unbegreifliches Sehnen"을 항상 의식하고 있음을 슈프리크만에게 보낸 편지에서 다음과 같이 토로하고 있다.

저를 괴롭히는 악령에게 낭만적이면서 멋을 부린 이름을 붙여야겠어요. 즉 "먼 곳을 향한 동경"이라는 말이지요. (……) 내가 실재하고 있지 않은 온갖 장소에, 내가 소유하고 있지 않은 온갖 사물에 불운한 성향이 분명히 제 마음속에 있다는 것, 그러니까 그 밖의 어떤 것도 제 마음속에 들어올 수 없음을 선생님에게 확신시켜드리기 위해서 중요하지도 않은 일에 대해 선생님에게 이렇게 쓰고 있습니다.

드로스테는 작품의 주인공 베르타를 묘사하면서 자신이 느끼고 있던 근원적인 창조적 욕망을 불행한 성향이라고 여기고 있다. 만약 그녀가 자신의 창작 에너지를 표현할 수 있는 출구를 찾지 못할 경우 그것은 문제가 된다. 「베르타」에서 이 출구는 우선 주인공에 의해 부인된다. 때문에 주인공은 사회적으로 인정되는 성의 역할과 현실의 정체성 사이의 불일치 때문에 운명적으로 괴로울 수밖에 없다. 베르타는 그녀의 '다름'을 내면화하면서 그것을 성격상의 결함, 혹은 이상 행동이라고 부정적으로 결정짓는다. 이것은 곧 죄책감으로 연결되어 역작용을 낳게 되고 따라서 창조적 잠재력은 실현 불가능한 것이 된다. 이것이 아마도 작품 「베르타」의 참 비극의 면모일 것이다. 그러나 재능 있는 한 여성이기보다 사회와의 한 외적 힘으로 받아들일 수 있다면 '다름'은 비극적으로 끝나지 않는다.

작품 「베르타」에 나타난 양자택일의 문제는 1816년에 쓴 시 「불안 Unruhe」에 표현되고 있다.

우리를 부엌 아궁이에 매어두려고 한다!
우리의 동경을 망상이라고 꿈이라고 말한다.
그러나 이 조그만 한 덩어리의 흙인 가슴은
온갖 창조를 위한 공간이리!

"우리를 부엌 아궁이에 매어두려고 한다"라는 이 시행은 외부적 힘이 행사되고 있음을 뜻한다. 드로스테가 이 시에서 사용하는 느낌표는 드라마 작품인 「베르타」에는 결여되어 있는 분노의 표현으로 사용되고 있다. 드로스테 자신은 베르타와는 대조적으로 세월이 흐르면서 그녀의 재능과 그녀의 다름을 생존을 위한 메커니즘으로 발전시켰다. 베르타와 비슷하게 드로스테가 겪은 가장 나쁜 경험은 그녀의 가족과 친척들이 그녀의 재능을 부정적으로 보는 것이었다. 그녀의 어머니는 딸의 문학적 야심에 대해 염려했으며 그녀가 꺾여버리지 않을까 두려워했다. 그녀는 도로테아 폰 볼프 메테르니히 Dorothea von Wolff-Metternich에게 그런 심정을 글로 담아 보냈다.

아네테가 오로지 머릿속에 그것만을 항상 꼭 채우고 있다면 더 나아가 무리를 하게 된다면 그녀는 머리가 돌아버릴 것이다.

이런 상황은 극중에서의 베르타의 상황과 비슷하다. 드로스테 역시 어머니의 불안을 의식하고 있었으며 또한 자신의 정신 상태에 대해서도 두려움을 가지고 있었다. 슈프리크만에게 보낸 1819년 2월 8일자 편지에 그녀는 다음과 같이 토로하고 있다.

(……) 먼 나라들, 위대하고 흥미로운 인물들 (……) 외국의 예술작품들, 그리고 그 비슷한 모든 것이 이렇게 슬픈 힘으로 나를 짓누릅니다. (……) 여러 날 동안 단번에 이런 것들에 대해 이야기하지 못할지라도 나는 항상 그것들을 볼 수 있으며 내 눈앞에 끌어올 수 있습니다. 때때로 너무나 생생하게 현실과 비슷한 색채와 형상으로 보이기 때문에 내 가엾은 이성에 나는 불안해집니다.

광기에 대한 드로스테의 공포는 동시에 죽음에 대한 공포로 상승한다. 두 친척들의 죽음을 슈프리크만에게 알리면서 그녀는 죽음에 대한 강박관념적인 공포를 드러내고 있다.

이 모든 사람들의 갑작스런 죽음(왜냐하면 이모님 한 분이 갑자기 사랑하는 두 애들을 잃으셨기 때문입니다)은 "너도 죽는다"라는 글귀를 제 귀에 들리게 했습니다. 그 말이 계속 제 가슴에 울리고 있었어요. 그리고 그 때문에 사람들이 생각했듯이 너무 많은 힘든 노래들 때문에 이런 상태가 계속해서 제 신상에 타치게 되었다는 생각을 더 강하게 해주었습니다. (이 나쁜 상태)는 죽음이 가까웠다는 생각을 상당히 생생하게 그리고 정말 눈앞에 닥친 것 같은 생각이 들게 합니다.

이것은 드로스테가 무엇보다도 시 쓰는 일을 병의 원인으로 생각하고 있었음을 보여준다. 육체적으로 허약하다는 생각이 곧바로 죽음에 대한 생생한 공포로 그녀를 환기시키고 있다는 사실은 놀랍다. 드로스테는 죽음에 대한 강박 관념을 결국 글쓰기로 극복하지만 초기 작품인 「베르타」
에 당시의 자신의 그 경험을 묘사하고 있다. 그러나 차이점은 드로스테
가 죽음에 대한 공포를 글쓰기라는 대체 에너지로 극복한 반면 「베르타」
의 주인공은 불안의 탈출구를 판타지와 하프에서 찾는다는 점이다.

> 냉혹한 현실의 감옥으로부터
> 달콤한 마법으로 내 영혼을
> 빛의 광채가 우리를 영원히 빛나게 하는
> 저 황금빛 판타지의 왕국으로
> 이끌고 간다.

이 시행에서 볼 수 있는 황금빛 판타지에로의 여행은 다만 일시적인
탈출만을 제공할 수 있을 뿐이다. 드로스테는 베르타가 주위 사람들에
의해 자기 실현을 방해받을 수밖에 없는 인물로 형상화하고 있기 때문이
다. 즉 행복을 경험하기 위해서 그녀는 판타지의 세계로 탈출하지만 그
녀를 둘러싼 사람들은 그녀를 제정신이 아닌 사람으로 비난한다. 베르타
는 주위 사람들이 원하는 요구들에 부응하기를 원하지만 체질상 그렇게
될 수가 없으며 따라서 그녀의 다름은 결국 받아들여질 수 없다. 때문에
드로스테는 베르타의 갈등을 죽음으로만 해결할 수 있을 뿐이다.

드로스테의 「베르타」가 미완성이 될 수밖에 없었던 요인은 드로스테
가 성역할의 질서 회복을 위해 베르타를 죽이는 것으로 작품을 끝낼 수
없었기 때문이다. 초기의 드로스테가 성역할에 합당한 평범한 여자로 살
것인지 아니면 예술적 추구를 실현시켜나갈 것인지에 대한 양자택일에
서 주저했다면, 말년의 드로스테는 초기 저작의 불안한 망설임을 해소할
수 있었다. 메어스부르크에서 시를 쓰던 시기에 그녀는 자신의 예술적
재능을 확인하면서 바로 이것을 죽음을 피할 수 없는 운명에 균형을 잡
는 힘으로 간주하게 된 것이다. 어쨌든, 드로스테가 성(젠더)을 작품에

서 배제해나갔다는 것은 분명하다. 이 사실은 그녀가 성(젠더)을 주제로 삼은 까닭에 — 작품을 미완성으로 남길 수밖에 없었던 대가를 치르고 난 후 오직 글쓰기에서만 기쁨을 얻었다는 인상을 준다.

드로스테는 "나의 노래들은 내가 오래 전에 사라졌다고 해도 살아남을 것이다 Meine Lieder werden leben wenn ich längst entschwand"[5] 라고 말할 수 있었다. 우리는 그녀의 치열한 글쓰기가 사후의 문학적 명성을 예료할 뿐만 아니라 성을 주제로 삼았다는 사실로써 그녀가 19세기 독문학 영역에 있어서 페미니즘 비평의 갈채를 받을 수 있는 하나의 조건이 될 수 있음을 이해할 수 있다.

---

5) Ebd., S. 125. 재인용.

참고문헌

Silvia Bovenschen, *Die imaginierte Weiblichkeit. Exemplarische Untersuchungen zum Kultur geschichtlichen und literarischen Präsentationsformen des Weiblichen*, Suhrkamp, Frankfurt am Main, 1979.

Elisabeth Krimmer, Dangerous Practices, Annette von Droste-Hüllshoff's Bertha oder die Alpen, In : Susan L. Colcalis and Ferrel Rose(ed), *Thalia's Daughters*, A. Francke, Tübingen und Basel, 1996.

Irmgard Roebling, Heraldik des Unheimlichen. Annette von Droste-Hüllshoff(1797~1848). *Auch ein Portrait*, In : Giesela Brinker-Gabler(Hrsg.), *Deutsche Literatur von Frauen*, C. H. Beck, München, 1988.

드로스테 휠스호프 연보

1797년 1월 10일 아네테는 뮌스터 근교의 휠스호프에서 클레멘스 아우구스트 휠스호프 남작과 그의 두번째 아내 테레제 루이제 사이에서 둘째 딸로 태어남.

1804~09년 로마 시인 베르길리우스의 시를 번역.

1812~19년 안톤 마티아스 슈프리크만 교수로부터 문학적인 보살핌을 받음.

1813년 봄에 연극 「베르타 또는 알프스 산맥」의 작업 시작. 젊은 여성 시인 카타리나 부쉬와 친교. 빌헬름 그림과 친교하고 민요와 동화 수집에 참가.

1815년 처음으로 크게 앓음.(수년간 회복하지 못함)

1818년 운문 서사소설 『발터』 작업.

1821년 음악 수업에 몰두. 작품 『레트비나』 집필 시작.

1829년 재차 발병.

1831년 메르텐 근처의 필리터 마을에서 요양. 2월에 뤼슈하우스로 돌아옴. 레빈 시킹과 처음 만남.(향후 시킹은 그녀의 문학적인 삶에 큰 영향을 미친다)

1834년 뮌스터 대학 철학 교수 크리스토프 베른하르트 슐뤼터와 교제 시작(슐뤼터 교수는 시킹과 더불어 드로스테 문학의 중요한 주선자이고 또 정신적인 자극자이다).

1840년 1월 『종교력』 완성. 봄에 담시, 가을에 시킹, 프라이리그라트와 함께 담시 몇 편 작시.

1841년 시킹과 함께 장편소설 『가문의 문장』 집필. 여름에 『유대인의 너도밤나무』 완성하여 3개 장을 잡지 『우리 시골에서』에 발표.

1843년 2월 『사자의 시』 작시. 여름에 압벤부르크에 체재. 시킹이 루이제 폰 갈레와 약혼 및 결혼. 9월 메어스부르크로 두번째 여행. 여기서 체재하며 시 약 20편 작시.

1844년 5월 시킹 가족이 메어스부르크로 드로스테를 방문. 가을에 『드로스테 휠스호프의 첫 시집』이 코타 출판사에서 발간. 9월 28일 뤼슈하우스로 돌아감.

1845년 『베스트팔렌의 풍경화』 발표.

1846년 봄에 시킹과 절교. 중병이 듦. 9월에 메어스부르크로 여행.

1847년 7월 21일 유서 작성.

1848년 5월 24일 메어스부르크에서 정오경에 사망. 5월 26일 묘에 묻힘.

1851년 『종교력』이 코타에서 출간. 1878/79년 『전집』이 시킹에 의해 코타에서
    출간.

'푸른 수염' 모티프의
페미니즘적 변주

—세 편의 〈푸른 수염〉 오페라에
나타난 페미니즘의 양상

이용숙 이화여대 독문과와 동대학원을 졸업했다. 독일 프랑크푸르트 괴테 대학에서 수학했다. 현재 전문번역가 및 음악 칼럼니스트로 활동하고 있다. 저서『사랑과 죽음의 아리아』, 역서『나는 에스컬레이터에 서 있는 것을 좋아한다』『박쥐』『텔레마코스』등이 있다.

1. 여는 말

여러 명의 여자들을 차례로 유혹해 결혼한 뒤 매번 잔인하고 엽기적인 방법으로 살해했다는 동화책 속의 '푸른 수염' 이야기는 유럽에서는 물론 전세계의 어린 소녀들에게 결혼에 대한 공포심을 심어주기에 충분했다. 요즘 같은 개방된 사회에서는 푸른 수염처럼 정체를 알 수 없는 남자와 결혼하는 일을 얼마든지 피할 수 있겠지만, 상대방에 대한 싱세한 정보 없이 결혼을 하거나 자신의 연고지를 떠나 그 배우자를 따라가는 일이 당연했던 앞 시대에는, 푸른 수염 이야기를 읽고 이처럼 잘못된 선택을 하게 될까 봐 결혼을 두려워하는 여성들이 많을 수밖에 없었다. 아이에게 동화를 읽어주는 어른들조차 이 이야기의 교훈을 무엇이라 말해야 할지 몰라 당혹스러웠다는 이 「푸른 수염」의 원작자는 「장화 신은 고양이」 「빨간 모자」 등의 이야기로 우리에게 친숙한 17세기 프랑스 작가 샤를 페로Charles Perrault(1628~1703)라고 할 수 있지만, 사실 '푸른 수염'이라는 소재 자체는 중세부터 유럽 전역에 구전으로 퍼져 있던 전설이었다.

페로의 동화가 나온 지 정확하게 백 년 뒤인 1797년에 루트비히 티크 Ludwig Tieck는 이 소재를 거의 동시에 두 가지 형식으로 옮겨 세상에 내놓는다. 상당히 긴 희곡 작품 「기사 '푸른 수염' Ritter Blaubart」과 소설 「푸른 수염의 일곱 아내 Die sieben Weiber des Blaubart」가 그것이다. 그리고 1812년에 그림 형제는 자신들의 메르헨 속에 이 이야기를 수록한다. 이처럼 독일 작가들이 이 소재를 새로이 작업한 18세기 말~19세기 초는 부르주아 사회의 기반이 확고해지면서 동시에 전통적인 가부장제 사회의 남녀관계가 흔들리기 시작한 시기였다. 그래서 이들을 위시해 '푸른 수염' 소재를 작업한 당대의 여러 작가들은 가부장적 권위의 상징인 푸른 수염에게 도전하는 아내들(열어보지 말라고 금지한 방을 몰래 열어본)을 호기심과 불복종 때문에 관계를 파멸로 이끄는 '이브의 딸들'로 간주하고, 페로의 원작과는 달리 작품 속에서 이 여성들을 응징했다.

본 논문에서는 '푸른 수염' 모티프를 소재로 한 다양한 문화적 작업 가운데서도 특히 세 편의 오페라(폴 뒤카의 「아리안과 푸른 수염」, 벨라 바르토크의 「푸른 수염의 성」, 자크 오펜바흐의 「푸른 수염」)를 중심으로 하여, 그 각각의 변주(變奏)에 담긴 시대와 사회의 이데올로기를 읽어내고자 한다. 특히 중점을 둘 것은 유일한 '페미니즘 오페라'로 공인되어 있는 뒤카의 작품이다.

2. 호기심과 불복종의 죄 — 부르주아 사회의 '여성 길들이기'

페로의 「푸른 수염 Barbe-Bleue」은 몇 페이지 안 되는 짧은 이야기로, 주인공에 대한 소개 역시 길지 않다. 푸른 수염은 "도시와 시골에 저택을 몇 채씩 지니고 순금 마차를 몇 대씩 소유한 엄청나게 부유한 남자"지만

"불행하게도 수염이 푸른색인 까닭에 너무 보기 싫고 섬뜩한 느낌을 주어 여자들을 다 도망가게 만드는" 남자다. 그러나 어머니를 통해 푸른 수염의 청혼을 받은 자매 중 동생은 푸른 수염의 저택 파티에 친구들과 함께 초대받아 여러 날을 즐겁게 지낸 뒤, 푸른 수염이 좋은 남자라는 생각이 들어 그와 결혼하기로 결심한다.

결혼한 지 몇 달 뒤에 푸른 수염은 중요한 일 때문에 길을 떠나면서 아내에게 열쇠들을 맡긴다. 그러면서 보물과 값진 가구, 식기들이 들어 있는 여러 개의 방을 다 열어보아도 좋지만 복도 끝에 있는 마지막 방만은 열지 말라고 말한다. 그러나 호기심을 억제할 수 없어 금지된 방을 열어본 푸른 수염의 아내는 피로 도배된 그 방 벽 쪽에 여자들의 시체가 줄줄이 매달려 있는 것을 발견한다. 이들은 금령을 어겼다는 이유로 푸른 수염이 목을 베서 죽인 그의 예전 아내들이었다. 기절할 듯 놀라 피가 흐르는 바닥에 열쇠를 떨어뜨린 푸른 수염의 아내는 열쇠의 핏자국을 닦지만 흔적은 지워지지 않는다. 여행에서 돌아온 푸른 수염은 사실을 알고 아내를 죽이려 하지만 아내에게 마지막으로 기도할 시간을 준다. 그 틈을 타 푸른 수염의 아내는 언니에게 "탑 꼭대기에 올라가 오늘 놀러 오기로 한 오빠들이 오는지 봐달라"고 부탁한다. 여동생이 목을 베이기 직전에 도착한 두 오빠는 도망치는 푸른 수염을 쫓아가 죽이고 동생의 목숨을 구한다. 푸른 수염의 재산을 모두 상속한 아내는 자신을 살려준 오빠들과 언니에게 그 재산을 나눠주고 자신도 훌륭한 남자와 재혼한다.

푸른 수염을 소재로 한 작품들을 한데 수록해 모음집 형식의 책 『푸른 수염의 비밀 *Blaubarts Geheimnis*』을 펴낸 하르트비히 주르비어 Hartwig Suhrbier는 페로 동화의 모순을 지적하며, 이 모순이 이후 같은 소재를 다룬 다른 작가들에 의해 어떻게 해결되었는가를 보여준다. 페로의 동화는, 한편으로는 여성의 호기심이 빚어내는 엄청난 결과를 경고하고 있으면서도, 다른 한편으로는 호기심 때문에 금령을 무시한 여성이 푸른 수염의 재산을 차지하고 행복한 재혼까지 하게 된다는 해피엔딩을 보여주기 때문에 독자에게 효과적인 교훈을 주지 못한다는 것이다.

1772년에 프리드리히 빌헬름 고터 Friedrich Wilhelm Gotter가 쓴 시 형식의 「푸른 수염 Blaubart」을 보면 유산 상속이나 재혼 따위의 언급은 사라지고 없다. 티크의 작품에서도 유산 이야기는 사라졌고, 살아남은 푸른 수염의 아내는 성을 차지하게 되지만 그녀가 더이상 그곳에 살고 싶어하지 않기 때문에 성은 오빠의 소유가 된다. 티크는 자신의 텍스트에서 "호기심 있는 여자는 남편에게 정절을 지킬 수 없다. 호기심이 강한 여자를 아내로 둔 남자는 평생 한순간도 안심할 수가 없다. 호기심이라는 죄를 필두로 결국 다른 모든 죄들이 줄줄이 따라나오는 법이다"라는 말로 푸른 수염 이야기의 주제를 뚜렷이 부각시키고 있다.

그림 형제의 경우에는 푸른 수염 이야기가 1812년에 발표된 『어린이를 위한 이야기 *Kinder- und Hausmärchen*』 초판에만 들어 있고 그 다음부터는 사라졌는데, 이 초판에 실린 「푸른 수염」에는 '피해 여성'의 유산 상속이 언급되지만 그 뒤에 이 소재를 변형해 그림 형제가 메르헨에 수록한 「털북숭이 새 Fitschers Vogel」에는 유산에 관한 이야기가 없다. 이 「털북숭이 새」는 푸른 수염 이야기에서 열쇠의 모티프를 취하고 있지만, 푸른 수염이 기사가 아닌 마법사로 등장하고 셋째 딸이 먼저 살해된 두 언니의 절단된 사지를 맞춰 다시 부활시키는 등 원작에 비해 비현실적이고 환상적인 요소가 훨씬 강해졌고 묘사는 한결 잔혹하다. 그림의 메르헨에 실린 「푸른 수염」은 후반부의 '구출 장면'에서 드라마틱한 긴장을 고조시킨 점은 평가할 만하지만, 페로의 원작과 비교할 때 전체적으로는 평이해진 느낌을 준다. 페로는 유머러스한 방식으로 여성들의 '병적인 호기심'을 강조하고 있는데, 그 여성들의 통속성을 과장하는 표현 방식이 이 이야기를 빛나게 한다. 푸른 수염은 길을 떠나면서 아내에게 '친구들을 불러 함께 놀아도 좋다'고 했는데, 그 여자 친구들과 이웃 여인네들은 "푸른 수염이 성을 떠나자마자 그 아내가 초대하기도 전에 푸른 수염의 온갖 보물에 대한 호기심을 참을 수 없어 제 발로 그 성을 찾아온다". 그리고 그 아내는 열어보지 말라고 한 방에 대한 호기심을 억제할 수 없어 "손님들을 주인 없이 그들끼리 내버려두는 일이 얼마나 무례한 일인가를 미처 생각지도 못 한 채" 혼자 그 방으로 열쇠를 들고 달려간다.

페로가 「푸른 수염」을 발표한 1697년은 에두아르트 푹스Eduard Fuchs가 그의 『풍속의 역사 *Sittengeschichte*』에서 '색(色)의 시대'로 분류한 프랑스 절대 왕정의 절정기인 태양왕 루이 14세의 시대였다. 당시 군주와 영주들의 경쟁적 호사(豪奢)와 궁중의 복잡한 남녀관계가 이 이야기에서도 암시되고 있음을 놓칠 수 없다. 푸른 수염 이야기의 '교훈'이라면서 페로가 원래의 이야기에 덧붙여놓은 구절을 보면, 티크가 앞에서 말한 것처럼 여기서도 이미 여성의 정절 문제가 호기심에 연계되어 있음을 파악할 수 있다. "호기심이라는 것은 무척이나 사람을 유혹하지만, 결국은 그만큼 근심거리를 불러오는 경우가 많습니다. 그런 예는 날마다 주위에서 얼마든지 볼 수 있죠. 실례가 될지 모르겠습니다만 여성들께 이렇게 말씀드리고 싶군요. 호기심은 잠시의 만족을 가져다 주지만, 거기에 몸을 맡기자마자 그 만족감은 금방 사라져버리고 만다는 겁니다. 그러고 나면 너무나 비싼 대가를 치러야 하는 법이죠."

월터 크레인Walter Crane이 1874년에 펴낸 『푸른 수염 그림책*Blue-beard Picture Book*』을 보면 벽걸이용 카펫으로 제작된 푸른 수염 모티프의 작품이 실려 있다. 푸른 수염의 아내가 하녀들 몰래 열쇠를 들고 금지된 방으로 가는 장면인데, 그 뒤편에는 인식의 나무를 친친 감고 있는 뱀과 이브의 모습이 보인다. 결국 푸른 수염의 아내는 '호기심이 강하고 순종하지 않는 이브의 딸'이라는 암시라고 할 수 있다. 인류 발전의 동력으로 긍정적 평가를 받는 '호기심'이라는 특성이 성서에서는 '불순종의 죄'에 직결되기 때문에, 기독교 사회에서 여성의 호기심은 곧 죄로 인식되어왔다.

페로의 동화가 처음 출판되고 백 년이 지나 티크가 같은 모티프를 다루었던 시기에는 이미 부르주아 사회의 기반이 확고해지면서 이전의 남녀관계가 흔들리기 시작했다. 가부장적인 남성들이 아내의 독립 투쟁으로 그 견고한 지위를 위협받게 되었던 것이다. 19세기에 들어서자 이처럼 호기심 많고 '말 안 듣는' 여성들을 향한 경고가 문학에서 속출했고, 그런 이유로 그림 형제의 푸른 수염 버전은 상당히 잔혹한 이야기가 되었다.

3. 오펜바흐의 〈푸른 수염〉—부르주아의 결혼에 대한 풍자

유명한 예술작품을 모방하면서 익살스러운 변형을 시도하는 '패러디'는 문학뿐만 아니라 미술, 음악, 영화 분야에서도 골고루 이용되어, 진지한 감상자들의 화를 돋우고 방자한 감상자들에게 웃음을 선사한다. 원래의 작품에 비하면 대체로 예술적인 가치는 훨씬 떨어지지만 그래도 보는 사람에게 즐거움을 주기 때문에 용서할 수밖에 없는 것이 이 패러디라는 방식이다. 진지한 예술을 비틀어놓은 이 패러디는 물론 상업주의와도 긴밀한 관계를 맺고 있다. 기존의 작품이 너무나 잘 알려져 있어 감상자를 식상하게 할 때 이를 패러디한 작품을 내놓아 새로운 흥미를 유발하려는 것이다. 오페라 「호프만의 이야기 Les Contes d' Hoffmann」로 유명한 작곡가 자크 오펜바흐 Jacques Offenbach (1819~1880)는 이런 패러디로 상업적 성공을 거둔 대표적 인물이다. 독일에서 태어난 유태인이었지만 주로 파리에서 활동했던 그는 1855년에 상젤리제 거리에 '파리 희가극장'을 개관하고 스스로 작곡과 지휘를 맡았다. 그러나 이 극장이 극심한 재정난으로 차압당하고 문을 닫게 될 형편에 놓이자 오펜바흐는 '제발 한 건만 히트해다오' 하는 절박한 심정으로 새 오페라를 구상했다. 이미 대중에게 잘 알려진 소재이면서도 뭔가 '깜짝쇼'가 될 만한 소재를 찾던 그는 결국 글루크의 유명한 오페라 「오르페우스와 에우리디케」를 패러디해 작품을 만들기로 작정한다.

원래 그리스 신화의 주인공인 시인 오르페우스는 결혼식날 뱀에 물려 죽은 아내 에우리디케를 찾으러 하계(下界)에 내려가 그 아름다운 노래로 명부(冥府)의 신들을 감동시켜 아내를 되찾는 인물. 그러나 금령(禁令)을 어기고 뒤를 돌아보았기 때문에 에우리디케를 영원히 잃고 만다. 이러한 원래 오페라의 품위와 우아함을 비웃으려는 의도로 출발한 오펜바흐는 오페라 「지옥에 간 오르페우스」에서 신화의 틀을 현대적으로 비틀어놓는다. 오르페우스는 바이올린 교습으로 살아가는 음악 선생이고 에우리디케는 남편이 지긋지긋해져 양치기와 바람이 난 아내라는 설정이었다. 마침내 오펜바흐가 간절히 바라던 기적이 일어나 이 오페라의 초연(1858)이 대성공을 거두자, 이에 자신감을 얻은 그는, 이번에는 너무나 유명한 푸른 수염 모티프를 오페라 소재로 선택해 패러디한다.

「지옥에 간 오르페우스」와 마찬가지로 오펜바흐의 〈푸른 수염〉 역시 원작의 기본 줄거리를 완전히 무시하고 있다. 원전에서 남은 거라고는 '푸른 수염의 결혼과 아내 살해' 라는 기본 골격뿐이다. 이야기의 배경은 십자군 전쟁 중의 남프랑스. 왕자 사피르는 양치기 차림으로 기사 푸른 수염의 영지에 살며 양치기 처녀인 플뢰레트를 사랑하고 있다. 그러나 플뢰레트는 왕자가 자신과 확실하게 결혼하지 않는다면 왕자의 소망을 채워줄 수 없다고 버틴다. 한편, 매력 있는 농부의 딸 불로트는 왕자를 짝사랑해 어딜 가든 따라다니며 귀찮게 한다. 그러는 사이 푸른 수염의 연금술사인 포폴라니와 오스카 백직은 왕의 부탁으로 18년 전에 사라진 공주를 찾고 있다. 불로트는 장미의 여왕으로 선발되고 플뢰레트는 바로 그 사라진 에르미아 공주임이 밝혀지는데, 공주가 애인과 떨어지지 않으려고 해 사피르 왕자도 함께 성으로 간다. 그때 8일 전에 아내와 사별했다는 푸른 수염이 나타나 불로트에게 청혼하자, 겁없는 불로트는 곧장 청혼을 받아들인다.

왕과 왕비는 공주를 되찾아 기뻐하고, 공주 역시 양치기인 줄 알았던 사피르가 왕자라는 걸 알고 기뻐한다. 그때 불로트가 푸른 수염과 함께 나타나는데, 자신이 좋아하던 왕자가 공주와 결혼한다는 걸 알고 한바탕 소동을 벌인다. 푸른 수염은 불로트의 팔팔한 성미에 벌써 질려 포폴라니에게 그녀를 죽이라고 한다. 그런 다음 자신은 에르미아 공주와 결혼할 계획을 세운다. 불로트가 독살되자 푸른 수염은 기뻐하며 떠난다. 그러나 포폴라니는 이제까지 푸른 수염의 다른 아내들에게 그랬듯이 불로트에게도 독약이 아닌 마취제를 썼기 때문에 불로트는 곧 깨어난다. 포폴라니는 밀실에서 살아가고 있던 전처 다섯 명을 풀어준다.

사피르 왕자와 에르미아 공주의 결혼식 행렬이 지나갈 때 푸른 수염이 나타나, 여섯번째 아내가 죽었으니 공주와 결혼해야겠다고 말한다. 푸른 수염은 왕보다 더 재산이 많고 세력이 막강하기 때문에 아무도 제지하지 못한다. 사피르 왕자는 그와 결투하다 쓰러지고, 이제 결혼식 행렬은 신랑을 푸른 수염으로 바꿔 계속 움직인다. 그때 포폴라니가 마취 상태에서 깨어난 왕자 및 다섯 아내들을 데리고 와서 푸른 수염을 고발한다. 그러자 공주와 푸른 수염의 혼인은 무효가 되고 공주는 원래대로 사피르 왕자와 결혼한다. 그리고 푸른 수염은 마지못해 불로트와 결혼하면서 막이 내린다. 여기서 불로트는 푸른 수염을 우스갯거리로 만들어버리려는 작가의 전략을 달성하는 데 꼭 필요한 존재이며, 다섯 명의 아내들을 설득해 푸른 수염에 대항하게 만드는 능력으로 볼 때는 뒤에 나올 뒤카의 아리안보다도 성공적인 페미니스트라 할 수 있다.

당대 프랑스의 대표적인 오페라 대본가였던 앙리 메야크Henri Meihac과 뤼도비크 알레비Ludovic Halévy가 대본을 쓴 이 오페라는 부의 축적과 사회적 평판에만 신경을 쓰느라 애정 없는 결혼을 하고는 서로를 혐오하거나 경멸하며 살아가는 당시 부르주아 사회의 부부들을 풍자의 대상으로 삼았다. 나폴레옹 3세와 제2제정 시대의 엄격한 사회 규범에 가려진 이중 윤리, 궁정 관리들의 무위도식 등에 대한 정치적 풍자 역시 이 오페라에서 중요한 비중을 차지한다. "과거의 어떤 홀아비도 푸른 수염만큼 행복하지는 못했다"라는 코러스의 반복되는 합창은 형식적인 결혼 속에서 배우자에게 염증을 느끼며 배우자가 세상을 떠나기만 기다리는 당대의 부르주아 부부들을 비웃고 있다. 코러스와 〈푸른 수염〉의 대결을 핵심으로 해 시종 즐겁고 희화적이며 냉소적인 분위기로 진행되는 이 오페라에서는 죽은 줄 알았던 아내들이 모두 살아나며 결국 여러 커플들의 혼란스런 합동 결혼식으로 끝을 맺는다. 여기에는 가부장적 권위가 지배하는 세계에 대한 조소, 그리고 만물의 위아래를 전도시키는 카니발적 세계관이 깃들어 있다.

4. 뒤카의 「아리안과 푸른 수염」 — 승리자이며 해방자인 최초의 여성

「파랑새」의 작가로 잘 알려져 있는 상징주의 작가 메테를링크는 1899년에 이 푸른 수염 이야기를 '아리안과 푸른 수염Ariane et Barbe-Bleue'이라는 제목으로 개작했다. 메테를링크 이전의 푸른 수염 버전들은 부와 매력으로 여자들을 유혹해 멋진 성에 데리고 가서 죽이는 '푸른 수염'이라는 별명의 귀족 사내가 주인공이었지만, 메테를링크의 작품에서 특징적인 것은 푸른 수염의 여섯번째 아내가 된 아리안이 주인공이라는 사실이다. 메테를링크는 '인간의 자유로운 결단'을 주제로 삼아 페미니즘의 시각으로 여성 주인공을 그려내면서, 남성인 푸른 수염을 여성의 조연으로 격하시켰던 것이다. 이 아리안이라는 인물은 그리스 신화에서 테세우스에게 실뭉치를 주어 미노스 왕의 미로를 빠져나오게 해준 현명한 아리아드네를 모델로 했다. 그런데 재미있는 것은, 이 메테를링크의 텍스트를 독일어로 번역한 오펠른 브로니코브스키 Oppeln-Bronikow-ski가 이 번역 작품의 제목을 '푸른 수염과 아리안'이라고 붙였다는 점이다. 역자가 메테를링크의 의도를 파악하지 못했던 것인지, 아니면 단순히 이 작품이 푸른 수염 이야기라는 점을 강조하려고 이름의 순서를 바꾼 것인지는 확실하게 밝혀져 있지 않다. 어쨌든 그 때문에 독일 독자들은 이 메테를링크 작품을 읽을 때 제목에서 이미 그 혁신성을 감지하는 즐거움을 느낄 수 없었다.

위르겐 베르트하이머Jürgen Wertheimer는 「푸른 수염의 승리 Blaubarts Triumph」라는 글에서, 19세기에서 20세기로 넘어오며 푸른 수염 소재의 문학적 형상화 방식이 어떤 변화를 보이고 있는가를 이야기한다. 현대로 넘어오면서 푸른 수염의 외적인 이미지는 19세기에 비해 부드러워졌지만, 다른 한편으로는 이 남성 주인공의 전략이 보다 세련되어졌고 그에 따라 여성에 대한 억압이 더욱 효과 있게 이루어지고 있다는 것이다. 19세기형의 푸른 수염이 도덕과 폭력을 무기로 여성을 억압했다면, 20세기형의 푸른 수염은 심리전을 비롯해 훨씬 다양한 수단으로 승리를 거두고 있다. 그러나 이에 대응하는 여성의 방식도 결코 만만치 않다. 이제까지 푸른 수염의 아내들이 누군가의 도움으로 구출된 것과는 달리 메테를링크는 처음으로 '스스로를 구원하고 해방시키는' 독립적인 여성상을 제시한다. 페로와 그림의 버전에서 여주인공을 구출하는 것이 언제나 여주인공의 오빠들이라는 점은 '푸른 수염과 같은 종류의 권력과 물리력을 갖춘 남성'만이 해방을 주도할 수 있음을 시사해왔다. 그러나 이번에는 주도권을 쥔 쪽이 여성이라는 사실이 뚜렷하게 두드러진다.

메테를링크의 작품에서 여주인공 아리안이 푸른 수염과 결혼하기 위해 그의 성으로 왔을 때 마을 사람들은 성 앞에서 푸른 수염을 죽이려고 기다리고 있었다. 예전에 푸른 수염과 결혼했던 아내 다섯 명이 모두 실종되었고 푸른 수염이 그들을 모두 죽인 것으로 추정했기 때문이다. 농부들은 아리안에게 이곳을 떠나라고 설득하지만, 그녀가 푸른 수염 곁에 있으려 하는 것을 보고 화를 낸다. 폭동이 일어날 듯한 분위기에서 아리안은 유모와 함께 성 안으로 들어가고 성문은 닫힌다. 유모는 두려워하지만 아리안은 푸른 수염과 자신이 서로를 사랑하니 그의 비밀을 알아내 문제를 해결할 방법이 있을 거라고 믿으며 침착한 태도를 잃지 않고 유모에게 말한다. "그가 나한테 제대로 해명하지 않고 명령을 하거나 을러 댄다면 나는 말을 듣지 않을 거야. 그게 내가 할 도리야."

푸른 수염은 아리안에게 은으로 된 열쇠 여섯 개와 황금 열쇠 하나를 주며, 보물이 있는 여섯 개의 방에는 들어가도 좋지만 마지막 방은 열어 보지 말라고 한다. 그러나 아리안은 결혼식 때 쓸 보석과 장신구가 가득 찬 여섯 개 방의 열쇠는 바닥에 던져버리고 그 비밀의 방만 열어보려 한 다. "우리에게 '해도 좋다'고 허용된 모든 것은 사실 아무것도 가르쳐주 는 게 없지." 아리안의 이 대사는 이제까지 '호기심과 불복종이 여성의 가장 큰 죄'라고 가르쳐온 기독교 전통과 부르주아 사회 전체에 대한 정 면 도전이다.

그러나 유모가 보물들을 간절히 보고 싶어하자 아리안은 각각 아메지 스트, 사파이어, 진주, 에메랄드, 루비, 다이아몬드로 가득 찬 여섯 개의 방을 유모와 함께 차례로 열어본다. 유모는 보석들을 주머니에 쑤셔넣기 바쁘지만 아리안은 냉담하게 그 방들을 지나친다. 그런 다음 마침내 일 곱번째 방문을 열자 여자들의 노랫소리가 들려온다. 푸른 수염의 다섯 아내들이었다. 그 순간 푸른 수염이 돌아와 "누구보다도 강하고 똑똑한 여자라고 생각했는데, 당신도 역시……"라는 말로 아리안을 비난한다.

아리안 : 당신은 당신 스스로가 준 것보다 더 많은 것을 그들(아내들)에 게 요구했어.

푸른 수염 : 당신은 나한테서 얻을 행복을 스스로 망치고 있군.

아리안 : 내가 추구하는 행복은 비밀의 어둠 속에 있을 리가 없어.

푸른 수염 : 더이상 알려고 들지 말아. 그러면 당신을 용서할 테니 까……

아리안 : 난 모든 것을 알고 나야만 비로소 당신을 용서할 수 있을 거야.

푸른 수염은 완력으로 아리안을 끌고 가려 하지만 아리안은 따라가지 않고 그와 몸싸움을 벌이며 비명을 지른다. 아리안의 비명을 듣고 달려 온 마을 사람들은 돌을 던져 창문을 부수고 유모의 도움으로 성 안으로 들어온다. 그러나 아리안은 냉정한 태도로 '아무런 문제도 없다' 면서 사 람들을 돌려보내고, 자신을 방어하려고 칼을 빼들었던 푸른 수염도 칼을 거두며 고개를 떨군다.

다음 장면에서 아리안은 푸른 수염 몰래 지하로 내려가 어둠 속에 갇 혀 사는 다섯 여자들을 도망시키려 한다. 이야기의 내용으로 볼 때 아리 안은 다른 아내들과 전혀 친족관계가 없지만 그들을 '자매' 로 칭한다. 아리안은 그들과 이야기를 나누며 탈출의지를 북돋우려 하지만 어둠과 구속의 안락함에 마취된 이들은 쉽게 바깥세상으로 도망칠 생각을 하지 못한다. 두려워 떠는 이들 앞에서 아리안은 "이 상태가 행복하다면 도대 체 왜 울고 있는 거지?"라고 외치며 힘겹게 돌빗장을 열고 탈출구를 만 들려 한다. 그리고 돌로 검은 창문을 돌멩이로 모두 때려부숴 넘치는 빛 줄기를 끌어들인다. 다섯 아내들은 아리안에 이끌려 뒷마당으로 나와 빛 과 자연의 색채에 감동받은 채 서로를 포옹하며 눈물을 흘린다.

푸른 수염은 성을 떠나 있지만 여자들이 이 성을 탈출하는 일은 불가 능하다. 성을 에워싸고 있는 물을 건너가려면 다리가 있어야 하는데, 그 다리가 위로 들어올려져 있기 때문이다. 푸른 수염은 성으로 돌아오는 길에 마을 사람들에게 습격을 당해 부상을 입는다. 아리안은 그를 끌고 온 마을 사람들을 설득해 돌려보낸 뒤 다른 아내들과 함께 푸른 수염의 상처를 정성껏 치료해준다. 그러나 그의 앞에 무릎을 꿇고 경의를 표하 는 다른 아내들을 아리안은 이해하지 못하고 어리둥절해하며 바라본다. 상처를 보고 재빨리 판단을 내린 뒤 치료할 부위의 순서를 정해 응급처 치를 하는 아리안의 단호하고 냉철한 태도는 센티멘털리즘에 빠져 푸른 수염을 바라보며 마냥 가슴 아파하는 다른 아내들과 아리안의 뚜렷한 차 이를 보여준다.

치료가 끝나자 아리안은 푸른 수염에게 작별 인사를 고하고, 자신을 붙잡으려는 그를 부드럽게 뿌리치며 떠나간다. 아리안은 다른 아내들에게 함께 떠나자고 말하지만, 다른 다섯 명은 아리안과 푸른 수염 사이에서 망설이다가 결국 모두 성에 남는다. 그래서 아리안은 유모와 단둘이 자유를 찾아 떠난다.

셀리세트 : 아리안……! 아리안……! 어디로 가는 거야……?

아리안 : 여기서 멀리 떨어진 곳…… 사람들이 아직 나를 기다리고 있는 곳으로…… 같이 갈래, 셀리세트……?

셀리세트 : 언제 다시 돌아올 거야?

아리안 : 다시는 돌아오지 않을 거야.

멜리장드 : 아리안……!

아리안 : 나랑 같이 떠날래, 멜리장드……?

(멜리장드는 아리안과 푸른 수염을 번갈아 쳐다보고는 결국 대답하지 않는다.)

봐, 문이 열려 있잖아. 물결은 저렇게 푸르고……

같이 가지 않겠어, 이그렌?

(이그렌은 고개조차 돌리지 않는다.)

거리마다 달빛과 별빛이 가득하고, 아침노을은 푸른 하늘에서 내려와 우리에게 희망이 넘치는 세계를 보여줄 거야…… 벨랑제르, 함께 갈래?

벨랑제르(차갑세) : 싫어!

아리안 : 나 혼자 가야 하는 거야, 알라딘……?

(이 말을 듣자 알라딘은 아리안에게 달려와 그녀의 가슴에 안겨 터져나오는 울음을 억지로 참으며 한참 가만히 서 있다가 열정적으로 아리안을 포옹한다. 아리안은 알라딘을 안아주고는 눈물을 흘리며 부드럽게 그녀를 떼어낸다.)

알라딘, 너도 여기 남는구나…… 안녕, 다들 행복하게 살아……

(아리안은 달려나가고 유모가 그 뒤를 따른다. 여인들은 먼저 아리안을

지켜보다가 천천히 고개를 드는 푸른 수염을 바라본다. 벨랑제르와 이그렌은 어깨를 으쓱해 보이고는 문을 닫으러 간다. 침묵. 막이 내린다.)

속박에 익숙해진 여성들을 해방하려는 아리안의 시도는 2막에서 그녀가 다섯 명의 아내들을 뒤뜰의 자연 속으로 내보낼 때 어느 정도 성공하는 것처럼 보인다. 푸른 수염의 아내들이 차츰 자신감을 획득해갔기 때문이다. 아리안이 '보물의 방'에 있던 보석과 화려한 옷들로 아내들을 꾸며주며 그들이 스스로의 아름다움을 재인식하게 만드는 대목은 페미니즘의 입장에서 볼 때 논란의 여지가 있긴 하지만, 아리안과 다른 아내들의 외적인 아름다움을 계속 강조하는 이런 시도는 일단 메테를링크의 탐미주의적인 시각으로 이해해야 할 것이다. 그러나 이런 식으로 획득한 자신감은 푸른 수염이 다시 돌아오자 곧 물거품이 되고 만다. 아리안은 견고한 자매애와 연대감을 기대했지만, 결국 푸른 수염에 대한 성적인 기대와 유치한 정서적 동경을 이 여성들이 결코 극복할 수 없음을 깨닫게 된다. 아리안은 푸른 수염을 진정으로 자유롭게 사랑할 능력이 있는 유일한 여성이었으며, 관계가 인격적으로 발전해갈 수 없음을 깨달았을 때 단호하게 떠날 결단력도 지니고 있는 해방된 여성이다.

이 극작품을 오페라로 작곡한 폴 뒤카 Paul Dukas(1865~1935)는 파리 음악원에서 클로드 드뷔시와 함께 공부했는데, 작곡가일 뿐 아니라 탁월한 음악평론가였으며 베토벤, 라모, 쿠프랭, 스카를라티 등을 새롭게 해석한 음악학자이기도 했다. 자신에 대한 비판이 지나치게 철저한 작곡가였기 때문에 스스로 작곡한 많은 작품을 출판하지 않은 채 사장했으며, 말년에는 그 작품을 다 없애버렸으므로 남은 작품이 몇 편 되지 않는다. 그 가운데 일반적으로 가장 알려진 작품은 괴테의 발라드를 소재로 한 기악곡 「마법사의 제자 Der Zauberlehrling」로, 이 곡은 월트 디즈니 필름 「판타지아」에 사용되어 유명해지기도 했다.

작곡자 뒤카 자신은 그런 해석을 원하지 않았음에도 불구하고, 음악평론가들은 이 「아리안과 푸른 수염」을 '오페라사(史)에서 유례 없는 페미니즘 오페라'로 일컫는다. 제목뿐만 아니라 음악 전체를 두고 볼 때도 푸른 수염이 아닌 아리안이 주인공임이 명백하게 드러난다. 푸른 수염은 워낙 대본상에서도 많이 등장하지 않는데다 오페라에서 처음부터 끝까지 노래를 부르는 인물은 아리안뿐이며, 푸른 수염보다는 오히려 유모의 음악적 비중이 크기 때문이다. 실제로 뒤카가 이 오페라에서 사용한 '아리안의 모티프'는 멜로디의 상행적 진행, 에너지가 넘치는 리듬, 방향이 뚜렷하고 흔들리지 않는 논리적 음형으로 여성 주인공의 개방성과 강한 추진력을 보여준다. 연약하고 전통적인 여성의 모습을 보여주는 다른 아내들에게 소프라노 배역을 맡기고 독립적이며 강인한 여성인 아리안을 낮은 음역인 메조소프라노로 설정한 것에서도 역시 작곡가의 의도를 알 수 있다.

뱅상 댕디 Vincent d'Indy는 이 오페라를 '바그너 이래 최고의 악극 Musikdrama'이라고 격찬하며 "색채와 빛이 음악적으로 탁월하게 구현된 이 오페라에서 후기 스크리아빈 스타일의 상징주의 세계가 펼쳐진다"고 해설했다. 올리비에 메시앙도 뒤카의 이 작품에 반해 자신의 작곡에 그 영향을 반영했다. 원래 메테를링크는 뒤카가 아닌 그리그 Edvard Grieg를 작곡자로 염두에 두었으나, 그가 거절하고 뒤카가 이 소재에 관심을 보이자 뒤카에게 작곡을 넘겼다. 만족을 모르는 치밀한 성격 때문에 뒤카는 이 작품을 완성하는 데 7년이나 걸렸고 오페라는 1907년 5월 10일에 파리에서 초연되있다.

5. 바르토크의 「푸른 수염의 성」 — 잘난 여성의 잘못된 선택

뒤카의 오페라 「아리안과 푸른 수염」에 깊은 인상을 받은 헝가리 작가 벨라 발라슈 Béla Balázs는 같은 소재로 「푸른 수염의 성 Bluebeard's

Castle」이라는 작품을 썼고 역시 소재에 이끌린 작곡가 벨라 바르토크 Béla Bartók(1881~1945)는 이를 즉각 오페라로 작곡했다. 프랑스의 메테를링크가 '인간의 자유와 독립적인 결단'을 이야기의 핵심 주제로 삼은 것과는 달리, 니체에 심취해 있던 내성적 작곡가 바르토크는 여주인공 유디트가 푸른 수염의 세계에 영원히 갇히는 것으로 결말을 맺는다.

여주인공 유디트는 부모형제와 즐겁고 풍요롭게 살아가던 빛의 세계를 버리고 푸른 수염을 따라 그의 어둠의 성으로 온다. '왜 내게 왔느냐'고 푸른 수염이 묻자 '이 슬픔의 성에서 눈물을 말리고 얼음을 녹이기 위해'라고 대답하는 유디트는 호기심과 동정심과 지나친 자신감으로 인해 언제나 남자를 '잘못 고르게' 되는 '똑똑한 여자'들을 대표하고 있다. 푸른 수염에게서 열쇠를 받아 유디트는 닫힌 문 여섯 개를 차례로 열어본다. 여기서 고문실-무기고-보물창고-비밀의 화원-성을 에워싼 대자연-눈물의 강을 차례로 보여주는 여섯 개의 방은 남성이 쉽게 열어 보이지 않는 여섯 가지 특성인 잔인함-호전성-소유욕-권력욕-미적 욕구-상처받기 쉬운 감수성을 상징한다.

푸른 수염을 '자신이 사랑하는 대상을 파괴해 없애버리는' 존재로 규정하는 심리학자 헬무트 바르츠Helmut Barz는 모든 남성이 자기 내면에 존재하는 '비밀의 방' 안에 크든 작든 자신의 약점 혹은 여성적 특성이라 할 만한 것들을 숨겨두고 있는데, 그런 면이 남들 앞에서 드러나게 되면 남성들은 수치심 때문에 그 여성성을 즉각 죽여버릴 수밖에 없다고 말한다. 비밀의 방 안에 쌓인 아내들의 시체를 바르츠는 그런 식으로 해석하고 있다. 물론 바르츠가 지향하는 바는, 관계를 통해 여성과 남성이 서로를 치유하는 것이다. 남성들이 여성성을 드러내고도 수치심 없이 인정받을 수 있다면 남성적인 폭력성이 치유될 수 있다고 그는 말한다.

유디트가 성에 도착할 때부터 일곱 개의 문이 차례로 열리는 장면에 이르기까지 바르토크의 음악은 긴장과 서스펜스의 연속인 동시에 몽환적인 분위기로 가득 차 있다. 각 문이 열릴 때마다 다른 화성을 썼지만 결국 오페라 전체는 하나로 통일된 구조를 이루고 있다. 다섯번째 방을 열자 빛이 폭포처럼 쏟아지며 푸른 수염이 '빛나는 내 성을 보라'고 노래할 때의 음악은 이 오페라의 절정을 이룬다. 기조 화성의 끊임없는 반복은 모든 아름다움 위에 피의 그림자가 비친다는 시각적 설정과 더불어 청각적인 면에서도 공포의 효과를 높여준다.

바르토크의 오페라 대본에서 특징적인 설정은, 여주인공이 혼자 몰래 비밀의 방을 여는 게 아니라 푸른 수염과 함께 문을 연다는 점이다. 이 현대적인 주인공들의 관계는 거의 동등한 인상을 줄 뿐만 아니라 남성보다 여성이 더 강하고 우위에 있다는 느낌마저 준다. 여섯번째 문을 열어 보지 말라고 하면서도 푸른 수염은 아내 유디트의 히스테릭한 요구에 어쩔 수 없이 열쇠를 넘겨주며, 열쇠를 빼앗기고 나서도 계속 열지 말라고 아내에게 간청한다. 이때 푸른 수염의 목소리는 점점 기운이 없어진다. 그는 유디트에게 "키스해줘, 아무것도 묻지 마"라는 말을 반복한다. 그러나 남편과 실랑이를 벌이다가 마침내 유디트가 마지막 일곱번째 문을 열자 그곳에는 푸른 수염의 아침-낮-저녁을 채우는 세 아내가 갇혀 있다. 이제까지 아내에게 사랑과 배려를 구걸하는 것처럼 보였던 푸른 수염은 여기서 결정적인 승리자가 되고, 유디트는 모든 것을 체념한 채 그의 영원한 '밤'이 되어 문 안으로 들어선다.

'사랑하니 당신의 모든 것을 열어 보이라'고 요구하는 여성과 자신의 세계에 침잠한 채 '아무것도 묻지 말라'며 빙어적인 자세를 취하는 남성. 1918년 헝가리는 부다페스트 왕립 극장에서 초연된 「푸른 수염의 성」은 영원히 순환할 뿐 발전이 없는 이 양성간의 대결 양상을 탁월하게 그려낸 걸작으로 평가받아 큰 인기를 끌었다. 이야기 속의 푸른 수염처럼 바르토크 역시 외부 세계로부터 자신의 내면세계를 차단한 채 살아가는 사람이었지만, 이 유일한 오페라로 그는 세상의 찬사와 인정을 얻게 된다. 동년배 작곡가 졸탄 코다이와 함께 헝가리 민속 음악을 연구했던 바르토크는 그 당시 막 발명된 에디슨의 축음기를 끌어안고 헝가리뿐 아니라 체코, 루마니아, 불가리아, 우크라이나, 알제리, 터키 등지의 시골 곳곳을 돌아다니며 2만 곡이 넘는 민속 춤곡과 전래 가요들을 수집한 열성적인 음악학자이기도 했다. 이 오페라에서도 서두에서 이미 헝가리 민속 음악의 특성을 느낄 수 있다. 헝가리 오페라의 대전환점이 된 바르토크의 이 작품은 극단적인 현대성에도 불구하고 공연의 대대적인 성공을 불러왔다.

6. 닫는 말

철학자이자 오페라 평론가인 카트린 클레망 Catherine Clément은 '오페라는 철저히 여성 적대적'이라고 말한다. 특히 19세기와 20세기 초반까지의 작품들은 여주인공을 고통의 극한까지 몰고 가 결국 죽음에 이르게 하는 것들이 대부분임을 그의 저서에서 예증하고 있다. 카르멘, 데스데모나, 나비부인, 토스카, 마농레스코, 비올레타, 노르마, 루치아, 이졸데…… 이 모든 여주인공들이 가부장제 사회에서 남자에게 희생당하고 오페라의 극적인 결말을 위해 죽는다. 이들은 모두 남성 대본가와 작곡가가 창조한 인물이며, 여성 적대적인 사회에서 태어나 전통적인 여성의 역할에 순응하지 않은 개성적인 존재들이었다. 이 비극의 주인공들은 여성이 언어를 잃어버려야 마땅한 사회에서 자기 목소리를 냈다는 이유로 죽임을 당했다. 그러나 이 오페라들을 페미니즘 오페라로 칭하지 않는 이유는 그들의 다양한 시도가 결국 실패로 돌아갔기 때문이다.

민은기는 그의 논문 「페미니즘 음악 담론의 전망과 한계」에서 '어떤 오페라를 페미니즘 오페라로 규정할 수 있는 근거는 무엇인가'라는 물음에 대답하고 있다. 대본 작가와 작곡가가 모두 남성이며 이들이 모두 페미니즘 운동에 부정적인 입장을 가지고 있었다 하더라도, 뒤카의 오페라처럼 작품 속에서 자신과 세상을 구원하는 영웅이 여성이라면 그 오페라는 페미니즘 오페라로 규정할 수 있다는 것이다. 결국 페미니즘 음악을 규정하는 것은 작가의 성이나 그의 정치적 입장과는 무관하며, 페미니즘의 의도가 대본과 음악에 드러나 있다면 그 작품은 페미니즘 오페라라고 칭할 수 있다는 뜻이 된다. 이런 맥락에서 보면, 푸른 수염 이야기를 모티프로 한 오펜바흐, 뒤카, 바르토크의 오페라에 등장하는 여주인공 불로트, 아리안, 유디트 모두가 페미니즘 성향을 지니고 있음에도 불구하고, 이들 중 페미니즘 오페라로 분류될 수 있는 작품은 뒤카의 「아리안과 푸른 수염」뿐이라고 말할 수밖에 없다.

부르주아 시대에 남녀관계가 달라지면서 더욱 강해진 여성의 호기심과 불복종의 경향은 단호한 경고와 응징의 대상이 되었다. 그러나 권력 유지에 대한 남성의 불안이 커지면서, 여성의 권력 증대에 대처하는 남성의 전략도 세련된 방식으로 발전해갔다. 베르트하이머는 "푸른 수염을 악마화하든, 무력화시키고 참회시키든, 남성적인 글쓰기에 등장하는 푸른 수염은 언제나 승리자다"라고 말한다. 뒤카의 오페라도 아리안의 입장에서 보면 여성의 승리지만, 어쨌든 다섯 명의 아내가 아리안을 따라가지 않고 푸른 수염 곁에 남았으니 아리안의 승리는 어쩌면 '절반의 성공'에 불과한 것인지도 모른다.

참고문헌

민은기, 「페미니즘 음악 담론의 전망과 한계」, 『음악의 연구』, 서우석 엮음, 문학
　　과지성사, 2000, 227～273쪽.

에두아르트 푹스, 『풍속의 역사1』, 이기웅, 박종만 역, 까치, 1988.

Béla Balázs/Béla Bartók, Herzog Blaubarts Burg. Oper in einem Akt, In :
　　Blaubarts Geheimnis, S. 146～159.

Helmut Barz, *Blaubart. Wenn einer vernichtet, was er liebt*, Zürich, 1987.

Blaubarts Geheimnis. Märchenund Erzählungen, Gedichte und Stücke.
　　Herausgegeben und eingleitet von Hartwig Suhrbier, Köln, 1984.

Catherine Clément, *Die Frau in der Oper. Besiegt, verraten und verkauft*,
　　München, 1994.

Jakob und Wilhelm Grimm, Der Blaubart, In : *Die Kinder-und Hausmärchen
　　der Brüder Grimm, Urfassung 1812/14*, Herausgegeben und mit einem
　　Nachwort versehen von Peter Dettmerling. Zweite, verbesserte Auflage
　　Lindau 1986. Abgedruckt, in : Helmut Barz, *Blaubart. Wenn einer
　　vernichtet, was er liebt*, Zürich, 1987.

Jakob und Wilhelm Grimm, Fitschers Vogel, In : *Kinder-und Hausmärchen
　　gesammelt durch die Brüder Grimm* in drei Bänden. Mit Zeichnungen von
　　Otto Ubbelohde und einem Vorwort von Ingeborg Weber-Kellermann,
　　Erster Band, S. 262～266, Frankfurt, 1984.

Harenberg Opernführer, Dortmund, 1995(3. bearbeitete Aufl.).

Maurice Maeterlinck, Blaubart und Ariane oder die vergebliche Befreiung,
　　Singspiel, In : *Blaubarts Geheimnis*, S. 118～145.

Winfried Menninghaus, *Lob des Unsinns : über Kant, Tieck und Blaubart*,
　　Frankfurt am Main, 1995.

Charles Perrault, Blaubart. In : Charles Perrault, *Sämtliche Märchen. Mit 10
　　Illustrationen von Gustave Doré*, übersetzung und Nachwort von Doris
　　Distelmaier-Haas, Stuttgart, 2001, S. 74～81.

George Steiner, *In Blaubarts Burg*, Frankfurt, 1991.

Hartwig Suhrbier, Blaubart-Leitbild und Leidfigur. In : *Blaubarts Geheimnis*, S. 11~79.

Ludwig Tieck, Der Blaubart. Ein Märchen in fünf Akten. In : Ludwig Tieck, *Schriften in zwölf Bänden*. Herausgegeben von Manfred Frank u. a., Band 6, Phantasus, Frankfurt am Main, 1985.

Heinz Wagner, *Die Oper*. Hamburg, 1999(3. revidierte und erweiterte Ausgabe).

Jürgen Wertheimer, Don Juan und Blaubart, Erotische Serientäter in der Literatur. München, 1999.

Opernaufnahmen :

Béla Bartók, Bluebeard's Castle, Jessye Norman / Laszlo Polgar, Chicago Symphony Orchestra, Pierre Boulez, Deutsche Grammophon, 1998.

Paul Dukas, Ariane et Barbe-Bleue, Christine Ciesinski, Gabriel Bacquier u. a. Nouvel Orchestre Symphonique, Armin Jordan, Errato / East West Records, 1983, 2 CDs.

Jacques Offenbach, Bluebeard(Barbe-bleue), Henry Legay, Christiane Gayraud, ORTF Lyric Orchestra & Chorus, Jean Doussard, Allegro Corporation, 1999, 2 CDs.

폴 뒤카 연보

1865년 파리 출생. 피아니스트인 어머니와 은행원인 아버지 사이에서 태어남.

1870년 아버지가 세상을 떠남.

1884년 파리 음악원에 입학해 에르네스트 지로의 제자가 됨.

1895년 지로가 사망한 뒤 카미유 생상스의 의뢰로 지로의 미완성 유작 오페라
「프레데공드」를 완성. 이와 함께 무대 예술에 첫발을 내디딤.

1897년 「마법사의 제자」 초연.

1907년 「아리안과 푸른 수염」 초연.

1910년 가브리엘 포레의 강권으로 파리 음악원 관현악과를 책임지게 됨.

1911~12년 마지막 교향곡 작곡.

1928~35년 파리 음악원 작곡과 주임교수.

1935년 파리에서 세상을 떠남.

에로스적 가능성의 유희
—A. 슈니츨러의 『꿈의 노벨레』와
S. 큐브릭의 〈아이즈 와이드 셧〉

최민숙 이화여대 독문과와 동대학원을 졸업했다. 독일 본, 괴팅엔, 파더보른 대학에서 수학했으며, 파더보른 대학에서 박사학위를 받았다. 현재 이화여대 독문과 교수로 재직중이다. 저서 『E. T. A. 호프만의 동화 소설 『벼룩대왕』 연구』, 역서 『피장파장』 『호두까기 인형』 등이 있으며 독일 고전주의 및 낭만주의에 관한 다수의 논문이 있다.

1. 들어가는 말

불과 1세기 전 기술의 발전에 힘입어 오락물로 탄생한 영화가 문학의 경쟁자가 되리라고는 아무도 상상하지 못했듯이, 얼마 전까지만 해도 영화가 일반 대학 강의실에서 다루어지거나 연구 논문의 대상이 되리라고 예상한 학자들은 거의 없었다. 그러나 태생적 비천함을 극복하려는 영화인들의 노력으로 오늘날 영화는 당당히 문학의 경쟁자로서, 아니 대중에 미치는 영향력 면에서는 문학을 앞질러 현대의 가장 중요한 미디어로 우뚝 서게 되었다. 그와 함께 이 두 미디어의 비교 연구에 대한 수요도 절실해져 최근 국내외적으로 이러한 연구가 활발하게 진행되고 있다. 본고 또한 이러한 연구의 필요성에서 씌어졌으며, 문학작품의 각색 영화 또한 소설의 서사성을 기반으로 한다는 점에서 텍스트의 확장으로 보는 데서 출발한다.

본고에서 다루게 될 작품은 세기말 오스트리아 빈 모더니즘의 대표 작가인 아르투어 슈니츨러 Arthur Schnitzler(1862~1931)의 『꿈의 노벨레 *Traumnovelle*』(1926)와, 이를 원작으로 한 스탠리 큐브릭 Stanley Kubrick(1928~1999) 감독의 영화 〈아이즈 와이드 셧 Eyes Wide Shut〉 (1999)이다. 흥미롭게도 이 두 작품에서 문학과 영화는 이미 서로를 조건지으며 복잡하게 얽혀 있다. 두 작품 모두 꿈, 백일몽, 환상, 환영, 상상력의 산물이자 바로 이를 대상으로 다루고 있는데, 슈니츨러가 꿈의 영상들을 문학적 언어로 옮겨놓았다면, 큐브릭은 움직이는 그림으로 옮겨놓고 있다.

노벨레의 전통에 따라 엄격하게 기승전결이 있는 일곱 개의 장으로 나누어져 있는 『꿈의 노벨레』는 19세기 말 빈을 배경으로 중상류층 의사 부부의 결혼의 위기를 다루고 있다. 줄거리는 대략 다음과 같다.

성공한 의사인 프리돌린과 그의 아내 알베르티네는 어느 날 밤 여섯 살 난 딸을 잠재운 후 전날 밤 있었던 사육제 파티 이야기를 하다가 서로 질투심에서 예기치 않았던 고백을 하게 된다. 즉 덴마크에서 보낸 지난 휴가 중 두 사람은 각각 다른 파트너를 따라가고 싶은 유혹을 느꼈던 것이다. 아내는 당시 군복을 입은 해군 장교에게, 남편은 나체의 어린 소녀에게 매혹되었었다. 두 사람은 각각 상대방의 고백에 충격을 받는데, 남편은 곧 위독한 환자의 집에 불려가게 된다. 이어지는 밤 이야기에서 이들 부부는 각각 일상적 삶에서의 일탈을 꿈꾸는데, 남편은 일련의 꿈같은 현실 속에서, 아내는 현실 같은 꿈속에서 그러한 일탈을 체험한다. 흥미롭게도 남편의 에로틱한 모험은 그 강도가 계속 상승하지만, 마지막에 실패하는 반면, 아내는 꿈속에서 대담하게 자신의 억눌렸던 욕망을 실현한다. 집으로 돌아온 프리돌린은 아내의 꿈 이야기에 충격을 받고, 다음 날 낮 일종의 '영혼의 오디세이'인 지난밤의 체험들을 다시 한번 하고자 그 길을 돌아가보지만, 이들 체험은 반복되지 않는다. 결국 병원 시체실에서 미지의 여인일 수도 있을 시체를 확인한 그는 욕망의 덧없음을 깨달으며 집으로 돌아오고, 마지막에 부부는 서로의 일탈 경험을 고백하며, 그럼에도 불구하고 서로 같이 머물기로 하는 것으로 끝이 난다.

작가가 원래 남편과 아내의 각각의 이야기를 강조하는 '이중 노벨레 Doppelnovelle'라는 제목을 붙이려 했다는 이 드라마틱한 노벨레의 피서술 시간은 첫날 밤 아홉시에서 이틀 후인 아침 일곱시까지 서른네 시간에 불과하다. 그 정점은 5장의 아내의 꿈 이야기로서 남편의 에로틱한 모험의 정점인 '비밀 연회' 장면과 대칭적으로 구성되어 있다.[1] 노벨레는 바로 이 5장을 중심으로 전반부인 '밤 이야기'와 후반부인 '낮 이야기'로 나뉜다. 일종의 '정거장식 드라마'처럼 구성되어 있는 이 작품은 1장이 발단이었다면, 2장에서 4장까지는 프리돌린의 에로틱한 모험의 정거장들, 6장에서는 다음날 프리돌린이 지난밤의 체험들을 주워담기 위해 온 길을 되돌아가 각 정거장에 들른 후 시체실에 이르는 것으로 되어 있으며, 7장 부부의 화해로 끝이 난다. 그러나 해피엔드인 7장의 '새로운 아침'이 다시 1장의 일상생활의 묘사로 이어질 수 있는 원형 구조로 되어 있어, 이들 부부의 위기는 언제든 다시 재현될 수 있음을 암시하고 있다. 슈니츨러의 작품 중 유일하게 해피엔드인 이 노벨레의 종말에 대해 여전히 회의적인 시각이 대두되는 것도 바로 이 때문이다.

출판 당시 오해도 많이 받은 이 작품은 오늘날에는 다양한 측면에서 해석되며 점차 그 진가가 밝혀지고 있다. 슈니츨러 연구의 가장 큰 주류인 정신분석학적 해석은 프로이트의 동시대인으로 역시 정신과 의사였던 슈니츨러가 인간의 의식과 무의식 속에 감추어져 있는 욕망을 파헤쳐 치유한다는 점에 주목한다. 특히 당시로서는 타부 테마에 속하던, 결혼한 여성의 성적 욕망에 대해 계몽하고 있는 매우 파격적인 '여성해방적'

---

1) 이 꿈 장면에 대해서는 이준서, 「후기 구조주의 웃음 미학 —『꿈의 노벨레』와 〈아이즈 와이드 셧〉에 등장하는 여자 주인공의 웃음 장면 비교」, 『독일문학』 83집, 2002, 223~244쪽 참조.

작품이라는 명성을 얻고 있다. 다른 한편 세기말 부르주아 계급의 퇴폐
적인 분위기를 고발하는 사회 비판적인 소설로도 해석되는가 하면, 반유
대주의, 시온주의를 비롯하여 중세의 '에로틱한 기사상'(해군 장교는 그
후예이다) 모티프를 중심에 놓은 '사회 심리 소설' 혹은 '문화 심리 소
설'로서 일종의 '문화사적 기록'이라는 평가도 받고 있다. 그러나 아직
도 열리지 않은 비밀을 품고 있는 텍스트로서 여전히 많은 해석의 여지
를 남겨놓고 있다.

이처럼 이념적이며 문화사적인 측면 못지않게 문학작품으로서 치밀한
구성과 표현력이 돋보이는 이 작품은 "독자로 하여금 우리에게 아직 알
려져 있지 않은 인간 영혼의 어두운 심연을 통찰하도록" 해주는 가운데,
인간의 심리적 현실에 실제 현실과 똑같은 비중을 부여함으로써 문학이
존재해야 할 이유를 강변하고 있다.

다음 장에서는 이 노벨레를 〈아이즈 와이드 셧〉과 비교하기에 앞서 문
학작품이 영화로 각색될 때의 기준과 형태에 대해 알아보고자 한다.

2. 문학작품 영화화 형태

이미 슈니츨러의 생애에서 우리는 영화와 문학의 얽힘과 설킴을 확인
할 수 있다. 슈니츨러는 일기에서 그가 처음으로 영화를 관람한 1904년
부터 마지막 관람일인 1931년 10월 19일(그는 그 이틀 후 타계했다)까지
8백 번 넘게 영화를 보았음을 기록하고 있다. 당시에는 대개 1회 상영에
두 편 이상의 영화를 상영했던 것으로 미루어 슈니츨러는 1천5백 편 이
상의 영화를 보았을 것으로 추정된다. 슈니츨러 연구는 그의 꿈에 대한
기록이 그가 연극을 즐겨 보던 시기에는 연극적인 특성을 보여주었다면,
영화관에 다니면서부터는 영화적인 세트 장면을 연상시켰음을 확인하고
있다.[2] 영화의 영향은 특히 그의 후기 작품에서 현저히 증가하는데, 『꿈

116

의 노벨레』도 이에 속한다. 여기서 우리는 큐브릭이『꿈의 노벨레』속의
영화적 장면들에 자극받아 이 작품의 영화화를 기획하게 되었다고 추측
해볼 수 있다. 한 예로 4장의 '비밀 연회'에서 그곳을 즉시 떠나라는 미
지의 여인의 경고에 대해 프리돌린은 다음과 같이 대답한다.

> "내가 지금 어디 있는지는 나도 잘 알고 있소. 당신들(비밀 연회에 참석
> 한 여인들 — 필자 주) 모두는 그저 그 때문에, 그러니까 당신들 모두는 사
> 람들이 그저 당신들 모습을 눈으로 보기만 하다가 미쳐버리리라고 여기 있
> 는 건 아니잖소. 당신은 날 갖고 이상한 장난을 치고 있군 그래, 날 완전히
> 돌게 할 작정인가 보군." (TN, S. 44)[3]

이는 오늘날 영화 관객의 관음욕에 해당될 수 있는 구절로서, 노벨레
에서 남자 주인공의 '바라보는 행위'가 완전히 충족되는 곳은 여인의 주
검이 안치되어 있는 시체실뿐이다. 어둠 속에 몸을 숨기고 앉아 만질 수
도 가질 수도 없는 육체를 탐하는 영화관의 관객은 '사체 성애(死體性
愛)' 모티프를 담고 있는 이 장면 속 프리돌린의 도플갱어라고 볼 수도
있을 것이다.

큐브릭 이전에도 이미 1930년 파브스트 Georg W. Pabst가 이 소재를
영화화하려는 의도를 품고 있었으나 실현되지는 못했다. 큐브릭은 20년
전부터 이 노벨레의 판권을 사놓았는데, 영화 제작과 편집이 끝난 후 불
과 며칠 후에 타계하여, 이 작품은 그의 유작이 되었다. 큐브릭은 순수
시나리오를 쓰거나, 문학작품을 영화화하기를 즐긴 데서도 알 수 있듯
이, 두 미디어를 모두 섭렵한 대표적 감독으로 꼽힌다. 그는 나보코프를

---

2) Peter Plener, Traumvision eines Kino-Enthusiasten, in : *Der Standard, Album* v. 4.-5. 9,
1999, S. 1.

3) Arthur Schnitzler, *Traumnovelle*, Frankfurt/M, 2000(=Fischer TB-Nr. 9410), 본문 인용에
서는 괄호 안에 'TN'에 이어 쪽수를 기록하기로 한다.

비롯하여 여러 작가의 문학작품을 영화로 각색했으며, 〈아이즈 와이드 셧〉의 시나리오도 라파엘 Frederic Raphael과 함께 공동 집필했다.

G. 아담은 일반적으로 문학작품이 TV 드라마나 영화로 각색되는 형태를 대략 다음과 같은 세 가지 카테고리로 나눈다. 여기서의 기준은 문학작품을 영화나 TV 드라마로 각색할 때 영화인들이 취하는 "태도 Haltung"이다.

1) 문학 텍스트에 충실한 영화 소설 Nacherzählung : 문학작품을 원본으로 사용하여 그것에 충실하게 찍는다.

2) 다른 미디어에 적합하도록 전이 adäquate mediale Vermittlung : 문학작품을 관객을 위해 다른 미디어에 '적합하게' 전이한다. 이때 감독은 자신이 문학작품을 독자적으로 해석하여 이를 영화화한다.

3) 작가 자신이 각색한 작품 : 이는 작가 자신이 쓴 소설을 영화를 위해 직접 시나리오를 쓴 것으로, 엄격한 의미에서 각색이라고 부르기 어렵다.[4]

한편 문학작품의 영화화를 '문화적인 현상'으로 진단하는 가스트와 히케티어, 폴머스 등은 레싱의 『라오콘』에 대한 토론을 예로 들면서 한 소재가 차용되거나 각색될 때 "다른 미디어의 가능성들로 새로이 구성되어야 한다는" 점을 강조한다. 특히 한 문학작품이 드라마화될 때 '오리지널'과 '각색' 중 어느 것이 더 가치 있느냐 하는 토론에서 결정적인 것은 오직 '예술성'이라는 레싱의 이론을 상기시킨다. 결론은 원작과 각색 영화와의 관계는 "창조적 수용의 한 형태"라는 것으로, 영화는 단지 원작 소설에 대한 "재현이자 동시에 해석"으로서, "많은 해석 중의 하나에 불과"하다는 것이다.[5]

---

4) Gerhard Adam(Hg.), *Literaturverfilmungen*, München und Oldenbourg, 1984, S. 23.

5) W. Gast, K. Hickethier, B. Vollmers, Literaturverfilmungen als ein Kulturphänomen, in : *Wolfgang Gast : Literaturverfilmung*, Bamberg, 1999, S. 12~20.

〈아이즈 와이드 셧〉의 경우도 『꿈의 노벨레』의 재현이자 동시에 하나의 해석이라 할 수 있다. 각색 형태에 있어서는 아담이 언급한 1)과 2) 사이에 위치한다고 사료된다. 큐브릭은 크레디트 자막에서 이 영화가 슈니츨러의 『꿈의 노벨레』에서 영감을 받은 것임을 밝히고 있다. 즉 문학 텍스트에 충실한 '영화 소설'은 아니라는 말이다. 실제로 그는 영화의 배경을 19세기 말 빈에서 20세기 말 뉴욕으로 옮겨놓고 있다. 시간적 배경도 소설에서는 봄에 거행되는 카니발인 반면, 영화에서는 크리스마스 시즌이다. 그러나 그 밖에는 주제의 핵심, 즉 젊은 부부의 위기를 거의 그대로 옮기고 있으며, 세세한 부분에서도 원작에 충실하려 한 흔적이 보인다. 그러나 바로 이러한 점, 즉 스토리 등을 그대로 둔 채, 시간과 공간만을 1세기 후의 뉴욕으로 옮겨놓음으로써 발생하는 무리와 억지가 이 두 미디어 비교 분석에서 드러나게 될 것이다. 구체적으로는 『꿈의 노벨레』의 서사적 기둥을 이루는 '사랑과 에로틱'이라는 주제와 몇몇 핵심 모티프들이 큐브릭의 영화에서 어떻게 재현, 혹은 전이되고 있는지를 중심으로 고찰해보고자 한다.

3. 핵심 주제 ― 사회 비판 척도로서의 에로스와 타나토스

이 노벨레는 부부간의 사랑을 매개로 "진실과 진성한 삶, 즉 인간의 진정한 본질에 대한 의문"을 던지고 있다. 여기서 인생을 지배하는 결정적 인자로 기능하는 것들은 '에로스와 에토스' '밤의 세계와 낮의 세계' 등이다. 이들은 이 작품에서 '서로 적대적인 대립'을 이루기보다는 "'보다 높은 통일성'을 지향하는 서로 모순되는 양극성"으로 묘사되고 있다.[6]

흥미로운 것은 폰 비제의 지적처럼 사랑이라는 주제도 시대와 함께 변

---

6) William H. Rey, *Arthur Schnitzler, Die späte Prosa als Gipfel seines Schaffens*, Berlin, 1968, S. 99.

한다는 것이다. 비제는 슈니츨러 작품의 배경이 19세기 말로서 이미 1800년경을 전후한 이상주의 시대와는 전혀 다른 사랑관이 지배적이었음을 주지시킨다. "심리학과 사회학"의 시대였던 19세기 말에는 경제적인 안정과 함께 모든 것이 점차 "사적이고 내밀화"되어가면서 "결혼과 불륜, 혹은 도대체가 에로틱한 모험들"이 가장 선호하는 주제들이 된다는 것이다.[7]

독일 고전주의와 낭만주의에 있어 사랑은 '인식과 인간 형성의 도구'로, 주인공의 삶에서 절대적인 역할을 하였다. 괴테의 『젊은 베르터의 고뇌』에서 베르터는 사랑을 이루지 못하자 자살하는가 하면, 프리드리히 슐레겔의 『루친데 Lucinde』(1799)에서 주인공 율리우스의 "남성의 수학 시대"를 형성하는 것은 다양한 여성들과의 만남이었다.

그러나 '위대한 사랑'의 시기를 뒤로 한 1세기 후, 사랑은 이미 '오락'이나 '유희'인 에로틱한 욕망과 혼동되어 삶을 지배하게 된다. 슈니츨러는 시대착오적인 낭만적 '위대한 사랑' 이야기에 집착하는 당대의 작가들을 비판하려는 의도에서 이제는 유희로 변한 사랑을 주제로 하는 작품들을 많이 남겼다. 즉 여기서 사랑은 시대 비판의 척도이자 표적이기도 하다.

『꿈의 노벨레』의 주인공 프리돌린은 이러한 과도기의 인물로서 그의 내면 또한 분열되어 있다. 그는 위대하고 영원한 사랑에 대한 갈망과 에로틱한 욕망 사이에서 방황하는 인물이다. 그 자신은 다른 여인들과의 모험을 찾으면서도, 아내에게서 다른 남성을 향한 욕망을 발견하자 복수심에 불타며, 아내만은 '위대한 연인'으로 남아 있기를 바란다. 심지어 그가 만나는 다른 여인들에 대한 감정도 이중적으로 자신은 단순한 유희에 머물지만, 여인들에게서는 진정한 사랑을 확인하고 싶어한다. 그 대표적인 예가 4장의 '사랑 없는 그룹 섹스 파티'로서 악몽에 가까운 비밀

---

7) Benno v. Wiese, Arthur Schnitzler : Die Toten schweigen, in : ders. : *Die deutsche Novelle. von Goethe bis Kafka*, Düsseldorf, 1962, S. 261~279, 여기서는 S. 264 참조.

120

연회 장면에서 한 미지의 여인이—여기서 미지의 여인 모델은 괴테의 『파우스트』의 '발푸르기스의 밤' 장면에서 환영으로 등장하는 그레트헨이다—그를 구하기 위해 자신을 희생하는데, 그는 은밀히 그녀가 자신의 아내였기를 바란다. 이 장면은 아내를 향한 의구심과 동시에 갈망이 복합적으로 얽혀 있는 그의 심리 상태를 절묘하게 보여준다.

이러한 점에서는 그의 아내 또한 다르지 않아, 꿈속에서 알베르티네 자신은 다른 수많은 남자들과 정사를 벌임에도 불구하고 남편은 그녀를 위해 정절을 지키다 십자가에 못박히게 된다. 슈니츨러는 사회적으로 성(性)을 공인해주는 대가로 타인과의 성을 금기시하는 기관인 '결혼'이 인류 역사상 여성에게만 이 금기를 엄격히 적용해왔다는 것을 문제시하며, 바로 그렇기에 이 모든 금기를 깨는 알베르티네의 꿈을 노벨레의 중심에 놓고 있다.

따라서 프리돌린은 이상주의 시대의 의미에서 자신의 인격 완성이나 인간 형성, 혹은 인식을 위해 집을 나선 '구도자'의 모습을 한 '방랑자 Wanderer'가 아니라, 그저 아내에게 실망하여 밤의 도시를 방황하는 '산보자 Flaneur'에 지나지 않는다. 그의 밤의 체험들도 "남성의 수학시대"와는 거리가 멀고, 그가 만나는 여성들인 죽은 궁정 고문관의 딸, 창녀, 의상 대여점의 소녀, 비밀 연회의 미지의 여인 등 역시 어떠한 '교양 요소'도 지니고 있지 않다.

특이한 것은 이 작품에서 사랑(에로스)이 주제가 되는 곳에서는 죽음(타나토스)에 대한 공포가 항상 같이 나타난다는 점이다. 2장에서 마리안네에게 사랑 고백을 받을 때 프리돌린은 죽은 궁정 고문관을 옆눈길로 보며 혹시 "저 남자가 이 모든 이야길 엿듣고 있는 건 아닐까? (……) 혹시 아직도 가사(假死) 상태이진 않을까?"(TN, S. 19) 하는 의혹을 품는다. 3장의 창녀에게 갔을 때는 성병에 대한 공포심에서 그녀와의 접촉을 꺼리며, 4장의 비밀 연회에서 만난 미지의 여인은 그가 금지된 곳에 왔기에 죽을 수도 있다는 경고를 한다. 이러한 죽음에의 공포는 비도덕적인 생활의 징후로서 슈니츨러의 사회 비판을 담고 있다.

문학작품의 사회 비판이나 의사계급에 대한 비판은 이렇듯 은밀히 깔려 있는 반면, 영화는 이를 노골적으로 드러낸다. 특히 문학작품에는 등장하지 않는 지글러라는 인물은 부유한 상류층 인사로서 자신의 집에서 열리는 파티 도중 창녀와 정사를 벌이는가 하면, 비밀 연회에도 참석하는 등 부도덕한 인물이다. 큐브릭은 그를 통해 20세기 말의 병든 뉴욕 부르주아 사회의 일면을 노골적으로 보여준다. 지글러 옆에서 프리돌린은 오히려 상대적으로 도덕적인 인물이라는 인상을 주는 것도 슈니츨러의 의도와는 어긋난다고 생각된다.

다음 장에서는 『꿈의 노벨레』의 토대로 기능하는 요소들이 영화화되는 과정에서 어떻게 전이되었는지를 살펴보고자 한다. 그 대표적 예가 1장의 발단 에피소드와 작품 초입의 시작 동화이다.

4. 발단 에피소드와 초입의 동화

4-1. 발단 에피소드 ― 알베르티네의 고백

『꿈의 노벨레』는 인류가 생존해온 이래 영원한 주제인 부부간의 관계를 다루고 있다. 그럼에도 불구하고 이 노벨레의 발단을 이루는 아내의 고백, 즉 휴가 중 처음 본 해군 장교, 그녀가 "기다렸던 연인"이 "불러주기만" 한다면 남편이고 자식이고 모두 내버려둔 채 따라가고 싶었다는 고백이 백 년 후 뉴욕에서 사는 의사 남편에게도 그렇게 충격적이었을까 하는 점은 의문으로 남는다. 1900년경 정숙한 아내가 자신의 에로틱한 욕망을 고백하는 것은 분명 스캔들일 수 있다. 그러나 프로이트 이래로 인간의 무의식적인 성적 욕망에 대해 거의 모두 알려져 있는 20세기 말에 더구나 뉴욕의 의사가 어느 정도는 복수심에서 한 아내의 고백에 충격을 받고 방황하는 것은 억지스럽다는 인상을 준다.

물론 영화의 언어도 문학작품에서와는 다르다. "저는 아마도 그랬을
거예요" 같은 접속법 2식을 사용한 완곡한 표현보다는 직접적이고 일상
적이며, "fuck"이라는 천박한 표현도 수없이 나온다. 그럼에도 불구하고
이 미국인 부부가 그들의 몇 대 위의 조부모나 나누고 싸웠을 것 같은 문
제로 고민하는 것은 설득력이 떨어진다고 생각된다.[8]

4-2.『천일야화』의 동화와 〈호두까기 인형〉

『꿈의 노벨레』에 대해 슈림프는 "화려하고 다양한 인상주의적인 그림
들"로 "그 시대의 사회병리학적 도표"를 그려 보여주고 있다고 쓴다.[9]
이 "사회병리학적 도표"는 『천일야화』에 나오는 동화의 한 구절로 시작
된다.

"스물 네 명의 노예들이 호화로운 갤리선의 노를 저어가고 있었습니다.
이 배는 암기아트 왕자님을 모시고 칼리프의 궁전으로 가고 있는 중입니
다. 하지만 왕자님은 진홍빛 망토로 몸을 감싼 채 갑판 위에 홀로 누워 계
셨습니다. 머리 위에는 별이 총총히 박혀 있는 검푸른 밤하늘이 펼쳐져 있
고, 왕자님의 시선은 ─"(TN, S. 7)

여섯 살 난 딸은 여기까지 읽다가 졸음이 쏟아져 갑자기 눈이 감기며,
이 동화는 미완성으로 끝난다. 독자는 왕자님의 시선이 어디로 향하고

---

8) 미츠코브스키는 노벨레 1장과 영화의 해당 시퀀스 비교에서 슈니츨러가 아내와 남편의 고백
을 똑같은 비중으로 다루었다면, 큐브릭은 남편의 고백은 생략한 채 아내의 고백만을 다루었으
며, 영화 전체가 남편의 상상에 비중을 둔 만큼 영화 전체의 해석도 노벨레와는 다르게 되어야
한다고 본다. 그러나 남성들의 성적 환상에 대해서는 이미 잘 알려져 있기에 남편의 고백 자체
의 비중이 결정적인 역할을 한다고 생각되지는 않는다. Sylvia Mieszkowski, Das Leuchten der
Möglichkeiten, Arthur Schnitzlers Traumnovelle und Stanley Kubricks Eyes Wide Shut, in :
Andreas Kraß(Hg), *Bündnis und Begehren, Ein Symposiumüber die Liebe*, Berlin, 2002, S.
210~228

9) Hans Joachim Schrimpf, *Der Schriftsteller als Öffentliche Person*, Berlin, 1977, S. 255.

있는지를 알 수가 없는 채 남게 되는 것이다. 그 밖에도 이 동화는 많은 의문점을 남긴다. 왕자는 어디에서 어디로 가는 것일까. 그는 왜 갑판 위에 홀로 누워 있을까 등등.

동화의 주인공은 부유한 왕자로서 여행을 마치고 집으로 가는 길이다. 그러나 그는 고독하게 홀로 있으며, 집으로 빨리 가고 싶어하는 기색이 아니다. 진홍빛 망토가 그의 욕망을 암시하지만, 그 자신은 무력하게 갑판 위에 누워 갤리선의 노를 젓는 노예들에게 몸을 맡기고 있다. 별이 빛나는 밤하늘은 인간의 이상이 향하는 영역이지만, 왕자로부터는 너무나 멀리 떨어져 있다. 여기서 스물네 명의 노예들은 24시간 왕자를 움직이는 그의 무의식, 혹은 전의식을 상징적으로 보여준다. 즉 인간은 자신도 모르는 사이에 이들의 노예가 되어 있으며, 이들이 이끄는 대로 가고 있다. 그러나 무의식의 바다는 그 끝을 알 수 없을 만큼 넓고 깊으며, 그가 가는 곳에는 도처에 위험이 도사리고 있다. 그는 마치 항해 중인 오디세우스처럼 많은 여인들에게 유혹을 받지만, 그는 자기의 성에서 그의 아내인 페넬로페(여기서는 알베르티네)가 자신을 기다리고 있음을 안다(그리고 어쩌면 아내로부터의 일탈을 꿈꾸기에 그는 귀향을 그리 서두르지 않는 것인지도 모른다). 작품의 5장에서 우리는 페넬로페 또한 그녀의 성에서 많은 구애자들에게 둘러싸여 있음을 알게 된다. 단 실제가 아닌 꿈속에서.

신기하게도 이 동화는 아내인 알베르티네의 꿈속에서 계속된다.

"내일이 우리 결혼식이래요. 그런데 아직 웨딩드레스도 없었어요. (……) 방 안은 아주 환했어요, 창 밖은 칠흑 같은 밤이었는데. (……) 어느 순간 갑자기 당신이 창문 앞에 서 있는 것이었어요. 갤리선의 노예들이 당신을 이리로 모셔다준 것이었어요. 저는 노예들이 어둠 속으로 막 사라지는 것을 보았어요. 당신은 금과 은으로 장식된 아주 값비싼 옷을 입고 있더군요." (TN, S. 56)

여기서 우리는 갤리선에 타고 있던 왕자가 바로 프리돌린임을 알게 된다.

그 밖에도 『천일야화』의 동화는 이 노벨레의 큰 주제 두 가지를 이미 암시하고 있다. 그 하나는 '여성의 불륜과 그에 대한 증오'로서, 왕비의 배신에 분노하여 매일 밤 한 여자와 동침한 후 아침에 그 여자를 죽이는 비정한 왕의 이야기는 바로 『꿈의 노벨레』의 주제와 직결된다. 다른 하나는 '문학을 통한 치유'라는 주제이다. 즉 세헤라자데가 이야기를 통해 샤리야르 왕의 병든 정신을 치유했듯, 이 노벨레의 주인공들도 억눌린 욕망을 꿈 혹은 꿈같은 현실을 통해 실현하거나 실현하고자 하며, 서로 대화하는 가운데 그 욕망으로부터 해방되고 있기 때문이다.

한편 이 동화와 꿈은 물론 노벨레 전체에서 장교복, 가면무도회복 등 의상이 강조되는데, '의상'은 사회적인 기능을 상징하는 것으로 개인적인 성적 욕망(나체)과 사회적인 금기 사이의 갈등을 암시하고 있다.

여기서 우리는 이 초입의 동화가 노벨레 전체에 깊은 그림자를 드리우는 것을 알 수 있다. 즉 이 첫 이국적 동화의 비밀이 전체 노벨레의 의미를 파악하는 열쇠인 셈이다.

그러나 문학작품보다 1세기 후 사람들은 밤에 책을 읽기보다는 TV를 보며, 따라서 영화 〈아이즈 와이드 셧〉에서도 어린 딸은 TV를 본다. 크리스마스가 배경이기에 E.T.A. 호프만의 원작으로 차이코프스키가 작곡한 〈호두까기 인형〉을 보는 것이다. 물론 〈호두까기 인형〉도 밤 이야기이며, 사랑하는 사람들의 정절과 배반이 주제로서 적절한 선택이라 할 수 있다. 다만 노벨레의 시작 동화 분석에서와는 달리 〈호두까기 인형〉은 이 영화의 전개에 아무런 영향도 끼치지 않고 그저 단 한 번의 언급에 그칠 뿐이다. 즉 『꿈의 노벨레』의 시작 동화가 그 다의성으로 노벨레 전체를 포용하며 결정적인 역할을 하는 것과는 대조를 이룬다.

다음 장에서는 이 노벨레의 문화사적인 측면을 해군 장교와 비밀 연회

장면을 중심으로 고찰한 다음 이들이 어떻게 영화화되고 있는지를 살펴
보고자 한다.

5. 문화사로서의 『꿈의 노벨레』

5-1. 해군 장교 모티프

해군 장교는 이 노벨레의 발단 에피소드인 아내 알베르티네의 고백에
서 중세 이래 변함없이 여인들의 상상력을 자극하는 '에로틱한 기사상'
의 후예로 등장한다.

> "그가 나를 부른다—저는 그렇게 생각했어요—저는 저항할 수 없었을
> 거라고요. 어떤 짓이든 할 준비가 되어 있었다고요. 당신도, 아이도, 내 미
> 래마저도 희생하고 그를 따라가기로 마음먹고 있었다고요."(TN, S. 10)

1장의 부부간의 대화에서 처음 등장한 해군 장교 모티프는 노벨레의
2장, 4장, 6장에서 반복되어 나타난다. 2장에서는 지금은 외국 어딘가에
살고 있는 마리안네의 오빠가 그린 그림 속의 인물로 등장한다.

> 물론, (……) 부인은 언제나 병치레하였고— 아들녀석은 그토록 애물
> 단지였다니! 뭐라고, 그러니까 그녀에게 오빠가 있었나? 맞았어. (……)
> 저기 마리안네의 골방에 그림이 하나 걸려 있는데, 그것은 오빠가 열다섯
> 살 때 그린 것이라 했다. 그 그림에는 언덕을 뛰어내려 돌진하는 장교 한
> 사람이 그려져 있었다.(TN, S. 17)

주인공 프리돌린은 바로 이 그림 밑에서 궁정 고문관의 사망진단서를
작성하는데, 화자는 이때 그림 속의 "하얀 제복을 입은 장교"가 "머리 위

로 칼을 휘두르며 언덕을 뛰어내려 보이지 않는 적을 향해 돌진하고 있
었다"(TN, S. 20)고 쓰고 있다. 그러나 주인공 프리돌린에게 실제 "보이
지 않는 적"은 아내가 덴마크에서 본 해군 장교로서, 화자는 이러한 우회
적 표현으로 프리돌린의 해군 장교에 대한 적대감을 투영하고 있다. 6장
에서 프리돌린이 지난밤의 꿈같은 체험들을 주워담기 위해 다시 한번 온
길을 되돌아가는 장면에서도 화자는 이 해군 장교의 그림을 다시 한번
언급한다. "어제 저녁 그 방, 하얀 유니폼을 입은 장교의 그림 밑에서 그
는 궁정 고문관의 사망진단서를 작성했던 것이다."(TN, S. 72) 또 에로틱
한 비밀 연회가 열리는 4장에서도 검은색, 흰색, 붉은색 등 화려한 제복
을 입은 기사들의 복장과, 프리돌린에게 "마스크를 벗으시오!"(TN, S.
47)라고 명령하는 "장교의 명령조"는 모두 주인공의 "보이지 않는 적"인
해군 장교를 연상시킨다.

　여기서 해군 장교는 문화사적으로 중요한 정보를 제공한다. 첫째, 해
군 장교는 중세의 '에로틱한 기사상'의 유물이며, 둘째, 유럽의 귀족 문
화를 대변한다. 유럽에서는 19세기 후반까지도 오직 귀족 가문의 자제들
만 군인 장교가 될 수 있었다. 셋째, 19세기 유럽에서 해군 장교는 거의
유일하게 세계를 항해할 수 있는 신분이었다.

　따라서 여성에게 해군 장교와의 관계는 사회적인 신분 상승이자 동시
에 답답하고 틀에 박힌 일상생활에서 벗어나 너른 세계에 대해 꿈을 꿀
수 있는 가능성을 의미했다. 여기서 우리는 19세기 중상류층 부인으로
협소한 결혼생활이라는 일상에 젖은 알베르티네의 동경이 왜 해군 장교
에게로 향했는지를 가늠할 수 있다.

　그러나 이 모든 것은 19세기 이야기로서, 20세기 말에도 해군 장교가
과연 여성의 이상형을 의미하는지는 의문이다. 어쩌면 바로 그런 의미가
더이상 주어져 있지 않기에 우리는 큐브릭의 2장에 해당되는 영화 장면
에서 매리언의 집 벽 어디에서도 해군 장교의 그림을 발견할 수 없는지
도 모른다. 또 비밀 연회 장면에서도 수도사복만 등장할 뿐 중세의 기사

복은 등장하지 않는다. 따라서 영화 속 해군 장교에게서 우리는 단순히 에로틱한 남성성의 현현을 볼 뿐 노벨레에서와 같이 다양한 문화사적 의미를 발견하기 힘들다. 큐브릭은 시대적 배경을 옮긴 만큼, 20세기 말의 여성들에게 보다 이상적으로 비치는 인물, 예를 들어 외교관이나 성공적인 사업가, 혹은 예술가 등을 등장시켜야 했으리라는 생각이다. 무도회 장면에서 이에 해당될 스차보스트라는 헝가리인을 등장시키지만, 그는 에피소드에 그칠 뿐이다. 앨리스가 남편에게 고백하는 것은 덴마크의 해군 장교를 향했던 자신의 욕망이며, 이에 대한 상상이 영화 내내 남편인 빌 하퍼드를 지배하게 된다.

한국 내의 수용에 있어서는 이러한 장교관이 또 한번 굴절된다. 사무라이가 문관보다 존경받았던 일본과 달리, 한국의 역사에서는 문관이 항상 무관보다 더 숭상되어왔기 때문이다. 게다가 최근 한국 정치사에서의 군부의 역할 등을 고려할 때 국내의 장교에 대한 이미지는 타 지역과 다를 수밖에 없으며, 여성 관객들이 이 장면을 수용하는 태도도 그에 상응하리라 생각된다.

5-2. 비밀 연회

작품의 중간인 4장에 위치한 비밀 연회 장면은 '영혼의 오디세이' 혹은 '지하세계로의 항해'로 불리는 남자 주인공의 에로틱한 모험의 정점을 이룬다. '사랑 없는 그룹 섹스 파티'인 이 장면은 노벨레와 영화에서 똑같이 그 그로테스크함으로 독자와 관객에게 충격을 준다.

교회의 화성 음악이 울려퍼지는 가운데 수도승과 수녀들이 떼지어 거니는 중세의 수도원을 연상시키는 장면으로 시작되는 이 '비밀 연회' 부분은 괴테의 『파우스트』의 '발푸르기스의 밤', 괴기 소설, 도시의 보르델 같은 환락 문화의 영향하에 씌어졌다. 다른 한편 슈니츨러가 이 장면을 쓰게 된 동기로 봉건 제도가 지배하던 중세에 대한 동경을 품은 당시의 시민사회에 대해 비판을 들 수 있다. 샤이블레에 의하면 비밀 연회 장면은 "시민사회가 이룩한 모든 업적들을 취하하려는 시민사회의 모든 징후들"을 보여주고 있다. 즉 "옛 이탈리아의 성가를 비롯하여 참석한 남자들의 수도복은 새로운 도그마를 신봉하기 위해 정신적인 자율을 포기함을 의미한다". 이를 통해 슈니츨러는 헤르만 바르나 칼 크라우스 등 당대 지성인들이 가톨릭으로 개종하는 분위기와, 호프만스탈, 라이하르트 등이 중세의 '신비극'을 부활시키려는 시도를 풍자하려 했다는 것이다.[10]

그러나 이러한 문화사회사적인 배경을 알 수 없는 백 년 후의 영화 관객들에게 이 장면은 그저 이국적인 이미지, 그리고 수도원에서는 금지된 에로틱한 섹스 파티를 통해 충격적 효과나 노린 삽입 장면 정도로밖에 인식되지 않는다. 큐브릭이 무언가 다른 장면, 예를 들어 하얀 두건을 쓴 '쿠 클룩스 클랜 Ku Klux Klan'을 등장시켰더라면 최소한 정치적인 고발 효과라도 살릴 수 있었을 것이다.

다음 장에서는 노벨레의 2장을 중심으로 정신분석학적 관점에서 이 작품과 영화를 비교 분석해보고자 한다.

6. '정신병리학적 기록'으로서의 『꿈의 노벨레』 — 『꿈의 노벨레』 2장의 예

『꿈의 노벨레』가 정신병리학상으로도 흥미로운 작품이라는 것은 당시 프로이트의 반응에서도 알 수 있다. 프로이드는 이 노벨레를 읽고 슈니츨러에게 "'꿈의 노벨레'에 대해 좀 생각해보았습니다."(1906년 5월 24일)라고 썼는가 하면, 슈니츨러의 50세 생일 축하 편지에서는 "많은 심리적인 문제나 에로틱한 문제에 관한 생각에 있어" "우리가 상당히 일치"한다고 쓰고 있다. "저는 종종 놀라서 자문해보았답니다. 당신이 어디서 이런저런 비밀스런 지식을 얻을 수 있었을까 하고요. 제가 힘들여

---

10) Hartmut Scheible, *Liebe und Liberalismus : Über Arthur Schnitzler*, Bielefeld, 1996, S. 185.

대상을 연구해서 얻었던 그런 지식들을 말입니다. 저는 마침내 지금까지
는 경탄했던 작가를 질투하기에 이르렀답니다."(1906년 5월 8일)[11]

노벨레 2장에서 죽은 궁정 고문관의 딸인 마리안네는 아버지의 시체
옆에서 의사인 프리돌린에게 갑자기 눈물을 흘리며 사랑을 고백한다. 곧
이어 마리안네의 약혼자인 뤼디거 박사가 오고, 두 남자는 서로 인사를
나눈다.

> 두 남자는 서로 고개를 끄덕여 인사했다. 그들의 실제 관계보다 더 친밀
> 한 인사였다. 그런 다음 두 사람은 방으로 들어섰고, 뤼디거는 죽은 사람
> 쪽으로 의미심장한 일별을 던진 후 마리안네에게 조의를 표하였다. 프리
> 돌린은 사망진단서를 작성하기 위해 옆방으로 갔다.(TN, S. 20)

그러나 영화에서는 이 두 남자가 서로 특별히 친밀하게 인사하는 장면
도, 또 의사가 사망진단서를 작성하는 장면도 생략되어 있다. 노벨레의 정
신분석학적 분석은 바로 이 두 행위를 매우 핵심적인 장면으로 간주한다.
그 이론에 의하면 오랫동안 병석에 누워 있는 가족을 돌보는 딸은 무의식
중에 이 가족의 죽음을 원하게 된다. 이 경우 마리안네는 의사의 사망진단
서를 통해 비로소 아버지로부터 해방되는 것이다. 그런 이유에서 히스테
릭한 마리안네가―프리돌린은 사랑을 고백하는 그녀의 행위에서 히스테
리 징후를 본다―의사인 프리돌린을 사랑하는 것은 당연하다는 것이다.
즉 의사는 병든 아버지를 돌보는 딸의 '조력자'인 동시에, 아버지의 사망
후에는 사망진단서 발급을 통해 그녀를 해방시켜줄 '해방자'이자, 동시에
아버지의 죽음의 '공범'이기 때문이다. 사랑하는 가족이 죽었을 때 간호
하던 딸은 언제나 자신이 그 죽음에 책임이 있다고 느낀다는 것이다.

다른 한편 의사와 약혼자인 두 남자가 "그들의 실제 관계보다 더 친밀

---

11) Ebda., S. 173 재인용.

한 인사"를 나누는 것은 두 남자가 이 순간 이 여자의 운명을 결정하는 행위로 해석된다. 무력하고 히스테릭한 여자는, 비록 그녀가 오랫동안 혼자 병든 아버지를 간호했음에도 불구하고, 이제 이런 방식으로 의사의 손에서 약혼자의 손으로 건네어진 것이다. 동서양을 막론하고 병자의 간호는 늘 딸의 몫인 것도 토론의 대상이 되어야 할 것으로, 이 노벨레에 등장하는 여성 인물들은 대부분 남자들에게 봉사하고 희생당하는 마조히스트적 특성을 띠고 있다.

우리는 여기서 영화가 외견상으로는 노벨레의 줄거리를 충실히 따르는 듯하지만, 그러나 결정적인 순간들은 영화화하지 않았으며, 따라서 노벨레에서 해석의 핵심이 되는 장면들이 생략되었음을 확인하게 된다.

다음 장에서는 서사적 내용을 뒷받침하는 동시에 노벨레에 문학작품으로서의 품위를 부여하는 문학적 요소들이 과연 시각적 미디어로 전이될 때 어떠한 양상을 띠는지를 고찰해보고자 한다.

7. 문학적인 요소들

자연 묘사, 공간, 불빛, 냄새 등 분위기의 묘사, 주인공의 내적 독백(헤르만 브로흐는 이를 "영혼의 소음"이라고 부른다), 화자의 개입과 설명, 주인공이 받는 순간적인 인상 등은 노벨레에서 매우 중요한 문학적 요소로서 이 작품의 또다른 기능을 이루고 있다. 한 예로 자연 묘사에 있어 바람에 대한 묘사는 주인공의 내적인 상태를 반영한다.

7-1. 바람의 묘사

노벨레에서 2, 3, 4장은 모두 바람에 대한 묘사로 시작되는데, 여기서 바람의 세기는 프리돌린의 내적 불안을 반영한다. 다음은 각 장의 첫 문장이다.

2장

거리에 나서자 그는 모피코트를 열어젖혀야 했다. 갑자기 따듯한 날씨가 밀어닥쳐 보도 위의 눈은 거의 다 녹아 사라졌고, 대기 속에서는 다가오는 봄의 숨결이 느껴졌다.(TN, S. 15)

3장

프리돌린은 대문 앞에 서서 그가 조금 전에 손수 열어놓았던 창문을 올려다보았다. 때 이른 봄바람에 덧문이 가볍게 흔들리고 있었다.(TN, S. 20)

4장

그 사이 날씨는 조금 더 따듯해져 있었다. 온화한 바람이 좁은 골목길 안으로 촉촉한 초원과 먼 산의 봄향기를 실어왔다. 이제 어디로 가지? 하고 프리돌린은 생각했다. 마치 마침내 집으로 가서 잠자리에 드는 것이 당연한 일이 아닌 듯 말이다.(TN, S. 27)

2장의 "다가오는 봄의 숨결"과 "모피코트를 열어젖히는" 행위가 주인공의 마음속에 싹트는 에로틱한 모험심의 징후를 암시한다면, 3장의 봄바람에 흔들리는 덧문은 이 모험심이 더 상승했음을, 그리고 4장에서 골목길 안까지 불어닥치는 봄바람은 마침내 그의 마음속에서 집으로 가지 않을 결심이 섰음을 암시한다. 즉 여기서 슈니츨러는 아내의 충격적인 고백 이후 남편의 내면의 변화를 바람의 세기로써 표현하는 문학적 전략을 구사하고 있다.

그러나 이러한 미묘한 바람의 세기를 영화적으로 표현하여 관객으로 하여금 느끼도록 한다는 것은 거의 불가능해 보인다. 스탠리 큐브릭은 보다 직설적인 시각적 방법을 구사한다. 즉 주인공 빌 하퍼드 박사가 아내의 불륜 장면을 상상하는 것으로서, 노벨레의 새로운 장에 해당되는 시퀀스가 시작되기에 앞서 매번 이전보다 더 구체적으로 상승된 불륜 장면을 몽타주하고 있다. 이 상상된 장면들은 특히 빌이 자신의 상상력의 희생물임을 여실히 보여준다.

이 두 미디어의 비교에서 문학작품이 남편의 내면의 불안감을 거리를 두고 암시적으로 묘사함으로써 독자에게 그의 영혼의 상태를 상상하도록 하고 있다면, 영화는 시각적인 방법으로 주인공의 내면의 불안을 훨씬 더 직접적으로 묘사함을 우리는 확인할 수 있다.

7-2. 냄새, 향기, 불의 밝기

그 밖에도 노벨레에서는 인물의 냄새나 향기, 혹은 공간의 불의 밝기가 주인공의 내면 상태를 반영하는가 하면, 주인공에게 영향을 미치기도 하는 등 매우 효과적인 문학적 도구로 쓰이고 있다.

그러나 영화는 이러한 요소들을 상정할 수 없는 한계를 지닌다. 오프 스크린으로 화자나 등장인물을 통해 이들에 대한 정보를 주지 않는 한 말이다. 대신 영화에서는 영상과 색채가 분위기를 반영하거나 이에 영향을 미치는 기능을 한다. 특히 부부의 침실 장면의 주종을 이루는 핑크빛과 파란색의 대비에서 핑크가 에로틱한 분위기를 전달한다면, 파란색은 이러한 무드를 깨는 이성적인 면, 혹은 인식적 측면을 상징한다. 예를 들어 남편에게 싸움을 거는 순간 앨리스의 뒷배경을 완전히 파란 창문이 차지하는 것이다. 그러나 이 두 색상은 영상적으로 매우 아름다운 조화를 이룬다. 이를 인간의 영원히 합치될 수 없는 '감성/본능'과 '이성/도덕'이 조화를 이룰 때 가장 아름다운 인간성이 이루어진다는 징표로 본다면 너무 과장된 해석일까?

7-3. 내적 독백, 화자의 개입과 설명, 주인공의 순간적인 인상 묘사

『꿈의 노벨레』의 매력은 화자의 개입과 설명, 주인공의 내적 독백과 그때그때 순간적으로 받는 인상의 표현 등에 있다. 예를 들어 프리돌린은 카페에서 굴뚝 청소부의 자살 사건을 읽는다.

> 굴뚝 청소부 페터 콘라트가 창문 밖으로 몸을 던져 자살했다. 프리돌린에게는 굴뚝 청소부도 때로는 자살을 한다는 사실이 좀 기이하게 여겨졌다. 그는 자기도 모르게 그 남자가 자살하기 전에 몸이나 제대로 씻었는지, 아니면 그냥 보통 때처럼 숯검둥이인 채로 저 허무 속으로 몸을 던져 죽었는지 자문해보았다.(TN, S. 76/77)

물론 영화의 관객은 이런 독서의 묘미를 모두 맛볼 수는 없다.

8. 나가는 말

결론적으로 우리는 문학작품은 영화로 찍을 수 없다는 부슈Rolf Busch의 의견에 동조하게 된다.[12]

특히 슈니츨러의 『꿈의 노벨레』같이 문화사적이거나 문학적인 요소들이 작품의 주요 구성인자로 기능하는 경우 다른 미디어로의 각색에 매우 신중해야 한다고 생각된다. 〈아이즈 와이드 셧〉에서처럼 시간과 공간을 완전히 옮길 경우, 부수적으로 변화되어야 할 여러 가지 사항들을 시대적, 문화적 상황에 적합하도록 전이함은 물론, 윤리적인 기준 등도 달리 설정해야만 할 것이다. 문학적인 질에 해당되는 요소들은 어차피 다른 미디어로의 전이가 불가능한 만큼 해석하는 과정을 거쳐 각색해야만 할 것이다.

그러나 〈아이즈 와이드 셧〉에서 우리는 19세기 말 극장에서 배경과 소도구만 20세기 말로 옮겨놓은 듯한 인상을 받는다. 하부 구조와 상부 구

---

12) Gerhard Adam(Hg.), a.a.O., S. 33 재인용.

조가 서로 어긋나 있는 것이다. 정신분석학 분야에서 인간의 감춰진 욕망들에 대해 이미 많은 것이 연구되고 알려져 있는 20세기 말의 분위기 속에서 만나는 19세기 말의 순진무구한 부부는 어떤 점에서는 그로테스크하거나 우스꽝스럽기조차 하다. 물론 "이 오스트리아-헝가리 다뉴브 제국의 운명과 오늘의 미국과의 사이에 유사성을 발견할 수도 있다"는 진단을 하는 비평가도 있다.[13] 하지만 그런 점을 감안한다고 할지라도 이상의 분석에서 확인했듯이 〈아이즈 와이드 셧〉은 '문학작품의 영화화'라는 측면에서 볼 때 많은 아쉬움을 남긴 각색이라고 생각된다.

그럼에도 불구하고 이 영화를 볼 만하다고 평가하는 것은, 큐브릭 감독이 대가답게 영화라는 시각적 미디어의 다양한 요소들을 매우 적절하게 사용하고 있기 때문이다. 화려하고 아름다운 영상, 할리우드 일급 배우들의 연기를 포함한 미장센, 희망과 슬픔이 적절히 배합된 배경 왈츠, 음악 등. 특히 그로테스크의 극치인 비밀 연회 장면은 큐브릭이기에 실현 가능했다는 인상을 받는다. 결론적으로 말해서 영화로서의 평가는 '문학작품의 영화화'라는 관점에서의 평가와 반드시 일치할 필요는 없을 것이다.

또 이념적 측면에 있어서도 영화 또한 그 나름으로 기여하고 있음을 간과해서는 안 될 것이다. 『꿈의 노벨레』의 핵심 이념을 슈니츨러는 작품의 끝에서 아내인 알베르티네의 입을 통해 말하고 있다. 즉 "어느 한밤의 현실, 이니 한 인간의 전생에의 현실조차도 한 사람의 인생의 가장 심오한 진실을 의미하지는 않는다"(TN, S. 88)는 것이다. 여기서 작가는 "인생의 현실과 진실을 구분"짓는다. 이들 부부가 서로의 일탈을 용서하고 이해하는 출발점도 눈에 보이는 현실만이 아닌 다른 차원의 진실을 믿기 때문이다. 이러한 점에서 이 작품은 인간의 나약한 점을 인정하고 포용하는 보다 높은 휴머니즘을 추구하고 있다고 볼 수 있다.[14]

---

13) David Walsch, Über Eyes Wide Shut, Szenen einer Ehe, in : *WSWS* : *DE* : *Kunst & Kultur* : *Film*, www.wsws.org, 27. Aug., 1999.

여기서 '에로틱한 욕망의 가능성'들 자체가 부부의 행복을 저해하는 요소라기보다는, 오히려 그러한 욕망의 가능성들이 존재하기에 부부는 끊임없이 노력하여 자신들의 사랑을 지켜야 하는 도전을 받는다고 볼 수 있다. "지혜의 마지막 결론은 이것이다 : 자유도 생명도 날마다 싸워 얻는 자만이/그것을 누릴 자격이 있다는 것."(『파우스트』, 11574~11576행)― 우리는 파우스트의 이 마지막 독백을 모든 부부에게 그대로 적용시켜도 되리라. 부부란 매일매일 자신의 감추어진 욕망과의 투쟁, 희생, 상대방의 오류에 대한 용서를 통해 사랑을 쟁취해야만 되는 것으로, 바로 이러한 에로틱한 유희의 가능성, 위험과 도전 자체가 그들의 사랑의 전제조건이기도 하다.

여기서 슈니츨러와 큐브릭은 인간의 투쟁 대상인 어두운 충동이나 욕망들에 어떻게 대처해야 할 것인가라는 근본 문제를 제기하고 있다. 이들은 이러한 욕망들이 무조건 억압되기보다는 어떤 식으로든 체험되고 극복되는 단계를 거쳐야만 인간이 이들로부터 해방될 수 있음을 간파했던 것이다. 다시 말해서 욕망은 덧없는 것이지만, 덧없음을 깨닫기까지의 과정이 생략될 수 없다는 데 인간의 비극성이 존재하며, 바로 이 과정을 문학과 영화로 대신하고자 하는 것이다. 여기서 슈니츨러와 큐브릭은 '꿈의 영상'과 '이미지'를 통해 "학문적 이론"이나 도덕적 지식이 미처 달성하지 못하는 진실에 접근하는 길을 택하고 있다.[15] "여성성에 대해 더 알고 싶으면, 자기 자신의 체험이나 혹은 작가에게 물으십시오"라고

---

14) W. 레이도 이 노벨레의 교훈은 첫째 피와 살로 되어 있는 인간의 모순, 즉 "절대적 정절"을 지키는 것은 불가능하다는 사실에 대한 통찰이라고 본다. "인간 사이의 진정한 의사소통의 어려움"을 확신하고 있던 슈니츨러에게 부부도 예외는 아니었지만, 그는 "최상의 도덕적인 노력"과 희생을 통해 "진정한 인간적인 의사소통의 실현이 부부간의 사랑에서" 이루어질 수 있음을 믿었다는 것이다. 레이는 이 노벨레에서 "어두운 세력들의 침입"이 "본능적 충동의 승리로 이끄는 것이 아니라, 이러한 충동을 시험하게 하여 부부간의 사랑을 풍성하게 해주며, 그 안에서 에로스와 카리타스가 서로 결합된다"고 보며, 이러한 점에서 이 노벨레를 "산문으로 된 세계극ein Welttheater in Prosa"이라고 부른다. William H. Rey, a.a.O., S. 87, S. 99.

15) Hartmut Scheible, a.a.O., S. 188 참조.

프로이트가 쓴 것과 같이,[16] 예술작품만이 "개념의 지배"를 극복하고 눈에 보이는 현실, 혹은 이성이 허락하는 이상의 것을 표현할 수 있음을 확신했던 것이다. 이러한 점에서 이 노벨레와 영화는 각각 문학에 대한 문학이자, 영화에 대한 영화라고도 할 수 있다.

필자에게 있어 이 영화의 또하나의 큰 의미는 두 미디어의 비교를 통해 비로소『꿈의 노벨레』를 보다 자세히 읽게 되었다는 데 있다(독일에서도 이 영화가 나오자 그 원작인『꿈의 노벨레』가 대중의 관심을 끌게 되었으며, 곧 절판되어 시나리오와 함께 새로 출판되어야 했다. 이는 이 두 미디어의 관계를 보여주는 대표적인 예이다). 링크 헤어도 미디어 개념이 확장되어 열리면서 영화 분석과 문학작품 분석은 관객과 독자로 하여금 "보다 예리하게 보며 보다 정확하게 읽도록 자극한다"고 말한다.[17] 이것이 또한 문학도로서 지금까지의 비판과 불만에도 불구하고 앞으로 가능한 한 보다 많은 문학작품의 영화화가 이루어지기를 바라는 이유이기도 하다. 그리고 '좋은 책은 나쁜 영화보다 나으며, 좋은 영화는 나쁜 책보다 낫다'는 말로써 이 두 미디어의 선의의 경쟁을 기대해보기로 한다.

---

16) Ebda., 프로이트 재인용.

17) Ursula Link-Herr u. Volker Roloff(Hg.), *Luis Buñuel : Film-Literatur-Intermedialität*, Darmstadt, 1994, S. VIII.

참고문헌

Stanley Kubrick, *Eyes Wide Shut*(DVD), Burbank(Warner Bros.), 2000.

Stanley Kubrick/Frederic Raphael, *Eyes Wide Shut*. Das Drehbuch, Aus dem Englischen von Frank Schaff, Traumnovelle, Frankfurt/M., 1999.

Arthur Schnitzler, *Traumnovelle*, Frankfurt/M., 2001.

아르투어 슈니츨러,『꿈의 노벨레』, 백종유 역, 문학과지성사, 1993.

프레드릭 라파엘,『아이즈 와이드 오픈』, 2000.

백종유,「슈니츨러 문학의 자기 분석적 특성」,『독일문학』제56집, 1995, 93~114쪽.

이준서,「후기 구조주의 웃음 미학 —『꿈의 노벨레』와 〈아이즈 와이드 셧〉에 등장하는 여자 주인공의 웃음 장면 비교」,『독일문학』83집, 2002, 223~244쪽.

임종대,「아르투어 슈니츨러 — 독일 문학사에서의 세기말 오스트리아 문학의 위치」,『카프카 연구』제6집 1998, 119~131쪽.

채연숙,「문화심리학적 관점에서 본 슈니츨러의「구스틀 소위」」,『독일어문학』제16집, 2001, 97~116쪽

Werner Faulstich/Ingeborg Faulstich, *Modelle der Filmanalyse*, München, 1977.

W. Gast, K. Hickethier, B. Vollmers, Literaturverfilmungen als ein Kulturphänomen, in : Wolfgang Gast, *Literaturverfilmung*, Bamberg 1999, S. 12~20.

Gerhard Kluge, Wunsch und Wirklichkeit in Arthur Schnitzlers Traumnovelle, in : *Text Kontext*, H. 10. 2, 1982.

Ursula Link-Herr u. Volker Roloff(Hg.), *Luis Bunuel : Film-Literatur-Intermedialität*, Darmstadt, 1994.

Thomas Allen Nelson, *Kubrick. Inside a Film Artist's Maze*, Bloomington, 2000.

Sylvia Mieszkowski, Das 'Leuchten der Möglichkeiten', Arthur Schnitzlers Traumnovelle und Stanley Kubricks Eyes Wide Shut, in : Andreas Kraß

(Hg.), *Bündnis und Begehren. Ein Symposium über die Liebe*, Berlin, 2002, S. 210~228.

Michaela L. Perlman, *Der Traum in der literarischen Moderne, Untersuchungen zum Werk Arthur Schnitzlers*, München, 1987.

Peter Plener, Traumvision eines Kino-Enthusiasten, in : *Der Standard, Album* v. 4.-5. 9, 1999.

William H. Rey, *Arthur Schnitzler, Die späte Prosa als Gipfel seines Schaffens*, Berlin, 1968.

Hans Joachim Schrimpf, *Der Schriftsteller als öffentliche Person*, Berlin, 1977.

Hartmut Scheible, *Liebe und Liberalismus : Über Arthur Schnitzler*, Bielefeld, 1996.

Winfried G. Sebald, *Die Beschreibung des Unglücks. Zusatz zur sterreichischen Literatur von Stifter bis Handke*, Frankfurt /M., 1994.

Marc A. Weiner, Die Zauberflöte and the Rejection of Historicism in Schnitzler's Traumnovelle, in : *Modern Austrian Literature*, Vol. 22, Number 1, 1989, S. 33~49.

Benno v. Wiese, Arthur Schnitzler : Die Toten schweigen, in : ders. : *Die deutsche Novelle, von Goethe bis Kafka*, Düsseldorf 1962, S. 261~279.

아르투어 슈니츨러 연보

1862년 오스트리아 빈에서 출생. 아버지 요한 슈니츨러 박사는 의과대학 교수.

1879년 빈 대학에서 의학 공부.

1880년 『무희의 연가』 정기 간행물에 최초로 출간. 1886년부터 정기적으로 여러
        잡지에 작품 기고.

1885년 의학 박사 학위 취득.

1887년 부친이 창간한 『국제 임상지』 편집자로 일함.

1890년 호프만스탈, 펠릭스 잘튼, 리하르트 베어 호프만, 헤르만 바아르와 교류.

1893년 부친 사망. 개인 병원을 시작. 「동화」 초연.

1899년 바우어른펠트 문학상 수상.

1901년 「구스틀 중위」(1901)가 물의를 빚어 황실 방위사령부에서 장교직 박탈.

1903년 아들 하인리히(1902년 출생)의 어머니인 올가 구스만과 결혼.

1908년 희극 「막간극」으로 그릴파르처 상 수상.

1909년 빈 독일 국민극장에서 '슈니츨러의 해' 행사 주최. 딸 릴리 출생.

1912년 50회 생일 기념 행사로 26편의 작품이 독일어권 극장에서 공연됨.

1914년 라이문트 문학상 수상.

1921년 이혼. 무성 영화 「아나톨 사건」 첫 상영. 「윤무」 공연의 재판 무죄 판결.

1922년 지크문트 프로이트와의 친교 시작. 60회 생일 기념으로 피셔 출판사에
        서 그의 산문을 4집으로 묶어 출간.

1926년 『꿈의 노벨레』 출간.

1927년 딸 릴리, 이탈리아 장교와 결혼. 이듬해 딸 자살.

1928년 소설 『테레제, 한 여인의 일대기』 초판.

1931년 『어둠 속으로의 도피』 발표. 발성 영화 〈새벽의 여명〉이 미국에서 제작,
        첫 상영. 10월 21일에 뇌출혈로 사망.

스탠리 큐브릭 연보

1928년 7월 26일 뉴욕 브롱크스에서 출생.
1999년 3월 7일 심장마비로 타계.

다큐멘터리와 단편 영화로 출발하여 장편 영화를 촬영. 완벽한 아름다움을 추구하는 완벽주의자이자, 다양한 기법을 시도하는 실험주의자로서 거장의 명성을 얻음.

대표작

1999년 〈아이즈 와이드 셧〉
1987년 〈풀 메탈 재킷〉
1980년 〈샤이닝〉
1968년 〈2001 : 스페이스 오디세이〉
1964년 〈닥터 스트레인지 러브〉
1960년 〈스파르타쿠스〉
1957년 〈영광의 길〉

수상 경력

1975년 아카데미 촬영상, 편곡상, 의상상, 미술감독상(「배리 린든」)
1968년 아카데미 시각 효과상(「2001 : 스페이스 오딧세이」)

여성 권리의 개척자
슈니츨러와 소설 『테레제』

송소민 이화여대 독문과와 동대학원을 졸업하고 독일 베를린 자유대학에서 수학했다. 현재 이화여대에 강의를 나가고 있다. 논문 「'독일 여자가정교사소설'의 문학사회학적 고찰」이 있다.

1. 들어가는 말

오스트리아 출신인 슈니츨러 Arthur Schnitzler(1862~1931)는 드라마와 단편으로 당대에도 많은 인기와 명성을 누린 작가이다. 그는 의사인 아버지의 뜻에 따라 자신도 의사가 되었으나, 그의 문학적 성향은 곧 작가로서의 길을 걷게 했다. 그는 30편 이상의 드라마와 60편에 이르는 산문을 남겼으며, 그중에는 당시에 사회적인 물의를 빚어 공연 금지가 된 작품도 더러 있있다. 예를 들어 「구스틀 소위 Leutnant Gustl」(1900)는 장교사회의 명예를 훼손했다는 이유로 사령부에 의해 장교직을 박탈당했는가 하면, 「베른하르디 교수 Professor Bernhardi」(1912)는 검열에 걸려 무대 위에 올리지 못했으며, 오늘날에도 자주 공연되고 있는 「윤무 Reigen」(1903)의 경우는 공연 도중 난동이 일어나 중단되었고, 외설 시비로 인해 소송을 당하기까지 했다. 슈니츨러는 단지 대중들의 기호에 맞추어 작품을 쓰거나 기존의 체제에 순응하지 않았으며, 사회의 부조리한 측면에 파문을 던짐으로써, 경직화된 사회의 틀을 과감히 깨려고 했던 작가였다. 이 때문에 그는 성공적인 작가로서의 명성에도 불구하고 때때로 비난을 면치 못했다.

당대에 문제를 많이 일으킨 작가였던 그는 전 작품에 약 288명이라고 하는 많은 여성 인물을 등장시켰는데(Georgette Boner, 1930), 이들로 하여금 무엇을 보여주고자 했는가, 즉 여성에 대한 작가의 관심 영역은 무엇이었나 하는 점을 주목하게 한다.

현재 슈니츨러 연구는 미국과 독일어권 국가에서 '국제 슈니츨러 협회 The International Arthur Schnitzler Research Association'의 공동 연구를 통해 폭넓게 이루어지고 있는 것에 비해, 한국 독문학에서의 연구는 아직 미미한 수준에 머물고 있을 뿐만 아니라 작가와 작품에 대해서도 제대로 알려지지 않은 상태이다.

이 논문에서 살펴보고자 하는 작품 『테레제, 한 여인의 일대기 *Therese, Chronik eines Frauenlebens*』(1928, 이하 『테레제』로 표기)는 그의 마지막 소설로서, 직업여성을 주인공으로 한 또하나의 문제작이다. 작가는 창작하는 과정에서 "이 소설은 나의 전 작품들 중에서 특별한 위치를 차지한다 Dieser Roman nimmt eine sonderbare Stellung in meiner Gesammtproduktion an"고, 1926년 12월 12일자의 일기에 기록했다. 이에 반해 소설이 출판된 당시 한 비평에서는, 이 소설이 실패작이라는 혹평과 함께, 위대한 슈니츨러는 드라마와 단편 작가이지 소설가는 아니라고 언급함으로써 소설가로서의 자질을 의심하기도 했다. 소설 출판 직후의 이러한 부정적인 평가와 함께 학계에서도 이 작품은 연구 대상에서 제외되어오다가 50년이 지난 1980년대부터 새로운 관점으로 작품을 연구하게 됨으로써 비로소 작품의 진가가 드러나게 되었다.

따라서 본 논문에서는 국내에 아직 알려져 있지 않은 『테레제』를 소개하고 여성 권리의 개척자로서의 슈니츨러를 조명하고자 한다. 이 소설을 둘러싸고 분분하게 일어난 논쟁점들을 짚어보는 가운데 소설을 쓰게 된 작가의 의도가 밝혀지게 될 것이다. 우선 직업여성을 주인공으로 한 일대기의 이해를 위하여, 그 시대의 문화적 배경에 대해 간략하게 알아보도록 한다.

2. 『테레제』

2-1. 1900년경의 여성에 대한 사회의 인식

19세기 말부터 20세기 초까지는 여성에 대하여 아주 말이 많던 시대였다. 철학, 심리학, 의학, 문학, 사회학 등 여러 분야에서 여성의 존재를 학문적으로 규명하려고 열중하던 시기로서, 이때 '여성이란 무엇인가' 하는 여성에 대한 규정과 남녀 성 구별이 이론으로 체계화되어갔다. 남녀 성 구별 이론이라는 것은 말 그대로 남녀의 성 특성을 학문적으로 정리하는 것이었으며, 남녀의 차이는 생물학적으로나 사회적으로 본질적인 차이가 나는 것으로 구체화되어갔다. 이 과정에서 여성은 남성보다 현격하게 열등한 존재로 폄하되면서 하위의 존재라고 정해졌다.

자연과학 분야에서 라이프치히의 물리학자 뫼비우스Paul J. Möbius는 『여성의 생리학적인 정신박약에 대하여 *Über den physiologischen Schwachsinn des Weibes*』(1900)라는 저서를 통하여 남녀의 두개골의 크기, 뇌의 무게, 뇌의 연결 구조 형태에 대한 연구 결과를 발표했다. 이는 당대의 유일한 인체해부학 연구로서, 그는 남녀의 뇌의 무게는 150그램의 차이가 난다는 결과를 가지고 자신의 추론을 발전시켰다. 즉, 여성의 뇌 무게가 가볍다는 것은 그만큼 남자의 뇌에 비해 열악하게 발달되었다는 증거라는 것이다. 그에 따르면, 선천적으로 뇌의 무게가 모자라는 여성은 계산 능력도 없는 열등한 존재로서 남자와 어린아이의 중간 형태이므로, 이 열등한 존재인 여성에게는 법적 재판에서 남성과는 다른 차별 법규를 적용해야 한다는 재판권까지도 지지했다. 뫼비우스는 여성

에게 천성적으로 부여된 특성은 오직 생물적 모성이며, 자손을 번창시켜
기르는 일만이 여성의 유일한 존재 이유이자 임무라고 주장했다. 이러한
뫼비우스의 인체해부학 이론은 당시 많은 사람들에게 매우 신빙성 있는
것으로 받아들여졌다.

심리학 분야에서 정신분석학 연구는, 여성은 신체 구조상 결손된 존재
로서 남성 중심의 연구 과정에서 부차적으로 다루어졌다. 정신분석학을
이끈 프로이트Freud(1856~1939)는 1900년에 행한 초기 연구에서 히스
테리 현상을 여성의 특징적인 병리 현상으로 보았으며, 그의 이론에 입각
하여 당대의 문학은 여성의 신경질적인 상태 묘사가 성행하게 되었다.[1]

바이닝거Otto Weininger(1880~1903)는 아예 "여성은 이성이 없는
동물"이라고 정의하기도 했다. 그는 『성과 인격 *Geschlecht und Charak-
ter*』(1903)에서, 남자는 신과 똑같은 모습의 정신적인 존재이나, 여자는
인간이 아닌 충동 본능만을 가진 존재라고 논했다. 여성은 아예 존재 자
체가 없으며, 여성 자아는 영혼을 갖지 못한다는 것이다. 바이닝거의 과
격한 여성 이론에 의하면, 모성애는 전혀 칭송할 바가 못 되었으며, 어머
니보다 창녀를 더 높이 평가했다. 더 나아가 어머니는 딸을 기르는 데 있
어서 오히려 해가 되는 존재이므로 미래에는 딸과 어머니를 분리시켜야
한다고 했을 뿐만 아니라, 여성이 당하고 있는 억압은 여성 스스로에게
책임이 있다고 주장했다.

이 밖에 철학자 니체Friedrich Nietzsche(1844~1900)와 쇼펜하우어
Schopenhauer(1788~1860)의 여성 혐오 사상은 당대를 풍미하면서 이
들의 유명세와 더불어 세기말 전환기에도 인기가 있었고 대중적으로 널
리 퍼졌다.

앞에서 열거한 소위 '여성 이론' 들은 1900년 이후 아무 비판 없이 수

---

1) Vgl. Günter Häntzschel(Hg.), Geschlechterdifferenz und Dichtung, in : York-Gorthart
Mix(Hg.), *Hansers Sozialgeschichte der deutschen Literatur vom 16. Jahrhundert bis
Gegenwart*, Bd.7, München, 2000, S. 244f.

용되었던 것으로, '본성 Natur'이라는 불변의 개념 아래 여성의 열등함
은 이의의 여지가 없도록 했으며 사회적 억압도 마땅한 것으로 받아들이
도록 했다. 이러한 사회에서 중상류계층의 여성들이 직업을 가진다는 것
은 가장의 체면을 손상시키는 일로서, 집안의 수치로 통했다. 좋은 집안
의 규수들은 장래의 안주인으로서 교양을 쌓는 것으로 충분했다. 집안과
남성에 속해 있는 부차적인 존재로 머무를 수밖에 없었던 시대에 여성들
의 법적, 경제적 자립은 불가능했다.

슈니츨러는 『테레제』를 통해 이같은 여성의 현실에 대한 사실적인 상
을 전달했으나, 그가 개인적으로 관심을 두었던 여성 문제는 당시에는
그다지 중요한 관심사로 여겨지지 않았던 때였다. 그러면 이 여성 문제
는 과연 무엇이었는가, 여주인공 테레제의 생애를 살펴보면서 접근하도
록 한다.

2-2. 테레제의 생애

귀족 출신의 어머니와 고급장교인 아버지를 둔 테레제의 집안은 아버
지의 퇴역 이후 이은 정신병의 발병으로 몰락하게 된다. 테레제에게는
사회적 위치가 높은 의사 애인과 결혼하는 것이 현실적으로 어렵게 되었
을 뿐만 아니라, 어머니가 경제적 이유로 늙은 백작과의 중매를 강요하
자, 그녀는 집을 나가기로 결심한다. 빈 몸으로 집을 나와 대도시 빈으로
온 그녀는 신문 광고의 의자 가정교사 구인란을 통해 겨우 취직 자리를
얻게 되는 것으로 직업생활에 첫발을 내딛는다. 그녀의 직업 전선은 전
혀 안정적이지 못했을 뿐만 아니라 때로는 하녀와 같은 위치로 전락하기
도 한다. 그러던 중 우연히 만난 한 남자에 의해 뜻하지 않은 아이를 임
신하고, 미혼모로서의 인생이 시작되면서부터 그녀의 삶은 설상가상의
형국으로 이어진다.

전체 106장으로 이루어진 소설의 전반부에서 테레제의 어린 시절, 몰
락하게 된 가정의 배경과 직업생활의 동기가 나오며, 이어 23장부터는

계속해서 그녀의 취직생활에 대한 이야기가 반복된다.

후반부에는 그녀와 아들 사이에 일어나는 사건들이 주를 이루는 가운데, 미혼모의 심리 묘사가 세밀하게 전개된다. 테레제는 아이를 가진 후 심한 번민에 빠지며, 아무 도움도 없이 혼자 고통스럽게 아기를 낳는다. 미혼모는 비윤리적인 존재로서 공개적으로 도움을 청할 입장이 못 되는 처지였기 때문이다. 아기를 낳는 순간 히스테리 상태에 빠진 그녀는 순간적으로 아기를 질식시켜 죽이려 한다. 그 순간을 넘기고 곧 그녀는 모성애에 눈뜨게 되지만 생계를 꾸려나가기 위해 아이를 시골 농가에 맡겨 기르게 한다.

아들 프란츠는 자라면서 점점 비행 청소년의 전형적인 특징을 나타낸다. 그는 학교 공부에 관심이 없을 뿐만 아니라 결석을 하고 거리를 배회하며 나쁜 무리와 어울려 도둑질을 배우는 등, 테레제가 아들을 바르게 기르려는 시도는 번번이 실패로 끝난다. 청년이 된 아들은 필요한 돈을 뜯기 위해 엄마를 구타하기에 이른다. 아들이 찾아올 때마다 두려움을 느낄 정도로 모자간의 사이가 악화되고, 어느 날 테레제는 돈을 갈취하러 온 아들과 옥신각신하던 끝에 아들에 의해 결박당한 채 목이 졸려 실신한다. 이 충격은 그녀로 하여금 죽음에 이르게 한다. 그녀는 임종의 순간, 의사에게 자기 아들에게는 아무 잘못도 없으니 그를 감옥에 보내지 말아달라는 유언을 남기고 숨을 거둔다.

이러한 줄거리의 전개 속에는 몇 가지 눈에 띄는 점이 발견된다. 이를 짚어보면 첫째, 작가는 왜 여자 가정교사의 비슷비슷한 고용 상황을 수십 번 반복해서 서술하였는가, 둘째, 여주인공은 계속 취직 자리를 바꾸어도 형편이 나아지지 않는데, 그렇다면 왜 결혼이라는 일반적인 삶의 방식으로 안주하지 않고 구태여 직업생활을 고집했는가, 셋째, 그녀 또한 유산 수술까지 고려했음에도 불구하고 왜 미혼모라는 사회적 악조건에 처하는 상황을 택했는가 하는 것이다. 이 의문점들 중에서 먼저 미혼모 테레제에 대해 단편 「아들 Der Sohn」(1892)과 소설 『테레제』와의 관계를 살펴보는 가운데 알아보고자 한다.

2-3. 단편 「아들」과 어머니 소설 『테레제』

소설에 삽입된 「아들」은 1892년에 단편으로 출판되었으며, 『테레제』는 36년 이후 1928년, 슈니츨러가 사망하기 3년 전에 탈고되었다. 작가는 단편에서 다루었던 영아 살해와 모자간의 갈등이라는 소재를 가지고 여러 해 동안 작업을 해오면서 내용과 형식을 많이 변형시켜 이번에는 소설로 탄생시켰다.

「아들」은 미혼모의 영아 살해 모티프를 주제로 한다. 영아 살해 사건은 오래된 사회 문제였으나, 충격적인 사건의 비윤리성에 초점이 맞추어졌으며, 영아 살해를 할 수밖에 없는 미혼녀의 불행, 즉 여성의 입장은 상대적으로 간과되어왔다. 당대의 여성해방운동가였던 폰 슈트라이트베르크Gisela von Streitberg는 기고 「여성의 판단에서 본 인구 문제 Die Bevölkerungsfrage in weiblicher Beurteilung」(1908)에서 미혼모 문제를 공개적으로 다룬 바 있다. 이 기고의 핵심은 종교와 도덕이라는 사회 관습에서도 여성이 터무니없이 불리한 입장에 놓이는 현실에 대한 비판이었다. 즉, 미혼모의 발생 원인이 남녀 쌍방에 있음에도 불구하고 그 처벌은 여성에게만 엄격했으며, 타락한 여자라고 하는, 여성 일방에게만 던지는 주변의 멸시로 인해 여성은 죄의식에 사로잡힌다는 것이다. 때문에 이런 불행한 처지에 놓인 숱한 여성들이 자살을 하거나 영아를 살해하는 시도가 많았다는 것을 지적했으나, 이것은 여성해방운동 차원에서 거론된 것으로서, 문학에서의 반영은 미혼모의 열악한 현실 개선을 위한 것과는 성격이 좀 달랐다고 하겠다.

그러나 『테레제』에는 미혼모의 심리에 많은 비중이 놓임으로써, 영아 살해 사건이 여성의 입장에서 바라보는 사건으로 다가온다. 테레제는 임신했다는 사실을 알게 된 순간, 어떻게 좋은 가문의 어엿한 숙녀인 자신이 그런 아기를 가지게 될 수 있는가 믿을 수 없을 정도로 자신에게 닥친 사실을 객관적으로 받아들일 수 없어하는가 하면(『테레제』, 111쪽), 아기를 낳으면 자식이 없는 노부부의 집 앞에 몰래 아기를 버릴까 고민하기도 한다.(『테레제』, 96쪽) 그녀의 갈등은 아기가 탄생하는 날 밤에 최고치에 달하여 아기를 살해하게 되는 어머니의 혼란스럽고 복잡한 심리가 의식의 흐름과 내적 독백의 기법을 통하여 기술되었으며, 이때 살인자인 동시에 모성을 가진 여성의 심리가 섬세하게 묘사되었다.(『테레제』, 112~114쪽)

이 소설에서 영아 살해 시도는 밖으로 공개된 것이 아니라 인간의 내부, 어머니 내면의 심리로 파고들었다. 다시 말하면, 이 사건은 한 여성에게 지울 수 없는 죄의식을 갖게 함으로써, 자기 자식을 죽이려 했던 살인자의 죄를 짊어져야 하는 고통의 무게가 일생 동안 어머니를 따라다니게 한 것이다. 그녀는 아들의 빗나가는 행동을 볼 때마다 자신의 죄를 기억해내고 모든 것이 자신의 잘못이라고 생각함으로써, 비정한 어머니의 자기 반성 또한 보여준다. 오직 자신과 갓난아기 사이에 일어났던 일로 덮여 있던 사건은 어머니가 병원에 실려온 후 임종의 순간에 최후의 고백 성사처럼 드러난다. 마지막으로 의사를 앞에 두고 하는 어머니의 고백은 자신의 죄를 사하기 위한 것이 아니라, 아들의 패륜적 비행을 변호하려는 모성의 발로에서 나온 것이다. 즉, 아들이 범죄를 저지른 것은 당사자가 태어나는 순간 겪었던 악행의 결과로서, 아들의 살인 행각은 애초 그녀 자신의 잘못으로부터 연유한다는 것이다. 이때 태어나는 순간의 아들이 겪었던 경험은 그의 인성을 결정할 정도로 영향력이 커서 또하나의 범죄자가 되는 것으로 귀결된다는 것인데, 이는 프로이트의 이론을 반영한 것이었다.

그러나 프로이트의 이론은 『테레제』에 와서 수정되었다. 즉, 이 단편의 영아 살해 모티프는 작가가 36년이 지나 장편소설에 삽입하면서 프로이트의 심리 분석에 대해 오래 전부터 품어온 자신의 비판적 견해를 표명하기 위해 재차 다루어졌다. 작가의 심리학적 견해는 오직 유아기의 경험만이 단일 인과적으로 인성 형성의 결정적인 요인이 되는 것이 아니라, 그 외의 여러 환경적, 사회적 요인도 무시할 수 없는 요소로서 인성에 많은 영향을 끼친다는 것이다. 따라서 소설의 긴 전개 과정을 통해 아들이 어머니와 떨어져 자라는 환경과, 아들을 위탁받은 집의 여자들과 아들 사이에서 일어나는 미묘한 관계, 불분명한 인물이라는 아버지 측의 유전 인자, 친구관계 등 다양한 요소들을 확장해 제시함으로써, 이 소설에서 이전의 「아들」에서 보였던 유아기 경험의 영향력이 상대화되고 의문시된 것이다. 이처럼 「아들」과 『테레제』 출판 사이의 시대적 간격은 작가로 하여금 의학상의 실행과 그 동안 유명해진 심리학 이론에 대하여도 비판적인 거리를 유지하도록 한 것이다.[2] 작가 스스로 이 소설을 '독자적 집필 Eigenregie' 이라 정의한 것처럼, 『테레제』는 의사로서 행한 심리 분석의 모델이기도 하다.

슈니츨러는 의사로서 의료 현장에서 환자에 대한 많은 임상 경험을 가지고 있었으며, 당대에 새로운 학문으로 각광받던 심리학 이론의 학회지를 정기적으로 구독하는 등, 심리학에 대해 많은 관심을 가지고 있었다.

프로이트와 작가는 동시대의 인물로서 서로 친분관계에 있었다고 알려져 있는데, 이 관계를 좀더 정확하게 말하면, 당대의 각 분야에서 유명 인사였던 두 사람은 저서를 통해 간접적으로 접했으며, 둘이 직접 만나게 된 것은 노년에 이르러서였다. 이때 프로이트가 슈니츨러에게 말하기를, 자신의 정신 분석이 일생을 고심하며 겨우 끌어낸 의학적 결과임에 반해, 인간 심리를 어떻게 그토록 명확하게 작품에 묘사될 수 있는지 부러워 마지않았던 것처럼, 이 교분은 다분히 프로이트가 슈니츨러를 존경하는 입장에 있었다.[3]

또한 소설에서 다루어진 '어머니-아들 모티프'는 50년이 지난 후 페

---

2) "'Therese' ist Schnitzlers Modell einer nichtfreudianischen Psychoanalyse ohne Therapeuten." in : Konstanze Fliedl, *Arthur Schnitzler. Poetik der Erinnerung*, Wien, 1997, S. 183.

3) Vgl. Gotthart Wunberg, *Die Wiener Moderne*, Stuttgart, 1995, S. 651.

미니즘에서 사회 정치적인 면에서도 다시 거론의 대상이 되었다. 이 논의에서 생물적, 사회적인 모성에 대한 그 동안의 이론에 대한 의문이 제기되었고, 더불어 친자친모라는 생물학적인 관계가 반드시 어머니와 자식 간의 행복한 관계를 보증하는 것은 아니라는 모자관계의 탈신화에 관해서도 함께 논의되었다. 사회학에서조차 미혼모와 자식 관계에 대해 관심을 갖기 훨씬 오래 전부터 슈니츨러는 여성의 욕구와 충족 조건이 단지 생물학적인 면에서만 도출되는 것이 아니라, 사회와 개인과 생물학적인 요소들의 복합적인 상호관계에 기초를 두고 있음을 밝히려 했던 것이다. 당시 여성은 오직 생물학적인 기능만을 가진 존재, 즉 아기를 생산하는 역할만 있을 뿐이라는 이론이 지배적이었던 서구의 사상사를 고려해보면, 슈니츨러의 견해는 자연과학의 분야에 있어서도 당대의 이론을 앞지르고 있었음을 알 수 있다. 문학에 있어서도 작가의 진보성을 증명하는 또하나의 예로서 '직업여성' 이라고 하는 여주인공의 설정이 있다.

2-4. 주인공으로서의 직업여성

문학작품에 간간이 직업여성이 나타나기 시작한 것은 20세기에 들어서이다. 문학은 주로 상류층의 향유물이었으며 작가들 역시 귀족이나 시민계급의 일원으로서 작품 속의 인물들도 대부분 그들의 출신 범주에서 크게 벗어나지 않았다. 이때 상류층 여성이 직업을 가진다는 것은 신분에 어울리지 않는 것이었으나, 예외적으로 여성 인물이 예술가일 경우는 하나의 직업으로 인정받았다. 그러나 예술은 결코 생계를 목적으로 한 직업 행위가 아닌, 여성의 제한된 삶으로부터 자유를 얻기 위한 방편으로 제시되었다.

산업화가 진행되면서 작품에 등장하게 된 직업여성은, 『테레제』에서 볼 수 있는 것처럼, 집안의 몰락으로 불가피하게 생업 전선에 내몰린 경우였다. 그러나 이러한 여성 인물 역시 역사적 현실에서 볼 때, 직업생활을 보편적인 일로 받아들이고 실천하기에 가장 오래 걸렸던 상류계층의 딸들이었다. 이들은 가장인 아버지가 죽고 나서 사회적으로 절박한 상황에 노출된 인물들로서 사회적 신분의 하락이라는 위협 아래 놓인다. 작품 속에서 여성의 근로는 대체로 비참하고 고통스러운 것으로 육체적, 심리적인 힘에 부치는 일을 해야 하는 것으로 묘사되었다. 이 시기에 일하는 여성 인물들의 대부분은 자신의 의지에 의해서 노력할 가치가 있는 일에 종사하는 것이 아니었으며, 더욱이 직업생활 자체가—20세기의 70년대 이후부터 나타나기 시작한— '자아 실현'을 위한 길로 받아들이지 않았다.

그리고 문학에서 여성의 직업활동이 여성해방에 영향을 미치는 경우도 극히 드문 일이었다. 이것은 역사적인 현실과는 상당히 차이가 나는 것으로서, 특히 전쟁시대에 여성의 대단한 활약을 고려할 때 문학은 여성에 관한 한, 그 현실 반영도는 매우 낮은 편이었다. 실제로는 여성의 직업 행위가 사람들의 의식 구조와 상황을 변화시키는 데 근본적으로 크게 기여했음에도 불구하고, 직업여성을 묘사할 때는 폄하의 의미로 이용되었다. 따라서 여성 인물들 대부분이 열악한 생활 조건들과 연관되는 것을 원하지 않는 것으로 나타난다. 상류계층의 딸들은 잘사는 집 주인이나 이례적으로 귀족의 애인에게 위탁되는 것이 더욱 중요한 일이었다.

이처럼 대부분의 작가들이 '일하는 여성의 현실'로부터는 미학적인 아름다움을 구상해낼 수 없다는 관념하에서 경제적인 문제를 문학의 주제로 삼는 짓 자체를 기피했음에 비해, 노장이 된 슈니츨러는 이와는 달랐다.

그는 여성과 직업의 문제를 「엘제 아가씨 Fräulein Else」(1924)에서 일차적으로 다루었다. 여주인공은 가장이 큰 빚을 지게 되어 급하게 많은 돈을 구해야 하는 상황에서, 그 해결책을 딸에게 전가한다. 이때 엘제는 자신이 배운 '교양'이 직업을 위해서는 아무 쓸모가 없다는 인식에 이르고, 직업을 가졌어야 했다고 후회하면서도 막상 여자 가정교사, 전화 교환원, 은행원으로서의 생활은 숙녀인 자신에게는 어울리지 않는다고 생각한다. 여성의 직업활동이 수치라는 시대적 관념에서 벗어나지 못한 한 시민 여성의 사고 과정이 엘제의 내적 독백을 통해 드러난다. 이 작품에서만 해도 여성 인물이 한계 상황을 극복할 수 없을 때, 최종적 선택으로 남는 것은 히스테리를 동반한 자살이다. 이후 이 주제는 가정교사라는 직업을 가지고 생계를 이어가는 여성 테레제에게서 본격적으로 개진되었다. 『테레제』에서 여성들의 삶과 사랑의 조건들을 객관적으로 바라보았던 작가의 관점이 사회 비판적인 입장으로 총화를 이루게 된 것이다.

테레제는 여자 가정교사이다. 여자 가정교사직은 서구사회 최초의 여성 전문직으로서 19세기 말에만 해도 중상류층의 지식인 여성이 택할 수 있었던 유일한 직업이었다. 소설의 텍스트 발전사에서 보면, 여주인공은 처음에는 바느질하는 불쌍한 여인으로 설정되었으나 주인공의 직업이 여자 가정교사로 바뀌게 됨으로써, 근교 소도시에서 빈이라는 대도시로 생활 근거지를 이동하게 된다. 이로써 소설의 배경은 한 여자 가정교사에게 문제가 많은 상황이 될 뿐만 아니라, 세기말경의 오스트리아의 시민계급 구조와 생활 태도를 포괄적으로 보여줄 수 있게 되었다.

당시 한 여자 가정교사의 직업생활은 수십 번 취직 자리를 바꾸어야 하는 열악한 상황에 내던져져 있었다. 가정이라는 노동 시장에서 고용인은 오직 생산력으로서 취급될 뿐이었다. 일의 제공자와 일당에 매여 있는 사람과의 고용관계만이 존재하며 공동생활에서 해당자의 감정은 철저히 무시되었다. 이렇듯 여자 가정교사라는 존재는 아무 권리도 없으면서 속박되어 있던 존재로서, 사회적으로 설자리도 없이 이리저리 헤맬 수밖에 없는 억압의 단면들이, 테레제의 긴 삶의 여정을 통해 적나라하게 드러난다. 그녀는 직업생활에서 '시민 가정에서 일어나는 온갖 불쾌함과 염증'을 겪어야만 했으며, 이 속에 문화적으로 붕괴되어가는 19세기 말의 시민사회가 반영되었다. 이를 위한 장치로서 작가는 소설을 연대기라는 형식을 통하여 서술했다.

2-5. 『테레제』의 서술 구조 — 연대기

> 대위 후버트 파비아니가 퇴직을 하고 마지막 주둔지였던 빈을 떠나
> (……) 잘츠부르크로 옮겨왔을 때, 테레제는 막 16세가 되었다. 때는 봄
> 이었다.(『테레제』, 5쪽)

앞의 예문처럼 전통적인 서술 방식으로 시작되는 소설은 '연대기'라
는 부제를 달고 있다.[4] 작가가 부제에 장르를 명시하면서까지 연대기로
서 읽을 것을 미리 독자에게 요구하는 바와 같이, 이 형식이 작품의 이해
를 위한 중요한 열쇠임을 암시한다. 그는 연대기라는 전통적인 형식의
틀 안에 진보적인 내용을 담고자 했다. 따라서, 일견 형식과 내용의 부조
화적인 요소는 수용자들로 하여금 그 진의를 가리는 데 어려움을 제공하
는 요인이 되었다.

연대기는 중세의 역사 서술을 위한 한 장르로서 고대 후기부터 16, 17
세기까지 많이 사용되었다. 연대기의 서술 원리는 거대한 시공간 속에
일어난 사건들과 시대적 관계를 일련의 시간적 순서에 의해 객관적으로
서술하는 데 있다. 허구의 화자는 과거에 일어났던 사건들을 보고 형식
을 통해 사실적으로 충실하게 전달하기 위해 존재한다. 화자는 작품 사
건에 관여해 토를 달거나 해석하는 등의 주관적인 참여는 하지 않을뿐더
러 대부분 모습을 드러내지 않는다.

일반적으로 연대기의 주인공은 역사상 위대한 인물이다. 그런데 이 소
설의 주인공이 일개 여성이라는 점, 더욱이 다른 장르의 주인공으로서도
적합하지 않은 것으로 여겨졌던 직업여성이라는 인물 설정 자체가 연대
기 장르에 무리가 있다고 보였던 것이다.

그리고 106장으로 구성된 소설은 테레제가 열여섯 살이 되는 시점부

---

4) Chronik은 장르상으로는 '연대기'라고 번역되나, 이 소설은 한 여성의 삶을 그린 것으로서,
본고에서는 제목에 '일대기'라고 하였다.

터 시작하여 그녀의 어린 시절의 회고적 사건들과 그녀의 죽음으로 끝이 나는데, 테레제의 삶의 시간 속에서 그녀의 나이는 단지 네 번 언급되었을 뿐이다. 즉, 소설의 시작에 열여섯 살, 중간 부분에 스물여섯 살, 아들 프란츠가 병이 났을 때가 서른세 살, 그리고 마지막의 서른네 살이다. 구체적으로 알려진 역사상의 시대나 테레제의 나이마저 정확히 몇 년도에 몇 살이라는 시간적 배경도 알려져 있지 않고 다만 불특정한 시간과 시절, 봄 여름 가을 겨울이라는 계절의 경과만이 나타날 뿐이다.

이처럼 단순히 한 개인의 경험을 시간적인 순서로 나열한다고 해서 그것이 곧 연대기라고 불리기는 어렵다. 따라서 이 소설이 진정으로 연대기로서의 특징을 가지고 시간적 연속성이 이루어지고 있는지, 또는 '소설의 인위적인 실패'라고 해야 할 것인지 하는 규명의 문제가 제기되었다.[5] 이에 1980년대부터 새로 시작된 연구는 연대기의 보편적인 정의에 비추어볼 때 『테레제』가 모순적인 점이 없지 않으나 초기의 부정적 비평과는 달리, 작가는 적확한 의도를 가지고 연대기라는 부제를 달았으며 소설의 형식 또한 연대기로서 적합하다는 점을 밝히게 되었다.

이 소설이 전통적인 연대기와 구별되는 점으로는, 시간 묘사가 여주인공의 주관적인 시간 경험을 근거로 한다는 것이다. 즉, 이 소설은 외부에서 일어나는 일련의 사건들이 내용 전개의 중심이 되는 것이 아니라 여주인공의 순간적인 감정과 느낌들이 중심에 놓여 있다. 인물들 중에서 유일하게 내적 독백을 통하여 '나'라고 칭할 수 있는 테레제의 내적 세계의 서술에 관한 한 연대기의 정의대로 '직접성과 사실성'에 부합한다는 것이다.

작가는 호프만스탈에게 보낸 1925년 11월 16일자의 편지에, "정확하게는 연대기라고 불리어야 할 소설 Roman, der richtiger eine Chronik zu nennen sein wird"[6]이라고 하면서 작가가 연대기 양식을 소설에 어

---

5) Vgl. Wolfram Kiwit, Sehnsucht nach meinem Roman, *Arthur Schnitzler als Romancier*, Winkler, 1991.

떻게 적용하고 어떤 내용을 중심으로 서술하였는지 밝힌 바 있다. 작가가 일부러 결함처럼 보이게 만들어놓은 부분에 대해 호프만스탈은 1928년 첫 출판 당시에 미리 파악했으며, "둔한 독자들에게는 단조로운 모노톤으로 보일 수 있을 것 was dem stumpfen Leser monoton scheinen könnte"이라고 단언하면서, 작가가 "리듬의 역동성을 마술적 경지로 펼쳐놓은 rhythmische Kraft bis zum Zauberhaften zu entfalten" 작업을 완성했다는 찬탄을 아끼지 않았다.

이 소설의 연대기 구조는 광범위하게는 사회의 다각적인 면을 서술하게 하는 동시에, 개인적으로는 한 여인이 겪는 인간관계의 소외의 장을 보여주는, 이른바 인간 소외의 일대기로서 기능을 한다.

인간관계로부터 발생하는 소외의 양상은 대략 다섯 가지로 구분해볼 수 있다. 첫째, 그녀의 어린 시절에 가정의 해체 과정에서 드러나는 가족 구성원간의 소외와, 둘째, 아들과의 관계에서 오는 모자간의 소외, 셋째, 그녀의 연인과 그 밖의 남자관계에서 일어나는 남녀간의 소외, 넷째, 고용주와 고용인의 상하관계에서 비롯되는 소외, 다섯째, 동성간의 사이에서 발생하는 소외 등이다. 이와 같이 테레제의 삶이 인간 소외를 대표하는 가운데, 그녀와 관계된 많은 사람들은 죽은 자들로서 그녀의 인식 안으로 들어온다.(『테레제』, 285~286쪽)

그녀에게는 살아 있는 사람들조차 망자들이라고 할 정도로 극단적인 인간 소외로부터 그녀가 살아남는 해결책, 또는 유일한 존재 증명 방식으로 택한 것은 스스로가 이방인이 되는 것이었다. 또한 그녀는 계속 알지도 못하는 낯선 길을 동경한다. 자신의 이러한 성향으로 인해 테레제는 자신이 타향에 서 있으며 이 사회에는 안정된 곳이 없다는 인식으로 고통을 받지만, 동시에 어느 한 곳에도 완전히 발을 붙이지 못하게 된다. 이러한 삶은 34세의 그녀로 하여금 이미 자신이 늙어버렸음을 느끼게 한

<hr>

6) Hugo von Hofmannsthal/Arthur Schnitzler, Briefwechsel, Hrsg. von Therese Nickl und Heinrich Schnitzler, Frankfurt a. M., 1964, S. 303.

다.(『테레제』, 221쪽)

결국 테레제의 일생은 사회적으로나 개인적으로나 고난으로 점철된 불행한 삶이었다. 그렇다면 그녀가 자신의 일생에서 무엇을 얻었는가, 더 나아가 일개 여인의 일대기에서 작가는 무엇을 말하고자 했는가라는, 이 작품의 궁극적인 면을 생각해보지 않을 수 없다. 이에 대한 하나의 답으로서, 직업의 의미에 초점을 두어 생각해보기로 한다.

2-6. 테레제에게 있어서의 직업의 의미

앞서 언급했던 여성 폄하 이론에는 주부천직론이 함께 따랐다. 주부천직론이란, 여성이 천부적으로 부여받은 직업은 오로지 '주부, 어머니, 아내'로서, 신의 소명이라는 것이다. 그렇다면 테레제는 직업여성의 선두자로서,·여성의 천직을 거스르는 생활 방식을 택한 것이다.

보너G. Boner는 슈니츨러의 여성 인물과 직업활동과의 관계를 종합적으로 분석한 바 있다. 「동화 Das Märchen」(1894), 「약자 사냥 Freiwild」(1896), 「윤무」(1903), 「외로운 길 Der einsame Weg」(1908), 「막간극 Zwischenspiel」(1905), 「광활한 땅 Das weite Land」(1911), 『테레제』(1928) 등 직업여성이 나오는 작품을 대상으로 한 그의 연구에 의하면, 작중 인물의 행위와 존재의 일치가 점점 뚜렷해지는 것은 직업에 의한 결과라고 한다. 여성에게 있어서 직업은 남성과 동등한 입장에 설 수 있는 능력을 갖추도록 하는 것으로서, 이는 여성으로 하여금 더이상 관습적인 삶을 살지 않아도 되도록 하는 기반이 된다는 것이다. 직업과 인물의 상관관계가 발전하는 과정의 초기에서 보면, 직업은 인물의 인생에 그다지 큰 비중을 차지하지 않고 있으며, 물질적인 필요보다는 정신적인 욕구에 의한 것이었다. 직업은 점차 인간 존재를 담당할 정도로 중요성을 더해가면서 마침내 여주인공들에게서 직업 Beruf과 소명 Berufung이 일치를 이루는 것으로 나타나는데, 바로 테레제 인물에 와서 그 정점을 이루게 된다고 한다.

테레제의 경우는 직업을 통해 자신을 구축해나가는 동시에 직업생활이 그녀의 자아를 거스른다는 점에서 직업의 양면성을 보여준다. 테레제가 한가한 이유로 직업을 택한 것이 아닌 만큼 '생계를 위한' 절박한 직업은 그녀를 구속하게 되며, 비인간적인 직업 윤리는 그녀로 하여금 자아 상실과 자아 부정을 요구한다. 테레제의 빈번한 사직 이유는 바로 직업의 양면성이 야기하는 갈등에서 비롯된다.

그러나 테레제의 직업의식은 이 양면성으로 인해 오히려 두드러진다. 즉, 그녀는 불리한 직업적 조건하에 차별대우의 오욕을 자주 당함에도 불구하고 직업을 포기하지 않고 교사로서의 능력을 발전시키기 위해 부단히 노력함으로써 철저한 직업정신을 보여준다. 더욱이 그녀는 직업에서 성취감을 얻는 데 도달한다.(『테레제』, 228쪽) 그녀의 직업정신은 직업과 결혼에서 택일을 해야 하는 시점에서 결정적으로 표출된다. 안정된 생활을 보장할 결혼의 기회가 생겼을 때, 결혼을 앞에 두고 기쁨보다 두려운 감정이 앞서 망설이는 대목에서(『테레제』, 267쪽) 그녀가 생활의 안정보다는 자립을 중요하게 생각해왔다는 것을 알 수 있다. 그녀의 자립심은 직업을 통해 자신의 삶을 책임져왔다는 것에 대해 자부심을 가지고 있으며, 절대로 직업생활을 그만둘 생각이 없다고 확언하는 데서 뚜렷하게 부각된다.

> 그녀는 반대했다. 그(＝볼샤인)가 그녀의 생활이 좀 나이지도록 다달이 얼마간의 연금을 주셨나.고 하자, 그녀는 그 제의를 무조건 들으려 하지 않았다. 그녀는 자기에게 괜찮은 수입이 있으며, 일생 동안 직업을 가지고 자신은 물론 꽤 오랫동안 아들까지도 충분히 기를 수 있었다는 것이 그녀의 자부심, 그녀의 유일한 자부심이라고 대꾸했다.(『테레제』, 261쪽)

이 작품에서는 여주인공의 입을 통해 직업을 갖고 생계를 유지할 수 있었다는 것이 자기 생의 '유일한 자부심'이라고까지 할 정도로 직업의 의미가 강조되었으며, 직업생활과 인간으로서의 자존심이 동일선상에 놓였음을 볼 수 있다.

또 한편 여기에서는 직업과 결혼이 아주 긴밀하게 결부되어 있음을 알 수 있다. 그것은 서구 근대사회에서 여성의 직업을 주부라고 규정한 바와 같이, 결혼해서 주부가 된다는 것이 여성의 인생을 좌우하는 아주 중요한 과제인 동시에, 미혼녀는 사회에서 존재의 의미를 상실한 것이었기 때문이다.

슈니츨러는 결혼과 관련하여 여성 인물들의 신분 유형을 다음과 같이 묘사했다. '좋은 집안 출신의 조신한 처녀Das brave Mädchen aus gutem Hause' '나이가 든 처녀Das alternde Fräulein' '주부와 어머니'라는 유형인데, 이를 구분하는 기준이 바로 결혼이라는 척도이다. 결혼을 통해서만이 여성의 위치가 정해지고 삶의 행복을 발견할 수 있던 시대에 있어서는, 그러나 주부와 어머니의 역할에 따르는 부정적인 면, 즉 여성들의 노예적 상황을 은폐해야 하는 일이 필연적이었다. 이 불가피성으로 인해 가정적인 여성을 전통적인 여성의 모범상으로 미화시키고 이상화하는 작업을 하게 되었다. 여기에서 도출된 잘못된 고정관념은 여성으로 하여금 가정 내에서의 하인이 되었다 할지라도 그것을 무리 없이 받아들일 수 있도록, 더 나아가 하인 상태를 추구할 만한 가치가 있는 것으로조차 인식하도록 만들었다. 그러나 테레제는 결혼을 다음과 같이 생각한다.

아그네스와 그녀와는 실로 별차이가 없었다. 그녀(=테레제)도 자기를 볼샤인 씨에게 마침내 팔아버리지 않았었던가?(『테레제』, 297쪽)

그녀의 시대에 결혼하여 주부가 된다는 것은 자기 부정과 자아 상실을 의미한다는 것을 분명히 인식하고 있는 테레제는 결혼을 '자기를 파는 행위'라고까지 생각한다. 그녀는 결혼은 자신이 받을 임금을 이상한 방식으로 왜곡시키는 경제적 차원을 넘어서지 않는다고 판단하면서, 이와 비교할 때 매춘은 오직 경제적 이유에서 행해지는 것으로서, 그녀에게는 오히려 그 가식 없는 개방성이 차라리 더 순수하게 여겨지는 것이다.[7]

이러한 테레제의 인식, 즉 결혼의 이면을 적나라하게 파헤쳐 보이는 것은 오늘날의 독자가 볼 때도 충격적이기까지 하다. 그러나 인간의 자립 문제와 경제적 능력의 관계를 진지하게 고려해볼 때, 슈니츨러가 그 시대의 여성에 대한 물질적 착취와 심리적인 착취는 함께 행해지는 것이며, 여성이 자각하는 것을 방해하는 것은 시민계급의 가족 이데올로기의 임무 때문이라고 한 것은 참으로 적절한 지적이라 하겠다. 더 나아가 그는 당시 여성의 존재를 표현하면서, '주부와 어머니'라는 시민사회 여성성의 이상은 도구화된 존재일 뿐으로, 기실 임신 기계와 여자 하인이라는 것을 실제에 가까운 희화로써 작품을 통해 드러냈던 것이다. 이때 슈니츨러는 테레제의 고통과 파멸 그리고 자기 파괴의 상관관계를 드러내면서, 그 속에 부분적으로 여성해방이 연루된 과정을 보여준다. 그는 남성사회에서 행해진 주부와 어머니라고 하는 여성에 대한 도식화를 극복하는 방법은 오직, 경직된 역할 고정 Rollenkonformität을 단계적으로 하나씩 해체함으로써만 이루어질 수 있다고 보았다.

이에 '직업여성 Frau in Stellung'이라는 명명이 이미 전락의 의미를 내포하던 시대의 여자 가정교사 테레제는 사회에 만연된, 남녀에게 차별적인 도덕과 관습의 이중적 구조를 통찰하며, 그것에 속박당하지 않으려고 한다. 그녀는 경제적으로 독립하면서, 사회적으로 규정된 여성의 역할에 점점 더 냉담해지간 것이다. 다시 말해 그녀에게 있어 여성해방이라는 것은, 사회에 의해서 강요되었고 부분적으로는 여성 스스로에 의해 받아들여진 역할 강요에 대한 통찰과 그 극복을 위한 실천이었기 때문이다.

---

7) Vgl. Elsbeth Dangel, Vergeblichkeit und Zweideutigkeit, in : Hartmut Scheible(Hg.), *Arthur Schnitzler in neuer Sicht*, München, 1981, S. 172f.

3. 맺는 말—여성 권리의 개척자, 슈니츨러

슈니츨러는 이 소설을 쓰면서, "요즘 '사회적' 어려움이 내 관심을 끈다Die 'soziale' Not interessiert mich jetzt daran"고 1924년 9월 19일자 일기에 기록했다. 상류 시민계급 출신의 부르주아로서 시민계급을 대변하는 작가로 통할 정도로 그의 작품에 등장하는 대부분의 인물들은 상류계층이며, 고용인들은 주변 인물로 등장하는 정도였다. 이러한 작가의 부르주아 계급성에도 불구하고 호프만스탈이 1928년 7월 10일에 작가에게 보낸 한 편지에서 『테레제』에 대해, "이 소재는 이미 오직 당신만의 것입니다Schon der Stoff gehört ganz nur Ihnen"라고 할 정도로, 주인공을 소시민층 여성으로 설정하고 인물 대상을 하층계급에 맞춤으로써 슈니츨러의 문학세계에 획을 긋게 되었다.

현대의 연구에서 슈니츨러를 보는 새로운 시각은 그를 '여성 권리의 개척자Pionier des Frauenrechtes'라고 일컫는다. 물론 그에 대해서 처음부터 이런 평가를 하게 된 것은 아니었으며 오히려 그의 여성 인물에 대한 많은 오해가 있었다. 이에 뫼어만Renate Möhrmann은 그의 작품에서 나타난 여성 인물들을 '귀여운 처녀Süsse-Mädel' 유형으로 축소, 폄하시키면서 전형적인 여성성의 표본을 만들어냈다고 주장하는 비평가들의 그릇된 평가를 지적하면서, '여성들의 변호인Anwalt der Frauen'으로서의 작가 슈니츨러를 부각시켰다.

한편 '귀여운 처녀' 유형의 인물에 대해서 얀츠Rolf-Peter Janz 또한 1977년 연구에서 슈니츨러가 당시 사회를 지배하고 있는 이중적 성도덕을 뛰어넘는 곳에 여성해방의 순간이 놓여 있다는 점을 밝혔다. '귀여운 처녀' 인물은 '정숙한 여자'들에게서는 결코 일어날 수 없는 일을 행하기 때문이다. 즉, 그녀는 남자를 대담하게 똑바로 쳐다보며, 스스로 선택한다. 그것이 좋은 기회인지 아닌지 객관적으로 고려하면서 이때도 완전히 자신의 감정을 억누를 필요는—정숙한 숙녀들의 도덕이었던 것처럼—없다. 그녀는 강요된 충동의 억제에 반항하고 사랑관계를 자신의 취향에 따라 스스로 만든다.

구트Barbara Gutt의 연구에 따르면, 슈니츨러의 여성 유형은 "주인공답지 않은 반전형적 인물들unheroische Antiheldin"로서 객관성과 감성이 혼합된 여성, 즉 자신이 판단해야 할 것을 더이상 남성에게 맡기지 않고 스스로 보고 원하는 바를 시도하는 여성들로서, 남성 사고방식으로부터 분리된 여성의 생각과 감정이 직접 자신의 언어로 나타나기에 이른다고 한다.

이러한 여성 인물들은 작가가 여성을 바라봄에 있어서 남성 중심적인 관점으로 판단하지 않고, 여성을 인간으로서 보는 공정한 시각과 개방적인 사고를 가지고 작품에 형상화했음을 말해준다. 여성을 '인간'으로 본다는 것이 그리 간단한 이야기가 아니라는 것은 문학에 나타난 여러 여성 인물들을 보면 쉽게 알 수 있다. 여성 인물들은 대체로 남성 중심적인 시각에서 편의적, 자의적으로 표현되어왔으며 결코 작품 속에서 중심적인 인물이 되지 못했던 것이다. 문학의 위대한 인물은 거의 대부분 남성이며, 인간의 발전 과정을 그리는 교양 소설의 주인공도 여성의 발전 과정을 다룬 것이 아닌 것처럼, 연대기와 같은 거대한 스케일 또한 여성이 주인공이 아니었음은 앞에서 살펴본 바와 같다.

슈니츨러는 점차적으로 자신의 여성 인물들을 '인간'으로 발전시켜나오는 한편, 두 편의 소설을 씀으로써 작가 개인으로서는 그 동안 자신에게 주어졌던 평가, 즉 세기말 시민계급을 대변하는 작가이기는 하지만 사회 문제에는 별로 관심이 없는 작가라든가 또는 가벼운 필치로 여성의 개인적 심리를 탁월하게 묘사하는 작가라고 하는, 그의 드라마 세계와 단편들의 성공에서 얻은 일반적인 평가를 뒤집는 결과를 가지고 왔다. 이는 '슈니츨러 르네상스'라고 일컬어졌으며, 소설 작가로서의 또하나의 성취를 보여주는 『테레제』를 통하여 사회의 전통적인 인습 속에 잠복되어 있는 여성 문제를 사실적으로 드러냄으로써 20세기 후반의 문학사회학적 연구에서 많은 관심을 끌고 있다.

이 논문에서 우리나라에 아직 알려지지 않은 소설 『테레제』를 살펴봄으로써, 여성에게 공평한 한 남성 작가의 시각과 작가정신을 조명해보고자 했다. 슈니츨러는 근 40년간 꾸준히 일기를 쓰면서 자신에 대한 성찰을 해온 작가로서, 작가의 인간에 대한 인식은 하루아침에 생겨난 것이 아니라 그의 일생을 통해 이루어졌으며 작가로서의 부단한 창작 과정을 통해 발현된 것임을 보게 된다. 그는 자기 스스로 '깨어 있는 자'로서 끊임없는 각성으로 구태의연함에 빠지지 않고 노년에 이르러서도 오늘날에나 되어서야 높이 평가하게 되는 진보적인 작품을 남겼다. 작가의 이러한 진지한 성찰의 자세는 현재의 우리로 하여금, 우리 역시 굳어진 사고방식의 잣대로 많은 것을 재면서, 그 편협한 척도로 인해 또다시 고통받을 상대를 ― 그가 여성이든 남성이든 ― 그것이 지금의 '관행'이라고 하면서, 편리하게 무시해버리지 않는가 하는 반성을 하게 한다.

참고문헌

Arthur Schnitzler, *Therese. Chronik eines Frauenlebens*, Frankfurt a. M., 1928.

Georette Boner, *Arthur Schnitzlers Frauengestalten*, Zürich, 1930.

Amy Colin, Time, Death and Secrets in Arthur Schnitzler's Therese. Chronik eines Frauenlebens. In : *Modern Austrian Literatur*, Volume 25, No.3/4, New York, 1992.

Elsbeth Dangel, *Wiederholung als Schicksal. Arthur Schnitzlers Roman 'Therese. Chronik eines Frauenlebens'*, München, 1985.

Elsbeth Dangel, Vergeblichkeit und Zweideutigkeit. In : Hartmut Scheibe(Hg.), *Arthur Schnitzler in neuer Sicht*, München, 1981.

Alfred Doppler, Der Wandel der Darstellungsperspektive in den Dichtungen Arthur Schnitzler. Mann und Frau als sozialpsychologisches Problem. In : *Akten des Internationalen Symposiums 'Arthur Schnitzler und seine Zeit'*, Jahrbuch für Internationale Germanistik Reihe A : Kongressberichte, Bd. 13, Bern, 1985.

Konstanz Fliedl, *Arthur Schnitzler. Poetik der Erinnerung*, Wien, 1997.

Barbara Gutt, *Emanzipation bei Arthur Schnitzler*, Berlin, 1978.

Günter Häntzschel(Hg.), Geschlechterdifferenz und Dichtung. Lyrik-vermittlung im ausgehenden 19. Jahrhundert, In : York-Gorthart Mix(Hg.), *Hansers Sozialgeschichte der deutschen Literatur vom 16. Jahrhundert bis Gegenwart*, Bd. 7, München, 2000.

Hugo von Hofmannstahl / Arthur Schnitzler, *Briefwechsel*, Therese Nickl u. Heinrich Schnitzler(Hg.), Frankfurt a. M., 1964.

Rolf-Peter Janz / Klaus Laermann, *Arthur Schnitzler : Zur Diagnose des Wiener Bürgertums im Fin de siecle*, Stuttgart, 1977.

Wolfram Kiwit, Sehnsucht nach meinem Roman, *Arthur Schnitzler als Romancier*, Bochum, 1991.

Maya Kündig, *Arthur Schnitzlers 'Therese', Erzähltheoretische Analyse und*

Interpretation, Rolf Tatot (Hg.), Bern, 1991.

Renate Möhrmann, Schnitzlers Frauen und Mädchen. Zwischen Sachlichkeit und Sentiment. In : *Diskussion Deutsch 13. Jahrgang*, 1982.

Heidy Margarit Müller, *Töchter und Mütter in deutschsprachiger Erzählprosa von 1885 bis 1935*, München, 1991.

Susanne Polsterer, *Die Darstellung der Frau in A. Schnitzlers Dramen*. Diss. Masch., Wien 1949.

Hartmut Scheibe (Hg.), Arthur Schnitzler in neuer Sicht, München, 1981.

Jörg Scheuzger, *Tagebuch 1927~1930*, Wien 1997.

Ulrich Weinzierl, *Arthur Schnitzler. Liebe Träumen Sterben*, Frankfurt a. M., 1998.

Gotthart Wunberg (Hg.), *Die Wiener Moderne. Literatur, Kunst und Musik zwischen 1890 und 1910*, Stuttgart, 1992.

아르투어 슈니츨러 연보

1862년 오스트리아 빈에서 출생. 아버지 요한 슈니츨러 박사는 의과대학 교수.

1879년 빈 대학에서 의학 공부, 1885년에 의학 박사 학위 취득.

1880년 『무희의 연가』 정기 간행물에 최초로 출간. 1886년부터 정기적으로 여러 잡지에 작품 기고.

1887년 부친이 창간한 『국제 임상지』 편집자로 일함.

1890년 호프만스탈, 펠릭스 잘텐, 리하르트 베어 호프만, 헤르만 바아와 교류.

1893년 부친 사망. 개인 의원을 시작. 「동화」 초연.

1899년 바우어른펠트 문학상 수상.

1901년 「구스틀 중위」(1901)가 물의를 빚어 황실 방위사령부에서 장교직 박탈.

1903년 아들 하인리히(1902년 출생)의 어머니인 올가 구스만과 결혼.

1908년 희극 「막간극」으로 그릴파르처 상 수상.

1909년 빈 독일 국민극장에서 '슈니츨러의 해' 행사 주최. 딸 릴리 출생.

1912년 50회 생일 기념 행사로 26편의 작품이 독일어권 극장에서 공연됨.

1914년 라이문트 문학상 수상.

1921년 이혼. 무성 영화 「아나톨 사건」 첫 상영. 「윤무」 공연의 재판 무죄 판결.

1922년 지크문트 프로이트와의 친분 시작. 60회 생일 기념으로 피셔 출판사에서 그의 산문을 4집으로 묶어 출간.

1926년 『꿈의 노벨레』 출판.

1927년 딸 릴리, 이탈리아 장교와 결혼. 이듬해 딸 자살.

1928년 소설 『테레제, 한 여인의 일대기』 초판.

1931년 「어둠 속으로의 도피」 발표. 발성 영화 「새벽의 여명」이 미국에서 제작, 첫 상영. 10월 21일에 뇌출혈로 사망.

생물학적 모성에서
사회적 모성으로

—브레히트 드라마 속의 어머니상

윤시향 이화여대 독문과와 동대학원을 졸업하고 독일 쾰른 대학에서 수학했으며 베를린 자유대학 객원교수를 역임했다. 현재 원광대 교수로 재직중이다. 한국 브레히트 학회 회장직을 맡고 있으며 연극평론가로도 활동중이다. 저서 『15인의 거장들』(공저), 역서 『햄릿머신』 『어두운 밤 나는 적막한 집을 나섰다』 외에 브레히트에 관한 다수의 논문이 있다.

1. 들어가는 말

베르톨트 브레히트Bertolt Brecht(1898~1956)의 작품에서 여성은 중요한 역할을 담당하고 있다. 이것은 그의 주요 작품들이 여성의 이름 내지 특성을 제목으로 삼고 있다는 외형적인 점에서부터 두드러진다. 「도살장의 성 요한나」에서 구세군 소녀가 처음 주인공으로 등장한 이래 그의 작품에는 일련의 여성상들이 등장한다. 즉 「어머니」의 블라소바, 「카라 부인의 총」의 카라 부인, 「사천의 선인」의 셴테, 「억척어멈과 그 자식들」에서의 억척어멈과 딸 카트린, 「시몬 마샤르의 환상」의 시몬과 「코카서스의 백묵원」의 하녀 그루셰 등이다.

힝크Walter Hinck는 브레히트가 그의 작품 동기를 이루는 본보기 인

---

* 이 논문은 윤시향, 「브레히트 드라마에 나타난 여성상」, 『독일문학』, 1994, 183~222쪽에서 일부를 발췌, 수정한 것임.

물상을 여성상 속에서 구현한다고 지적한다.[1] 브레히트 후기 드라마의 인간상 가운데에서 여성의 중요성은 — 친구이자 수차에 걸친 공동작업자인 리온 포이히트방거 Lion Feuchtwanger에게 그 자신이 말했듯이 — 그가 자신의 드라마 중에서 그때그때마다 여성상이 집약된 작품들인 「도살장의 성 요한나」 「사천의 선인」 「코카서스의 백묵원」을 가장 애호했다는 사실로도 알 수 있다.

특히 어머니상은 브레히트 드라마에 등장하는 여성상들 가운데서도 가장 주도적인 인물상을 보여주며 모성(母性)은 그의 드라마에서 가장 중요한 모티프 중 하나로 설정되어 있다.

흔히 모성을 근원적인 본능으로 간주한다. 그러나 모성 개념은 단순히 임신, 출산, 수유 같은 생물학적 요소뿐만 아니라 양육 및 이데올로기라는 사회적 요소까지 포함하는 복합적인 개념이다. 모성의 역사를 보면 중세까지도 동서양을 막론하고 '신생아 살해'는 인구를 조절하는 합법적 수단이었으며, 중세 귀족계급 여성들은 자녀를 낳으면 자신이 키우지 않고 유모에게 보내서 키웠다. 그렇다면 훌륭한 어머니에 대한 이상은 대부분 각 시대나 사회에 고유한 신화에 따라 재창조되었다고 볼 수 있다.

브레히트는 모성을 단순히 임신, 출산 같은 생물학적 요소로서가 아니라 양육과 타인을 돌보는 사회적 행위로 규정한다. 이 논문에서는 관습적인 모성 개념과 다른 브레히트의 모성관(觀)이 그의 작품 속에 어떻게 구현되어 있는지 살펴보려 한다.

---

1) Walter Hinck, Bertolt Brecht, in : *Deutsche Literatur im 20. Jahrhundert*, Bd. II : Gestalten, Bern 1967, S. 378 참조.

2. 모성의 유형들

2-1. 부정적 어머니―억척어멈

브레히트의 가장 유명한 작품 중 하나인 「억척어멈과 그 자식들」(1939,
이하 「억척어멈」으로 표기)이 계속 관심을 끄는 데는 주인공인 안나 피얼
링의 성격이 큰 몫을 하고 있다. 그녀는 극중에서 억척어멈이라 불린다.
'억척어멈'이라는 이름은 독일 문학사상 그리멜스하우젠Grimmels-
hausen의 「부랑녀 쿠라셰」에서 따온 것이지만 두 인물 사이에는 공통점
보다 차이점이 더 많다. 덴마크에서 씌어진 「억척어멈」은 30년 종교 전쟁
이 배경으로 되어 있지만 브레히트가 망명생활을 하고 있던 당시의 시대
사적인 암시가 포함되어 있다. 이 드라마는 1949년 헬레네 바이겔
Helene Weigel이 주연한 공연이 '억척어멈 모형'으로 정립되면서 연극
사에 남게 되었다.

억척어멈에 대한 평가는 이제까지 그녀의 모순적 본질에 대해 논의되
어왔다. 억척어멈은 포장마차를 끌고 전장을 따라다니며 장사를 해서 생
계를 이어간다. 그녀는 "치즈 대신 총알을 쓸 뿐인" 전쟁의 상업성을 간
파하고 전쟁이라는 거대한 사업에서 이익을 추구하려는 여성이다. 그러
면서도 자신과 자식들은 전쟁에 휘말려들지 않고 무사하기를 바란다.

그러나 "용감한" 큰아들 아일리프Eilif는 억척어멈이 상사와 흥정을
벌이는 동안 모병관에게 넘어가 병사가 된다. 그는 전투 중에는 약탈 행
위로 영웅적 행동을 포상받지만 잠정적인 평화시에 같은 행위로 처형된
다. "성실한" 둘째 아들 슈바이처카스Schweizerkas는 연대의 금고를 보
관하려다가 적에게 체포된다. 억척어멈이 포장마차를 팔거나 저당잡혀
서 아들을 구할 수 있었지만 석방을 위한 뇌물 액수 문제로 너무 오래 흥
정하다가 역시 처형당한다. "동정심이 많은" 벙어리 딸 카트린Kattrin은
억척어멈이 시내로 장사하러 간 사이 위험에 빠진 할레 시민들을 구하려
다가 죽는다. 이처럼 억척어멈이 지키려던 자식들은 결국 그녀의 상행위

의 희생물이 되고 만다. 그러나 자식들을 모두 잃고 완전히 몰락한 억척
어멈은 거지꼴이 되어 다시 포장마차를 끌고 전장을 찾아 떠난다.

이처럼 복합적이고 모순에 찬 인물인 억척어멈은 때로는 브레히트의
의도와는 달리 다양한 해석의 가능성을 보여주었다. 자식들을 전쟁으로
인해 모두 잃어버리는 비극적인 어머니라는 의미에서 '니오베 비극'이
라고 일컬어지기도 하고, 전쟁에서 이익을 얻으려는 "전장의 하이에나"
(GW. 4, 1414)[2]라고 지칭되기도 한다. 그녀는 이동 주보 상인으로서 전
쟁에서 이득을 얻기 위해 전쟁을 긍정하고 심지어는 평화보다 전쟁을 원
하기까지 한다. 그런 의미에서 억척어멈은 "자본주의와 그 존재 법칙"[3]을
구현하는 인물이다. 그러나 또 한편으로는 어머니로서 자신과 자식들이
전쟁에서 안전하기를 원한다. 따라서 "상인으로서의 어머니"인 억척어멈
은 "살아 있는 거대한 모순"(GW. 16, 896)이다.

그러나 페미니즘적 시각에서 볼 때 억척어멈은 약간 다른 모습을 그려
낸다. 우선 그녀가 자식들을 양육하려고 이동 주보상의 직업을 선택한
사실은 명백하다. 그러나 그녀가 이 직업을 선택한 것은 자식들 때문만
이 아니라 자주적인 삶을 영위하기 위해서이기도 하다. '대항복의 노래'
에서 강조되듯이 억척어멈은 어머니로서는 자신의 자유로운 생활을 포
기하고 사회에 적응해야 한다. 그것은 그녀가 종군 주보 상인이라는 직
업을 택함으로써 어느 정도 독립성을 보장받게 된다. 중세 이래로 법이
시민적 권리 능력을 인정한 것은 오로지 이 신분뿐이었으며, 통상 남자
들이 소유한 권리를 부여받았다.[4]

안나 피얼링은 '억척어멈'으로 통칭되는데, 이 호칭은 이 여인이 가정

---

2) Bertolt Brecht, *Gesammelte Werke in 20 Bd.*, Frankfurt a. M., 1977, Bd. 4, S. 1414(이하 위
와 같이 본문 중에 약술함).

3) Helmut Jendreiek, *Bertolt Brecht. Drama der Veraenderung*, Duesseldorf, 1980, S. 172.

4) Simone de Beauvoir, *Das andere Geschlecht. Sitte und Sexus der Frau*, Reinbek bei
Hamburg, 1968, S. 148 ; in : Gisela F. Ritchie, *Der Dichter und die Frau*, Bonn, 1989, S. 267
에서 재인용.

과 부엌에 얽매인 전통적 의미에서의 어머니만이 아니라는 것을 의미한다. 사실 그녀는 빵에 곰팡이가 슬어 팔지 못할까 봐 총알이 쏟아지는 전쟁터도 두려워하지 않았기 때문에 이 별명을 얻은 것이다.

억척어멈은 몇 가지 특성을 보이는데 우선 군 당국을 두려워하지 않고 재치 있고 기지에 찬 말재간을 지니고 있다는 점이다. 모병관이 표현하듯 억척어멈에게는 "반항적 기질"(GW. 4, 1352)이 박혀 있다. 그녀는 말뿐이 아니라 실제 행동으로도 대담성을 보여준다. 한 병사가 술을 훔쳐마시고 게다가 가져가려고까지 하자 그녀는 그가 약탈한 모피 외투를 빼앗는다. 군목은 그녀의 장사 수완에 감탄하며 왜 사람들이 그녀를 억척어멈이라 부르는지 이해하게 된다(6장). 그녀의 언어는 민중적 어투를 통해 생명력을 지니며 특별한 교육을 받지 않았지만 다음과 같은 그녀의 말은 가난한 자들의 삶을 꿰뚫어보고 있다.

가난한 사람들은 용기가 필요하다구요. 왜냐구요? 그들은 희망이 없거든요. 아침에 일찍 일어나는 것만 해도 벌써 그들 처지로서는 쉬운 게 아니라구요. 그들이 밭갈이를 하는 것도 그래요. 게다가 전쟁 중에 말예요. 그것도 일종의 용기지요. 그들이 아이를 낳는 일만 해도 용기가 필요한 거구요.(GW. 4, 1404)

오랜 선시의 인생 경험은 그녀를 냉소적이고 실용적으로 만들었다. 브레히트 단편 속의 코이너 Keuner 씨처럼 억척어멈도 폭력보다 더 오래 살아남기를 바라며 묵묵히 참고 견디는 것을, 그리고 사람은 '누울 자리를 보고 발을 뻗어야 한다' 는 세상 이치를 배웠다. 억척어멈의 위트, 사람 감별력은 그녀의 걸쭉하고 능청맞은 언변과 함께 그녀가 때때로 귀찮게 구는 남자들에게 대항하는 무기로 사용하는 언어 유희 속에서 드러난다. 그녀의 이런 유창한 언변은 벙어리 딸과 대조되어 더욱 두드러지게 나타난다. 그러나 억척어멈의 통찰력 있는 말들이나 전쟁의 본질과 역사에 대한 민중적 시각은 그에 합당한 행동이 뒤따르지 않음으로써 일종의 다변에 그치고 만다.

비록 억척어멈이 장삿속을 차리다가 자식들을 모두 잃게 되지만 그녀의 자식에 대한 사랑이 반드시 작다고만 말할 수는 없다. 이 사랑은 그녀가 자신의 앞길에 방해되는 벙어리 딸을 떼어버리지 않는 7장에서 뚜렷하게 드러난다. 또한 아들 슈바이처카스가 죽은 후 그녀는 밤새 꼼짝도 않고 말없이 앉아 있었다. 따라서 억척어멈의 태도는 전쟁 상황이 규정하는 것이며, 이것이 바로 억척어멈이 자식들의 죽음에 책임이 있다는 인상을 주는 전쟁의 아이러니이다. 또한 카트린이 죽은 후, 억척어멈이 혼자 마차를 끌면서 다시 장사를 해야겠다고 다짐하는 마지막 장면도 단순히 장사 욕심 때문이라고만 볼 수는 없다. 카트린은 죽었지만 아들이 죽은 것을 모르는 억척어멈은 아들 아일리프를 다시 만날 수 있으리라는 희망에 차 있기 때문이다. 그런 의미에서 브레히트는 의도적으로 그녀가 가장 사랑하는 아일리프의 죽음을 모르도록 했던 것이다.

물론 그녀는 자신의 고통과 불행이 바로 전쟁을 통해 이득을 보려고 전쟁에 동참한 행위로 인해 야기된다는 사실을 끝내 깨닫지 못한다는 점에서 부정적인 인물이다. 확인된 바처럼 억척어멈은 "복합적 인물"이다. 이 복합성이야말로 거부와 연민이라는 상이한 판결이 이 여인에게 떨어지게 되는 이유가 되겠다.

2-2. 억척어멈의 대조 인물—카트린

이제까지 「억척어멈」에 대한 인물 연구는 거의 억척어멈에만 제한되어 있었고, 딸인 카트린에게는 그다지 관심을 기울이지 않았다. 그러나 상세히 살펴보면 벙어리 카트린은 지배적인 영향을 미치는 어머니의 '대조 인물'이라는 것을 알 수 있다. 카트린은 오랫동안 어머니의 그늘에 가려 있지만 드라마가 진행될수록 점차 중요한 위치를 주장하기 시작한다.

치여 죽은 고슴도치까지 불쌍히 여겨 숨겨놓기도 하고, 어린아이라면 좋아서 어쩔 줄 모르는 카트린은 모든 창조물에 대해 동정심을 지니고 있다. 그녀는 부상자를 응급치료할 붕대 대신 필요한 장교의 내의를 억척어멈이 끝내 버티며 내놓지 않자 목판을 들고 위협하기도 하고, 갓난 애를 구조하기 위해 무너지려는 집 안으로 들어가기도 한다. 마침내 11장에서 이웃 할레 시의 어린이들이 위험에 처하게 되었다는 말을 듣자 그녀는 농가의 축사 지붕 위로 올라가 북을 울려 사람들을 깨우려 한다. 다른 사람을 위한 카트린의 이러한 행동은 자신과 가족만을 생각하는 자기 어머니에 대한 저항이다.[5]

전쟁 상황뿐 아니라 억척어멈의 강한 성격도 그녀에게는 저항하고 마침내 극복해야 할 억압이다. 억척어멈은 벙어리 딸을 보호한다는 구실 아래 딸에게 병사들과 사랑에 빠지지 말고 평화가 올 때까지 기다리라고 늘 경고하며 성적(性的)으로 좌절시킨다. 그러면서도 그녀는 돈벌이에 지장이 있을까 봐 평화가 오기를 원치 않는다. 또한 억척어멈은 카트린을 시내로 보내 물건을 사오도록 한다. 돌아오는 길에 폭행을 당한 그녀는 얼굴의 흉터로 인해 이제 정상적으로 결혼하여 아이를 가질 희망이 사라진다. 이처럼 카트린은 전쟁의 희생물이 되기 훨씬 전에 이미 자기 어머니 사업의 희생물이 된 것이다.

억척어멈의 복합적 인물상에 비해 카트린은 고통받는 창조물에 대한 동정심, 가족이 아닌 타인에게까지 미치는 사랑과 염려, 그들을 돕고자 하는 소망, 이 소원을 행동으로 옮기려는 철저함 등으로 그 인물상이 훨씬 단순하게 제시되어 있다. 자기 이익의 확보를 위해서는 세 자식들이 생명의 위협을 느낄 때도 철저하게 상업적 계산을 하는 억척어멈에 반해 "가장 무력한 자"인 벙어리 딸은 가장 강력한 기존 질서인 전쟁에 대해 구체적인 행동으로 반항하고 그 대가로 자신의 목숨을 바친다. 그녀는

---

5) Gisela F. Ritchie, 앞의 책, 259쪽 참조.

할레 시의 어린이를 구출한다는 '사회적 행동' 을 통해 자기 자신을 찾으며 모성을 획득한다.

벙어리 카트린은 죽는 순간에 자신의 정체성을 찾았다. 할레 시의 어린이들을 구출하면서 그녀는 '어머니' 가 된 것이다. 그녀는 그들에게 사회적 행위를 통해서 생명을 준 것이다.[6]

그러나 브레히트는 이와 같은 카트린의 행동이 순간적인 동정심이나 동물적인 충동에서 유발된 것으로 보일까 염려했다. 그래서 카트린이 동물적인 본능에 의존하는 둔감한 인물로 나타나는 것을 경고하며 "벙어리 카트린을 처음부터 이지적으로 제시하는 것이 필요하다"고 강조한다. 그녀의 행위는 신중한 사려에서 나온 것이며, 보다 높은 사회적 의무에 대한 책임감이 작용한 것이다. 또한 브레히트는 카트린의 이러한 행동이 영웅적인 허상으로 해석될 것 역시 우려하여 이 장면에서 그녀가 두 가지 불안, 즉 할레 시에 대한 불안과 자기 자신에 대한 불안으로 떨고 있음을 지적하고 있다.[7]

이와 비슷하게 후의 「코카서스의 백묵원」에서도 브레히트는 그루셰가 너무 착하게 보일 것을 염려하여 그녀가 버려진 아이를 두고 데려가기 전에 망설이는 심정을 몇 번이나 강조한 바 있다. 그루셰나 「어머니」의 블라소바처럼 카트린은 생물학적이 아닌 다른 사람들의 "진정한" 어머니가 되는 반면, 억척어멈은 다른 사람들의 희생으로 자기 자식들을 구하려는 "잘못된" 어머니로 머문다.

---

6) J. Knopf, *Brecht-Handbuch. Theater*, Stuttgart, 1980, S. 188.

7) K-D Mueller, *Brechts 'Mutter Courage und ihre Kinder'*, Suhrkamp Taschenbuch Materialien, Frankfurt a. M., 1982, S. 163.

2-3. 불간섭주의에서 참여하는 어머니로 — 카라 부인

스페인 내전 발발 첫해인 1937년, 브레히트는 「카라 부인의 총」이라는 짧은 단막극을 썼는데, 이 소품은 파시즘에 대항하는 스페인 민중의 투쟁을 지지하기 위한 것이었다.

이 작품의 본보기는 존 밀링턴 싱 John Millington Synge의 유명한 단막극 「바다로 가는 기사들 Riders to the Sea」(1904)이었다. 아일랜드 서부의 한 섬이 배경인 이 작품에서 늙은 모리아는 바다에서 남편과 아들을 잃는다. 바다로 나가지 말라고 한사코 말렸던 막내아들마저 잃고 난 후 그녀는 비탄 속에 기도를 드리며 체념한다. 이 작품에서는 회피할 수 없는 운명에 대한 주인공의 체념이 비극의 위대성을 본보기로 삼아 민중적이고 의고전적인 문체로 그려진다. 브레히트는 운명에 순응할 수밖에 없는 이 여인에 대한 반대 구상으로 「카라 부인의 총」을 썼던 것이다.

싱 단막극의 여인이 기독교적으로 체념하는 것과 비교해볼 때 브레히트의 여주인공에게서는 강인함, 자주적인 사고와 행동, 관습의 거부 등이 눈에 띄는데 이와 같은 카라 부인의 사고와 행동의 독립성은 브레히트 드라마에 등장하는 다른 여성들의 비판적 입장과 맥을 같이한다.

작품의 줄거리는 전쟁에 관여하지 않으면 두 아들과 무사할 수 있으리라 믿었던 카라 부인의 인식 변화를 다루고 있다. 제1장에서 봉기 중에 사망한 어부의 미망인인 테레사 카라는 빵 굽기와 어망 깁는 일을 하면서 파시스트와 투쟁하기 위해 전선으로 가려는 두 아들을 감시한다. 동생인 노동자 페드로가 프랑코 장군과 투쟁하던 진선으로부터 돌아와서 카라 부인의 남편이었던 카를로의 총을 찾지만, 마을 신부가 도착하는 통에 총을 찾지 못한다. 동생이 드디어 카를로의 총을 발견하고 시험해본다. 카라 부인은 자기 소유물을 되돌려주도록 요구하고 다시 그 총을 숨긴다. 마지막의 제8장에서 어부들이 카라 부인의 방으로 그녀의 죽은 큰아들을 데려온다. 그는 고기잡이를 하다가 파시스트들에게 저격당했던 것이다. 이제 카라 부인은 남동생과 작은아들에게 총을 꺼내오도록 한 후 죽은 후안 대신 전선으로 함께 떠난다.

카라 부인은 실제로는 세계관적 관점이나 종교적 성향으로 볼 때 무력 사용을 반대하는 사람으로 보기 어렵다. 마을 사람들의 말에 의하면 그녀는 이전에 착취자에 대항해 싸우라고 남편에게 권하기까지 했다. 그녀가 원하는 것은 간단하다. 한마디로 살아남고자 하는 것이다. 그녀는 장군들 편도 아니고 반대편도 아니다. 또한 그녀는 공화주의자들을 도와줄 수 있는 일이 있으면 이를 기피하지 않는다. 그러나 그녀는 전쟁에서 부상입은 이웃 사람을 간호하고 홀로된 어린아이들을 돌보아주는 등 인도주의적 방식으로 공화주의자들을 도울 뿐이지 직접 무기를 들고 싸우려 하지는 않는다. 그렇다고 카라 부인의 이러한 태도를 정치적 무지로 해석하는 것은 잘못된 것이다. 그녀는 장군들의 위험성을 잘 알고 있다. 때문에 그녀의 태도는 정치적 무지에서 나온 것이 아니라 오히려 자신들의 계급, 즉 민중이 갖고 있는 힘을 신뢰하지 않는 데서 오는 것이다.

우리는 가난한 사람들이고, 가난한 사람은 전쟁에서 이길 수 없어요. (GW. 3, 1199)

「카라 부인의 총」에서도 「어머니」에서와 마찬가지로 "인식의 과정"이 다루어지고 있지만, 두 작품에서의 어머니상은 서로 다르다. 「어머니」에서의 블라소바가 무지한 탓에 처음에는 수동적이었던 반면, 카라 부인은 중립을 지키며 참고 있는 동안에도 "투쟁적인 특성"(GW. 17, 1101)을 지니고 있다. 카라 부인이 행동하지 않는 것은 이미 일종의 행동이고 실제적인 것이며, 아들들을 보호하려는 것이다. 카라 부인의 이러한 자세는 전쟁을 이용하여 장사는 하려고 하면서도 자식들은 전쟁에 끼어들지 않게 하려는 억척어멈의 태도와 상통한다. 그런 의미에서 카라 부인은 "부분적으로는 이미 선취된 억척어멈"[8]이라고 할 수 있다.

인식의 전환을 이루는 마지막 장면에서 카라 부인은 자신의 슬픔을 간

결하고 소박한 언어와 단순한 일용품을 빗대어 극도로 절제해서 표현한
다. 어부들이 죽은 아들을 데려온 후 상황을 설명할 때 카라 부인은 아들
의 모자를 집어들고 아들 후안의 죽음이 모자 탓이라고, 돈 많은 사람들
은 이런 낡은 모자를 쓰지 않는다고 짤막하게 말한다. 이러한 표현은 생
활에서 우러나온 통찰력을 바탕으로 하고 있다. 생활과 결합된 또다른
극적 기법은 극의 서두에 오븐 속에 넣었던 빵의 반죽이 극의 결말에 잘
구워져서 전선으로 가는 식량으로 바뀌는 것이다. 이 단막극은 약 45분,
즉 빵이 구워지는 시간 동안 진행된다. 따라서 '공연 시간die Spielzeit'
과 '공연된 시간die gespielte Zeit'이 일치한다. 이것은 브레히트가 강
렬한 정치적 효과를 노려 아리스토텔레스적 기법을 사용한 결과이기도
하지만, 여성을 주인공으로 삼은 드라마에서 생활과 직결된 장치를 구사
함으로써 현실감을 높이려는 의도로 볼 수 있다. 그녀는 빵을 오븐에서
꺼내고는 두 남자에게 다가가 총을 잡는다. 그녀는 살아남기 위해서는
총도 필요하다는 사실을 깨닫는다. 「도살장의 성 요한나」에서 요한나가
마침내 "폭력이 지배하는 곳에서는 폭력만이 돕는다"는 것을 깨닫듯이.

2-4. 배우는 어머니―블라소바

「어머니Mutter」는 1931년, 브레히트가 사회주의 리얼리즘 소설의 효
시로 일컬어지는 막심 고리키Maxim Gorki의 동명 소설을 극화한 것이
다. 브레히트의 희곡도 외형적인 구도는 고리키의 소설을 따르고 있지만
사건의 전개 시간을 1905년 이후부터 러시아의 프롤레타리아 혁명이 완
성된 1917년의 10월 혁명까지로 확대시키고 있다.

브레히트는 이 드라마에서 수동적 전형 인물에서 적극적 어머니상을
창조해냈다. 14장으로 구성된 연대기식의 희곡에서는 러시아의 "노동자
의 과부이자, 어머니"였던 평범하고 비정치적인 펠레게아 블라소바

---

8) F. N. Mennemeier, *Modernes Deutsches Drama 2*, Muenchen, 1975, S. 67.

Pelegea Wlasowa라는 한 여인이 개인적인 체험을 통해 혁명가로 변하는 과정이 묘사되고 있다.

극의 서두에서 어머니는 아들에게 '기름진 국'을 끓여주지 못하는 상황을 한탄하며 오로지 가정적인 일에 연연한다. 그녀는 자신이 아들에게 아무 도움도 되지 못하고 짐이나 될까 두려워한다. 이미 그녀의 첫 대사에서, 교육은 받지 못했지만 어려운 환경 속에서 생활한 어머니의 주위에 대한 비판적 견해와 예리한 관찰력이 드러난다. 좁은 가정 밖의 현실을 알지 못하고 경건한 신앙에만 의존하던 문맹자인 그녀는, 처음에는 혐의를 받는 아들 파벨 Pabel의 위험을 덜어주기 위해 팸플릿을 돌린다. 그러나 차츰 아들의 이념에 공감하고 배움을 통해 현실을 인식하게 된 그녀는 철두철미한 투쟁가로 변신한다. 처음에 아들을 잃을까 두려워하던 어머니는 아들을 잃고 난 후 그 고통을 극복하고 참여를 통해 "새로운 질(質)의 보편적인 관계"를 갖게 되며, 수많은 젊은이들의 어머니가 되는 것이다. 평범한 어머니에 불과했던 블라소바는 개인적인 어머니에서 더욱 위대하고 보편적인 어머니로 변한다. 즉 "개인의 지양"이 "보편성이 구현되는 전형"[9]으로 바뀌는 본보기가 이 드라마이다.

이 작품의 어머니 블라소바는 '기존의, 진부한, 가정적인' 모성애와는 근본적으로 다른 '전적으로 새로운 유형의, 참여적인 모성애의 보기'로 특징지어진다.

발터 벤야민은 1932년에 쓴 「서사극 방식의 가족극」이란 글에서, 이 작품이 "여성 착취 기구"로서의 시민적 가족에서 해방되어 "부엌에서 부족한" 고기는 "부엌에서 결정될 수 없음"(GW. 2, 827)을 깨닫게 되는 "어머니의 혁명화에 대한 사회학적 실험"을 제시하고 있다고 지적한다. 블라소바는 여기서 이중의 피착취자로, 첫째는 노동자계급에 속함으로써, 두번째는 아내와 어머니라는 이중의 피착취자로 그려진다.

---

9) K-D Mueller, *Die Funktion der Geschichte im Werk Bertolt Brechts. Studien zum Verhaeltnis von Marxismus und Aesthetik*, Tuebingen, 1972, S. 157.

어머니의 인식 변화는 다음과 같은 두 장면이 선명하게 보여준다. 제1
장에서 운명에 순응하는 어머니는 가난한 생활을 한탄한다.

난 단돈 한푼도 골백번 생각한다. 이렇게도 해보고 저렇게도 해보지.
한 번은 장작을 아끼고 한 번은 옷 사는 걸 아낀다. 그렇지만 어림도 없어.
속수무책이야.(GW. 2, 825)

그러나 10장에서 아들이 탈출하다가 사살된 후, 운명에는 어쩔 수 없
다고 위로하는 이웃 여인에게 어머니는 다음과 같이 대답한다.

인간의 운명은 인간이 만들어내지요.(GW. 2, 882)

고리키의 소설에서 역사 발전이 사실주의적 낙관주의로 나타나 있다
면 브레히트 극에서는 유머라는 새로운 요소가 나타난다. 이 유머는 적
을 왜곡해서 희화하는 것이 아니라 적에 대항하는 재치 있고 영웅적인
행동에서 나오는데, 어머니는 재치와 꾀로 혁명운동을 펴나간다. 예를
들면 니콜라이 선생을 변화시키는 과정, 농장의 푸주한을 파업에 동참시
키는 과정, 감옥에 있는 아들을 면회 가서 혁명 동지들의 주소를 알아내
는 방법 등에서 어머니는 거의 교활하다고 할 만큼 재치를 발휘한다. 또
한 아들 대신 선난을 뿌리기 위해 공장으로 들어가려고 문지기를 구슬리
는 장면에서도 그녀의 재치는 뛰어나다. 문지기를 관찰한 결과, 그가 뚱
뚱하고 게으르다는 판단을 한 어머니는 문지기가 편히 쉬려는 것을 간파
하고 수다를 떨어 귀찮게 만들어 통과한다.
'억척어멈' '카라 부인' 등의 어머니들이 부정적 인물로 구현되어 있
는 반면, 쉽게 가르침을 받고 빨리 배우며 그 배운 것을 즉시 널리 보급
하는 어머니 블라소바는 브레히트 드라마에 등장하는 주요 인물 가운데
거의 유일하게 전적으로 "긍정적인" 인물로 묘사되고 있다. 브레히트가

이 여주인공의 능력 묘사와 개별화를 얼마나 중요시했는가는 그녀를 처음 「시도 Versuche」에서는 끊임없이 '어머니'라고 익명으로 부른 반면 최종 판에서는 시종일관 '펠레게아 블라소바'라고 부른 사실에서도 분명히 나타난다.

드라마 결말에 블라소바는 노동자와 반란을 일으키는 수병들의 행렬 속에서 '어머니'로 함께 행진하면서 혁명의 어머니, 모든 혁명가의 어머니가 되는 것이다. 이처럼 블라소바와 아들의 관계는 개인적인 차원을 넘어서서 객관적이고 공동사에 대한 봉사의 차원으로 고양된다. 여기서 "직접적(생물적) 모성 unmittelbare(biologische) Muetterlichkeit"은 철저하게 거부된다. 모성은 무엇보다도 사회적 관계이며, 초주관적인 질을 획득하게 되는 것이다. 이 장면에서 고집 세고 목표 지향적이며 영리한 여혁명가 블라소바는 다음과 같은 반항적이고 예언적인 대사를 외친다.

아직 살아 있는 자는 결코 안 된다고 말해선 안 돼!
확실한 것도 확실한 게 아니니
지금처럼 머물러 있지 않을 거야……
오늘의 패자가 내일의 승자가 되리니
오늘이라도 시작하면 결코 늦지 않으리.(GW. 2, 895)

브레히트의 「어머니」는 여성해방운동사의 한 모범적 본보기라 할 수 있다. 처음부터 주위 환경에 대해 비판적 태도를 취하던 블라소바는 자기 아들만을 염려하던 교육받지 못한 여성의 위치에서 벗어나 혁명운동의 적극적 역할을 위임받는다. 블라소바가 전단을 찍는 데 열중하는 동안 그녀의 아들이 빵을 자르는 장면은 성의 역할 전환이라는 인상까지 준다. 그러나 블라소바의 여성해방운동 내지 현실 참여는 스스로의 자각에서 유발된 것이 아니라 아들을 위해 전단을 대신 뿌린다는, 혈연에 뿌리를 둔 동기에서 출발하여 점차 눈뜬 것이라는 점에서 최근의 새로운 여성해방운동과는 구별된다. 그럼에도 불구하고 블라소바의 사회적 어머니로서의 활동은 한국의 민가협 어머니들의 활동과 같은 역할을 선취하고 있다. 사회적, 정치적 제약 속에서 변화를, 지속적 변화를 가져오는 펠레게아의 생애는 하나의 학습 과정이다. 이런 점에서 「어머니」는 여성해방의 한 전형일 뿐 아니라 브레히트 서사극의 모델 인물이라 하겠다.

2-5. 생산적인 사회적 모성—그루셰

모성을 사회적 관계로 규정하는 것은 1944~45년에 미국의 샌타 모니카에서 완성된 「코카서스의 백묵원」에도 해당된다. 흔히 "피는 물보다 진하다"고 말한다. 그러나 기존의 사실이나 진리에 의문을 제기하며 새로운 시각에서 바라보기를 요구하는 브레히트는 이러한 속설을 이 드라마에서 뒤집어 보여준다. 이 작품에서는 상속권을 가진 어린아이를 두고, 진정한 모자관계를 확인하려는 두 여인의 분쟁을 재판관이 판결한다는 널리 알려진 이야기가 다루어진다. 이 작품의 소재로 일컬어지는 클라분트Klabund 번안의 중극 가극 「백묵원」이나 성경의 솔로몬 재판에서는 상속권을 가진 아이를 가운데 두고 벌어지는 분쟁에서 실제 혈연상의 모자관계를 확인한다. 그러나 옛이야기와 달리 「코카서스의 백묵원」에서 아이는 자식을 포기하고 달아났던 생모에게 돌려주지 않고 그 아이를 구출하여 온갖 위험과 희생을 무릅쓰고 키운 진정 "어머니다운" 하녀에게 돌아간다.

그루지야 지방에 반란이 일어나 총독은 반도들에 의해 참수되고 부인은 값비싼 옷과 귀중품을 고르다가 마지막 순간에 옷도, 상속자인 아들도 팽개치고 도주하게 된다. 하녀 그루셰는 버려진 이 "고귀한 아이"를 데리고 생명의 위협을 무릅쓰고 피난길에 오른다. 그녀가 이 아이를 구출하기로 결심한 것은 본능적인 충동에서 나온 것이 아니라 오랜 숙고 끝에 도움을 필요로 하는 사람을 돕는다는 보편적 사랑의 행위에서이다. 브레히트는 그루셰가 너무 "신성하게" 보일 깃을 염려하여 그녀의 사랑의 행위가 절대적이 아니고 제한되어 있음을 여러 가지로 나타내고 있다. 즉 그녀는 도피 행위가 너무 위험하고 애인에 대한 그리움 때문에 아이를 농가에 버리고 떠나려 하다가 철갑 기병이 추적해오자 다시 아이를 데리고 도주하기도 하고, 마침내 자신의 아이로 받아들이기로 결심한 뒤에도 몇 번이나 후회하기도 한다.

그루셰는 한 달 만에 북쪽 산악 지대에 사는 오빠의 집에 힘겹게 도착하지만 여기에는 관습이라는 또다른 위험이 기다리고 있었다. 총독의 아들 미헬Michel로 인해 미혼모로 낙인찍혀 동네에 나쁜 소문이 날 것을 염려하는 올케 때문에 오빠는 그루셰를 서류상으로 결혼시킨다. 이와 같이 갖은 고초와 역경을 거치면서 그루셰는 점점 미헬에 대한 모성을 갖게 된다.

> 그루셰는 고생을 겪으면서 희생을 통해 점차 어린아이를 위한 어머니로 바뀌어간다. 그리고 그녀가 모험하거나 감수한 모든 손실을 겪은 다음 결국에는 아이 자체의 상실을 가장 큰 것으로 두려워하게 된다.[10]

난리가 끝난 후 미헬에게 속한 상속 재산을 노린 전(前) 총독 부인은 생물학적 논거, 즉 핏줄을 내세워서 어린아이에 대한 권리를 주장하며 송사를 제기한다. 이와 대조적으로 그루셰는 법정에서 혈연관계가 아닌 사회적인 합리성을 근거로 미헬이 "자기의" 아이라고 주장한다. 재판관 아츠닥은 백묵으로 동그라미를 그려놓고 두 여인이 미헬을 끌어당기도록 한다. 그루셰가 아이의 고통을 생각하고 두 번이나 아이의 손을 놓고 끌어당기기를 포기하자 아츠닥은 그루셰를 "진정한 어머니"로 판결하고 그녀에게 아이를 맡긴다.

이 판결은 모성으로서의 유용성에 중점을 두고 있다. 즉 어떤 어머니에

---

10) *Materialien zu Brechts 'Der Kaukasische Kreidekreis'*, Frankfurt a. M., 1985, S. 96.

게 아이가 주어지느냐 하는 소유가 아니라 누가 아이를 위하여 가장 좋은 어머니인가 하는 생산성이 문제되는 것이다. 모성의 생물학적, 혈연적 규정을 파기한 판결의 의미를 엔드라이에크Jendreiek는 다음과 같이 규정한다. "이제는 모성이 어린아이의 사적인 보호뿐만이 아니라 단순히 사적인 것을 넘어서 사회적으로 생산적인 교육으로 완수된다."[11]

그루셰의 모성은 아이와의 상호관계 내지 의존관계에서 점진적으로 발전해나간다. 이러한 상호의존관계에서 그녀는 아이와의 공동 체험을 통하여 "점점 더 현실에 대한 통찰을 더해간다". 브레히트에 의하면 이처럼 모성은 현실에 대한 개혁을 전제로 할 때에야 비로소 성취된다. 그런 의미에서 클라우스 데틀레프 뮐러는 어머니에서 "혁명가의 원형 Prototyp der Revolutionaerin"[12]을 보았던 것이다.

이 작품은 「사천의 선인」과 많은 유사성을 지니고 있다. 여러 번 고쳐 쓴 여주인공은 초판에서 별로 말이 없어 벙어리 카트린을 연상시키지만 최종 판에서는 세밀한 관찰력과 신중한 주장으로 전혀 다른 인물로 형상화된다. 처음부터 그루셰는 고집이 세서 주위의 의견이나 행동을 순순히 따르지 않는다. 예컨대 위험하다고 버려진 총독의 아이를 데려가지 못하게 말리는 여자 조리사에게 귀를 기울이지 않는 장면이 그것이다. 그 외에도 그루셰가 자기 신뢰와 고집을 지니고 있는 점은 병사 시몬 하하바와의 첫 만남에서도 확인된다. 그러나 이러한 그루셰의 고집은 브레히트가 해명하듯이 우직성이다. 브레히트는 그루셰를 다음과 같이 제시하고 있다.

그루셰는 우직해야 한다…… 짐 나르는 짐승처럼. 그녀는 반항적이라기보다 완고해야 하며, 착하다기보다 온순해야 하며, 절조가 있다기보다 끈기가 있어야 한다.(AJ. 121)

---

11) H Jendreiek, *Bertolt Brecht. Drama der Veraenderung*, Duesseldorf, 1980, S. 350.

12) Klaus-Detlef Mueller, *Die Funktion*……, S. 161.

이 단순한 하녀 그루세는 셴테와 마찬가지로 선량하지만 셴테와는 달리 그녀의 착한 마음씨는 계급 장벽까지 뛰어넘는다. 하인들을 가혹하게 때리던 총독 부인의 버려진 아들도 도움이 필요할 따름인 한 인간이라고 생각하는 그녀는 계급 투쟁을 중재하고 진정으로 인간애를 발휘한다. 그녀는 그저 버려진 한 아이 미헬의 어머니이자 양육자가 되며 그럼으로써 모든 전통이 새로운 인간관계를 통해 변하고 대치될 미래를 위한 안내자가 되는 것이다. 그루세는 순수한 인간적 동정심에서 자신의 이해관계를 희생하고 자신의 역할을 임무로 받아들인다. 브레히트가 강조하듯이 처음 "하녀 그루세 속에는 아이에 대한 관심과 그 자신의 이해가 서로 충돌하고 있다. 그녀는 두 이해관계를 인식하고 둘 다 모두 추구하려고 한다".[13] 시몬에 대한 사랑과 행복 추구라는 개인적 소망과 계속 충돌하다가 마침내 그녀는 자기 삶의 두 이해관계 사이에서 그 종합, 즉 아이에 대한 관심과 개인적 이해관계를 합일시킬 수 있게 된다.

그 부활절에 내가 당신과 약혼했기에 나는 그애를 데려온 거예요. 그러니 그애는 사랑의 아이죠.(GW. 5, 2105)

3. 나가는 글

브레히트 드라마에서 어머니들은 블라소바와 그루세, 카라 부인 등에서 보듯이 거의 처음에는 사회적으로 각성하지 못한 단순한 인물들이지만 차츰 현실을 깨달으면서 인식의 전환을 이루게 된다. 노동자 가정의 평범한 어머니 블라소바는 의식화 과정을 거쳐 마침내 노동자계급의 어

---

13) *Materialien zu Brechts 'Der Kaukasische Kreidekreis'*, S. 26.

머니, 혁명 전사의 어머니로 발전해간다. 어머니는 이 과정을 통해 전체 노동자계급을 대표하는 전형적인 인물이 되는 것이다.

혹은 억척어멈처럼 전쟁에서 자식들을 모두 잃고도 끝내 깨닫지 못하는 어머니도 있다. 전쟁을 돈벌이 수단으로 생각하는 억척어멈은 이익에 대한 집착 때문에 안전하기를 바라던 자식을 전부 잃어버리는 모순된 인물이다. 그녀는 결국 어머니로서도 장사꾼으로서도 전쟁의 희생물이 되는 것이다. 반면 억척어멈과 대조적인 인물인 벙어리 딸 카트린은 억척어멈의 상업적 근성과 충돌하며 모성애를 발휘한다. 그녀는 죽음을 통해 어린아이들을 구하고 자신의 모성애를 실현시키며 정체성을 찾는다.

블라소바와 억척어멈 사이의 중간 지점을 차지하는 카라 부인도 처음에는 불개입주의를 주장하며 개인적인 어머니에 그치지만 결국 사회적 인식에 도달한다. 마지막으로, 온갖 고초를 겪으며 버려진 총통의 아들을 양육하는 그루셰는 가장 생산적인 모성애의 한 전형을 보여준다. 「코카서스의 백묵원」에서 판결은 이성적 판단에 의해 혈연관계가 아닌 사회의 유용성에 주안점을 두고 내려진다. 즉 "모든 것은 그것을 유용하게 하는 사람들에게/주어져야 하고/아이는 잘 자라도록 해줄 수 있는 어미에게/주어져야 한다".

이처럼 브레히트는 모성 개념이 생물학적인 모성에서 사회적인 모성으로 승화될 것을 요구했다. 전 생애를 통해 깨어 있는 의식으로 시대를 살면서 사회 발전을 지각했던 브레히트의 모성관이 기존의 모성관과 다른 것은 어쩌면 당연한 일이다.

한국은 세계의 그 어느 나라보다 혈연관계를 중요하게 여긴다. 국가의 경제 수준에 비해 해외 입양의 비율이 월등히 높은 것도 이러한 혈연지상주의와 무관하지 않다. 그런 의미에서 타인에 대한 배려로서의 사회적 모성을 강조한 브레히트의 모성관은 우리에게 시사하는 바가 크다.

참고문헌

Bertolt Brecht, *Gesammelte Werke in zwanzig Baenden*. Frankfurt a.M., 1967.

Ders., *Arbeitsjournal 1938~1955*. 2 Bd. Frankfurt a.M., 1974.

Ders., *Materialien zu Brechts 'Gewehre der Frau Carrar'*, Hrsg. v. Klaus
Bohnen, Frankfurt a.M., 1982.

Ders., *Materialien zu Brechts 'Der Kaukasische Kreidekreis'*, Hrsg. v. Werner
Hecht, Frankfurt a.M., 1985.

Ders., *Materialien zu Brechts 'Mutter Courage und ihre Kinder'*. Hrsg. v.
Werner Hecht, Frankfurt a.M., 1982.

Ders., *Materialien zu Brechts 'Die Mutter'*, Zusammengestelt und redigiert v.
Werner Hecht, Frankfurt a. M., 1966.

Heinz Ludwig Arnold(Hg.), *Bertolt Brecht II. edition text+kritik*,
Johannesdruck Hans Pribil KG. Muenchen, 1972.

Walter Benjamin, *Versuche ueber Brecht*, Frankfurt a.M., 1981.

Walter Hinck, *Die Dramaturgie des spaeten Brecht*, Goettingen, 1977.

Walter Hinderer(Hg.), *Brechts Dramen. Neue Interpretationen*, Stuttgart, 1984.

Helmut Jendreiek, *Bertolt Brecht. Drama der Veraenderung*, Duesseldorf,
1980.

Jan Knopf, *Brecht Handbuch. Theater*, Stuttgart, 1980.

Franz Mennemeier, *Modernes Deutsches Drama 2*, Muenchen, 1975.

Werner Mittenzwei, *Brecht. Von der 'Massnahme zu Leben des Galilei'*, Berlin
und Weimar, 1965.

Klaus-Detlef Mueller(Hg.), *Bertolt Brecht. Epoche Werk Wirkung*, Muenchen,
1985.

Ders., *Die Funktion der Geschichte im Werk Bertolt Brechts*, Tuebingen, 1972.

Fritz J. Raddatz, Entweiblichte Eschatologie Bertolt Brechts revolutionaerer
Gegenmythos. In : *Arnold, Heinz Ludwig* : a.a.O.

Gisela F. Ritchie, *Der Dichter und die Frau. Literarische Frauengestalten durch drei Jahrhunderte*, Bonn, 1989.

백경남, 「독일의 여성운동」, 『독일 여성문학 ─ 한우근 교수 회갑 기념 논문집』,
　　삼영사, 1990.

정현백, 「독일의 사회주의 여성운동과 그 조직적 전개」, 『여성과 사회』(창간호),
　　창작과비평사, 1990.

브레히트 연보

1898년 2월 10일 독일 바이에른 주 아우크스부르크에서 태어남. 아명은 오이겐
베르톨트 브레히트.

1914년 첫 희곡 「성경」을 김나지움 문예지 『수확』에 발표.

1917년 김나지움 졸업. 가을학기에 뮌헨 대학교 의과대학에 입학.

1918년 위생병으로 야전병원에서 근무.

1921년 학업을 그만둠.

1922년 「한밤의 북소리」 집필. 마리안네 초프와 결혼. 클라이스트 문학상 수상.

1924년 베를린으로 이주, '독일극장'에서 조연출 자리를 얻음.

1927년 첫 시집 『가정 기도서』 출간. 마리안네 초프와 이혼. 「서푼짜리 오페라」
집필 시작.

1929년 헬레네 바이겔과 결혼. 발터 벤야민과 첫 만남.

1933년 독일제국 의사당 방화 후 가족과 함께 체코의 프라하로 도피. 이후 여러
나라를 전전하며 망명생활을 함.

1935년 모스크바 방문(연초). 나치에 의해 독일 국적 박탈됨(6월). 미국 방문
(10월).

1937년 「카라 부인의 총」, 「제3제국의 공포와 참상」 집필.

1939년 「사천의 선인」, 「억척어멈과 그 자식들」 집필.

1941년 로스앤젤레스에 도착, 할리우드의 샌타 모니카에 정착. 미국생활 적응
에 어려움을 겪음. 「아르투로 우이의 출세」 집필.

1947년 '반미 행위 조사위원회'에서 공산당 전력 등에 대해 심문받음(10월 30
일). 다음날 미국을 떠나 파리로 향함.

1947년 취리히에 도착(11월). 「갈릴레이의 생애」 초연.

1949년 브레히트 전문 극단인 '베를린 앙상블' 창단(5월).

1952년 베를린 근교 부코에 별장 구입. 이후 주중에는 베를린에서 연극 연출을,
주말에는 부코에서 시를 씀.

1956년 8월 14일 심장마비로 사망. '도로테아 공동묘지'의 헤겔 묘지 건너편에
안장됨.

에리카 룽에의 기록문학

—「보트로프 보고서」를 중심으로

오청자 한국외대 독일어과와 동대학원을 졸업하고 독일 뮌헨 괴테-인스티튜트와 뮌헨 대학에서 수학했다. 현재 충북대 독문과 교수로 재직중이다.

I. 들어가는 말

1960~70년대에 노동자와 회사원, 또는 그들의 가족이 말한 것을 녹음 테이프에 기록한 것을 사실 그 자체로 받아들이려는 시도는 계급 투쟁에서의 개인의 역할과 개인의 삶에서의 계급 투쟁의 역할을 자서전이나 르포 소설을 통해 묘사했던 20~30년대의 기록문학을 상기시킨다. 기록문학의 재발견과 유행은 60년대의 독일의 정치적, 사회적 발전과 밀접한 관계가 있다. 일자리와 인정된 삶을 보장할 것이리고 믿었던 경제 기적과 사회주의 시장 경제는 1966/67년의 경기 후퇴를 맞아 의문시되었다. 루르 지방의 광산이 폐쇄되고 불경기가 쇼크로 받아지던 상황에서도 노동자계급에 관한 언급은 거의 없었다. 이런 정황에서 작가들은 비록 이론적인 면에서는 기본 입장을 달리했지만, 그들의 기록문학 작품들은 공통적 경향을 제시했다. 그들은 알려지지 않고, 제외되었거나 부인된 사회 현실, 중요한 역사적 현실에 관한 소식을 전하고자 했던 것이다.

작가들은 자신의 경험을 개입시키지 않고 자신의 것이 아닌 언어, 즉 녹음 테이프를 이용하여 임금 노동자들, 억압받거나 불이익을 당한 사람들과의 인터뷰를 통해 그들의 당면한 문제를 보고했으며, 이를 통해서 정치의식을 강화시키려고 했다.

1967년 10월 '47그룹'[1] 회합시 독일 사회주의 대학생 연맹 회원들은 과격한 몸짓으로 작가들에게 문학의 정치화를 요구했다. 그럼에도 불구하고 전통적 문학 형식을 고수하면서 정치적 테마를 다루지 않은 작가들의 작품이 여전히 많은 독자를 확보하고 있었다. 이러한 상황에서도 젊은 작가들의 주된 관심은 예술이 아닌 정치적, 교육적 효과를 목표로 하는 새로운 문학이었다. 그들이 도입하기를 요구한 새로운 문학 형식이 바로 기록문학이었다. 1968년 보트로프 주민들과의 인터뷰 내용을 기록해서 펴낸 에리카 룽에Erika Runge의 『보트로프 보고서 *Bottroper Protokolle*』[2]를 필두로 1969년 권터 발라프Günter Wallraff의 『13개의 원치 않은 르포 *13 unerwünschte Reportagen*』가, 1970년 에리카 룽에의 『여자들-해방을 위한 시도 *Frauen-Versuche zur Emanzipation*』가 출간됨으로써 '도큐먼트'란 개념은 곧 매력적인 유행어가 되었다. 룽에와 발라프의 기록문학 작품이 출간된 이래로 다양한 기록문학의 형식들이 생겨났다.[3] 60년대 말부터 라디오 방송과 텔레비전에서 사회 비판적 테

---

1) 1947년에 결성된 '47그룹'은 작가, 비평가, 문학사가, 출판업자들의 모임으로 전후 20년 이상 독일 문단의 중심적 역할을 함으로써 전후 독일 문학에 커다란 영향을 끼쳤다. 이 그룹은 전후 많은 작가들의 등용문이 되었을 뿐 아니라 그룹이 제정한 '47그룹 상'을 통하여 하인리히 뵐, 귄터 그라스 등 많은 작가들이 문학적 성공을 거두기도 했다.(오청자, 「'47그룹'이 전후 독일 문학에 끼친 영향」, 『문학과 진실』, 월인, 2000, 197~218쪽 참조)

2) 『보트로프 보고서』는 원래의 인터뷰를 그대로 옮겨 적은 형식과, 출판을 위해 룽에가 원고를 정리해서 편집한 두 가지 서로 상이한 형식으로 나와 있다. 본고의 인용문은 후자의 것(Erika Runge, *Bottroper Protokolle. Aufgezeichnet von Erika Runge*, Vorwort von Martin Walser, Frankfurt/Main, 1968)을 따르며 본문 중 괄호 안의 숫자는 이 책의 쪽수를 가리킨다.

3) 이 개념은 기록 장편소설, 연극, 영화, 역사 탐구, 인류학적 현장 조사, 앙케트, 테이프 인터뷰의 필사본, 르포, 뉴스 및 기록 몽타주, 정치적 연극평론 등 매우 다양한 출판물에 사용되었다.

마를 내용으로 하는 기록 형식이 강세를 보임으로써 이 두 매체는 서독의 노동세계와 사회 현실과의 논쟁 장소로 제공되었다. 이때 '61그룹'[4]은 기록 형식을 유지하는 중요한 기구였다. '61그룹'의 회원이었던 막스 폰 데어 그륀 Max von der Grün은 텔레비전 극으로, 에리카 룽에는 텔레비전 영화로, 귄터 발라프는 방송극으로 활동하면서 기록문학의 지평을 넓혀갔다. 그러므로 60년대의 문학과 출판에서 기록문학 장르에서만 이 '61그룹'의 효과와 영향이 비교적 확실하게 나타났다고 할 수 있다.

발터 옌스 Walter Jens가 문학과 노동세계의 관계에 대한 문제를 문학 생산에 도입할 것을 주장한 것과 때를 같이하여 1966/67년 경기 후퇴의 충격으로 인해 당시 독일의 복지사회에 대한 회의를 낳게 하고, 아울러 '시민문학의 죽음'은 1968년에 이미 결정적 사실로 받아들여졌다. 이제 작가들을 위주로 하는 시민문학은 배제되고 사회 현실을 기록하는 문학이 자리를 차지하게 되었으며, 문학은 계몽과 정치화를 위한 공간으로 이해되었다. 그러므로 60~70년대의 기록문학의 생성은 60년대 말 "문학의 죽음"에 관한 구호에서 가장 과격하게 언급되었던 작가의 지위를 문제시한 것과 관계 있다. 이제 작가는 기존의 문체를 포기하고 뉴스 수신자, 리포터, 연출의 주체, 발행인의 기능을 떠맡게 된 것이다. 서독 자본주의의 구조 문제, 즉 교통, 도시 건설, 물과 공기 오염, 주거 상황 및 건강, 노인 부양, 여성해방, 교육, 노동 현장에서의 사고에 대한 보호 등의 문제가 기록문학 장르의 소재의 대부분을 차지한다. 1968년에 발간된 에리카 룽에의 『보트로프 보고서』도 이와 맥락을 같이한다.

---

4) '47그룹'에 대적하는 성격을 가진 그룹으로, 1961년 도르트문트에서 결성되었다고 해서 '도르트문트 61그룹'이라고도 부르며 현대 산업세계의 노동자 문제를 테마로 하는 작가, 언론인, 비평가들의 모임이다.

2. 『보트로프 보고서』의 생성과 의미

70년대 독일 기록문학의 호황에 일조한 여성 작가로는 에리카 룽에를 비롯하여 자라 키르시 Sarah Kirsch, 마리안네 헤어초크 Marianne Herzog, 앙겔리카 메히텔 Angelika Mechtel, 기젤라 엘스너 Gisela Elsner, 막시 반더 Maxie Wander, 알리체 슈바르처 Alice Schwarzer 등을 들 수 있다. 이중에서도 에리카 룽에는 60, 70년대의 독일 기록문학의 중심 인물에 속한다. 그는 오스카르 레비스 Oscar Lewis의『산체스의 아이들 Die Kinder von Sanchez』등 멕시코 하층계급에 대한 르포나 귄터 발라프의 산업 르포『우리는 당신이 필요합니다 Wir brauchen dich』에서 다큐멘터리에 대한 자극을 얻었다. 룽에의 첫번째 기록물『보트로프 보고서』는 여러 관점에서 물망을 일으켰으며 성공을 거두었고 그를 유명하게 만들었다.

룽에의『보트로프 보고서』는 문학성을 지향한 것이라기보다는 저널리즘적 성격을 가진 기록문학의 전형이라 할 수 있다. 이 책은 귄터 발라프의 르포 못지않게 여성운동뿐 아니라 노동세계와 관련된 논쟁에서 늘 중심 역할을 했다. 마르틴 발저 Martin Walser는 이 책의 서문에서 "아직도 보잘것없는 권리를 누리며 사는 계급의 증거물"[5]이라고『보트로프 보고서』를 특징짓는다. 발저의 말대로『보트로프 보고서』는 어떤 정당도, 어떤 신문도, 어떤 사회학 서적에서도 언급되지 않는, 신분 상승의 능력이 없는 사람들의 이야기를 모아놓은 것이다. 시민문학에서 노동자들은 오직 보잘것없는 주변 인물로 등장할 뿐이지만 이 책에서는 그들 자신이 직접 말을 하기 때문이다.

룽에는『보트로프 보고서』를 내놓기 전에는 주로 바이에른 텔레비전

---

5) Martin Walser, Berichte aus der Klassengesellschaft. In : Erika Runge, *Bottroper Protokolle*, Frankfurt / Main, 1968, S. 10. : (⋯⋯) Zeugnisse einer immer noch minderem Recht lebenden Klasse.

방송국 제3프로그램을 위해 다큐멘터리 영화를 찍었다. 그때까지 룽에에는 인터뷰를 한 경험이 없었고 시나리오 대본을 쓴 적도 없었으며 정치권의 운동에도 관여하지 않았다. 룽에의 기록활동의 계기와 출발점은 그가 대중 매체를 통해 얻은 정보, 즉 뮐러/라인바벤 Möller/Rheinbaben 탄광이 폐쇄된다는 정보를 듣고 현장으로 달려가 직접 당사자들의 입을 통해 그들의 견해를 듣고자 한 데서 찾을 수 있다. 룽에는 광부와 그 가족들 그리고 그들과 관련되는 교사, 상인, 수공업자, 목사에게 그들 자신의 이야기를 해줄 것을 요구했다. 그는 경제 위기를 당한 사람들에게 자신의 처지에 대한 새로운 의식이 생기는가, 그리고 이 의식이 그들로 하여금 그들의 처지를 변화시키는 계기가 되는가를 알려고 했다. 룽에는 서술자들의 상황을 역사적으로, 즉 그들 개개인의 과거사에서 이해하려고 했다.

  룽에는 수집한 자료를 편집할 때 보트로프 주민들이 자연스럽게 말한 것을 처음에 글자 그대로 받아쓴 다음 그것을 그의 텔레비전 연출 경험을 바탕으로 하여 희곡 작법적으로 정리하고 요약했다. 그것은 룽에가 만든 기록영화의 몽타주 기법에 해당하는 것이었다. 마지막으로 그는 출판을 위해 특히 구체적으로 표현된 다양한 연령층들의 이야기들을 선택했다. 여기서 보트로프 사람들의 경험과 다양한 정치적 견해를 통해 특정한 사건, 즉 보트로프 광산의 폐쇄 문제가 성찰되었다. 이 모자이크 형식의 이야기들을 통해 독자에게 역사적, 정치적 상황을 다시 한번 숙고하고 계급의식을 찾아내는 것과 개인의 이야기를 예로 들어 계급 투쟁의 가능성을 제시하려는 선전적 요구를 실천하는 것이 이 작품의 의도였다. 다시 말해『보트로프 보고서』는 1966 / 67년 루르 지방 보트로프 시의 노동자들이 자신들이 처한 환경에 대한 독백적 진술을 작가가 직접 현장에서 인터뷰한 내용을 작가의 주석을 달지 않고 녹음 테이프에 기록해서 정리한 책이라고 요약할 수 있다. 개인들의 경험과 운명에 대한 진술을 묶어서 독일 사회의 일상에서의 중요한 문제들을 제시하려는 것이 룽에의 의도였다. 그의 문학적 요구는 사회 현실을 기록 형식으로 제공함으로써 그 현실의 시의성을 통해 독자에게 작가의 계몽적 의도와 정치적 효과를 중개하는 것이었다.

룽에는 루르 지방의 노동자 도시 보트로프 시의 주민들을 인터뷰하여 좋지 않은 경험으로 인한 그들의 한숨, 저주, 모순 등을 테이프에 녹음했다. 억압받는 사람들이 어떻게 살며, 무엇을 느끼고 생각하고, 무엇을 원하는지를 배우기 위해 작가는 자신의 소망과 근심에 관해 말하는 대신 하층계급의 근심과 고통, 소망을 사실 그대로 말하게 하였다. 독자를 위해 읽을 만한 텍스트를 만들기 위해 문자화된 텍스트에서는 인터뷰어인 룽에의 모든 질문이 삭제되었다. 대화체가 출간된 텍스트에서 완전히 삭제되었다는 말은 보다 설득력 있는 주제의 통일성을 의도했다는 것을 의미한다. 그래서 인터뷰한 내용이 인터뷰 대상자들의 전기와 삶의 상황에 대한 독백적 보고가 되어버린 것이다. 그러므로 룽에의 『보트로프 보고서』는 효과를 나타내려는 작가의 연출 기법에 의해 생성된 것, 다시 말해 룽에의 정치적 드라마투르기라 할 수 있다. 룽에는 일정한 테마, 예컨대 국수주의, 실업, 참여에 대한 문제를 일반적 사랑 이야기나 재미있는 모험담보다 더 중요하게 생각했기 때문이다. 그는 광범위한 자료에서 자신의 정치적 요구에 중요하다고 생각한, 계몽 효과를 가질 수 있는 에피소드를 추려냈다. 룽에가 보트로프 사람들의 진술을 동의 없이 자신의 생각에 따라 그들의 진술을 책으로 엮어냈기 때문에 인터뷰 대상자들에 관한 정보를 상품화했다는 비난을 받기도 했지만, 그것은 결국 그의 '작품'으로 탄생한 것이다.

3. 『보트로프 보고서』의 구성과 내용

『보트로프 보고서』는 평의원 총회, 두 쌍의 광산 노동자 부부의 대화 그리고 보트로프 시의 다양한 직업을 대표하는 사람들 — 평의회 의장, 목사, 주부, 교장, 판매원, 청소부, 비트 가수, 여판매원 — 과의 인터뷰라는 세 개의 상이한 진술 상황으로 구성되어 있다. 보트로프 시민 여덟 명의 독백이 '뮐러/라인바벤 평의회 총회'와 '에필로그'로 보충되면서 이어진다. 『보트로프 보고서』에서는 개인적 이야기까지도 계급적 상황과 일치하기 때문에 인터뷰 대상자들의 자신의 처지에 대한 의식이 계급의식과 일치한다는 점이 새로운 발견이라고 평가되었다.

자신의 처지, 경험과 관련시켜 강한 계급의식을 드러내는 부분으로 평의회 의장 클레멘스 K와 청소부 마리아 B의 독백을 들 수 있다. 『보트로프 보고서』가 '계급사회의 보고서'라는 제목으로 대학 도시 괴팅엔에서 연극으로 공연되었을 때도 여전히 클레멘스 카와 마리아 베의 묘사에 비중이 실렸다. 이들의 진술은 자주 구체적 경험을 바탕으로 한 역사적, 정치적 인식으로 나타난다. 이러한 현상은 예컨대 평의회 의장 클레멘스 카가 "당신이 나와 얘기한다는 것은 당신이 4만 명과 얘기하는 것이나 마찬가지입니다"(BP, 25)라고 한 것이나, 마리아 베가 "그것 봐요, 그건 당신 문제만이 아니에요"(BP, 87), 또 "우리가 처해 있는 처지는 그것(저항)을 필요로 해요"(BP, 88)라고 대답하는 것에서 확실하게 증명된다. 마리아 베의 이야기는 외관상으로는 역사가 변했음에도 불구하고 노동자계급은 여전히 보수적 사회의 근본적 모순에 얽매여 있다는 인식을 강하게 부각시킨다.

클레멘스 카는 열네 살 때 다니던 학교를 그만두고 광산에서 일하면서 평의회 의장직까지 오른 인물이다. 그는 계속되고 있는 노동자운동을 구현하는 인물이기도 하다. 그는 나치의 강제 수용소, 군인, 전쟁 포로 등 다양한 역사적 조건하에서 자신을 극복하고 살아남아, 실천을 요구하는 정치 그룹에 참여함으로써 자신의 개성을 각인시키면서 발전하는 인물이다. 클레멘스 카의 체험을 통해 물질적, 정신적 폐해가 넘친 전쟁, 전후의 독일 역사, 즉 정치, 경제, 교육의 문제가 파노라마처럼 펼쳐진다.

여기에 룽에가 클레멘스 카를 이 책의 처음에 등장시킨 의도가 있다고 볼 수 있다. 평의회 의장으로서 잘 조직된, 지적 수준으로 보강된 기업의 체제에 대항하기 위해서 그는 강한 개성을 필요로 한다. 클레멘스 카는 부당한 노사관계에 항의하면서 항상 공익을 내세운다. "나는 항상 나를 선출해준 사람들을 위해 최고로 가능한 것을 끌어내려는 원칙을 갖고 있었다"(BP, 39)고 하는 말에 그의 의지가 잘 드러나 있다.

이러한 관점에서 평의회 의장이자 공산주의자인 클레멘스 카의 이야기가 『보트로프 보고서』의 첫 자리를 차지하는 이유가 충분히 설명된다. 그는 계속해서 더 나은 미래의 이정표나 이상으로 나타나기 때문에 그의 정치적 견해는 구조적 의미를 갖는다. 그의 이름은 평의회에서, 그리고 에필로그 부분에서 계속 언급된다. 클레멘스 카라는 인물의 중요성은 한 평의회 회원이 "오늘 클레멘스 카가 아직 있다면, 그가 지금도 의장이라면 이 모든 회합은 무산되지 않았을 테고, 우리는 의자 위에 올라가서 어떻게든 혁명을 가능케 했거나 무언가를 해냈을 텐데"(BP, 160)라고 말하며 클레멘스 카의 존재를 아쉬워하는 말에서도 드러난다.

청소부 마리아 베는 동프로이센 출신의 하층계급 출신이며, 그녀의 남편과 아들은 갱부로 일한다. 마리아 베도 대학 교육을 받고 경제적으로 안정된 삶을 영위하는 여성도 하기 어려운 놀라운 발전을 한 인물이다. 그녀의 진술을 통해 노동자 가정의 보편적 삶과 전쟁으로 인한 물질적 궁핍, 정치, 사회상, 결혼관 등이 밝혀진다. 초등학교도 제대로 못 다닌 그녀는 하녀로 일을 시작한다. 그녀의 이상은 결혼하여 행복한 가정을 갖는 것이었다. 하지만 남편이 1929년 실직한 상태에서 두 아이를 키워야 하는 현실은 그 이상을 실현하는 걸림돌로 작용한다. 그러나 국수주의의 등장으로 남편이 다시 일자리를 얻음에 따라 경제적 여건이 좋아져 어느 정도 안락한 생활을 할 수 있게 된다. 그러나 그녀는 얼마 후 국수주의와 논쟁하게 되고, 항상 자신의 가족을 생각하면서도 시간이 감에 따라 가족 개념을 또다른 차원으로 확대 발전시킨다.

　마리아 베는 1945년 후에 더 능동적으로 정치화된다. 그녀가 80명 여성 근로자들을 대변하여 임금 체불에 대항했다는 사실은 한 평범한 여성의 대단한 발전이라고 할 수 있다. 그녀는 암거래를 하고 임금 연체 항의에서 선봉에 나서기도 하는 등 강한 여성으로 부각된다. 여기서도 마리아 베는 "이건 나를 위한 것이 아니라 우리 모두를 위한 거야"(BP, 88)라고 말하며 연대감을 강조한다. 경기 후퇴시 해고 위기가 무엇보다 여자들에게 닥쳤을 때도 그녀는 경제 재건에 필요할 때 채용하고 지금은 필요없으니 나가라고 한다며, 또 연금으로만 살 수 없으니 계속 일하고 싶다며 상관에게 당당하게 항의한다. 남편이 광산에서 얻은 병으로 죽은 후 그녀는 회사의 사회봉사활동부에서 일자리를 구하고 능동적으로 노조활동에 가담한다. 그녀는 독일 사람뿐 아니라 외국인과도 교제하면서 외국인 노동자들에 대한 사회적 관심도 갖는다. 그녀는 노조 지부장에 선출되어 집중적으로 외국인 노동자 문제와 베트남 전쟁을 놓고 논쟁하고 토론하면서 갑자기 세계 정치를 대변하는 인물로 발전한다.

　'베 부인이 행복한 이유는?' 이라는 제목으로 텔레비전 극으로 방영되어 호평받은 청소부 마리아 베의 이야기가 2차 문헌에서 자주 언급되는 이유는 그녀가 고통을 통해 정치화될 수밖에 없었던 개인이기 때문이다. 그러나 그녀의 용기는 평의회의 정치활동과는 구별된다. 그녀는 광산의 폐쇄 위기를 일자리의 위협으로 받아들이지만, 인터뷰에서 그녀의 반응은 일반적 입장 표명에 머무르지 않고 사회적 관심으로 진향된다. 상사와의 개인 변남은 소득원으로서의 자신의 노동 상황을 옹호하기 위해서가 아니라 자신의 도덕적 태도를 증명하기 위해서, 즉 그녀의 소득원을 다른 사람들을 위해서 포기하기 위한 것이다. 그녀의 도덕적 태도는 "나는 연금을 받지 못하는, 소득이 필요한 동료들이 있다는 것을 알고 있다. 나는 어떤 경우라도 물질적으로 아무런 대책이 없는 사람이 해고되는 것을 원치 않는다"(BP, 91)는 말에서 두드러지게 나타난다. 이것은 곧 이러한 상황에서 그들이 연대의식을 필요로 한다는 것으로 이해할 수 있다.

　원래 마리아 베가 인식하고 있는 노동의 필요와 희생정신은 가정주부의 덕목으로 알려져 있는 것, 즉 무보수로 일하면서 남편과 자녀를 돌보는 일이다. 그러나 전쟁, 빈곤, 질병 그리고 남편의 죽음으로 인해 안정적이던 가정생활이 파괴된 상황에서 그녀는 생존에 필요한 것을 얻기 위해 가정 밖에서 애쓴다. 이 과정에서 가정주부에게 '억척'이라는 특이한 덕목이 요구되는데, 에리카 룽에는 이러한 여성을 그가 선전한 자신의 처지를 변화시킨 모범적 여성으로 만든다. 마리아 베의 적극적 사고와 능동성은 다음 말에서도 분명하게 드러나 있다. "우리는 평의회를 갖고 있다. 그런데 평의회가 그 직책을 수행할 수 없을 경우에, 기꺼이 일하고 싶은 여성들도 아직 있다. 그러면 평의회는 자리를 비켜줘야 할 것이며 그 자리를 한 여성이 대신할 것이다."(BP, 87~88)

　광산의 평의원 회의에 30쪽 이상을 할애한 기록은 전무후무한 것으로서 『보트로프 보고서』의 백미에 속한다. 어떤 노조 신문에서도, 어떤 작업장 보고에서도 이와 비슷한 내용이 아무런 검열 없이 그렇게 공개적으로 실린 적이 없었기 때문이다. 이 회의 과정에서 임금 노동자들은 현실적으로 임박한 해고의 위기를 당할 때(BP, 130) 더 과격한 의식을 갖고 있다는 것이 명백하게 드러난다(BP, 164). 그러한 의식은 광산의 폐쇄 위기에 직면하여 그들은 "모든 가능한 형식의 저항 행위"(BP, 128)를 시도할 것이라거나, 광산 폐쇄 결정을 인정하지 않으면서 "우리는 그들(고용주)이 우리를 혼란케 하는 것을 용인하지 않는다"(BP, 135)라는 말에서 두드러지게 나타난다. 광산 노동자들은 "그런데 왜 당신네들은 아무 일도 하지 않았습니까?"(BP, 144)라고 말하며 노조에 책임을 묻는다. 그들은 개인적으로는 감히 엄두를 내지 못하는 반대 행위, 즉 대중적 저항 행진을 생각하고 있었던 것이다.

　『보트로프 보고서』에 등장하는 인물들은 같은 운명을 가진 수많은 사람들 중 몇 명에 다름아니다. 등장인물들의 성이 '카' '베' 등 완전한 이름이 아닌 이니셜(머리글자)로 쓰여졌다는 것이 이 사실을 뒷받침한다.

개인의 역사, 직업 정보, 철저한 계급의 소속감, 의식 상태, 입장의 차이에도 불구하고 보트로프 사람들은 개인적 인물로 윤곽이 그려져 있지 않다. 그들의 자아는 서로 크게 의존하면서 사라져버리고 개인의 관점은 보다 더 큰 '우리-의식'으로 넘어간다. 의식의 상호의존성은 개별 정보들이 서로 보충하는 효과를 생산할 뿐 아니라 이 상호의존적 의식에서 진정한 투쟁의식의 단초가 제공된다. 그러나 이러한 투쟁적 관념들은 가정주부 에르나 E가 "광산이 폐쇄되는 것에 대해 우리 가난한 사람들은 아무런 대항도 할 수 없어요"(BP, 53)라고 한 말이나, 에필로그 부분에서 "가난한 사람은 항상 어리석은 사람이지요"(BP, 151)라고 말하는 프롤레타리아 출신 광부의 아내 헬가Helga의 경우에서처럼 체념과 혼재되어 있다. 하지만 체념적인 말을 하면서 속수무책이라고 느끼는 에르나도 사회적 참상을 인식하면서 "그런데 그들은 병원 같은 것은 짓지 않아요"(BP, 54)라고 취약한 사회 보장 제도를 비판하는 사회 비판적 의식이 담긴 말을 하기도 한다. 룽에는 『보트로프 보고서』를 통해 기록 자체만을 추구한 것이 아니라 이것을 통하여 변화도 추구한 것이다. 이러한 의미에서 『보트로프 보고서』는 "새로운 형식의 정치적 교훈작품"이라고 할 수 있다.

4. 『보트로프 보고서』의 형식

『보트로프 보고서』에 대해 자주 강조되어 언급되는 부분은 형식에 관한 것이다. 룽게는 이론적 영역으로 넘어가지 않고, 또 학술적 언어가 아닌 노동자들의 제한된 언어 코드만으로 그들의 경험을 충분히 잘 전달할 수 있다고 생각했다. 이 작품에 대한 공통된 견해는 전후 독일 문학에서 소홀하게 다루었던 실상들을 적합한 방법, 즉 인터뷰와 녹음 테이프를 이용하여 표현했다는 것이다. 이것은 이 책이 녹음 테이프 기록을 통해 현대 산업사회에서의 노동자들의 삶의 세계를 있는 그대로 알리는 기록문학의 일차적 과제를 수행했다는 것을 의미한다. 기록문학은 언어 자체를 보여주기보다는 언어를 통해 사실을 드러내 보이려 한다. 때문에 기록문학에 있어 일상어는 가능한 하나의 표현 방법이 아니라 정보를 전달하는 역할을 한다. 형식의 문제는 시민 독자를 위해 시민문학이 할 일이므로 기록문학에서 일차적으로 중요한 것은 특수한 소재이지 형식의 문제가 아니라는 것이다. 이러한 관점에서 '문학의 죽음'이 고지되었던 1968년에 출간된 『보트로프 보고서』는 시민문학의 범주에서는 벗어난다고 볼 수 있다.

기존의 시민문학의 형식에서 벗어나는 『보트로프 보고서』의 언어 문제는 여러 분야에서 많은 관심을 불러일으켰다. 루르 지방의 원래의 방언으로 씌어진 『보트로프 보고서』의 출간은 에리카 룽에의 다큐멘터리 방법에 관한 집중적인 문학적 토론의 계기를 제공했다. 룽에는 인터뷰 내용을 대부분 학교나 관청에서 쓰는 말에서는 상상할 수 없는 인터뷰 대상자들의 일상 독일어로 받아썼다. 그것은 신빙성을 얻기 위한 노력으로, "언어의 관료화 Bürokratisierung der Sprache"에서 벗어나려는 시도로 이해된다. 관료화된 언어는 일상어를 통해서 깨지고 수정된다. 이것은 평의회 의장 클레멘스 카가 '그들' '그녀' 등 지시대명사를 반복적으로 사용한 데서도 드러난다.(BP, 11) 그러나 계급의식이 작용할 때는 구어체에서 문어체로 바뀐다. 예컨대 평의회 의장 클레멘스 카는 개인적 체험을 보고할 때는 자주 직접 화법을 이용하면서 구체적으로 말한다. 그러나 그가 계급을 의식하는 노동자로서 사회화의 필요성에 대해 말할 때는 문장 구조가 복잡해져 그의 언어는 문자어로 각인된다.(BP, 37)

『보트로프 보고서』에 나타난 표현 형식의 특이성은 1969/70년 겨울학기에 베를린 자유대학의 한 학생 그룹에서, 노동자계급 특유의 언어 태도가 어휘 사용의 보기로서의 역할을 했다는 점에서도 증명된다. 이 연구의 주안점은 청소부 마리아 베를 예로 들어 제한된 코드의 어휘의 특징을 분석하는 시도였다. 여기서 얻어진 결론은 베 부인은 전통적 노동자계급에 속하기 때문에 그녀의 언어 태도는 제한된 코드에 의해 정해져 있다는 것을 인지할 수 있다는 사실이었다. 그것은 '왜냐하면' 같은 등위접속사, 수없이 많이 사용되는 지시대명사, 형용사, '우리' '사람들' 같은 인칭대명사나 관계문장의 분석을 통해 확실하게 증명되었다.

언어 문제는 또한 일상어와 사회적 역할 구조의 연관성이란 테마로 연구되기도 했다. 연구 결과에 의하면 중산층에서는 주관적 의도가 강한, 그리고 사회관계에서의 개인적 정체성을 제시하는 '나'가 자주 관찰되는 반면, 하층계급에서는 집합대명사 '우리'가 자주 사용되며, 이 '우리'라는 단어는 "한 그룹의 규범적 일치"를 특징적으로 표시한다는 것이다. 두드러진 관점으로는 가정에서의 역할, 특히 어머니의 역할이 강조된다는 것과, 자신의 존재와의 연대감을 노동을 통하여 증명하려고 노력한다는 것이다. 이 두 가지 관점은 하층계급의 주변 문화적 환경의 전형적인 구조적 특징으로 나타난다. 예컨대 마리아 베의 보고는 1910년에 태어난 여성 노동자의 전형을 제시한다. 그녀의 경우 연대 행동은 사회적 관계의 인식에서 생기는 것이 아니라 불투명한 외부 세계에 대한 보호 기능의 역할을 한다. 자신이 속한 그룹과 그 규범과의 강한 일치감은 그룹과 자기 자신을 분리할 수 없게 만든다. 이로 인하여 그녀의 행동에서는 성찰하는 견해와 자율이 전혀 생겨나지 않는다. 따라서 그녀의 나열하는 식의 이야기 방식은 이 그룹에 속하지 않은 낯선 사람에게는 때로는 이해가 불가능하다.

기록문학의 일관된 성격은 사생활에 특히 가치를 둔다는 점이다. 이때 방언의 색채가 친밀감을 만든다. 룽에는 방언을 "독자에게 익숙지 않은 표현 방법"이라 보고 독자의 인식을 촉진하는 소외 효과 수단으로 보았다. 노동자들의 언어, 즉 구어체는 순수한 문어체보다 강도, 정보 내용, 사회적 진실면에서 우월하다는 것이다. 그래서 룽에는 학교나 관청에서 익숙해진 언어와 구별되는, 생동감을 주는 구어체의 양식을 그대로 쓰려고 애썼다. 이 문제는 룽에와 다른 작가들 간의 논쟁을 불러일으켰다. 발라프 같은 작가들은 룽에의 태도에 대해 이의를 제기했다. 문법에 맞지 않는 노동자의 문장을 있는 그대로 기록하여 시민 대중의 조롱거리가 되게 하는 것은 바람직하지 않다는 것이 그들의 주장이었다. 룽에는 이에 대해 인터뷰하는 사람은 가능한 한 중간 역할만을 하는 것으로 족하다고 그들의 주장을 반박했다.

『보트로프 보고서』에서 두드러지는 또다른 표현 형식은 주어나 술어를 또 한번 말함으로써 부문장을 주문장으로, 혹은 더 완전한 부문장으로 확대시키는 일상어적 경향이라 할 수 있다. 이러한 언어를 통해 연상이 가능하게 되고 이 연상들은 침묵할지도 모르는 무의식의 구조와 생각들을 인식하게 한다. 독자에게 익숙지 않은 표현 방법은 내용의 소외를 야기시키기 때문에 독자는 다른 방법으로, 더 주의깊게 작품을 수용할 것을 강요받게 된다. 룽에가 이러한 표현 형식으로 『보트로프 보고서』에서 의도한 것은 독자에게 "이해의 유희 공간"을 제공하는 것이라 할 수 있다. 룽에의 관심은 이론이 아니라 갈등과 체험을 정확하게 기술하는 것이었기 때문에 그는 루르 지방의 방언을 그대로 적었다. 주어캄프 출판사가 이 책을 출간하기 위해 윤문한 것을 원상태로 돌려놓으라고 룽에가 요구했다는 사실은 인터뷰 대상자들의 문체를 그대로 유지하려는 그의 강한 의지를 뒷받침하는 대목이다. 인터뷰 대상자의 말을 사실 그 자체로 받아들이고 녹음기를 수단으로 하는 이 작업은 문학의 생산 및 수용 공간을 확장시키는 효과를 낳는다.

룽에의 인터뷰 방법의 특징은 인터뷰 대상자들을 독백으로 유인하면서 삶의 이야기를 캐물음으로써 그들의 영역에 고립시키는 데 있다. 다시 말해 그의 인터뷰 기술의 기본 원칙은 개인적 체험의 예를 들어 이야기할 것을 요구하는 것이다. 이것은 단순히 그들의 견해를 피력하는 것보다 더 설득력이 있기 때문이다. 여기서 주목할 것은 개인적 발전과 체험과의 맥락에서 항상 정치적 앙가주망을 볼 수 있다는 것이다. 룽에는 보다 더 큰 인터뷰 효과를 위해서 "한 가지 보기를 들어 말하세요!" "왜 요?" 등 유도 질문을 한다. 룽에는 인터뷰 대상자들의 이야기에 끼어들지 않고 어디 한군데서도 자기 말을 하지 않는다. 그럼에도 불구하고 그의 간접적 연출은 그들의 진술을 통해 명백해진다. 탄광 폐쇄에 대해 에르나는 "거기에 어떻게 대항해야지?"(BP, 53)라고 말하며 당황해한다. 하지만 평의회 회의 동안 노동자들의 저항의지가 살아나며 사회주의적 의식 형성이 나타나 마지막엔 다음 대화가 기록된다. "우리는 우리가 할 수 있는 것을 한다. (……) 우리는 우리의 힘이 닿는 모든 것을 한다." (BP, 148) 그러므로 에필로그에서 광산 노동자의 아내 하이데가 "당신들은 그것으로 뭔가 이루었다고 생각하나요?"(BP, 164)라고 한 질문은 체념적 표현이 아니다. 이 질문은 이루어야 할 더 큰 차원에 대한 질문을 포함하기 때문에 이중적으로 해석할 수 있다. 이 말은 오히려 총회의 체험에 만족하지 말고 정치적 관점을 계속 더 발전시키라는 요구로 이해해야 할 것이다. 정치적 관점에서 추구되어야 할 것은 사회주의적 노선에서의 공동 투쟁이다. 여기서 기록자인 룽에가 기록 자료를 정리하고 조직하여 선동적 교훈이나 학습 효과를 지향했다는 것이 드러난다.

5. 『보트로프 보고서』에 대한 평가와 논쟁

발간 당시 커다란 물망을 일으켜 10만 부 이상의 판매 부수를 기록한 『보트로프 보고서』는 매우 다양한 평가를 받았다. 이 책에 대한 평가는 저널리즘의 작업이 소홀했다는 점을 지적했다는 긍정적 평가와, 다른 한편으로 이 책은 오직 지금까지 일반의 관심에서 사라진 문제 영역에 대한 시민적 관심을 일깨우는 데 지나지 않는다는 부정적 평가가 엇갈렸다. 그뿐만 아니라 『보트로프 보고서』에 실려 있는 내용들이 정말로 보트로프 주민들의 말인지, 여기서 작가 즉 룽에의 역할이 무엇인지 등에 대한 질문이 문학비평의 논쟁의 축을 이루기도 하였다.

　무엇보다도 개작되지 않고, 다듬어지지 않은『보트로프 보고서』의 언어는 다양한 평가를 받았다. 시민문학을 지향하는 비평가들은 이 책에 쓰인 언어를 "광산 지역의 소파 구석에서 나온 언어" "지독한 신빙성"을 가진 언어라고 평했으며, 심지어『보트로프 보고서』는 "프롤레타리아의 공허한 잡담"이라는 부정적 평가를 받기도 했다. '61그룹'의 에라스무스 셰퍼 Erasmus Schäfer는 노동자들의 문법적, 문장론적 실수를 수정하지 않고 그대로 기록하여 시민 대중의 조롱을 받게 하는 것은 좋지 않다고 생각했다. 한스 마그누스 엔첸스베르거 Hans Magnus Enzensberger 같은 좌파 문인들은『보트로프 보고서』와 관련하여 이 책은 순수 문학작품을 생산하여 읽어야 하는 문학적 요구를 무시하고 있다고 비난했다. 반면 일상어의 문학적 가능성은 긍정적으로 받아들여지기도 했다. 한스 위르겐 하인리히스 Hans Jürgen Heinrichs는 일상어는 "문학의 생산 및 수용의 유희 공간"을 확대한다고 긍정적으로 평가했다. 요한 슈나이더 Johann Schneider는『보트로프 보고서』에서 사람들은 매우 직접적으로 말하고 그들이 얼마나 잘 말할 수 있으며, 그들의 언어가 얼마나 뉘앙스가 풍부하고 그들이 독자에게 매우 자세하게 그들의 생각을 전달했다는 것은 놀라운 일이라고 말하면서 룽에의 언어를 긍정적으로 평가했다.

　그러나『보트로프 보고서』는 다양한 언어적, 문학적 표현을 염두에 둔 것이 아니었다. 기록자 룽에에게 사실을 고발하는 예술은 한 단계 발전된 예술로서, 미학적 문제와 사회적 문제 간의 경계는 사라진다. 이러한 기록 방법은 오로지 사실 자체를 나타내려는 단순한 의도로서 룽에의 사회적, 시의적, 예술적 의식을 나타낸다. 이것은 당사자인 보트로프 시민에게 직접 말을 시킴으로써 시민성에 의해 억눌렸던 그들의 사회적 처지를 드러내는 것을 의미한다. 룽에는 사회의 근본적 변화에 도달하려면 모든 개인이 의미를 갖는 것이며, 이때 개인적 책임, 자발성과 연대 능력은 그 역할을 한다는 것을 인식했다. 룽에는『보트로프 보고서』를 통해 바로 이것을 증명해 보이려고 했다. 그러나 룽에는 그의 요구를 공격적으로, 그리고 이론적 근거로 제시할 능력이 없었다. 그래서 그는 영화 작업에서 익힌 연출 기법을 이용하면서 '객관성' 뒤로 숨어들어간 것이다.

『보트로프 보고서』에 대한 여러 가지 문제 중 가장 중요한 쟁점이 되었던 것은 바로 주석 부분이었다. 다시 말하자면 설명하는 추가 정보가 없다는 것, 분석적 객관화, 즉 기록에 당파적 관점, 혁명 이론으로의 접근이 결여되어 있다는 것이다. 하지만 룽에는 자신이 모든 권위적 코멘트를 철저히 포기했음에도 이 작업에는 그의 정치적 견해와 자세가 나타나 있다는 견해를 밝힌 바 있다. 설령 룽에의 『보트로프 보고서』가 지식인 계층의 소시민에게 제한적으로 수용되어서 다수의 프롤레타리아에게 소개될 수 없었다 하더라도 시민문학에 익숙해진 독자의 기존 관념을 깨는 데 일조했다는 사실에는 이의가 없을 것이다. 룽에의 기록은 모든 노동자들이 임금 노동과 자본의 근본적 모순을 더 자세히 인식하는 데 기여했기 때문이다. 『보트로프 보고서』가 출간되었을 당시 대학생 세대에 속한 많은 사람들이 노동자들의 삶에 대한 정보를 얻기 위해서 열광적으로 기록물에 집착했다는 데서도 그 사실을 확인할 수 있다.

『보트로프 보고서』가 문학인가 아닌가에 대한 평론가들의 견해는 상반되어 나타났다. 이 '작품'을 문학으로 인정할 수 있는가라는 질문에 대해 치머 Dieter E. Zimmer는 기록문학도 문학이라고 온건하게 긍정적으로 평가했는가 하면 볼프강 하리히 Wolfgang Harich는 그보다 훨씬 공격적으로 『보트로프 보고서』를 "예술 적대"라고 비난했다. 그는 기록문학을 "위대한 인간적 전통을 파괴하는 경향" "현재 가장 나쁘고, 구역질나는 서방의 유행"이라고 혹평했다. 그는 기록문학 작가들의 태도를 비생산적이고 게으르다고 폄하했으며, 그들을 주체가 없는 사람들로 간주했다. 미하엘 제르텐베르크 Michael Sertenberg도 글쓰기 게으른 작가에게 유리한 기록문학의 시대가 도래했다고 하면서, 에리카 룽에를 추종하는 자들은 무의미한 수다를 기록하는 카세트테이프 하나만 있으면 된다고 부정적으로 평가했다. 시민문학의 옹호자인 라인하르트 바움가르트Reinhard Baumgart도 마찬가지로 기록문학에는 "작가의 자유와 미학적 부가가치가 결여되어 있다"고 보았다. 그는 기록문학의 작가를 "계몽의 의지"만을 의무로 생각하면서 사실을 편집하는 사람들이라고 평했다. 여기에 대해 룽에는 자신의 책이 기록이길 원치 않고 근본적으로 정치라고 하면서 이의를 제기한다. 그러나 이 점은 다시 팔로브스키에 의해 격렬하게 반박된다.

정치적 문학비평가인 팔로브스키 G. Katrin Pallowski는 「다큐멘터리의 유행 Die dokumentarische Mode」이라는 논문에서 서독의 기록문학은 정치적, 경제적 조건이 아닌, 피상적 사실주의만을 제시하기 때문에 '유행'이라고 했다. 그는 인터뷰 문학의 성공을 공식적으로 멸시되었던 오락문학에 대한 시민적 보상으로 해석했다. 그는 또 『보트로프 보고서』를 단호하게 "변용의 문학 verklärende Poesie"이라고 칭했다. 『보트로프 보고서』는 이미 시민 예술이 지닌 기능을 충족시키며, 개인성과 친밀성을 일반적 특징으로 갖고 있다는 것이다. 팔로브스키가 기록문학에서 기대한 것은 "사회주의적 선동 sozialistische Agitation"의 가능성, 적어도 노동과 자본의 근본적 계급 모순을 묘사하는 것이었다. 그는 기록문학 장르가 사회과학적 정보 역할조차 하지 못해 정치적 전략을 이루어내지 못한 것에 실망하면서 기록문학자들은 노동자들에게 도움이 안 된다고 그들의 실패를 비난했다. 그들은 오직 『보트로프 보고서』가 보여주는 예와 같이 현장에서 만나는 다양한 의견과 해명만을 나열한다는 것이다. 엔첸스베르거도 사회적 기능을 할 수 있는 문학, 즉 "선동의 도구로 이해되는 문학"을 요구했다.

이와 같이 『보트로프 보고서』는 문학적 관점에서뿐만 아니라 정치적 내용면에서도 공격을 받은 것이다. 그러나 이러한 부정적 평가는 룽에가 ― 기록문학의 특성인 ― 작가 자신이 지적인 후견인으로 보이지 않기 위해서 뒤로 물러나 보조하는 중개자 혹은 전달자의 역할을 충실하게 이

행한 데서 기인한다고 할 수 있다. 룽에는 그의 작업에서 정치적, 전략적 목표를 예술적 목표보다 더 높게 평가한다. 그는 강요된 사회적 삶의 상황에 대해 질문하면서 인터뷰 대상자와 독자들에게 전형적 보기를 제시하고 용기를 주려고 하기 때문이다. 이러한 목적을 위해 룽에는 "공감하는 관찰"을 거부하고 응답자들의 대답을 정리하고 선택하여 자기 자신의 질문을 제외시키는 보고서로 조립하고 정리한 것이다.

보트로프 시의 주민들은 광산 폐쇄와 점차 늘어나는 실업을 배경으로 하는 그들의 삶을 얘기한다. 그러나 룽에가 기대했던 노동자, 주부, 판매원, 공무원들의 저항 행위는 일어나지 않기 때문에 사회적으로 괄시받는 계층에 대한 능동적 연대감을 생성시키려는 룽에의 의도는 실패할 수밖에 없다는 비판도 있었다. 하지만 이 기록들은 지금까지 소외된 계층의 침묵에 대해 논쟁을 하지 않았다는 사회적 관심을 불러일으킨 데서 커다란 의미가 있다고 볼 수 있다.

6. 나오는 말

『보트로프 보고서』의 의미는 무엇보다도 룽에가 전후 독일 문학사상 처음으로 사회 현실을 대중에 알리려고 시도했다는 데 있다. 사회 비판적 요구를 가진 글쓰는 노동자들이 없었기 때문에 '61그룹'에서도 이 요구는 기의 제대로 실현되지 못했다 몇몇 지식인들은 독일 역시의 사회를 다시 주목하려고 했다. 그들은 이러한 정치적 요구를 실현하기 위해서 노동세계에서 자료와 경험들을 수집하였다. 룽에 자신은 이 기록을 통해 사회 현실을 인식하는 경험을 했으며, 무엇보다도 그런 경험을 할 기회가 없었던 대학생들은 그 경험들을 흥미롭게 받아들였다. 룽에가 처음으로 책으로 내놓은 『보트로프 보고서』는 대학생 동아리에서 집중적으로 토론되었고, 더 나아가서는 노조 교육에도 이용되었다. 전후 노동자들의 상황과 의식에 대한 논의가 60년대 말에 비로소 시작되었기 때문에 『보트로프 보고서』는 정치의식이 전무했던 상태에서 생겨났지만 그 안에 엄청난 노동자들의 의식이 잠재되어 있다는 사실에서도 이 책의 의미를 가늠할 수 있다.

『보트로프 보고서』의 문학성에 관하여는 비평가들의 주장이 아주 다양하지만 긍정적 평가가 많아서 이 작품에 대해 쉽게 부정적이라는 평가는 내릴 수 없다. 이 작품은 가장 새롭고 재미있는 문학 현상이며 이런 종류의 문학도 문학으로 읽히고 토론되어야 하며 가치 있는 새로운 문학이라는 긍정적 평가가 부정적 평가보다 우세했기 때문이다. 『보트로프 보고서』에서 가장 장점으로 꼽을 수 있는 요소는 독자가 노동자들의 삶, 사회적 관계, 루르 지방에서의 계급 투쟁의 복잡한 발전상들을 간파할 수 있다는 점이다. 룽에의 중요한 목표는 기록하는 것 자체가 아니라 기록을 통한 계몽이었다. 결정적인 것은 룽에가 『보트로프 보고서』를 통해 사회주의자나 정치가들이 표명한 테제를 형상화하려 했다는 데 있다.

룽에의 기록문학, 특히 『보트로프 보고서』는 개인의 이야기들이긴 하지만 전체적으로 볼 때 전형적인 요소들을 예시, 전달함으로써 어느 정도 일정한 사회적 환경의 본질적 특징을 표현하는 데 확실하게 성공했다는 것을 입증한다. 다시 말해 룽에는 언어로 기록된 현실을 문학적으로 승화시켰다고 볼 수 있다. 보통 인지되지 못했던 사회적 문제들을 공개 토론에 부쳤다는 데 룽에가 선호했던 기록문학의 질적 우수성이 있다. 노동자가 일정한 계급 경험을 갖고 있는 한 경제 및 사회 구조의 위기 현상은 어느 시대이건 늘 나타날 수 있기 때문에 지금도 이 작품은 시의성이 있다고 볼 수 있다.

에리카 룽에는 문학적 예술 형식을 정치 참여와 연결시키는 딜레마를 갖고 있었던바 『보트로프 보고서』를 통해 이를 해결하려고 했다. 그러므로 룽에가 비록 이제 기록문학과 결별하고 일상을 넘어 판타지를 이용하고, 미학적 가능성을 시험해보려고 한다 하더라도, 그것은 참여와의 결별을 뜻하는 것은 아닐 것이다. 그는 사회 현실과의 행동하는 관계를 필요로 하므로 상아탑으로 돌아갈 생각이 없기 때문이다. 그는 변화하는 세계를 묘사하기 위해서는 늘 새로운 표현 수단이 필요하다는 것을 인식하고 있다. 이러한 노력은 그가 기록 자료를 문자화하는 데 그치지 않고 영화로, 또는 연극으로 각색하여 상영하고 공연했다는 데서도 가시화된다.

룽에가 『보트로프 보고서』로 명성을 얻고 있을 때 근본적으로 문학의 방법은 '다큐멘터리'로 대치될 수 있다는 그릇된 오해가 문학 이론이나 이념에 등을 돌리고 일기나 자서전 같은 문학 형식으로 방향을 전환하는 결과를 초래했다. 60년대 말과 70년대 초에 독일 문단에 확산된, 좌파 경향 작가들에게서 나온 호전적이고 암울한 예술 적대감에 대한 저항이 나타난 것이다. 작가들은 다시 예술이란 단어를 생각하고 문학을 필요로 하고 판타지를 동경했다. 독일 문학의 기능을 과격하게 변경시키려던 작가들도 이젠 다른 표현 가능성을 찾았다. 룽에조차도 문학이 정치 과정을 진행하는 데 직접적 역할을 할 수 있다는 견해를 시대착오적이라 생각하고 한때 그녀가 가장 중요한 대표자에 속했던 기록문학에 결별을 선언했다.

1976년 이후 룽에는 두 가지 이유에서 기록문학과 결별한다. 우선 사회적 현실을 전달하려는 그의 요구가 기본적으로 충족되었고, 글쓰는 노동자나 회사원에 의해서 계속 새로 충족되고 있다는 것이다. 그는 정치적 과정을 직접적으로 묘사하는 것이 문학의 과제라는 자신의 테제뿐 아니라, 기록문학 텍스트에도 허구문학에서와 같은 의미가 부여된다는 미학적 개념을 수정했다. 문학을 정치 문제에 직접적으로 이용할 수 있다는 견해는 진부해졌다는 논거로 룽에에게는 이제 정치적 견해에서뿐만 아니라 인간의 자기 실현의 요구를 위해서 다양한 형식과 관점을 문학 생산에 이용하려는 새로운 욕구가 생긴 것이다. 자신을 발견하려는 필요성에서 그는 무엇이 가능한가를 비교하고 검토하고자 하며 자유와 판타

지, 유희 공간과 자기 자신, 그리고 다른 사람과의 관계를 시험해보려 한
다. 기록문학 작업에서는 자신이 뒤로 물러나야 하므로 자기 삶의 경험
을 직접 말할 기회가 없기 때문이다. 그는 자신의 경험, 욕구, 감정을 토
해내고 싶어하며, 그것을 위해서는 이제 더이상 기록문학은 충분하지 않
다는 것을 인식하게 된 것이다.

　언론 매체 분야에서 룽에는 다른 여성 작가들에 비해 특별한 위상을
갖고 있다. 그는 인기 있는 토론 진행자이며 문학 분야의 심사위원으로
서도 능란한 솜씨를 보인다. 그에게는 지적이며, 참여적이고, 문학 박사
이며, 영화감독이고, 연출자라는 수식어가 따라다닌다. 문화 산업에서의
룽에의 위상은 그가 여성들의 처지, 여성해방의 구체적 상황에 대한 특
별한 성찰을 드러내는 데서 찾을 수 있다. 룽에가 중시한 테마는 여성 문
제, 특히 여성해방 문제이기 때문이다. 이러한 그의 관심은 이미 다음 기
록작품의 제목인 '여성들—해방을 위한 시도'에 내포되어 있다.

참고문헌

Erika Runge, *Bottroper Protokolle*, Aufgezeichnet von Erika Runge, Vorwort von Martin Walser, Frankfurt/Main, 1968.

Dies., *Frauen-Versuche zur Emanzipation*, Frankfurt/Main, 1970.

오청자, 「'47그룹'이 전후 독일 문학에 끼친 영향」, 『문학과 진실』, 도서출판 월인, 2000, 197~218쪽.

Heinz Ludwig Arnold/Stephan Reinhardt(Hrsg.), *Dokumentarliteratur*, edition text+kritik, München, 1973.

Hanno Beth, Erika Runge, In : *Kritisches Lexikon zur deutschsprachigen Gegenwartsliteratur*(Stand 1. 1. 1988).

Volker Caroli, *Pragmatische Aspekte syntaktischer Variation in der gesprochenen Sprache*. Göppingen, 1977(=Göppinger Arbeiten zur Germanistik 219), S. 366~393.

Wendula Dahle, Spricht Maria B. restringiert? Zu Bottroper Protokolle, In : *Diskussion Deutsch*, H. 2 1970, S. 143~148.

Hans Jürgen Heinrichs, Dokumentarische Literatur-die Sache selbst? In : Heinz Ludwig Arnold/Stephan Reinhardt(Hrsg.) : a.a.O., S. 13~14.

Raoul Hübner, Trivialdokumentationen von der Scheinemanzipation? Zu Erika Runges Protokollen. In : Heinz Ludwig Arnold/Stephan Reinhardt(Hrsg.) : a.a.O., S. 120~173.

Hans Peter Kensy, Wirkungen der Gruppe 61?, In : Heinz Ludwig Arnold(Hrsg.), *Gruppe 61. Arbeiterliteratur-Literatur der Arbeitswelt?*, Edition text+kritik, M nchen, 1971, S. 168~175.

Nikolaus Miller, *Prolegomena zu einer Poetik der Dokumentarliteratur*, München, 1982, S. 284~334.

Oskar Neumann, Kontra Wolfgang Harich, In : *Sinn und Form*, 26. 1. 1974, S. 418~436.

G. Katrin Pallowski, Die dokumentarische Mode, In : Horst Albert Glaser

u. a. : *Literaturwissenschaft und Sozialwissenschaften 1*. Stuttgart(Metzler), 1971, S. 235~314.

Matthias Prangel, Gespräch mit Erika Runge, In : Deutsche Bücher, 1979, H. 1, S. 16~31.

Erika Runge, Überlegungen beim Abschied von der Dokumentarliteratur, In : Uwe Timm und Gerd Fuchs(Hrsg.), *kontext 1, Literatur und Wirklichkeit*, München 1976, S. 97~120.

Ricarda Schmidt, *Westdeutsche Frauenliteratur in den 70er Jahren*, Frakfurt/Main, 1982.

Stephen W. Smith, Erika Runge, In : Heinz Puknus(Hrsg.), *Neue Literatur der Frauen. Deutschsprachige Autorinnen der Gegenwart*, München, 1980, S. 116~125.

Joachim Vieregge, Die Umgangssprache in ihrer Abhängikeit von sozialen Rollen-strukturen. Bottroper Protokolle-ein Untersuchungsgegenstand an den Klassen der Mittelstufe, In : *Der Deutschunterricht*, Jg. 22, Heft 6, 1970, S. 26~40.

에리카 룽에 연보

1939년 1월 22일 동독 잘레 강변에 있는 할레 Halle / Saale에서 지방법원장의 딸
　　　　로 태어남. 나치 시대와 스탈린 시기의 포츠담에서 학교를 다닌 후 서독
　　　　으로 이주.

1954년 서베를린에서 김나지움 졸업. 자르브뤼켄, 파리, 베를린, 뮌헨에서 문
　　　　학, 연극학, 미술사를 공부.

1962년 '드라마와 무대에서의 표현주의의 특성에 관하여 Vom Wesen des
　　　　Expressionismus im Drama und auf der Bühne' 라는 논문으로 뮌헨 대
　　　　학에서 박사학위를 받음.

　　　　함부르크에서 에곤 몽크 Egon Monk의 조연출로 일함.

　　　　정치적 동기에서 찍기 시작한 짧은 다큐멘터리 영화를 가지고 바이에른
　　　　방송국에서 기록 영화의 작가로 일함. 그가 다룬 테마는 '바이에른 숲 지
　　　　역의 실직' '바이에른 탄광 폐쇄' '금속 산업의 임금 논쟁' 등의 제목에
　　　　서 볼 수 있듯이 실직, 임금 논쟁, 평등권, 정치, 노조의 정치 참여 등 주
　　　　로 사회 비판적인 것이었음.

　　　　독일 표현예술아카데미, 독일 펜클럽 및 작가협회 회원.

1970년 뮌헨 시의 문학장려상, 1982년 아디스 아바바의 국제 금메달을 비롯한
　　　　국내외의 많은 상을 받음.

　　　　작가로서뿐 아니라 방송, 텔레비전, 출판, 신문 등 다양한 대중 매체에
　　　　서 활동.

　　　　현재 자유 작가로, 사회 비판적 영화 및 텔레비전 극의 연출자로 베를린
　　　　에서 살고 있음. 최근에 그의 이름은 심리분석가로도 등장함.

막힌 사회에서의 여성의 자아 찾기

─ 여성문학으로 읽는 크리스타 볼프의
『크리스타 T에 대한 추념(追念)』

김숙희 이화여대 독문과와 동대학원을 졸업하고 독일 프라이부르크 대학에서 수학했다. 현재 동덕여대 독문과 교수로 재직중이다. 역서 『제7의 십자가』 『11월』 『칼립소』 등이 있다.

1. 들어가는 말

"무엇일까? 인간이 자기 자신에게 이른다 함은?"

작가 크리스타 볼프 Christa Wolf(1929~)가 소설 『크리스타 T에 대한 추념 *Nachdenken über Christa T*』(이하 『크리스타 T』로 표기)의 첫머리에 던져놓은 질문이다. 자기 자신에게 이른 인간 — 어떻게 하면 자기 자신에게 이른 인간이 될 수 있는가? 작품 『크리스타 T』는 이 근원적인 물음을 실현시기려 안간힘을 쓴, 그러나 이루시 못하고 병사(病死)한 한 여성의 이야기이다. "자기 자신에게 이르고자" 하는 소망은 여전히 막혀 있는, 그래서 인간을 자유롭게 하기보다 구속하고 억압하는 오늘날 이 세상의 모든 여성들에게도 절실하게 다가온다. 또 이는 크리스타 T와 같

---

* 이 논문은 싱신어자대학교 인문괴학연구소 간, 『인문과학연구』 제10집(1990)에 실린 것을 수정 보완한 것이다.

은 여성의 문제일 뿐 아니라, '자기 자신과 합치된 인간'의 영원한 꿈을 아직 이루지 못한 인간 모두의 본질적인 문제라 할 것이다.

이 글은 『크리스타 T』를 여성문학의 관점에서 살펴보려고 한다. 구동독의 막힌 사회에서 한 지식인 여성의 자아 찾기와 그 좌절의 과정을 살펴보는 데에 초점이 맞추어질 것이다.

2. 여성문학의 관점에서 본 『크리스타 T』

2-1. 새로운 여성상 ― 새로운 여성의 문학

『크리스타 T』가 발표된 것은 1968년이었다. 1960년의 농업 집단화 완료, 그 다음해의 베를린 장벽 설치와 함께 구동독은 내부적으로는 공고화를 이루면서 외부에 대해서는 고립화되는 시기에 접어들었다. 이는 일종의 사회주의적 자의식을 바탕으로 한편으로는 경제 성장을 가져왔으나, 또다른 한편으로는 시민들의 시선을 협소하게 만들어 모든 분야에서 제대로 된 해답 없이 모든 것을 흑백 논리로 재단하게 만드는 양상을 가져왔다. 과학 테크놀로지의 혁명이 인간의 삶을 개선시키리라는 소박한 믿음에 기대어 대부분의 여성을 다룬 소위 '여성적 교양 소설'들은 그때까지 남성이 점령하고 있던 고도의 과학이나 학문적 직업에 여성을 올려놓는다거나, 새 경제 체제의 '지도자 및 기획자'로서의 여성을 그려내고 있었다.

그러나 『크리스타 T』와 함께 비로소 내용과 문체면에서 제1세대의 구동독 작가들과는 완연하게 다른 여성의 문학이 시작된다. 나치 치하에서 유년 시절을 보내고 동독 건설기에 청년기를 보낸 볼프 세대는 한편으로는 개인의 욕구와 행복에의 표상을, 또다른 한편으로는 사회에의 계명을 함께 지닌 세대에 속한다. 그러나 개인의 욕구와 사회적 계명이 결코 일치할 수 없음을 각성한 이들은 보다 나은 미래라는 대의를 위해 자신의 욕구 충족을 더이상 희생하려 하지 않았으며, 사회적인 관점보다는 주관적인 관점에서 글을 쓴 구동독의 첫 세대이기도 하다. 그리고『크리스타 T』는 이러한 문학관의 대표적인 작품이다.

1968년 조심스럽게 한정판으로 출간된 이 작품은 1971년 권력을 장악한 당시 당서기장 에리히 호네커가 자유로운 문화 정책 분위기를 이끌어들인 후에야 보다 광범위한 층의 독자들 손에 들어갈 수가 있었다. 볼프는 이 작품에서 일차원적인 인습적 서술 방식을 취하지도, '긍정적 여주인공'을 그리지도 않았다. 오히려 아무런 모범이 되지 않는 일종의 사회 부적응자를 그려놓았다. 작품 속에 자주 등장하는 "자기 자신에게로 온다"든지 "자기를 말하는 어려움" 등의 표현은 권위 대신 '진정성 Authentizität'에 뿌리를 박고 있는, 목표 지향적이라기보다는 욕구 지향적인, 그리고 도구적 성격보다는 표현의 성격을 갖는 서술 방식에의 추구를 의미한다. 가부장적 가치 체계에 종속되어 있던 여성의 침묵을 깨고, 고유한 여성적 체험을 종이 위에 옮겨놓으려는 볼프의 시도, '주관적 진정성'을 밑바탕에 깔고 있는 볼프의 작업은 독일의 문학사 및 여성문학사에 있어 하나의 돌파구를 의미한다 하겠다.

2-2. 크리스타 볼프와 여성문학

볼프의 거의 모든 작품에는 여성이 주인공으로 등장한다. 그러나 여성이 주인공인 작품을 여성 작가가 쓴다고 하여 크리스타 볼프의 문학을 흔히 통칭되는 의미에서의 여성문학 혹은 여성해방문학으로 간단하게 묶어버리는 것은 온당치 못하다. 왜냐하면 페미니스트들이 흔히 애기하는 '여성의 해방'이라든가 문학에서의 '새로운 육체성' 혹은 '세상을 치유하는 여성의 힘' 따위의 표어로 그의 문학을 설명하기는 어렵기 때문이다. 달리 말하면 크리스타 볼프는 통상적 의미에서의 여성 문제를 다룬다거나, 여성 독자를 겨냥하여 쓰지 않는다. 그에게서는 노동 현장 및 교육 현장에서의 기회 균등 같은 남녀평등도 문제시되지 않으며,

모성 보호라든지 육아 문제도 다뤄지지 않는다. 많은 작품을 통하여 또 인터뷰나 수필 등을 통하여 볼프가 문제삼는 것은 '고전적' 의미에서의 여성해방 테마가 아니다. 볼프가 문제삼는 것은 오늘날의 정보 홍수 및 과학기술 혁명, 분업, 관료화, 소비생활, 소외, 고립화, 고정 역할 수행 및 언어 상실 등으로 인한 매우 넓은 의미에서의 인간의 정체성 상실이 요, 개성의 상실 문제이다. 바로 이런 이유로 해서 볼프의 작품에 나타 나고 있는 자기 실현에의 요구는 인간 보편적인 것이지 여성해방적인 것은 아니라는 가설이 간단하게 받아들여져왔으며, 볼프 역시 자신의 테마나 목표를 페미니즘적인 것에 국한시키는 것을 거부한다. 그러나 또다른 한편 볼프는 지금 우리가 살고 있는 이 시점에서 여성해방은 특 히 중요한 문제라고 스스로 밝힌 바 있다. 그는 한 인터뷰에서 "남성의 문제에 덜 관심을 갖는 것은 아니지만, 현 시점에서는 한 집단으로서의 여성이 참으로 우리 사회에서 더 많은 창조적 의문을 요구하고 있는 것 으로 보인다"[1]고 밝힌 바 있다.

2-3. 작품 『크리스타 T』 요약

『크리스타 T』는 대단히 난해한 작품이다. 그 난해함은 많은 부분, 작품 의 1인칭 화자(話者)가 외적 줄거리를 쫓아가며 연대기적으로 사건을 전 해주는 것이 아니라, 화자의 회상 속에서 의식의 흐름이나 되돌아보기의 수법으로 과거와 현재를 넘나들며 서술하는 구성 때문이기도 하다. 여기 서 1인칭 화자는 주인공 크리스타 T의 고교 및 대학 시절의 친구이다. 그 는 크리스타가 35세의 나이에 백혈병으로 죽고 난 후, 고인의 남편으로 부터 고인이 남긴 일기, 원고, 스케치, 편지 등을 물려받아 죽은 친구의 삶의 궤적을 훑어간다. 이때 삶의 궤적이란 외형적인 것이 아니라 죽은 친구의 내면적이고도 정신적인 궤적을 말한다. 작품의 이해를 위하여 줄

---

1) Marion Adams, Crista Wolf : Marxismus und Patriarchat, In : Manfred Jürgensen(Hg.), *Frauenliteratur*, München, 1985, S. 215에서 인용.

거리를 작품의 원 구성과는 달리 연대기적으로 요약해본다.

　주인공 크리스타 T는 1927년 성탄절날 오더 강 동안(東岸)의 한 마을 교사 집안에서 출생한다. 크리샨Krischan이라는 애칭으로 불리던 그녀는 전쟁 직전 인근 도시의 인문계 고교로 진학, 그곳에서 후일 화자(話者)로 등장하는 친구와 알게 된다. 그러나 피난하는 와중에 이 친구와도 헤어진다. 시골에서의 노동, 3년 동안 시골 학교의 신참내기 교사생활, 두어 번의 연애, 그리고 독문학을 공부하기로 결심한다. 크리스타 T는 라이프치히 대학에 와서 비로소 옛 고교 시절의 친구들(화자를 포함하여)을 다시 만난다. 1951년이었다. 새로운 친구들, 대학 동기생들, 두어 명의 동화적이고 낭만적인 인물들이 등장하기도 한다. 크리스타는 실연으로 인해 자살을 생각하기도 하지만 어쨌든 대학 공부를 완료한다. 몹시 방황이 많았던 대학생활— 그래도 1954년 5월 제출된 그녀의 테오도르 슈토름에 관한 졸업 논문은 "제1급 매우 잘함"의 성적이었다. 그녀는 시골에서 정식 교사생활을 시작하나 곧 유스투스를 만나면서 그만두고 임신한 채로 그와 결혼, 수의사인 남편을 따라 메클렌부르크의 시골로 내려간다. 그곳에서 첫딸을 낳고 뒤이어 딸 둘을 더 출산한다. 그리고 좀 멀리 떨어진 호숫가에 스스로 설계하여, 평생 살 집을 지으려 한다. 이같은 일상적인 삶은 때로 친구와의 만남에 의해, 또 그리 대단했다고는 할 수 없는 밋쟁이 산림지기와의 짤막한 연애 사건에 의해 중단되기도 한다. 그녀는 작가가 되겠다는 생각을 품고 글을 쓰려고 노력한다. 그러나 급작스럽게 불치의 병이 그녀의 생을 파괴, 1963년 2월 35세의 짧은 일생을 마감한다. 백혈병이었다.

2-4. 여성적 발전 소설로서의 『크리스타 T』

　미학적 측면에서 볼 때, 『크리스타 T』는 교양 소설이라고도 할 수 있다. 주인공이 여성이라는 점에서 '여성적 교양 소설'이다. 발전 소설이라고도 불리는 교양 소설은 자기 자신 및 세계에 대해 분명하게 알고자 하는 한 인물을 주인공으로 내세워 이 인물이 현실에서 부딪치는 갖가지 문제들을 주제로 하여 주체와 세계, 이상과 현실 간의 긴장관계를 그려 나간다. 원래 18세기에 생겨난 교양 소설은 독일 문학 전통의 유산으로서 구동독 당국에 의해 보호되었을 뿐만 아니라 정치적 격변을 직접 경험한 작가들에 의해 동독 건국 초기에 많이 씌어졌던 장르이다.

그러나 볼프의 여성적 발전 소설은 여성의 사회적 지위가 취약한 까닭에 상승이나 발전이 아닌 하강(下降)의 연대기로 기록된다. 고전적인 그리고 전형적인 사회주의 발전 소설과는 대조적으로 주인공을 둘러싼 세계는 주인공을 형성시키고 일으켜 세우는 것이 아니라, 오히려 주인공을 파괴한다. 고전적인 교양 소설의 남성 주인공들이 편력을 거쳐 사회 혹은 공동체 속에 합일되는 것과는 달리 크리스타 T는 사회에 편입되지 못한다. 죽음을 향해 가는 주인공의 하강의 연대기가 친구인 1인칭 화자의 '추념 Nachdenken' 의 형태로 풀려나간다.

제목에 들어 있기도 한 '추념' 은 고인을 막연하게 생각한다거나 추모한다는 의미가 아니다. 어느 인간을 추념한다는 것은 고인이 고뇌하며 사고했던 것을 그대로 쫓아가면서 추(追)사고해본다는 의미이다. 소설 속 화자의 추념은 세 개의 움직임을 환기시킨다. 우선 고인을 생각하고, 뒤이어 깊이 숙고하며, 마지막으로 숙고하면서 고인을 뒤따라 쫓아가는 것이다. 결국 생각 속에서 추(追)체험하는 것이다. 즉 이 '추념' 이라는 말 속에는 '감정과 사고와 행위의 종합' 2)이 들어 있다 하겠다. 화자는 자기 자신에게 이르려 했던 고인의 길을 추념하면서 함께 걷고 그 길을 뒤따라 완성하면서 무엇보다도 그 길을 공적 논의의 대상으로 내놓고 있는 것이다.

『크리스타 T』는 내적 차원의 발전 소설이다. 이 작품에서는 전형적인

---

2) Sonja Hilzinger, *Christa Wolf*, Stuttgart, 1986, S. 43.

발전 소설 『녹색의 하인리히 *Der grüne Heinrich*』를 썼던 켈러 G. Keller
에 대한 연구가 주인공 크리스타 T의 발전 과정에서 중요한 역할을 한
다. 켈러 소설의 주인공인 녹색 조끼의 하인리히에게서 단적으로 드러나
는바, 발전 소설의 남성 주인공은 여행 혹은 세상 편력을 통해 성숙해가
는데, 이때 여행은 주인공이 세상 혹은 사회에 동화되는 과정을 상징한
다. 이처럼 여행(편력)을 통한 남성의 성숙을 다룬 19세기의 전형적인
발전 소설과는 대조적으로 20세기 동독 사회의 여성 크리스타 T의 성숙
혹은 자기 실현 과정은 '글쓰기'를 통해, 즉 내적인 모험 속에서 추구된
다. 그리고 이는 육체적으로는 건강의 와해로, 궁극적으로는 죽음을 향
해 가는 도정(道程)으로 나타난다.

　남성이 세상을 편력함으로써 자기 자신을 발견하고 자아를 확대시켜
나가는 것이 지금까지의 발전 소설에서 나타난 보편적 유형이라 한다면,
남성 발전의 세상 편력에 해당하는 것이 여성의 경우 사랑이라고 할 수
있다. 그리고 19세기 소설의 경우 대개 여성은 사랑의 힘으로 발전하는
것이 아니라, 사회적 규범과 인습에 어긋남으로 해서 파멸해간다. 플로
베르의 엠마 보바리, 톨스토이의 안나 카레니나, 폰타네의 에피 브리스
트가 모두 그러하다. 크리스타 T에게 있어서도 글쓰기와 더불어 사랑은
그녀 인생의 아주 중요한 요소이다. 그러나 사랑은 그녀의 삶에의 욕구
를 전적으로 충족시켜주지는 못한다.

　또하나, 이 작품에 등장하는 18세기의 여성 자가 조피 폰 라 로슈
Sophie von La Roche도 크리스타 T와 독특한 관계를 맺고 있다. 폰 라
로슈는 독일 낭만주의 여성 작가 베티나 브렌타노의 할머니가 되는, 역
시 18세기의 여성 작가인데, 작품 속의 크리스타 T는 유스투스와 함께
한 어느 가면무도회에 "자신의 뜻과는 달리 시골생활에 묶어버렸던 과
민하고 약간 감상적이었던 몽상가"(Ch. Wolf, *Nachdenken über Christa
T.*, Neuwied / Berlin, 1975 (6.Aufl.), S. 149 필자 번역) 조피 폰 라 로슈의
모습을 하고 나타난다. 그리고 무도회가 진행되는 농안, 작가 라 로슈가

1771년에 발표한 소설, 『폰 슈테른하임 양의 이야기 *Geschichte des Fräuleins von Sternheim*』에 나오는 가공의 인물로 변신한다. 이 『폰 슈테른하임 양의 이야기』라는 작품은 "원작자의 원고 및 기타 믿을 만한 원전에서 뽑아내어 슈테른하임 양의 한 여자 친구가 이야기하다"라는 부제를 달고 있다. 다시 말해 『폰 슈테른하임 양의 이야기』는 크리스타 T의 여자 친구(화자)가 크리스타 T에 대해 이야기하는 볼프의 작품 『크리스타 T』와 동일한 구성을 취하고 있다. 또 18세기의 여성 작가 조피 폰 라 로슈가 작중 여주인공에게 자신의 이름인 조피를 부여하고 있는 것과 꼭 같이, 20세기의 여성 작가 크리스타 볼프 역시 작중인물에게 자신의 이름 '크리스타'를 명명하고 있다. 여기서 18세기의 라 로슈와 20세기 볼프의 작품을 잇고 있는 명백한 구성상의 연관을 알 수 있다. 크리스타 T의 좌절된 발전이 라 로슈의 모습 속에 투영되어 있다 하겠다.

3. 막힌 사회와 개인

이미 언급되었듯이 현실사회주의 사회에서 결코 모범적일 수 없었던 죽은 친구에 대한 관심이 화자로 하여금 고인의 자취를 좇게 만드는 내밀한 동기가 되는데, 이와 함께 화자는 인간을 생산 및 제도의 수레바퀴 혹은 나사못으로 만들어버리는 동독 사회질서를, 그리하여 진정한 인간으로의 발전을 가로막는 동독이라는 사회를 재판에 회부하는 것이다. 바로 여기서 사회와 개인의 발전 사이에 생기는 괴리를 고려해보아야 할 필요성이 생긴다. 사회주의의 원래 목표가 개개인의 진정한 자기 실현임에도 불구하고 이름만 사회주의로 내건 채, 과학 및 기술 발전만을 주문(呪文)으로 삼는 사회, 이같이 막힌 사회에서의 개인은 정처(定處)를 마련하여 안주하지 못한 채 떠돌 수밖에 없는 것이다. 그리하여 나사못이 되지 못한 개인은 발을 붙이지 못하고 '인간의 자기 자신에의 이르름'을 절규할 수밖에 없게 된다.

작품에서 개인과 사회와의 관계가 잘 나타나는 대목은 나치를 배경으로 하는 크리스타 T의 유년 시절과 제15장을 이루고 있는 헝가리 봉기 및 스탈린의 악행에 대한 폭로 부분이다. 나치의 패망으로 전쟁이 끝난 후의 장면을 보자.

> 마지막 차. 비좁은 군수품 수송차를 타고 그녀는 1945년 1월 서쪽으로 향했다. (……) 이미 일상이 되어버린 도피 중의 창백한 여인네들, 지치고 지친 아이들과 병사들 (……) 크리스타는 절망감을 막기 위하여 한 어린아이를 무릎에다 끌어다 안았다. 그때 그들의 머리 위에서 라디오가 울부짖기 시작했다. (……) 충성, 충성, 죽을 때까지 영도자님께 충성. (……) 그녀는 아이를 더 세게 꼭 끌어안는다.(S. 24)

크리스타가 품에 안았던 아이는 눈보라치는 겨울밤, 그녀가 잠깐 잠든 사이 죽고 만다. 작품 『크리스타 T』에는 나치 시절의 유대인 수용소(KZ)라든가 지하 저항운동, 반(反)파시즘에 대한 언급이 없다. 볼프가 이들을 과소평가해서가 아니라, 볼프가 겪은 일상의 파시즘에서는 이러한 희생을 직접 체험하지 못했기 때문이다. 크리스타 T의 인생의 제2기에 해당하는 1945년 이후의 새로운 시작에 있어서도 싫은 유년 시절과 마찬가지로 평범하게 흘러간다. 작품을 이끌어가는 작중 화자가 크리스타 T와 재회한 것도 전후의 라이프치히 대학에서이다. 그 사이 7년이 지나 있었다. 대부분의 사람들이 새로운 사회에 적응하겠다는 결심으로 좌절과 절망을 환희와 학습의 의무로 쉽게 옮겨놓았지만 크리스타 T는 그렇지 못했다. 무엇이든 고정시키는 데 대한 두려움, '사물 이름 새로 붙이기'의 열광에 대한 회의(懷疑)— 새로운 사회 건설에 참여해야겠다는 결심과 함께 그녀에게는 회의가 생겨나기 시작한다. 그것은 앞으로 그녀가 심리적으로 그리고 사회적으로 점점 더 변방으로 밀려날 것이라는 예감이었다.

새로운 이름 붙이기에 우리가 도취해 있는 동안 그녀는 회의했다. 그녀는 자신이 관계하고 있는 이름들의 현실성을 의심했다. (……) 자기 자신에게도 이름을 눌러붙여야 한다는 사실 앞에서 그녀는 놀라 뒤로 물러섰다. 어떤 가축을 어떤 외양간으로 가라고 명령하는 낙인으로부터……
(S. 46)

그녀에게는 새 국가의 현실이 점점 더 역겨운 것으로 변모한다. 그녀는 항상 사물의 배후를 보려는 본성의 소유자이다. 국가 혹은 사회로부터 보호받는다는 피상적인 감정에 의탁하지 않으려 하고 또 국외자로서의 자신의 위치, 관찰자로서의 자신의 위치를 포기하지 않으려 한다. 그녀가 보기에 인간을 보호한다고 하는 새로운 사회는 '상상력이라곤 없는' 사회였으며 그녀는 도처에서 '사실의 인간' '뛰어-뛰어-인간'이 새 동독을 지배하고 있음을 목격하게 된다.

동독의 새로운 사회와 현실사회주의에 대한 주인공의 회의는 1953년 초여름의 베를린 폭동 및 1956년 헝가리 봉기의 좌절에서 절정을 이룬다. 크리스타 T의 생을 돌아보는 데 있어 작품 15장(章)은 그녀 개인과 동독 현실과의 관계 규명에 중요한 단서를 제공한다. 우선 밝혀지는 것은 헝가리 봉기에 대한 동독 젊은이들, 특히 지식인들의 반응이다. 우연히 같이 모여 앉았다가 라디오로 이 뉴스를 듣게 된 소설 속의 젊은이들—크리스타 및 화자를 비롯하여—에게 있어 이 사건이 주는 충격은 클 수밖에 없었다. 헝가리 봉기에 대한 소련군의 진압—역사상 처음으로 사회주의자들이 같은 신념의 사회주의자들을 총으로 쏘는 사건. 헝가리 당국은 더이상 그들 체제의 모순을 부인하거나 얼버무리려 하지 않았으며 이 사건은 사회주의권의 모든 사람들에게 제각각 태도를 취하도록, 어느 편인지 고백을 하도록 요구하였다.

이상하게 캄캄한 어느 날 밤, 우리는 우연히 함께 앉아 있었다. 그리고 서방의 모든 라디오 방송으로부터 부다페스트의 투쟁에 관한 보고와 함께, 그들이 '유토피아'라고 부르던 것의 붕괴에 대한 거의 억누를 길 없는, 터질 듯한 조소의 웃음소리를 듣고 있었다.(S. 167)

1953년 스탈린의 죽음, 같은 해 6월의 베를린 노동자 폭동, 1956년 10월의 헝가리 봉기 등 일련의 사건은 동독 창건 후 최대의 불안정한 시기를 가져왔다. 이것은 지도부의 노선 투쟁, 경제 정책 수정, 당(黨)의 구조 변화 등을 수반했다. 그러나 탈(脫)스탈린 노선을 추종하겠다는 동독 통합당(SED)의 태도는 애초부터 한계를 지닌 것이었다. 그러나 그럼에도 불구하고 스탈린에 대한 공식 비판은 현실사회주의의 권위적인 얼굴을 남김없이 드러내놓았고, 당시 동독의 지식인들에게 하나의 어려운 과제를 제시했다. 소설의 주인공 크리스타 T와 화자 등 동독의 젊은 지식인들은 바로 이같은 문제에 봉착해 있었다.

사회와 개인의 모순을 드러내주는 또하나의 사건으로 베를린 폭동을 들 수 있는데 이는 작품 속에서 직접 언급되지 않고 사랑하던 남자와의 이별이라는 크리스타 T의 개인적 위기와 일치되어 나타난다. 크리스타 T는 코스트야와의 실연 후 시골의 언니에게 편지를 쓰는데, 이 편지는 부쳐지지 않고 그녀의 일기책 속에 보관되어 있다가 화자의 수중으로 넘어온다. 크리스타는 이 편지에서 자기가 자실을 생각하였으며, 모든 것이 벽(壁)처럼 자신을 마주하고 있다고 호소한다. 그녀는 병(病)으로 도피한다. 대학 당국에 진단서를 써보낸 의사는 그녀의 우울증과 의기소침 증상에 대해 "병으로서의 죽음의 소망, 주어진 상황에 대한 적응력 부족으로서의 노이로제"(S. 92)라고 진단한다. 아직 서른도 안 된 나이에 크리스타 T는 부적응자로 낙인찍혀 빠져나갈 출구가 없다고 느낀다. 다른 동료들이 적응의 편한 길을 걷고 있는 동안 그녀는 현실에 낙담, 교사로서의 직업도 포기하고 아내로서 주부로서 또 어머니로서의 표본적인 생활에서 안식을 구한다.

4. 여성문학의 관점에서 본 크리스타 T

4-1. 작품 속의 가부장제

주인공 크티스타 T는 생물학적 성별의 의미에서 보자면 오히려 여성성과는 반대의 측면을 많이 지닌 인물이다. 크리샨이라는 소년 애칭으로 불릴 만큼 '반머슴아' 같은 외모에, 사물이나 타인에 대해 거리감과 독자성을 소유하고 있는, 그리하여 같은 반 여학생들에게 매혹적인 영향력을 행사하는 여성이다. 여학생 크리스타가 친구들과 함께 '청소년 관람 불가'의 영화를 보러 가는 길에 갑자기 들고 있던 신문지를 동그랗게 말아서 나팔을 부는 장면은 청소년기 그녀의 진면목을 상징적으로 나타내준다.

> 그때 그녀는 불기 시작했다. 아니, 울부짖기 시작했다고 할까? (……) 꼿꼿이 머리를 쳐들고 도랑의 가장자리를 따라 앞서 걸어가던 그녀를 갑자기 신문지를 말아 입에 갖다 대고 외치기 시작했다. 후아우, 대략 그 비슷한 소리였다. 그녀는 나팔을 불었다. 그녀를 따라가던 상사와 하사관(동급생)들은 마침 휴식 중이었다. 그리고 머리를 절레절레 흔들면서 주위를 살펴보았다. 응? 정말 놀랐군 그래. 응? 너 이제 봤지? 쟤가 어떻게 할 수 있는지 말야. 누군가가 내게 말했다.(S. 14)

그러나 그녀는 점점 여성화되어간다. 그러면서 그녀의 건강도 점점 허물어진다. 시간이 지나면서 나팔의 상징은 붉고 흰색의 둥근 공으로 바뀐다. 해변에서 공을 쫓고 있는 그녀(S. 7), 어린아이와 함께인 그녀는

236

행복한 가정주부의 모습을 하고 있다.

작품에서 크리스타 T의 결혼생활은 행복한 조화를 이룬 모습으로 그려진다. 유스투스와의 결혼은 그녀가 주부로서 자신의 독자성을 유지할 수 있었던 이상적인 생활이기도 했다. 그러나 이 결혼생활에서 자신의 본성을 죽여야 하는 강제적 요소들이 없었던 것은 아니다. 남자의 마음에 드는 법을 배운다든지, 반복되는 일상의 가사에 매달려야 한다든지, 돌볼 수 있는 한계 이상의 아이들을 출산했다든지 하는 사실을 예로 들 수 있다. 자기 실현의 성취에 있어 여성이 남성에 뒤지고 있는 것이다. 예컨대 남편 유스투스는 수의사로서 실제로 동물들을 도울 수 있지만, 크리스타는 동물의 고통을 보고 눈물만 흘릴 뿐이다. 업무상 시골을 방문하는 남편을 동행한 크리스타는 부엌의 다른 여자들에게 가도록 지시를 받고 그곳에서 그저 두어 개의 수줍은 질문만 던질 수 있을 따름인 것이다. 주부가 된 그녀는 가정에 적응해 들어간다. 크리스타에게 있어 인생은 남편 유스투스를 매개로 수동적으로 받아들여지는 대상이다.

처녀 시절 크리스타 T의 생의 목표는 '자유롭고도 위대한 삶'이었다. "(……) 생, 자유롭고도 위대한 생! 오 황홀한 생의 느낌, 네가 결코 날 떠나지 않으리라는 이 느낌!"(S. 46)이라면서 생의 환희에 도취했던 그녀는 주부가 되면서 달라진다.

그녀는 돼지고기를 굽고 있었다. 그 고기가 바삭바삭 잘 구워져서 오븐에서 나올 때면 그녀는 이 물건을 보고 기뻐하는 것이다. 또 그녀는 아이를 안고 먹이고 가르친다. 혹은 유스투스를 위해 차(茶)를 준비한다. 그가 좋아하는 복잡한 방식으로.(S. 156)

이러한 크리스타의 모습은 그것 자체로는 천진한 풍경이지만, 그러나 삶의 내용으로 보자면 '자유롭고도 위대한 생'으로부터는 상당히 멀어져 있다. 세상을 향해 열려 있으면서 독립을 희망하던 예전의 태도는 이

제 '불손함' '환상적인 소망, 상궤를 벗어난 꿈'(S. 154)으로, 즉 미성숙
한 태도로 평가절하된다.

그녀는 근본적으로 철저하게 자기 자신을 다시 창조하였다. 유스투스
를 위하여. 그것은 결코 수고를 요하는 일이 아니었다. 그것은 지금까지
그녀에게 찾아든 가장 세속적인 즐거움이었다. 그 어떤 것도 진부하지 않
아서, 적어도 하나의 기쁨을 끌어내게 하지 않는 것은 없었다. 가끔은 진
정한 기쁨도 있었다. 믿어지지 않을 정도였다.(S. 155)

가사에서 즐거움을 찾는 크리스타의 모습은 여성해방적 관점에서 보
자면 가부장제를 긍정하는 편모를 지니고 있다. 나아가 이 작품에서 제
시되는 아버지상(像) 또한 상당히 위협적인 모습이다. 크리스타 자신의
아버지는 사회주의자이며 군대에도 징집되지 않을 만큼 허약한 모습으
로 그려지고 있지만, 그녀의 유년 시절을 이루고 있는 고향 마을에서의
체험은 권위주의적인 남성들의 모습으로 채워져 있다. 선머슴아 같았던
크리스타는 마을의 계집아이들과 함께 마을의 장원을 소유하고 있는 기
병 대위의 숲으로 허가증 없이 버섯을 따러 가거나 장원의 사과나무 위
에 올라가곤 했는데, 장원의 감독관은 아이들을 돌로 벌주곤 했다. 크리
스타에게는 이 무서운 감독관에 대한 공포가 부인할 수 없는 것으로 각
인되어 있다. 또하나 중요한 유년의 기억으로 고양이의 죽음을 들 수 있
는데 이 역시 아버지 연배의 남성에 의해 자행된다.

밤이면 그녀는 잠이 깨었다. 언제나 소작인과 그의 아내가 거기 있었
다. 그들은 술을 마셨고 축음기가 돌아가고 있었다. (······) 그러더니 갑
자기 멈추어 섰다. 째지는 비명 소리. 소작인의 아내가 우리 고양이를 밟
았던 것이다. (······) 달이 비추고 있다. 소작인 남자가 문으로부터 나타
난다. 고양이를 손에 쥔 그는 신을 저주하는 욕설을 내뱉으며 외양간의 벽

을 향해 소리나게 고양이를 내던진다. 뼈가 뿌드득 소리를 낼 때, 살아 있
는 무엇인가가 둔중하게 바닥에 떨어질 때 어떤 소리가 나는지 우리는 알
고 있다. (……) 미친 인간보다는 미친 개한테 물려 죽는 것이 (고양이에
게는) 훨씬 좋았을 텐데.(S. 28)

이외에 등장하는 남성으로 어느 퇴역 장군을 들 수 있는데, 그는 예언
가 점쟁이를 자처하며 크리스타의 이른 죽음을 예언하기도 한다.

여성문학적 관점에서 보자면 하늘은 존경의 대상이면서 동시에 두려
움의 대상인 가부장을 나타내는, 보다 상위권 영역의 상징으로 해석될
수 있다. 이미 언급한 크리스타 T가 나팔을 부는 장면에서, 그리고 나팔
부는 행위는 여성으로서의 자기 주장의 행위라 할 수 있겠는데, 그 자리
에 함께 있던 주인공의 친구(1인칭 화자)는 주인공이 나팔을 부는 그 "순
간 하늘이 조금 치켜드는 듯이, 하늘이 내 어깨 위로 내려앉는 듯이"(S.
15) 느낀다. 또 하늘의 상징과 연관되는 것으로, 어린 시절의 크리스타는
"별아이Sternkind"(S. 15)로 불렸다. 크리샨이라는 사내아이의 애칭으로
불리던 어린 시절의 크리스타는 하늘의 영역에 대해 요구할 수 있는 권
리를 갖고 있었다. 그러나 나이가 들면서 하늘의 영역은 크리스타에게서
멀어져간다.

4-2. 막힌 사회에서의 여성의 자기 실현

종말에 가서 우리가 보게 되는 것은 크리스타 T의 죽음이다. 병과 죽
음—이것은 그녀의 경우 정신적인 데에, 아니 그보다 앞서 사회적인 데
에 그 근원을 갖고 있다 하겠다. 크리스타의 병은 우선 피곤함의 형태로
나타난다. 그것은 '유혹적으로, 죽음의 피곤함'으로 심화되어간다. 사회
구성원 각자가 제각각 하나의 포괄적인 인성(人性)이 될 수 있다는 것을
표어로 내걸고 있는 사회에서, 당연히 인간 마음속의 소망과 감정에 있
어서도 원하는 바대로의 자신을 유지해야 함을 원칙으로 삼는 사회에서,

그러나 당(黨)이 개인의 소질과 능력을 방해하고 가로막는 사회에서, 크리스타가 앓게 되는 백혈병은 구동독처럼 막힌 사회에서 자기를 실현하고자 하는 사람이면 누구나 앓게 됨직한 하나의 징후라고도 할 수 있을 것이다. 사회 전반에 걸친 관료적인 장애가 정신적인 병의 원인이 되고 이것이 다시 신체적인 병의 원인이 되는 순환관계— 크리스타 T의 병은 마음속에 품고 있으나 실현될 수 없는 욕구에 대한 비유요, 사회 전반에 대한 비판으로 해석될 수 있다.[3]

현실에 실망하고 좌절하는 크리스타 T는 결혼하면서 헌신적인 주부로 변신한다. 처음에는 행복해 보였으나 점점 지쳐서 주변과 타협하며, 환상을 잃고 냉정해진다. 여성이기 때문에 갖게 되는 이같은 여성 특유의 자기 소외(自己疏外)는 병이 시작되면서 우울함과 피곤함의 형태로 나타난다. 병에 저항하기 위해, 궁극적으로는 죽음에 저항하기 위해 크리스타 T는 자기 자신 속에 아직 남아 있는 잠재력을 개발하고 싶다는 욕망을 갖게 된다. 우울증에 능동적으로 대처하겠다는 생각, 즉 '내 눈으로 볼 수 있는 것을 내 손으로 직접 만들어보고 싶은' 자발적인 의지를 갖게 된다. 이는 두 가지 양상으로 나타나는데, 하나는 글쓰기요, 또하나는 집짓기이다. 내적인 현실(글쓰기)과 외적인 현실(집짓기)을 직접 창조해보려는 것이다.

4-2-1. 내적(內的)인 자기 실현 ─글쓰기

크리스타 T는 확실히 현실사회주의가 요구하는 인물은 아니었다. 그녀는 이 사회의 모범상도, 더더구나 희망상도 되지 못했고, 사회의 변방에 거주할 수밖에 없는 아웃사이더였다. 사람들은 그녀에게 '현실감이 결여된' '시대에 맞지 않는' 혹은 '순진한' 등등의 형용사를 붙였다. 그러나 크리스타가 내면에 지니고 있는 의식의 깨어 있음과 그 날카로움은

---

3) Heinz Hillmann, Subjektivität in der Prosa, In : Hans-Jürgen Schmitt(Hg.), *Die Literatur der DDR*, München, 1983, S. 415.

그녀에게 "있는 그대로 사물을 느끼는"(S. 18) 능력을, "강한 감성에 의해 현실과의 정확한 관계"(S. 94)를 꿰뚫어보는 능력을 부여하였다. 그리고 바로 이러한 능력이 그녀에게 글쓸 수 있는 기초를 마련해준다. 그녀 자신도 "시를 쓰는 것, 시를 만든다는 것, 언어가 도움을 준다"(S. 23)[4]고 고백한다. 사회주의 사회에서 '언어를 통한 자기 자신에의 이르름'이란, 마르크스주의 용어로 바꿔 얘기하면, '자기 소외의 지양(止揚)'이 될 것이다.

'여기' 이곳에서 바로 '지금' 충만한 생을 살고 싶다는 크리스타 T의 소망은 작품 속에 자주 반복되듯이 "지금이 아니면 대체 언제란 말인가?"라는 말 속에 요약되어 표명된다. 그러나 크리스타의 동경은 현실에 적응하여 모교의 강사가 되어 성공한 여성으로서의 길을 달리는 대학 동창 될링과는 전혀 다른 종류의 동경이다. 그렇다고 해서 크리스타 T가 꿈꾸는 이상적 현실이 현재를 포기하고 미래의 천국을 기다리는 그런 것은 더더욱 아니다. 그녀가 자신의 힘을 집중시켜 써낸 시와 산문들 속에는, 비록 완성된 것들은 아니라 할지라도, 사물의 진실을 향한 동경과, 생과 자신의 결합에 대한 동경이 반영되어 있다.

대개의 경우 한 여성이 자기 실현을 추구할 때 그녀는 결혼생활을 질곡으로 간주, 결혼에서 빠져나옴으로써 자기 자신을 추구한다. 그러나 크리스타 T의 경우 결혼생활은 오히려 반대로 그녀가 좌절하여 빠져나온 공적 생활에 대한 대안이요 도피처이며 비록 한계를 지니고 있긴 하지만 창조적 실존의 구축을 허용하는 또하나의 현실이다. 물론 크리스타의 가정에의 안주는 비판받을 여지를 안고 있다. "아이들을 출산하는 것, 삶이 짐지고 있는 모든 수고를 받아들이는 것, 수천 번의 식사를 준비하고 끊임없이 새 빨래를 씻는 것, 남편의 마음에 들도록 머리 모양을 하고

---

4) 이때 독일어 dicht machen은 '촘촘하게 틈새가 없게 만든다' 는 뜻도 지니고 있다. 아마도 시를 만듦으로써 사물 혹은 외부와 자신의 관계를 촘촘하게 만든다는 뜻으로 해석해도 무방할 듯하다.

남편이 필요로 할 때면 미소지으며 사랑의 준비를 갖추고 있을 것"(S.
155) 같은 문장은 한 인격체로서의 여성을 나타내준다고 보기 어렵다.
그러나 그렇다고 하여 크리스타 T가 남성에게 복종만 하는 전통적인 주
부의 역할만을 선택한 것은 결코 아니다. 이는 남편의 상습적인 폭행으
로 인해 세번째 유산을 한 후 치료받기 위해 입원하여 옆 병상에 누워 있
는 여자 전차 차장에 대해 크리스타가 격분하는 데서도 잘 알 수 있다.
여성 각자 자신의 비참한 삶을 자각하지 않는 한, 여성이 자신의 권리를
유효하게 쓸 수 없다는 사실을 크리스타 T는 누구보다 잘 알고 있다. 따
라서 그녀에게 있어 가정은 글쓰기를 방해하는 것이 아니라, 글을 쓸 수
있는 보호막의 구실을 한다.

크리스타 T에게 있어 글을 쓴다는 것은 단순히 문자로써 자기 자신을
표현하는 일일 뿐 아니라 "고안해냄의 권리"(S. 221)를 주장하는 것이요,
"비록 그 어디에서도 발생하지는 않지만 참으로 진정한"(S. 217) 이야기
들을 이야기하는 것이다. 글쓰기는 그녀의 일상적인 삶에서 평소 일치되
기 어렵던 것들, 즉 욕구, 체험, 실망, 상처, 불안, 희망 등등을 집약시켜
준다. 여기서의 글쓰기는 긴장된 관찰이나 성찰의 결과라기보다 모든 모
순 속에서도 자신의 길에 대한 권리와 상상력을 주장하려는 끊임없는 시
도의 표현이다.

이런 글쓰기는 여러 가지 기능을 가질 수 있다. 우선 치유적인 기능을
꼽을 수 있다. "나는 오직 글을 씀으로써만 사물의 과도한 힘에 저항할
수 있다"(S. 44)고 크리스타 자신이 시인하고 있는 바와 같이, 글쓰기는
자신을 덮치는 사물이나 사건의 과도한 힘에 저항하려는 그녀의 충동을
나타내준다. 시를 짓고 이야기를 꾸미려는 그녀의 성향은 자신의 몫이어
야 할 밝고 확고하고 아름다운 세계를 시로 만들어내려는 욕구에서 출발
한다. "차가움에 대응하는 시도"(S. 91)로서의 글쓰기요, 자기 자신을 놓
치지 않으려는, 어쩌면 유일한 가능성으로서의 글쓰기이다.

크리스타 T의 경우처럼, 인간이 내면적으로 관여하는 글쓰기는 항상

"자기 주장 및 자기 발견"(S. 73)과 연결된다. 앞서 언급한 제8장의 편지에 들어 있는 구절은 글쓰기가 얼마나 그녀의 생과 해체될 수 없이 묶여 있는가를 보여준다. 그녀는 "모든 것이 마치 벽처럼 낯설게 내게 마주 서 있다. 나는 돌들을 더듬어본다. 그러나 틈은 없다"(S. 73)라고 절망한다. 여기서 벽이란 물론 구 동서독 사이에 쳐진 베를린 장벽을 암시할 수도 있겠으나, 당시 50년대의 사건들로 인해 구동독 사람들의 마음속에까지도 상상적인 벽이 막아서버렸음을 의미한다. 뒤이어 크리스타 T는 "나는 다른 사람들과 함께, 다른 사람들을 위해 일하려고 한다. 그렇지만 내가 영향력을 미칠 수 있는 가능성은 (……) 글로 써서 전달하는 성질의 것이다"(S. 91)라고 적고 있다.

글쓰기는 크리스타에게 치유의 기능 외에 정화(淨化)의 기능, 자기 발견의 기능을 갖는다. 글쓰기는 그녀에게 사물을 관찰하면서 조용히 사물과 논쟁할 수 있는 극히 중요한 가능성을 제공하는, 일종의 자기 인식의 형태이다. 나아가 글쓰기는 그녀에게 있어 삶의 좌표를 정하려는 노력의 표현이요 그 결과라고 할 수 있다. 그리고 삶의 방향 정하기로서의 글쓰기에는 현실과 비판적으로 논의할 수 있는 능력, 그러면서도 혼자 존재할 수 있는 능력, 더 나아가 사회와의 근본적인 일치에의 추구 등이 포함된다. 요약하여 글쓰기는 크리스타 T에게 있어 현실 극복의 가능성이요, 인식 수단인 동시에 소모되지 않는 감정과 계획에 대한 통풍구요, 사회의 몰이해에 대한 보호벽이었던 것이다.

그러나 크리스타 T는 직가에의 꿈을 갖고 있었을 뿐, 그 꿈을 실현시키지는 못했다. 화자가 고인의 유품에서 발견하는 글들도 모두 완성된 것이 아니라 단편(斷片)들, 몇 편의 시(詩) 그리고 스케치 정도이다. 교사로서의 공식적인 삶에 실패하고, 주부 및 어머니로서의 사적 영역 속에서 병과 죽음으로 끝나는 그녀의 생에 있어 예술 역시 현대생활의 딜레마로부터 빠져나가는 출구를 마련해주지는 못했다. 미완성의 창작품들과 함께 졸업 논문「소설가 테오도르 슈토름」에서 그녀가 추구했던 문제 역시 "예술 속에서 자기 자신을 실현할 수 있는가? 있다면 어떤 상황에서 가능한가?"였다. 이는 크리스타 T 자신의 생 위에 드리워져 있던 절실한 문제였으며 동시에 작중 화자가 고인을 추념하면서 해답을 추구하는 문제이기도 하다.

4-2-2. 외적(外的)인 자기 실현─호숫가의 집짓기

크리스타 T의 또하나의 자기 실현 계획은 예쁜 부엌 커튼, 찬장 그리고 정원을 가진 새 집을 호숫가 언덕 위에 짓는 것이다. 집에 대한 소망은 그러나 소시민적인 애착 때문이 아니다. 집은 보다 내면적으로 생과 결합되기 위해 그녀가 이용하고자 하는 일종의 도구이며, 그 자신이 만들었기 때문에 친밀한, 그리하여 그녀가 맞선 모든 것에 대해 마주 설 수 있는 장소이다. 크리스타 T는 확실히 구동독의 공식적인 여성상을 거부하고 있으나 아름다운 집을 소망한다는 점에서는 노동 여성들과 별반 다를 바가 없다. 그러나 여기 한 가지 중요한 차이가 있으니 크리스타 T는 사회에 통합된 여성들과는 달리, 규범적인 사회 틀의 바깥, 호숫가에서 이같은 성취를 구한다는 점이다.

호숫가에 집을 지으려는 크리스타 T의 행위는 전원적 목가적 풍경으로의 후퇴요 퇴각이라고 평할 수 있을지도 모른다. 그러나 개인의 삶을 시대의 역사와 떼어놓고 생각할 수 없는 그녀에게 있어, 그리고 가정적 사회적 삶이 점점 협소해지는 그녀에게 있어 이 집짓기는 스스로 자족하는 전원시가 아니라 사회의 변두리에 선 인간이 그 자신으로 서 있을 수 있는 마지막 피난처라 할 것이다. 또 어떤 평자는 이 호숫가의 집짓기를 두고, 폰타네의 『슈테힐린 *Stechlin*』 이후 사회주의 작가들에게 있어 '바다' 혹은 '호수'의 메타포는 개인과 사회 간의 변증법적 긴장관계에 대해 흡사 열쇠 개념과 같은 구실을 한다고 설명하기도 한다.[5]

---

5) F. Raddatz, *Traditonen und Tendenzen*, Bd.1, Frankfurt a.M., 1976, S. 389.

크리스타 T에게 있어 호숫가의 집은 전원 풍경으로의 퇴각이 아니며, 이는 글쓰는 공간을 창조하려는 의도와 결부된다. 그녀는 졸업 논문에서 슈토름 문학에 나타나는 유년 시절의 '조용한 장소'에 대해 언급하면서 자기 자신의 유년 시절에도 비슷한 체험이 있음을 끄집어낸 바 있다. '조용한 장소'는 회상하는 자에게 '동경의 풍경'이 되며 나아가 이것은 '인간적 아름다움의 동경상'으로 상승한다고 크리스타 T는 설명한다. 추억이 동경으로 변모하며, 동경은 현실에 대한 불만을, 그리고 과거와 미래에의 지향을 나타내준다. 호숫가의 집짓기는 일견 전원으로의 후퇴로 비치기도 하나 결코 체념은 아니다. 이 집은 오히려 미래의 활동을 위해 지어진다. 집은 크리스타 T의 미래에의 준비 태세를 말해주며 희망의 표시요, 보호의 터전이다. 즉 그녀가 제시한 질문, '예술 속에서 자기 자신을 실현할 수 있는가? 있다면 어떤 상황에서인가?'라는 문제에 대해 스스로 해답을 발견할 수 있다고 믿는 장소를 만들어내려는 것이다.

그러나 글쓰기가 미완성으로 끝나고 말 듯이 크리스타 T의 집짓기 역시 깨어진다. 새 집이 완성되기도 전에 그녀는 자신이 백혈병에 걸렸음을 알게 되고 죽음에 무방비 상태인 것을 깨닫는다.

5. 맺는 말

작품 『크리스타 T』에서 그려지고 있는 것은 한 의식의 운명이지 일반적 유형으로서의 여성의 운명은 아니다. 여기서 문제가 되는 것은 남성세계로의 여성의 통합이 아니라, 여성이든 남성이든 간에 한 개인의 진정한 사회 통합인 것이다. 그러나 바로 이 개인으로 크리스타 T라는 한 여성 주인공을 내세움으로써 작가 크리스타 볼프가 여성에게 부여하고 있는 잠재성의 의미를 추측해볼 수 있다. 자기 실현의 순수함을 추구하는 데 있어 여성 특유의 민감성과 환상, 상상력 등이 중요한 역할을 하고 있음을 어떻게 부인할 수 있겠는가?

『크리스타 T』는 특이한 주관성을 다루고 있는, 구동독이라는 사회의 역사 단계가 배출시킨 독특한 주관성을 다루고 있는 작품이다. 볼프 자신 1968년의 '자기 인터뷰'에서 밝힌 다음의 말은 이 작품에 대한 작가 자신의 견해가 어떤 것인지 명확히 알게 해줄 것이다.

사회주의 문학이 감성생활의 미세한 뉘앙스, 성격의 개별적인 차이 등을 다룰 수 없다는 잘못된 생각, 이 잘못된 생각을 이제 아무도 더이상 내놓을 수 없을 것이다. 우리가 개인의 자기 실현을 위한 기초를 놓았던 시절, 사회주의적 생산관계를 창출했던 시기는 이제 우리의 뒤편에 놓여 있다. 우리 사회는 점점 더 분화되고 있다. 사회의 구성원들이 사회에 대해 제시하는 질문 역시 분화되고 있다. ― 예술에 있어서도 마찬가지이다.[6]

---

6) Alexander Stephan, *Christa Wolf*, München, 1987(3.Aufl.), S. 92에서 인용.

참고문헌

Christa Wolf, *Nachdenken über Christa T.*, Neuwied/Berlin, 1975(6. Aufl.)

Marion Adams, Christa Wolf, Marxismus und Patriarchat, In : Manfred Jurgensen(Hg.), *Frauenliteratur. Autorinnen, Perspektiven, Konzept*, München, 1985.

Thomas Beckermann, Das Abenteuer einer menschenfreundlichen Prosa. Gedankenüber den Tod in der sozialistischen Literatur, In : Heinz Ludwig Arnold(Hg.), *Text+Kritik 46 Christa Wolf*, München, 1985(3. Aufl.), S. 38~50.

Manfred Durzak, Rollenzwang und Individuation. Die Romane von Christa Wolf, In : Ders., *Der deutsche Roman der Gegenwart. Entwicklungsvoraussetzungen und Tendenze*n, Stuttgart / Berlin / Köln/Mainz, 1979(3. Aufl.), S. 184~221.

Wolfgang Emmerich, *Kleine Literaturgeschichte der DDR*, Darmstadt / Neuwied, 1981.

H. Forster / P. Riegel, *Deutsche Literaturgescichte, Bd.12 Die Gegenwart 1968~1990*, München, 1998.

Petra Gallmeister, Der Bildungsroman, In : Otto Knärrich(Hg.), *Formen der Literatur*, Stuttgart, 1981.

Patricia Herminghouse, Schreiben in gewendeten Verhältnissen. Ostdeutsche Autorinnen in historischer Sicht, In : Gnüg, H/R. M hrmann(Hg.), *Frauen Literatur Geschichte*, Stuttgart, 1999(2.,vollst. neu bearb. und erw. Aufl.), S. 477~495.

Dies., Wunschbild, Vorbild oder Porträt? In : Dies,/P.U. Hohendahl(Hg.), *Literatur und Literaturtheorie in der DDR*, Frankfurt a.M., 1981(2.Aufl.), S. 281~334.

Heinz Hillmann, Subjektivität in der Prosa In : H. J. Schmitt(Hg.), *Die Literatur der DDR. Hansers Sozialgeschichte der deutschen Literatur, Bd.11*,

München, 1983, S. 385~434.

Sonja Hilzinger, *Christa Wolf*, Stuttgart, 1986.

Andreas Huyssen, Auf den Spuren Ernst Blochs. Nachdenken ber CHrista Wolf, In : R. Grimm/J. Hermand(Hg.), *Basis. Jahrbuch für deutsche Gegenwartsliteratur, Bd. 5*, Frankfurt a. M., 1975, S. 100~116.

Helmtrud Mauser/Wolfram Mauser, *Christa Wolf : Nachdenken über Christa T.*, München(UTB1457), 1987. ·

Heinrich Mohr, Produktive Sehnsucht. Struktur, Thematik und politische Relevanz von Chtrista Wolfs Nachdenken über Christa T. In : A. Drescher(Hg.), *Christa Wolf. Ein Arbeitsbuch. Studien, Dokumente, Bibliographie*, Frankfurt a. M., S. 32~62.

Alexander Stephan, *Christa Wolf*, München, 1987(3. berarbeitete Aufl.)

Ders., Christa Wolf In : Heinz Puknus(Hg.), *Neue Literatur der Frauen*, München, 1980, S. 149~157.

Victor Zmegac(Hg.), *Geschichte der deutschen Literatur vom 18. Jahrhundert bis zur Gegenwart Bd. III/2 1945~1980*, Königstein/Ts., 1984.

크리스타 볼프 연보

1929년 3월 18일 렌츠부르크에서 출생.

1949~53년 예나와 라이프치히 대학에서 독문학 전공.

1951년 게르하르트 볼프와 결혼.

1961년 『모스크바 단편집 *Moskauer Novelle*』 발표. 할레 시로부터 예술상 수상.

1962년 이후 베를린에 거주하며 전업 작가로 활동.

1963년 소설 『나누어진 하늘 *Der geteilte Himmel*』 발표. 예술원으로부터 하인리히 만 상 수상

1964년 구동독 예술문학국가상.

1968년 소설 『크리스타 T에 대한 추념 *Nachdenken über Christa T*』 발표.

1971년 에세이집 『쓰기와 읽기 *Lesen und Schreiben. Aufsätze und Betrachtungen*』 발표.

1973년 테오도르 폰타네 상 수상.

1974년 『운터 덴 린덴 로(路) *Unter den Linden－Drei unwahrscheinliche Geschichten*』 발표.

1976년 장편 『유년의 표본 *Kindheitsmuster*』 발표. 시인 볼프 비어만의 시민권 박탈에 항의하는 공개 서한에 서명.

1977년 브레멘 시 문학상 수상. 구동독 작가동맹 베를린 지부 의장단에서 축출.

1979년 『어디에도, 그 어느 곳에도 *Kein Ort, Nirgends*』 발표.

1980년 게오르크 뷔히너 상 수상.

1982년 프랑크푸르트 대학에서 시학 강연.

1983년 『카산드라 *Kassandra*』 발표. 실러 기념상 수상.

1987년 『원전 사고. 어느 날의 뉴스 *Störfall. Nachrichten eines Tages*』 발표.

1989년 『여름단편 *Sommerstück*』 발표.

1990년 『남은 것 Was bleibt』

2002년 『육화된 Leibhaftig』

희망 없는 현실에서
여성이 살아가기

—잉에보르크 바흐만의 단편집 『동시에』

윤현자 이화여대 독문과와 동대학원을 졸업하고 독일 프랑크푸르트 대학에서 수학했다. 현재 이화여대에 강의를 나가고 있다. 논문 「생존전략으로서의 여성의 죽음」이 있다.

1. 잉에보르크 바흐만 다시 찾기

잉에보르크 바흐만Ingeborg Bachmann은 현대 독일어권 문학에서 독보적인 위치를 차지하고 있는 여성 작가이다. 그는 1952년에 '47그룹' 회의에서 시를 낭송한 후, 다음해에 바로 '47그룹 상'을 수상하면서 독일어권 문예계에서 비상한 주목과 찬사를 받았다. 뒤이어 1953년에 발표된 시집 『유예된 시간 *Die gestundete Zeit*』과 1956년의 『대웅좌의 부름 *Anrufung des Großen Bären*』이 호평을 받음으로써 그는 독일 시문학계의 총아로 자리매김하였다. 그러나 1957년 이후에는 시를 거의 쓰지 않았다. 그후 1973년 로마에서 의문의 죽음을 맞기까지 그는 주로 산문에 몰두해왔다. 그 결과 1961년에 첫 단편집 『삼십 세 *Das dreißigste Jahr*』가 출판되었고, 『말리나 *Malina*』가 1971년에 출판되었다. 그가 몰두했던 산문은 60년대 초부터 하나의 위대한 프로젝트로 집약이 되면서 이 프로젝트는 '죽음의 방식'이라는 타이틀을 얻게 된다. 그리하여 바흐만의 모든 산문은 이 프로젝트 아래 각자가 상호연관성을 가지고 있다고 할 수 있다. 마침내 『말리나』가 발표되면서 바흐만은 산문 작가로서도 세인의 관심을 끌게 된다. 그러나 그가 1973년에 의문의 죽음을 맞이하면서 1년 전인 1972년에 발표한 그의 두번째 단편집 『동시에 *Simultan*』를 마지막으로 결국 그의 위대한 프로젝트는 미완으로 끝나고 말았다.

바흐만이 시집을 발표함과 동시에 급작스러울 만큼 극찬을 받았다면, 그의 산문에 대한 평가는 뒤늦게 이루어졌다. 이것은 1970년대 후반부터 80년대에 이르기까지 페미니즘 이론의 영향하에서 바흐만에 대한 재해석과 재평가가 활발하게 이루어진 시점과 일치한다. 소위 '또다른 잉에보르크 바흐만 찾기'로 표현되었던 이 움직임은 주로 당시까지 관심의 대상에서 벗어나 있었던 바흐만의 산문을 해석의 중심에 새롭게 자리매김했기 때문이다. 바흐만의 단편 중에서는 특히 단편집 『삼십 세』에 실린 「고모라로 향한 한 걸음 Ein Schritt nach Gomorah」과 「운디네 가다 Undine geht」, 그리고 『죽음의 방식들 *Todesarten*』 3부작 중에서는 『말리나』와 『프란차 사례 *Der Fall Franza*』 등이 프랑스 페미니즘 담론과 후기 구조주의의 조명 아래 중점적으로 부각되었다.

페미니즘 문예학과 함께 60~70년대에 전개된 여성운동과 이로 인한 여성과 여성 문제에 대한 의식의 발달 역시 바흐만 재평가의 밑거름이 되었다. 독일어권에서의 여성운동은 정치적인 학생운동의 맥락에서 70년대 초부터 전개되었으며 페미니즘 문예학은 80년대에 가장 활발하게 논의되었다. 바흐만의 텍스트들은 페미니즘 담론이 전개되기 전에 씌어진 것이지만, 가부장적 질서하에서의 여성의 정체성 상실과 여성성 파괴의 메커니즘을 극명하게 보여줌으로써 페미니즘 담론을 오히려 앞서고 있다. 특히 신이나 아버지로 대표되는 남성적 질서 안에서의 여성의 죽음을 묘사한 『죽음의 방식들』 텍스트들은 페미니즘 시각에 따른 분석 구조에 적합하여 집중적인 연구 대상이 되었다. 페미니즘 문예학자들 중심으로 발행한 1984년의 『텍스트와 비평』 바흐만 특별판, 그리고 국제 슈니츨러 협회에서 발행하는 『현대 오스트리아 문학』지의 1985년 '바흐만 이슈 특집' 등이 80년대의 바흐만 작품에 대한 활발한 연구의 대표적인 결과물이다.

90년대 이후에도 바흐만 연구는 계속되고 있지만, 다른 한편으로 바흐만의 산문에 대한 페미니즘 문예학의 해석과 평가에 대해 새롭게 조명할 더이상의 대안은 없지 않은가 하는 의문도 조심스럽게 제기되고 있다. 페미니즘 문예학의 양대 축을 이루는 두 개의 이론, 즉 '차별화 담론'과 '평등 페미니즘' 모두 본질적인 문제제기에는 기여한 바 크지만, 가해자-피해자라는 이원론적 접근 방법 때문에 합리적인 결론을 제시하지 못하고 있는 것이다. 이에 본고는 여성에게도 도덕적인 책임을 부여하고, 여성도 가해적인 면이 있음을 주장하는 공범관계론으로 바흐만 텍스트를 분석함으로써 그 대안을 찾아보려고 한다.

2. 페미니즘과 공범관계론

유럽에서의 여성운동과 페미니즘 비평에서는 여성의 위치와 서구 문화에서의 여성의 기능에 대한 문제의식을 갖는 데 많은 시간이 필요했다. 여성의 위치에 대해 많은 숙고를 하였던 지크리트 바이겔Sigrid Weigel은 여성들이 한쪽 눈으로는 협소하고 집중적인 시선을 허락하고, 다른 한쪽으로는 충만함과 광활함을 배회하는, 소위 "사팔뜨기의 시선"[1]을 가질 것을 주장하였다. 여성이 여기도 저기도 아닌, 공간적으로나 시간적으로 양쪽 틈 사이에 끼인 채 살아남기 위해서는 바로 이 사팔뜨기의 시선을 배워야 한다는 것이다. 이 이중적인 시선은 여성의 이중적 실존을 말하는 것으로, 여성이 기존의 모범적인 이미지와 해방된 여성으로서의 참여

---

1) Vgl. S. Weigel(1988), Der schielende Blick, In : Dies, /Inge Stephan, *Die verborgene Frau.*

적인 이미지 간의 상충된 상황 안에서 살아가고 있음을 뜻하는 것이다.

여성의 이중적 실존의 문제는 피지배자로서의 여성의 위치에서 비롯한 권력에 대한 관계로 해석할 수도 있다. 여성은 권력의 '안'에 속하면서, 동시에 그 권력의 '밖'에 속하기도 하는 이중적인 자리에 위치하고 있다. 권력과 지배의 관계에서 볼 때, 권력의 주체는 권력을 행사할 대상을 정하고 그들의 희생을 바탕으로 자신의 권력을 유지하여왔다. 그리고 이 지배를 지속하기 위해 다양한 폭력을 이용하여 피지배자를 무기력하게 만든다. 그러나 이러한 관계를 피지배자의 측면에서 성찰하면, 피지배자는 지배자의 구조적인 폭력에 무기력하지만, 피지배자 스스로 권력관계에 동조하기도 한다.

이러한 피지배자의 동조 기능을 여성에게도 적용하는 시도가 여성운동 초기에는 제기되지 않다가, 80년대에 들어서면서 여성운동의 한 부분인 희생자-담론의 전개와 함께 맞물리며 서서히 논의되기 시작하였다. 70년대 초에는 여성이 고통받는 희생자의 위치를 차지하다가 70년대 말에는 점차 방어 능력이 있는 희생자로 발전되어왔다. 더불어 80년대의 사회교육학적 여성 연구와 심리학적 여성 연구 분야에서의 새로운 이론적 단초의 도움으로 기존의 이원론적인 가해자-희생자 도식이 바뀌었다. 이러한 배경에서 여성이 가부장제의 희생자인 동시에 이에 참여했다는 입장, 즉 여성의 측면에서의 공범관계론이 성립하게 되었다.

가부장제의 파괴적인 발전에 여성이 함께 참여했다는 문제제기는 새로운 것이 아니다. 이러한 의심의 흔적은, 이미 "여성운동사에서 1백 년 전부터 비록 부문장이나 행간에서 흥분조로나마 조심스럽게라도 계속 제기되어왔었다".[2] 이러한 단초를 이론적으로 주장한 학자는 프리가 하우크 Frigga Haug와 크리스티나 튀르머 로르 Christina Thürmer-Rohr

---

2) C. Thürmer-Rohr(1989), *Mittäterschaft und Entdeckungslust*. S. 9.(Die Frage nach einer Mitbeteiligung von Frauen[.] ist in der Geschichte der Frauenbewegung seit 100 Jahren immer wieder aufgeworfen worden.[.].)

이다. 이 두 학자는 현재의 서구 유럽 사회에서는 피임의 덕분으로 여성에 대한 억압이 더이상 자연에 근거하지 않으며, 다른 한편으로 더이상 외부적인 강요와 폭력에 의한 것이 아니라는 입장에서 출발한다. 예를 들어 여성에 대한 외부적인 억압은 이란과 그 비슷한 독재하의 나라에서 행해지는 여성에 대한 억압과 폭력을 언급할 때만 사용할 수 있다는 것이다.

하우크는 여성에 대한 억압이 외부적인 강요에 의해서만 규정되는 것이 아니라, 자의적인 동의가 은폐되어 있다는 점을 지적하고 있다. 튀르머 로르 역시 여성의 낮은 위상이 강요에 의해서 이루어진 것이 아님을 지적한다. 이러한 두 학자의 견해는 전제주의나 독재주의 사회에서의 소위 폭력을 동반한 강요가 아니라면, 여성의 복종이 외압적인 강요에 의한 것만은 아니며, 단지 남성의 이해관계만을 위해 성립되지 않는다는 것이다. 나아가 여성의 측면에서 여성 스스로 자신의 억압에 대해 동의하거나 동조하였다고 보는 것이다. 여기에서는 동의라는 것은, 여성 스스로가 자립적이고 외부적인 폭력이 존재하지 않은 상태에서 사회적인 기대에 부응했을 때를 의미한다.

외부적인 강요와 폭력 없이 여성 스스로 사회가 규정한 규범에 동의했다는 이 입장이 페미니즘에서 항상 전제가 되는 가부장적 권력관계를 부정하려는 것은 아니다. 그러나 여기에서 강조하고자 하는 점은 여성이 단지 희생자일 뿐 아니라 가해자도 될 수 있나는 것이다. 여성들의 희생이 자의적인 희생으로 관찰된다면, 그것은 하나의 행위이지 운명이 아니라고 보기 때문이다.

이렇게 여성이 가부장적 체제에 동의하고 그에 따라 행동하는 것은 여성의 사회적 성격, 혹은 사회성의 내면화로 설명할 수 있다. 사회성의 내면화란 여러 역사적 변천을 거치면서 여성의 사회성이 여성의 보편적인 성격 속에 숨어버리는 것을 뜻한다. 즉, 여성은 교육이나 제도를 통해 가부장적 사회의 규범을 내면화하여, 이 사회가 전달하는 여성상을 자신의 성격으로 형성하게 된다는 것이다. 이러한 단초 안에서 '사회성'의 개념은 '여성성'의 개념과 마찬가지로 하나의 이념적 구조일 뿐 아니라, 여성의 현실적인 행동과 감정의 표본이다.

하우크나 튀르머 로르는 내면화 과정, 곧 여성의 사회화는 강요로부터만 이루어진 것이 아니며, 또한 절대적이거나 불가항력적인 것이 아니라고 주장한다. 다시 말해서 여성의 성격을 형성함에 있어 여성의 독자적인 변화 가능성이 있다는 것으로, 여성의 성격 변화 능력에 대한 가능성을 열어놓는다. 가부장적 구조에 여성이 동참했다는 견해, 즉 여성에게 가부장적 구조 형성에 공범적 책임을 부과하려는 주장은 비페미니즘적이거나 혹은 반페미니즘적으로 들리지만, 지금까지 우리에게 익숙했던 사고와 감정과 행동에서 벗어나서 보다 능동적으로 여성 스스로가 각성할 것을 촉구하는 것으로 해석해야 할 것이다.

2-1. 하우크의 가해자―희생자 이론

하우크는 1980년의 한 강연에서 새로운 페미니즘적 관점을 위한 토론의 장을 열어놓았다. 그는 여성의 특징적 성격이 강요나 강압에 의해서 각인되는 것이 아니라, 사회화 과정 자체가 하나의 행동이며, 이 행위 안에서 각 단계마다 동의와 동조에 의해 성립될 수밖에 없다고 본다. 그는 여성의 이러한 특수 상황을 연구하기 위해 비판적 심리학의 견해를 채택하였다. 그가 이 비판심리학에서 받아들인 부분은 자기 규정의 가능성인데, 이 가능성은 한 개인이 어린아이에서 어른으로 성장하는 모든 단계마다 끊임없이 지속적으로 발전하면서 나타난다.

개인은 불안하고 갈등적인 과정을 거치면서 발전하고 이를 통해 자신의 행동 능력을 향상시키는데, 이 행동 능력이 바로 개인 자신의 삶을 결정짓는 중요한 조건이 된다. 행동 능력은 '축소적' 행동 능력과 '확대적' 행동 능력으로 나누어지는데, 축소적 행동 능력은 주어진 조건하에서만 행동 공간을 유지하는 것을 뜻한다. 이것은 기존의 권력관계에의 적응을 의미하고, 이를 통해 안전을 약속받는다. 확대적 행동 능력은 새로운 요소를 획득하면서 생기는 것이며 특히 위기와 관련한 사회 변화를 겪으면서 성취된다. 비판심리학은 인간이 아이에서부터 성인이 되는 각 발전 단계에서 이러한 두 가지 가능성 가운데 한쪽을 선택한다는 데에서 출발한다.

여성은 자신의 행동 능력을 확대하려고 시도할 때 남성보다 더 불안정한 느낌을 가지거나 갈등을 느낀다. 이 확대 과정이 감정적으로 그리고 사회적으로 확실하지 않다는 사실 때문에 이를 적극적으로 추진하는 데 방해를 받는 것이다. 그래서 여성은 자신의 행동 능력을 확대하는 대신, 남성 및 가족이나 일련의 덜 힘든 일과 감정적으로 공유함으로써 보상받으려고 한다. 이러한 보상 체제는 여성의 인격 구조 내에서 갈등을 회피하고 경쟁하지 않으려는 욕구를 강화시킨다. 여성들이 보다 높은 단계의 행동 능력에 도달하려고 하면, 우리 사회는 매수, 우회, 억압이나 보상과 같은 여러 방법을 통해 이 능력을 방해하고, 그 결과 여자들은 저급한 행동 능력에 스스로 만족하고 마는 것이다.

하우크는 비판심리학의 견해에 따라 여성의 사회화가 강요에 따라 이뤄지는 것이 아니라, 개인의 선택에 따라 변화할 수 있다는 자신의 주장을 이론적으로 증명하고 있다. 그리고 여성이 왜 저급한 행동 능력의 수준에 머물고 있는가에 대한 의문을 사회적인 방해와 여성의 갈등 회피로 분석하면서, 그 원인을 방사, 방임, 비인식 등과 같이 사물을 자세히 관찰하지 않고, 갈등을 회피하고 관세를 기만하는 등등과 같은 메커니즘에서 보았다. 이 메커니즘이 여성의 감정과 행동에 대한 하나의 표본을 이룬다는 것이다.

이와 같이 하우크는 여성의 행위와 여성의 시각에 집중하고, 여성의 행동 가능성에 입각한 이론화와 심리 분석 작업에 따른 경험적 분석을 통해 여성의 공범 행위를 연구한다. 그는 왜 그리고 어떻게 여성이 행동하지 않는가 하는 기본적 질문을 던지고, 여성 스스로가 행동하는 것을 가능하게 만드는 지점을 찾으려고 노력하였다.

2-2. 튀르머 로르의 공범관계론

공범관계 개념은 가부장제에서의 여성의 참여 문제를 중심으로 80년대부터 베를린 공과대학의 사회교육학연구소에서 크리스티나 튀르머 로르의 지도 아래 연구되었다. 1987년에 튀르머 로르는 자신의 페미니즘 에세이를 담은 『방랑하는 여인들 *Vagabundinnen*』을 발표하였으며, 1989년에는 이 테제의 개념과 내용을 이론적으로 정립한 『공범관계와 발견욕 *Mittäterschaft und Entdeckungslust*』이란 저서를 내놓았다.

공범관계라는 용어는 형법상의 용어로서, 공범은 '공동으로 의사를 결정하고 다른 참여자와 함께 협력관계 안에서 공동적인 행위 실현을 한 자'를 뜻한다. 공범은 타인과 범행 동기를 공유하고 의식적이고 자의적으로 법률에 반하는 행위를 하며 행위의 결과에 대한 동일한 이해관계를 가진다. 튀르머 로르의 공범관계적 행위란 가부장적 범죄 행위를 말하는 것으로 "물리적, 심리적, 기술적, 학문적, 정치적 형상 안에서 세상에 폭력을 불러오고 또 세상에 폭력이 존재하게 하는 것"[3]이다. 그리고 여성의 공범관계는 여성이 이 가해자와 함께 가부장적 이념을 여성의 특징으로 내면화시킴으로써 남성의 체제를 위해 스스로 기여했다는 뜻이다. 여성의 공범 행위는 협의의 공범에 해당하는 보조적인 협력, 곧 종범의 의미에 해당한다. 종범은 주로 의도적인 보조 업무나 방임을 선택하게 된다. 여성은 원래 동력자여야 하지만 남녀관계에서 평등한 권리를 갖지 못하고, 남녀는 동기와 주요 관심면에서 서로 다른 위계질서 안에 존재한다.

남성의 범행과 여성의 공범 행위는 가부장적 규범을 형성시켜왔으며, 이 규범은 남성들의 집단적인 범죄 행위의 결과로 나타나는 하나의 체제

---

3) C. Thürmer-Rohr(1989), *Mittäterschaft und Entdeckungslust*, S. 13

라고 정의할 수 있다. 여기서 범죄 행위는 남성의 지배를 위해, 이 체제를 유지하기 위해 행할 수 있는 모든 행위를 의미한다. 여성이 자신의 이해관계와 대립하는 체제의 유지를 위해 행동했다는 점을 애기할 때, 여성 개개인의 행동이나 범죄 행위보다는 이 행위에 따른 결과가 더 큰 문제로 제기된다. 이때 발생하는 죄의식의 문제는 범죄적 죄의식에 있는 것이 아니라, 자신의 행위에 대한 한 개인의 책임을 강조하는 도덕적인 죄의식이다. 이 도덕적 죄의식은 자책으로 끝날 것이 아니라, 사회관계에 대한 책임으로 발전해야 할 것이다. 여성은 자신만의 독자적인 도덕을 인정하지 않고 남성에 대한 보조적이고 봉사적인 도덕으로 스스로를 가치 절하하였으며, 남녀간의 잘못된 관계를 수용함으로써 공멸의 위기에 놓였기 때문이다.

『방랑하는 여인들』에서 튀르머 로르가 여성의 공범 행위에 대한 새로운 인식을 제공하였다면, 『공범관계와 발견욕』에서 여러 저자들은 여성의 공범 행위와 사회성을 연결하였다. 이들은 여성의 사회성에서 경제적이고 사회심리적인 재생산 작업의 구조가 재발견된다는 입장에서 출발하여, 이 구조가 여성의 성격으로 내면화하면서 여성의 심리 속에 각인되었다고 주장한다. 이러한 여성의 사회성은 여성 본연의 욕구를 차단하고, 개인에 대한 관심, 욕망과 정열을 사라지게 하여 결국 본연의 인격을 고사(枯死)하는 결과를 초래한다고 보았다.

3. 단편집『동시에』

『동시에』의 구상 시기는 1966년과 1972년 사이로 추정되며, 작가가 『말리나』에 몰두하고 있던 시기와 맞물려 있다. 이 단편집은 『말리나』를 포함한 "모든 죽음의 방식들에 대한 유일하고 위대한 연구"였던 『죽음의 방식들』-프로젝트에 비해 가볍게 취급되고, 이 프로젝트와의 연관성 안에서만 그 의미를 인정받았다. 비평가들은 『동시에』를 『죽음의 방식들』을 위해 존재하는 것으로만 평가하고 일종의 부속 작품 정도로 독자적인 연구 대상으로 취급하지 않다가, 1994년에 잉에보르크 두자르Ingeborg Dusar가 거의 유일하게 연구서를 출간하였다.

『동시에』는 모두 다섯 편의 단편으로 이루어져 있다. 그중에서 「그녀의 행복한 눈Ihr glücklichen Augen」이 가장 중심적인 텍스트로 가운데에 위치하며 표지 제목으로 택해진 「동시에」와 「호수로 가는 세 갈래 길Drei Wege zum See」이 「그녀의 행복한 눈」과 함께 「문제들 문제들Probleme Probleme」과 「개 짖는 소리Das Gebell」 등 세 작품을 감싸고 있다. 작품의 순서는 일종의 의식적인 배열로 볼 수 있는데, 안에 배치된 세 편은 속이야기로 그리고 나머지 두 편은 틀이야기로 볼 수 있으며, 작품 속 여주인공들의 시각도 이와 마찬가지로 제한되어 있다.

주인공들은 모두 빈의 여인들이다. 다섯 편 가운데 중심에 있는 「그녀의 행복한 눈」의 미란다는 지리적으로도 가장 중심이 되는 빈 시내의 1번 구역에 살고 있다. 베아트릭스와 요르단 부인도 빈에 살고 있으며, 제네바와 로마에서 동시통역사로 활동하고 있는 나드야는 빈에서 자라 열아홉 살에 떠났으며, 클라겐푸르트 출생인 엘리자베트에게 빈은 일종의 통과역으로서 그녀의 경력의 발판이 되는 도시이다.

내용적으로 보더라도 「동시에」와 「호수로 가는 세 갈래 길」의 주인공들은 밖에서 활동하고 있는 성공적인 전문직 여성들이다. 「동시에」의 나드야는 동시통역사로 독립심이 강하고 결혼을 거부하는 여성이고, 「호수로 가는 세 갈래 길」의 엘리자베트 역시 세속적 결혼을 등지고 사는 성공한 사진 작가이다. 그래서 소위 외부 세계에 속한 이 두 여성의 시각이 밖을 향해 있다면, 나머지 세 편 속의 여성들은 모두 일정한 직업 없이 좁은 삶의 공간 안에서 매우 수동적으로 행동하며, 내면세계에만 집중된 시각을 가지고 있다.

안에 있는 세 작품은 또한 여성의 연혁에 있어 중요한 세 시기, 즉 소

녀, 성숙한 여인 그리고 노년의 여인을 나타내고 있다. 그리하여 베아트
릭스는 소녀적인 여성의 순진무구함에, 성숙한 여인인 미란다는 마돈나
상에, 노년의 요르단 부인은 사려 깊고, 희생적이며 숭고한 어머니상에
부합하는 인물들로 볼 수 있다. 세 세대에 걸친 이 여성들의 삶이 외면적
인 여성의 이미지와는 대조적으로 내면적으로 고통받고 있음을 공범관
계론적인 측면에서 분석해보기로 하겠다.

3-1. 전통적인 어머니 —「개 짖는 소리」

「개 짖는 소리」에 나오는 고독한 미망인 요르단 부인은 가족에 대한
봉사를 주부의 역할로 생각하는 전통적인 여성의 표본이다. 요르단 부인
은 병리학 분야에서 권위를 가진 아들의 명성을 마치 자신의 승리로 느
낀다. 아들의 발전을 자포자기, 상실감 그리고 애정 결핍으로 얼룩진 자
신의 고단한 삶에 대한 일종의 보상으로 여긴다. 거의 50년간을 과부로
살아온 이 어머니가 즐겨 얘기하는 주제는 오직 "좋은 아들"이다.(II,
374) 그러나 그녀의 아들은 이러한 어머니를 인정하거나 고마워하지 않
고 단지 짐스러워할 뿐이다. 다만 며느리 프란치스카만이 버려진 이 어
머니를 도와주려고 찾아와서 시어머니의 말벗이 되어준다. 사회가 요구
하는 대로 자신의 감정이나 체험을 드러내지 않고 오직 아들을 미화하려
고 했던 어머니의 내부에는 아들에 대한 공포가 숨어 있다.『죽음의 방식
들』 3부작의 하나인『프란차 사례』의 주인공인 프란치스카는 남편 몰래
이 늙고 병든 어머니를 도와주려 하지만, 남편에게 구속당해 있는 그녀
는 어머니의 병에 대해 남편에게 말하는 것조차 어려워한다.

두 여인은 모두 자신들의 요구나 기원을 묶어두고 아들이나 남편의 성
공을 존경하며, 그것을 돕지 못하는 자신을 오히려 책망한다. 프란치스카
는 남편을 자신의 종교라고까지 표현한다. 남편의 성공에 대한 지나친 자
긍심과 동시에 자책감과 열등감을 느끼는 프란치스카는 요르단 부인과
마찬가지로 실제로 남편을 두려워하고 있다. 그리고 남편이 자신을 위협

한다는 사실을 인식하지만, 의식적으로 이 인식을 부인하고 이에 대해 강하게 저항한다. 그녀는 늙어가는 여자의 두려움도 남편에게 전달하지 못하고, 그저 "파악할 수 없는 공포"(II, 385) 속에 머물러 있을 뿐이다.

　두 여인에게 나타나는 이런 무기력한 상태는 이들이 자신의 개인적인 욕구를 억누른 채 아들과 남편이라는 체제를 위해 희생하지만 결국 그 체제에 의해 인정받지 못하고 억압받은 데에서 비롯한 것이다. 이들은 행동반경이 좁아지고 표현도 위축되면서 점차 그 대상에 대해 공포를 느낀다. 가부장제가 요구하는 헌신적인 어머니상은 자녀들을 위해 자신을 희생하고 자녀들의 명성을 자신의 것으로 여겼던 전통적인 어머니의 모습이다. 그러나 「개 짖는 소리」에서 고독 속에서 버려진 채 살아가는 늙은 부인의 말년의 모습은 어머니에 대한 이데올로기가 얼마나 허구적인가를 매우 적나라하게 보여주고 있다. 자신의 개인적인 욕구나 이해를 아들의 명성을 위해 희생했다고 해도, 이 어머니는 그녀가 유일하게 가지고 싶었던 누리 Nuri라는 개를 기르지 못했다. 단지 그녀의 아들이 개를 싫어하기 때문이었다.(II, 387) 결국 이 늙은 어머니는 개 짖는 소리의 환청을 들으며 서서히 죽어간다.

3-2. 남성 순교에의 동참 ─「문제들 문제들」

　늙고 버려진 요르단 부인은 세상에 참여하는 것이 자신의 의지로는 불가능했다고 한다면, 다른 단편들의 젊은 여성들은 세상에 참여하지 않을 것을 스스로 결정한 것처럼 보인다. 「문제들 문제들」의 베아트릭스는 모든 형태의 활동을 거부한다. 여인이라 부르기에는 아직 어린 20대 초반의 베아트릭스는 집에서 아무 일도 하지 않고 늦게까지 잠을 자는 것이 유일한 소원이라고 말한다. 자신의 어머니가 결혼하러 남미로 간 이후에 베아트릭스는 아주 무기력하고 소극적으로 외숙모 미하일로비치 부인의 집에서 이종 사촌언니 엘리자베트와 함께 살았다. 아버지에 대한 언급은 전혀 없기 때문에 그녀는 소녀 시기와 사춘기를 혼자 보냈을 거라고 짐작되며, 때문에 사회질서 안에서 자신의 자리를 찾을 능력이 없는 것처럼 보인다. 그녀는 외부와의 접촉을 매우 제한하고 오로지 게으름과 공상으로 시간을 보낸다. 베아트릭스는 일 같은 건 도저히 못 하며 더구나 공부는 결코 계속하지 않으려 한다. 그녀는 남자에게도 원칙적으로 흥미가 없으며 직접 만나는 것보다 전화나 하는 정도다. 그녀가 원하는 것은 오로지 미장원에 앉아 있는 일이며 "르네만이 이 세상에서 유일한 장소였다".(II. 330) 베아트릭스는 자신의 빈약한 자금을 동원해서 이 미장원에서의 안락함을 즐긴다.

이 단편에서 베아트릭스와 대조적인 인물로는 잔Jeanne이라는 프랑스 처녀와 이종 사촌언니 엘리자베트Elisabeth가 등장한다. 이 둘에 대해 베아트릭스는 모두 비판적이다. 잔은 "활동성의 괴물이며 한꺼번에 모든 것을 원하는"(II, 322f.) 형으로 그녀의 호기심과 치기는 베아트릭스의 신경을 건드릴 뿐이었다. 사촌언니 엘리자베트에 대한 그녀의 생각은 잔에 대한 그것보다 훨씬 비판적이다. 엘리자베트는 모범생에 박학다식하고, 독립심과 겸손함이 유별난 여성이다. 그러나 베아트릭스는 예술사나 엉뚱한 공부에 매달려 돈도 못 벌고, 어머니의 걱정을 사며, 더구나 마렉과 같은 절망적인 남자를 사랑하고 있다고 비난한다. 엘리자베트의 박학다식한 지식과는 상관없이 베아트릭스는 그녀를 어리석다고 여긴다.

위의 세 여성을 보면, 우선 베아트릭스는 철저한 수동성으로 자신의 모든 활동성과 가능성을 닫아버리고, 잔과 미장원 방문이라는 비생산적 일로 자신의 삶을 허비한다. 외면상 활동적이고 적극적인 잔은 지나치게 외향적인 삶을 추구하고, 얄팍한 호기심으로 자신의 젊음을 오로지 개인적인 욕구의 만족을 위해 탕진한다. 그리고 엘리자베트는 이 두 사람에 비해 모범적이고 삶에 대해 진지한 유형으로 묘사되지만 베아트릭스의 비판대로, 그녀 역시 희망 없는 학업이나 남자에게 매달려서, 자신의 지식과 긍정적인 성격을 생산적인 측면으로 변화, 발전시키지 못하고 있다.

엘리자베트에게 비판적이던 베아트릭스 역시 절망적인 관계에 빠져 있다. 그녀의 애인은 유부남으로 부인과 헤어지지 못하는 남자이다. 베아트릭스는 에리히의 직장이나 가정의 문제를 그의 악운이라고 여긴다. 그의 부인 구기Guggi는 이미 세 번씩이나 자살 소동을 벌였고, 그때마다 에리히는 그녀를 병원으로 데려갔다. 에리히는 자신의 생활을 구기와 베아트릭스 두 여인에 대한 이중 책임이 지워진 삶으로 간주한다. 이중 책임이라는 표현은 에리히의 이중적인 도덕관을 나타내는 것이지, 결코 그가 책임감이 강한 사람임을 대변하는 것은 아니다. 베아트릭스 역시 그가 자신 때문에 이혼을 하리라고는 생각하지 않는다. 대신에 절망적인 결혼생활을 유지하고 이혼을 못 하는 이 "순교자적 행위"(II, 325)가 자신과는 관련이 없지만 이에 기꺼이 동참하려 한다. 베아트릭스는 에리히와 아무런 희망 없는 관계를 지속하고 그의 행위를 인정하고 동조함으로써 자신의 고유한 삶은 잃어가고 있다.

3-3. 살면서 죽어가기 —「그녀의 행복한 눈」

「그녀의 행복한 눈」의 미란다Miranda는 지독한 근시에다 난시인 눈을 가졌다. 이런 자신의 눈을 그녀는 오히려 "하늘의 선물"(II, 354)로 여긴다. 그녀는 세상의 일을 모두 자세히 주시한다는 것을 견딜 수 없어하며, 정상적인 눈을 가진 사람들은 과연 어떻게 삶을 견디어내는지 의문스러워한다. 예를 들어 그녀는 자신의 애인인 요제프Josef의 누런 이나 뚜렷한 윤곽을 보지 않는 것이 더 좋다고 생각한다.

그녀는 안경의 힘을 빌리면 이 세상을 볼 수 있지만, 결코 안경을 쓰려고 하지 않는다.(II, 356) 그녀에겐 렌즈를 통해 세상을 보는 일이 "지옥을 들여다보는"(II, 355) 일이며 간단없이 공포감을 안겨주기 때문이다. '본다'는 자체가 그녀에게는 고통이고 지옥 여행인 셈이다. 그녀는 자신이(눈이) 수정되기를 거부하면서 세상을 자신에 맞게 축소하고 확대한다. 미란다는 자신이 수정하는 대신 현실 속의 사물들을 자기 나름대로 변화시키는 것이다. 그러나 그녀가 만든 현실은 실제와는 많은 차이가

있다. 그녀는 레오폴트베르크를 가리키며 "비잠베르크예요!"(II, 359)라
고 외칠 뿐이다.

미란다의 애인인 요제프는, 「문제들 문제들」의 에리히처럼, 미란다와
그녀의 친구인 슈타지Stasi 사이를 저울질하며 두 여자 사이에 있는 인물
이다. 통속적이면서 심각한 삼각관계에 있지만, 요제프는 미란다가 "보
는 것을 도와주고 계속 보도록 도와주는"(II, 363) 사람이다. 그녀의 안경
이 못 쓰게 되거나 사라지거나 분실될 경우, 그는 당장 안경점에 달려간
다. 이렇게 순진한 요제프는 기꺼이 보호자 역할을 하고, 자신의 "천진스
런 천사"(II, 362)를 위해 정상적인 시각으로의 교량 역할을 한다. 미란다
는 세상과 통하는 통로를 요제프로 제한하고 오로지 그를 통해서만 세상
을 보려고 한다.

요제프의 문제는 해결되지 않고 그가 슈타지를 만나는 것을 안 미란다
는 자신이 요제프를 잃게 되리라는 것을 감지한다. 그녀는 오히려 그를
자진해서 잃겠다는 생각을 한다.(II, 365) 그래서 일부러 안경을 하수구
에 빠뜨리고 요제프와의 약속을 거절한다. 그녀는 세상으로 가는 유일한
통로를 스스로 닫아버리고 홀로 남게 된다.

3-4. 절망적인 현실에서 살아가기

위의 세 작품에 대한 내용 분석에 따르면, 여성 주인공들은 매우 절망
적인 현실에 살고 있는 것으로 보인다. 요르단 부인의 고독하고 두려움
에 잔 노년의 버려진 삶이나 베아트릭스의 가망 없는 연애와 비생산적인
나날들, 그리고 미란다의 암담하고 고독한 불확실성과의 투쟁 등은 모두
어두운 여성의 현실을 묘사하고 있다. 이 안에서 살고 있는 이 여성들은
모두 자신의 현실을 바로 보는 대신 스스로를 기만하는 행동을 한다. 자
신을 속일 수많은 가능성 사이에서 살고 있으며 가장 유리한 가능성과
가장 불리한 가능성 사이에서 매일 자신의 삶의 균형을 잡고 있다. 이렇
게 여성들은 스스로를 속여가며 애써 자신이 처한 불행을 인식하지 않으

려고 한다. 지식과 명예를 비판하는 베아트릭스와 인위적인 시각의 교정을 거부하는 미란다의 행위는 매우 도전적이다. 그러나 그들이 택한 세상으로 가는 통로가 남자인 것은 그들을 더욱 절망적으로 만든다.

튀르머 로르는 여성들이 이제는 도덕을 깨고, 환상을 멈추고, 기만에서 벗어난 행동을 해야 할 때가 되었다고 말한다. 문명화된 가부장제가 여성들에게 제공했던 그 기만적 규범과 도덕에 동참하는 일에 여성은 더 이상 협조하지 말아야 한다. 여성들이 절망적인 현실 안에서도 끊임없이 좋은 희망을 가진 것처럼 행동하고, 언젠가는 삶과 사물이 모든 위기를 넘어 계속 발전하리라는 믿음을 기만하고 있는 것은 바로 공범적인 행위의 하나이다. 여성들의 이러한 헛된 믿음은 "모든 용기 없는 자들에게 이 삶은 의미가 있고 질서가 있다라고 모범적으로 증명해왔기"[4] 때문이다.

여성들은 지금까지 도덕과 환상과 속임수 속에서 살아왔지만 그들이 믿고 있는 좋은 희망이란 존재하지 않는다. 『동시에』의 주인공들은 바로 이러한 자기 기만적인 희망을 가지고 스스로의 파멸을 자처하는 여성들의 모습을 잘 보여주고 있다. 요르단 부인은 아들의 범행을 부인하거나 은폐함으로써, 본인뿐만 아니라, 제3의 피해자가 발생하는 것을 방관한 것이다. 결국 자신에게 도움을 주려 했던 프란치스카 역시 희생자로 만들어버린 것이다.

베아트릭스와 미란다는 절망스런 현실을 직시하지 않고 소극적인 행동으로 숨어버리거나, 자신의 약점을 가지고 세상을 기만함으로써 자신들이 "소비되고" 있음을 자각한다.

베아트릭스는 그녀의 가치를 인정하지 못하는 어리석은 남자에게 조금의 용기를 주기 위해 자신을 탕진하고 있다. 이러한 그녀의 무의미하고 헛된 시도는 자신의 돈과 시간을 희생해가며 르네 미용실에서 정성들인 시도가 밖으로 나오는 순간 빗줄기에 흠뻑 젖어 흐트러진 머리 모

---

4) C. Thürmer-Rohr(1987), *Vagabundinnen*, S. 49.(Sie haben allen Mutlosen vorbildlich bewiesen, daß dieses Leben sinnvoll und in Ordnung ist.)

양과 같은 것이다. 마침내 "내 하루 전체가 날아가버렸다!"(II, 352)라고 그녀가 소리쳤듯이, 그녀의 삶 전체도 이처럼 헛되이 날아갈 수 있음을 극명하게 보여주고 있다.

미란다는 친절한 친구나 보호자로 보이는 남자를 통해서만 세상을 볼 수 있도록 모든 가능성을 한 곳에 집중함으로써 자신의 불행을 예고한다. 그녀는 요제프가 없으면 밖으로 외출도 못 하고, 집 안에서 기다려야만 하고, 전체를 조망할 수 있는 시각을 상실한다. 미란다는 자발적으로 요제프를 잃겠다고 결심하지만, 이 결정은 결국 자신에게 불행을 초래하는 행위임을 알고 있다. 이렇게 문제를 인식하면서도 자신의 불행 혹은 좋지 않은 현실을 그대로 흘러가도록 방치하는 행위가 바로 공범적 행위인 것이다.

미란다의 결정에 순순히 따르고 있는 요제프 역시 자신만 바라보고 있는 이 여자를 떠난다는 것이 곧 그녀를 '처형' 하는 것임을 자각한다. 미란다는 이렇게 자신에게 가해오는 요제프의 처형을 감수하고, 이를 자발적으로 결정함으로써 요제프의 행위를 적극적으로 돕고 있다. 그리고 베아트릭스는 "(……) 아무것도 아닌 것을 위해, 재차 아무것도 아닌 것을 위해"(II, 349) 자신을 소모시키고 있는 것이다.

이 두 여주인공의 인식과 삶의 형태는 남성들에게 매우 효과적인 여성적 사회성을 묘사하고 있다. 사회적인 규범을 내면화하고 소극적인 태도로 자기 한계를 엄격하게 설정하는 행위는 여성 스스로를 불리한 상황에 감금하는 결과를 낳는다. 다시 말해서 이들은 자신의 행동을 통해 여성들이 감금되어 있는 게토, 즉 "내면의 제국"[5]으로 가고 있는 것이다. 이 곳에서 여성들은 가부장제가 원하는 대로 자기 스스로를 제한하고 그 안에 스스로를 가둔다. 결국 살아 있는 채 죽음을 맞이하고 있다고 할 수 있다.

---

5) A. Nolte(1992), *Marlen Haushofer*, S. 34.

4. 맺는 말

　바흐만의 산문들에서 묘사되는 남녀관계에 대한 기존의 페미니즘적 해석은 대체로 '가해자-희생자' 도식을 고정화시켰다. 다시 말해서 바흐만 텍스트의 남성은 가부장적 지배질서하에서의 억압자요 가해자이고, 여성은 이 질서에서 제외되고 억압받는 희생자라는 것이다. 이러한 구조 안에서 여성은 자신의 독자적인 자리를 찾지 못한 채, 결국 죽음을 맞이할 수밖에 없게 된다는 것이다. 이러한 관점과 달리 이원적인 가해자-희생자 도식을 가지고 공범관계론적으로 해석한다면, 여성은 남성의 피해자이면서도 자신들의 절망적인 상태를 숨기면서 헛된 희망을 보여준다. 이것은 죄책감에서 자신을 지키려는 행위로, 현실을 은근히 도외시하면서 남성들과 마찬가지로 자기 스스로를 보호하고 있는 것이다.

　여성은 가부장제에서 희생자로 사회에서 배제되었지만 여성의 일반적인 행동과 태도 그리고 감정이 전통적으로 여성적이라는 개념, 즉 가부장제가 바라고 칭찬했던 표본이 된 것은 단지 외부적인 억압에 의해서뿐만 아니라, 여성의 내면적인 동의에 의한 것이므로, 결국 여성들이 남성 체제를 옹호했다는 결론이 나온다. 여성은 기존 체제의 기능에 스스로 참여하면서도 공식적인 생산에서는 배제되는 방법으로 불안정한 위치를 차지하고, 여성 자신은 이 체제를 내면화시키는 이중적인 심리 구조를 형성하게 되었던 것이다.

　여성에게 죄의식의 문제를 제기하는 것은 여성도 역사적인 모든 행위에 참여하였으며 이 행위는 결국 권력과 연관된 남성의 행위와 분리될 수 없다는 결론에서 비롯한 것이다. 그러므로 여성은 가부장적 폭력 행위와 남성을 역사적이고 현재적인 범죄 행위로 인식하는 데 머물지 말고, 나아가 남성과 여성 자신에 대한 여성의 행위 스스로를 분석해야 할 것이다. 이러한 점에서 본고는 바흐만 작품 속에서의 여성들의 희생자적인 측면과 더불어 공범관계적 측면을 분석함으로써, 오늘날 여성의 위치에 대한 문제를 새로운 시각에서 제기하려고 하였다.

참고문헌

Ingeborg Bachmann, *Werke in vier Bänden*. Christine Koschel, Inge von Weidenbaum und Clemens Münster(Hrsg.), München/Zürich, Neuausgabe, 1993.

Dies., *Todesarten-Projekt. Kritische Ausgabe. Unter Leitung von Robert Pichl*. Hrsg. von Monika Albrecht und Dirk Göttsche, München/Zürich, 1995.

Dies., *Wir müssen wahre Sätze finden. Gespräche und Interviews*, München/Zürich, Neuausgabe, 1991.

Heinz Ludwig Arnold,(Hrsg.), *Text+Kritik, Ingeborg Bachmann*, Sonderband, München, 1984.

Ingeborg Dusar, *Choreographien der Differenz. Ingeborg Bachmanns Simultan*, Köln/Weimar, 1994.

Frigga Haug(Hrsg.), *Frauen - Opfer oder Täter? Diskussion*, Berlin, 1982.

Christine Koschel, Inge von Weidenbaum(Hrsg.), *Kein objektives Urteil-Nur ein Lebendiges. Texte zum Werk von Ingeborg Bachmann*, München /Zürich, 1989.

Anke Nolte, Marlen Haushofer, '······und der Wissende ist unfähig zu Handeln', *Weibliche Mittäterschaft und Verweigerung in ihren Romanen*, Münster, 1992.

Inge Stephan, Sigrid Weigel, *Die verborgene Frau. Sechs Beiträgen zu einer feministischen Literaturwissenschaft*, Hamburg, 1988.

Christina Thürmer-Rohr, Vagabundinnen, *Feministische Essays*, Berlin, 1992.

Dies. u. a., *Mittäterschaft und Entdeckungslust*, Berlin, 1989.

잉에보르크 바흐만 연보

1926년 6월 25일 오스트리아 케른텐 주 클라겐푸르트에서 출생.

1945~50년 인스브루크, 그라츠, 빈에서 법학과 철학 공부.

1950년 빈 대학에서 박사 학위 취득.

1951년 국영 방송국 '로트 바이스 로트'에서 작가로, 후에는 편집인으로 활동.

1953년 '47그룹 상' 수상. 처녀 시집 『유예된 시간』 발표.

1954년 '독일산업협회 내 문화협회 장학금' 수여. 『슈피겔』지 8월호 34호 표지 모델로 선정.

1956년 두번째 시집 『대웅좌의 부름』 발간. 이 시집으로 브레멘 시 문학상 수상.

1958년 방송극 「맨해튼의 선신」 발표. 이 작품으로 '전쟁 맹인 방송극 상' 수상.

1959~60년 프랑크푸르트 대학 시학 담당 초빙 교수 역임.

1960년 단편집 『삼십 세』 발표.

1961년 『삼십 세』로 비평가협회상 수상.

1964년 게오르크 뷔히너 상 수상. 「우연들을 위한 장소」라는 감사 연설문.

1968년 문학 부문 오스트리아 국가대상 수여.

1971년 소설 『말리나』 발표. '오스트리아 산업협회 안톤 빌트간스 상' 수상.

1972년 두번째 단편집 『동시에』 발표.

1973년 10월 17일 로마에서 사망.

모계사회 신화에 나타난 여성의 우월성

—권터 그라스의 소설 『넙치』에서

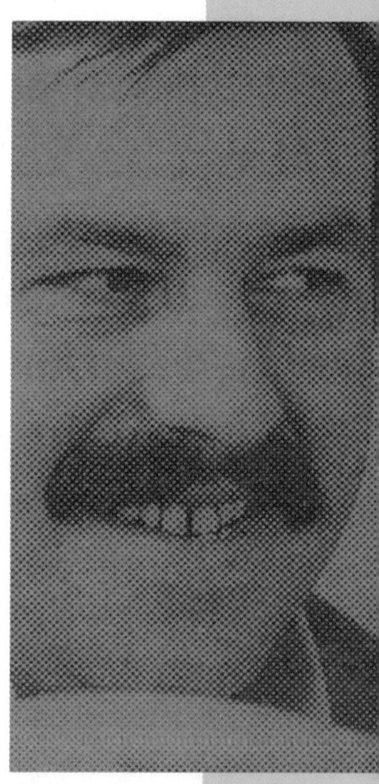

권진숙 이화여대 독문과를 졸업하고 한국외대 대학원을 졸업했다. 오스트리아 잘츠부르크 대학에서 수학했으며 독일 뒤셀도르프 대학에서 연구교수를 역임했다. 현재 대구 가톨릭대 독문과 교수로 재직중이다. 저서 『독일문학과 세계문학』『양철북—난장이 그리고 그 회화적 세계』 외에 다수의 논문이 있다.

1. 들어가는 말

권터 그라스의 장편소설 『넙치』의 끝부분에서 화자인 '나'는 역사 자체에 대해 회의를 품으며 "역사란 도대체 무엇인가?"고 개탄한다. 역사적 진보는 끊임없는 인간의 욕망으로, 특히 역사의 주체였던 남성들의 욕망으로 인해 결국 파멸에 이르게 되었다고 화자는 결론짓는다. 이제 '나'는 역사로부터 떨어져나갔으며, 역사 발전은 남성에게서 이탈되어 더이상 키를 놀릴 수 없고, 자신은 끝시점에 서 있다고 한다.

끝이 있다는 것은 다시 말해 시작이 있다는 것이다. 역사의식의 범주에는 원래 존재했던 태초의 역사가 있다. 즉 역사 이전의 시기, 정확하게 날짜를 셀 수 없는 시기이다. 이 소설의 화자이자 주인공이며 동시에 작가 자신이기도 한 '나'는 역사의 초기 상태에서 그 잘못을 재구성하기 위해 역사 이전의 시기인 신화적 상태부터 이야기를 시작한다.

"역사가 없던 평안했던 시기"는 모계사회였다. 그러나 변화를 가져온 사건, 즉 한 어부가 넙치를 잡아올린 사건으로 인해서 역사가 시작되고 불행도 구체적으로 시작된다.

기원전 2211년경인 석기시대 말기, 북해 단치히 해안에서 어부인 에데크가 인간의 말을 하는 기이한 물고기를 어살에서 건져올린다. 이 넙치는 자신을 놓아주는 대가로 남성인 어부에게 유리한 남성 지배 사회를 만들어주겠다고 제안한다. 어부는 넙치를 바다에 풀어주고, 이후 남성들은 넙치의 조언에 힘입어 새로운 기술과 지식으로 모계사회의 여성을 제압하게 된다. 부권이나 사유재산, 돈, 계급사회, 전쟁, 이념, 자연 극복 등이 남성들이 넙치로부터 받은 대가였다. 이것이 부계사회로의 전환이 가져온 결과였다. 역사의 진보는 날로 거듭되고 현금에 이르러는 더이상 고삐를 잡을 수 없게 되었다. 역사의 주체인 남성은 마치 동화 「어부와 그의 아내」[1]에서처럼 그 끝없는 발전에 대한 욕망과 오만불손 때문에 멸망한 것이다.

소설 『넙치』의 구성은 이와 같은 총체적 역사의식에서 출발하며, 작가 그라스는 그 정당성을 신화의 세계 속에서 구체적으로 찾으려 한다.

역사가 없었던 평안했던 시기인 모계사회는 소설의 첫번째 장면으로서 마치 파라다이스와 같은 모습으로 나타난다. 아우아라 불리는 여성들이 지배한 이 사회에 대한 묘사는 마치 성경의 파라다이스 신화와 비교된다. 이 모계사회가 권력을 행사할 수 있었던 기본적인 힘은 그 당시 여성이 가졌던 우월성에 근거한다.

태초의 어머니라 할 수 있는 아우아는 젖가슴을 세 개 가진 슈퍼우먼이었으며 그것은 "영원히 배부름을 보장하는 것"이었다. 또 아우아는 하

---

1) 『넙치』의 기본 구조는 동화에서 차용되었다. 이 전래 동화는 원래 두 가지 본으로 나왔다고 한다. 하나는 낭만주의 시대 그림Grimm 형제에 의해 수집된 욕심쟁이 여성(어부의 아내)을 주제로 했고, 다른 본은 같은 낭만주의 시대 화가였던 룽에Runge가 북해의 한 섬에서 채집한 것으로, 여기서는 반대로 욕심 많은 남성(어부)을 주제로 했다. 그라스는 이중에서 두번째 본을 모델로 했는데, 종말 부분은 동화와는 달리 개인적 멸망이 아니라 세계의 몰락으로 치닫는다.

늘로부터 불씨를 가져온 장본인으로서 인류에 획기적인 문명을 이룰 계기를 마련한 업적을 갖는다. 이러한 여성의 우수성을 갖고 아우아는 모계사회의 여신으로 군림하였다.

작가 귄터 그라스는 영원히 먹을 것을 제공해주고, 따뜻함이 있고, 은신할 수 있는 유아적 모자관계로 되돌아가고 싶은 희망을 이 신화적인 모계사회의 세계 속에서 펼쳤다.

소설 『넙치』는 전체 아홉 개의 달(月)로 단원이 나뉘어 있다. 본 논문은 이중에서 첫째 달 장면을 주 대상으로 하며, 이 장면의 중심 테마인 모계사회의 신화를 집중적으로 해설하고자 한다. 작품 전체에서 첫째 달이 갖는 비중은 실제로는 전체의 삼분의 일에 해당된다. 왜냐하면 이 장면은 마치 서곡Prolog처럼 소설 전체의 내용을 압축하고 있기 때문이다. 또 이 소설의 비평들을 총괄해볼 때 중요 테마로 거론되는 것은 첫째 여성과 식량 문제, 둘째 신화 및 동화적 요소, 셋째 소설 구조와 기법인데, 이 장에서는 이 모든 테마를 거의 담고 있기 때문이다. 이 밖에도 이 단원에 등장하는 여성 인물은 모든 여성 등장인물들 가운데 가장 지배적인 위치에 있기 때문이다.

『넙치』는 기원전부터 현대에 이르는 대단히 방대한 시대를 다루며, 동화의 말하는 물고기를 작품의 중심에 놓는 초현실적인 소설 기법을 쓰고 있으며, 그 내용과 테마도 대단히 다양하여 독자에게 읽기 어려운 책으로 알려저 있다. 본 논문은 이 디면적이고 복잡한 작품 중 한 부분인 여성 문제에 접근하여 해설함으로써 독자의 작품 이해에 일면 도움이 되고자 한다.

2. 작품 구조와 신화

소설에는 역사적 순서에 따라 각 시대의 대표적인 여성(요리사)의 생애가 차례로 펼쳐져 있다.

첫째 달 : 모계사회에 해당되는 최초의 여성 인물로 아우아가 나오며, 차츰 석기시대 말기로 가면서 비가와 메스트비나가 여성 인물을 대표한다.

둘째 달 : 중세의 여성 인물로는 신비주의적 가톨릭 신봉자인 도로테아 폰 몬타우가 등장한다.

셋째 달 : 마르틴 루터 시대로 수녀원장인 마르가레테 루시가 등장한다.

넷째 달 : 바로크 시대를 취급한다. 대표적 여성으로는 하녀였던 아그네스 쿠르비엘라다.

다섯째 달 : 봉건제국 시대의 프로이센을 배경으로, 농업 노동자 식당에서 요리사로 일하는 아만다 보이케가 주인공이다. 그녀는 감자를 처음으로 프로이센에 도입하여 기근을 물리치고 식량 혁명을 일으키는 데 기여한다.

여섯째 달 : 낭만주의 시대로서 버섯 요리사인 소피 로트촐이 등장하며, 그녀는 혁명에 가담한다.

일곱째 달 : 단치히 빈민 급식소의 요리사인 레나 슈투베가 주인공이다. 그녀는 사회민주당원으로서 『프롤레타리아 요리책』을 썼다.

여덟째 달 : 전체가 "어머니의 날"과 상충되는 "아버지의 날" 에피소드로서 지금까지와는 동떨어진 내용을 갖는다. 역사적 시기도 1, 2차 세계대전을 뛰어넘어 1963년에 와 있으며, 세 명의 여성 동성연애자인 지기, 푸랭키, 막스헨이 나온다. 이들 중 지기는 오토바이를 탄 불량배 청년들에게 집단 성폭행을 당하고는 끔찍한 방법으로 살해된다.

아홉째 달 : 1970년대를 배경으로 넙치가 여성 법정에서 최후 진술 하는 장면을 다룬다. 이 장에 등장하는 여성 인물은 단치히의 레닌 조선소 식당 요리사인 마리아 쿠크촐라이다.

권터 그라스가 이와 같이 9개 달로 소설의 단원을 나눈 것은 여성의 임신과 출산 기간에 따른 것으로, 그는 인간 역사의 가장 원초적 카테고리를 여성의 자궁으로 여겼다. 그라스는 역사를 관찰함에 있어 특히 남성과 여성 간의 성의 역할에 집중한다. 위에서 보았듯이 모든 여성들은 요리사이며, 식량 문제에 관련되어 있고, 그 시대 상황에 따라 열악한 식량 문제에서 여성의 기량을 최대한 발휘해 역사에 기여한다. 그라스가 처음 소설을 구상했을 때 먼저 인간에게 가장 원초적인 사항, 즉 먹는 것, 배설, 출산이 그의 관심 대상이었다. 그라스는 1972년 그의 자서전이라 할 수 있는 『달팽이의 일기』에서 앞으로 무엇을 쓸 것인지에 대해 다음과 같이 말했다.

> 내가 늙기 전에 그리고 가능하다면 나는 이야기로 된 요리책을 썼으면 한다. 아흔아홉 가지 이상의 요리, 손님 그리고 요리를 할 수 있는 동물로서의 인간에 관하여 쓰고 싶다. 식사 이전의 과정에 대하여, 그리고 쓰레기에 대하여……[2]

일종의 식량공급사를 구상했던 작가는 이야기로 된 요리책과 더불어 요리하는 여성의 역사를 쓴 것이다. 그리고 소설 기법으로 이러한 역사를 이끌어가며 애기하는 전지전능한 물고기 넙치가 화자로 들어갔다. 그라스는 이 말하는 넙치의 형상을 동화 「어부와 그의 아내」에서 따왔다. 그래서 동화적, 신화적 존재인 넙치와 여자 요리사들의 여성해방사가 실질적인 테마로 된 것이다. 이는 일반적 의미의 사회사가 아니라 바흐오펜이 주장하는 것과 같은 일종의 모성의 당위성과 찬양에서 출발한다.[3] 특히

---

2) Günter Grass, *Aus dem Tagebuch einer Schnecke*, Luchterhand, Frankfurt am Main, 1985, S. 123.

3) Vgl. E. Hunt, *Mütter und Müttermythos in G. Grass Roman 'Der Butt'*, Frankfurt am Main, 1983, S. 17.

첫째 달에 등장하는 세 명의 여자 요리사에 대한 묘사에서 구체적으로 파악할 수 있다. 이 장을 꾸미기 위해 그라스는 1800년대의 독일 신화 연구가인 요한 야콥 바흐오펜의 저서 『모권』(1861)을 근거로 한 것 같다. 바흐오펜은 고대 산부인과학에 대한 폭넓은 인류발생학적 조사를 통해 고대 인류의 성관계가 자유로웠다는 사실을 확인했다.[4]

바흐오펜은 이것을 이교도적인 것이라고 칭했다. 고정된 아버지의 개념이 없는 채 모든 결정권은 어머니에게 있었다. 어머니들은 존경과 존중을 받을 만한 가치가 있는 유일한 인물이었다. 그 시기의 사회는 완전한 여권의 바탕하에 발전을 진행했다.

바흐오펜 학설과 그라스 소설의 공통점은 첫째 모계사회를 선호하고 찬양하는 점, 둘째는 남성과 여성이라는 상반된 성의 원칙을 설정하는 점, 셋째는 모계사회에서 부계사회로 옮아가는 것을 묘사한 점, 넷째는 모계사회에서 여성의 우월성을 여성의 신체적 특성, 즉 출산에 둔 점, 다섯째는 모계사회의 특징을 성의 문란에 둔 점, 여섯째는 모계사회의 여성들이 먹여주고 돌보아주는 역할을 했으며 모든 대상들을 동등하게 대해주었다는 점이다. 다시 말해 정당하고 자유가 있었던 사회였다는 것이다. 바흐오펜의 설에 따르면 모권은 '잉태할 수 있는 모성'에 근거하는 것으로서 자연, 즉 땅의 결실에서 유추된 것이라 했다. 고대 문명에서는 성관계와 임신관계에 대한 지식이 아직 없었던지라 부권에 대한 원칙을 몰랐으며, 임신 원리를 '자연의 근원적인 자아 보호 원리'에 따라 여성 스스로의 짝짓기에 의해 이루어진다고 믿었던 것이다. 아니면 출산의 관계가 알려졌음에도 불구하고 근친관계를 정상으로 취급했었다는 것이다.

바흐오펜의 모권 이론은 때로 공격받기도 하고 논란의 대상이 되기도 했다. 그리고 도대체 모계사회에 대한 논쟁은 현재까지도 통일된 견해가

---

4) Vgl. ebd. S. 19

없는 실정이다.[5] 여기서 문제가 되는 것은 귄터 그라스가 분명 이 바흐 오펜의 책을 탐독했으며 그 고대의 신화적 여성상을 자신의 소설에 모델로 삼아 하나의 장대한 서사적 모계사회를 우리 눈앞에 하나의 파라다이스로서 펼쳐놓았다는 사실이다.

『넙치』의 주인공들은 모두 여성인 어머니들이다. 남성 인물은 이 여성들의 파트너로 등장할 뿐이다. 열한 명의 여자 요리사들이 각 역사적 시대와 사회를 대표해서 등장할 뿐 아니라, 현대에서도 여기에 준하는 베를린의 여성 법정 배심원들이 또 열한 명 있다. 게다가 곧 딸을 낳을 '나'의 아내 일제빌이 있다. 그리고 이 모든 여성들은 모두 딸만을 낳는다. 그래서 그 숫자는 인구 증가의 계산법에 따라 증가하는 것이다.

이들 여성들과 연관된 테마들을 조사하면 부양, 조리, 식량 공급, 성관계, 출산, 죽음이다. 그리고 권력 투쟁, 모함, 항거, 폭력, 고통도 있다. 각각의 여성 인물들은 서로 다른 개성을 갖고 각기 다른 인간으로서 업적과 우월성을 지니며 다양하게 배열되어 등장한다.

이 소설의 전체적 구조는 세 개의 지평 위에서 발전해나간다.

첫째 서술지평은 1970년대인 현재에 사는 화자 '나'와 아내 일제빌이다. '나'의 직업은 작가이다. 이들 부부는 베를린 근교에 거주하며 일제빌은 임신한 상태로서, 아이가 잉태하여 태어나는 기간인 9개월이 작품의 아홉 개 단원이 된다.

둘째 서술지평은 베를린의 여성 법정인데, 학식 있고 여성해방 문제에 관여하는 여성 배심원들로 구성되어 있다. 그녀들은 각기 역사상 등장했던 열한 명의 여성과 동일인이다.

이 여성 법정은 남성 지배의 역사를 만들도록 사주한 넙치를 재판한다. 이 넙치는 신석기 시대 북쪽 독일의 해안에서 어부 에데크에게 잡힌 이래 이제 두번째로 1970년대에 와서 같은 해안에서 여성해방운동가에

---

5) P. Reuffer, *Die unwahrscheinlichen Gewänder der anderen Wahrheit*, Essen, 1988, S. 71.

게 다시 붙잡힌 것이다. 넙치는 이번에는 자기를 놓아주면 앞으로는 여권 지배 시대를 열어주겠다고 말한다. 그러나 현대의 여성들은 이 넙치의 존재에 의심을 품고, 넙치가 실제로 남성 지배 역사를 위해 무엇을 했는지 알고자 넙치를 재판에 회부시킨 것이다.

셋째 서술지평은 여성 법정에서 넙치가 회고하는 역사, 즉 모계사회 시대부터 현대에 이르기까지 열한 명의 여성(요리사)들의 생애에 대한 서술이다. 전체적 테마는 모계사회에서 부계사회로의 전환, 남성 지배 시대의 부상과 이에 따른 여성 속박, 그리고 남성 지배 시대의 몰락과 함께 새로이 탄생한 여성 지배 시대이다. 이야기의 중간중간에는 지금까지 역사 서술에서 관심을 두지 않았던 요리와 식량의 역사가 펼쳐진다.

소설 구조에서 독자를 혼란시키는 또하나의 기법은 등장인물들의 동일화이다. 첫째 서술지평의 일제빌은 작품에 등장하는 모든 여성 인물들을 대신한다. 둘째 서술지평에 등장하는 열한 명의 여성 배심원은 또 셋째 서술지평의 열한 명 여자 요리사와 나란히 놓을 수 있는, 근본적으로 동일한 인물이다. 다시 말해 역사상의 여성 인물은 현대에 와서 배심원들로 환생한 것이다.

남성 인물에서도 마찬가지로 화자- '나' 는 동화적 존재인 넙치와 혼동되며, 실제 작가인 그라스이기도 하다. 또 동시에 모든 남성 인물들과 동일인이다. 즉 귄터 그라스인 '나' 는 작품 속에서 넙치로 역사를 서술하며 모든 시대의 남성 파트너 역할을 혼자서 다 맡는다.

이와 같이 장편소설 『넙치』는 매우 다층적이고 복잡한 구도를 지니기 때문에 내용의 이해를 위해 이상과 같이 간단히 작품의 전체 구도를 요약해 보았다. 이제는 전체 작품 중에서 테마 상으로 그리고 내용적으로도 매우 중요한 위치를 차지하는 첫째 달의 모계사회에 나타난 신화를 분석함으로써 모계사회 시대의 여성상과 그 우월성이 무엇인지 보겠다.

3. 낙원의 신화

여성 법정에서 재판장 핀헤르 박사는 다음과 같은 결론을 내린다.

"모계사회가 부계사회에 의해 밀려나지만 않았더라도 (……) 오늘날 인류는 평화적이며, 보다 다정다감하며, 개인적인 요구는 없을지라도 창조적이며, 더욱 사랑이 넘치며, 풍요로움에도 불구하고 공정하며, 남자들의 공명심이 없기 때문에 얼굴 찡그리는 일 없이 더욱 명랑하게 살고 있을 것이다. 그리고 국가라는 것조차 존재하지 않을 것이다."(S. 57)

유토피아에 대한 귄터 그라스의 꿈은 이와 같이 과거를 되돌아보는 데서 시작된다. 모계사회는 먹을 것이 넘쳐나는 사회며, 걱정이 없으며, 끝없는 욕망으로 고통당하지 않았다. 그리고 무언가 달리 생각하고 현재 있는 것과 달리 상상하는 일이 없었다. 이같이 의식이 없고 순진하며 천진난만하게 욕구를 갖지 않는 상은 전면적으로 하나의 낙원의 상태를 나타낸다. 그라스는 이 무죄의 상태로서의 자연 상태가 우리가 인습적으로 상상하는 성경의 파라다이스 상이라 주장한다.[6] 비록 성경의 창세기 역사는 제외시켰을지라도 그라스는 고대 모계사회를 성경의 파라다이스 신화에 적용시키고 있다. 아담과 이브에는 어부 에데크와 아우아를 대신 배치시켰으며, 그 외에 실낙원의 역사를 대비시켰다. 파라다이스 신화에서 뱀이 이브를 죄에 빠지도록 유혹하는 반면, 작품에서는 넙치가 남성을 역사의 죄로 이끌게 만든다. 그리고 이때 사탄이 약속한 내용은 석기시대의 순진한 남성들을 그들의 무지로부터 깨어나도록 하여 자의식을 갖게 만들어주는 것이다.

그라스는 여기서 다시 한번 더 소설 구조의 다채로움을 꾀하고 있다.

---

6) Vgl. Ebd., S. 64.

그는 그림 동화인 「어부와 그의 아내」 구도를 거꾸로 설치함으로써 이 신화와 근접시키고 있다. 전래 동화에서 넙치는 우연히 어부의 그물에 잡히자 고마움을 표하기 위해 어부의 소원, 즉 어부의 아내 일제빌의 소원을 들어준다. 그러나 그라스의 소설에서는 넙치가 실수로 잡히는 것이 아니라, 이 어부에게 근접하고자 고의로 어살에 들어온다. 그리고 어부에 대한 수동적 자세로서 원조자가 되는 것이 아니라, 더 나아가 어부를 능동적으로 유혹하는 자가 된다. 마치 파라다이스 신화에서 뱀이 여러 동물들 중 가장 교활하듯이 넙치도 뱀과 같이 빈틈없는 동물이다. 넙치는 마치 어부가 이미 예술 창조자인 양 그에게 아첨하며 말을 건다.

"그대는 예술가요. 그대는 고통 속에서 그림을 그리며 영속적이고 의미 있는 형식을 추구하는 예술가요."(S. 29)

그리고는 뱀이 인식의 나무에서 열매를 따먹도록 이브를 설득시켰듯이, 넙치도 남성의 실제적 능력을 인식하도록 어부를 설득한다. 마치 죽음에 대한 하느님의 경고를 뱀이 들은 체 만 체했듯이, 벌로서 하루에 세 번 주는 젖을 중단하겠다는 모신 아우아의 경고를 어부는 간과한다. 그리고 마침내 신에 거역한 이브가 낙원의 동산에서 쫓겨나는 최초의 죄과를 받았듯이, 여신 아우아의 경고를 간과한 어부 에데크는 역사상의 원죄를 짓게 된다. 그 벌은 사실 성경의 파라다이스 신화에서처럼 즉각적이고 극적이지는 못했지만, 역사적으로 아주 천천히 풍요로운 파라다이스의 모계사회에서 인간이 떨어져나오는 결과를 낳은 것이다.

이 두 경우에서 낙원으로부터의 추방은 모두 죄없는 세계와 평화로운 세계가 종식됐음을 뜻한다. 낙원과 같은 완전한 세계에서 발전이란 있을 수 없다. 진보나 합목적적 사고, 그리고 미래에 대한 설계, 날짜가 들어간 역사 같은 것은 오직 부족한 상태에서만 나타날 가능성이 있는 것이다.

창세기 낙원의 신화와 소설 『넙치』를 비교해볼 때 모두 역사에 돌입한다 함은 불복종과 자아 인식이라는 죄과를 가져온 결과였다. 그리하여 이후의 인류는 무거운 짐을 지고 살아가게 되었다.

여성의 원죄가 모든 인간 후손에게 고통을 주었고 신의 벌로 인해 인간의 역사가 고난의 역사로 되었듯이, 그라스의 소설에서도 남성의 죄는 이후의 역사를 불행한 역사로 만들었던 것이다. 한스 블루멘베르크는 그의 『신화에 관한 논문』에서 프로메테우스 신화도, 그리고 창세기 낙원의 신화도 모두 기본 신화로 보았다. 하나의 신화를 기본 신화로 간주하는 카테고리는 다음과 같다.

신화의 성과가 풍부하고 넓은 것이어야 한다. (……) 신화는 극단적이면서도 총체적으로 될 수 있어야 된다. 이것은 신화가 암시성을 스스로 지니기 때문에 그 신화를 통해 나오는 것과 그 신화의 내부에는 모두 의미 있는 것만 존재한다는 뜻이다.[7]

그는 또 기본 신화에 속하는 것은 신화의 질을 예술적 방법으로 하려는 노력을 보이는데, 이때 예술 신화 작품에 결코 순수한 환상만이 있어서는 안 되고, 핵심적인 기본 인물의 형태가 있어야 된다고 하였다. 소설 『넙치』의 구도와 인물들은 실낙원의 기본 신화에 그 기본 인물 형태를 두고 있다. 그라스의 경우에서도 역시 신화와 함께 총체적인 모든 것은 다음과 같은 사실을 말해주는데, 계몽주의 변증법으로서의 역사 변증법이다. 다시 말해 지식과 자아 인식, 그리고 통일된 자아의 계몽을 통해 무지로부터 해방되는 것은 필연적으로 지배와 피지배라는 제도를 함께 사들이게 된다는 점이다. 즉 인간이 자기 자신과 외부 세력 및 자연을 지배하고 나아가 인간이 인간을 지배하게 된다.

그러나 소설 『넙치』에 나타난 낙원의 신화와 성경의 낙원의 신화를 비

---

7) H. Blumenberg, *Arbeit am Mythos*, Frankfurt am Main, 1979, S. 193.

교해볼 때, 서로 차이가 나는 것은 사탄의 해석에 있다. 성경의 사탄에 대한 의미는 우리가 익히 안다. 반면 소설 『넙치』에서 사탄에 비유되는 넙치는 보다 더 다차원적인 의미로 쓰여 해석자 나름대로 세밀한 분석이 필요하다.

그라스는 실낙원의 기본 신화에서 사탄이라는 인물상을 그대로 도입하지는 않았다. 먼저 그라스는 사탄을 동화적 인물로 변경시켜 등장시켰다. 다음으로 그라스는 실낙원의 근본 원인을 사탄에게만 둔 것이 아니라, 여신 아우아의 무절제한 생식 윤리에도 일부 그 책임이 있는 것으로 보았다. 왜냐하면 모계사회를 형성하는 근본적인 힘이 되었던 세번째의 유방이 떨어져나간 것은 다음 '세 개의 유방에 대한 신화' 장에서 설명될 에피소드 이후에 생긴 일이기 때문이다.

4. 세 개의 유방에 대한 신화

작품 『넙치』의 첫번째 장에 등장하는 여주인공 아우아는 태초의 어머니다. 그녀로부터 모든 여성들이 유래됐다. 화자는 그녀를 세 개의 유방을 가진 슈퍼 어머니로 묘사한다.

"내 말을 믿어주오 일제빌, 그녀는 세 개를 갖고 있었소. 자연이 그렇게 만든 것이오. 정말이오, 세 개였소. 물론 그녀만 그런 것은 아니었소. 모든 여인들이 다 그만큼 갖고 있었소."(S. 7)

귄터 그라스가 그리는 아우아에 대한 상은 아마도 신화에서 유래된 것 같다. 희랍 신화에서 세 개의 유방을 가진 것으로 묘사된 아르테미스는 아우아의 전신이라 하겠다. 이 여신은 소아시아 지방의 에페소스 지역 여신 중 하나로 동방 계통의 신격을 지녔으며 해산을 도왔다. 아르테미스 여신은 어린애들과 새끼 짐승들을 돌보아주며, 풍요한 번식의 여신으로 숭배되었다.

또 이외에 아우아에 비교되는 두번째 여신은 데메테르이다. 이 여신은 소설 『넙치』에 삽입된 시 「데메테르」(S. 95)에도 나와 있듯이 대지와 인연이 깊은 모신(母神)으로, 곡식밭의 생산력을 주관했다. 그녀의 이름 데메테르에서 메테르는 어머니라는 그리스 말이다. 이 여신은 특히 딸 페르세포네의 애틋한 모녀의 사랑 이야기로 유명하다.

이들 신화 속의 여신들은 모두 여성의 신체적 우월성인 출산에 관여하고 전체 여성의 복지를 지휘한 점에서 아우아와 같다. 작품에서 아우아에 대한 찬미는 고대에 이미 종교 예식으로 되었다고 한다. 진흙으로 빚은 숭배 형상도 만들어졌고, 아우아에 대한 제사는 그리스도교가 유입된 초기까지도 행해졌다고 한다.

"아우아 숭배는 서기 원년까지도 마리아 숭배로 변질되어 융성했었다"(S. 58)는 것으로 봐, 그리스도교적 하늘의 마리아건, 이교도적 땅의 여신이건 간에 그들은 한 가지로 숭배했던 것이다.

아우아는 하늘의 늑대로부터 불씨를 훔쳐서 그녀 몸의 작은 주머니(자궁)에 넣고 내려왔는데, 처음에는 물기로 인해 뜨거운 줄 모르다가 나중에는 너무 뜨거워 "아우아! 아우아!"라고 고통의 소리를 질렀고 그것이 그녀의 이름이 되었다 한다. 그러나 아우아란 이름은 또한 "Au(목초지)"를 연상시키기도 한다. 아우아는 유방을 세 개나 가졌을 뿐 아니라 111개의 직은 오목한 곳도 갖고 있다. 화자는 아우아의 신체를 극구 찬양하며 마치 그 어머니의 몸에서 영원한 안식처를 찾으려는 듯이 보인다. 그는 "아우아의 육체와 그 육체의 볼록한 곳과 오목 팬 곳을 진흙으로 빚어내는 작업에 내가 얼마나 즐거움을 느꼈던가?"(S. 34)고 회상한다.

아우아는 에로틱하며 동시에 잘 보살펴주는 어머니와 같은 사랑의 총체다. 아우아의 시대는 초기 석기시대이다. 아직도 인간은 폴란드 북쪽 바익셀 강 유역의 늪지대에 사는 유목민으로 있을 때였다. 아직 농경 문화가 있기 전으로서 주된 식량은 아우아의 젖이었다. 남자들은 마치 유아처럼 젖을 먹었으며, 배가 부르면 울지 않고 만족했다. 아우아의 통치권한은 절대적이었다. 그녀는 역사적으로 등장하는 여자 요리사들의 서열에서 제일 첫번째 자리를 차지하며, 그 뒤에 등장하는 어떤 여성들보다도 중요하고 월등하다. 모든 아우아들은 식량인 젖을 제공해주거나 아니면 거부하는 것으로써 권한을 행사했다. 그리고 애써 불을 들여온 공로로 그녀의 지배권은 더욱 막강했다. 이 시대 남성들은 다음과 같이 고백한다.

> 그래도 여성이 우리에게 불을 가져다 주었기 때문에, 몸에 주머니를 갖지 않은 우리 남성들은 여성에게 예속될 수밖에 없었다.(S. 63)

여기서 잠시 아우아의 세 개의 유방과 관련하여 3이란 숫자에 대해 논할 필요가 있다. 여신 아우아는 3이란 숫자에 대해 절대적인 믿음을 갖고 있었다. 그녀는 자신의 세 개의 젖만 셀 수 있었고 그 이상은 셀 수도, 또 세려고도 하지 않았다.

어부의 어살도 삼각 어살이어야 했다. 하늘로부터 아우아는 세 조각의 불씨를 가져왔다. 그녀는 하루에 세 번 젖을 먹였다. 아우아는 3의 수를 넘어서는 것을 금지했다. 나중에 그녀는 그녀 몸의 111군데의 오목한 곳을 셀 수 있도록 하였는데, 111이라는 숫자는 3으로 나눌 수 있는 수다.

여기서 특기할 만한 것은 작가 그라스의 숫자놀이이다. 그의 전 작품에서와 마찬가지로 여기서도 일련의 숫자놀이가 눈에 띈다. 그라스의 첫번째 소설 『양철북』은 3부로 나누어져 있고, 리듬은 동화의 세 번 반복(예 : 검은 마녀는 있느냐? 있다, 있다, 있다)을 택하며, 가장 중요한 장면은 세 개의 단어(예 : 믿음, 소망, 사랑)로 이루어져 있다. 『개들의 해』도 역시 세 개의 단원으로 나누어서 세 명의 화자가 서술한다. 삼위일체란 말은 그라스의 성경 용어 중 가장 많이 쓰는 말 중 하나다.

소설 『넙치』의 화자도 숫자에 대한 자신의 특별한 생각을 직접 피력
한다.

> "셋에서부터 다수(多數)가 시작되오. 다양성, 순서, 연쇄, 신화가 시작
> 되는 것이오."(S. 7)

> "대체로 셋이란 숫자는 그 자체가 지니고 있는 것보다 더 많은 것을 기
> 대하게 하오."(S. 8)

이 소설은 9(3×3)개월로 장이 나뉘어 있고, 9 혹은 11명의 여자 요리
사가 등장한다. 3이란 수는 성스런 수이면서 완전성과 완결의 수이다.
반면 11은 완전한 수인 10과 12 사이에 위치하는 것으로 하나의 방해 요
소를 대변한다. 이 숫자의 불완전성은 곧 꿰뚫어볼 수 없는 것, 결말이
없는 것 그리고 불확실한 것을 나타내는 인상을 준다.[8] 이러한 그라스의
숫자에 대한 개념은 보다 넓은 차원을 갖는다. 아우아의 유방과 관련된
숫자와의 관계는 첫째 장에 삽입된 시 「아우아」를 자세히 읽으면 어느
정도 밝혀질 수 있을 것 같다.

> 그리고 세 개의 유방과 마주 앉는다면
> 그리고 하나의 젖꼭지뿐 아니라 다른 젖꼭지도 안다면
> 그리고 통상 분열되기 때문에 이중적으로 되지 않는디면
> 그리고 이것이냐 저것이냐를 골라야 하는
> 선택의 고민에 다시는 빠져들지 않아도 좋다면
> (……)
> 그러나 나는 오직 다른 선택만을 하며

---

8) Vgl. Thor A. Larsen, Das ist die Wahrheit, jedesmal anders erzählt, In : M. Durzak, *Zu Günter Grass, Geschichte auf dem poetischen Prüfstand*, Stuttgart, 1985, S. 125.

다른 젖꼭지에 매달린다.

(……)

전체라 해도 나는 오직 반쪽과 반쪽을 더한 것일 뿐.

언제나 두 반쪽 사이에서 나는 선택한다.

오로지 도자기로 빚은 형태 속에서 (연대는 애매하지만)

삼위일체의 근원인

여신으로 아우아는 존재했다고 한다." (S. 24)

이 시의 전체 중 4분의 1에 속하는 첫째 연은 접속법의 가정법을 사용함으로써 글쓴 이의 소망을 말해준다. 저자는 항상 두 가지 중에서의 선택, 이걸까 저걸까와 아니면 이것이냐 저것이냐의 양자택일 문제에서 절망을 느낀다. 사람들이 절대적이라고 주장하며 선택한 둘 중 하나는 완전한 것 같아 보이고 전체인 것 같으나, 작가 그라스에게는 "반쪽과 반쪽을 더한 것일 뿐"이다. 인간들은 눈에 보이는 상대적인 개념, 선(善) 아니면 악(惡), 흑 아니면 백, 과거 아니면 현재로 이분하며 이것의 절대성에 예속되어 있다. 이분론(二分論)에는 타협이란 없으며, 또다른 진실을 인정치 않으며, 시간의 3차원성에 대해 인식하지 못한다. 그라스가 아우아의 세번째 유방에 관해 얘기한다면, 그것은 제3의 가능성에 대해 가치를 둔 것으로서 그녀의 여성으로서의 우월성, 완전한 모성을 칭송하기 위함이다. 그리고 이 세번째의 유방이 떨어져나갔을 때부터 굶주림과 전쟁의 역사는 시작되는데, 완전한 평화와 풍요로운 젖이 흐르던 아우아 신화의 시대가 지나갔기 때문이다.

5. 불의 신화

모계사회와 부계사회에 대한 세계 해석 사이의 대립된 점은 불의 원천에 관한 신화 속에서 가장 뚜렷이 나타난다. 소설 『넙치』에서도 불의 이야기는 두 가지 본으로 얘기되고 있는데, 귄터 그라스는 그가 창작한 불의 신화를 의도적으로 그리스 신화인 프로메테우스 신화와 나란히 대조를 이루게 만들고 있다.

"사실 결정적인 문제는, 우리가 추위에 떨며 날음식을 먹고 있을 때 하늘에서 불을 가져온 사람이 누구였나 하는 것이오. 그리고 넙치님, 당신은 하늘의 늑대로부터 불을 훔쳐온 사람이 남자가 아니라, 우리들의 아우아였다는 사실을 왜 증언하지 않았습니까? 당신과 내가 그 모래밭에서 많은 대화를 나누었을 때, 당신이 말한 프로메테우스 동화에 대해 내가 얼마나 비웃었는지를 당신은 기억하려 하지 않는군요." (S. 60)

이 장면에서 볼 때, 불의 신화는 처음부터 남녀 중 누가 우월했는가 하는 대립의 테마를 갖고 출발한다. 다시 말해 우리에게 지금까지 익히 알려진 남성 우위의 신화만이 진실이 아니라, 또다른 진실이 있을 수 있다는 사실을 말해주려 한다. 이러한 구도는 마치 「어부와 그의 아내」 동화에서 인간의 욕심에 대해 남녀를 대질시켜놓는 구도와 흡사하다. 『넙치』에서 화자는 프로메테우스 신화와 정반대되는 신화를 제시함과 동시에 남성 위주의 신화에 대해 강한 이의를 제기한다. 그리고 모계사회의 당위성과 그 시대 여성의 위대한 업적을 주장한다.

"당신은 뭐라고 말했습니까? '불은 남성적인 행위이며 동시에 아이디어다'라고 하지 않았습니까? 당신의 거짓말이 우리들(남성)의 자의식을 고취시켜주었는지는 모르겠습니다. 아니요, 그렇지 않았습니다. 넙치님, 그건 누구보다 당신이 잘 알고 있습니다. 불을 지키는 하늘의 늑대한테 가서 그 늑대 옆에 누운 것이 남자가 아니라 아우아였다는 사실을 말입니다." (S. 60)

아우아의 불의 신화 내용은 다음과 같다.

프로이센 지역의 옛 신화에는 아직 불이 없었으며 아우아가 신탁에 물어본 후에야 비로소 인간들에게 불의 은혜가 베풀어졌다고 한다. 그 신탁은 말하기를, 몸 속에 주머니를 가진 누군가가 하늘의 늑대에게 올라가 늑대로부터 그 원초의 불을 뺏어오라고 일러주었다는 것이다. 오직 여성들만이 몸 속에 하나의 주머니를 갖고 있었다. 아우아는 하늘로 올라가 하늘의 늑대 곁에 누워서는 그 늑대를 잠들게 만든 후, 세 개의 불붙은 숯을 원초의 불에서 빼내어 그녀의 몸 속 주머니에 감추어 넣었다. 그리고 나머지 불씨가 다 꺼질 때까지 그 위에 오줌을 누었다. 아우아가 땅으로 돌아왔을 때 그녀의 주머니는 어느덧 마르고 불에 타고 있었다. 하늘의 늑대는 그녀의 배반에 복수하여, 그 주머니를 태우고 그 흉터가 난 곳에 끊임없는 가려움을 느끼도록 만들었다.

아우아의 불에 대한 또다른 신화는 이 작품에서 어떤 다른 테마나 의미를 추가하는 역할을 하지 않고, 오로지 기존 신화의 하늘의 늑대가 암컷이라는 점과 과거 신화에서 제물로 황소 새끼를 바쳤던 풍습을 아우아 신화 속에서 합리화시켜보려는 의도만 있다고 하겠다. 이 두번째 본의 불에 대한 신화에서 아우아는 자신이 병든 하늘의 늑대를 간호했는데, 늑대가 그 고마움을 표하기 위해 그녀에게 세 조각의 불을 선물로 주었고, 앞으로 늑대를 기리기 위해 제물을 황소 새끼로 한다는 것이다. 이 두번째 신화가 처음의 것과 차이가 나는 점은, 처음의 신화가 너무 적나라하고 희화적 성격을 띤 반면 두번째의 것은 인간의 덕목 속에 미화시켰으나 상식적이고 신비스런 신화의 운치가 없다는 점이다. 그러나 다같이 아우아, 즉 여성의 우월성으로 인해 남성이 할 수 없는 공헌을 인류사회에 미쳤다는 점은 동일하다.

하여튼 용감하게 하늘로부터 불을 가져온 업적으로 인간은 날것을 끓일 수 있었으며, 추위를 쫓고 어둠 속에 불을 밝힐 수 있었던 것이다. 또한 이 공로는 모권 통치의 기초를 마련했다.

한편 그리스 로마 신화에서는 신들로부터 불을 훔쳐서 인간에게 가져온 사람이 프로메테우스라는 남성이다. 고대 그리스 신화에서 보면, 이 아페토스의 아들 프로메테우스는 특별히 재능이 풍부하고 머리가 좋았다. 그는 제우스 신을 거역해가며 천상에서 몰래 불을 훔쳐다 인간에게 주었다. 그 불은 제우스의 왕궁 부엌에서 훔쳤다고도 하고, 혹은 제우스의 벼락에서 옮겨 붙였다고도 하고, 혹은 화신(火神) 헤파이스토스의 대장간에서, 혹은 태양신의 마차 바퀴에 심지를 대어 불을 옮겨왔다고도 한다. 대신(大神)인 제우스는 이를 괘씸히 여겨 크라토스(＝권력)와 비아(＝폭력)를 시켜 프로메테우스를 붙잡아 황야의 끝 코카서스 산상의 바위에 매달았다. 그리고 그의 간을 독수리가 매일 파먹도록 했다. 그런데 그의 간은 밤마다 새로 돋아났으니 고통은 끝이 없었다.[9]

소설 『넙치』에서 이미 넙치는 이 프로메테우스 신화를 어부인 에데크에게 얘기해주었다. 그 의도는 아우아가 불을 가져온 신화의 주인공이라고 믿는 에데크에게 아우아에 대한 불신을 심어주며, 동시에 인간을 위해 불을 제공한 남성의 용감한 모범 행위를 그에게 알려주기 위해서였다. 그러나 넙치는 프로메테우스가 제우스로부터 받은 벌에 대해서는 숨기고 말해주지 않았다.

아우아 신화와 프로메테우스의 신화를 비교해볼 때, 아우아 신화는 모계사회를 위한 사회 정립의 토대로서, 그리고 프로메테우스 신화는 그와 반대로 부계사회를 위한 사회 정립의 토대로서 각각 사용됨을 알 수 있다. 아우아의 불의 신화에서는 그리스 로마 신화에서 흔히 나타나는 권력 투쟁, 질투가 전혀 보이지 않는다. 평화로움 속에서 아우아는 신탁을 받고 불을 가져왔다. 여기서 주목되는 점은 신화의 세계 속에서도 자연의 원초적 본능이 지배하며 그 내용이 상당히 외설적이라는 점이다. 이

---

9) 강봉식 역, 『그리스 로마 신화』, 을유문화사, 1979, 38쪽.

신화는 원시적 시대에 걸맞게 먹는 것, 자는 것, 배설, 교배를 내용으로 하고 있다. 불의 용도도 일차적인 민생 해결, 즉 음식을 끓이고 추위를 물리치고 어둠을 밝히는 것이다. 또한 하늘의 늑대로부터 받은 응징도 원시적인 그로테스크를 그대로 보여준다. 권위 손상에 대한 끔찍한 복수가 아니라 "가려운 흉터"를 나게 만든 것이다. 이 부분도 자세히 말하면 원래 불을 소유했던 늑대의 응징 능력에 의한 것이 아니라, 불이 습기를 마르게 하고 태울 수 있다는 자연 원리에 의한 것일 뿐이다. 아우아가 가져온 불은 그후에도 평화로운 용도에 쓰였다. 불을 이용해 도자기를 구워 실용적인 용도에 썼지 철과 무기 생산에는 사용하지 않았다.

반면 프로메테우스 신화에 의하면, 그가 천상에서 불을 가져온 이유는 일면 인간을 위한 것이기도 하지만, 또다른 면은 '제우스 대신(大神)보다 자신의 머리가 좋다는'[10] 생각에서 행한 남성적 질투였다. 그리고 제우스의 벌도 일종의 능력 대결 양상을 띤다. 그리스 로마 신화에 나타난 프로메테우스 인물상은 다음과 같다. 그는 자신의 재능을 통해 인류에게 은혜를 베풀었는데, 건축, 기상 관측, 셈, 축산, 해운 등 기술의 혁신을 주관했다. 인류는 그의 덕분으로 야만 상태를 벗어나 인식과 지식을 갖게 되었다고 한다.

이와 같은 내용은 귄터 그라스의 작품 『넙치』에서 넙치가 몽매한 어부를 각성시켜, 앞으로의 역사가 부권주의로 옮겨가도록 교육시킨 내용과 일치한다. 즉 남성의 자의식을 고취시키고 여성보다 우월한 기술로써 지배적 존재가 되도록 사주하는 것이었다. 프로메테우스 신화는 처음부터 벌써 부권주의에서 출발하며 여기에는 인간 역사의 모든 비극, 오만불손, 권력 투쟁, 이념, 전쟁, 복수, 폭력이 예고되어 있다.

---

10) Ebd.

6. 결론

　신화의 기능은 보통 어느 한 사회를 정당화시키는 기초로서 사용되고 있는데, 귄터 그라스는 이 점에 유의하여 그의 소설 『넙치』 속에서 스스로가 직접 고대를 증명하는 하나의 새로운 신화적 이야기를 창안해내었다. 모계사회의 신화이다. 작가는 이 신화를 기존 그리스도교의 창세기 신화 및 그리스 로마 신화와 대비시키는 방법을 통해, 이와는 다른 반대 의미를 갖는 신화, 즉 여성이 주도하며 여성의 우월성을 나타낸 신화도 존재할 수 있다는 사실을 독자에게 인식시켜주고 있다. 작가는 특히 부권주의 사회 통념에만 젖어 있는 우리에게 또다른 진실이 있음을 말하려 한다. 인류가 낙원에서 쫓겨난 이유가 이브라는 여성 때문만은 아니며, 굶주림과 전쟁으로 얼룩진 남성 지배 역사 이전에는 항상 젖이 넘쳐흐르는 모계사회가 있었고, 그 평화의 시대를 이끌었던 것은 여성들이었음을 작가는 말하려 한다. 제우스 신에게 용감하게 도전하여 하늘로부터 불을 가져와 인류 문명의 발전을 꾀한 장본인은 남성이 아니라 아우아라는 모계사회의 여성이라고 한다. 그라스가 여기서 꾀하는 것은 신화의 의미 창출 기능이다.

　인간은 지금까지 신화를 매개체로 하여 여러 다른 방법으로 정의를 내리고, 이 정의로부터 자신들의 입지관계를 서로 다르게 세워놓았다. 그리고 그것을 토대로 그들 공동생활의 형태와 사회적 인습의 기초를 세우려 했다. 신화가 이렇게 오랫동안 전래된 것은 그것을 믿는 사회가 사회적 질서를 계속 유지시키고, 정당화하기 위해 이 신화를 재현하고 의미를 부여했기 때문이었다. 그러므로 『넙치』에서 모계사회의 신화는 남성의 우월성으로 구성되었던 기존 신화에 대한 도전으로 읽혀야겠다.

Günter Grass, *Der Butt*, Luchterhand Verlag, Frankfurt am Main, 1990.

Günter Grass, *Tagebuch einer Schnecke*, Luchterhand Verlag, Frankfurt am Main, 1985.

Hans Blumenberg, *Arbeit am Mythos*, Suhrkamp, Frankfurt am Main, 1979.

Werner Böckenkamp, Die vielen Frauen in Günter Grass, In : *Frankfurter Allgemeine Zeitung*, 30. 10. 1975.

Gisela Elsner, Geschichten von Nahrung und Paarung, Günter Grass' neuer Roman 'Der Butt', In : *Deutsche Volkszeitung*, Düsseldorf, 1977.

Irmgard Elsner Hunt, Mütter und Muttermythos, in : G. *Grass' Roman 'Der Butt*, Peter Lang Vlg., Frankfurt am Main, 1983.

Thor A. Larsen, Das ist die Wahrheit, jedesmal anders erzählt, In : *M. Durzak, zu Günter Grass*, Stuttgart, 1985.

Petra Reuffer, *Die unwahrscheinlichen Gewänder der anderen Wahrheit*, Essen, 1988.

귄터 그라스 연보

1927년 폴란드 단치히에서 식료품상을 하는 독일계 아버지와 폴란드계 어머니
사이에서 출생.

1941년 히틀러 청소년단원으로 2차 대전 말기 참전, 잠시 미군 포로수용소에 수
용됨.

1947년 종전 후 뒤셀도르프에서 노동을 하며 미술과 문학을 공부함.

1959년 노벨문학상 수상작(1999)이 된『양철북』으로 '47그룹' 상 수상, 이후『고
양이와 쥐』(1961),『개들의 해』(1963) 등 단치히 3부작이 나오면서, 전
후 독일 문학의 최대 작가로 떠오름.

1963년 서베를린 예술회원이 됨. 시작(詩作)과 희곡, 그래픽 미술 등에도 손대
는 등 다재다능한 면모를 보임.

1965년 정치에 참여해 사민당(SPD)과 빌리 브란트를 위해 연설하고, 많은 정치
적 산문들도 발표.
이후『국부 마취』(1969),『달팽이의 일기』(1972),『넙치』(1977),『텔크
테에서의 만남』(1979),『암쥐』(1986),『무당개구리 울음』(1992) 등을
발간, 많은 작품들이 베스트셀러에 오름.

1992년 사민당을 탈퇴하고 현 통일독일의 문제점에 대해 매스컴에 강도 높은 의
견을 발표. 제3세계의 빈곤, 반전(反戰), 환경 문제에 대해 특히 변호하
며, 연설과 줄기찬 기고를 통해 통일 이후 비판적 지식인으로 활동.
현재도 귄터 그라스는『광야』(1995),『나의 세기』(1998) 등 계속 왕성한
작품활동을 벌이는 현존하는 독일의 대표적 작가.

질비아 보벤셴의
페미니즘 문예학

이병진 이화여대 독문과와 서울대 독문과 대학원 석사과정을 졸업했다. 독일 베를린 자유대학에서 박사학위를 받았다. 현재 서울대, 경기대, 홍익대에 강의를 나가고 있다. 역서 『하우저, 예술의 사회학』(공역)이 있다.

1. 머리말

1970년대 독일에서 문학을 통한 여성의 자기 경험의 표현과 자기 의식
의 형성을 목표로 활발하게 전개되었던 '신여성문학'은 60년대를 풍미
했던 문학과 문예학의 정치화에 대한 반작용으로 대두된 '신주관주의'
와 시기적으로 맞물려 있다.[1] 이에 따라 70년대 독일의 페미니즘 문학과
문예학에서는, 60년내 미국에서 시작된 '여성 연구'의 영향을 받았음에
도 불구하고, 정치적 해방이라는 목표보다는 사회심리학적, 개인심리학
적, 그리고 미적 인식이 더 중요한 관심거리로 등장하였다.[2] 이러한 배

---

* 이 글은 『여성논총』 제3집(경기대학교 여성학연구실, 여학생문화원 간행, 2000년 12월)에 실
린 논문 「질비아 보벤셴의 페미니즘 문예학에 관하여」의 내용을 약간 수정한 것임.
1) 자아 모색과 자아 추구를 중요시한 신주관주의 문학은 여성 작가들의 자기 의식과 자아 발견
에 대한 욕구에 부합하는 가운데 여성 자아의 정립을 모색하는 새로운 여성문학을 발전시키는
데 많은 기여를 하였다.(이병애, 「최근 독일 문학에서의 여성적 글쓰기」, 179쪽)
2) 1960년대 미국에서는 사회 각계각층에서 인권 신장을 위한 시민운동이 거세게 일어났으며,

경에서 70년대 후반에 발표된 질비아 보벤셴Silvia Bovenschen의 저작들은 여성문학 분석에서 사용될 수 있는 중요한 미적, 이론적 범주들을 제공하였다. 가부장적 사회 속에서 여성 작가들과 예술가들이 남성 중심의 예술 전통과 싸워야 하는 특수한 조건들을 밝혀내는 데 주력했던 보벤셴의 문화 비판적 단초들은 시몬 드 보부아르의 '제2의 성'에 관한 성찰을 수용, 발전시켰던 미국과 프랑스의 '주체 중심적 페미니즘'에 입각하여 본격적으로 문학 생산과 문학 수용에 나타난 여성상을 분석하는 데 적용되었다.[3]

이 글은 사회의 각 분야에서 실천적 여성운동이 뿌리를 내리기 시작한 70년대 독일의 여성문학과 여성미학 연구에 중요한 단서를 제공했던 보벤셴의 페미니즘 문예학을 소개하는 데 목적이 있다. 당시 진보적인 사회철학을 이끌었던 프랑크푸르트 학파의 '비판 이론'[4]에 연계하여 여성에 대한 전통적 표상과 여성의 역사적 존재를 자연과 인간, 문명과 역사의 변증법적 관계에서 고찰한 보벤셴의 페미니즘 문예학의 단초들은 그

그 일환으로 전개된 '신여성운동'은 학생운동과 함께 서유럽 나라들에도 확산되었다. 그렇게 국제적인 운동의 양상을 보이며 독일에서 시작된 여성해방운동은 70년대를 경과하면서 점차 제도화된 여성 정책으로 흡수되기에 이른다. 아울러 다양한 차원에서 여성운동과 여성 문제가 활발하게 논의되면서 확대, 심화된 여성 연구는 자연히 그 한 갈래인 문화 예술 분야에서도 지대한 관심과 큰 반향을 불러일으켰다.

3) J. Osinski, *Einführung in die feministische Literaturwissenschaft*, S. 71 참조.

4) 프랑크푸르트 학파는 1924년 프랑크푸르트에 설립된 '사회연구소'를 중심으로 활동한 유대계 독일 지식인들로 구성된 학파를 일컫는다. 호르크하이머, 아도르노, 마르쿠제, 프롬 등으로 대표되는 프랑크푸르트 학파는 2차 세계대전을 전후로 하여 독일과 미국에서 활동하며 이데올로기 비판적 관점에서 현대사회의 문제들을 탐구하는 사회과학 이론을 제시함으로써 국제적인 명성을 얻었다. 프랑크푸르트 학파의 기본 입장을 지칭하는 비판 이론은 서구의 전통 철학을 비판적으로 수용하는 가운데 마르크스의 사회 이론과 프로이트의 심리 분석을 결합시켜 현대의 독보적인 비판적 사회 이론의 토대를 마련하였다. 특히 근대 과학기술 발전의 동력이 된 '도구적 이성'이 어떻게 인간의 자연적 본성을 억압한 결과 사회의 지배 체제를 공고하게 하는 데 기여했는지를 밝혀냄으로써 과거 역사와 현재 사회의 이데올로기를 폭로하는 데 집중되었던 비판 이론은 여러 형태의 전체주의 사회 체제에 대한 경각심을 불러일으키는 한편, 경제 기적을 이룩한 1950~60년대 서독의 후기 자본주의 사회 체제에 대한 비판의식을 고취시켰다.

후 다양하고도 세부적인 면에서 이루어진 여성학 논의에서 부분적으로 수용, 지양되었고 또 그녀가 제기한 문제들이 어느 정도 해결되었다고 볼 수 있다. 그러나 보벤셴의 여성론에 표명된 비판적 관심과 생산적 인식은 70년대 독일 페미니즘 문예학에서 큰 주목을 받았음에도 불구하고, 그후 여성문예학이나 여성미학의 논의에서 지속적인 반향을 불러일으키지 못했다. 이러한 사정은, 당시 여성운동이 사회의 각 실천 분야에서 뿌리내리고 제도화된 것과는 별도로, 비판적 사회 이론의 전반적인 퇴조를 가져온 70년대 중반 이후를 지배한 시대정신에 기인하는 것으로 볼 수 있다. 68 학생운동의 과격한 양상과 극단적인 발전에 대한 하나의 반작용으로 그리고 경제 안정과 더불어 점차 정치적인 보수화와 우경화에 기울어진 독일을 비롯한 서유럽에 확산된 사회과학적 담론은 미국에서 (역)수입된 포스트모더니즘과 후기 구조주의에 의해 주도되었기 때문이다.

그와 더불어 80년대의 여성문예학은 프로이트의 이론을 수정, 발전시킨 라캉 계열의 심리분석학적 논의 속에 함께 휩쓸려 들어갔으며, 프랑스의 여성 학자들을 주축으로 새로운 여성문학과 여성미학에 대한 집중적인 연구가 이루어졌다. 그러나 이들은 라캉의 언어·심리 분석 역시 남성 중심주의 사고에서 벗어나고 있지 못함을 비판하면서 가부장적 문화에 대한 하나의 대안으로 페미니즘 문화를 수립하고자 데리다적 해체주의에 입각한 '여성적 글쓰기'를 주창하기에 이른다. 그러나 식수스, 이리기리이 등이 주도한 문화 예술 차원에서의 적극적 페미니즘에 관한 논의는 그 괄목할 만한 성과에도 불구히고 남성 중심주의에 대힌 극단적인 대립으로서의 '여성주의'에 기초함으로써 어떤 의미에서는 단지 전통적인 지배관계를 역전시키는 데만 주력했다고 볼 수 있다.

90년대에 들어와서 여성 연구는 미국의 버틀러를 위시한 페미니스트들을 중심으로 하여 사회문화적이고 경험적인 관심에서 출발한 '성차 연구Gender Studuies'로 다시 그 초점이 옮겨짐으로써, '해체적 페미니즘'이 안고 있는 성적 극단주의의 문제는 어느 정도 해결되었다. 비판 이론의 사회 비판과도 일맥상통하는 푸코의 역사적 '담론 분석'을 수용, 발전한 성차 연구는 전통적으로 통용되어온 생물학적인 성의 개념을 종식시키고, 문화적인 구성물로서의 여성에 관한 연구의 폭을 문화과학의 영역으로 넓히는 데 기여하였다. 하지만 여기에는 이른바 여성 문제를 총체적인 시각으로 전체 사회와의 관련 속에서 조망하는 가운데 그 허구와 진실을 포착해내는 역사철학적 담론이 충분히 이루어지지 않고 있다고 볼 수 있다.

이러한 현상에 직면하여 한때 큰 물결을 이루었으나 시대정신의 빠른 교체로 인해 어느덧 사라져버린 것으로 치부되는 비판 이론적 관점에서 전개된 보벤셴의 여성상 비판을 다시 한번 살펴보는 일은 최근까지 이루어진 여성학 논의의 부분적인 한계를 짚어보고 또 올바른 페미니즘 문예학의 정립을 위해서도 필요한 작업이라고 생각된다.

2. 여성의 자연성

「현재의 마녀, 역사적 마녀와 마녀 신화 Die aktuelle Hexe, die historische Hexe und der Hexenmythos」(1977)라는 논문에서 중세 말 이후 현대에 이르기까지 서구에서 통용되어온 여성상을 추적하고 있는 보벤셴은 전통적으로 여성을 '자연적 존재'로 규정하는 것에는 두 가지 함의가 들어 있음을 지적한다. 즉 여성은 한편으로는 '자연 전유의 주체'이자, 다른 한편으로는 '자연 지배의 객체'라는 것이다. 여기서 그녀는 파시즘으로 귀결된 서구 문명의 역사를 자연 지배의 역사로 재구성한 『계몽의 변증법』[5]에서 전통적인 여성의 표상을 자연과의 관계에서 규정한 호르

---

5) 비판 이론을 대표하는 호르크하이머와 아도르노가 미국 망명생활에서 공동집필한 『계몽의 변증법』은 서구 문명에 대한 철저한 비판적 성찰의 계기를 마련해줌으로써 전후 서독의 지식층에 지대한 영향을 끼쳤다.

크하이머와 아도르노의 견해를 따르고 있다. 이 책에서 두 저자는 고래로부터 현대에 이르기까지 계속되는 사회적 지배 체제를 비판하면서, 과학주의에 기반을 둔 서구 계몽의 역사를 이끌어왔던 지성 중심의 합리주의가 자연을 지배와 정복의 대상으로 여겼으며, 그러한 지배 구조는 내면화되어 인간 자신에게도 적용되었고, 또한 사회의 지배 체제로 확장되었다고 본다. 자연 지배는 남성과 여성의 관계에도 전이되어, 여성은 자연과 친밀한 관계를 유지하는 주체이기 때문에 마땅히 남성에 의해 지배되어야 하는 대상으로 정당화시키는 논리가 통용되게 되었다. 그처럼 여성이 자연과 동일시되고 있는 이유는 여성이 오래도록 (합리적인 생활 양식에 의해 배척받았던) 주술 행위를 통하여 외적 자연과 미메시스적인 소통관계를 유지했을 뿐만 아니라, 문명의 발전을 위해 억압받은 인간의 내적 자연, 즉 신체적인 욕구들과 심리적인 계기들을 상징하고 있으며, 또한 고대 시민사회 성립 이후 지배계층에 의해 배척받은 국외자 집단에 속함으로써 사회화 과정에 완전히 통합되지 않은 자연적 존재로 간주될 수 있기 때문이다. 그러므로, 신화와 전설 속에, 그리고 성서와 문학 속에 등장했던 메디아, 판도라, 유디트, 살로메, 펜테질레아, 룰루 등과 같이,[6] 예언 능력을 갖추었던 고대의 여성으로부터 신비한 힘을 가진 중세의 마녀를 거쳐 남성에게 재앙을 가져오는 19세기의 '요부 femme fatale'에 이르기까지, 정신과 이성에 의해 완전히 지배당하지 않은 자연과 육체의 구현인 여성이 문명의 질서를 위협하는 존재로 낙인찍혀 시악시되고 추방된 것은 우연이 아니다.

합리적 이성에 의해 희생된 자연적 존재로서의 여성의 표상은, 중세 말기에 숭배의 대상인 성녀와 위험한 존재인 마녀라는 여성상으로 분열된 후 시민사회에서 생겨난 기혼 부인과 매춘부의 구별에 이르기까지, 비록 역사적으로 조금씩 변형되기는 했지만 계속되는 것이다. 이와 관련

---

6) L. Lindhoff, *Einführung in die feministische Literaturtheorie*, S. 18.

하여 보벤셴은 상반되는 이중적 의미의 여성상에는 언제나 남성들이 자연의 보복 앞에서 느끼는 두려움과 그들이 자연과의 화해에 대해 품는 갈망이 함께 투영되어 있다는 점을 강조한다.[7] 자연적 존재로서 이중적인 평가를 받아온 여성은 주술적 세계상을 극복하는 가운데 진행된 일반적인 계몽의 과정에서 미메시스적으로 자연과 교류하는 주체로 간주됨으로써 자연을 지배한 남성의 형식적 정신에 예속되는 동시에 훼손되지 않은 자연의 기능의 담지자로 미화되었던 것이다. 다시 말해 여성은 자연 지배에 토대를 둔 계몽의 역사에서 '객체화' 되고 또 그 반대급부로 자연과의 화해 이념에 맞게 '매체화' 된 것이다.

남성들에 의해 평가된 이중적 여성상에서 보벤셴은 실제 여성의 존재가 지니는 양가성을 이끌어낸다. 한편으로, 여성이 그처럼 상호대립적인 상(像)들 속에서 신화화되는 것만큼, '여성적인 것' 은 실체가 없이 단지 '형식적' 으로만 살아남게 되었다는 것이다. 신화와 현실은 서로 대립적인 관계에 있기 때문이다. 그러나 다른 한편으로 여성이 그와 같이 숱한 여성상들 속에서 신화적 존재로 살아남은 사실에는 바로 여성이 자신의 과거 역사를 통찰하는 가운데 의식적으로 사회적 현실과 대결할 수 있는 중요한 기회가 제공되어 있다는 것이다. 따라서 신화적인 여성상들이 갖는 역사적인 의미는 그것이 바로 여성해방이 완결되지 못한 사실을 지시해주는 데 있으며, 또 그 현재적인 의미는 바로 그렇기 때문에 활성화되어야 할 집단적인 소망을 증거하는 데 있는 것이다. 신화 속에 마녀가 살아 있다는 사실 자체가 바로 오늘날의 여성에게 필연적인 저항을 촉구하는 계기가 되는 것이다.

보벤셴의 이러한 변증법적 사고방식은 역사에서 억압받은 대상은 언젠가 구제되기를 기다리고 있고 또 구제되어야 한다는 필연성을 역설하면서 화해하지 못한 현실에서 유토피아적인 화해 이념을 이끌어낸 바 있

---

7) S. Bovenschen, *Die aktuelle Hexe, die historische Hexe und der Hexenmythos*, S. 292.

는 아도르노의 역사철학적 성찰과 비판적 사회 이론에 의거하고 있음이 분명하다. 그리고 이 점에서 보벤셴의 입장과 그녀에게 영향을 준 프랑스나 미국 페미니스트들의 입장의 분명한 차이가 드러난다. 보부아르와 케이트 밀렛 등이 가부장적 사회에서 형성된 신화의 껍질을 벗고 해방된 주체로서의 여성상을 정립하는 데 주력한 나머지 신화와 현실의 착종관계를 간과함으로써 결과적으로 가부장적 가치들을 재생산하는 수준을 넘어서지 못했다면, 독일 비판 이론의 전통에 서 있는 보벤셴은 문명의 역사에서 밀려난 어두운 면인 신화를 단순히 제거하는 데 그치지 않고 역사에서 부당하게 억압받은 신화를 또한 구제하려고 노력하기 때문이다.[8]

또한 보벤셴은, 여성이 아직 자본주의의 생산 과정 속에 완전히 포착되지 않은 역사적 현실이 바로 인간과 자연의 화해에 대한 유토피아적 전망을 열어놓고 있다는 아도르노의 말을 원용하면서, 과거 역사에서 억압받은 객체이지만 동시에 잘못된 현실을 지양하는 유토피아적 이념의 주체로서 여성이 가지는 역할을 강조한다. 현실 속에서 직접 생산을 담당하지 못하고 그 대신 생산자인 남성을 돌보아주는 역할에 한정되어 있는 여성은 역사의 주체가 아니다. 하지만 도처에 목적을 수행하기 위한 합리성이 지배하는 현실사회 속에서 여성이 갖는 "비(非)기능성"은 하나의 "저항의 잠재력"을 내포하고 있으며 동시에 "유토피아적 사유"를 허용하고 있는 것이다.[9] 비판 이론을 대표했던 아도르노에게 억압과 고통의 흔적을 지니고 있는 여성은, 그 존재 자체가 이미 잘못된 역사와 기만적인 사회를 고발하는 기능을 가지고 있음에도 불구하고, 정태적인 성격을 띠고 있다. 그에 비해 보벤셴은 중세의 마녀 사냥 이후 계속된 마녀 신화로부터 보다 역동적인 여성상을 이끌어냄으로써 여성이 역사를 적극적으로 만들어가는 주체로서 각성하고 행동할 것을 촉구하고 있다. 그렇듯 역사적으로 부재했던 여성의 미래 역사를 창출해내기 위해 전래된

---

8) L. Lindhoff, 앞의 책, S. 15.

9) S. Bovenschen, *Die aktuelle Hexe, die historische Hexe und der Hexenmythos*, S. 305.

마녀상을 비판하는 가운데 그 기능을 역전시키고 그 의미를 현재화시키는 보벤셴의 마녀 예찬은 1960년대부터 세계적으로 확산되었던 새로운 여성해방운동과 그 궤를 같이한다고 볼 수 있다.

3. 상상된 여성성

여성에게 부여된 자연적 속성이라는 것이 자연을 지배한 남성이 그 자연과의 화해를 소망하는 '투사'의 결과인 한, 자연과의 관계에서 규정된 여성의 역사는 실재하는 역사가 아니다. 남성들은 여성을 이른바 자연적 존재로 규정함으로써 역사에서 여성적인 것이 부재한 사실을 이데올로기적으로 미화시켰던 것이다. 따라서 여성들 자신에 의해 씌어지지 않았을뿐더러 잊혀지고 혹은 침묵된 여성의 역사는 '역사 없는 역사'로 특징지을 수 있으며, 시민사회에서 찬양된 여성의 자연성이 다름아닌 남성에 '의한' 종속과 남성을 '위한' 이상향이라는 이중적 의미를 갖는다는 사실은 여성적인 것의 개념의 실체가 사회적으로 부재한 대신, 여성성이라는 것은 단지 상상의 현실 속에 있다는 점을 반증한다. 그리하여 여성의 현실적 존재를 대체하는 '상상된 여성성'에서 드러나는 실체 없는 여성의 역사는 기껏해야 이론적인 저작들과 문학작품들에서 나타난 여성상들에 의해 매개된다는 점에 시선을 집중시킨 보벤셴은 『상상된 여성성 *Die imaginierte Weiblichkeit*』(1979)에서 18세기 이후 독일 문학에 나타난 여성상을 분석하고 그 역사적 변모를 추적하면서 계몽주의 시대의 이론적인 저서들과 문학작품들에서 읽어낼 수 있는 여성관이 당시의 역사철학적 사유 방식과 관련하여 어떻게 시대적인 변화를 겪었는지를 역사적이고 체계적으로 기술하고 있다. 그 내용을 요약하면 다음과 같다.

여성은 혼이 깃들어 있는 자연의 대리인이자 그 구성 요소이기 때문에 파괴적인 힘을 가지고 있다고 믿었던 중세 말의 마녀관은 이성을 신뢰하고 합리주의를 표방한 18세기 전반의 초기 계몽주의 시대에 이르러서야 비로소 퇴치되었다. 그리고 계몽주의의 보편적인 인간 평등 사상에 입각한 남성과 여성의 '동등 원칙'에 따라 비록 제한된 정도이고 짧은 기간이기는 하지만, 여성성의 이상으로 '지성'이 높은 평가를 받았다. 이러한 사실은 계몽주의의 대표적 문학가인 고트세트가 높은 교양을 쌓을 수 있는 혜택을 누리는 특권층의 여성들을 대상으로 발간했던 도덕 주간지에 실린 글들에서 확인된다. 그러나 이 시기의 여성을 위한 도덕적 교육 프로그램은 한편으로는 남성과 동등한 여성의 지성을 강조하면서도 또 다른 한편으로는 가정에서의 여성의 기능을 강조함으로써 서로 양립하기 어려운 요구를 내세우는 모순을 보인다. 그리하여 여성이 가지는 문화적 의미를 중시하던 동등 원칙은 점차 시대적으로 생겨난 노동 분업의 요구에 맞게 여성의 특성을 자연적인 것으로 규정함으로써 여성의 법적, 사회적, 문화적 권리와 활동을 제한하는 '서열 원칙'에 의해 밀려난다. 그렇듯 계몽 사상이 기초가 되었던 인간 평등 이념이 반드시 남성과 여성의 평등을 내포한 것은 아니었다는 사실은 양성 동등 원칙에 의거하면서도 동시에 남성과 여성의 차별성을 강조하고 있는 칸트와 실러의 글에서 확인되고 있음을 보벤셴은 지적한다.

18세기 후반의 계몽주의 시대에는 지성 중심의 계몽을 비판하는 맥락에서 찬양된 바 있는 '감성'이 전적으로 여성성의 이상을 대표하게 되었다. 잘 알려져 있듯이 프랑스 대혁명의 정치적 자유 이념을 수용했던 계몽주의 시대에는 이성에 대한 신뢰가 지배적인 시대정신으로 확산되었으나, 과격화된 혁명에 따르는 부수적 현상을 경험한 후 계몽주의 문화 및 예술 분야에서는 (파괴적) 이성 일변도에서 벗어나 이성의 지배하에 있던 (화해적) 감성의 부활을 동경하는 경향이 나타나게 된다. 여기에는 누구보다 계몽주의 사상가로서 이름을 떨친 루소의 문명 비판과 자연 사상의 영향이 컸다. 그와 더불어 계몽주의의 도덕철학에 바탕을 두고 유행했으나 실제 여성 개개인의 구체적인 경험과는 무관했던 '합리적 여성성'의 구상이 퇴조하게 된다. 그러나 감성주의가 계몽 사상 전체를 폐기한 것이 아니라 오히려 경직된 이성주의의 결함을 보완했다는 점에서 계몽 사상의 지속적인 발전으로 볼 수 있는 것과 마찬가지로, 이제 여성적인 것은 더이상 남성적인 것에 '유사한' 것이 아니라, '보충적인' 것으로 파악되었다. 보벤센은 그처럼 여성상의 이상이 지성에서 감성으로 바뀌면서 파생된 문제가 무엇보다 성별관계에서 볼 때 계몽주의가 확신했던 인간의 자연적 평등 대신 이제 자연적 불평등에 대한 믿음이 확고히 자리잡게 되었다는 사실에 있음을 강조한다.

이러한 맥락에서 보벤센은 감성이 풍미하던 시대에 여성적인 것이 자연과 관련됨으로써 어떻게 여성이 문화에서 제외되었는지를 계몽주의 시대의 대표적인 사상가와 문학가인 루소, 헤르더, 칸트, 실러의 예를 들어 밝히고 있다. 남성을 내조하는 여성의 보충적이고 부수적인 기능은 루소의 교육론이 피력되고 있는 『에밀』에서 단적으로 드러나고 있는데, 남성(에밀)이 외부적 강제로부터 자유로운 인간이 되도록 도와주어야 하는 강제적인 임무를 맡은 여성(소피)은 필연적으로 남성에 종속되어야 한다고 주장하는 루소에게 여성은 남성의 완성을 위한 하나의 토양에 지나지 않는다. 그렇기 때문에 루소가 강조하는 여성적인 것의 자연성이란 자유로운 '자연 상태'에서 자연적인 것이 아니라 타락한 '사회 상태'에서 자연적인 것에 불과하다. 그처럼 루소의 문명사회 비판의 토대가 되는, 역사와 사회 이전의 자연 상태뿐만 아니라 사회화된 개인이 도달해야 할 이상적인 자연성에도 관련되지 못하는 "여성적인 것은 인류사의 계보에서 탈락"되어버린 것이다.[10] 루소의 저작을 독일에 소개한 헤르더 역시 여성을 남성의 요구에 맞게 재단된 역할에 한정시킴으로써 이성의 독단과 학문에 대한 맹신에 기초한 계몽주의 문화를 장식하는 우연적 요소로 규정하였다. 뿐만 아니라 당시 널리 유행했던 상상된 여성성

---

10) S. Bovenschen, *Die imaginierte Weiblichkeit*, S. 176.

에 실제의 여성을 일치시키려는 풍조가 생겨나, 창작활동을 했던 실제 여성은, 조피 폰 라 로슈의 경우에서처럼, 자연성의 표상에 맞게 미리 문화적으로 형성된 여성상 뒤에 가려져 있었다. 지적이고 미적인 능력을 갖추고 있는 여성을 조롱하고 비방한 칸트와 실러에 있어서도 마찬가지로 수용적인 감성 능력을 가진 여성은 한편으로는 주체성을 갖지 못한 채 남성에 의존해 있는 미성숙한 존재로 규정되면서,[11] 다른 한편으로는 인류의 역사에서 상실된 자연과의 합일 상태를 구현하고 있는 존재로서 자연과의 재합일과 화해를 추구하는 남성의 이상상으로 미화된다.

이상의 서술을 통하여 보벤셴이 지적하고자 하는 것은 '자연적 감성'을 본래적인 속성으로 부여받은 여성성에 대한 평가나 표상이 사실은 자신들이 잃어버린 자연성을 여성들에게 투사하고 자신들의 자연 지배로 인해 초래된 자연으로부터의 소외를 보상하려는 남성들의 상상의 산물에 지나지 않는다는 점이다. 따라서 감성적 능력의 평가나 감성적 여성성의 구상에서 자연으로 표상된 여성은 자신의 고유한 역사를 가진 하나의 주체로 존재하는 것이 아니라, 단지 남성 편에서 추구되는, 이성의 자연과의 유토피아적 화해를 위한 하나의 매개체 기능을 담당하고 있는 것이다. 그렇게 상상된 여성성에서 하나의 '형식'으로 드러날 뿐인 여성적인 것은, 괴테의『젊은 베르터의 고뇌』에 나오는 로테의 경우처럼, 시민적인 일상의 강제와 대립적인 관계에 있으면서 보다 행복한 세계의 표상을 위한 '매체'가 되는 것이다. 여기에 바로 실제의 여성들을 '길들임'과 현저한 모순을 보이면서 동시에 상관관계에 있는, 여성성의 '미화'가 지니는 이데올로기적 측면이 있다. 왜냐하면 행복을 약속하는 풍부한 여성상은 여성을 가정이라는 재생산 영역 속에 가둠으로써 공적인 생산 영역에서 제외시키는 현실을 정당화시키기 때문이다. 그로써 규범적으로 시민적인 일상에 주조된 '산문적인' 여성성의 구상

---

11) 그러므로 칸트가 계몽주의 강령으로 역설한바, 타인에게 의존해 있는 미성숙한 상태에서 벗어나기 위해 자신의 타고난 지성을 사용해야 하는 주체는 남성일 뿐이다.

과 '시적인' 행복의 약속으로 이상화되면서 상상된 여성상은 극심한 대립을 보이게 되는 것이다.[12)]

보벤셴은 더 나아가 이론적인 저작들에서 기술된 여성성의 구상이나 문학작품들에서 풍부하게 드러난 상상적인 여성상이 실제의 여성들을 이제 합법적으로 문화사적 영역에서 제외시키는 데 직접적으로 또는 간접적으로 기여했음을 지적한다. 그리하여 여성성의 이상이 지성에서 감성으로 바뀌게 된 시기에 이르러 문학과 예술 활동에 참여하게 된 여성들의 수가 상당히 증가했음에도 불구하고, 여성의 감수성과 미적 능력은 남성과 비교하여 여전히 질적으로 낮은 것으로 평가되었고, 여성은 예술 생산을 담당하는 감성적 주체가 아니라, 단지 감성적인 묘사의 수동적인 객체에 불과했던 것이다. 이러한 사실은 흔히 여성들의 속성으로 찬양되고 있는 감성이라는 것이 "감성적인 생산성이 아닌, 감성적인 수용성"[13)]에 관계된다는 점에서 분명히 드러난다. 그렇게 볼 때 18세기 후반 감성을 숭배하는 분위기 속에서 많은 여성들이 자기 표현의 수단으로 삼았던 서간문학을 통해 문화활동에 참여하면서 두드러진, 이른바 문화의 '여성화' 현상 역시 결국 남성들의 미적 표현 가능성을 확대시킨 것에 지나지 않는다. 이처럼 여성들을 문화적인 수동성에 국한하여 자연과 관련시키는 것은 이후의 시대에 여성적인 것을 더욱 격하시키는 상투적인 수법이 된다. 왜냐하면 여성의 감성이 특수한 문화 담당의 기능을 수행하는 감성 능력으로 평가되는 대신, 단지 가정 내의 사랑과 사적인 행복을 위해 요구되었기 때문이다. 또한 여성의 자연성은 생물학적인 차이에 근거를 둔 인류학적인 불변의 진리로 간주되어 결국 성별에 따른 노동 분업을 고착시키는 사회적·문화적 기능 규정에 부합하게 되었기 때문이다.

정신사적이고 문화사적인 맥락에서 형성된 상상된 여성성의 이데올

---

12) S. Bovenschen, *Die imaginierte Weiblichkeit*, S. 180.

13) 위의 책, S. 201.

로기는 근대 시민사회에서 생겨난 성별 분업 이데올로기[14]와 상호 밀접한 영향관계 속에 있다. 즉 남성과 여성 사이의 역할 분담이라는 이데올로기는 "시민생활이 사적이고 공적인 영역으로 분화"[15]되면서 생겨났고, 상상된 여성성의 의미는 가정이 사적인 "조화의 탄생지"[16]라는 의미를 얻게 되면서 강화되었던 것이다. 직업활동과 가사 노동이 분리됨에 따라 사회적인 기능을 떠맡는 부담에서 벗어난 가족은 더욱 은밀한 정서의 집합체가 되었고, 그로 인해 사적인 가정생활을 담당하는 여성에게 부수적으로 생겨난 특징들을 점차 여성적 특성의 자연적 실체로 간주하는 새로운 '성의 이데올로기'가 탄생하게 된 것이다. 근대 산업사회에 이르러 인간의 소외 현상이 심화됨에 따라 여성은 감성적 존재로서 문명과 자연의 대립적인 관계를 화해시키는 존재로 이상화되고, 실재하는 여성과 극심한 괴리를 보이는 가운데 문학작품 속에 그려진 여성상은 결국 가부장적 사회에서의 여성에 대한 억압을 고착화시키는데 기여하게 된다.

4. 감성적 여성성

실제적인 억압을 은폐하기 위해 미화된 자연성과 감성을 함축하는 여성성은 남성성에 보충적인 성의 속성으로 간주됨으로써, 19세기 후반에 이르러 생물학적이고 인류학적인 논증에 바탕을 둔 성의 형이상학과 섭

---

14) 시민사회의 발달과 함께 촉진된 공적 영역과 사적 영역의 분리는 불균형한 "젠더 체계에 따른 사회적 공간의 이분화"를 가져옴으로써 점차 "성별 분업 이데올로기"를 발전시켰던 것이다. 근대 시민사회에 성립된 사회 계약에 의한 민주적 질서는 공적 영역에 한정되었고, 선거권을 결여한 여성은 공적 영역으로부터 배제되어 "남성 시민의 통제하에 사유화된 공간에 유폐"되었다.(노승희, 「페미니즘 이론의 실천적 지평」, 406쪽 이하)

15) S Bovenschen, *Die imaginierte Weiblichkeit*, S, 147,

16) 위의 책, S. 178.

게 결합한다. 루소 이후 쇼펜하우어와 치멜을 거쳐 오늘에 이르기까지 계속된 성의 형이상학은 다시금 남성은 생산을 담당하고 여성의 활동은 재생산의 영역에 한정됨으로써 시민적인 소가정에서 실체화된 노동 분업에 상응한다. 초기 시민사회의 동등 사상이 사라지면서 점차 남성에게 생산성을, 여성에게 수용성을 귀속시키는 이분법적 사고방식을 통하여 성의 대립은 심화되었으며, 복고적인 성의 형이상학이 지배한 19세기에는 성의 양극성이 절대화함으로써 언제나 남성이 패권을 확보하는 이데올로기가 정착되었던 것이다. 이러한 관점에서 보벤셴은 페터 고르젠과 함께 쓴 「성학(性學)으로서의 계몽 Aufklärung als Geschlechtskunde」(1976)이라는 글에서 19세기 말에서 20세기 초에 이르는 동안, 생물학의 발전에 토대를 두고 혹은 세기말의 분위기 속에서 서구의 정신사를 비판하는 관점에서 관심을 불러일으켰던, 여성성에 대한 생물학적 결정론에 대해 신랄한 비판을 가한다.

가령 에두아르트 푹스의 여성론은, 당시 활동했던 베벨, 엥겔스, 체트킨과 같은 사회주의 이론가들과 마찬가지로, 본래 사회주의 여성운동에 대한 관심에서 출발하여 자본주의적 산업사회의 요구에 맞게 직업활동에 종사하게 됨으로써 가사 노동으로부터 해방된 여성이 사회에서 그리고 가정에서 겪는 이중적 억압에 주목한다. 그러나 푹스는 생산을 담당하는 남성이 능동성을 갖춘 것으로 인식했던 것과 반대로 재생산을 담당하는 여성의 특징으로 규정되었던 본능적인 수동성의 근거를 자연적으로 주어진 성의 차이에서 찾는다. 이는 루소나 쇼펜하우어가 여성의 심리적이고 정신적인 상태를 여성의 신체가 가지는 생물학적 구조로부터 유추해낸 것과 비슷하다. 그리하여 남성을 모방하는 해방된 여성을 희화화한 『캐리커처 속의 여성』을 펴낸 푹스의 생물학적 반(反)페미니즘은 당시 유행하던 성학(性學)에서 주장된 것처럼 여성이 자연적으로 열등하다는 명제를 경험적으로 검증하려고 했던 것과 맥을 같이한다.

그렇게 여성해방에 반대하여 여성을 비방하는 캠페인을 벌이면서 노동과 생산을 남성과 공유하는 여성의 '남성화' 경향에 반대하는 운동으로 20세기 초 대두된 반페미니즘은 「여성적 문화」를 쓴 게오르크 지멜과 「여성이 역사에 끼친 영향」을 쓴 오르테가 이 가세트에 이르러 절정을 이룬다. 그들은 가부장적 사회 속에서 역사적으로 형성되고 결정된 여성의 문화적이고 예술적인 특질인 인내심, 수동성, 수용적 자발성 등을 자연적이고 본질적인 특질로 양식화시킨다. 남성들이 '객관적 문화'를 창출하는 반면, 여성들은 '주관적 문화'를 담당해야 한다고 주장하는 지멜은 남성적 문화의 정신을 수용하고 모방하는 여성의 문화를 재생산으로 규정한다. 또한 후기 시민사회의 시민적이고 유미주의적인 반페미니즘을 표방하는 오르테가는 여성의 가장 중요한 임무를 (남성을) 매혹시키는 데 있는 것으로 보고 자율적인 여성의 역할을 사치스럽고 재생산적인 여성 문화의 창조에 고정시킴으로써 사회 각 분야에서 진행되는 여성의 평등 실현 과정에 제동을 건다. 그렇게 시민사회의 이론가들이나 사회주의 이론가들이나 똑같이 오래된 성의 전설을 끌어대는 것이다.[17] 그러나 흔히 여성의 특징으로 간주되는 생산성의 결여와 부재는 여성의 자연적이고 영원한 본질에 속하는 것이 아니라, 단지 가부장적 사회에서 역사적으로 결정된 여성의 경험을 드러내주는 것일 뿐이라는 점을 보벤셴은 강조한다. 주어진 문화적 조건 아래서 여성이 현상적으로 열등하다는 사실은 곧 여성성의 실체를 확인시켜주지 못하며 더욱이 그러한 현실은 변회될 수 있고 변화되어야 한다는 전망이나 요청을 가로막는 이유가 되지 못하기 때문이다.

한편 지금까지 수없이 찬양되어온 여성적 감성이 '수동적 수용성'으로 환원되어서는 안 되며 여성의 '창조적 생산성'을 창출하는 방향으로 활성화되어야 한다고 강조하는 보벤셴의 입장은 이제 그녀가 (마리안네 슐러와 함께) "여성성의 상들"에 관해 마르쿠제와 나눈 대화에서 더욱

---

17) S. Bovenschen, P. Gorsen, *Aufklärung als Geschlechtskunde*, S. 27f.

분명하게 드러난다. 그녀는 여기에서 마르쿠제가 1974년 「마르크시즘과 페미니즘」에 관해 행한 강연에서 여성적인 특질을 수용성과 감수성으로 규정한 사실을 문제삼는다. 이에 대해 마르쿠제는 감수성; 수용성, 감성이 사회를 창조적으로 해방시키는 특질이 될 수 있는 이유는 여성적인 특질이 파괴적 생산성, 공격성, 그리고 실적주의에 대항할 수 있는 긍정적인 측면을 가지고 있기 때문이라고 설명한다. 그는 여성의 해방을 통해 여성적인 특질이 사회적인 특질로 변화하는 데서 바로 남성이 만들어온 공격적이고 억압적인 사회가 극복될 수 있는 기회를 보는 것이다.

마르쿠제가 "억압적인 생산성에 대항한 창조적인 수용성" [18]이라고 특징짓고 있는 여성성의 구상은 가부장적 자본주의 사회에 대한 그의 비판에서 비롯된다. 프로이트의 심리 분석을 마르크스주의적 사회 이론에 접목시킨 바 있는 마르쿠제에게 전체사회적인 생산과 수용은 "인간과 자연의 신체적이고 심리적인 충족"에 목표를 두어야 하듯이, 그의 페미니즘은 그것이 마침내 "에로스의 에너지를 노동 과정 속에 투입"하는 데 기여할 수 있는 한 그의 사회 이론에 뿌리박고 있는 것이다. [19] 그리하여 페미니즘을 유토피아와 현실을 잇는 끈으로 파악하는 마르쿠제는 가부장적 자본주의의 공격적인 생산성을 지양할 수 있을 '페미니즘적 사회주의'를 사회주의의 한 특수한 형태로 구상한다. 마르쿠제는 그처럼 가부장적 사회를 지양하는 하나의 대안으로 페미니즘과 사회주의를 결합시키고 있는데, 이는 그가 호르크하이머, 아도르노와 더불어 비판 이론의 대표자로서 줄곧 산업화된 문명사회에 대한 비판적 시각을 견지하고 있으며 또한 그가 68운동을 적극적으로 지지하는 입장에서 억압적인 사회에 저항하는 하위 문화 운동을 긍정적으로 평가하고 자유로운 사회를 건설하기 위한 조건으로서 '새로운 감성'의 계발을 주창했던 것과 같은

---

18) H. Marcuse, *Marxismus und Feminismus*, S. 140.

19) H. Marcuse, S. Bovenschen, M. Schuller, *Weiblichkeitsbilder*, S. 85f.

318

연속선상에 있다.

그러나 마르쿠제의 페미니즘은 동등 이론이 주장하는 남성과 여성의 평등의 실현을 목표로 삼지 않는다. 왜냐하면 그에게는 평등이 "해방을 위한 하나의 결정적인 전제"가 되기는 하지만 그것이 주어진 상황에서는 자본주의 사회를 재생산하는 가부장적 문명의 "착취적이고 억압적인" 가치들에 동화되는 것을 의미하기 때문이다.[20] 그리하여 남성의 지배 아래서 대부분 여성에게 집중되었던 수용적 감성에 호소하는 마르쿠제의 입장은 결국 남성과 여성이라는 반대 명제를 종합으로 이끄는 전설적인 '양성주의'에 관한 표상에 근거하고 있으며, 그가 지지하는 여성운동은 궁극적으로 현실에서 존재하는 남성이나 여성과는 전혀 다른, 남성과 여성으로 구성된 양성적 사회의 건설을 목표로 한다. 이러한 맥락에서 마르쿠제는 비록 격상된 감성의 표현의 담지자로서 이상화되었음에도 불구하고 독자적인 창조적 능력을 인정받지 못한 여성은 결국 매체적 성격밖에 가지고 있지 못하다는 보벤셴의 비판에 대하여 여성 자체가 "보다 나은 그 무엇, 해방적인 그 무엇, 충족적인 그 무엇을 위한 매체"[21]의 기능을 가지고 있음을 강조한다. 그는 또한 여성 자신의 역사가 없는 상상된 여성성에 대한 비판에 대해서도 남성들의 문학에서 나타난 여성상은 바로 그 상과 대립하는 현실을 고발함으로써 해방의 필연성을 드러내 보인다고 논박한다. "남성들에 의해 투사된 상은 그 상을 만들어낸 사람들에게 대처"[22]하기 때문이라는 것이다. 그리하여 미적으로 형성된 여성상은 마르쿠제가 현실에서 분리된 예술의 자율성에 귀속시킨 바 있는 '전복적' 기능을 가지게 된다. 그러나 이처럼 인간해방 이념을 추구하는 사회 이론을 예술의 특수한 유토피아적 기능과 연결시키면서 수용적 감수성의 구현인 여성의 매체적 성격을 옹호하고 있는 마르쿠제에게서 문제가

---

20) H. Marcuse, 앞의 책, S. 133.

21) H. Marcuse, S. Bovenschen, M. Schuller, 앞의 책, S. 68.

22) 같은 책, S. 72.

되는 것은, 남녀평등론에 대한 그의 유보적인 태도가 나름대로 타당한 근거를 가지고 있음에도 불구하고, 그가 여전히 실제적인 여성과 전래된 여성상을 혼동[23]함으로써 보벤셴이 비판했던 남성과 여성의 관계에 대한 보충론적 입장을 크게 벗어나지 못하고 있다는 점이다.

보벤셴은 더 나아가 18세기에 생겨난 두 가지 상이한 여성성 ─ 동등한 여성성과 보충적인 여성성 ─ 이 현대에 이르기까지 대립적인 관계를 보이고 있음을 지적한다. 동등 이론이 19세기에서 20세기에 이르는 동안 사회적 · 정치적 · 경제적 차원에서의 평등을 요구하는 여성운동으로 발전했다면, 보충 이론은 여성이 참여하지 못한 과거 역사에 문제를 제기하는 입장에서 여성 특유의 '타자성' 을 부각시키기에 이른 것이다. 그러나 보벤셴은 그 두 가지 입장이 각각 결함을 지니고 있다고 보는데, 그 이유는 전자의 경우 여성이 남성이 지배하는 기존 사회에 단순히 동화될 것을 요구하는 수준에 머물고 있으며, 반대로 후자의 경우 전통적인 여성상으로 복귀하는 경향을 보이고 있기 때문이다.[24] 그녀가 정확하게 간파하고 있는 것처럼 여성성의 구성이 불평등한 여성의 현실을 무시하는 형식적인 동등 원칙이나 혹은 여성에게 질곡이 되는 현실을 단지 은폐할 뿐인 이데올로기적인 보충론으로 소멸되어서는 안 될 것이다. 더욱이 남성과 여성의 관계를 둘러싸고 생겨나는 동등론과 보충론에 관한 시비는 여성 문제를 전체적인 역사 · 문화 비판적인 시각에서 올바르게 파악하는 것을 어렵게 만들 뿐이다. 분명한 것은 남성과 여성의 관계는, 그것을 동등성의 모델로 혹은 차별성의 모델로 파악하든지 간에, 어디까지나 다양하게 조건지어진 사회적 구성물로서 역사적으로 변화한다는 사실이다. 더욱이 진정한 의미에서의 여성해방과 인간해방은 성급하고 확정적인 여성성 혹은 남성성의 정의를 통해서가 아니라, 성의 차이를 전적으로 무시하거나 혹은 절대화하지 않으면서 동시에 복합적인 사회 구조 안

---

23) S. Wilke, *Dialektik und Geschlecht*, S. 24.

24) S. Bovenschen, *Die imaginierte Weiblichkeit*, S. 257f.

320

에서의 성의 차이에 내재하는 변증법적 관계를 밝혀냄으로써 가능하게
될 것이다.

5. 여성미학 구상

　보벤셴의 여성미학에 관한 논의는 여성 문화 부재의 역사를 진단하고
그 원인을 규명하는 데서 출발한다. 우선 여성들은 가부장적 사회 구조
속에서 예술 생산의 전통을 만들어내지 못했을 뿐만 아니라, 소수의 여
성들이 보여준 예술 능력마저 창조력을 결하고 있다는 고전적 견해로 인
해 예술 영역에서 제외되었다. 그렇기 때문에 여성들의 미적 욕구가 집
안을 꾸미고 음식과 의상을 마련하는 등 일상생활 속에 침전되고, 사회
적 소통에 참여하지 못했던 여성의 예술활동이 전통적으로 열등한 것으
로 취급되었던 공예품과 장식품 등을 생산하는 실용 예술 분야에 국한된
것은 자연스러운 현상이었다. 그러다가 감성적 주체의 발전을 촉진시켰
던 내밀한 관계의 소가족이 형성되고 우편 제도가 발달하여 서간문학의
시대가 열린 18세기에 여성들이 비로소 가정이라는 울타리를 벗어나 공
적인 문학 예술 영역에 진출할 수 있었던 것은 그들이 즐겨 썼던 편지가
사적인 대화의 수단이면서 동시에 공적인 의사소통의 수단이었기 때문
에 가능한 것이었다.[25] 그러나 전반적으로 여성성에 대한 평가나 표상으
로 인해 여성들에게는 현실적으로 주어지는 창작 훈련의 기회가 절대 부
족했을 뿐만 아니라 그들에게 전적으로 불리했던 문화 제도적 여건 속에
서 여성의 예술활동은 여전히 큰 제약을 받고 있었다. 그리하여 자신들
의 고유한 전통이 없었기 때문에 부득이 특정한 시대에 형성된 문화적
프로그램과 조건을 이용할 수밖에 없었던 여성들은, 문학 살롱을 통해

---

25) S. Bovenschen, *Über die Frage : gibt es eine 'weibliche' Ästhetik?*, S. 72f.

문화활동에 활발하게 참여했던 낭만주의 시대 여성 작가 중 하나인 라헬 파른하겐의 경우처럼, 남성 중심 문화에서 언제나 이방인과 타인으로 존재했던 것이다.[26]

이와 같이 여성 문화 부재의 원인을 분석한 보벤셴은 새로운 여성 문화 수립을 위해 요구되는 첫걸음으로 여성들의 의식의 전환을 강조한다. 과거의 여성이 고유한 역사를 갖지 못했기 때문에 비탄에 빠져 있었다면, 이제 새로운 역사를 창출해야 할 여성은 고발의 임무를 가지고 있다는 것이다. 따라서 "여성들의 비밀의 역사"를 그들을 이상화했던 문화사 이면에 있는 "고통과 종속의 역사"로 기술하는 일 역시 "지나가버리고 잊혀진 여성들의 숨겨져 있는 활동, 삶의 조건 그리고 저항의 형식들을 찾아내는 역사고고학"으로 될 때 그 의미가 있는 것이다.[27] 우리는 여기서 보벤셴의 여성미학 논의가, 그녀가 여성해방의 차원에서 적극적인 마녀의 상을 제시하는 것과 유사하게, 패배에서 승리의 기회를 포착해내는 정치적 페미니즘에 토대를 두고 있음을 확인할 수 있다. 그러나 보벤셴은 예술 영역에서의 새로운 시작을 위해 '여성적인' 예술의 정체성의 뿌리를 신화적인 여성상이나 전설적인 모계사회에서 찾거나 혹은 여성 문화의 발전을 억압했던 남성 문화 전체를 거부하는 극단적인 태도가 가지는 편협성과 위험성을 또한 지적한다. 왜냐하면 생물학적인 성의 차이가 사회적인 관계에서 비로소 드러난다는 사실을 무시하고 여성을 이른바 '제1의 자연'으로 귀속시키는 것은 복고적인 '모성 이데올로기'를 부활시키는 것에 지나지 않으며, 가부장제 사회에서 이루어진 기존의 모든 이론과 학문적 성과를 거부하는 것은 비합리주의적이고 반(反)지성주의적인 태도에 다름아니기 때문이다.[28]

보벤셴은 무엇보다 이제까지 실재하는 여성의 역사와 문화가 없었기

---

26) S. Bovenschen, *Die imaginierte Weiblichkeit*, 260f.
27) S. Bovenschen, "*Über die Frage : gibt es eine 'weibliche' Ästhetik?*", S. 64f.
28) 같은 책, S. 67.

때문에 여성이 주체가 되는 독자적인 여성미학이 정립되기 어렵다는 점을 인식한다. 하지만 그녀는 바로 가부장적 시민사회 속에서 만들어진 전통적인 여성상의 허위에도 불구하고 동시에 그 사회의 모순을 드러내주는 기능을 하는 여성성의 진실에서 새로운 여성미학의 가능성을 모색한다. 이러한 맥락에서 보벤셴은 『'여성' 미학이 존재하는 것인지에 대한 물음 Über die Frage: gibt es eine 'weibliche' Ästhetik?』(1976)에 대해 그러한 질문이 기존의 예술 생산과 전혀 별개이거나 인위적으로 고안해낸 예술 이론을 염두에 두는 것이 아니라 '감성적 인식의 형식' 과 '미적 감각' 에 관련되는 것일 때, 여성미학은 가능하다는 유보적인 답변을 내리고 있다. 즉 남성 문화와의 분명한 차이를 인식하는 새로운 여성 문화의 창출은 단순히 기존의 남성 문화의 전복을 통해서만 가능한 것이 아니며, 또한 이제까지 업적과 효용이 중시되는 사회에서 밀려났다고 해서 여성이 생산성, 합리성, 혹은 파괴적 성향과 전혀 무관하다는 결론을 내릴 수 없다는 것이다. 그러므로 여성 특유의 경험을 전달해주는 상상력과 표현 방식을 찾기 위해서는 우선 일반적으로 사용되고 있는 언어에 내재한 가부장적 구조에 대한 예민한 감각을 기르는 일이 선행되어야 한다고 보벤셴은 강조한다. 따라서 그녀가 진단하는 여성미학의 가능성은 억압적인 가부장적 사회의 기관으로 봉사했던 생산성과 합리성, 또 경우에 따라서는 공격성의 '새로운 형식' 을 찾아내는 데 달려 있는 것이다. 그 한 예로 보벤셴은 (온유함 Sanftmut이라는 말을 구성하고 있는 두 단어가 지니는 서로 상반된 뜻을 풀이하면서) "부드러운 용기 Sanft-Mut" 라는 말에는 여성의 종속의 역사와 동시에 유토피아적인 계기가, 그리고 또한 공격적인 현실에 저항하기 위해 불가피한 공격적인 성향이 함께 들어 있음을 강조한다. 따라서 보벤셴의 관심은, 앞에서 살펴본 것처럼 마르쿠제가 남성이 이루어놓은 파괴적인 사회를 지양할 수 있는 기능을 여성의 수용적 감성에 부여한 것과 달리, 지금까지 없었던 혹은 억눌렀던 여성의 창조적 감성이 이제 비로소 가능하게 될 것이라는 전망에 집중되어

있다. 그러므로 감수성과 합리성, 수용성과 생산성, 자연성과 인위성을
전통에 따라 여전히 도식적으로 구분하면서 단순히 그 역사적 함의를 뒤
집어놓는다고 해서 진정한 의미의 여성해방이 실현되는 것이 아니라고
강조하는 보벤셴은 성급하게 특정한 여성미학의 프로그램을 제시하는
것보다 여성 특유의 인지 방식인 감성, 즉 여성적 창조성을 진지하게 모
색하고 계발하는 것을 시급한 과제로 파악한다.

보벤셴은 새로운 의식을 낳게 하는 새로운 상황에서만 여성은 자신의
올바른 상을 발견할 수 있다는 입장에서 현재의 가부장적 사회 속에서는
진정한 여성적인 것이 무엇인지, 그리고 새로운 미학의 모습이 어떠한
것인지에 대해 확실하게 말할 수 없다는 신중한 태도를 보인다. 그러한
지적 성실성은 70년대 중반부터 '진정한 여성성'을 점차 신비적이고 심
리학적이고 생물학적인 것으로 고착시킨 '문화적 페미니즘'과 여성문학
및 여성적 예술 생산에 관한 논의에서 점차 밀려나다가, 프랑스의 해체
적 페미니즘이 풍미하게 된 80년대의 논의에서는 아예 사라져버리고 만
다.[29] 이와 관련하여 다음에서는 결론에 대신하여, 80년대 이후 진행된
페미니즘 연구의 역사를 간략히 서술함으로써 보벤셴의 여성론과 여성
미학 구상이 그 실제적인 수용사와 상관없이 어떻게 부분적으로 실현되
고, 또 거기에서 드러난 문제점들이 어떻게 해결되고 또 남아 있는지를
살펴보기로 한다.

6. 1980년대 이후의 페미니즘 동향

1980년대의 페미니즘은 의미에 대한 언어의 우위를 주장하면서 (오이
디푸스 단계 이전의) '상상적' 세계와 (오이디푸스 단계 이후의) '상징적'

---

29) J. Osinski, 앞의 책, S. 74f.

세계를 구분한 라캉의 모델과 문화적 담론과 기호 체계 속에서 의미와 진리가 현현한다고 믿었던 일체의 형이상학을 거부하는 데리다의 해체론을 이어받은 프랑스의 세 페미니스트인 엘렌 식수스와 뤼스 이리가라이, 그리고 줄리아 크리스테바[30)]의 주도하에 '여성적 해체론'과 '여성적 글쓰기'에 관한 이론과 실천으로 발전되었다. 그러나 라캉의 심리분석학에서 '상상적인' 것으로, 그리고 데리다의 해체론에서 '여성적인' 것으로 사용된 개념은 실제로 존재하는 남성과 여성이라는 성을 초월한 중립적인 성의 의미로 파악되고 있기 때문에, 이들을 모범으로 하여 발전한 여성적 글쓰기는 불가피하게 여성적인 것을 전적으로 남성적인 것과 '차이'를 이루는 것으로 고착시키는 "페미니즘 이데올로기"[31)]를 만들어내는 모순에 빠지게 되었다. 따라서 이른바 여성적 해체론은, 억압적인 가부장적 문화를 거세게 비판하면서 여성적 글쓰기의 이론과 실천을 통해 독자적인 여성미학과 여성 문화의 지평을 열어준 큰 공로에도 불구하고, 보벤셴이 푹스에 관한 논문에서 비판해 마지않았던 남성 중심 사고에 바탕을 둔 성의 이데올로기를 이제 반대로 여성 편에서 탈환함으로써 생물학적이고 본질주의적인 성의 규정으로 복귀하는 결과를 초래하게 되었던 것이다. 또한 전통적인 동일성 철학이 가지는 이데올로기를 거부하고 '기표'로서의 언어 분석을 통하여 서구의 오랜 문화 체계를 해

---

30) 식수스와 이리가라이는 프로이트가 오이디푸스 콤플렉스를 모델로 제시하여 남성적 리비도의 결핍으로 정의한 여성적 리비도의 원천을 아이가 어머니와 모든 것을 포용하는 상상적 관세를 갖는 오이디푸스 콤플렉스 이전 단계에 있는 것으로 간주한다. 식수스는 여성적 리비도와 남성적 리비도의 관계, 무의식과 언어 사이의 관계, 그리고 여성적 리비도와 여성적 글쓰기 사이의 관계에 연구의 초점을 둔다. 이리가라이는 여성적 리비도를 여성의 육체에서 연원하는 본질적인 것으로 파악하여, '습득된 여성성 feminine' 이론을 '생물학적인 여성성 female' 이론으로 대체시킨다.(크리스 위던, 『포스트구조주의와 페미니즘 비평』, 85쪽 이하 참조) 이에 비해 본질적인 여성성이라는 것을 인정하지 않고 언어에서의 남성적 양식과 여성적 양식을 구분하면서 크리스테바가 강조하는 여성적 글쓰기는 여성에 관련되는 것이 아니라, 남근 중심적이고 이성 중심적인 담론에서 밀려난 전위문학 작가들의 주변적 담론에 관련된다.(같은 책, 90쪽 이하 참조)

31) J. Osinski, 앞의 책, S. 165.

체하는 작업에 총력을 기울였던 후기 구조주의를 전폭적으로 지지하고 수용한 80년대의 페미니즘은 새로운 '언어적 실천'에 관심을 편중시킨 나머지 결과적으로 여성운동과 관련된 사회적 실천의 문제를 외면[32]할 수밖에 없었다는 점에서 그 한계를 보여준다.

페미니즘 문예학의 주된 관심사인 여성의 '역사적' 글쓰기 방식이 어떤 것인지에 대해서는 사회적인 힘의 관계와 지배적인 담론의 상호영향관계를 밝혀낸 푸코의 역사적 '담론 분석'에 의해 비로소 규명될 수 있게 되었다. 왜냐하면 푸코는 역사적 담론을 통해 형성된 주체인 여성과 남성의 구체적인 경험을 인식하고 또 그것을 각기 특수한 조건 속에서 연구하는 가능성을 열어주었기 때문이다. 그리하여 푸코의 담론 분석에 입각한 페미니즘 연구는 생물학적인 성의 차이가 다름아닌 역사적인 의미 부여와 힘의 관계를 둘러싼 투쟁의 결과라는 점을 인식하게 되었던 것이다. 그러나 페미니즘 문예학이 여성을 단지 사회 문화적인 구성물과 텍스트적인 구성물로, 혹은 이 두 가지 중의 어느 하나로 규정할 때, 그것은 여성해방을 위한 정책적이고 규범적인 논거를 벗어나, 해체주의적 입장이나 담론 분석적 입장에서 전개되는 기술적(記述的) 텍스트 분석으로 전환하게 된다. 그 결과 페미니즘 문예학은 주체로서의 여성을 옹호함으로써 상당히 문제점이 있는 문학 모델들을 제시하거나, 아니면 반대로 여성을 단지 역사적인 구성물로 파악함으로써 여성해방론자들에게 공격받을 수 있는 소지를 제공하는 딜레마에 빠지게 되었다.[33]

그러한 규범적이고 해방 정책적인 차원에서의 문학 모델과 기술적이고 텍스트 분석적인 모델 사이의 딜레마는 90년대에 들어 페미니즘 문예학을 대체하게 된 '성차 연구'에 의해 어느 정도 극복되었다고 보아야 할 것이다. 최근에 이르기까지 주디스 버틀러를 기수로 하여 활발하게

---

32) L. Lindhoff, 앞의 책, S. 172.
33) J. Osinski, 앞의 책, S. 133.

진행되고 있는 미국의 여성학 논의의 중심을 이루는 성차 연구는 자연적으로 주어진 것으로 간주되는 생물학적인 '성별sex'의 개념 대신 사회문화적인 구성물로 간주되는 '성차gender'의 개념을 사용하여 사회에서 여성들에게 부과되는 역할을 분석하는 데 전력한다.

한편 70년대의 독일 페미니즘 문예학은 보벤센의 경우에서 살펴보았듯이, 이미 여성을 생물학적으로 규정된 성별이 아닌 역사적·사회적·문화적 의미에서의 성차로 파악함으로써, 그 이론적인 편차가 지니는 모순들에도 불구하고, 여성운동에서 중요한 관건인, 실천적 삶을 위한 여성의 의식 형성이라는 과제를 수행하기 위한 기본적인 시각을 제공해주었다. 이로써 실천적 사회 비판의 일환으로 대두되었던 독일의 여성 연구과 페미니즘 문예학 사이에는 하나의 접점이 형성되어 있었던 것이다. 더 거슬러 올라가면, 60년대 미국의 여성해방운동의 모태가 되었으며 그 영향으로 프랑스에 재수용되면서 페미니즘 연구의 고전으로 읽혔던 『제2의 성』(1949)에서 보부아르는 일찍이 사회에서 일반적으로 통용되는 여성성이라는 개념이 여성의 천성이나 본질과는 아무 상관 없으며 다만 역사를 통해 후천적으로 형성된 것임을 밝혀낸 바 있다. 문명의 진보를 거듭한 인류문화사에서 자연적으로 주어진 생물학적 성의 차이를 토대로 하여 어떻게 여성이 남성에 대해 열등한 '타자'로 규정되어왔는지를 추적한 보부아르는 이제 실존철학의 관점에서 여성이 현실에서 남성에 종속되어 있는 자신의 타자적 존재를 초월하여 주체로서의 인간이 되어야 할 것을 역설한다.[34] 그처럼 역사에서 제외된 여성의 계보에 대한 관심과 연구의 주된 목적은 무엇보다 역사적 현실에서 여성을 객체화시켰던 가부장적 사회의 이데올로기를 폭로하고 주체로서의 여성을 부각시킴으로써 여성해방의식을 고취시키는 데 있었다. 요컨대 60년대와 70년대에 전개된 다양한 여성학 논의는 근본적으로 정치적 페미니즘

---

34) 이정순, 「타자로서의 여성」, 54쪽 이하 참조.

의 성격을 띠고 있었다.

그러므로 서로 양립할 수 없었던 70년대의 주체 중심의 사회·문화·이데올로기 비판적 단초들과 80년대의 주체 이탈적이고 해체적인 모델들을 수용, 발전시켰던 독일 페미니즘 문예학이 90년대에 미국에서 유입된 성차 연구의 확산과 더불어 쇠퇴한 것은 자연스러운 결과라고 볼 수 있다. 그러나 문제는 그와 더불어 마침내 이데올로기 비판적이고 계몽적인 차원에서 여성해방 실현을 목표로 출발했던 정치적 페미니즘이나 여성 연구가 포기되었다는 데 있다. 현재 문화과학의 일부로 광범위하게 진행되고 있는 성차 연구는 성의 차이가 어떻게 문화적으로 구성되었는지를 역사적이고 체계적으로 분석하는 데 중점을 둔다. 그러나 사회적으로 여성에게 부과되는 특정한 역할이 특수한 문화적인 조건에서 형성된 담론들에 의해 결정되고 있음을 전제하는 성차 연구는, 그것이 버틀러의 경우처럼, 궁극적으로 생물학적인 성별과 무관한 개인들의 사고와 행위의 해방에 초점을 두는 한, 이미 엄밀한 의미에서의 페미니즘의 입장과 멀어지게 된다. 뿐만 아니라 그러한 방향의 성차 연구는 미국의 실용주의적 전통에 맞게 개인들이 사회 각 분야에서 적극적으로 자신의 새로운 역할을 발견하여 수행하는 것을 문제의 해결책으로 제시함으로써 현 사회 체제가 안고 있는 근본적인 문제들을 외면하고 있다는 혐의를 벗어날 수 없다.

끝으로 최근 독일에서의 경향을 살펴보면 페미니즘 문예학은 다시금 60년대 이후 뿌리를 내린 여성 연구에 동화됨으로써 이미 낙후한 것으로 간주되는 반면, 성차 연구는 해체론과 결합되어 성의 차이를 자연적으로 조건지어진 것이 아닌, 하나의 '효과'로 보는 인식이 보편화되어 있다. 그러나 여성 연구나 문화기호학적 '차이론'이 성차 연구의 역사적 담론 분석과 문학 이론적으로 그리고 방법론적으로 어떻게 서로 다른지는 아직 해명되지 않은 채 남아 있다. 이른바 '제2의 물결'이라고 불리는 신여성운동에서 출발하여 최근 중대한 관심사로 떠오른 '에코페미니즘'에

이르기까지 많은 발전을 거듭했으나 아직 혼란스러운 양상을 보이고 있
는 여성 연구가, 그 동안 극단화되고 협소한 시각에 제한됨으로써 본래
의 비판적 취지와 멀어진 여성문학과 여성 문화에 관한 이론이 이제 다
시 여러 차원에서 전개되는 여성운동에 연계되는 방향으로, 발전적으로
지양되기를 기대해본다.

참고문헌

S. Bovenschen, Die aktuelle Hexe, die historische Hexe und der Hexenmythos. Die Hexe : Subjekt der Naturaneignung und Objekt der *Naturbeherrschung*, in : Becker, Bovenschen, Brackert u. a., *Aus der Zeit der Verzweiflung. Zur Genese und Aktualität des Hexenbildes*, Frankfurt am Main, 1977, S. 259~312.

S. Bovenschen, *Die imaginierte Weiblichkeit. Exemplarische Untersuchungen zu kulturgeschichtlichen und literarischen Präsentationsformen des Weiblichen*, Frankfurt am Main, 1979.

S. Bovenschen, Über die Frage : gibt es eine 'weibliche' Ästhetik?, in : *Ästhetik und Kommunikation*, Heft 25, Kronberg' 1976, S. 60~75.

S. Bovenschen, P. Gorsen, Aufklärung als Geschlechtskunde. Biologismus und Antifeminismus bei Eduard Fuchs, in : *Ästhetik und Kommunikation*, Heft 25, Kronberg, 1976, S. 10~30.

L. Lindhoff, *Einführung in die feministische Literaturtheorie*, Stuttgart und Weimar, 1995.

H. Marcuse, Marxismus und Feminismus, in : ders., *Schriften 9*, Frankfurt am Main, 1987, S. 131~142.

H. Marcuse, S. Bovenschen, M. Schuller, Weiblichkeitsbilder, *in : Gespräch mit Herbert Marcuse*, Frankfurt am Main, 1978, S. 65~87.

J. Osinski, *Einführung in die feministische Literaturwissenschaft*, Berlin, 1998.

S. Wilke, *Dialektik und Geschlecht. Feministische Schreibpraxis in der Gegenwartsliteratur*, Tübingen, 1996.

이병애, 「최근 독일 문학에서의 여성적 글쓰기」, 『인문논총』 제2집, 이화여대 인문대학 ; 「문화의 수용과 그 변용」, 1997, 175~229쪽.

이정순, 「타자로서의 여성 ― 시몬 드 보부아르」, 『페미니즘, 어제와 오늘』, 민음사, 2000, 51~67쪽.

노승희, 「페미니즘 이론의 실천적 지평 ― 젠더와 성 정치」, 『페미니즘. 어제와 오늘』, 민음사, 2000, 388~420쪽.

크리스 위던, 『포스트구조주의와 페미니즘 비평』, 이화 영미문학회 역, 한신문화
사, 1994.

질비아 보벤셴 연보

1946년 오버바이에른 출생.

　　　　독문학, 사회학, 철학 전공.

　　　　프랑크 베데킨트의 「룰루」에 관한 논문으로 박사 학위 취득.

　　　　프랑크푸르트 대학 강사. 문예학자.

　　　　현재 프랑크푸르트에서 자유문필가로 활동.

　　　　간더스하임 시가 수여하는 로스비타 상 수상.

저서 : 『상상된 여성성』(1979)

에세이 모음집 : 『잘못할수록 잘 못 웃는다』(1998), 『과민반응』(2000).

크리스토프 하인의
『낯선 친구/용의 피』에
나타난 죽음의 모티프와 상징

이온화 이화여대 독문과와 동대학원을 졸업하고 독일 베를린 자유대학에서 수학했다. 현재 이화여대에 강의를 나가고 있다. 역서 『청소년을 위한 괴테』 외에 독일 낭만주의와 노발리스에 관한 다수의 논문이 있다.

1. 들어가는 말

"동독 문학이란 존재합니까?"라는 질문에 대해 크리스토프 하인은 "예"라고 대답한다. 하인처럼 전후에 태어나 동독에서 성장하고 교육을 받고 직업생활을 한 사람에게 동독은 엄연히 존재했던 나라이고, 서독과는 다른 정체성을 지닌 나라이다. 때문에 그에게는 '동독 문학' 역시 실존했던 문학이고 그 자신은 '동독 작가'이다. 하인은, 비록 독일이 1990년 10월 3일 통일되어 한 나라가 되었지만, 자신이 10월 2일에 쓴 글과 10월 4일에 쓴 글은 다르지 않다며, 날짜는 큰 의미가 없다고 한다. 하인의 이 말은 '동독 문학'의 시작을 논할 때도 똑같은 무게를 지닌다고 할 수 있다. 그것은 어떤 '문학'을 정의할 때, 특정 날짜보다는 '개인적인 경험'이 더 중요하다는 의미이다. 하인은 작가와 독자의 '경험'을 똑같이 중요하게 여겨, 자신을 "주관적 연대기 서술자"라 칭하는데, 즉 작가는 자신이 직접 보고 경험한 것만을 기록할 뿐이고, 독자는 또 "자신의 고유한 경험에 따라" 읽을 뿐이라고 한다. 이처럼 '경험'을 중요시하는 하인의 문학관은 그의 작품을 이해하는 데 도움이 된다. 즉 그의 작품은 그의 경험을 '재현하는' 것일 뿐이기 때문이다. 그러나 여기에 그 어떤 '평가나 판단'은 들어 있지 않다는 점을 하인은 분명히 한다.

하인은 또 "나는 내가 쓰고 있는 작품의 독자이다"라고 말하기도 하고, "작가의 소재는 바로 작가 자신이다"고 한다. 이는 그가 자신의 작품에 대해 갖는 태도를 짐작하게 해주는데, 다름아닌 독자가 끼어들 여지를 준다는 것이다. 다시 말해 독자는 작가의 의도와 전혀 다르게 작품을 읽어낼 수 있다는 것이다. 이런 작품으로 필자는 하인의 『낯선 친구/용의 피』를 들고 싶다. 하인은 이 작품에서 동독의 지식인 한 쌍을 주인공으로 하여 그들의 삶의 모습을 보여준다. 그러나 서구의 독자들은 이들의 삶에서 자신들의 모습을 보았다. 독자들은, 살기 위해 몸부림치다 좌절하고 마는 남자와, 의욕이라고는 찾아볼 수 없이 외부와 단절하고 '서서히 죽어가는 삶'을 살아가는 여자에게서 '현대인'의 정체성을 보았던 것이다. 바로 이런 점 때문에 이 노벨레가 동구와 서구 양쪽 진영의 독자들을 매료하고 두 개의 제목을 지니게 되었던 것이다.

본 논문은 남자 주인공의 '죽음'으로 시작하는 하인의 『낯선 친구/용의 피』 곳곳에 숨어 있는 죽음의 모티프와 상징들을 분석하고자 한다. '죽음'이 문학의 모티프가 된 것은 새삼스러운 것이 아니다. 그러나 이 작품에서의 죽음은 육체적 죽음이 아닌, 그렇다고 정신적 죽음도 아닌, '내적 죽음'이라 정의할 만한 '죽은 삶'을 의미한다. 이 '죽어 있는 삶'이 가슴 아픈 것은 여자 주인공이 이런 자신의 삶에 너무나 만족하고 있다는 데 있다. 주변에 아무도 용납하지 않는, 그 무엇과도 관계를 맺고 싶어하지 않는 이런 그녀에게는 현대인의 모습이 반영되어 있다고 할 수 있다.

필자는 작품의 이해를 돕기 위해 직접 분석에 들어가기에 앞서 먼저 하인의 작품활동과 이 작품이 생성된 시기의 동독 문학의 경향을 살펴보기로 하겠다.

2. 크리스토프 하인의 작품활동

크리스토프 하인 Christoph Hein은 1944년 4월 8일 현재는 폴란드 영토인 하인첸도르프에서 목사의 아들로 태어났다. 그의 가족은 1945년 소련군을 따라 라이프치히 근처 바트 뒤벤에 정착했다. 1949년 독일민주공화국(DDR)이 세워지면서 그의 가족은 동독 주민이 되었다. 하인은 목사의 아들이라는 이유로 김나지움 입학을 거부당했기 때문에, 서베를린의 기숙 학교에 다니게 되었다. 그러나 1961년 8월 베를린 장벽이 세워져 학업을 마치지 못하고 가족이 있는 동베를린으로 돌아오지만, 여전히 김나지움 입학이 거부당하자 그는 음식점, 공장, 책방 등에서 막노동을 하여 생계를 돕는다. 1964년 1년 동안 야간 학교를 다니며 학업을 림친 하인은 1965년 민중극단 Volksbühne의 베노 베송 감독의 조수로 일하게 된다. 그는 1966년 크리스티네와 결혼하여, 그해와 1971년에 그의 두 아들이 태어난다.

여러 번에 걸친 베를린 연극 학교 입학 시도가 좌절되자, 1967년 라이프치히로 이사한 하인은 대학에서 철학과 논리학 전공을 시작하고, 후에 베를린 훔볼트 대학으로 옮겨 1971년 논리학으로 학위를 받는다. 그는 그해부터 1976년까지 다시 민중극단의 베노 베송 감독과 함께 일을 한다. 처음에는 드라마투르그로 그리고 나중에는 하이너 뮐러 등과 함께 전속 작가로 일하며, 1974년 첫 드라마 「슐뢰텔, 혹은 어쩌라고」를 무대에 올린다. 이 즈음 동독 서기장 에리히 호네커가 문학에서의 모든 금기를 없앤다는 약속을 한다. 그러나 이러한 자유로운 문학 풍토는 1976년 볼프 비어만의 '시민권 박탈 사건'으로 다시 냉각기를 맞이한다. 이런 냉각기는 10년 동안 지속되고, 그 동안 15편에 달하는 하인의 드라마가 무대에 올려질 계획이었으나, 단 한 편도 성사되지 못한다. 1979년 가혹한 검열에 불만을 품은 배송을 비롯한 많은 관계자들이 극단을 떠나자, 하인도 프리랜서가 된다.

1980년 「크롬웰」과 「라살르가 헤르베르트 씨에게 존야에 대해서 묻다」가 각각 코트부스 시(市)와 뒤셀도르프에서 무대에 올려지고, 아우프바우(동독) 출판사에서 최초의 단편집 『시민을 아침 접견에 초대하다』와 작품집 『크롬웰과 드라마들』이 출판된다. 하인은 1982년 동독 작가조합의 회원이 되고, 동독 예술 아카데미가 주는 '하인리히 만 문학상'을 수상한다. 그 밖에도 몇 편의 드라마를 발표하지만, 그의 이름이 일반 대중에 알려진 것은 1982년 동독에서 『낯선 친구』가 발간되고, 같은 작품이 6개월 후 서독에서 '용의 피'라는 제목으로 발표된 후부터이다. 1984년 그에게 '서독 비평가상'을 안겨준 이 작품은 서독에서 베스트셀러가 되고 세계 40여 개 국어로 번역되어 하인을 세계적인 작가로 만들었다.[1]

하인은 산문 작가로 세계적인 명성을 얻었지만, 실제로는 극작가로서 더 활발한 활동을 했다. 그는 드라마를 통해 무너지는 사회주의 국가에서 좌절을 경험하는 지식인의 모습을 사실적으로 그리고 있다. 그 대표적인 작품으로 1989년 발표된 「원탁의 기사」를 들 수 있다. 같은 해 발표한 소설 『탱고 연주자』는 동독 지식인 사회의 위선과 체념 상태를 역사책보다 더 리얼하게 보여준다는 평가를 받고 있으며, 서독의 '슈테판 안드레스 상'을 그에게 안겨준다. 펜으로는 이처럼 동독 정권을 비판하면서도 그가 진정으로 꿈꾼 것은 진정한 사회주의 국가 건설이었다. 그래서 그는 동독의 서독으로의 흡수 통일에 반대했으며, 이를 위해 공개적인 연설을 하는 등 나름대로 노력을 했다. 그러나 1990년 10월 3일 독일 통일은 이루어지고, 그가 지탱하고자 했던 동독 사회는 역사의 뒤편으로 사라졌다.

---

1) 크리스토프 하인, 『낯선 연인』, 전영애 역, 서울, 현대소설사, 1991.

하인은 통일 후에는 걸프전 반대운동에 참여하고, 독일에서의 외국인 적대주의를 과감히 비판하여 본인이 직접 테러의 대상이 되기도 했다. 통일 후 출판된 첫 소설은 『나폴레옹-놀이』(1993)이고, 첫 드라마로는 「랜도우」(1995)가 있으며, 1997년에는 '허구적 자서전'인 『처음부터』를 발표했다. 2000년 소설 『빌렌브록』을 발표하고 스위스의 '졸로투르너 문학상'을 수상하기까지 그는 독일을 비롯하여 독일어권 나라들로부터 많은 문학상을 수상했다.

3. 70년대 동독 문학과 『낯선 친구/용의 피』

『낯선 친구 Der fremde Freund』가 동독에서 출판된 것은 1982년 여름이고, 이로부터 6개월 후인 1983년 초에는 '용의 피 Drachenblut'라는 새로운 제목으로 서독에서 출판되었다. 이런 출판 시기를 감안할 때, 동독 문학계에 일대 변혁을 불러온 1976년 11월의 '볼프 비어만 Wolf Biermann-동독 시민권 박탈 사건'과 이 작품의 연관성은 부인할 수 없을 것 같다. '비어만 사건'은 70년대 동독 정치 사회 문화계에 불던 '자유화 바람'에 찬물을 끼얹은 일대 사건이었다.

70년대 동독 문화 예술계에는 많은 변화가 있었다. 60년대까지 지배적인 이념이었던 '사회주의 리얼리즘' 문학은 노동자계급에 '유용한 것'이어야 했다. 그래서 사회주의적 의미에서의 '긍정적 주인공'은 늘 모든 모순을 극복하고 성공하는 인물이어야 했으며, 형식면에서는 내적 독백, 몽타주, 연대기적 서술 방식의 파괴 등이 금지되었다. 그러나 1971년 5월 에리히 호네커가 당 서기장에 취임하면서 동서독간 해빙 무드가 조성되고, 국제적인 긴장 완화 정책과 함께 사회 각 분야에 '자유화' 바람이 불었다. 그해 12월에 있었던 중앙위원회의 제4차 회의는 당시까지 문화 예술계에 드리워져 있던 대부분의 금기 사항을 철회하였는

데, 전제조건은 예술가에게 '확고한 사회주의적 사상'이 있어야 한다는
것이었다. 그 결과 일련의 사회 비판적인 작품들이 출판될 수 있었으며,
주인공들 역시 동독의 현실을 비판적으로 표현하는 고통받는 회의적인
인간형이 나왔다. 이에 해당하는 대표적인 작품으로는 폴커 브라운의
『끝나지 않은 이야기』, 울리히 플렌첸도르프의 『젊은 베(W)의 새로운
고뇌』, 클라우스 슐레진저의 『옛 필름』, 롤프 슈나이더의 『야로슬라프로
의 여행』 등이 있다.

  그러나 이러한 해빙 무드는 오래가지 않았다. 1976년 11월 동독의 유
명한 리더Lieder 작곡가이자 가수인 볼프 비어만이 쾰른에서 음악회를
열어 성공을 거두고, 이 음악회가 전 서독에 텔레비전으로 중계되는 일
이 벌어지자, 동독 정부는 그의 동독 시민권을 박탈하고 그의 귀향을 막
았다. 동독의 작가 12명은 즉각 이에 항의하는 공개 서한을 발표하였다.
그러나 1978년 5월 제8차 '작가 회의'가 열렸을 때에는 이들 서명자 중
단 두 명, 폴커 브라운Volker Braun과 슈테판 헤름린Stefan Hermlin만
참석했다. 이는 많은 비어만-동조자들이 후퇴했음을 보여주는 대목이
다. 이때의 문학계 분위기를 이해하는 데는 문학사가(文學史家) 볼프강
에머리히의 말이 도움이 될 것이다:

  비어만의 시민권 박탈 사건은, 몇 년 후 문화 정책 발전에 있어 역사적인
  정체기의 원인 제공 사건으로 증명될 정도로 중대한 조치였다. 이 사건의
  후유증은 아주 컸다. 당 위원회와 국가 기관은 구금, 가택 연금, 출판 금지,
  ―불편한 지식인에게는― 신속한 여행허가서 발급 등 치밀하게 계산된
  방법으로 작가들을 통제했다. (……) 1976년 말에는 작가들의 서독으로의
  엑소더스(대탈출)가 시작되었지만(약 30여 명 정도), 곧 탈출의 물결도 가
  라앉아 헤르만 칸트와 같은 사람은 작가동맹의 새 회장이 되었다.

  그 결과 문화 예술계는 다시 경직되었고, 동독 현실 비판은 철저하게

금지되었으며, 작품 검열은 강화되었다. 동독에 남아 작품활동을 하던 작가들은 검열을 통과하기 위해 나름대로의 방법을 찾았다. 그리하여 70년대 후반부의 문학작품의 주제는 주로 "일상의 문제화Problemati sierung des Alltags"였는데, 주인공은 '현실사회주의'에서의 개인적인 경험을 주관적, 비평적으로 전달했다. 지크리트 슈탈은 70년대 문학의 주요 모티프를 "해명", 즉 '사회주의 건설'에 몰두했던 20년이란 세월이 지난 후 개개인은 어떤 모습을 하고 있는가의 문제라고 한다. 1982년에 출판된 하인의 첫 산문 『낯선 친구』 역시 이 모티프에서 벗어나지 않는다. 하인은 오래 전부터 산문을 쓰려고 했다고 한다. 그러나 비어만 사건으로 동독 문학계가 경직되고 난 뒤에야 비로소 첫 산문을 출판했다는 것은 이 작품 탄생의 직접적인 동기가 비어만 사건이었음을 짐작하게 해주는 대목이기도 하다. 현실 비판이 금지된 상황에서 하인은 산문을 통해 나름대로의 비판적 목소리를 냈던 것이다.

크리스토프 하인의 노벨레 『낯선 친구』는 동독에서 출판되자마자 젊은이들의 "숭배서 Kultbuch"가 되었고, 이것은 재판 출판 금지로 이어졌다. 서독 독자들은 이 책을 베스트셀러 대열에 올려놓았고, 하인의 이름을 서방세계에 널리 알렸다. 하인은 한마디로 "하루아침에" 유명 인사가 되었다. 롤프 미하엘리스는 서독 판이 나온 직후 이 책을 "다른 반쪽 독일인의 삶을 규정해온 침묵의 기록"이라고 한다. 그러면서 롤프는 아이나 슐레프Einar Schleef(1944~2002, 연극 감독)를 제외한다면, 동독인들이 사신들의 확신, 믿음 또는 정치적 충성 때문에 학대받고 침묵했던 생활을 이보다 더 가슴 아프게 서술한 책은 없다고 평한다. 바로 이런 이유로 "이처럼 비판적인 작품"이 동독에서 출판 허가를 받았다는 사실은 놀라울 수밖에 없다. "사회주의 조국"을 사랑한 가수 비어만의 시민권을 박탈한 동독 정부가 하인과 같은 비판적인 작가의 작품을 출판한 이유는 무엇일까? 이 물음보다는, 하인은 어떻게 동독 정부의 검열을 피할 수 있었을까, 라는 질문이 더 타당할 것이다. 이에 대한 답변으로는, 마리안네 쿰레이의 당시 출판된 산문들의 특징 분석이 도움이 될 것이다.

사회적인 마인드와 감정의 상실은 사회 현상들을 사실적으로 있는 그대로 표현하는 경향, 즉 그 현상의 본질 속 깊은 곳으로 침투하지 않고 '표면의 우상 숭배'를 추진하는 경향에서 나타난다. 한편으로는 정말로 사소하고 우연적인 현상들과, 다른 곳에서는 표현될 수 없고, 오직 문학을 통해서만 공개될 수 있는 그런 것을 다룬다. 다른 한편으로는 사회주의에서 개인의 파괴, 소외, 고독에 대해 아무런 해설을 곁들이지 않고 건조하게 표현한다.

본질을 건드리지 않고 밖으로 드러난 상황만 '사진 찍듯' 서술하는 글쓰기 방법으로, 하인은 사회주의 당국이 원하지 않는 작품의 출판 허가를 받아냈던 것이다. 이런 형식을 "사회주의적 비평적 사실주의 sozialistischer kritischer Realismus"라 부르기도 한다. 그래서 80년대 나온 작품들의 주인공은 그 이전의 '긍정적인'(공격적이기까지 한) 주인공들과는 다르다. 슐렌슈테트는 '새로운 주인공'은 겉으로는 전혀 문제가 없지만, 내면적으로 고뇌하는 그리고 독자가 그를 통해 생각에 잠기게 되는 "문제 있는 유형"이라고 한다. 『낯선 친구/용의 피』의 주인공도 바로 이런 유형이다. 이런 이유로 서독의 비평가 루트거 보스는, 사회적 인정을 받는 전문직(의사)에 종사하면서 80년대 동독의 현실로부터 완전히 등을 돌리고 살고 있는 하인의 여주인공과 같은 유형을 "안티프로메테우스 Antiprometheus"라 칭한다.

프로메테우스는 인간적인 실천으로 현실을 변화시키는 이념이다. 변화에의 의지가 없다면 무엇을 한단 말인가? 클라우디아의 삶에서는 모순들이 보인다.

『낯선 친구/용의 피』에는 변화를 두려워하는 안티프로메테우스 유형의 클라우디아가 작품을 주도하지만, 그와 반대되는 유형, 즉 '변화만을' 추구하는 프로메테우스 유형의 헨리가 있다. 그러나 이런 헨리의 역할이 전혀 주목을 받지 못하는데, 그 이유는 그의 인물 묘사가 불분명하기 때문이다. 생을 변화시키려는 그의 모든 의도가 좌절되었다는 것 역시 클라우디아가 전하는 그의 과격한 행동이나 몇 마디 말에서 추측할 수 있을 뿐이다. 다음으로 이 작품의 형식을 살펴보기로 하겠다.

4. 『낯선 친구/용의 피』의 형식 ― 노벨레

하인은 『낯선 친구』의 장르를 "노벨레"라 하는데, 이 작품을 좀더 깊이 이해하기 위해서는 먼저 이 장르에 대한 분석이 필요하다. 이를 통해 작가가 구태여 노벨레 형식을 빌리고 이를 통해 도달하고자 했던 문학적 의도를 짐작할 수 있을 것이다.

노벨레Novelle는 독일 단편의 독특한 형식으로 다른 나라에는 없는 장르이다. 문학사전에서 정의하는 노벨레의 특징을 간단히 살펴보면 다음과 같다.

― 단순하고 짧다.

― 줄거리가 집약적이다.

　플롯이 명료하다.

― 해설이 없고, 주제를 벗어나는 이야기가 없다.

― 줄거리는 하나의 종말을 향해 나아가고, 이 마지막 부분은 '예기치 않았던 사건'이고, 노벨레의 핵심이다. 바로 이 단계에서 독자는 주인공의 운명을 알게 된다.

― 일반적으로 노벨레의 '매'라 불리는 사물 내지 상징이 있다.

『낯선 친구』는 3페이지짜리 꿈 이야기와 13개의 장(章)으로 이루어져 있고, 사건 진행 과정은 1년 반이다. 제1장의 이야기는 헨리의 장례식으로 시작된다. 다음 장은 클라우디아의 회상으로, 헨리를 사귀던 날로 돌아가, 마지막 13장은 헨리의 장례식 후 6개월 동안 클라우디아에게 있었던 일에 대한 이야기이다. 단조롭게 진행되는 이 이야기에는 노벨레의 특징인 '예기치 않은 사건'이 헨리의 죽음 이외에는 없다. 그러나 독자는 1장에서 헨리의 죽음을 알게 된다. 이미 인지한 그의 죽음은 그렇기 때문에 그것이 아무리 돌발적으로 일어났다 해도 독자에게는 '예기치 않은 사건'이 아니다.

그렇다면 하인은 왜 이 작품을 굳이 노벨레라 칭했을까? 이에 대해 그는, 죽음 앞에 선 어떤 사람이 "난 정말로 살았던 것이 아니야Ich habe nicht wirklich gelebt"라는 인식을 했다면, 이것이야말로 '예기치 않은 사건'이 아니고 무엇이냐고 반문한다. 하인이 염두에 둔 예기치 않은 사건, 즉 노벨레의 '매'는 다름아닌 클라우디아의 '내적인 죽음'인 것이다. 처음 헨리의 죽음을 인지한 독자들은 그의 죽음의 원인에 대해 관심을 갖는다. 그러나 이야기가 진행되면서 독자의 관심은 클라우디아의 삶에 쏠리고, 결국에는 그녀의 '내적 죽음'을 인지하게 된다. 그러므로 내적으로 죽은 이 두번째 죽음이야말로 독자에게는 '예기치 않은 사건'이 되는 것이다. 왜냐하면 클라우디아의 사회생활은 누가 보아도 성공적이기 때문에, 독자의 당혹감은 더 클 수밖에 없다.

처음 헨리의 육체적인 죽음을 경험한 독자는 마지막에 이르러 클라우디아의 내적 죽음을 인지하고, 두 죽음을 클로즈업시키면서 삶의 의미를 생각하게 된다. 작가는 '노벨레'라는 고전적 형식을 이용하여 이런 '이중적 놀람 효과der Effekt der doppelten überraschung'를 거둘 수 있었던 것이다.

5. 『낯선 친구/용의 피』에 나타난 죽음의 모티프와 상징

『낯선 친구/용의 피』는 동베를린의 한 종합병원에 근무하는 여의사 클라우디아의 일상에 대한 독백이다. 그녀의 부모와 친구, 직장 동료들과의 만남, 연인 헨리와의 돌발적인 교제, 드라이브, 휴가 여행, 이웃 노인의 죽음 그리고 마지막으로 헨리의 죽음 등이 에피소드 형식으로 아무런 해설 없이 건조하게 그리고 무감각하게 이야기된다. 죽음의 그림자가 작품 시작부터 끝까지 뒤덮고 있다. 이는 비단 이 두 사람에게만 해당되는 것이 아니라, 사회 전체에 드리워진 죽음의 그림자이기도 하다. 그런 의미에서 이 작품은 사회 비판적인 요소가 강하게 내재되어 있다.[2] 이 작품에는 특히 폐쇄적인 동독 사회에서 침묵을 강요당한 지식인들의 정신적인 황폐 현상이 아주 잘 표현되어 있다고 할 수 있다. 하인은 그 표현 수단으로 '죽음'을 사용하고 있는 것이다. 이 장(章)에서는 두 주인공의 '죽음'을 분석하고, 또 그들의 삶의 대체 역할을 하는 자동차 운전과 사진 찍기의 의미를 분석해보기로 하겠다.

5-1. 헨리의 죽음

이 노벨레의 처음 제목이 '낯선 친구'였음에도 불구하고, 하인은 헨리에 대해서는 아주 피상적으로만 서술한다. 헨리가 건축가이고, 현재 원자력 건설에 참가하고 있다는 것은 비교적 앞에서 알 수 있나. 물론 1장의 그외 장례식 장면에서 그가 기혼이고 아들이 둘이라는 것을 독사는 알지만, 클라우디아는 그를 사귀고도 한참 뒤에야(5장), 이런 개인적인 사정을 알게 된다. 독자는 작품 서두부터 죽은 헨리를 만나기 때문에 작품 내내 그의 죽음을 기다리게 되고, 그가 살려고, 정말로 살려고 발버둥쳐도 클라우디아처럼 미소지을 뿐이다. 그리하여 헨리는 클라우디아에

---

2) 이에 대한 논문으로는 필자의 졸고가 있다. 「사회주의 체제에서의 코쿠닝 Cocooning 현상— 크리스토프 하인의 『낯선 친구』 분석」, 『독일어문학』 제19집(10권 3호), 2002.

게나 독자들에게 '낯선 친구'로 남게 된다. 그럼에도 불구하고 헨리가 어떤 인물인지 살펴보는 것은 이 작품 이해에서 가장 중요한 부분이자 출발점이 된다.

『낯선 친구/용의 피』는 "장례식 아침까지도 나는 그곳에 가야 할지 말아야 할지 결정하지 못했다"로 시작한다. 독백자인 클라우디아가 지금 참석 여부를 놓고 망설이고 있는 것은 헨리의 장례식이다. 이는 그들의 관계가 '평범하지' 않았다는 것을 말해준다. 곧 알게 되겠지만, 헨리에게는 다른 도시에 사는 부인과 두 아들이 있었다. 클라우디아가 장례식에 참석하면 당연히 이들을 만나게 되고, 그녀는 참석자들에게 '이방인'이 될 수밖에 없고, 자칫 그의 부인에게 "뺨을 맞을지도" 모르기 때문이다. 또하나 그녀는 병원 식구들이 헨리의 죽음에 대해 질문하는 걸 듣고 싶어하지 않는다. 그래서 그녀는 자신이 '중재안'으로 들고 나온 감청색 외투를 보고도 — 평상시에는 호기심 덩어리인 — 간호사가 아무런 질문을 하지 않자 속으로 감사하고, 병원장이, 그녀가 오후에 '장례식'에 가야 되기 때문에 시간이 없다고 했는데도 더이상 질문하지 않자, 안도한다. 이런 그녀의 태도는 그녀의 인생관을 이해하는 데 아주 중요하다. 즉 그녀는 늘 주변을 의식하며 행동하는 지극히 '사회적인' 인물이다. 바로 이런 이유로 그녀는 외적인 사건들로부터 수없이 상처를 입었고, 이 상처로 인해 그녀의 내면은 죽어가고 있었던 것이다.

그러나 헨리는 달랐다. 이름부터가 어딘가 '미국' 냄새가 나고 비독일적이다. 또 그는 그들의 허름한 변두리 아파트로 이사오자마자 주민들에게 "이상한 사람"으로 찍혀 감시 대상이 된다. 그들이 처음 엘리베이터에서 만났을 때, 헨리는 — 죽음의 원인이 되는 — '우스꽝스러운 털모자'를 쓰고 있었다. 그녀의 표현대로 "그가 이 모자를 쓰는 것은 일종의 도전이었을 거다".(27쪽) 헨리는 외모만 이상한 게 아니라 행동은 더 불가사의했다. 엘리베이터에서 처음 만난 날 밤 헨리는 아무 예고도 없이 그녀의 삶으로 '밀고 들어온다 eindringen'. 그런 그는 그녀에게 '자신의' 이야기를 한다. 그는 작은 방, 문, 창문 때문에 아파트 내부의 가구들의 배치가 다 똑같고, 게다가 그 안에 꽂힌 책까지도 같다는 걸 상상하기만 해도, "권총 자살을 하고 싶다"고 하며 불안하게 방을 왔다갔다한다. 그런데 클라우디아는 "나는 그의 목소리에 귀기울였고, 잠이 솔솔 왔다"고 한다. 그녀는 그의 이야기를 전혀 진지하게 듣지 않고 있다. 다음의 그녀의 독백은 이를 더 잘 보여준다.

> 그런 다음 그는 나에 대해서 그리고 우리가 서로를 이해할 수 있는 가능성과 불가능성에 대해 말했다. 그는 내가 대답할 수 없는 질문들을 던졌다. (……) 나는 그를 이해하지 못했다. 나는 그의 이야기와 거창한 질문이 진심인지 아니면 그저 장난으로 해본 것인지 몰랐다. 아마도 모든 것이 그저 놀이이고, 그가 나에게 한 일종의 테스트인지도 모르겠다.(30쪽)

'자살 가능성'에 가까운 고백을 하며 다가오는 헨리의 진지한 대화 요청에 대한 클라우디아의 반응은, '잠이 온다'거나, '이해하지 못하겠다'는 분명한 거부다. 또 그의 '산다는 것'에 대한 회의적인 고백을 듣고도 그녀는 그저 "그가 나를 웃겼다"고 한다. 그녀는 헨리에 대한 자신의 감정을 전혀 모른 채 그와 잠자리를 한다. 이는 그녀가 그와의 정신적 대화는 거부하지만 육체적인 관계는 갖는다는 것을 말해준다. 사실 이런 그녀의 모습은 이미 동료들에게 지적된 면이기도 하다. 동료들은 그녀에게 아무 의식 없이 동물처럼 산다고 비난한 적이 있다.

대화 요청을 거부당한 헨리는 "밤새 뒤척이며 잠을 제대로 자지 못하고 아침에 일찍 일어났다". 그는 아침을 준비하겠다는 클라우디아의 호의를 거절하고 그대로 간다. '불안한 잠'이라든가, 아침을 거절하는 태도에서 그의 실망감을 엿볼 수 있다. 그래도 이때까지는 아직 그에게 희망이 있었다. 왜냐하면 그는 그녀를 기다리고, 그녀를 만나 '기쁘다'고도 말하기 때문이다. 그러나 그가 다시 한번 그녀로부터 거부당하는 일이 발생한다.

헨리는 자동차로 스피드 내는 걸 즐긴다. 그는 "달릴 때만 살아 있다는 것을 느낀다"고 한다. 이에 대해서도 그녀는 "그의 열정을 함께 나눌 수 없고 이해할 수도 없다"고 응답한다. 그러면서 그의 '자동차 스피드 내기'를 "유희"로 치부해버린다. 그러자 그는 정말로 진지하게 다음과 같이 말한다.

> 나는 (교통사고로) 죽는 것을 두려워하지는 않소. 나는 살지 않는다는 것이 더 괴롭소. 리얼하게 살지 않는 것 말이오.(38쪽)

이런 진지한 고백에 대해서조차 그녀는 "당신은 미쳤군"이라고 말하고는 잠이 들어버린다. 집에 도착한 그녀는 그에게 "낯설다"고까지 말한다.

> 집에서 그는 나에게 키스를 했다. 나는 그가 아주 낯설다고 말했다. 그는 내가 왜 그런 말을 하는지 알고 싶어했지만, 나는 아무런 설명을 하지 않았다. 나도 잘 몰라 설명할 수 없었다. 그에게는 뭔가 이해할 수 없는 부분이 있었다. 난 그걸 느꼈고, 이런 거리감은 계속 유지되리라는 것을 알았다.(38쪽)

헨리가 클라우디아에게 이해받지 못했다는 것이 분명해졌다. 그는 이후 다시는 진지한 대화를 하지 않는다. 오히려 그의 쪽에서 그녀를 거부한다. 그렇게 하여 두 사람의 관계는 육체적인 관계만으로 한정된다. 그들은 진지한 대화의 순간에는 대화 대신 언제나 섹스를 하는데, 이는 그들의 관계가 '육체적인 영역'으로 한정되어 있다는 것을 말해준다. 처음에는 클라우디아가 그를 좋아한다고 말했을 때이고, 두번째는 클라우디아가 그에게 부인과 두 아들이 있다는 말을 듣고 화를 냈을 때이다. 이런 장면은 하인의 다른 소설 『탱고 연주자』에서는 더 극명하게 나타난다.

헨리에게 가족이 있다는 사실을 안 이후 두 사람의 관계는 "규격화되었다normalisiert". 클라우디아가 그를 완벽하게 '거부' 했기 때문이다. 그녀는 그를 앞에 두고 자신에게는 '친구' 가 필요없다고 단호하게 말한다.

나는, 이제 더는 다른 사람에게 비밀을 털어놓을 준비도 되어 있지 않고, 또 그럴 능력도 없는 것 같다고, 그것이야말로 우정이라는 이 독특한 용어의 전제조건일 텐데, 라고 말했다. 아마도 나에게는 친구가 필요없는 모양이라고. 나에게는 아는 사람들이, 좋은 친지들이 있는데, 난 그들을 종종 만나고 있고, 그것으로 만족한다고. 그러나 사실 그들은 언제든 다른 사람으로 대체될 수 있다고, 그들이 나에게 꼭 필요한 것은 아니라고 말했다.(83쪽)

클라우디아에게 헨리가 들어갈 자리는 전혀 없었다. 그녀는 헨리의 '문제' 에 대해 이야기하지 않는다. 두 사람이 하는 "가장 은밀한" 대화는 '어때?' 라는 일상적인 인사말이다. 그녀는 두 사람의 관계를 "단순하고 편안하게 해주는 말없는 합의"에 만족한다. 이 독백 바로 다음 문장이 "4월 18일 헨리가 죽었다"이다. 그의 죽음이 이 노벨레의 1장에서부터 암시되었다고는 하지만, 사실 이 문장은 독자를 놀라게 하는 효과가 있다. 그가 그렇게 갑자기 죽을 만한 일이 전혀 없었기 때문이다. 게다가 그의 사인은 1장에서부터 꾸준히 암시되긴 했지만, 그래도 이치구니가 없다. 그는 그의 '특이한' 털모자를 조롱하는 불량배들과 말다툼 끝에 주먹다짐을 하다 맞아 죽었던 것이다. 그의 죽음을 접한 클라우디아의 반응은 독자를 더 당황하게 만드는데, 그녀가 전혀 놀라지 않는다는 사실이다. 그녀는 그 이유를 설명할 수는 없지만, "놀라지는 않았다"고 한다. 그의 죽음조차 그녀에게는 "이상하고 낯설었다". 그래서 그녀는 "지독히도 낯선 시체의 장례식에 참가한다는 것"은 정말 희극이라고 한다.

헨리의 죽음의 진짜 이유는 무엇일까? 그의 '프로메테우스' 적인 적극성이다. 그는 '진정으로' 살기를 원했다. 그래서 그는 '변화'를 원했다. 그가 이 노벨레에서 시도한 변화는 '자동차 스피드 내기'와 주변인들과는 확연히 구분지어주는 '털모자 쓰기'이다. 그러므로 헨리의 갑작스러운 죽음을 그의 끊임없는 '자살 충동'에서 찾을 수 있지만, 사실 그의 자살 충동의 원인은 그가 마지막 희망을 가지고 접근했던 클라우디아의 정신적 '거부'와 독자적인 삶의 형식을 거부하는 '사회' 그 자체에 있다고 해석할 수 있다.

5-2. 클라우디아의 소멸되어가는 삶—내적 죽음

이 노벨레의 독백자가 여주인공 클라우디아이기 때문에 독자의 시선은 아무래도 그녀의 삶에 쏠릴 수밖에 없다. 그래서 아마도 초판이 발행되고 6개월 후에 나온 서독 판의 제목이 '용의 피'가 되었을 거라 여겨진다. '용의 피'는 그러나 그 상징성으로 인해 현대 작품의 제목으로는 전혀 어울리지 않는 감이 있다. 그럼에도 불구하고 ― 역설적이긴 하지만 ― 이 노벨레에는 너무나 잘 어울리는 제목이다. 40대에 들어선 그녀가 살아 '남기' 위해서 '용의 피'를 뒤집어쓰고 자신 속에 안주하게 만든 동기는 이미 어린 시절에 시작된다.[3] 그녀는 어머니와 아버지로부터 성(性)과 정치에 대해 '침묵하는 법'을 배운다. 이는 그녀의 인간관계의 소통 능력을 싹부터 자른 결과가 된다. 그녀는 그 어떤 사람들과의 '관계 맺기'도 꺼려한다. 그 이유는 헨리와는 달리 그녀가 그 어떤 사람의 삶에도 얽히기 싫어하기 때문이다.

클라우디아는 '우연히' 부모 자식 관계를 맺게 되었다는 이유만으로, "더이상 함께 할 일이 없는데도" 무의미한 방문을 계속해야 한다는 사실에 짜증을 낸다. 심지어 그녀는 부모와의 "이미 오래 전에 꺼져버린 관계를 끝낼 용기가" 없는 자신을 원망하기까지 한다. 그녀는 "우리는 한번

---

3) 이에 대한 자세한 내용과 분석은 2번의 주에서 소개한 필자의 졸고를 참고하기 바란다.

도 서로를 이해한 적이 없었다"고 함으로써 부모와의 관계를 부정한다. 그녀는 또 남편과도 "더이상 함께 할 일이 없다"는 이유로 이혼하고, 또 자신은 "참여하지 않았다"는 이유로 아이를 낙태한다.

클라우디아는, 남편에게 2주에 한 번씩 '강간당한다'고 호소하는 친구 안네와도 거리를 둔다. 그래서 이 '고상한' 사모님을 만날 때는 개인적인 문제를 이야기하지 못하도록 둘만이 있는 장소를 피하고 늘 사람들이 많은 식당이나 카페로 정한다. 자신은 그들의 뒤엉킨 이야기를 저장하는 "쓰레기통이 아니다"고 한다. 그녀의 논리는 간단하다, 즉 '사람마다 해결할 수 없는 문제들이 있다. 그런 문제에 대해 이야기해서 뭘 하느냐'는 것이다. 그래서 어머니의 문제도, 헨리의 문제도, 여동생의 문제도 듣고 싶어하지 않는다. 심지어 그녀는 자신의 간호사가 피임약을 구해주어 감사하다는 표시로 악수를 청할까 봐 '두려워한다'. 한번 악수를 하면, 매일 아침저녁으로 악수를 할 텐데 어떡하나 '고민'한다. 그녀는, 같은 아파트에 산다는 이유로 이웃이 되어 매일 인사해야 하는 "귀찮은" 일을 피하기 위해, 아는 사람이 한 명도 없는 독신자 아파트에 산다. 이 아파트는 대부분 죽기 직전의 노인들이 홀로 살거나, 짝이 생기면 다른 곳으로 이사 나갈 독신자들이 잠시 머무는 일종의 "정거장"이다. 그래서 언제나 타인으로 살 수 있는 '장점(?)'을 지니고 있다. 이런 그녀의 관계 맺기 거부는 헨리의 죽음 이후 더 깊어진다.

우선 헨리와 클라우디아의 관계를 분석해보기로 하자. 두 사람은 서로에게 '낯선 사람'이다. 두 사람은 처음부터 일정한 '거리'를 두고 사귄다. 클라우디아의 말을 들어보자.

우리 두 사람 사이의 거리는 우리 관계를 냉랭하게 만들긴 했지만, 나에게는 편안하고 친숙했다. 나는 또다시 다른 사람에게 나를 완전히 다 내보이고 싶지도 않았고, 맡기고 싶은 마음도 없었다. 안으로 기어들어가고 싶은 욕구도 없이, 그저 다른 살갗을 애무한다는 것이 좋았다.(38쪽)

이런 점에서는 헨리도 마찬가지이다.

그가 마침내, 우린 합의를 했다고 생각했었는데, 라고 말했다. (……)
그는 나에게서 몸을 돌리며, 그만두라고, 우린 결혼한 게 아니지 않느냐
고, 거칠게 말했다.(58쪽)

"합의"란 다름아닌 서로에게 정신적으로 매이지 않기이다. 물론 입 밖
으로 내서 한 약속은 아니고, 무언의 합의였다. 독자는 물론 클라우디아
의 "우리는 서로에게 책임이 없다. 우린 서로 상대에게 아무런 빚이 없
다"는 독백을 통해 이 사실을 알 수 있다. 남녀가 서로에게 의무와 책임
을 지게 되는 '결혼' 부정이 이런 그녀의 결심을 확고히 해준다. 이어지
는 결혼한 친구들의 성실하지 못한 불륜관계 묘사는 그녀의 부정적인 결
혼관을 다시 한번 확신시켜주는 기능을 한다고 할 수 있다.
　클라우디아가 헨리에게 심하게 배신감을 느낀 것은 그가 가족에 대한
이야기를 하지 않았기 때문이다. 그가 주말에 아내에게 간다는 말을 들
은 그녀는 "속았다"는 그리고 "모욕당했다"는 느낌을 받는다. 그런 다음
그녀는 철저하게 마음의 문을 닫아버린다.

나는, 남에게 속지 않기 위해서, 내가 나 자신을 속이지 않기 위해서, 앞
으로 결코 인간과의 거리를 포기해서는 안 된다는 확신을 얻었다. 내 속에
는 언제든 나를 포기할 준비가 되어 있고, 어린이 상태로 되돌아가고 싶은
동경이 있다는 것을 안다. 보호받고 싶다는 버겁고 달콤한 소망이 말이다.
시들어가는 꽃에서 나는 억압적이지만 편안한 향기와도 같은 소망이. 나
는 나에 대항하여 무장했다.(68쪽)

그녀는 헨리를 원망하지 않고, 자신의 내면에 여전히 잔존하는 '보호

받고 싶어하는' 본능을 나무란다. 그리고는 이런 자신을 적으로 간주한다. 그녀는 타인과만 거리를 두는 것이 아니라, 이처럼 '본래의' 자신과도 분리한다. 자기 자신으로부터 떨어진 그녀의 삶이 '살아 있는' 것이라고 할 수 있을까? 어머니를 위시하여 동료들, 그리고 친구들이 모두 그녀의 '독신'적인 삶을 염려하지만 그녀는 언제나 '잘 지낸다'고 한다. 사실 그녀의 외적인 사회생활에는 전혀 문제가 없다. 여전히 헨리를 규칙적으로 만나고, 의사로서 충실하게 근무하고, 명절 때는 부모님도 방문하고, 휴가도 간다. 그럼에도 불구하고 그녀의 삶은 서서히 죽어가고 있다. 왜냐하면 주변 사람들과 '내적인 관계'가 없기 때문이다. 헨리가 죽은 후에는 이런 상태가 더욱 심화되어 그녀가 가장 바라는 것은 자신의 방에서 육체적으로 '서서히 죽어가는 것'이다. 그런 그녀가 자신의 근황을 이야기하는 장면을 보자.

나는 균형 잡힌 사람이다. 나를 좋아하는 사람도 꽤 있다. 다시 남자 친구도 생겼다. (……) 계획도 있다. 병원에서 일하는 것도 즐겁다. 잠도 잘 자고, 악몽 같은 것은 꾸지 않는다. 2월에는 새 자동차를 살 것이다. 난 실제 나이보다 젊어 보이는 편이다. 예약하지 않고 가도 되는 미장원이 있고, 나를 특별 대우하는 정육점도 있고, (……) 내가 아프다거나, 뭐 그런 비슷한 일이 생기면, 그들은 나를 훌륭한 병원으로, 최고급 요양소로 보낼 것이다. 난 그들의 동료가 아닌가 말이다. 나는 지금의 아파트에 만족한다. 내 피부에는 아무 이상이 없다. 즐거운 여가를 보낼 수 있는 경제력도 있다. 나는 건강하다. 내 능력이 되는 것은 무엇이든 다 성취했다. 부족한 것이라곤 없는 것 같다. 내가 다 해낸 것이다. 난 잘 지내고 있다.(211쪽에서 이어짐)

그녀가 이처럼 아무리 '잘 지낸다'고 외쳐도 독자는 그녀의 꿀꺽 삼킨 외로움을 느낄 수 있고, 동시에 이를 자신의 외로움으로 받아들인다. 바로 이것이 이 작품이 서구 독자에게 준 강한 인상이라고 할 수 있을 것이다. 헨리가 육체적으로 죽었다면, 클라우디아는 이렇게 내적으로 죽은 사람이다.

5-3. 죽음의 상징들—자동차, 사진

이 작품에는 비단 주인공 두 사람만 죽은 것이 아니다. 그들을 둘러싼 주변의 많은 것들이 죽음을 상징하고 있다. 헨리는 원자력을 건설하는데 그 공장 옆으로 강물이 흐르고, 이 강물로 원자력 폐기물이 흐른다는 암시와 함께 그가 하는 일이 죽음을 만드는 일임을 암시한다. 죽음을 만드는 헨리에게 살아 있다는 것을 증명해주는 자동차를 살펴보기로 하겠다. 헨리의 삶은 자동차라는 기계적인 대체물에 의해 증명된다. 즉 이 작품에서 자동차는 삶의 대용물인 동시에 '자살 충동'의 상징물인 것이다.

헨리는 아주 위험하게 그리고 아주 빨리 운전한다. 그러면서 그는 자신과 클라우디아의 생명을 가지고 유희를 벌인다. 마치 죽음의 길에 그녀를 동반하길 원한다는 듯이. 그는 두 번 사고를 낼 뻔했다. 두 번 다 그의 부주의이지만, 그 원인은 그녀에게 있는 듯하다. 처음 시골길에서 가까스로 사고를 피한 다음, 그는 트랙터를 추월하려고 했지만, 1초 늦게 가속을 했다며, 그 1초 동안 그녀를 생각했노라고 한다. 그는 그녀가 고속도로에서 위험한 상황에서 핸들을 틀었다는 이유로 그녀의 뺨을 때린다. 이는 죽음을 막은 그녀에게 저항의 뜻을 담고 있다 하겠다.

헨리의 자동차는 '우스꽝스러운' 털모자와 함께 주변 사람들의 눈에 거슬리는 물건이다. 여기에서 '거슬린다'는 것은 그가 그들과 다른 '유형'의, 즉 다른 '삶'을 살고 있다는 것을 의미한다. 이는 다시 그가 이 사회의 일원이 아닌 '경계'를 넘은 사람이라는 것을 의미한다. 결국 그의 자동차는 동네 청소년들의 돌팔매를 당함으로써, 그의 삶의 '유형'이 그 사회에서 거부되고 있다는 것을 암시적으로 보여주고, 이어서 그의 육체적인 죽음을 예시하고 있다. 그러나 여기에서 간과해서 안 될 점은 그 역시 이 '지루함에 지친' 청소년들을 무시한다는 것이다. 결과적으로 양쪽이 서로를 부정하고 있는 것이다.

자동차 몰기가 헨리의 취미이자 삶의 대체물이라면, 클라우디아에게는 사진 찍기가 있다. 의사인 그녀는 직장에서 보내는 시간을 제외한 나머지 대부분의 시간을 사진 찍고 현상하는 데 보낸다. 그녀가 찍는 사진의 모티프는 그녀의 시야에 잡힌 것, 즉 그녀가 보는 세계이다. 그런데 그녀가 찍는 이 세계가 '죽어버린' 또는 '죽어가는' 세계라는 것이다.

시(市) 경계에서 나는 두 번 멈추고 무너진 광과, 비바람에 풍화된 대문자로 주인 이름, 개점 날짜 그리고 선전 문구가 적힌 간판이 달린, 폐허가 된 2층짜리 제재소를 찍었다.(47쪽)

클라우디아는 폐허만 찍을 뿐 아니라, 또 그녀는 자신도 의식하지 못했지만, 결코 사람을 찍지 않는다. 그녀는 '사람들의 사진을 찍는다'는 것을 '낯선 삶에' '침입하는 것'이라고 이해한다. 이는 그녀가 안네의 삶에 얽히기 싫어하는 것과 똑같다. 이처럼 사진 찍기는 그녀의 인생관을 투영해주므로, 그녀의 사진은 그대로 그녀의 내면의 모습, 즉 '죽어가는' 삶의 모습이다. 그녀의 방은 죽어가는 삶으로 넘쳐난다. 서랍 속도, 옷장 속도, 거실 벽도 사진들로 가득 찼다. 이제 더이상 사진을 놓을 자리가 없다. 그렇지만 이 사진늘을 집으로 보낸다는 것은 결코 생각할 수도 없는 일이다. 왜냐하면 어머니가 사진들을 자세히 보며 그녀에 대해 알아내려 하고, 그래서 그녀의 인생에 참여하려고 할 것이기 때문이다.

클라우디아는 이 사진들로 무얼 어떻게 할지 전혀 생각해본 적이 없다. 또 그런 질문으로 자신의 사진 찍기 행위가 흔들릴까 봐 그게 걱정이다. 왜냐하면 사진 찍기는 '아이 생산'을 거부한 그녀에게는 자신이 직접 참여한 생산물이기 때문이다. 현상된 사진에서만 자신의 참여를 인식할 수 있다는 것이다. 또 사진 찍기는 그녀에게는 사람들과의 접촉을 피할 수 있는 '도주Flucht' 수단이다. 크리스마스 때 집에 가면 그녀는 사진기를 들고 집을 나온다. 식구들과의 대화를 피하고, 그들의 문제를 들어주지 않기 위해서이다. 그렇기 때문에 사진 찍기는 결코 포기할 수 없는 그녀의 삶의 일부이고, 삶의 '대용Ersatz'이다. 이는 다음의 문장에서 잘 알 수 있다.

쉬는 날 나는 자주 시외로 차를 몰고 나갔다. 사진을 찍고 싶었지만, 대상을 발견하기가 점점 어려워졌다. 이미 모든 것을 다 찍었다는 감이 들었다. 내 사진들로 넘쳐나는 서랍이 나를 불안하게 했다. (……) 오래된 사진들을 찾아 그중 대부분을 없애야 하는데, 그럴 힘이 없다. 그래서 난 사진을 찍지 않고 그냥 돌아온 경우가 몇 번 있었다. 이건, 나를 불안하게 하고 절망하게 만드는 개인적인 패배를 의미했다.(198쪽)

이 독백을 통해 클라우디아의 내적 죽음을 감지할 수 있다. 사진을 찍을 수 없다는 것은 그녀의 존재 의미가 사라졌다는 것이다. 그래서 그녀는 불안해하는 것이다.

자동차와 사진 이외에도 이 작품 도처에는 죽음의 상징 내지는 죽음 그 자체가 도사리고 있다. 이는 클라우디아의 진단처럼 '사회적인' 현상이다.

6. 나가는 말

크리스토프 하인의 『낯선 친구/용의 피』는 인간관계를 반성해보게 하는 작품이다. 삶의 반대어로서의 죽음이 아닌, 삶=죽음이라는 등식과 마찬가지로 친구의 반대어로서의 낯선 이가 아닌 친구=낯선 이라는 등식이 성립되고 있다는 사실이 현대인의 죽은 삶과 낯선 인간관계를 극명하게 보여준다 하겠다. 바로 이런 점 때문에 서구의 독자들조차 이 작품에 매료되고, 클라우디아의 삶을 자신들의 이야기로 받아들였던 것이다.

생명이 붙어 있다고 살아 있는 것이 아니다. 죽은 삶을 살아가는 현대인에게 진정 살기 위해 필요한 것은 무엇일까? 역설적이게도 이 작품은 그 해답을 인간관계, 즉 낯선 관계가 아닌 진정한 사랑이 있는 관계, 정치, 종교 등 그 어떤 이념도 공유할 수 있는, 즉 비밀을 공유할 수 있는 관계에서 찾고 있다. 그렇기에 클라우디아는 마지막 장에서 어린 시절의 상처받기 이전의 사랑, 카타리나를 간절히 그리워한다. 오직 어린 시절의 친구만이 그녀를 진정으로 살게 할 수 있기 때문이다. 카타리나를 다시 갖고 싶다는 그녀의 소망은 바로 불안과 불신이 없던 그 시절에 대한 그리움인 것이다. 그녀의 이 소망은 결코 실현될 수 없는, 그래서 가슴 아픈 동경에 불과한 것으로 남는다. 그래서 그녀는 "뚫리지 않는 껍질 속에서, 난 카타리나를 그리워하며 죽어갈 것이다"고 한다. 바로 이 독백이 하인이 말하는 노벨레의 정수인 '매', 즉 '죽은 삶'에 대한 인식인 것이다.

참고문헌

Christoph Hein, *Der fremde Freund*. 7. Aufl. Berlin u. Weimar, 1990.

Rüdiger Bernhardt, Für und Wider. In : Baier, Lothar(Hrsg.), *Christoph Hein. Texte, Daten, Bilder*, Frankfurt a. M., 1990.

Brigitte Böttcher, Lesarten, Der fremde Freund. In : Klaus Hammer, (Hrsg.), *Chronist ohne Botschaft-Christoph Hein. Ein Arbeitsbuch. Materialien, Auskünfte*, Bibliographie. Berlin u. Weimar, 1992.

Rutger Booß, *Unsere Zeit*. Nr. 25. 1984.

Jens-F. Dwars, Hoffnung auf ein Ende. Allegorien kultureller Erfahrung in Christoph Heins Novelle 'Der fremde Freund', In : *Chronist ohne Botschaft Christoph Hein. Ein Arbeitsbuch. Materialien, Auskünfte, Bibliographie*. Berlin u. Weimar, 1992.

'Der Stoff eines Autors ist eben auch der Autor'. Gespräch mit Andrea Hurten und Helmut Schneider(1985). In : Lothar Baier(Hrsg.), *Christoph Hein. Texte, Daten, Bilder*, Frankfurt a. M., 1990.

'Dialog ist das Gegenteil von Belehren'. Gespräch mit Christoph Hein. In : Klaus Hammer(Hrsg.), *Chronist ohne Botschaft-Christoph Hein. Ein Arbeitsbuch. Materialien, Auskünfte, Bibliographie*. Berlin u. Weimar, 1992.

Wolfgang Emmerich, *Kleine Literaturgeschichte der DDR*. Darmstadt, 1981.

Wolfgang Emmerich, Die verlorenen Faden. Probleme des Erzählens in den siebziger Jahren, In : Hohendahl / Herminghouse(Hrsg.) : *Literatur der DDR in den siebziger Jahren*, Frankfurt / M., 1983.

Antonia Grunenberg, Geschichte als Entfremdung. Christoph Hein als Autor der DDR. In : Klaus Hammer(Hrsg.), *Chronist ohne Botschaft-Christoph Hein. Ein Arbeitsbuch. Materialien, Auskünfte, Bibliographie*. Berlin u. Weimar, 1992

H. Haase, W. Hartinger, U. Heukenkamp, K. Jarmatz, J. Pischel, D. Schlenstedt, DDR — Literaturentwicklung in der Diskussion — Ein Rundtischgespräch, In : *Weimarer Beiträge*, 30(1984).

Christoph Hein, Ich bin der Leser, für den ich schreibe. Ein Gespräch mit Frauke Meyer-Gosau. In : Frauke Meyer-Gosau(Red.), *Christoph Hein, Text+Kritik H. 111*, München, 1991.

'Ich kann mein Publikum nicht belehren'. Ein Gespräch mit Hans Brender und Agnes Hüfner. Nach dem Erscheinen von Drachenblut(1984), In : Lothar Baier(Hrsg.) : *Christoph Hein. Texte, Daten, Bilder*, Frankfurt a. M., 1990.

Manfred Jäger, *Kultur und Politik in der DDR*. Köln, 1982.

Marianne Kumrey, Zu einigen Tensenzen der jungen Prosa. In : *Temperamente*. H. 2. 1981.

Hannes Krauss, Mit geliehenen Worten das Schweigen brechen-Christoph Heins Novelle 'Drachenblut'. In : Frauke Meyer-Gosau(Red.), *Christoph Hein, Text+Kritik H*. 111, München, 1991.

Bärbel Lücke, *Christoph Hein, Drachenblut*, München, 1989.

Rolf Michaelis, Leben ohne zu leben, In : Lothar Baier(Hrsg.), *Christoph Hein. Texte, Daten, Bilder*, Frankfurt a. M., 1990.

David W. Robinson, *Deconstructing East Germany : Christoph Hein's Literature of Dissent*. Camdenhouse USA / UK, 1999.

Sigrid Stahl, *Der Ausbruch des Subjekts aus gesellschaftlicher Konformitat*, Frankfurt / M., 1984.

'Wir werden es lernen müssen, mit unserer Vergangenheit zu leben.' Gespräch mit Krzyztof Jachimczak. Nach dem Erscheinen von Horns Ende(1986), In : Lothar Baier(Hrsg.), *Christoph Hein. Texte, Daten, Bilder*, Frankfurt a. M., 1990.

김창우, 「크리스토프 하인의 역사극 『원탁의 기사』에 나타난 사회주의의 종말」, 『독일어문학』 제11집, 2000.

이온화, 「사회주의 체제에서의 코쿠닝 Cocooning 현상 — 크리스토프 하인의 『낯선 친구 분석』」, 『독일어문학』 제19집, 2002.

정서웅, 「크리스토프 하인의 두 소설 — 『용의 피 Drachenblut』와 『탱고 연주자 Tangospieler』」, 『독일문화』 제5집, 숙명여대 독일이권 연구센터, 1987.

크리스토프 하인 연보

1944년 4월 8일 슐레지엔의 하인첸도르프(현재는 폴란드)에서 목사의 아들로
태어남.

1958년 목사의 아들이라는 이유로 김나지움 입학이 거부되자, 서베를린 김나지
움에 입학.

1967년 라이프치히 대학에 입학, 후에 베를린의 훔볼트 대학으로 옮김. 전공은
철학과 논리학.

1971년 논리학 전공으로 대학 졸업. 민중극단의 드라마투르그로 취직.

1974년 첫 연극작품 「슐뢰텔」이 엄격한 검열을 거친 후 민중극단에서 첫 공연됨.

1980년 「크롬웰」 「라살르가 헤르베르트 씨에게 존야에 대해서 묻다」 공연.

1982년 '동독 작가조합'의 회원이 됨. 하인리히 만 문학상을 수상. 노벨레 『낯선
친구』 출판.

1983년 「아 큐의 진짜 이야기」 공연됨. 서독에서 『낯선 친구』가 『용의 피』로 출
판됨.

1984년 『용의 피』로 서독 비평가상을 수상.

1987년 첫 미국 방문. 에세이 모음집 『공개적으로 일하다』 출간.

1989년 레싱 상 수상. 드레스덴에서 「원탁의 기사들」 공연. 소설 『탱고 연주자』
출간. 서독에서 슈테판 안드레스 상 수상.

1991년 독일 문화상 수상. 아카데미 예술원 회원으로 선출됨. 독일의 외국인 적
대주의에 대해 경고함.

1993년 통일 후 첫 작품 『나폴레옹-놀이』 발표.

1997년 '허구적 자서전'인 『처음부터』 출간.

1998년 보쿰 시로부터 페터 바이스 상 수상. 10월에 독일 펜클럽 회장으로 선출.

2000년 소설 『빌렌브록』 출간. 스위스의 졸로투르너 문학상 수상.

행동으로서의 부적응
—하인리히 뵐의 『강 풍경을 마주한 여인들』

서용좌 이화여대 독문과와 동대학원을 졸업했다. 현재 전남대 독문과 교수로 재직중이다. 저서 『하인리히 뵐 연구』 『텍스트 언어학적 분석에 의한 E. T. A. 호프만의 「모래귀신」』(공저) 외에 독일 현대소설에 관한 다수의 논문이 있으며, 『소설시대』로 등단, 장편소설 『열하나 조각그림』 외에 「태양은」 「부나비」 등의 작품이 있다.

1. 부적응의 도덕성

(……)

나의 뮤즈 노파

내 손가락을 두드리며

마른 입술로 바스락거리신다

소용없어 바보야

바보야 소용없어

(……)

나의 뮤즈 문둥이

나 문둥이

우리 서로 입술에서

눈꽃에 입맞추며

서로 깨끗하다 말한다

(······)

나의 뮤즈 독일 여인

보호란 없다

내가 용의 피를 뒤집어쓸 때

내 심장에 손을 얹어놓는다

그래 난 상처받을밖에[1]

하인리히 뵐 Heinrich Böll이 등단한 전후 상황에서 그의 뮤즈는 말을 아꼈다. 그가 패전 직후 "반 페이지의 독일어를 쓰기가 얼마나 어려웠는가" 고백했을 때, 이는 나치 시절의 언어 남용 및 오용의 심각성을 증거하는 대표적인 말이 되었다. 그의 뮤즈는 글이란 아무것도 아니라는, 글로써는 아무것도 할 수 없다는 목쉰 교훈을 준다. 글은 아무것도 아니다 못해 문둥이가 된다. 그의 뮤즈는 이 불쌍한 문둥이를 보호해주기는커녕, 용의 피를 적실 때조차 하필 가슴을 남겨두어서, 아킬레스건이 아닌 바로 심장에 상처를 받게 한다. 작가는 이단으로 몰리고 외곽으로 내쳐진, 심장에 상처받은 문둥이가 된다.

이러한 뮤즈의 시종인 뵐은 문학세계에서나 실생활에서 사회에서 "내쳐진 ausgesetzt" 사람들을 보듬게 된다. 이 과정에서 적응에 능숙한 동시대인들은 비난의 여운으로 묘사된다. 이 논문은 뵐 문학의 주제를 부적응의 도덕성에서 검토해보고, 유작 『강 풍경을 마주한 여인들 *Frauen vor Flußlandschaft*』(1985, 이하 『강 풍경』으로 표기)에서 특히 여성 인물들의 부적응이 어떻게 행동으로서의 의미를 갖는지 확인해보고자 한다. 내용적으로는 이러한 부적응과 기억의 상관작용을, 부적응의 궁극적 의미를 추론하고자 한다.

뵐 문학의 주제인 "인간적인 것의 미학 Ästhetik des Humanen" (E2,

---

1) Meine Muse, In : Böll, *Hörspiele, Theaterstücke, Drehbücher, Gedichte* 1, Hrsg. von Bernd Balzer, Köln, 1978, S. 19f. 이 전집의 인용은 앞으로 약자에 따른다.

34)이 부적응의 미학과 어떻게 연결될 수 있는지는 무엇이 문학을 인간적이게 하는 것인가를 위한 글쓰기에서 드러난다. "살 만한 나라의 추구"(E2, 53)를 궁극적인 목적으로 할 때, 인류의 더 나은 삶을 꿈꾸는 의미에서 그의 문학은 가히 유토피아적이다. 이러한 꿈은 현실 적응을 어렵게 하고, 현실은 항상 변화시켜야 할 대상이 된다. 그의 꿈이자 유토피아는 어떤 다른 반대 모델의 세계, 어떤 반대 문화가 있으리라는, 있어야 한다는 생각이었다.(I, 170f.) 따라서 인간적인 삶을 지향할수록 현실에의 적응이 아닌 부적응적 태도가 요청되는 것이다.

부적응은 그러므로 현실이 어두운 곳에서 긍정적일 수 있다. 독일이 전쟁을 수행하는 동안, 적응은 살인 행위를 뜻했다. 재건의 물결이 닥치자 경쟁은 전시처럼 진지했다. 교회에서는 항상 적응을 칭송한다. 선전 포고에 침묵하더니, 재건을 위해서 무자비한 경쟁과 필연적인 빈부의 격차에 침묵한다. 사제들은 문화 예술에는 조예가 깊을지언정, 패전 직후 집 없는 사람들을 사제관에 수용하는 데마저 인색했다. 이런 세상에 적응한다는 것은 곧 정치와 교회의 요구에 복종하는 것을 의미한다. 만일 사회에서 명하는 가치가 의심쩍다면, 적응 이전에 성찰이 필요하다. 성찰적인 인간은 무조건적인 적응자가 될 수 없다.

인간이 환경(사회)에 대해 조화적인 관계를 이루지 못한 상태를 부적응이라 할 때, 반드시 조화적이어야 한다는 것 또한 부당적응이라고 할 수도 있다. 부적응의 원인은 개인의 능력 결함이나 성격 이상과 같이 개인에게서 연유하기도 하지만, 환경이 좋지 못해서 그의 기본 요구를 만족시켜주지 못하기 때문에 부적응이 되는 경우도 적지 않다. 요점은 적응해야 할 그 환경이 적응하기에 바람직한가에 있다. 바로 이 점을 뵐은 발단의 계기로 삼는다. 뵐은 후일 아들들에게 자신도 전후 재건 대열에서 부적응자였다고 고백했다.

너희 또한 내가 쾰른의 폐허 복구에 동참하는 것을 거부했음을 알아야 한다. 그것은 모든 귀향자의 의무라고 고지되었는데, 난 돌멩이 하나도 손에 쥐지 않았다. (······) 공적인 돌멩이는 단 하나도.(SR, 227)

그의 주인공들 또한 이러한 부적응자들로 이루어져 있다. 비교적 초기 작품인 『그리고 아무 말도 하지 않았다 *Und sagte kein einziges Wort*』 (1953)의 보그너 Fred Bogner는 가난을 떨칠 수 없는 무능력자이다. 누군가가 직업이 있고 부업까지 하는데 제 집을 건사하지 못하는 사회라면, 그의 부적응은 사회 탓이라고 유추된다. "경제학적 사전 교육 내지는 최소한 그러한 의식이 전제되는"(R4, 391) 사회 속에서 주인공들은 동시대인들의 경제의식 내지 정서를 공유하지 못한다. "세무서-납세자 관계란 투쟁 상황"(R4, 452)이요, "입맞춤에도 영수증이 있는"(R3, 158) 세상이니까. 그래서 그들에게서는 긴장을 해소시키려는 비합리적인 반응으로서의 적응 기제가 전형적으로 나타난다. 백일몽, 억압, 퇴행 등에서 볼 수 있는 자기 도피 기제, 합리화나 대상(代償)에 의하여 자기의 가치가 떨어지는 것을 막으려는 자기 방어 기제 등이 나타나는 것이다.

특히 50년대 중반 독일에 자본주의와 군국주의의 재림이 완성된 이래, 뵐의 작품은 완전히 비사회적인 방향으로 자리잡는다. "살 만한" 삶을 불허하는 기존 사회에 대한 결정적인 저항이 정신병으로까지 나타난다. 『아홉시 반의 당구 *Billard um Halbzehn*』(1959)에서 아직은 무해한 정치인에게 총격을 가하는 여성이 등장한다. 그 행동은 목적범이라기보다는 비정상으로 간주되는데, 중요한 의미는 정상/비정상의 여부가 아니라, 부적응이 외적인 공격성으로 드러나는 점이다. 이 요한나 Johanne Fähmel는 자신이 처한 사회 상황을 정상이라 느낄 수 없고, 계급(사회)에서 요구된 행동 규범과 사고 규범에 적응할 수 없는 주인공의 원형이 된다.(Bernhard, 267)

뵐의 작품들에서 점차 남성은 지배하고 있는 사회질서를 나타내며, 이에 대한 저항의 주체로서 여성이 선호된다. 물론 저항은 그 대가를 치른다. 요한나는 정신병원에서 보호되고 있으며, 그 밖의 많은 여성 인물들이 정신병적 성향을 보인다. 특히 『강 풍경』에서는 정신병 또한 부적응의 강력한 행동으로서 묘사되는데, 우리는 이 행동들이 의미 있는 여파를 갖는 것을 확인하게 될 것이다.

2. 『강 풍경』

『강 풍경』은 뵐의 유작이되, 스스로 출판사에 마지막 교정을 보냈기 때문에 미완성 유작과는 성격이 조금 다르다. 다만 자신의 마지막 작품임을 예감한 것은 거의 확실하다. 그만큼 이 작품에는 그의 일생의 주제와 주인공들이 집약되어 있다.

이 작품은 발표되면서 곧바로 무수한 비평과 고려의 대상이 되었다. 부제가 설명하듯 "대화와 독백의 소설"이 주는 형식적인 문제는 차치하고라도(Reich-Ranicki), 일반적인 평가는 부정적이었고, 실패작이라는 분위기를 전했다. 부르주아 민주주의에 대한 비판서이되, 정치적으로 보아서는 대안을 제시하지 않음으로써 약점을 지닐 수밖에 없다고 보는 견해들이다. 한편으로는 부조리문학의 빛나는 작품으로 보기도 한다.(Kaiser) 작가의 상상력으로 실재성의 경계를 넘어서 진실의 나라에 도달할 수 있었다는 것이다.(Conard, 64ff.) 사실 이 작품은 본의 정치를 테미로 끌어 올리기는 했으되 정치적 소설은 아닌 것이, 독자에게 정치 메커니즘에 대해 설명하거나 독일 정치의 전형적 진행 형태 등을 비판하지 않기 때문이다. 대체적으로 뵐이 어디까지 본의 실제 정치적 이해관계를 제대로 평가했는지, 혹은 과연 평가할 의도가 있었는지를 문제삼았다.(Hummel, 269)

그러나 이 논문은 이 '소설'을 사회평가서로 해석할 뜻이 없다. 최고 정치인의 추모 미사라거나, 장관의 실각과 임명 등이 거론되지만, 책의 앞머리에 픽션성이 고지되어 있다. 시대 배경으로는 자칭 "기독교 정객들"(FF. 137)이라는 표현으로 보아서 1982년의 대선 이후라고 여겨진다. 또다른 증거로는 "37년 만에 처음으로 아침식사를 않겠다는, 그런데 1945년 이후 처음으로 아침 식욕이 없다는"(FF, 36) 표현들이다.[2] 그러나 작품 내의 정치판은 50년대 혹은 60년대 분위기를 반영한다.(Bernsmeier, 52) 그러므로 시대와 실존 인물에 의존하여 해석할 필요가 없다.

『강 풍경』의 "서언"은 마치 극본에서의 등장인물 소개와 같은 인상으로 시작된다. 정작 제목에서 주인공으로 예고된 여성 인물들은 남성 인물들 다음에 소개되는데, 정치인, 외교관, 은행가들의 정치 공장 주변에 있는 여덟 명의 여성들이다. 이들 모두에게서는 뵐 특유의 여성 인물들이 갖는 긍정적 주변성과 선성이라는 특질이 나타난다. 이는 서구 문명의 합목적적 발전사에서 보는 남성성의 폭력에 의한 권력 쟁취와 그에 따른 부패의 역사에서 주변자적 위치에 선 여성의 상대적인 무결성을 말한다. 그 증거로서 그는 실제 자신의 어머니의 무심한 저항성을 예로 든다.

이 저항성은 뵐의 여성 인물들 모두의 본질적인 특성은 아니다. 예컨대 『카타리나 블룸의 잃어버린 명예 *Die verlorene Ehre der Katharina Blum*』(1974)에서의 카타리나는 원래 "나무랄 바 없는, 정직하고, 흠없는" 젊은 여성으로, 사회 속의 안정적인 성공을 위해 차분히 노력하는 성실파였다. 그녀가 "뻔뻔스런 기자"를 살해한 살인범이 될 정도로 공격적이고 폭력적으로 변한 것은 언론의 사냥과 모욕으로 명예를 상실한 이후 내외적으로 급변하는 상황의 결과였을 뿐이다.

마찬가지로 『강 풍경』의 여덟 명 모두가 연대의식을 지닌 저항 투사들은 물론 아니며, 그들 가운데는 요양원 의사로서 기능하는 젊은이나, 남

---

2) '서술된 시간'에 관한 논의와 더불은 취약성은 Balzer(1995) 참조. 특히 78~83쪽.

자들의 기호에 자신을 맞추며 장관 부인에 이른 트루데Trude 같은 인물
도 있다. 첫 부인이 정신 요양소로 들어가고, 재혼녀인 그녀는 아예 '둘
째'라 불리며, "자신의 젊음에 속은(혹은 조언자들에게 속아넘어간) 그런
부류의 여자로, 42세이면서 그러나 모든 유행의 첨단에서 갓 서른의 여
인처럼 옷을 입고는, 일부러 막되게 행동한다. 그녀는 데콜레테와 '상체
노출'의 차이를 파악하지 못하고, 있는 그대로 풍만한 가슴을 부적당하
다 할 만큼 한껏 내밀고 나타난다.(FF, 15f.) 반대로 "특히나 고지식하게
옷을 입는"(FF, 16) 은행가 부인도 있다. 이 상반된 결과가 기실은 모두
남자들의 요청을 지나치게 의식한 때문이다. 전쟁 중에도 여자들은 페넬
로페와 키르케의 양면의 얼굴을 갖는다.(SR, 227) 결국 기다림과 유혹,
그 어느 쪽이든 여성의 주변성은 사회의 강요이다. 『강 풍경』의 여인들
은 수혜자이건 희생자이건 정치 발전 과정의 관찰자들로서 정신치료 요
양원으로 내쳐질 위험에 노출되어 있다.(Balzer, 97, 391)

　이야기의 중심을 이루는 것은 에리카Erika Wubler의 집이며, 그곳에
서 정객들 주변 여자들의 인생이 이야기된다. 특히 호화판 요양소에 격
리된 엘리자베트Elisabeth Blaukrämer의 과거와 현재 그리고 죽음이 중
심을 이루며, 전형적인 정치인의 부인으로서의 에리카의 생에 결정적인
영향을 끼친다. 더러는 이야기의 평면에 등장하지는 않지만 철저한 거부
정신을 실행하는 여자들도 있다. 따라서 이 여성 인물들에서 볼 수 있는
일반적인 부적응을 일종의 행동 패턴으로서 전제하고 그 특징과 의미를
고찰해본다.

3. 기억 ─ 부당적응에 대한 부적응의 전제

　부적응의 도덕성을 논하기 위해서 부당적응의 부도덕성이 전제되었
다. 뵐 작품에서 부적응의 전제는 기억인데, 이는 망각을 미화하는 풍조

에 대한 반발로서이다.

기억은 사전적 정의로는, 생활체(사람이나 동물 등)가 경험한 것이 어떤 형태로 간직되었다가 나중에 재생 또는 재인(再認), 또는 재구성되어 나타나는 현상을 말한다. 기명(記銘)은 체험했던 전부의 것이 아니라, 특별히 인상적이었던 것만 선택되는 경우가 있다. 일반적으로 누구나 죄의식을 떨치기 위해서라도 아름다운 것만을 기억한다. 추억은 아름다워라 하는 식으로 기명의 보유 과정은 유리한 방향으로 단순화되거나 표준화되기 쉽다. 특히 우리가 이미 알고 있는 일상적 지식에 동화되는 경향으로서의 표준화는 기억의 보유 속에서 이루어지는 변용의 확대 누적 생산이라 할 수 있다. 최근 암울한 독일사의 해석에서 뵐은 이러한 표준화로 기억 내용이 미화되어 나타나는 현상을 신랄하게 비판했다. 미첼리히 Alexander/Margarethe Mitscherlich적 의미에서의 "애도 불능성" 또는 그후의 "기억을 위한 투쟁" 등이 뵐의 기억 작업에 지지가 되었을 것이다. 이미 『어릿광대』에서 "기억이나 양심의 고뇌로 시달리지 않은"(R4, 88) 할아버지의 건강 비결이 비난받는다. 『강 풍경』의 중심 테마 역시 기억이다. 기억이 교정되는 사회 — 그것은 대단한 비판의 위력을 지닌다.

3-1. 구원으로서의 기억 — 에리카의 동참 거부

제1장이 시작되면 부플러 부부의 아침 식탁 풍경이 열린다. 남편은 권력의 실세요, 에리카 부플러의 현재 삶은 남편의 서열에 따른다. 남편 헤르만은 훈트와 슈밤으로 대표되는 "등신대를 초월하는 악당 두목들"(Hansen, 77)을 조정하는 역할을 한다.[3] 여기에서 권력자란 누구인가. 통치자보다는 지배자, 즉 권력의 실체는 통치하는 자를 지배하는 세력에

---

3) Chundt : 크게 중요하지 않은 앞뒤 자음 하나씩을 없애면 그대로 '개 Hund' 가 된다. Schwamm : 문자 그대로 모든 것은 빨아들이는 "해면"이다. 정치 두목은 개요, 세계 금융계를 주름잡는 자는 해면이다. 이 둘 사이에 훈트 사단의 실세 부플러가 자리한다. 그의 이름 Hermann의 'Her-' 는 사자(使者)로서의 Hermes를 의미하면서 동시에 '군대 Heer' 또는 '전쟁 Krieg' 을 어원으로 한다.

있다. 그녀는 훈트가 남편을 찾아온 밤 또한 잊지 않고 기억하고 있다.

　　에리카 : 그(훈트)가 당신에게 말했지요, 유일한 진실이란 이제 정치
다, 법률보다 더 낫고, 그 어떤 종류의 사업보다 더 낫다고. 옛 나치 당원
들이 겁에 떨고 있다고. 두 사람 모두 완전무결하게 죄가 없고 또 젊다고.
권력은 길거리에 내팽개쳐져 있는데, 정치는 마치 공장장이 도망가서 버
려졌으나 완전무결한 공장과도 같다고. 이제 생산은 재개되어야 한다고
했지요. 그는 옛 나치 당원의 공포는 금값이라 했어요.(FF, 32f.)

　　여자들은 남자들에 비해 기억의 진실도가 높다. 에리카는 독백한다,
"나는 성찰할 시간이 너무 많은지도 모른다. 할 것이 정말 별로 없
다".(FF, 55) 정객들 주변의 여자들은 상대적으로 사적인 공간을 지녔고,
행동 강박 관념을 가진 남자들과는 다르게 사색의 여유를 갖는다. 여자
들은 그들의 훌륭한 장식품이다. 에리카 또한 실세의 여자다운 신분 상
승을 누려왔다.

　　오랜 세월 내게 또다른 재미도 가져다 주었어요, 수다와 속삭임을 동반
한 파티들, 제스처, 음모, 낮은 차원의 모험, 공허한 염불, 각박한 관심사
들. 나는 예쁜 옷에, 당신이 준 장신구들을 달고 (……) 한입에 쏘옥 들어
가는 스낵 안주외 술 (……) 피아노 연던 — 연극, 리셉션, 무도회.(FF, 42)

　　여자들은 화려한 의상에 환한 미소를 흘리며 꼭두각시 역할을 하고 있
을 뿐 자율성은 찾아볼 수가 없다.(Römhild, 169) 그런 어느 날 자신이
자아와 일상의 평화를 잃고 살았음을 확연히 깨닫게 되는데, 결정적인
계기는 요양원에 있던 엘리자베트의 자살 목격과 대은행가 저택의 피아
노 사건 등이다. "주님의 천사"(FF, 78)가 했을 것이라는 그 일은 밤사이
그랜드피아노가 박살난 것을 말한다. 그런 날 밤에도 에리카는 정객들의

모사와 웃음소리가 "단두대가 잘그랑거리는 소리처럼 들렸다"고 몸서리
친다.(FF, 35) 지금도 끝날 줄 모르고 계속되는 간계와 작전에 그녀는 2
차 대전을, 겨우 열아홉의 나이로 전쟁에 끌려나가서 "명령에 따라" 노
르망디에서 "사살된" 동생을 생각한다. 그러면 은행가들 중 아무리 위대
하고 현명한 혹은 경건한 인물이라 해도 "그들이 어떻게든 내 동생을 죽
인 탄환이나 수류탄에서도 돈을 벌었을 것"이라는 생각을 떨칠 수가 없
다.(FF, 40f.) 이러한 기억 속에서 자신의 원형을 본 그녀는 그 동안의 수
동적인 저항 상태에서 벗어난다. 그녀는 더이상 과거를 망각한 위선에
동참하지 않기로 결정하는 것이다.

충분해요. 진심이에요, 여보, (……) 여기 내 곁에 남아서 함께 라인 강
을 바라보아요. 저기 빨랫줄에는 눈부시도록 깨끗한 빨래가 나부끼고 개
들은 난간을 따라 달리고 애들은 누추한 방에서 놀고 있어요.(FF, 42)

망원경으로 (……) 나는 라인 강의 배를 관찰할 거예요. 선원의 아내가
남편에게 조타실로 커피를 가져다 주고 그의 어깨에 팔을 얹는 모습을 볼
거라구요. (……) 아예 더이상은 장중한 대미사에 가지 않겠어요. 에르프
틀러-블룸의 20주기 추모 미사에도 가지 않아요.[4] 아니, 여보, 얼마 안
가서 훈트가 끌어들일 명사들과 애송이들, 더이상은 그들과 함께 하지 않
겠어요.(FF, 38f.)

사적인 전원을 향한 동경은 정치적 거대 기구의 부품으로서의 역할을
버릴 수 있게 한다. 남편과의 동행을 거부한 에리카의 미래는 암울하기

---

4) 80년대 초 20주기 장엄 미사라고 하면 독자는 곧 아데나워 수상을 떠올리게 된다. 그는 1967년
에 사망했지만, 수상직은 1963년까지였으므로 정치적 죽음을 상징한다고 볼 수 있다. 그러나 작
품 내에 사실 정보는 전혀 없기 때문에 이러한 연상에 대해 작가는 무혐의이다. 또한 이러한 정보
에 의해 '서술된 시간'을 가늠하려는 시도도 부당하다.

까진 아니라 해도 불투명하다. 그러나 인간의 자율성에 대한 깨달음과 원형으로서의 삶의 의미를 인식한 그녀는 가족(남편)에게 구원의 빌미가 될 것이다. 그녀는 최소한 자신의 자아를 찾는 데 성공하며, 인간 존엄성의 말살을 토대로 구축된 정치판에서 남편을—그들의 사랑이 존속된다면—구할 수 있을 것이다. 이러한 거부는 『여인과 군상』에서 보여준 레니의 확실한 자의식적 거부 행동 이래 또하나의 성공적인 경우에 해당한다. 프롤레타리아이면서 자본세계에의 동참을 확실하게 거부한 '여인', 그리고 실세의 아내로서 정치 유희에 동참을 거부한 에리카는 또다른 의미의 진정한 숙녀가 된다.

3-2. 저항으로서의 기억—엘리자베트의 자살

프로이센 출신의 엘리자베트는 패전 후 정치판에서 바로 귀족의 딸이 필요했던 야심가의 청혼으로 새 인생을 시작한 경우이다. 새로운 정치 세력의 젊은이가 난민수용소에서 남작의 딸을 찾아내어 "단 하루 생각할 시간을 주고"(FF, 158) 결혼했다면, 이러한 소위 정략 결혼은 그녀로 하여금 마음의 사랑을 덮어두는 억압의 상태로 빠지게 할 소지를 낳는다.

억압이란 '의식에서 고통스럽고 불쾌한 관념, 사고, 기억을 무의식 속에 가두어 넣으려는 마음의 작용'이라고 할 때, 이러한 작용은 의식적으로 행해지는 것이 아니라 무의식적이고 자동적으로 행해진다. 그러니까 의식적이고 의지적으로 행해지는 억제와는 다르다. 억압의 결과, 고통스러운 사고나 관념은 의식 안에 존재하지 않게 되는데, 이것은 망각을 의미한다. 그러나 그 위력은 없어지지 않고 무의식 안에 남아서 인간의 행동을 지배한다. 그것이 실언 또는 익살로 나타나거나, 꿈 혹은 노이로제 증세로 나타난다.

엘리자베트는 남작 집에 숙영했던 소련군 통역 디미트리 Dimitri와 사랑에 빠졌지만, 그 관계는 강간이었다는 가족들의 거짓 증언이 새 출발을 위한 알리바이가 된다. 이 명예 회복 과정에서의 허위는 물질의 만족으로 보상되었을 뿐이며, 그녀 자신은 결혼 후에 남편이 자신을 강간했다고 느낀다.[5] "혼자서 겨울 정원에 앉아 술을 마셨고, 오직 라인 강과 더불어 취해갔던"(FF, 162f.) 행복, 그것은 인고의 세월을 의미한다.

억압의 봇물이 터진 것은 한계에 이르렀을 때였다. 훈트 사단의 중심에 돌연 나타난 한 인물은 그녀의 기억 속에 각인된 "피의 사냥개 플리치 Plietsch"의 변장이었다. 전쟁 말기에 최연소 장군쯤이나 되는 듯이 빼기고 다니며, 독일 남자들에게 "소련놈들이 쳐들어오면 애들을 죽이고 본인도 죽으라"(FF, 164) 명령했던 장본인이다. 이 극렬 나치의 환생을 마주친 순간 그녀는 "백지장처럼 하얗게 질려 소리를 냅다 지르고 그 방을 뛰쳐나와, 밤새 소리지르며 온 마을을 뛰어다녔다".(FF, 164) 그것이 소위 그녀의 정신병(?) 발작이었다.

이렇게 제어력을 상실한 그녀는 정치 실세들에게 걸림돌이 된다. 조용한 장식품 역할을 하지 못할 때, 문제를 일으키는 여자들은 정신병원으로 보내진다. 진짜 문제는 그들이 너무 많이 안다는 것이다. "출세를 위해 필수적인 잔인성, 엄격성, 혹은 냉혹성"(I, 544)을 갖춘 야심가 권력형 남자들이 정치 공장을 통해서 원한 것은 "돈과 권력"(FF, 219)이었고, 그것을 위해 그들에게 걸림돌이 되는 사람들은 무조건 "불평분자, 미친 자, 기만당한 자, 반미치광이들"(FF, 178) 취급을 받는다.

에리카 : 하지만 그러다 그들이 엘리자베트를 쿨볼렌으로 보냈지요. (……) 어제는 들었어요, 그 상냥한 작은 베버도 그리로 안착되었다죠.

---

5) 심지어 남편은 사제에게 또는 상관에게, 적어도 두 번은 의식적인 계산으로, 아내를 제공하기를 서슴지 않았다. 정치적 필요에 의해서라면 아내를 아예 포기하는 경우도 있다. 농장 경영인을 아내의 연인이라고 알면서도, 심지어 그의 아이를 출산하는 아내를 아무렇지도 않게 받아들인다. 우파 정객 플루란스키스는 자신은 "희한하게도 텅 빈, 문자 그대로 공허한, 서양 최고의 북"(FF, 140) 노릇으로 정치판을 살아간다. 아우엘 백작의 딸인 그의 아내는 "기독교 정객들"에게 유리한 조건을 제공하는 것이 그 의미의 전부이다. 뵐은 평소에도 의무와 법적 제도가 동침 Beischlaf 등을 구속하는 혼인보다는 혼외 동거가 두 사람을 더욱 결속시켜준다는 견해를 피력했다.(I, 551)

(……) 그 어여쁘고 자그마한 금발 여자, 진짜 금발 미녀, 약간 바보스럽기는 해도 쾌활한 (……) 그런데 쿨볼렌, 거기선 만일 너무 외로워하면, 심지어 상냥한 젊은이까지도 방으로 보내준다는군요─직접적이고 높은 취향이지.(FF, 42ff.)

여기서 엄청난 비밀은 이제 그런 여자들이 "호화판 호텔과 요양소의 우아한 혼합 건물" 안에서 "기억을 교정하는"(FF, 26) 치료 아닌 치료를 받는 것이다. 요양소의 의사는 말한다. 아버지의 처형을 자살이라고 기억하는 한, 소련군의 강간을 사랑이라고 기억하는 한, 그녀는 세상에 나갈 수 없음을.

둠플러 : 대부분의 인간은 기억을 보다 미화하는 법이며, 그들의 트라우마의 원인들을 악화하게 됩니다. 나중에 발생한 많은 트라우마의 경우 그 원인은 청년기와 유년기로, 부모와 교사들에게로 거슬러 옮겨지지요. 다른 끔찍한 기억들은 스스로 미화해버리구요. (……) 사모님의 경우엔 두 가지가 다 문제됩니다─매우 끔찍한 체험이 미화되고, 이데올로기적으로 채색됩니다. (……) 사모님의 마음속에는 소련을 정당화하는 특이한 장치가 들어 있음에 틀림없습니다. (……) 우리는 당신의 아버지와 오라버니(……)의 죽음에 대해서 (……) 선서를 대신한 대부분 서면상의 진술을 확보하고 있습니다. (……) 이들이 맹세를 했습니다. 댁의 아버님은 소련인들에게 사살되었고, 또 오라버니처럼 목매달렸고.(FF, 154f.)

엘리자베트 : 아버지, 오빠, (마부) 플로체크 일가가 소련인들에게 처형되었다니─ 말도 안 돼! (……) 그건 살인이고 자살이었어. (……) 독일인이라면 어린 바보 하나라도 소련놈들에게 내줘선 절대 안 된다 그랬지.(FF, 156)

대령이었던 남작은 그 명령대로 아들과 자신의 죽음을 결행했고, 그 장면은 그녀의 트라우마였다. 엘리자베트가 그 문제를 살인과 자살의 문제였다고 완강히 고집하면, "마음속에는 소련을 정당화하는 특이한 장치가 들어 있음에 틀림없다"(FF, 155)고 판정된다. 이러한 기억은 표준화되는 방향으로 교정되어야 한다. 특히 정치적 의미가 담긴 사건을 소리질러대는 아내는 엄청난 파장을 몰고 올 수 있다. 그래서 재빨리 격리시킨다. 착각, 착시, 환상 등 병명은 오직 성적 문제로 전이되고, 정치적 사실은 은폐된다.

그러나 그녀는 "그토록 많은 독일 아이들이 목매달린 것을 본 이후로는"(FF, 159f.) 아이를 갖지 않겠다고, 가질 수 없다고 생각했다. 그것도 묵인된 생활이었지만, 마침내 그녀의 정치적 위험이 문제되어 정신병원에 격리시킨 남편은 그러한 환상을 이유로 이혼하고자 할 때, 새삼스레 과거 디미트리와의 사랑을 이용했다. "그는 알고 있었어요, 내가 강간당한 것이 아닌 것도. 강간은 오히려 그 뒤에(결혼 이후) '그가' 나를 그렇게 한 것이지요."(FF, 159) 실력자는 쉽게 교회법상의 혼인 파기를 성사시킨다.[6] 엘리자베트는 과거의 기억이 적응을 불가능하게 하는 전형적 경우인데, 세상은 그런 사람에게 설자리를 내어주지 않는다. 『아홉시 반의 당구』의 요한나보다 더한 비극은 그녀가 자의적으로가 아니라 남편의 정치에 희생으로서 유폐되었다는 점이다.[7]

마침내 "활력촉진자"— 그녀는 그들을 "사내 기생"이라 폄하해 부른다 —에게 엘리자베트는 이렇게 거절한다. "나는 스티븐슨, 프루스트,

---

6) 가톨릭 교회법상의 혼인 파기(=통상적인 의미의 이혼)라는 엄청난 사건도 일반에는 불가능하지만 특권층에는 문제도 안 된다. 뵐이 생각하는 신은 처음부터 "적어도 두 분"이셨다. "엄격하면서 힘은 없는, (……) 그리고 너그러우면서 세력은 막강한 신."(R1, 452) 전자는 가난한 자들의 신이요, 후자는 부자들의 신이다.

7) 정신병원, 병원, 감화원. 그것은 여성세계 공식의 삼단 논법이라는 인식은 당대의 필연적인 분위기다. Christa Reinig, 『거세 Entmannung』(1976) 참조. '오토와 네 명의 여자들에 관한 이야기'라는 부제로, 외과 의사가, 여성은 과연 어떤 존재이며, 성관계는 어떻게 진전되며, 여성들은 어떻게 살아가고 있는가를 알아본다.

카프카, 모딜리아니가 필요없어요."(FF, 174) 고상한 취미, 높은 취향의 허위를 깨닫거나, 그것의 부도덕성까지를 간파한 것이다. 그녀는 자살을 감행하기 직전에 시종을 물리치기 위해 내뱉는다. "난 완전히 균형을 가졌어요, 내적으로 평화롭거든."(FF, 174f.) 균형을 찾는 일, 여기서의 적응은 죽은 자의 권리에 속한다. 거짓 균형으로 거짓 적응해 사느니, 진정한 균형은 죽음으로써 성취된다. 그녀는 공교롭게도 남편이 장관에 지명되는 날 요양원(정신병원) 커튼 줄에 목을 매어, 마치 저주의 선물인 양 죽음을 뿌린다.

4. 기억을 통한 생의 진실 찾기 — 새로운 꿈을 향해?

무의식적 기억만이 시간을 초월하여 진실성을 갖는다는 것은 굳이 플로베르를 인용하지 않아도 되리라. 마찬가지로 『강 풍경』의 에리카와 엘리자베트의 문제는 기억이 말해주는 진실에 충실함이 시발이다. 그것으로 인하여 현재의 삶의 허위를 더이상 견디지 못하는 것이다.

그들은 각각 25세와 18세의 청순한 시절, 종전을 맞았다. 전쟁 동안 한 인간이 가장 아름다울 청춘기 혹은 사춘기를 보낸다면, 그들의 암울한 기억은 평생을 좌우하게 되어 있다. 객관적으로 볼 때는 기억의 흔적, 즉 생물학직 기억으로서의 므네메는 시간과 함께 희미해질 수도, 그 내용이 변힐 수도 있음에 미춰, 이들은 유난히 과거의 기익에 완강하게 배딜린 채, 이를테면 원 경험의 두드러진 특징을 강조하여 보유하고 있을 수 있다. 그러나 현재의 생에서 더이상 역할 수행을 못 하거나 혹은 거부하는 그들은 사회적 시각에 의하면 부적응자로 간주되어 심리 요법 대상일 뿐이다. 프로이트나 K. 아브라함의 소위 병인론에 따르면 고착점으로의 퇴행에 입각하여 그 정신 장애를 볼 수 있고, 따라서 심리 요법의 필요가 생긴다. 즉 객관적으로 볼 때는 고착된 어느 특정 과거보다는 현재의 중요성을 일깨워줄 필요가 없지 않다. 더구나 상대적으로 중요한 정치인의 아내들이라면 더욱 이성적인 사회 동화가 필요하다.

　그러나 그들의 기억은 단순한 고착점으로의 퇴행이 아니다. 퇴행이라면 어떤 장애를 만나 욕구 불만에 빠져 현재 도달하고 있는 정신 발달 수준 이전의 미발달 단계로 되돌아가 더 원시적이 되어 미숙한 행동을 취하는 일이고, 성인 중에도 욕구 불만이나 최면 상태, 신경증 등의 경우에는 퇴행 반응을 나타내는 사람이 있기는 하다. 그러나 이들의 부적응의 행동은 전혀 퇴행 반응이 아니다. 명백한 현재에 대한 인식이요, 억압된 기억을 억압에서 해방하는 진실한 목소리의 외침이다. 호의호식에 대한 특권의 상실을 두려워함이 그때까지의 비겁한 꼭두각시 놀음이었다면, 이제 진실을 말하는 대가로 지상 낙원에서의 퇴출을 받아들이는 용기가 된다. 에리카의 동참 거부가 권력자들의 정치에 말뿐인 대항 수준이어서 고대 카산드라에의 친화성을 나타내줄 뿐 실효가 없다는 견해(Römhild, 167f.)는 행동에서 결과만 중요시 보는 탓이다. 또한 엘리자베트는 피의 사냥개를 피의 사냥개라 지칭함으로써 자신의 내적 외적 반응에 일체감을 표시했다. 그러므로 이것은 한 유기체가 보이는 전체적인 혹은 목적적 반응으로서의 온전한 행동으로 파악함이 옳다. 이 행동의 정점이 자살이라면, 그것은 신경성 발작도 분통에 대한 반사작용도 아닌, 거시적인 행동이 된다. 왜냐하면 행동이 ‘인간과 동물이 내적 외적인 자극에 대하여 보이는 반응’이라 할 때, 이들의 부적응(동참 거부, 자살)은 그 자체로서 하나의 행동, 어떤 종류에 못지않은 훌륭한 행동이기 때문이다.

　『강 풍경』에서는 기억에 대한 집착이 더 많은 여자들의 생명을 치른다. 크라일 백작 부인 마르타 Martha von Kreyl는 나치 과거의 권력 구조가 계속되는 것에 대한 절망으로 일찍이 라인 강물 속으로 들어가버렸다. 백작 부인은 투신자살이라는 행동으로 겨우 다섯 살이던 아들에게서 “절대로 군복을 입지 않겠다는”(FF, 79f.) 맹세를 받아낸 셈이다. 은행가

크렝겔Krengel의 아내는 황금을 보면 시체에서 뽑힌 금이빨에 대한 생각을 하지 않을 수 없다가, 결국 "불안과 환상 그리고 무감각증"(FF, 192)으로 죽어간다. 자살은 에리카 역시 남자들의 권력의 허례허식들을 통찰하면서 가끔 생각해본 일이다.

부적응을 이유로 요양소에 격리된 여자들은 그 밖에도 많다. 하루에 세 번씩 안전 금고에 가서 남편이 조용히 하라는 대가로 준 25만 마르크를 세고 또 세는 여자, 하루 종일 살갗이 벗겨지도록 샤워만 하는 여자 등, 이들 모두는 남자들의 정치 공장의 비밀 유지를 위해 격리된, 그 이상도 그 이하도 아닌 버려진 존재이다. 이 여자들의 병 또는 죽음은 남자들의 "생활력 또는 생명력"(I, 410)과 대비된다. 그들, 소위 생기발랄한 자들은 항상 상처를 입히고 다니는 가해자들이다. 여기에 대항하는, 자생적인 죽음도 불사하는 거부는 부적응이 행동일 수 있는 확실한 근거를 제공한다.

전쟁 기간에 젊음을 보낸 이들의 기억은 현재에의 적응을 불가능하게 하는 데 비해, 종전 후 태어난 새로운 세대의 저항은 적극적이되 긍정적인 방향을 특징으로 한다. 에리카의 집에서 일하는 카타리나Kahtarina Richter는 에리카의 관심 속에서 다음 세대를 예료하며, 이름 또한 『잃어버린 명예』 이후 『신변 보호 Fürsorgliche Belagerung』(1978)를 거치면서 그 맥을 이어왔다. 그런 의미에서 분명 뵐이 의지적으로 새로운 희망을 투여하는 인물이다.

경제학 전공의 카타리나가 쓰고 있는 박사 논문은 "제3세계에서의 이윤 최대화 Gewinnmaximierung in der Dritten Welt"(FF, 50)에 대해서이다. 그녀는 은행 근무의 경험으로 안다, "돈이 어디로 흘러가며 어디에서 되돌아오는지, 세 곱, 열 곱, 백 곱이 되어서".(FF, 51) 그러나 경제학자로서는 실업이다. 이것은 성차별이라기보다는 취업 금지 조항의 저촉, 즉 과격파 훈령에 따른 취업 제한이다.[8] 결과적으로 육체적인 단순 노동으로 생계를 유지하고 있으나, 사랑하며 동거 중인 젊은 백작에게 전혀 의존하지 않는다. 백작 성씨를 거부하고 아들에게 자신의 성을 물려주며 의식적으로 미혼모를 자처하는 그녀의 행동에는 계급적 해방운동이 중시된다. 그녀의 사고와 태도는 돈귀족과 혈통 귀족에 약한 현 체제에 대한 부적응의 극치이다. 기회 균등의 허울 속에 실제로는 계급 갈등이 여전한 허위적 민주주의 사회 내에서의 유일한 양심적 행동인 셈이다.(Römhild, 189)

한편 경제학 전공 주인공들은 또다른 연구 가치를 지닌다. 예컨대 뵐의 작품들에서 경제학을 '제대로' 공부하는 사람은 하나의 공통된 귀결점에 이르기 때문이다. 그들은 죄책감에서 반체제적 성향을 굳히는 것이 기본이다. 『신변 보호』의 롤프Rolf와 베벨로Bewerloh가 그들이며, 『강풍경』에서는 카타리나와 힐데Hilde(은행가의 딸)이다. 앞에서는 취업 금지로 탈사회적인 외곽에서 사적인 전원으로 후퇴한 롤프 유형과 테러리스트로 제3세계로 잠적한 베벨로 유형이 강조되었다면, 이 작품에서는 양심적인 지식인은 일단 독일 / 유럽을 떠나려는 유형이다. 그러나 또하나 특기할 점은 이들이 마침내 독일에 남는 것이다.

> 카를 : 그녀의 쿠바는 여기라 그럽니다, 그녀의 니카라과도 여기구요. 로레와 그 가족들이라구요. 그 밖에도 박사 논문을 착수했답니다.(FF, 253)

여기 니카라과 혹은 쿠바는 현존하는 국가가 아니라 이 세상에 존재하지 않는 진정한 의미의 사회주의 국가를 상징한다.(Bernáth, 153) 그때까지도 뵐은 '어떤' 사회주의적 유토피아를 믿었다. 그 믿음이 반영되듯이 이들에게서는 기억의 짐에도 불구하고 새로운 꿈을 향한 지향이 엿보인다. 우리는 기억을 갖지 못하면 미래를 위한 꿈을 꾸지도 않는다. 집단

---

8) 카타리나의 취업 문제와 더불어 현재의 여성의 직업 상황에 대해서, 특히 여성에게 학문 분야에서 취업의 길이 막혀 있음을 제시한다는 견해(Römhild, 187)는 편파적이다. 경제학 박사는 남녀 관계없이 도처에서 취업난이며, 뵐의 작품에도 자주 등장한다. 예 : 『신변 보호』의 롤프 톨름.

혹은 민족이라 해도 오랜 문화를 간직하고 오랜 기억을 보유할수록 원대한 꿈을 꿀 수 있는 것이다.

5. 결어

뵐의 주옥같은 단편들은 예컨대 전쟁의 참상과 비인간성을 솔직하고 기교 없는 텍스트로써 전달해준다는 이유로 고교 독서 권장 목록이 되어 있다. 하지만 그 텍스트들의 소박함은 결코 평범함이 아니고, 도덕적 경향마저도 결코 교훈 과잉이 아니다.(Spinnen) 교훈만이었으면 그의 사후 철저한 포스트모던의 풍토를 지내고서도 이제 다시금 "사라진 세계에 대한 거울로서"(Niemann) 27권의 비평본이 발간되기 시작했겠는가.

뵐의 도덕은 인간적 삶이 가능했을 어떤 세상에 대한 애도 작업에 불과하다. 이 과정에서 그의 여성 인물들은 무조건적인 인간애에 더 가까이 서 있다. 어제까지 이웃이던 유대인들과 함께 기차를 타겠다고 고집부리거나, 출신이 무엇이었는지 묻지 않고 빵을 나누어주는 행위는 여성 인물들의 몫이기 때문이다. 다시 재건이 충분히 완료된 사회에서 군국주의와 자본주의가 결탁한 거대한 조직을 보았을 때, 그들은 심히 의아심을 갖는다. 인간적인 일말의 양심은 오직 불행한 기억에 물려 있기에, 망각은 건강한 삶을 보장하는 대신 부도덕성의 상징이 된다. "경건하고 동시에 파렴치한" 사장, "무해한 얼굴의 미래의 살인자"로 넘치는 세상에서, 작은 양심은 기억을 고집하며 무비판적 적응에 고개를 흔든다.

이 부적응은 동참 거부의 행동으로, 경우에 따라서는 적극적 혹은 소극적인 죽음을 맞기까지 의연한 행동이 된다. 이들의 정지, 후퇴 또는 죽음은 부적응을 행동으로서 표출한 결과이자, 주변에 미치는 지속적인 영향을 통해서 부적응의 저항을 시위한다. 유작이 된 『강 풍경』의 경우 부적응은 극에 이른다. 정치권 최고 실세의 부인이 돌연 온갖 권위의 상징인 추모 미사에 불참을 선언하는가 하면, 아예 자살로써 전체를 거부하는 여성 인물들이 중심에 있다. 특히 엘리자베트의 경우는 그 동안 억압이 마음속의 고착을 위장하는 역할놀이로 포장되어 있었다. 필요에 의한 표면적인 적응의 삶이 위태로운 유희였다면, 이 억압이 한계에 달했을 때 히스테리 반응은 당연한 귀결이었다. 호화 요양소에 격리되어 유폐된 그녀가 스스로 육신을 매달았을 때, 그것은 병적 발작이 아닌, 사고와 인지 과정을 포함하는 정신작용과 더불은 굳은 의지로서의 행동이라 할 수 있다. 이제 그녀는 남편과 더불은 거짓 인생에 종지부를 찍고 청춘 시절로의 기투 속에서 생을 완성한다. 이것 이상가는 절실한 행동은 일상의 누구에게서나 찾기 어렵다. 뵐은 이러한 적극적인 행동을 예로 하여 그 밖의 여러 여성 인물들의 부적응 자세에서 의미 깊은 행동을 드러낸다. 따라서 이러한 부적응은 수동적인 기피나 단순한 퇴행과는 거리가 멀다.

외부의 자극에 알맞은 행동을 해야 하는 주문은 현대사회에서 더욱 심각한 강도로 증대되며, 우리는 대개 주문의 강요에 굴복한다. 그러므로 오히려 대다수 동시대인들의 행동이 외부 자극에 대한 수동적 반응이다. 인간/동물이 환경에 적응하기 위하여 후천적으로 얻게 되는 조건반사 작용에 불과한 적응에 비한다면, 그럴 필요가 있다면 부적응이 최소한 개인적인 숙고를 거친 행동으로서 가치를 지니게 되지 않을까. 이는 우리로 하여금 적극적인 사고에 따른 개인적 확신에서 오는—그 확신이 본능에서이건 감정에 기인하건 혹은 냉철한 계산에 기인하건—진정한 행동의 의미를 묻는다. 특히 여성 인물들의 경우에는 인간 본성에 근접한 요인, 이성/계산보다는 감성/비합리적인 탓으로, 자극-흥분-반응의 박자에 유능하지 못한 채로, 실제는 내적인 욕구에 충실하다. 그들은 적응으로 인해서 인간이 인간답게 살기 힘들면 적응을 포기하라는 목소리를 행동으로 낸다. 이러한 행동이 사회로부터 부적응 또는 불발로 폄하된다 하더라도, 앞으로 나아갈 방향은 이것이 아닐까.

　언제 한번 이 일회적 생을 자신의 내면의 목소리에 따라 살아갈 수 있을지, 뵐의 여성 인물들은 설사 죽음을 통해서라도 우리에게 생각의 빌미를 제공한다. 뵐의 작품은 카프카적 의미에서 "우리 내면에 존재하는 얼어붙은 바다를 깨는 도끼"(Kafka, 36)의 하나로서, 우리의 심장을 상처낸다.

참고문헌(( ) 속은 사용된 약자)

Böll, Heinrich, *Romane und Erzählungen 1~5*, Hrsg. von Bernd Balzer, Köln, 1977.[R1~5]

Ders., *Essayistische Schriften und Reden 1~3*, Hrsg. von Bernd Balzer, K ln, 1978.[E1~3]

Ders., Aussatz. In : *Hörspiele, Theaterstücke, Drehbücher, Gedichte 1*, Hrsg. von Bernd Balzer, Köln, 1978, S. 557~608.[H]

Ders., *Hörspiele, Theaterstücke, Drehbücher, Gedichte 1*, Hrsg. von Bernd Balzer, Köln, 1978.[G]

Ders., *Interviews 1. 1961~1978*, Hrsg. von Bernd Balzer, Köln, 1978.[I]

Ders., *Frauen vor Flußlandschaft*, Köln, 1985.[FF]

Ders., *Die Fähigkeit zu trauern. Schriften und Reden 1984-1985*, München, 1988[SR]

Bernd Balzer, Lektüre nach 'Barschel'. In : Arpád Bernáth(Hg.), *Geschichte und Melancholie ber Heinrich Bölls Roman 'Frauen vor Flu landschaft'*, Köln, 1995, S. 71~102.

Ders., *Das literarische Werk Heinrich Bölls. Einführung und Kommentare*, München, 1997.

Arpád Bernáth, Der Schwamm und der Rhein. Die Botschaft von 'Frauen vor Flußlandschaft'. In : Ders.(Hg.), *Geschichte und Melancholie ber Heinrich Bölls Roman 'Frauen vor Flußlandschaft'*, Köln, 1996.

Hans J. Bernhard, *Gesellschaftskritik und Gemeinschaftsutopie*, Berlin, 1970.

Bernsmeier, *Helmut Heinrich Böll*, Stuttgart, 1997.

Robert C. Conard, Bölls, 'Frauen vor Flußlandschaft' : Ein Kritik der bürgerlichen Demokratie. In : Arpád Bernáth(Hrsg.), *Geschichte und Melancholie. Über Heinrich Bölls Roman Frauen vor Flußlandschaft*, Köln, 1995, S. 53~70.

Karl-Heinz Hansen, 'Eine stark-deutsche Real-Groteske. Vorbeugende

Polemik, solidarischer Nachruf und (k)eine Buchbesprechung', in : *L' 80,
11,* 36. 1985.

Christine Hummel, u. Silke Hermanns, Frauen vor Flußlandschaft, in :
Interpretationen Heinrich Böll Romane und Erzählungen, Stuttgart, 2000, S.
269~284.

Franz Kafka, *Briefe 1900~1912,* hsrg. v. Hans Gerd Koch, Frankfurt am
Main, 1999.

Joachim Kaiser, Bitter absurdes Theater mit Bonn. Zu Heinrich Bölls letztem
Roman 'Frauen vor Flußlandschaft', In : *Süddeutsche Zeitung,* 21. Sept.,
1985.

Alexander Mitscherlich, u. Margarethe, *Unfähigkeit zu trauern. Grundlagen
kollektiven Verhaltens,* München. 1977[1967].

Norbert Niemann, Bölls Vermöchtnis. Warum man den wunderbaren
Moralapostel der Nation dringend wieder lesen, *Die Zeit (online),* 02/2003.

Marcel Reich-Ranicki, 'Ein letzter Abschied von Heinrich Böll. Aus Anlaß
seines Buches Frauen vor Flußlandschaft'. In : *FAZ,* 8. Okt., 1985.

Dorothee Römhild, *Das Bild der Frau im Werk Heinrich Bölls,* Pfaffenweiler,
1991.

Burkhard Spinnen, Einfach sagen, was Sache ist. *Die Zeit* (online), Nr 44,
2002.

하인리히 뵐 연보

1917년 헨리 8세의 박해에 영국을 떠나온 정통 가톨릭 교도를 조상으로, 쾰른에
서 태어남.

1939~45년 서적상 견습 후 쾰른 대학에 등록. 곧이어 훈련 명목으로 군에 소
집. 휴가 중 고교 동급생이었던 안네마리 체히와 결혼. 종전 한 달 전 미
군 포로가 되어 9월에 석방.

1949년 최초의 단행본 『기차는 정확했다』 출판.

1950년 25편의 단편집 『나그네여, 스파(르타)······에 가시거든』 출판.

1951년 「검은 양들」로 '47그룹 상' 수상, 『아담, 넌 어디에 있었더냐』 출판.

1954~55년 『돌보는 이 없는 집』 『지난 시절의 빵』 출판.

1959년 장편 『아홉시 반의 당구』 출판. 1932년생들의 연방군 복무 거부운동 지원.

1963~66년 『한 광대의 생각』 『부대 이탈』 『운전 임무』 출판. 원외 야당 APO에
동조 발언.

1967년 독일 아카데미 어문학 부문상, 게오르크 뷔히너 상 수상.

1969년 "100백 퍼센트 신봉자는 아니나 사민당에 동조하기로" 결심.

1970~71년 연방독일 펜클럽 회장, 국제 펜클럽 회장에 피선. 『여인과 군상』 출판.

1972년 노벨문학상 수상.

1974년 『카타리나 블룸의 잃어버린 명예』 출판.

1979년 『신변 보호』 출판. 당뇨 후유증으로 혈관병 전문 병원에 장기간 입원.

1985년 대화 및 독백의 소설 『강 풍경을 마주한 여인들』 출판 직전에 사망. 쾰른
시 문학상을 하인리히 뵐 문학상으로 부르기로 결정.

마를레네 슈트레루비츠의 소설 『유혹』과 『리자의 사랑』에 나타난 통속성 비판
―'메타 서사' 파괴를 위한 여성적 글쓰기

이병애 서울대 독문과와 동대학원을 졸업하고 뮌헨 대학에서 수학했다. 1965년부터 2003년 2월까지 이화여대 독문과 교수로 재직했으며, 현재 이화여대 명예교수이다. 저서 『잉에보르크 바흐만 연구』, 역서 『피아노 치는 여자』 외에 「독일작품에 나타난 키치 연구」를 비롯, 독일 여성문학과 여성적 글쓰기에 관련된 다수의 논문이 있다.

1. 시작하는 말

1950년 오스트리아 빈 태생인 마를레네 슈트레루비츠 Marlene Streeruwitz는 현대 독일어권 여성문학에서 엘프리데 엘리네크 이후로 가장 주목받는 여성 극작가이자 소설가이다. 슈트레루비츠는 법학 공부를 시작했다가 러시아 문학과 예술사로 전공을 바꾸었고 결국 연극 이론으로 학위를 받았다. 이혼 후 두 딸을 혼자 기르며 비서 또는 기자 일을 하나가 오스트리아 방송국을 위해 극작품을 쓰게 되었고, 그후 오스트리아뿐만 아니라 독일 연극계에 놀라운 충격을 준 극작품들을 출판하기 시작하였다. 잘 알려진 작품으로는 「뉴욕, 뉴욕 New York, New York」「와이키키 해변 Waikiki Beach」「슬로언 스퀘어 Sloan Square」「대양 횡단 Ocean Drive」「엘리지언 공원 Elysian Park」「톨메초, 교향시 Tolme-zzo, Eine Symphonische Dichtung」「브람스 광장 Brahmsplatz」「바냐카발로 Bagnacavallo」 등이 있다. 그는 1992년 연극 잡지 『오늘의 연극 *Theater heute*』의 비평가상을 수상함으로써 독일 연극계에서 촉망받는 여성 극작가로 등장하였다. 1996년 오스트리아 문학상을 수상해 작가로서의 입지를 굳혀가는 중에 같은 해에 출판된 첫 소설『유혹 3부작, 여성시대 *Verführungen, 3. Folge. Frauenjahre*』로 1997년 12월에 마라 카센 상을 수상하면서 소설가로 데뷔했다. 2002년에 종료된 라이히 라니츠키의 텔레비전 프로그램 '문학 4중주 Literarisches Quartett'에서 '혼자 아이를 키우는 여성의 작은 행복과 커다란 고통 die kleinen Ekstasen und die großen Nöte einer alleinerziehenden Mutter'[1]에 대한 슈트레루비츠의 이야기는 '누구의 관심도 끌 수 없다'는 부정적인 평가를 받았다. 그럼에도 불구하고 그의 작품은 놀랄 만한 판매 부수를 기록하며 베스트셀러 리스트에 올랐다. 1997년에 발표된 소설『리자의 사랑 *Lisa's Liebe*』은『유혹』만큼 판매 부수를 올리지는 못했지만 역시 비평가들로부터 호의적인 평을 받았다.

그의 소설작품에 그려지는 통속적인 주제들과는 대조적으로 슈트레루비츠의 강한 정치의식은 같은 오스트리아 작가이자 선배 작가인 엘프리데 엘리네크의 참여의식만큼이나 투철하다. 슈트레루비츠는 1997년『저먼 쿼털리 *The German Quarterly*』와의 인터뷰에서 자신은 "무엇에 대항해서 글을 쓰지만, 무엇을 옹호하기 위해 글을 쓰지는 않는다 Ich schreibe vor allem gegen, nicht für etwas"[2]고 말하고 있다. "이 정부는 나의 천적이다 Diese Regierung ist mein natürlicher Feind"라고 말하면서 그는 당시의 오스트리아 정부에 항거하는 발언을 한다. 언론들은 슈트레루비츠가 문학에서만 커다란 역할을 하고 있는 것이 아니라, 당시

---

1) Vgl. Helga Schreckenberger, Die Poetik des Banalen in M. Streeruwitz' Romane Verführungen und Lisa's Liebe, In : *Modern Austrian Literature. Journal of the International Arthur Schnitzler Research Association*. Vol. 31, 3/4 1998.

2) Willy Riemer, Sigrid Berka, Ich schreibe vor allem gegen, nicht für etwas. Ein Inerview mit Marlene Streeruwitz, Bräunerhof, 15. Januar 1997. In : *The German Quartely 71*. 1(Winter 1998).

오스트리아의 보수 정당에 대항하는 야당의 목소리를 내는 세력의 일원으로서도 위치를 견고히 하고 있다고 평가한다.[3]

1996년 그녀는 튀빙엔 대학에서 한 시학 강의에 초청받았는데, 그 강의 제목은 '존재, 그리고 가상, 그리고 현상 Sein, Und Schein, Und Erscheinen' 이었다. 1998년 겨울학기에는 프랑크푸르트 대학 객원 교수로도 초빙받았다. 그가 이 대학에서 행한 시학 강의의 제목은 '할 수 있는 것. 좋아하는 것. 해도 되는 것. 해야만 하는 것. 원하는 것. 해야만 하는 것. 내버려두는 것 Können. Mögen. Dürfen. Sollen. Wollen. Müssen. Lassen' 이다. 독일어의 여섯 개의 화법조동사를 다 동원한 이 제목을 통하여 인간들의 모든 행위가 설명되고 있음을 안다. 이 제목 속에 인간의 욕구, 사회로부터 요구받는 의무와 강요 사이에서 취사선택하는 능력과 의지가 대변되고 있다. 이 두 이론서에서 슈트레루비츠는 자신의 문학이론을 전개하면서, 스스로의 페미니즘 강령과 관련된 고유한 언어 전략에 대한 이론들을 전개하고 있다. 그는 여러 차례에 걸친 국제 심포지엄에서 엘프리데 옐리네크 텍스트 수용에 관한 강연도 행하였다. 슈트레루비츠와 옐리네크는 가끔 서로 비교 연구되고 있으며, 슈트레루비츠의 「슬로언 스퀘어」와 옐리네크의 「죽은 자의 아이들 Die Kinder der Toten」에 담긴 영아 살해를 주제로 「메데이아」와의 신화적 연관관계를 고찰한 논문이 있다.[4]

그런데 그의 이론서에 나타나 있는 페미니즘 과업에 대한 강한 참여의식이 그의 소설에는 전혀 표면적으로 나타나 있지 않다는 점 때문에 독자는 당황하게 된다. 슈트레루비츠 소설의 주인공들은 놀라울 정도로 평

---

3) Vgl. Diese Regierung ist mein natürlicher Feind. Marlene Streeruwitz im Gespräch. Aus : Internet : www.prairie.at/

4) Vgl. E Biesenbach, F. Schößler, M. Streeruwitz, E. Jelinek, Zur Rezeption des Medea-Mythos in der zeitgenössischen Literatur : Elfriede Jelinek, Marlene Streewuwitz und Christa Wolf./M. Streewutiwz and E. Jelinek. Die Zeitlosigkeit der Frau. In : *Frauen und Mythos. Freiburger Frauenstudien. Zeitschrift für Interdisziplinäre Frauenforschung.* H.1. Jg.4, 1998.

범하며 자아의식이 결여된 나약한 인물들로 등장하기 때문이다. 사실 그
의 텍스트를 접하면 두 가지 상반된 모순과 만나게 된다. '가부장제 편집
증Patriarchats-Paranoia' [5]이라는 인상을 받을 만큼 이론서에서는 가부
장제 비판에 몰두하고 있는 반면, 소설에서는 페미니즘 문학의 대열에서
이탈한 '여성 정책의 회의론자frauenpolitische Skeptiker' [6] 같은 인상
을 주고 있기 때문이다.

이 논문은 그의 두 소설을 분석하여 이 작품들의 소재가 가지는 '통속
성' 또는 '키치'의 요소를 그의 이론서에 나타난 시학을 기반으로 비판
적 입장에서 규명하고, 또 이 작품들 안에서 사용한 작가 특유의 언어와
문체에 착안하여 슈트레루비츠의 언어 전략이 그의 페미니즘 메시지와
어떤 연장선에 놓여 있는가를 규명할 것이다. 또한 이 논문은, 이 소설들
에서 '여주인공들이 고달프고 희망 없는 삶을 근근이 견뎌내다가 작품
의 결말에 가면 글쓰는 행위를 통하여 여성으로서의 자기 정체감을 모색
하는 과정이 암시된다' 는 사실에 착안하여 작가의 페미니즘적 글쓰기와
의 밀접한 연관성을 확인하게 될 것이다. 또다른 관점은 이 주인공들이
체험하는 남성들과의 우울한 사랑의 관계에 대한 고찰이다. 이 주인공들
이 평생 동경하지만 끝내 성취될 수 없었던 이성과의 진정한 사랑, 그로
인한 좌절과 우울한 결론은 바로 슈트레루비츠의 개인적인 삶과 무관하
지 않은 듯하다. 즉 이 두 소설에 등장하는 '순수한 사랑' 은 실현될 수 없
는 하나의 이상으로서 인간의 내면에 희망과 동경으로 남아 있을 뿐이라
는 결론에 이르게 된다. 이 논문이 선택한 『유혹』의 주인공 헬레네는 슈
트레루비츠와 마찬가지로 어린 두 딸을 혼자 기르는 이혼녀이며, 여러
남자들에게 이용당하기만 할 뿐 진정한 사랑을 체험하지 못하는 외로운
여성이다. 『리자의 사랑』의 주인공 리자는 이혼녀는 아니다. 그러나 한

---

5) H. Wolf Käfer, Eine Moralkeule für Männer, In : *Morgen, Kulturzeitschrift aus
Niederösterreich*, 1999, H.1, S.18.

6) Wilhelm Kühlmann, Männerelend und Helenentränen, In : *FAZ*, vom 18. 5. 1996.

의사에게 일생 동안 순수한 사랑을 간직하지만 끝내 묵살된 채 다른 남성들과의 무질서한 교제에 시달리면서 우울한 삶을 이어간다. 우르줄라 메르츠 프랑크푸르트 룬트샤우에서 언급하듯이 "리자의 사랑은 완전하고 순수하다. 그것은 완전히 비현실적이고 순전히 상상이다. 사랑의 충동은 동경이고, 그 본질은 희망이며, 그 형태는 기다림이고 그 대상이 되는 아드리안 박사는 아무것도 모르고 있다".

3장에 가서야 주인공 리자는 뉴욕으로 떠나 그곳에서 작가로 변신하면서 모처럼 독립된 한 인간으로 탄생하려는 의식이 싹트게 된다. 다른 소설에서도 한결같이 여성들의 좌절하고 실패한 사랑의 형태들만 묘사되고 있으며, 슈트레루비츠는 자신의 주인공들을 통하여 남성과의 사랑에 대한 부정적이고 염세적인 생각을 구현하고 있다. 『유혹』과 『리자의 사랑』 이외에 최근 몇 년 사이에 출간된 『후세 *Nachwelt*』『마야코프스키 링 *Majakowskiring*』『파티 걸 *Partygirl*』『현재의 일기 *Tagebuch der Gegenwart*』 등의 작품에서도 남녀간의 사랑에 대한 우울한 결론은 동일하다.

2. 『유혹 3부작, 여성시대』

슈트레루비츠 첫 소설의 '유혹'이라는 제목은 우선 독사에게 싱직인 유혹이거나 성애와 성에 관한 유혹을 그 수제도 하고 있으리라는 추측을 불러일으킨다. 작가는 이 소설에서 헬레네 게프하르트라는 삼십 세의 여주인공의 일상을 묘사하고 있다. 그는 이혼하고 두 아이를 혼자서 키우는 여성으로 빈에서 살고 있으며 광고 회사에서 반나절의 일을 하는 직장 여성이다. 남편 그레고르는 수학을 강의하는 대학 강사인데 나이 어린 비서와의 새로운 삶을 위하여 그녀와 아이들을 떠났다. 이혼한 후 전 남편은 법적으로 약속한 아이들의 양육비와 생활보조금을 전혀 지불하

지 않는다. 양육비를 받으러 은행에 갈 때마다 헬레네는 은행 직원으로
부터 이혼한 남편이 사인을 하지 않아서 지불할 수 없다는 이야기를 듣
고 그냥 돌아온다. 그는 벌써부터 변호사에게 가서 항의해 이 일을 해결
해야 한다고 생각하면서도 정작 실천에 옮기지 못하는 무능하고 소극적
인 자신을 한탄한다.

　광고 회사에서 반나절 일하며 버는 적은 수입으로 아이들, 그리고 가
끔 애들을 돌보아주는 시어머니와의 살림을 꾸려가야 하는 그는 경제적
으로 궁핍하다. 시간적으로 육체적으로 시달리면서도 그녀는 성적 파트
너에 대한 관심을 버릴 수 없어 틈틈이 헨리크라는 스웨덴 남자와의 데
이트를 즐기려 하는데, 물론 그 남자로부터 충분한 사랑과 신뢰를 얻지
는 못한다. 주인공 헬레네는 집, 사무실 그리고 가끔 만나는 연인 사이에
서 우왕좌왕 시간에 쫓기며 살아가는 피곤하고 삶에 지친 여성의 모습을
보여준다. 여유롭지 않은 생활 속에서 시간에 쫓기며 어렵게 만나는 연
인과의 밀회는 고달프고 단조로운 일상을 벗어나 개인적인 욕구를 충족
시키려는 역설적인 행위로 해석된다.

　한 평론가는 작가 슈트레루비츠가 이 작품에서 이전의 전통적인 여성
상에서 벗어난 2000년대의 변화된 여성 모델을 그려내고 있다고 말한
다. 이 작품의 헬레네는 모성적인 여성과 자신의 생활을 즐기려는 이기
적인 여성의 양면성을 지니고 있다는 것이다. 한편으로는 아이들을 철저
히 보살피며 희생하는 모성애 넘치는 어머니이면서 다른 한편으로는 자
신의 개인적인 욕구와 성적 충동 때문에 아이들을 집에 남겨두고 애인을
만나 밀회를 즐기는 이기적인 여성의 측면도 지니고 있기 때문이다. 독
자들은 헬레네가 양면적인 역할을 잘 수행하는 듯 보이지만 결국 그 어
느 한편의 역할도 충족시키지 못하고 있다는 인상을 받는다. 레나테 뫼
어만Renate Möhrmann이 지적하는 대로 이 소설은 한 여성의 "순수한
어머니의 행복hehres Mutterglück"[7]도, 또 자신의 성생활에서 만족감
을 누리는 성적으로 능동적인 여성의 이미지도 그려내지 못했으며, 결국

이 두 가지 역할 중 어느 하나에서도 벗어나지 못한 채 두 역할을 왕래하며 고달픈 삶을 살아가는 한 여성의 존재를 실증하려 했을 뿐이다. 자기 아이들이 좋아하는 스파게티 소스를 열심히 만들며 아이들이 이를 닦거나 목욕하는 것을 지켜보는 등 딸들에게 따뜻한 사랑을 보이는 살뜰한 엄마이면서도, 다른 한편으로는 진정한 사랑과 신뢰감을 나눌 수 있는 한 남성, 성적 충족을 제공하는 파트너와의 지속적인 관계를 간절히 바라며 이를 포기하지 못한다. 생활은 불규칙하고 항상 시간에 쫓기며, 가사, 직장 일 그리고 내면의 충동 사이에서 갈등하는 주인공이다. 직업도 불확실하고 전혀 현실적인 신뢰감을 주지 않는 유부남 헨리크의 즉흥적인 전화에도 헬레네는 미친 듯이 달려가 그의 품에 안긴다. 만날 때마다 헨리크는 지갑을 잃어버렸다거나 돈이 없다든가 해서 결국 식사 비용과 호텔비는 헬레네가 다 지불한다. 그리고 그가 병이 나서 간호를 절실히 요구할 때마다 헬레네는 즉시 달려가 그를 돕는다. 실제로 헬레네는 헨리크에게 성적으로 또 경제적으로 이용당하고 있다는 회의를 느끼면서도 그를 내칠 수 없는 스스로에게 실망한다. 헨리크와 만난 다음날이면 헬레네는 배신감과 허탈감 때문에 예외없이 울면서 밤을 지샌다.

그리고 그녀는 어느새 침대 가에 걸터앉아 헨리크의 팔에 안겼다. 그녀는 그에게 몸을 굽히는 자신을 보았다. 그에게 끌려서. 자신의 입술을 그의 입술에. 발을 침대에 올리고 그 옆에 눕는다. 천천히. 아주 더 느리게. 오랜 침잠의 시간이 지나는 동안 그녀는 자신이 그에게 아무 말도 하지 않았다는 사실을 떠올렸다. 그녀는 말하려고 했다. 머리를 들었다. 숨을 내쉬었다. 헨리크는 그녀의 머리를 다시 자신 쪽으로 당겨 그녀에게 키스했다. (……) 헬레네는 밤 1시 반쯤 부활절 케이크에 시럽을 입히기 시작했다. 그녀는 울음으로 밤을 지새웠다.[8] (V, S. 66)

---

7) Vgl. Sabine Harenberg, Sie hatte keine Sehnsucht mehr, In : *Literaturkritik.* de Nr. 8, August 1999.

헨리크를 만나고 난 후 실망하고 후회하며 절망적 회의에 빠지는 모습, 심신에 깊은 상처를 입은 헬레네의 모습은 여러 곳에서 나타난다.

> 그녀는 나중에 울었다. (……) 그녀는 엉엉 울었다. (……) 위쪽 넓적 다리 안쪽은 그의 좌골뼈로 상처가 났다. (……) 사지는 일대 혼란 상태였다. 몸의 각 부분들이. 피부가 쓸려서. 그녀는 지쳤고 공허함을 느꼈다.(V, S. 66f.)

『유혹』이라는 작품을 다 읽고 나면 독자는 애초에 기대했던 에로틱한 분위기가 아님에 놀란다. 결코 '에로티시즘 소설' 장르에 소속시킬 수 없음을 알고 실망한다.[9] 에로틱한 분위기에 대한 낭만적인 기대를 이 소설이 조금도 충족시키고 있지 못하기 때문이다. 매 문장마다 즉각 에로틱한 성취가 부정되고 와해되므로 이 소설은 오히려 '반(反)에로틱 소설'이라고 규정할 수 있을 것이다. 겨우 암시될 듯한 에로틱한 분위기는 즉시 파괴되어버리고, 작가는 에로티시즘과 사랑이 와해되어가는 삭막한 과정을 그의 독특한 언어적 구성을 통하여 강조하고 있다. 즉 단편적인 단순 문장을 나열하는 언어의 인색함을 통하여 헬레네의 심리적, 성적인 손상을 표현하고 있는 것이다. 애인과의 만남에서 항상 상실감을 의식하면서도 성적 성취에 대한 끊임없는 동경을 마음속에서 지워버릴 수 없는 모순 때문에 헬레네의 삶은 전체적으로 혼란스럽고 무질서하며 절망적으로 보인다. 실제로 헬레네의 삶은 어머니의 측면에서나, 직업인으로서나, 또한 한 행복한 여성으로서나 완전히 실패한 삶이라 할 수 있다. 카타리나와 바바라라는 두 딸들에 대한 교육에도 성공적이지 못해서 담임 선생에게 불려가곤 하는 엄마이고, 남자들뿐만 아니라 주위 사람들

---

8) Marlene Streeruwitz, *Verführungen*. S. 66f. 앞으로 작품 인용은 'V, S. 66f.'로 표기함.

9) Vgl. Sabine Harenberg, ebd.

에게서 항상 이용을 당한다. 수선을 떨며 도움을 청하는, 결국에는 자살로 생을 마감하는 여자 친구 피피, 헬레네의 남편과 정사의 경험을 가졌으면서도 눈곱만큼의 죄책감도 없이 이른 새벽에도 도움을 청하는 그런 분별 없는 친구의 때없고 난처한 부탁에도 항상 거절을 못 하고 쫓아가서 도와주며 자신의 이익을 챙기지 못하는 마음 약한 주인공, 이혼한 남편 게프하르트로부터는 아이들의 양육비조차 제대로 받아내지 못하면서도 별다른 조치도 취하지 못하는 생활력 없는 주인공, 자기를 배반하고 떠난 남편의 어머니인 시어머니와 함께 살고 있는 결단력 없는 주인공, 여러 남자들과의 무질서한 관계에서도 항상 주체적이지 못하며 상대방의 요구에 순응하는 피동적인 여성.

그런데 이처럼 보잘것없는 한 평범한 여성의 대단치 않은 일상을 주제로 한 소설 『유혹』이 독자들과 비평계의 관심을 모은 까닭은 무엇일까? 두 남녀간의 성적인 교섭에도 불구하고 주인공의 마음에는 충족되지 않는 사랑에 대한 동경이 남아 있다는 점과, 이 소설을 일관하고 있는 삶과 사랑에 대한 깊은 허무감이 독자들의 공감대를 조성한 것일까?

1999년에 출간된 슈트레루비츠의 세번째 소설인 『후세』는 작곡가인 구스타프 말러의 딸 안나 말러의 전기로 계획된 자서전 형식의 소설인데, 부모의 세계적인 명성에 가려 한 번도 정당하게 예술가로서의 재능을 인정받지 못하고 좌절한 채 불행한 삶을 살아간 조각가 안나의 일생을 그리고 있다. 그의 삶을 기록하기 위해 마르가레테 도블링거 Margarethe Doblinger라는 여성 화자기 등장하는데, 이 화자는 『유혹』의 주인공 헬레네와 닮은꼴이다. 30대 후반의 연극 연구가인 그녀는 아이를 데리고 혼자 사는 이혼녀이다. 한 내과 의사와 밀회를 나누지만 행복하지 않은 점도 헬레네의 헨리크와의 관계를 연상시킨다.

이 소설에 얽혀 있는 두 여인, 즉 여러 남자들과 염문을 퍼뜨렸던 안나의 어머니와 안나, 그리고 이 두 사람에 관한 이야기를 기록하고 있는 화자 도블링거의 삶 등 이 소설에 등장하는 인물들의 운명에는 유사한 점이 많다. 남자들에 의해 이용당하거나 인정받지 못하고, 일상의 짐을 떠맡고 홀로 버려진다. 『후세』에서 구스타프 말러의 부인이자 안나의 어머니는 자신의 딸이 불행하게 성장해가는 것을 같은 여성의 입장에서 슬픔으로 지켜본다. 그러나 그녀도 사랑과 성에 대한 욕망을 억제하지 못하고 남편에게 질책을 받는 염문을 남긴다.

3. 『리자의 사랑』 ― 위대한 감정의 종말을 알리는 현대적 통속 소설

『리자의 사랑』은 슈트레루비츠의 두번째 소설로 그 특이한 장정과 표지부터 눈길을 끈다. 이 소설은 3부의 속편으로 구성되어 있는데, 1부는 표지가 빨간색이고, 가축들이 보이는 시골 풍경을 배경으로 한 채 보라색 머플러를 감은 예쁜 소녀의 사진이 실려 있다. 2부의 표지는 진한 청색이고 산이 배경이며, 노란 스웨터를 입고 핑크빛 입술을 한 긴 머리의 처녀가 웃고 있다. 3부 표지에는 초록색 바탕에 뉴욕 시의 신호등이 보이고, 눈을 지그시 감은 채 생각에 잠긴 듯한 여인이 가운데로 가르마를 탄 새로운 헤어스타일을 하고 나온다. 이 세 표지에 나온 사춘기의 아리따운 소녀와 성숙해 보이는 여인들은 물론 작가 자신의 모습이다. 책의 매 페이지마다 아래쪽 한가운데 들꽃이 하나씩 그려져 있다. 선정적인 진홍색의 겉표지는 이 소설의 키치적 분위기를 한껏 강조하고 있다.

이런 유치한 장정을 한 책은 어느 10대 소녀의 사랑 이야기일 거라는 추측을 유도한다. 책의 분위기는 첫눈에도 통속적인 멜로물일 것이라는 인상을 떨칠 수 없게 하고 있다. 39세의 초등학교 여교사인 리자 리비히 Lisa Liebich가 자신이 짝사랑하는 동네의 한 의사에게 구애의 편지를 전달하는 것으로 시작되는 이 이야기는 애정 소설 같은 인상을 준다. 그러나 사랑에 대한 대답을 평생 받지 못하는 실패한 사랑의 소설로, 매 페이지마다 어린 시절의 흑백 사진들과 삽화가 끼여 있다. 이 책에 대해 슈트레루비츠는 한 인터뷰에서 키치적인 통속 소설 Trivialroman에 대한 특별한 애착을 보이며 키치 문학의 중요성을 강조하고 있다.

리자는 취미로 푸른색 유리잔을 수집하며, 자동차도 있고 이탈리아어 학원에도 다니는 초등학교 교사인데, 학교 가는 길에 항상 마주치는 동네 의사인 아드리안 박사에게 사랑에 빠진다. 그녀는 소설 첫 페이지에서 그에게 사랑의 편지를 전하고 매일 우체통 앞에서 우편배달부가 다녀갔나를 확인하며 회답을 기다리지만 여름 내내 답장은 오지 않는다. 한 페이지 건너서 우체통이 보이는 시골 풍경의 사진들이 끼워져 있는데, 이 사진들은 오지 않는 답장을 기다리는 주인공의 마음을 대변하듯 쓸쓸한 잿빛이다. 사이사이에는 내용과는 직접 관련도 없는 살벌한 신문 기사들과 삽화가 삽입되어 있다. 이 때문에 『리자의 사랑』을 사진 소설이라고 칭하기도 한다.

리자의 일상, 어머니는 같이 살던 이웃 여자에게 재산 때문에 독살을 당하고 오빠는 교통사고로 죽은 우울한 가족사, 남성 애인들과의 애정 없는 성관계, 대단치 않은 일들로 채워지는 그날그날의 지극히 평범한 삶의 묘사가 극히 짧은 단편적 문장으로 설명된다. 리자는 『유혹』의 헬레네와는 달리 생활에 덜 시달리며, 작품 초반부에서는 자신의 삶에 대해 별다른 불만이 없어 보인다. 헬레네와는 달리 애들이 딸린 이혼녀가 아니기 때문에 자신의 삶을 개선하기 위해서 약간은 능동적이다. 방송대학의 글쓰기반에 등록도 하고 마사회에도 가입해서 "제대로 된 남자를 만날 희망을 버리지 않는다".(LL1, S. 36) 그러나 헬레네와 공통적인 면은 아이를 가지고 싶어하는 모성애, 그리고 만나는 남자들의 무자비한 처사에 대해 항거하지도 못한 채 비굴하고 종속적인 성적 대상의 위치를 감수한다는 사실이다.

리자는 생각했다. 아이가 있으면 달라지리라고. 리자는 아이를 가지고 싶었다. 한번은 본드락의 아이를 가졌다고 생각했다. 크눕로흐는 늘 미리

예방 조치를 하기 때문이다. 3주일 있을 것이 없으니까 본드락은 그녀에게 주사를 놓아주었다. 친구인 산부인과 의사에게서 받은 처방이라면서. 주사를 맞고 나서도 한동안 소식이 없었다. 결국 난소염이었던 것이다. (……) 아이의 아버지가 됐으면 할 만한 남자는 아직 없었다. 그녀는 아이를 혼자 기르고 싶었다.(LL1, S. 36)

자신이 한 일의 공적을 협회의 다른 남성 동료가 가로채는 등 리자도 헬레네처럼 주위의 남성들로부터 부당한 대우를 받고 억울해서 우는 일이 많다. 리자도 초반부와는 달리 점차로 헬레네와 유사하게 심한 우울증에 빠지기 시작한다. 계획했던 여행을 포기하고 두문불출하며 삶에 대한 심한 허무감에 사로잡힌다. 리자에게는 "정상적인 삶을 유지한다는 것이 점점 힘겹게 느껴진다. 백 킬로그램의 몸무게를 끌고 다니는 듯이 끊임없이 피곤하다. 학교 아이들은 기를 쓰고 떠들어댄다. 리자는 떠드는 아이들을 말리는 것보다 그것을 그냥 참아내는 편이 차라리 수월하다고 여긴다".(LL1, S. 44) 때로는 "계속 숨을 쉬어야만 한다는 사실을 이해할 수 없다고 느낀다".(LL1, S. 47) 또한 리자는 헬레네와 똑같이 "평범한 게 얼마나 어려운 일인지. 어떤 탈출구도 없는 채"(LL1, S. 95)라는 생각을 자주 한다. 리자는 슈베르트의 음악을 들으면서 죽음에 대한 동경에 빠져서 죽는다는 것이 행복이라는 것을 이해한다. 그는 생각했다. "누구에게나 죽는 일이 성취된다는 것, 누구나 죽을 수 있다는 게 얼마나 좋은 일인가고 Sie hatte gedacht, wie gut es sei, daß jedem das Sterben gelinge. Daß jeder sterben könne."(LL2, S. 56) 리자가 삶에 대한 좌절에 빠져 있을 때 그 불만은 여러 가지 신체적 현상으로 나타나는데, 예를 들면 거식증, 포식증, 비타민 부족의 잇몸 출혈, 부스럼 등의 증세이다. 그러나 작가는 이 주인공에게 티끌만큼의 동정심도 할애하지 않는다. 사색적이거나 이성적이지 못하고 지극히 평범한 리자 같은 여성이 주위의 남성들로부터 부당한 대우를 받는 것도 본인의 몰지각에서 오

는 것임을 알리며, 리자 스스로 자신의 부족함을 깨닫고 자각하며 대항하
도록 유도하려는 작가의 의도가 보인다. 결코 작가는 리자를 환경의 희생
물로 묘사하지 않는다.

리자는 왜 자신이 삶에 대해서 아무것도 알지 못하고 있는지를 스스로
묻는다. 사실 자기 주위에 일어나는 모든 일에 대해서는 이해할 수 있었을
텐데. 그런데도 그녀는 모든 것이 지난 후, 모든 것이 분명해진 다음에야
비로소 그 일에 대해 생각해보곤 했다. 스스로에게 무슨 일이 일어났는지
에 대해서도.(LL2, S. 59)

『유혹』의 헬레네는 마지막 장면에서 남자 동료와 의견이 맞지 않아 다
니던 직장에 사표를 내고, 새로운 직업을 구하기 위해 컴퓨터 정보전산
처리반에 등록하려고 줄 서서 차례를 기다리고 있다. 독립적이고 자립적
인 여성이 되려는 '자기를 주장하는' 헬레네의 모습이 암시되는 것이다.
리자 역시 제3부에 가서는 점차 모든 구속으로부터 해방되어 주체적 여
성으로 각성되어가는 단계로 접어든다. 드디어 리자는 어느 다른 사람과
도 공유하지 않는 자기 자신만의 감정을 원하기 시작하는 독립적인 단계
에 이른다.

리자는 자신만을 위한 감정을 가지기를 원하기 시작했다. 오직 자기 자
신만을 위한 감정. 이 감정은 다른 어느 누구하고도 상관이 없는 것이다.
옛날 열네 살이었을 때 교회의 성가대 단장인 드렉슬러에게 사랑에 빠졌
던 그런 순수한 감정 같은.(LL2, S. 82)

소녀였을 때 교회의 코러스 단장에게 느꼈던 순수한 사랑의 감정을 리
자는 다시는 느끼지 못했고, 두번째로 의사 아드리안에게 보냈던 그리움
도 성취되지 않았고, 결국 순수한 사랑은 지상에서는 이루어질 수 없다

는 사실을 확인시키고 있다. 리자는 나중에 뉴욕으로 가서(LL3, S. 2) 새로운 삶에 도전하려 할 때, 다시는 그 어떤 남자, 아드리안이나 그 어떤 다른 가부장적 메시아에게도 새로운 동경과 그리움을 투영할 필요가 없다는 인식에 이른다. "실망을 당할 수도 있지만, 스스로 실망해버리는 것은 다르다고 Enttäuscht werden ist eines, denkt sie. Sich enttäuschen lassen ist etwas anderes" 생각하며(LL3, S. 36), 사랑에 대한 실망과 좌절을 인정하고 받아들이는 성숙한 자세를 보인다. 리자가 1, 2부에서 자주적 여성으로서의 의식이 결핍된 채 무료한 일상에 시달리는 평범한 모습을 보일 때 작가가 사용한 언어는 부문장이 없는 단문들이고, 마침표가 많고, 일체의 형용사들이 생략된 살벌하고 삭막한 문체로 이어졌다. 『유혹』에서도 언급되었던 극도로 축약된 문체가 『리자의 사랑』에서는 더욱 강조되었다. 부문장과 접속사도 없고 화법조동사나 접속법도 쓰지 않는, 거의 주어와 동사로만 이루어진 단순한 문장들로 구성된 삭막한 문체이다. 한 평론가는 이를 '직설법의 비극 Tragödie des Indikativs' 이라고 평한다.

　부문장 부재의 비극, 사라진 화법조동사들, 부재하는 접속법. 이러한 삭막한 언어의 비극은 초라한 삶의 비극이다. 고음도 저음도 없는 삶, 반주도, 천국도, 직설법의 지옥 말고는 지옥조차 없는 그런 삶의 비극이다.[10]

그러나 리자가 방송대학의 창작반에 다니면서 자신이 습작으로 쓴 글의 내용들이 소설 중간중간에 삽입되는데, 이 텍스트에 선택된 단어나 문체는 작가가 줄거리를 이어가던 단순 구조의 언어와는 완전히 대조되

---

10) Iris Radisch, Und erlöse uns von der Schönheit. 'Liesa's Liebe' von Marlene Streeruwitz : Ein moderner Kolportageroman über das Ende eines großen Gefühls. In : Friedbert Aspetsberger(hrsg.v.), *Hier spricht die Dichterin, Wer? Wo? Studien VerlagInnsbruck-Wien*. 1988, S. 196.

며 그 내용도 철학적이고 형이상학적인 글이라는 점에서 작가의 의도적
인 언어 사용을 짐작할 수 있다. 이 두 가지 상반되는 언어와 문체 선택
을 통해 슈트레루비츠는 리자가 정신적으로 피동적이고 종속적인 상태
에 있다가 주체적이고 독립적인 한 여성으로서 성장해나가는 정신적 발
전 단계를 구분지어 제시하려 한 것이다. 리자가 고향으로 돌아가지 않
고 뉴욕에 남아 작가로서 홀로서기를 결심한다는 결론은 『유혹』의 헬레
네의 경우보다 상당히 진전된 결말로 보인다.

　이 소설의 제목은 '리자의 사랑'이지만 이미 언급한 대로 이성과의 사
랑은 결코 이루어지지 않는다. 아무도 리자를 사랑하지 않는다. 공학 박
사인 크놉로흐, 고문인 슈마란처, 건축설계사 마싱거 등 남자들은 존재
하지만, 주인공이 별다른 사랑이나 정열 없이 자신을 맡기는 침대의 동
반자일 뿐이다. 이 소설이 통속 소설이거나 키치 소설의 인상을 준다 해
도 그것은 실패한 키치 소설이다. 화려하고 낭만적인 사랑이 부재하기
때문이다. 감정이 메마른 차가운 키치라 할 수 있다. 슈트레루비츠는 자
신들의 주인공들과 플롯을 단순화하고 축소하며 멜로로 보이도록 연출
하지만, 그래서 이들이 처음에는 극히 평범하고 통속적이고, 1차원의 세
계에 속하는 듯 보이지만, 나중에 독자들은 이들이 통속 소설의 질서에
속해 있는 유형들과는 정반대되는 인물들임을 확인하게 된다. 이런 의미
에서 『리자의 사랑』은 "마음의 환상 깨기 Desillusionierung des
Herzens"를 위한 교육 소설이라 할 수 있다.

　리자는 자기 옷을 자선 단체에 모두 기부하고 다시는 남자들과 상종하
지 않을 것을 결심한다. 리자는 뉴욕에서 잠옷 두 벌을 새로 사고, 미용
실에 가서 머리를 단장하고 라이트 콜라를 많이 마시면서 뉴욕을 새로운
삶의 터전으로 삼는다. 그리고 서점에서 손에 집어든 책의 한 페이지에
서 다음의 구절을 읽는다. "그는 타협하거나 또는 본질적 비극 때문에 우
주를 용서하기에는 너무나 지성적이다. 비극에서 승리하는 유일한 길은
비극을 스스로 원하는 것이라는 점을 그는 너무도 잘 알았다 He was too

intelligent to compromise or to forgive the universe for its essential tragedy. And he saw very well that the only way to triumph in tragedy is to will it." (LL3, S. 59) 비극에 승복하는 길이 비극을 이기는 방법이라는 인식이다. 이렇게 해서 사랑에 대한 리자의 모든 동경과 희망은 허사가 되었고, 또한 이 작품은 통속 소설로서도 실패하게 된다. 주인공은 삶과 사랑에 대한 절망을 스스로 받아들이고 인정하며 이를 넘어선다. 리자는 "콜라를 마시고 미국 치즈를 곁들인 치즈버거를 주문하고, 아주 천천히 오래오래 씹는다".(LL3, S. 68) 이렇게 리자는 다시 새로운 일상을 시작한다.

슈트레루비츠는 "나 역시 어렸을 때 어떤 동경에 집착하고 있으면서 여러 번 자신을 포기해버릴 뻔했었다"고 고백하고 있다. 고독, 이루어지지 않는 사랑에 대한 그리움, 다이어트와 포식을 오가는 삶, 아이를 갖고 싶은 소망, 삶에 대한 회의와 죽음에의 동경 같은 이 주인공들의 병을 작가도 공유하고 있는 듯하다. 『유혹』에서와 마찬가지로 작가는 이 소설에서도 리자라는 지극히 평범한 한 여성의 일상을 문학화하는 시도를 행하고 있다. 이 소설의 표지가 주는 키치적 분위기에도 불구하고 이 소설에는 사랑의 감동이나 처절한 고통과 아픔과 격정을 전해주는 키치적 흔적이 결여되어 있고, 통속문학으로서의 주요한 요소들이 배제되어 있다. 엘프리데 엘리네크도 가끔 비판의 수단으로 통속적인 소재를 다루었고 '신랄한 키치'라는 평을 받은 「연인들 Die Liebhaberinnen」「미하엘, 미숙한 사회를 위한 청소년 도서 Michael, Ein Jugendbuch für die Infantilgesellschaft」에서 사용한 방법은 사회 비판을 위한 키치 요법임이 분명하지만, 슈트레루비츠의 작품에서는 비판의 화살이 은닉되어 있다. 또 엘리네크의 주인공과는 달리 리자는 제3장에서 글쓰는 작가로 자기 자신을 정립해가는 긍정적인 결론을 맺는다. 물론 이 결론은 극히 최초의 단계에 속하는 것이며 과연 이후 어떻게 발전해나갈 것인지는 미지수이다. 이 소설의 마지막 페이지에 달려 있는 '계속된다'는 설명은 리자의 미래의 운명에 대한 불확실성을 강조한다.

남녀간의 사랑에 관한 견해에 있어서 슈트레루비츠는 옐리네크와 정신적인 공감대를 가지고 있다. 이 두 사람은 2001년 『엠마』지에서 대담을 가졌는데, 슈트레루비츠는 여성과 남성의 관계에 대해 "여자들은 갈망하는 주체로서 용납되지 못한다Frauen sind als begehrende Subjekt nicht zugelassen"[11]는 옐리네크의 견해에 동의하고 있다. 작가는 수줍고 자신감이 없고 불안해하는 미미한 존재의 리자로 하여금 힘겹게 자신의 정체감을 찾아가도록 하느라 애쓰고 있다. 힘없고 맥없는 나약한 존재로의 여성에 어울리도록 단순하고 유아적이며 초보적인 문체는 주인공 리자의 사고의 단편성과 얄팍함을 대변한다. 이 삭막한 언어 현상은 바로 태초에 자신의 언어를 소유하지 못했던 "언어 부재의 여성성 sprachlose Weiblichkeit"과 일치한다.

슈트레루비츠의 페미니즘적 이슈는 여성들이 자기 자신의 고유의 언어를 위하여 투쟁해야 한다는 것이다. 지배적인 언어는 지난 역사 속에서 남성의 소유였고 여성들은 언어 부재의 상태에 있도록 정해져 있었으므로, 여러 페미니즘 작가들은 바로 이 상태에서 해방되어 여성이 자신의 개인적인 언어를 발견해야 한다는 메시지를 공통적으로 전달해왔다. 슈트레루비츠는 페미니즘적 가부장제 비판에서 여성의 언어 부재를 지적하고, 이는 수백 년간 여성들이 남성 문화권에서 배제되고 축출되어온 과정에서 비롯된 것이라고 말한다. 그리고 자신의 문학의 과제는 여성 고유의 언어로 자기 자신을 창조해내는 시도라고 주장하고 있다. 이 점에서 그는 70년대 이후 초기의 다른 페미니스트 작가들과 글쓰기의 출발 동기를 공유한다고 할 수 있다.

자신의 고유한 언어를 쟁취하려는 것은 글을 쓰는 모든 이들의 핵심적

---

11) Vgl. Katrin Hillgruber, Das Schicksal der Lisa L. Marlene Streeruwitz legt einen Heftchenroman vor. In : *Literaturspiegel*. Verlag Der Tagesspiegel, 1997.

소망이다. 슈트레루비츠는 이 쟁취의 소망이 남성과 여성 간의 성 차이에
서 비롯된다고 본다. 그는, 여성이 스스로를 발전시키고 자유로워져서 자
신의 개인적인 언어를 발견하기까지 여성을 언어 부재 상태로 못박아둔
기존의 지배 언어를 남성의 언어라고 이해한다.[12]

여성이 이 자유를 획득하지 못하면 여자라는 쓰디쓴 인식 앞에 서게
되고, 여자라는 이유만으로 자신의 무가치함을 인정하게 된다. 슈트레루
비츠는 여기서 자신의 무가치함을 인정하지 말고, 고유의 가치를 재구성
해야 한다고 말한다. 여성은 "억압되지 않은 자랑스런 자기 자신의 상
ein unverdrängtes stolzes Bild von sich"[13]을 구성해야 하는 것이다.

3부 후반부에 가면 리자가 창작반에서 쓴 글들이 별도로 실려 있는데,
이 부분의 문체는 줄거리를 진행하던 초반부의 원시적이고 단순한 언어
와는 판이하게 다른 차원에 접근하고 있다. 시적 언어의 선율 속에서 자
기 고유의 언어가 탄생하는 모습이 묘사된다. 기존 언어와 현실의 구속
에서 벗어나, 자신의 내면으로부터 나오는 음색에 공간과 빛을 내주는
그런 언어의 탄생이다. 글을 쓰면서 이전의 모습과는 완전히 다른 리자
의 인격이 드러나며 새로운 차원이 열리는 것이다. 키치 소설이 약속하
는 거창한 해피엔드는 존재하지 않기 때문에, 여기서 이 작품은 통속 소
설의 한계를 벗어난다. "독자들은 통속적인 멜로의 탈을 쓰고 등장했던
리자가 이제는 그 껍데기를 벗어놓고 자신의 삶의 길을 찾아가는 모습을
보게 된다."[14]

여기서 슈트레루비츠의 고유한 소설 기법이 노출되는데, 그는 지극히
통속적이고 일상적인 것을 비범한 방법으로 문학화시켰으며 그의 "평범

---

12) Eva Leipprand, Marlene Streeruwitz. Lisa's Liebe. Büchermarkt Kritiken, In :
Deutschland Radio Berlin Sendungen, Aus : Internet : www.dradio.de/

13) Marlene Streeruwitz, *Sein. Und Schein. Und Erscheinen*, Tübinger Poetikvorlesungen, S. 34.

14) Eva Leipprand, ebd.

함의 시학 Poesie des Durchschnitts" [15]을 발전시켰다는 평을 얻게 된다.

『리자의 사랑』을 접한 독자는 이 소설이 장정에서 내용에 이르기까지 철저히 계획된 통속 소설의 틀에 들어 있으면서도 원래의 통속 소설이 약속하는 충격적 격정, 가슴 저린 사랑, 광포한 갈등, 무한한 고통, 그리고 감동적인 행복의 성취 또는 처절한 슬픔 등의 주제를 전혀 담고 있지 않다는 사실에 실망한다. 감정들은 덤덤하고, 고통은 은은하며, 사랑은 있지도 않고, 행복은 스쳐 지나가며, 묘사는 따분하리만치 단순하고 건조하다. 바로 이 점이 본 논문의 과제이자 슈트레루비츠 미학 이론의 기반을 이루고 있는 통속성과 키치를 조명하는 토대가 된다. 슈트레루비츠는 자신의 소설작품들에서 시도하는 새로운 시학과 고유의 언어 구사를 자신의 '튀빙엔 대학 강의록'과 '프랑크푸르트 대학 강의록'에서 충분히 이론적으로 밝히고 있다. 크고 위대한 것을 극도로 작아지게 하고, 중요한 것을 부차적인 것으로 만들고, 가장 끔찍한 고통을 가장 건조하게 만들어 『리자의 사랑』에서처럼 통속 소설의 모든 약속들을 파괴하는 "미학적 전도 die ästhetische Umkehrregel" [16]를 실현하고 있는 것이다. 즉 그는 자신이 의도적으로 구성한 가상적인 통속 소설의 틀 속에서 바로 통속 소설이 약속한 모든 키치한 요소들이 파괴되는 과정을 제시하려 한다. 그것은 바로 리오타르 Lyotard의 '대서사 große Erzählungen' 또는 '메타 서사 Meta-Erzählungen'로 대변되는, 가부장제 사회를 대변하는 문학적 질서에 대한 도전이라 할 수 있다.

즉 이 소설은 전도된, 다르게 표현하면 "가장해 옷을 입은" [17] "짐짓 꾸민 통속 소설 simulierter Trivialroman"로서, 여기서 통속성은 소위 '위대한' 허위의 감정을 위선으로 알게 하는 인식의 수단이 되고 있다. 즉

---

15) Eva Leipprand, Marlene Streeruwitz. Lisa's Liebe. Ausbruch aus dem Groschenroman, In : *Literaturkritik*. Nr.8. August 1999.

16) Iris Radisch, ebd., S. 196.

17) Vgl. ebd.

통속성은 모든 것을 폭로하는 동시에, 복잡미묘한 것들이나 귀중한 내면 세계, 고양된 예술의 섬세한 언어, 섹스와 사랑 등 이 모든 것들을 1차원 적으로 공허하게 만든다. 슈트레루비츠는 인간들이 접촉하는 모든 것을 파괴하며, 모든 것, 특히 남자들과의 사랑과 섹스에 대해 회의한다. 이런 근거하에 이 소설을 위대한 감정의 종말을 알리는 현대적 통속 소설이라 고 칭할 수 있다.[18]

4. 키치에 대한 변호와 유토피아 해체

슈트레루비츠는 한 인터뷰에서 자신의 소설들이 지닌 통속성과 키치 한 요소를 옹호하며, 통속 소설의 형태는 자신이 의도적으로 계획한 문 학적 전략이라고 설명한다. 『저먼 쿼털리』와의 인터뷰에서 그는 포스트 모더니즘과의 연관성을 적극 인정했다. 실제로 그의 연극작품에 선택된 언어는 산문과는 달리 다양해서 각종의 언어 형태를 모두 집합시킨 듯한 인상을 받는다고 이 대담자는 말한다. 대작가들의 언어, 학문적 언어, 경 제 언어, 평범한 일상 언어, 그리고 매스미디어 언어가 한데 혼합되어 나 타나고 있음을 지적하면서 대담자는 "모든 것이 가능하다 anything goes"라고 20년 전에 주장했던 레슬리 피들러 Leslie Fiedler의 언어 체계 를 연상시킨다고 슈트레루비츠에게 말했다. 그러면서 그의 연극작품들 과 포스트모던한 성향과의 연관성에 대해 질문하였다. 이에 대해 슈트레 루비츠는 자신의 작품들에서 포스트모던한 요소를 기꺼이 인정한다고 답하며 포스트모더니즘을 페미니즘 이론과 연결시키고 있다.

나는 원칙적으로 포스트모더니즘 계열에 소속되는 것을 반대하고 싶지

---

18) Vgl. ebd., S. 195.

않다. 그것은 반권위적인 성격을 가지는 것이며, 포스트모더니즘이 모든 것을 파괴하였다고 의심하는, 즉 옛것을 고수하려는 사람들, 옛 규범을 되살리려는 보수주의적 세력들, 이런 것들에 대항해서 나는 기꺼이 포스트모던의 편에 서고 싶다.[19]

그는 페미니즘적인 것이 '현대 Moderne'에서 그 작용을 방해당한다면 기꺼이 자신을 '현대'라는 계열에서 제외시키겠다고 말하며, 추상화를 요구하는 '현대'는 자신의 생리가 인정하지 않는다면서 자신의 '탈현대'인, 즉 포스트모던한 경향을 강조하고 있다. 자신의 문학적 사명이란 아직 역사적으로 자신의 고유한 언어나 형식을 지니지 못했던 '언어 부재'의 상태에서 페미니즘적인 것을 창조해내는 것임을 주장하면서 그는, 페미니즘 문학을 창조하는 일은 처음으로 언어를 배우는 말더듬이의 언어 행위와도 유사하다고 비유한다.

페미니즘적인 것이 '현대'와 함께 작용하는 것이 불가능하다면, 나는 나 자신을 '현대'와 단호히 분리시키고 싶다. (……) 그리고 '현대'의 추상화 요구는 물론 내게는 해당되지도 않는다. 즉 나는 '현대'와 '탈현대'가 생산한 모든 파편들을 이용하여, 페미니즘적인 것, 즉 페미니즘에 기반한 예술작품, 말하자면 자신의 언어나 자기 고유의 형식조차도 없었던, 여성적 언어 부재의 '무'에서 탄생되는 그런 작품을 생산하려는 것이다.[20]

아도르노가 '미학 이론 ästhetische Theorie'에서 주장한 예술론과 유토피아 설정과의 연관성에 대해 질문을 받자 슈트레루비츠는 자신도 원칙적으로 아도르노의 입장에서 출발하고는 있지만, 그의 견해에서 상당히 벗어나고 있음을 밝힌다. 유토피아 설정에 있어서도, 결코 성취될 수

---

19) *The German Quarterly* 71.1(Winer 1988), S. 47f.

20) ebd., S. 48.

없을 것이 분명한 거짓된 행복을 약속할 수는 없기 때문에 자신의 텍스트에서 어떤 고정된 유토피아 상을 설정할 수는 없다고 말한다. 자신의 텍스트는 오히려 반유토피아적이라고, 유토피아의 틀만을 암시하려 할 뿐이라고 그는 설명한다.

나는 물론 온전히 아도르노의 터전에 서 있지만, 동시에 거기서 상당히 벗어나고 있다. (……) 내가 텍스트에서 제시하지도, 또 제시하고 싶지도 않은 유토피아의 고정된 상을 개개의 독자가 스스로 내 텍스트 속에서 만들어내게 한다는 점에서 그렇다. 나는 유토피아의 존재를 결코 주장하려 하지도 않을 것이며, 그저 나의 텍스트에서 막연한 유토피아의 틀을 제시할 뿐이다. 우리는 여태껏 거짓된 행복을 너무 오래 약속받아왔다. 성취될 수도 없는 먼 미래의 헛된 희망에 우리의 상상력을 제공하지 말고 주어진 시간을 그저 행복하게 보내자는 것이 나의 생각이다.[21]

작가가 구체적으로 묘사된 유토피아를 제공하는 것보다는 독자가 텍스트를 만났을 때 스스로 나름의 유토피아 상을 고안해낼 수 있는 자유로움을 제공할 수 있는가가 실은 더 중요한 문제라는 것이다.

내 텍스트는 사고해야 하는 '어떤 다른 것 das Andere' 을 위한 것이며, 독자가 자기 자신의 상상 속으로 뛰어들어가기 위해 딛는 발판이다. 작가가 항상 명심해야 할 일은 텍스트가 독자에게 그런 고유한 전개의 가능성을 보장하고 있는지, 또는 이 텍스트들이 영혼에 귀를 기울이기 위한 모든 수단을 동원하고 있는지, 또 그러다가 다시 고정되고 규범화되거나 제도화되어버리는 것은 아닌지를 살피는 것이다.[22]

---

21) ebd.
22) ebd.

슈트레루비츠의 텍스트들은 어떤 이상적이고 유토피아적인 모델을 지니고 있지 않다는 의미이다. 문학작품들이 가지는 반유토피아적인 성격은 단지 슈트레루비츠뿐만 아니라 2000년대를 살고 있는 작가들 대부분의 공통점이 아닐까 생각된다. 절망적인 상황에서도 유토피아에 대한 불변의 확신과 희망을 지녔고 진선미의 아름다움을 구현하는 시적 언어를 위하여 투혼하였던 잉에보르크 바흐만, 에른스트 블로흐의 유토피아적 이상을 실현하려 했던 크리스타 볼프의 문학의 유형 등을 현존하는 여성 작가들에게서 찾아보기란 거의 불가능하다. 바흐만이나 볼프보다 20년은 뒤늦게 태어났지만 70년대 여성문학사에서 거의 동시에 논의되고 있고 여성문학의 고전에 속한다고 할 수 있는 엘프리데 옐리네크의 문학도 철저히 안티유토피아 문학이었다는 점에서 그 작품 경향이 현역 작가들의 계열에 속한다고 하겠다. 『저먼 쿼털리』 기자가 "당신의 작품은 이상적인 유토피아는 언급할 것도 없고 온통 부정성과 파괴성으로 점철되어 있는데, 스스로의 작품에서 혹시 유토피아의 섬광이 비친 곳이 존재한다고 보느냐"라고 묻자, 슈트레루비츠는 그런 순간들이 텍스트에 존재하지 않아도 독자의 머릿속에서 순간적으로 구성될 수 있다고 답했다. 행복한 순간들은 찰나적으로 존재하는데 이들은 키치적인 요소와 깊은 연관성이 있다고 말하면서, 자신의 문학이 가진 키치의 성향을 옹호했던 것이다. 그는 자신의 작품 군데군데 어디에선가 모든 것, 세계, 텍스트 자체, 그리고 인물들이 징지하고 행복이 성취되는 순간들이 존재한다고 주장한다. 이 행복의 순간들이 키치와 직결되어 있음을 인정하며, 우리의 인생은 상당 부분이 키치의 성분으로 이루어졌다고 말하는 것이다. 그러면서 슈트레루비츠는 키치에 대한 경멸의 시각을 심어준 실러의 이상주의 미학을 비판한다.

행복을 '키치'로 묘사한다는 것은 옳다. 바로 이 점이 '현대'가 우리를 속인 부분이고, 실러가 우리를 잘못된 길로 인도한 부분이다. 왜냐하면 대단치 않은 우리들의 인생은 바로 이 초라하고 유치한 행복으로 성취되기 때문이다. 그래서 행복을 키치라고 지칭하던 나의 예전의 소심함을 이제는 벗어버리련다. 나는 지금 막 키치 소설을 집필하고 있는 것이다. 의도적으로 말이다.[23]

이러한 표명은 『유혹』과 『리자의 사랑』에서 노출된 통속적인 요소들을 옹호하는 작가 스스로의 '키치에 대한 변호'가 된다. 그는 자신의 소설들을 의도를 담아 통속적으로 집필하는 것이며 이는 '현대'와 실러의 무리한 이상주의에 도전하려는 의지로 읽어낼 수 있다. "바로 욕실 문 뒤에서 삶의 투쟁이 시작되며, 일상, 예술에서조차도 모험이란 더이상 없으며 단지 권력의 기구들만이 있다"고 말한다. 슈트레루비츠는 우리 인간들의 삶의 형태가 위대한 사상이나 이상으로 이루어지는 것이 아니라, 사소하고 작은 통속적인 요소들 속에 우리 삶의 행복한 순간들이 존재한다고 믿고 있다.

5. 슈트레루비츠의 언어 전략

비평가들은 슈트레루비츠가 사용하는 언어적 형식에 대해서 많은 관심을 기울이고 있다. 이미 앞장에서도 언급이 되었지만, 그의 언어에서 가장 특징적인 것은 고의적으로 마침표들을 많이 사용해 문장의 흐름을 중단시키고 있다는 점이다. 어떤 비평가는 그의 과도한 마침표 사용은 바로 형이상학에 대한 부정이라고, 또는 직선적인 진보 사상을 거부하는 작가의 철학적 표현이라고 해석하기도 한다. 작가 자신은 이러한 평가를 긍정적으로 받아들이며 이런 해석에 동의하고 있다. 자신의 시학 강의에

---

23) ebd.

서도 이 마침표에 대해 언급하면서, 마침표란 모든 시도를 끝장내는 것
이고, 결국 성취되지 못한 모든 것의 표식이라고 설명한다. 그리고 자신
의 언어는 혼란을 초래하고 그릇된 단일성을 파괴하려 한다고 말한다.

　　(나의 텍스트는) 선동하려 하고, 혼란시키려 하고, 거짓된 통일성을 파
괴하고, 감상성을 폭로하려 한다. 이성으로부터 해방되었을 때에 비로소
자유가 파생되는 결정의 공간이 탄생되는 것이다.[24]

　　소설 『유혹』은 "저항할 수 없게 독자를 끌어들이는 이야기의 소용돌이
der unwiderstehliche Erzählsog"[25] 라고 라인하르트 바움가르트
Reinhart Baumgart는 『차이트』지에서 평하면서 이 소설의 문장 구성에
대해서 언급하고 있다. "슈트레루비츠는 아주 강한 펀치를 날리고 있으
며, 짧고 사지가 잘린 듯이 문장을 구성한다. 마침표나 쉼표로 전 텍스트
가 뒤덮였고, 거의 모든 부문장이나 형용사들을 깨끗이 쓸어버리고 있
다."[26] 리타 엔드레스Rita Endres도 단어들만 나열된 병렬적인 문장들,
문법적으로 불완전한 단편적인 문장들은 이 전 텍스트가 마치 어느 "말
더듬이가 내뱉는 스타카토의 문장들 Stakkato im Gestammel"로 구성된
듯한 인상을 준다면서, "이 짤막짤막하게 끊어지는 문장들은 주인공의
손상된 삶의 기록을 언어석으로 전달하려는 작가의 시도dieses Stakkato
der kurzen Sätze stellt den Versuch dar, die beschädigte Chronik eines
beschädigten Lebens auch auf der sprachichen Ebene zu vermitteln"[27]
라고 언급하고 있다.

---

24) Vgl. *Programmheft zu Marlene Streeruwitz, TOLMEZZO, eine symphonische Dichtung*,
Uraufführung Das Schauspielhaus[Wien], 7. Juni 1994.

25) Vgl. Lothar Lohs, Über die Autorin und Dramatikerin Marlene Streeruwitz. Aus :
Internet : www.wienerzeitung.at/

26) ebd.

27) Vgl. Sabine, Harenberg, ebd.

슈트레루비츠의 세번째 소설작품으로 1999년 출판된 『후세』의 문체에 연관해서 슈테판 힐폴트도 문법과 어법을 의도적으로 무시하는 그의 언어 기법에 대해 언급한다.

원래 서로 연결되어 있는 단어들 사이를 헤집고, 문장 한 도막 사이에 끼어드는데, 그것은 문법학자나 꼼꼼한 사람들에게는 일종의 모독이다. 독자는 넘어지고 멈추다가 거기 익숙해지게 된다. 아니, 익숙해져야만 한다. 왜냐하면, 슈트레루비츠의 산문은 미학적 프로그램으로 마침표를 승화시키면서 동시에 쉼표를 불신한다. 쉼표는 연결될 수 없는 것들을 연결하며 거짓 연관성을 구성해낸다는 것이다.[28]

슈트레루비츠는 어법과 문법을 무시하고 독서 리듬이 중단될 만큼 마침표를 수없이 동원하며 결합될 수 없는 것들을 한데 엮어놓는 병렬적 문장들을 나열하는데, 이런 특이한 문체를 구사하는 것은 작가의 미학에 포함된 언어 기법에 속한다.

완전한 문장은 거짓이다. 단지 부서진 것만이 표현의 시도가 될 수 있다. (……) 완성된 문장은 마침표에 의해 방해를 받는다. (……) 더듬거리는 스타카토 속에서. 단어군들이 서로 단절될 때 그 사이사이에서 자신을 찾고 표현을 찾으려는 행위가 이루어진다.[29]

2002년 출판된 『현재의 일기』는 2000년 2월에서 2001년 사이에 쓴 수필, 사색의 편린, 자서전적인 추억, 신문사와 가졌던 인터뷰 기사, 시학 노트, 문화사적인 기록 기사들로 이루어진 일기체 형식의 작품이다. 이

---

28) Vgl. Stephan Hilpold, Biografen sind Lügner, In : Göttinger Zeitschrift für neue Literatur. aus : d. Internet : www.hainholz.de/wortlaut/

29) Marlene Streeruwitz, *Tübinger Poetikvorlesungen*, S. 76.

에 대해 서평을 쓴 헬무트 슈투름은 이 작품에서 독자가 가장 주의해야 할 것은 언어 문제이므로, 언어를 아주 진지하게 숙고해야 하며, 모든 것을 언어의 차원에서 읽어야 한다고 강조하고 있다. 이곳에서도 전형적인 슈트레루비츠 특유의 문체가 사용되고 있는데, 그것은 의문부호가 들어갈 자리에 마침표를 쓰는 것이다. 슈투름은 "이 텍스트가 호감을 느끼게 하고 우리를 사로잡는 이유는 급진적인 개방성, 말하자면 질서의 거부이다Das ist das Sympathische und Faszinierende an diesen Texten, das radikale Offenbleiben, das Verweigern einer Ordnung" [30]라고 언급하고 있다.

　　질서. 우리 모두는 질서에 대한 커다란 동경을 갖고 있다. 가치를 향한 탄식이 바로 그것이다. (……) 옳다고 하는 것, 옳게 되었다고 해명받는 일은 얼마나 유혹적인가. 얼마나 질서 있는 올바른 문학이 만들어지고 있는지에 대해서 말이다. [31]

슈트레루비츠가 이 일기에 인용한, "모든 것이 질서 속에 존재할 때, 그때가 절망하기에 딱 좋은 시기이다Wo alles in Ordnung ist, hat die Verzweiflung ihre beste Zeit"라는 격언에서 언급된 질서는 언어의 질서를 의미하며 이는 파괴되어야 하는 가부장적 기존의 질서를 의미한다. 그는 한 에세이에서 "형이상학으로 포괄하는 것die Umklammerung durch die Metaphysik" [32]을 한탄하는 자신에게 왜 물일지기 불가피한기를 해명하고 있다.

---

30) Vgl. Helmut Sturm, Rezension über Marlene Streeruwitz. Tagebuch der Gegenwart, In : *Biografie. Leseprobe. Werke,* Aus : Internet : www.literaturhaus.at/

31) Marlene Streeruwitz, *Können. Mögen. Dürfen. Sollen. Wollen. Müssen. Lassen. Frankfurter Poetikvorlesungen,* S. 14.

32) Helmut Sturm, ebd.

불일치와 불완전함은 세계를 완전한 일련의 문장들로 축소하지 않으려
는 자유, 또한 객관적인 사고의 확신이 상승하려 할 때에 새로운 질문들을
떠오르게 하는 그런 자유의 결과인 것이다.[33]

이전에 구동독 작가협회의 식당이었던 '마야코프스키링'에서 로레라
는 여자 주인공이 사그라지지 않는 사랑에 대한 그리움을 안고 지나간
사랑의 슬픔을 추억하고 있는 이야기를 다루고 있는 『마야코프스키링』
에서도 슈트레루비츠는 예외없이 자신의 특유한 언어 구사를 시도하고
있다.

반쯤 끝난 문장들, 하나 또는 두 개로 된 단어들의 사슬이 나란히 나열
되어 있다가 서로 무너지면서 질식당한 절규의 모습을 띤다. 상처입은 여
인의 마비와 감정의 경직에서 마지막 순간에 벗어나려는 듯이 동사들은
문장의 끝으로 질주한다.[34]

슈트레루비츠가 베를린 자유대학의 객원 교수로 초빙된 시기에 집필
한 최근 소설 『파티 걸』(2002)에서도, 외향적으로는 모든 조건을 갖추고
있지만 내면적으로는 자신감 부족과 자기 신뢰 결핍에 시달리는 연약한
마델리네 아셔Madeline Ascher의 좌절된 삶을 묘사하기 위해서 그는 그
의 전형적인 문체, 즉 "짧은 반절의 문장들이 특징인 스타카토 식의 문체,
문미에 마침표의 과장된 사용, 인색한 쉼표 사용stakkatoartiger Stil,
geprägt durch die kurzen Sätze und Halbsätze, den ausgedehnten
Gebrauch des Punktes am Satzende, die sparsame Anwendung des
Kommas"[35]의 문체를 동원하고 있다. 이처럼 불완전하고 단절된 문체는

---

33) ebd.

34) Anne M. Zauner, Majakowskiring. aus : Biografie. Lesprobe. Werke. aus: d. Internet :
www. literaturhaus. at/

성적으로 이용당하면서도 자기 존중의 결여와 손상감에 대한 보상으로 성에 대한 집착과 동경을 버리지 못하는 마델리네의 삶을 표현하기에 알맞은 형식이라고 작가는 말한다. 작가는 언어의 문법은 위험한 과정이며 문법의 해체는 바로 가부장 체제의 해체를 의미한다고 설명한다.

문법의 식민지화는 행위자와 희생자의 능동적이고 피동적인 대칭관계 이상의 생각을 금한다. 즉, 기존 질서를 제거하는 언어의 도움으로 하나의 새로운 언어를 건져내자는 뜻이다. (……) 문화 혁명의 알약을 '아직은 아니나 성취되면 떠올리게 될' 미래의 언어의 세계로 살그머니 밀어넣어, 탈가부장을 이행하자는 것이다.[36]

6. 맺는 말

지금까지 이 논문은 마를레네 슈트레루비츠의 소설 『유혹』과 『리자의 사랑』을 분석함으로써 이 소설들이 가진 소재상의 통속성과 평범함, 과장된 문장 구조의 간결함을 통하여 언어 단절을 시도하는 특수한 언어 기법을 관찰하면서 이를 작가 자신이 피력하고 있는 자신의 고유한 시학과 연결하여 규명하려 하였다. 이를 위해 그의 문학 이론서인 『튀빙엔 강의록』, 『프랑크푸르트 강의록』과 『저먼 쿼털리』와의 인터뷰 자료에서 밝혀진 작가의 '통속성과 키치 문학'에 대한 변호적인 입장을 정리하였다. 또한 자신의 문학과 유토피아 설정에 관한 연관성에 대해서도 아도르노를 비판적으로 수용하면서, 포스트모더니즘과 자신의 작품과의 밀접한 연관성을 강조하는 작가의 문학론을 살펴보았다. 따라서 이 소설들이 바깥으로 내보이는 커다란 약점들, 지나치게 평범하고 일상적인 소재가 주

---

35) ebd.

36) Marlene Streeruwitz, *Frankfurter Poetikvorlesungen*, S. 33.

는 통속성 등은 작가의 의도된 전략이었고, 평범한 일상을 살아가는 여주인공들의 단순한 삶에 어울리는 장식 없는 간결한 표현과 문체는 작가가 의도적으로 계획한 자신의 언어 전략이며 자신의 시학의 일부에 속하는 것으로서, 리오타르의 '대서사'[37]에 대항하는 하나의 항거이며, "위대한 감정의 종말을 고하는 현대적인 통속 소설의 형태"[38]임을 확인하였다. 작품의 심미적 수준까지를 의심받게 할 정도의 극히 단순하고 유아적인 문체는 바로 수백 년 동안 자신의 고유한 언어를 소유하지 못했던 여성이 답보 상태인 '슈타투스 크보 status quo'에 머물러 있는 언어 부재 상황을 대변하는 상징으로서 작가가 선택한 언어라는 점을 규명하였다.

그의 산문작품들을 대할 때 작가로서의 페미니즘적 의식이 희박해져가고 있는 것이 아닌가 하는 회의를 불러일으킬 수 있기 때문에, 여기서 그의 문학과 페미니즘 의식과의 연관성을 다시 한번 점검할 필요가 있다고 본다. 슈트레루비츠는 로날트 폴 Ronald Pohl과의 인터뷰에서 자신의 산문작품들은 "일상적인 삶에 대하여 '현대'를 거부하는 반작용 Reaktion auf die Verweigerung der Moderne gegenüber dem täglichen Leben"[39] 이라고 주장하면서 '일상적인 것의 옹호'가 바로 자신의 페미니즘적 메시지와 합치되고 있음을 설명한다. 일상적인 것은 이 시대에 다시 중시되어야 한다면서 그는 개인적인 가정 내의 일상적인 삶이 잊혀져가고 있으며, 항상 개인적인 영역으로 밀려난 여성들에게는 개인적인 것이 정치적인 것이며 그들에게 목소리를 제공해야 한다[40]고 주장한다. 이 점에서는

---

37) Vgl. Marlies Janz, Elfriede Jelinek. Krankheit oder Moderne Frauen. 'Mythen der Frau, Natur und Sexualität, In : J. Marlies, *Elfriede Jelinek. Sammlung Metzler.* 1995, S. 87.

38) Vgl. Radisch, Iris, ebd.

39) Vgl. Helga Schreckenberger, ebd. wiederzitiert nach Ronald Pohl, in : *'Männliches Wähnen, weibliches Sprechen'*, Der Standard, 12. Juli 1998.

40) Vgl. ebd.

70년대와 80년대 독일 여성운동과 문학에서 주도적이었던 '개인적인 것은 정치적이다das Private ist das Politische' 라는 초기 여성운동가들의 슬로건을 연상시킨다. 그러나 슈트레루비츠는 당시의 과격했던 페미니즘 이론을 비판적으로 새롭게 수용하고 있다. 우리는 70년대와 80년대 페미니즘의 단초들을 토대로 당시의 사상을 새로이 정리해야 한다는 것이다.[41] 새롭게 사고한다는 것은 그에게는 우선적으로 새로운 표현 형식을 찾는 것을 의미한다. 이를 위해 자신의 시학을 '일상성의 시학, 침묵의 시학Poetik des Banalen, Poetik des Schweigens'[42]이라고 일컬으며, "우리가 묘사할 수 있는 것은, 우리를 형성하고 우리들이 함께 작용하는 구체적인 삶의 단면들일 뿐이며, 즉 개개인의 하나하나의 삶. 모든 순간들, 이를테면 아침식사 같은 장면 등이다. 바로 여기에서 진실을 찾을 수 있다"[43]고 말한다. 자신의 문학적 원칙을 '일상성의 시학Poetik der Banalität' 이라고 칭하면서, 바로 이 일상성과 통속성을 묘사하는 것이 여성적인 삶의 구조에 접근하는 시도라고 주장한다. "모든 여성의 삶은 일상적Jedes Fauenleben ist trivial"[44]이라고 말하며, 따라서 문학의 임무는 가장 적합한 '일상의 언어Sprache der Alltäglichkeit' 를 찾는 것이라고 주장한다. 일상적인 것, 통속적인 것을 묘사하면서 현실의 단순한 모방 이상이어야만 하는 문학의 기능을 유지할 수 있는가 하는 질문[45] 앞에 슈트레루비츠는 다음과 같이 자신의 문학 이론을 변호한다.

문학적인 글쓰기와 읽기는 언어 발견의 모든 과정처럼 사신의 내면을 들여다볼 수 있는 형식들이다. (……) 그것은 숨겨진 것으로의 탐구 여행

41) Marlene Streeruwitz, *Tübinger Poetikvorlesungen*, S. 83.

42) ebd., S. 71.

43) ebd., S. 60.

44) Vgl. Kain Fleischhandeil, Jedes Frauenleben ist trivial. Zu Marlene Streeruwitz, In : Friedbert Aspetsberger(hrsg.v.), ebd., S. 219.

45) Vgl. Karin Fleischanderl, ebd., S. 220.

이다. 비밀과 금지된 것에 관한 정보이다. 자기 자신의 질문을 발설할 수 있게 해주는 언어들이다. 그리고 그 언어들을 형상으로 옮기는 것. 가장 성공한 경우 문학적 글쓰기와 읽기는 인식의 수단이 된다.[46]

슈트레루비츠가 평범하고 일상적인 것을 여성성에 비유하고 또 자기 소설의 주인공들을 전통적인 틀에 유형화시켜 그들의 피동적인 생활 태도에서 페미니즘적 메시지를 박탈해버린다는 의혹을 유발할 수도 있다. 혹시 슈트레루비츠의 문학은 여성성을 비하하고, 페미니즘 문학의 종말을 예고하는 것이 아닌가 하는 회의를 낳을 수도 있다. 그러나 그의 문학은 가해자인 남성 대 희생자인 여성이라는 극단적인 대립 구조를 갖는 초창기 여성운동의 흑백 논리에서는 벗어났지만, 튀빙엔과 프랑크푸르트의 시학 강의들에서 피력했듯이 여전히 여성의 "자기 강화와 정체감 개념 Selbstmächtigkeit oder Identitätskonzept"[47]에 초점을 맞추고 있다는 점에서 근본적인 페미니즘적 목표를 벗어나고 있지는 않다. 현재의 페미니즘적 논의가 더이상 여성의 기회 균등이나 동등권의 논의에 머물러 있지 않듯이, 슈트레루비츠도 전통적인 사회적 상황이 생산해내는 심리적인 구도와 사람들의 의식 속에 침투되어 있는 은닉된 가부장적 사고에 대항하는 데 더 관심을 가지고 있으며, 이런 면에서 그의 문학은 여전히 강력한 페미니즘 문학의 노선을 지키고 있는 것이다. 그는 사회적으로 무가치한 듯이 여겨지는 여성성을 문학화하는 일이 얼마나 힘든 일인가를 다음에서 피력한다.

모든 사고 가능한 것 가운데 가장 어려운 시도 중 하나는 여성적인 것에 근거한 자신의 '보잘것없음 Unwertigkeit'을 표현하는 일이다. 이런

---

46) Marlene Streeruwitz, *Tübinger Poetikvorlesungen*, S. 9.
47) Vgl. Verena Holler, Frauenliebe. Zur Figurengestaltung in der Prosa von Marlene Streeruwitz, In : *Literatur für leser* 01/1, S. 100.

상황을 인정하고 참여하여 그것에 절망하지 않는 것. 무가치함을 자신을 위해서 인정하는 것이 아니라, 자신을 위해 새로운 고유의 가치를 구성하는 것.[48]

"해방된 여성은 지속적인 두려움을 벗어난 여성Die emanzipierte Frau ist eine Frau, die sich von der Dauerängstlichkeit entwunden hat"[49]이기 때문이다.

슈트레루비츠는 자신의 시학 이론서에서 '새로운 언어' 전략과 페미니즘 메시지를 밀접하게 연결시키고 있다. 자신의 소설에서 평가할 것은 아직도 사회적으로 '슈타투스 크보'의 상태를 유지하고 있는 여성의 존재에 어울리는 언어와 문체를 모색하여, 고전적 전통적 '메타 언어 또는 대서사'의 화려한 문체에 대항하고 시대에 부응하는 새로운 문학적 언어를 모색하고자 한다는 것이다. 보잘것없어 보이는 여성들의 삶을 작품화하는 의도 뒤에는 여성 스스로가 '슈타투스 크보'의 상태에서 벗어나 자신의 정체성과 자율적 삶을 모색해야 한다는 역설적인 메시지가 숨겨져 있는 것이다. 이렇게 작가는 자신의 언어 전략과 페미니즘 메시지 간의 불가분의 연관성을 분명히 밝히고 있다.

우리가 기존 언어에 질식하여 멸망하지 않으려면, 자아에 관한 새로운 계획의 방법을 발견해야 한다. 자기 고유의 언어를 개척하는 자아의 계획. 이 길은 슬픔의 작업으로 시작된다. 결국, 완전히 새로운, 아직 사고되지 않은 것ein Vollständig-Neues-Noch-Nicht-Zu-Denkendes을 계획하고 낡은 문자를 끊임없이 벗어나야 한다.[50]

---

48) Marlene Streeruwitz, *Tübinger Poetikvorlesungen*, S. 34.

49) ebd., S. 33.

50) Marlene Streeruwitz, *Frankfurter Poetikvorlesungen*, S. 32.

　'아직은 생각할 수 없으나 획득하고 나면 그때서야 비로소 생각할 수 있는Noch-Nicht-Und-Erst-Wenn-Gewonnen-zu-Denkende'[51] 언어의 획득은 바로 기존 언어권에서 벗어나는 것을 의미하며 탈가부장제의 길을 가능하게 하는 '여성적 언어' 탄생의 가능성을 예시하는 것이다. 그는 자신이 선택한 특유의 언어적 수단을 통해 '말할 수 없는 것das Unsagbare'이 형상화되도록 하는 꿈의 가능성을 제시하려 하고 있다.[52]

　1990년대 후반과 2000년 이후 여성 작가들의 작품을 대하면, 이 시기의 독일 페미니즘 문학의 발전은 정지되었다는, 지난 과거의 전통과 단절되어간다는 인상을 받게 되는 것이 사실이었다. 적어도 90년대 후반과 2000년 이후 독일어권의 여성문학은 하나의 새로운 국면으로 접어들고 있음이 틀림없다. 1990년대 후반과 2000년 이후에 작품을 쓰는 젊은 여성 작가들은 놀랍게도 평범하고 일상적인 삶을 살아가는 지극히 평범한 여성들, 여성으로서의 의식이나 정체감조차 상실한 극히 피동적인 주인공들을 택한다는 사실이 눈에 띈다. 극히 일상적이고 평범한 삶을 살아가며 '삶에 시달리는' 여성들을 자기 작품의 주인공으로 선택하는 경향은 소재면에서는 어느 면에서는 70년대 전후 독일 여성문학의 주제들로 복귀하고 있다는 인상을 주기도 한다. 그러나 완연히 구별되는 점은 70년대 여성 작가들이 그들의 소설들에서 암시하거나 주장했던 강력한 여성해방적 메시지가 사라졌다는 것이다. 극히 평범한 한 여성 주인공이 그저 고달픈 나날을 힘겹게 살아넘기고 있으며, 이들은 자의식이 결여된 피동적인 모습일 뿐이다. 그렇다고 처참한 불행을 처절하게 지각하는 그런 비극적인 주인공도 아니다. 그저 우리의 일상과 다르지 않은 무료하고 따분한 삶을 이어가는 사람들이다.

---

51) ebd., S. 33.

52) M. Streeruwitz, *Tübinger Poetikvorlesungen*, S. 48. wiederzitiert von, Verena Holler, ebd., S. 115.

이 젊은 여성 작가들의 작품을 대하면 한없이 길게 펼쳐진 사막의 한 끝에 서 있는 듯한 막막함, 답답함 그리고 은은한 슬픔이 독자의 마음에 자리잡는다. 이 유치하고 통속적인 소설들은 어떤 명백한 결론을 주지 않기 때문에 현대를 살고 있는 독자의 마음에 그늘을 던진다. 뿐만 아니라 이런 소설들을 대하면 그 소재가 너무 평범하고 일상적이어서 과연 문학적인 가치를 지니고 있는 것인가에 대해 회의를 품게도 된다. 여성 작가들의 소설이 이렇게 평범한 일상을 소재로 하는 멜로물이 되어버린다면 이것은 독일 여성문학의 심미적 수준 저하를 의미하는 것은 아닌가 하는 데 생각이 미치기도 한다.

그런데 알 수 없는 것은, 위대하고 스케일이 큰 주제들에서 벗어난 사소한 일상의 묘사로 이루어진 작품들이 현대 독일 문단 비평가들의 경탄을 얻으면서 저명한 문학상들을 받고 곧바로 베스트셀러가 되고 있다는 것이다. 따라서 현재 활발하게 활동하고 있는 여성 작가들의 이러한 글쓰기 경향을 단순히 여성문학의 수준 저하라고 단정하기에는 석연치 않은 부분이 있다. 여하간 최근 여성 작가들의 작품세계에는 많은 변화가 이루어지고 있어서 문학작품을 해석함에 논문의 필자처럼 전통적이고 고전적인 틀에서 벗어나지 못하고 있는 구세대 사람들에게는 많은 의아함과 당혹감을 안겨준다. 그 동안 꾸준히 독일 여성문학에 관심을 가져온 필자로서는 이러한 새로운 변화에 당황했던 것도 사실이다. 어쩌면 이른바 '내서사'에 해당하는 위대한 사상이나 철학적 사고의 틀을 유지하는 문학작품들만을 인정해오던 전통적인 문학 평가의 생리에 익숙해졌기 때문인지 모르겠다. 2000년대 최고의 소설로 각광을 받은 32세의 여성 작가 유디트 헤르만Judith Hermann도 그런 경우에 속하고, 본 논문의 대상이었으며 다양한 문학상을 수여한 슈트레루비츠와 비르기트 반더베케Birgit Vanderbeke의 작품들이 그렇다.

위대한 사상이나 철학은 사라져가고 보잘것없고 가치 없는 듯이 보이는, 무게 없는 평범한 일상만이 남아 있는 소설세계는 바로 현대인들의 취향에 어울리는 글쓰기임에는 틀림없다. 이들 작가들은 소재 자체보다도 어떻게 글을 쓰며 어떤 언어를 선택하는가 하는 문제에 더욱 가치를 두는 것 같다. 위대한 철학적 사상이 작품 속에 융화되었고 조화롭게 어울렸던 고전적인 문학은 2000년대 이후에는 마침내 위대한 사상들과 결별하려는 것일까! 삶은 결국 위대한 사상으로 이루어지는 것이 아니고, 지극히 평범하고 단순한 일상의 연속이란 의미를 강조하는 것일까. 무거운 사상들보다 단순한 일상의 조각들이 오히려 우리들에게 더 친근한 인간적 따스함과 친밀감을 유발한다는 것일까. 이러한 질문들은 끊임없이 필자를 떠나지 않는다. 슈트레루비츠의 작품을 처음 대하였을 때도 똑같은 실망감과 의아함을 느꼈었다. 그러나 그가 시학 강의록에서 이론적으로 논증하고 있는 문학 이론과 언어 전략을 이해하게 되었고, 자신의 문학의 과제를 불변하는 페미니즘 이슈와 연관시키고 있는 근거를 읽고 난 후, 그의 문학 이론의 놀랄 만한 학문적 체계와 논리성에 깊은 인상을 받았다. 두 시학 강의록에서 입증되는, 여성을 대변하는 새로운 언어를 모색하는 작가의 부단한 정열은 잉에보르크 바흐만이나 크리스타 볼프 같은 고전적인 여성 작가들의 '언어에 대한 열정과 헌신'에 비견되는 것이었다. 이 두 개의 시학 이론서들은 여성 작가로의 슈트레루비츠의 가치를 제대로 평가하게 하는 근거가 되었으며, 이는 필자가 얻은 커다란 행운이었다. 실로 마를레네 슈트레루비츠의 작품과 시학에 접근할 수 있었음은 이번 작업의 커다란 수확이었고 논문 쓰는 보람을 일깨워주는 새로운 계기가 되었다.

참고문헌

Marlene Streeruwitz, *Verführungen. 3. Folge. Frauenjahre.* suhrkamp, 2000.

Dies., *Lisa′s Liebe. Romansammelband,* Fischer, 2000.

Dies., *Sein. Und Schein. Und Erscheinen. Tübinger Poetikvorlesungen.* suhrkamp, 1997.

Dies., *Können. Mögen. Dürfen. Sollen. Wollen. Müssen. Lassen. Frankfurter Poetikvorlesung.* suhrkamp, 1998.

Ellen Biesenbach, Franziska Schüler, Zur Rezeption des Medea-Mythos in der zeitgen ssischen Literatur: Elfriede Jelinek, Marlene Streeruwitz und Christa Wolf, In : *Frauen und Mythos. Freiburger FrauenStudien. Zeitschrift für Interdisziplinäre Frauenforschung.* H.1. Jg.4, 1998.

Karin Fleischanderl, ′Jedes Frauenlelben ist trivial′. Zu Marlene Streeruwitz. In : ders., S. 219f.

Christa Gürtler, Beschädigung eines normalen Frauenlebens. Marlene Streeruwitz′ erster Roman. aus : Literatur und Kritik, Mai, 1996, S. 93f.

Sabine Harenberg, Sie hat keine Sehnsucht mehr. Marlene Streeruwitz′ ′Verführungen′, aus : literaturkritik. de Nr. August 1999.

Katrin Hillgruber, Das Schicksal der Lisa L. Marlene Streeruwitz legt einen Heftchenroman vor. aus : *Literaturspiegel,* aus d. Internet : www2.tages-spiegel.de/

Stephan Hilpold, Biografen sind Lügner. Marlene Streeruwitz : Nachtwelt, aus : wortlaut.de. Göttinger Zeitschrift für neue Lietatur.

Verena Holler, Frauenleben. Zur Figurengestaltung in der Prosa von Marlene Streeruwitz, In : *literatur für leser,* 01/2.

Andrea Kunne, Marlene Streeruwitz, Verführungen und Lisa′s Liebe, In : *Forum für Literatur.*

Eva Leipprand, Marlene Streeruwitz, *Liesa′s Liebe,* aus : Deutschlandfunk. Büchermarkt Kritiken. aus dem Internet: www.dradio.de/

Dies., Marlene Streeruwitz, Ausbruch aus dem Groschenroman. Liesa's Liebe, aus : literaturkritik. de. Nr. 8. August 1999.

Lothar Lohs, Der dominierende Punkt. Über die Autorin und Dramatikerin Marlene Streeruwitz, aus : Wienerzeitung, aus d. Internet: www. wienerzeitung.at/

Eva Magin-Pelich, Marlene Streeruwitz, Partygirl, aus d. Inernet: www. literaturhaus.at/

Daniela F. Mayr, 'Ibich habibebi Dibich sobi liebib'. Marlene Streeruwitz ins Tagebuch geschrieben, In : Friedbert Aspetzberger(hrsg.v.), *Hier spricht der Dichterin. Wer? Wo? Zur Konsitution des dichtenden Subjekts in der neueren sterreichischen Literatur.* StudienVerlag Innsbruck-Wien, 1998, S. 199f.

Iris Radisch, Und erlöse uns von der Schönheit. Lisa's Liebe von Marlene Streeruwitz, ein moderner Kolportageroman über das Ende eines großen Gefühls, In : Friedbert Aspetsberger(hrsg.v.), a.a.O., S. 195f.

Martin Reiterer, Marlene Streeruwitz, Majakowskiring, aus d. Internet : www. literaturhaus.at/

Willy Riemer, Kitsch with a Method, aus d. Internet : www.austriaculture.net/

Willy Riemer, Sigrid Berka, Ich schreibe vor allem gegen, nicht für etwas, Ein Interview mit Marlene Streeruwitz, Bräunerhof, 15. Januar 1997, aus : German Quarterly. Vol. 71.1, Winter 1998.

Helga Schreckenberger, Die 'Poetik des Banalen' Marlene Streeruwitz' Romane Verführungen und Lisa's Liebe, In : *Modern Austrian Literature. Journal of the International Arthur Schnitzler Research Association.* Vol. 31, Nr. 3/4, 1998.

Helmut Sturm, Marlene Streeruwitz, Tagebuch der Gegenwart, aus d. Internet : www.literaturhaus.at/

Anne M. Zauner, Marlene Streeruwitz, Majakowskiring, aus d. Internet : www.literaturhaus.at/

마를레네 슈트레루비츠 연보

1950년 오스트리아 빈 근교 바덴 출생. 슈타이어마르크Steiermark 지방의 농가
       에서 할머니와 어린 시절을 보냈음. 대학에서 법학, 슬라브 문학, 예술사
       를 공부했고, 구조적인 연극 이론으로 박사 학위를 받음. 이혼 후 두 딸
       을 혼자서 키움.
1989년 이후 오스트리아 극장과 방송국의 편집인으로 일하면서 방송극을 집필.
1992년 이래 독일과 오스트리아 연극 무대를 위한 연극작품 집필. Schauspiel
       Köln, Münchner Kammerspiel, Deutsches Theater Berlin 등지에서 연
       극작품 초연을 가짐.
1995~96년 튀빙엔 대학 시학 강의 초대 교수 역임.
1996년 『유혹』으로 마라 카센 상 수상. 오스트리아 정부 문학부문 국가상 수상.
1997년 프랑크푸르트 대학 시학 강의 초대 교수 역임.
       현재 빈에서 거주하며 작가 겸 연극 감독으로 활동하고 있음.

작품 연보

1987년 New York, New York

1988~89년 Waikiki Beach

1989년 Sloan Square(런던의 지하철 역)

1990~91년 Ocean Drive

1992년 Elysian Park (런던의 고속도로 근처 공원)

1933~94년 Tolmezzo : eine symponische Dichtung.

1997년 Sein. Und Schein. Und Erscheinen. Tübinger Poetikvorlesungen.

1996년 Verführungen. 3. Folge. Frauenjahre.

1997년 Lisa's Liebe. Roman in 3 Folgen

1998년 Können. Mögen. Dürfen. Sollen. Wollen. Müssen. Lassen. Frankfurter
Poetikvorlesungen.

1999년 Nachwelt

2000년 Majakowskiring

2002년 Tagebuch der Gegenwart

2002년 Partygirl

편집 후기

이 논문집은 이화여자대학교 인문·외국어학부에서 독어독문학전공 교수로 재직하신 이병애 교수님의 정년을 맞아 계획된 것이다. 선생께서는 1965년 이화에 부임하시어 근 사십 년간을 이화대학 독문과의 역사와 함께 살아 계신 스승이시다.

선생께서 이화에 부임하시던 시절에는 문리대학 독어독문학과였고, 1963년에 첫 신입생 사십 명을 모집한 새내기 학과였다. 처음 수업부터 선생께서 그 맑은 시냇물 흐르는 듯한 '독일어 목소리'로 독일어를 읽으시면 우리는 그만 넋이 나갔다. 독일어를 발음할 때는 목소리노 달라지는 거구나 싶어서, 우리는 시냇물을 독일어의 축소명사로 써서 '베히라인'이란 스터디 그룹을 만들었을 지경이니, 선생의 독일어가 끼친 영향을 예서 다 말한다면 군더더기일 뿐이리라.

선생께서는 트라클의 시, 바흐만의 작품들, 그리고 크리스타 볼프 등의 구동독 작가들의 작품으로 강의를 시작하셨고, 그 동안 꾸준히 독일 페미니즘 문학에 깊은 관심을 가져오셨으며, 1995년 안식년으로 독일에 다녀오신 이후 아직 우리에게는 생소했던 엘프리데 엘리네크를 처음으로 한국의 여성 독문학자들에게 소개하시기도 했다. 독일 페미니즘 문학에 대한 풍성한 연구업적은 선생의 꾸준한 학문적 열정을 증명하는 것이다. 근자에는 2000년대의 젊은 독일 여성작가들인 슈트레루비츠, 반더베케, 헤르만 등의 작품에 관심을 보이셔서 이들의 작품들을 학생들에게 소개하고 강의하셨다. 여러 해 동안 담당하신 '최근 독일 여성문학' 강의에서는 버지니아 울프, 시몬느 보바르에서 시작해서 프로이트, 라캉, 후기 구조주의자들의 이론들을 페미니즘 문학과 접목시켰고, 또한 이 강의는 미국, 영국, 프랑스 등 다른 외국 여성문학과의 비교를 통해 독일 페미니즘 문학을 개관하는 강의로 유명했다. 타과 학생들을 포함한 많은 수강생들은 그 동안 자신이 여성이라는 자각조차 없었다가 이 강의를 통해 여성이라는 의식을 새롭게 가지는 경험을 했다고 말했으며, 자신에 대한 반성의 기회를 갖게 해준 인상적인 강의였다는 평이 자자하다. 선생은 문학 강의 이외에 독일어 강의에도 남다른 관심이 있으셔서, '텍스트 분석'과 '대중매체로 배우는 독일어' 등에서는 시디롬 등 최신 자료를 이용해 젊은이들 정서에 맞는 신선한 수업방식을 도입하여 학생들의 흥미와 의욕을 증진시켜주려고 많은 노력을 하셨기 때문에, 선생의 독일어 수업은 그 효과에서나 만족도에서 항상 탁월한 강의였다는 평이다. 선생의 강의는 연세와 무관하게 항상 생기가 넘치는 젊은 분위기로 일관되었고, 단순한 지식 전달에 그치는 것이 아니라 강의 내용과 연관된 여러 가지 인생에 대한 대화를 나눌 수가 있었기 때문에 참으로 유익한 강의였다는 것이 학생들의 평이다. 그러나 그 무엇보다도 단아하고 성실하셨던 그 동안의 선생의 삶의 태도가 특히 많은 제자들의 귀감이 되었다.

　이화 독문 졸업생들은 독문학계뿐만 아니라, 언론계, 방송계, 출판계, 법조계, 금융계 등 사회 곳곳에서 활동하고 있다. 그중 이화 독일어권 문화정보연구회(회장 이온화, 총무 윤현자)는 1987년 불과 9명으로 시작된 작은 동문연구회였지만, 지금은 24회 졸업생까지를 포함, 41명의 회원이 각자 세부 전공분야에서 활발한 연구에 종사하고 있으며, 이 논문집 또한 물심양면으로 문정연의 적극적인 활동의 결과라 하겠다.

옥고를 주신 오청자 박광자 김미란 교수님, 모교에 재직하고 있는 최민숙 장미영 동문, 그리고 간행위원회 윤시향 김숙희 이용숙 동문의 특출한 편집활동 등 모두 이 자리를 빌려 감사드린다. 1999년에서 2000년이 되어가는 겨울에 벌써 우리는 이 논문집 발행을 위한 간행위원회를 구성했고, 원고 청탁서를 발송한 것이 2000년 3월 27일이고 보면, 긴 준비에 비해 조촐한 책을 내놓게 되어 선생께 도리어 죄송스럽고 부끄러운 마음이 앞선다. 다만 정성의 결실이라, 이병애 교수님과 더불어 한 분 한 분의 귀중한 논문들이 후학들에게 작은 도움이 될 것을 기대한다.

2003년 2월
이병애 교수님 정년기념 논문집 간행위원장 서용좌

독일 문학의 장면들

| 초판인쇄 | 2003년 2월 20일 |
| 초판발행 | 2003년 2월 28일 |

지은이	이병애 외 14인
펴낸이	강병선
펴낸곳	(주)문학동네
출판등록	1993년 10월 22일 제22-188호

주소	136-034 서울시 성북구 동소문동4가 260번지 동소문빌딩 6층
전자우편	editor@munhak.com
전화번호	927-6790~5, 927-6751~2
팩스	927-6753

ISBN 89-8281-645-3 03810

* 이 책의 판권은 지은이와 문학동네에 있습니다.
  이 책 내용의 전부 또는 일부를 재사용하려면 반드시 양측의 서면 동의를 받아야 합니다.
* 잘못된 책은 바꿔드립니다.

www.munhak.com